LOS OJOS DE GALDÓS

CAROLINA MOLINA

LOS OJOS DE GALDÓS

edhasa

Consulte nuestra página web: https//:www.edhasa.es
En ella encontrará el catálogo completo de Edhasa comentado.

Diseño de la sobrecubierta: Estudio Calderón

Primera edición: octubre de 2019

Diputación, 262, 2°1ª
08007 Barcelona
Tel. 93 494 97 20
España
E-mail: info@edhasa.es

ISBN: 978-84-350-6333-3

Impreso en Encuadernaciones Huertas

Depósito legal: B. 21588-2019

Impreso en España

«Imagen de la vida es la Novela, y el arte de componerla estriba en reproducir los caracteres humanos, las pasiones, las debilidades, lo grande y lo pequeño, las almas y las fisonomías, todo lo espiritual y lo físico que nos constituye y nos rodea; y el lenguaje, que es la marca de raza; y las viviendas, que son el signo de familia; y la vestidura, que diseña los últimos trazos externos de la personalidad: todo esto sin olvidar que debe existir perfecto fiel de balanza entre la exactitud y la belleza de la reproducción».

(Pérez Galdós. Discurso de acceso a la Real Academia Española: «La sociedad española como materia novelable», 1897)

«Sin mujeres no hay arte. Ellas son el encanto de la vida y el estímulo de las ambiciones grandes y pequeñas. Origen son y manantial de donde proceden todas las virtudes».

(Pérez Galdós. Homenaje a Jacinto Benavente)

A Manuel Molina, mi padre, que se marchó un 21 de agosto de 2017 sin haber podido llegar a leer esta novela. Me consta que le gustaba Galdós, con el que guardaba cierta afinidad de ideas. Seguro que si se encuentran, allá donde estén ahora, tendrán mucho de lo que hablar.

PREFACIO

Descansaba ambas manos sobre su bastón, una sobre la otra, apoyándose sobre él como los curiosos suelen asomarse a una ventana y desde ella ver la vida que transcurre.

Galdós miraba, o, mejor dicho, parecía mirar, sobre ese punto indefinido al que van los pensadores cuando se encuentran sentados en un banco de un parque. Erguido como una estatua, elegante, quietísimo. A veces ladeaba su oído para captar el canto de un mirlo o de algún picapinos insolente que rompía la quietud del Retiro.

Así era don Benito en 1915. Su robustez elegante se quebraba y tras las gafas, que no permitían ver sus ojos ciegos, se percibía un arrebato de melancolía, de extraña tristeza.

Galdós había perdido su magia, eso decían. El escritor español más fecundo de su tiempo se apagaba y esa fue la causa de que yo tomara una decisión temeraria, la de buscar ayuda en una persona externa que pudiera hacerle volver de su autocomplacencia.

Reflexioné sobre quién había influido en él lo suficiente como para hacerle ver que no todo estaba perdido. ¿Su médico y amigo Gregorio Marañón? ¿Quizás alguno de sus alumnos aventajados en la literatura, aquellos que ahora se hacían llamar de la Generación del 98?... No, había que arriesgar más. Había que llamar a una mujer que lo adorara, que le hablara lindezas y ablandara su empecinamiento de no querer escribir.

Por eso, entre todas las que le amaron y aún le amaban, fui a pedir ayuda a doña Emilia Pardo Bazán. Y tras contarle que don Benito sufría una crisis de identidad, me contestó: «Todavía no ha llegado el momento en que mi amigo adorado, mi *miquiño,* sea capaz de negarle algo a una mujer. Déjalo en mis manos».

Así lo hice. Convine el momento en que Galdós estuviera dando su paseo y esta vez, habiéndolo acompañado al parque del Retiro, lo senté en un banco, me alejé de él con una excusa harto extravagante y esperé escondida tras un árbol a que llegara la condesa.

Ella llegó por su espalda, habiéndome saludado con un gesto señorial muy suyo, y cuando estuvo muy cerca de don Benito le dijo al oído:

–¿Qué pasa, grandullón? ¿Tenemos saudade?

Emilia Pardo Bazán, la gran escritora, exageraba al lado de Galdós su mirada chispeante. No eran dos chiquillos, tampoco dos viejos, sino un hombre y una mujer que se quisieron como pocos.

–¿Tú aquí, ratona? Te hacía en tu tierra, escribiendo alguna incomodidad para los señores del Ateneo.

Galdós intentó mostrarse imperturbable, pero, ay, qué expresión tan amable se le puso al oír la voz de su amiga. Yo bien sabía que sería la mejor medicina para su enfermedad.

–Ha sido cosa de Carmela, ¿verdad? –preguntó el escritor–. ¿Te ha hecho llamar para levantarme el ánimo? Dice que últimamente no tengo ganas de hacer bromas, ni de meterme con el Gobierno, ni con la Iglesia, ni...

–Ni de coger un lápiz para escribir.

Galdós suspiró. Volvió la cabeza en dirección a doña Emilia y se quitó los anteojos.

–Parece que no os dais cuenta de que estoy ciego... y viejo.

La Pardo ocultó una carcajada, pero en el intento su cuerpo tembló contagiando al banco que ambos ocupaban.

–¿Y eso es impedimento para el más grande de los escritores españoles? Mira, *miquiño* mío, cuando te vea en la tumba, bajo una losa de mármol o de granito o de lo que desgraciadamente sea, entonces… me creeré muy de veras que ya no volverás a escribir. Pero, mientras tanto…, ¿qué son los ojos para un escritor? ¡Nada! Un escritor son sus recuerdos y su ingenio, y de eso tú tienes mucho.

Benito callaba, dejó su bastón como punto de apoyo y le tendió su mano a la Pardo.

–¿Hace un paseíto por el Retiro?

Se levantaron de inmediato y comprendí que la medicina de doña Emilia empezaba a surtir efecto. Estuve vigilándolos durante largo rato, a distancia moderada, sabiendo que la Pardo Bazán lo daba por bueno y que Galdós me ignoraba. De haber sido de otro modo no habría podido mantener la pantomima. Solo me entrometí lo justo durante el tiempo en que me honró con su amistad.

–¿Te acuerdas de cómo nos conocimos, grandullón? ¡Lo que es el destino! Cuando te vi sentado entre tanto periodista en aquella conferencia del Ateneo, tan ocupado en intentar doblar tus largas piernas sin ofender al que estaba sentado frente a ti..., ay, no sé, *ratonciño* mío, creí que acababa de conocer al hombre de mi vida. Y, en efecto, así fue. Sí, no te rías. Tú eras un hombre experimentado y, aunque yo no me quedaba atrás, nunca imaginé que a mis treinta años pudiera conocer sueño tan fantástico. Un amor como el nuestro no se encuentra fácilmente.

Galdós se dejaba engatusar como si paladeara una golosina, para él esos recuerdos de juventud le retrotraían a una vida que ahora le parecía extraña y casi de protagonista de una de sus novelas. Su brazo, del que pendía doña Emilia, se relajaba. Era él el que guiaba por instinto hacia el estanque, hoy vacío de barcas por la humedad otoñal.

–Ayer mismo pasé por esa esquina del paseo de Santa María de la Cabeza, tan cerca de la calle Atocha, en donde nos citábamos para luego encontrarnos en nuestro nido de amor del barrio de Maravillas. –continuaba la escritora con femenino entusiasmo, muy próxima a él–. Fuimos felices como solo se es entre iguales, cuántas conversaciones tuvimos y cómo me enamoraba ese entusiasmo tuyo a la vuelta del Ateneo o del Congreso o del paseo de los aledaños a la plaza Mayor... Se te salía la vida por los ojos y a mí se me salía el quererte por el escote. Ganas me daban de besarte en las mejillas, en las orejas, hasta en el pescuezo, cuando te oía hablarme de todo lo que habías visto.

–Pero todo eso se acabó –sentenció muy dramático el escritor, volviendo a hacer alusión a su ceguera.

–Ah, ya veo que no has olvidado mi pequeña debilidad. –La Pardo, con elegante mano izquierda ignoró su comentario y continuó con sus recuerdos de juventud haciéndole creer que se refería a una antigua infidelidad–. Sí, *miquiño* mío del alma, no te puedes imaginar cómo echo de menos aquel tiempo y cómo me reconcome lo que te hice. No sé ni cómo fui capaz de engañarte tan vilmente. No te merecías esa traición…, pero, bueno, dejémoslo, hoy he venido a regañarte, sí, como si fueras un *neniño* pequeño que no quiere tomarse el jarabe a pesar de estar enfermo. Porque tú has de tomártelo quieras o no, vamos que si te lo tomarás, aunque tenga que llamar a la mismísima María Guerrero, que sabes que genio tiene un rato.

Don Benito parecía arquear las comisuras omitiendo ahora una sonrisa.

–No te esfuerces, ratona, no te esfuerces. He vivido mucho y ahora toca abandonar. Ya casi no siento nada ni quiero nada. Seré feliz con mis perros y mi huerto en San Quintín. Tal vez me deba ir a vivir allí para siempre.

–¡Pero si solo quieres que te mimemos! ¿Abandonar tú? ¿Abandonaste cuando te amenazaban de muerte enviándote anónimos tras el estreno de *Electra*? ¿Y qué me dices del nuevo escritor propuesto para el próximo Nobel? ¡Pero si no te llega ni a la punta del zapato! ¡No puedo creerme que no te indignes ni un poquito!

–Ya te lo he dicho... No tengo ganas de nada…

En aquel momento el taconeo de unos zapatos ensordeció el canto de los mirlos y el golpear de los picapinos. Se aproximaba una mujer con paso enérgico y al poco de acercarse a la pareja de escritores torció y continuó por un camino paralelo. Galdós paró en seco, presintiendo la proximidad de una desconocida. Doña Emilia se apercibió.

–¡Serás pillastre! Parece que nada te interesa, pero rejuveneces con el aroma de un perfume de mujer. ¡*Ratonciño, ratonciño...*, que te veo los bigotes…! Tú lo que necesitas es a una muchacha que te ayude a escribir, mejor dicho, a transcribir esas memorias que te han pedido para la revista *La Esfera.*

Galdós callaba, pero para mí que se había sonrojado.

–Anda, ve y pídeselo a Carmela. Nadie mejor que ella para hacerte recordar y… para hacerte sentir joven de nuevo.

Don Benito seguía inmóvil con gesto que a mí me parecía de reflexión. Sonrió. Hacía unos cuantos meses que no sonreía.

* * *

Volvimos a casa de Galdós, habiéndonos despedido ya de doña Emilia Pardo Bazán. El retorno fue inesperadamente silencioso. Imaginé que se había ofendido por mi intromisión. Yo tenía prisa, pues debía salir de Madrid muy pronto, pero antes de irme me tomó una mano y me dijo:

–Querida niña, me requieren de la revista *La Esfera* unas memorias que irán publicándome y que comprenderán desde mi infancia a la actualidad. Según parece, debo ser muy importante, porque dice el director de la publicación que seré reclamo de lectores. –Se rio, lo que di por bueno. ¡Qué atractivo estaba el anciano Galdós cuando reía!–. Yo ya no tengo ganas de nada. Por no tener no tengo la memoria de antes. Todo se fue con la luz de mis ojos, pero tú, Carmelilla, tal vez me puedes hacer las veces de eco de mi memoria. Apuntándome todos los disparates hechos en mi juventud quizá me sea más fácil escribirlos. Yo no puedo ni coger una pluma. Es curioso que para escribir sea más necesaria la vista que las manos. Necesito a alguien que mire por mí. ¿Quieres convertirte en mis ojos?

Suspiré. No sabría decir si de sorpresa o de miedo. La doble intención de sus palabras me acongojaba. Mis sentimientos eran tan imprecisos como la vergüenza que me producía ser una parte del viejo Galdós, que, aunque viejo, era el más grande de todos los escritores de nuestro entorno.

Y con falsa modestia le pregunté si aquello no debería ser cometido de su eficaz secretario, Pablo Nougués.

–No, tontina… Para él será un descanso. Le he dado trabajo en demasía. Mi ritmo ha menguado, ya será imposible escribir a razón de una novela cada tres meses, pero, con todo, he decidido hoy mismo seguir agotando a mis ayudantes. –Don Benito volvía a reírse sabiéndose ahora con la fortaleza de un Sansón–. Piénsalo y mañana me dices, ¿quieres? Total, no sería más que reunir en un solo documento todo aquello que te fui contando en los muchos encuentros que tuvimos desde que llegaste a Madrid, que seguro que tú, querida mía, te acuerdas de todo lo que yo dije, de mis andanzas de juventud y de mis pequeños éxitos con la literatura.

–Prometo que lo pensaré. Ya sabe que ahora soy responsable de otra persona y eso me ocupa mucho tiempo –respondí, sonrojada de emoción.

–Ah, sí. No digas más. El eterno conflicto de la mujer. Pero has tenido buenas maestras, como esa a la que has citado hoy en el Retiro –recalcó con sarcasmo, haciéndome ver que era consciente de la artimaña de haber llamado a la Pardo–. Ellas te enseñaron que cuando hay amor a la literatura la casa estorba. ¿O es que acaso quieres cambiar la pluma por el mandil?

Me hizo recapacitar don Benito, pues nunca fui mujer dócil ni sumisa, aunque en esos precisos momentos no tuviera más remedio que verme silenciada por lo que tenía en casa. Lo que me estaba sucediendo era lo que me merecía. La medicina de doña Pardo Bazán se había vuelto contra mí.

–Piénsalo, sé buena… –decía, tratando de convencerme definitivamente–. Ahora vuelvo a tener unas ganas locas de trabajar. Y... necesito ayuda.

Yo vacilaba.

–En todo lo que he hecho en mi vida ha estado siempre una mujer –sentenció Galdós–. ¿No querrás ser tú ahora esa mujer? ¿Ser mis ojos?

En esa disyuntiva, al día siguiente, y como habrán supuesto, le confirmé a Galdós mi deseo de ayudarle a recordar su vida.

DE CÓMO CONOCÍ A GALDÓS EN 1890

En septiembre de 1890 se produjo un gran incendio en la Alhambra. Al ir a sofocarlo, mi padre, Maximiliano Cid, se encontró con la horma de su zapato, que era mi tío Pepe Pardo y algún que otro cacique de la singular Granada de aquel tiempo. Aprovecharon estos, por ser sus enemigos naturales desde años atrás, para inculparle del delito. No era cosa rara, no. El incendio había sido provocado y se esperaban con impaciencia las primeras detenciones.

Por aquel entonces tenía yo la tierna edad de quince años, pero no me amilané a la hora de pedir auxilio en semejante circunstancia. La falta de una mujer en la casa de los Cid tras la muerte de mi madre me convirtió en adulta y con mi padre detenido injustamente acusado de provocar el incendio de la Alhambra resolví meter unos vestidos en dos baúles y subirme a la diligencia hacia Madrid.

Me acompañó mi tío Juan Morell, al que rogaron que hiciera el papel de escolta, pero a poco de poner el pie en el empedrado del salón del Prado, desapareció, pudiéndole el ímpetu calavera. No volví a verle en todos los días que estuve en la capital e incluso cuando volví a Granada seguía sin aparecer.

Sinceramente, lo esperaba. Contaba las horas para que aquello sucediera. Mi tío era un tarambana de los grandes, así que terminé sola y con quince primaveras, pero con un solo objetivo: el de hablar con Pérez Galdós.

Mi padre, que a todos conocía o casi, puso sobre aviso a don Benito. Muchos acudían a él para pedirle cosas, algunas de carácter literario y otras, como la mía, de índole personal, y a casi todas respondía con diligencia y generosidad.

Créanme cuando lo digo: yo no recuerdo haber sido niña. Mi infancia la pasé procurándole sosiego a mi padre, que no paraba de meterse en camisa de once varas. Es algo que viene de antiguo en mi familia, allí donde hay polémica se encontrará a un Cid.

Así que llegué muy sofocada al estudio de don Benito, que se encontraba en la espaciosa plaza de Colón. A mí se me antojaba estar en París con tanta amplitud, porque Granada, de donde yo procedía, aunque holgada en según qué partes, conservaba sus calles laberínticas y angostas de cuando los moros vivieron en ella. Vamos, que todo era bien distinto y a mí me abrumaba enfrentarme con mi corta edad a tanto extraordinario.

En el número 2 de la calle, tercer piso, izquierda, esquinado con la ronda de Santa Bárbara, contaba el escritor con un despacho soleado y grande desde donde veía un Madrid en construcción impulsado por la rica burguesía y el progreso cultural de finales de siglo. Todo esto era de gran valor para don Benito, pues era hombre de observar y disfrutar del paisaje.

Por aquel entonces ya empezaba a sufrir el escritor dolores de cabeza y la falta de luz le hería las pupilas en sus muchas horas de trabajo.

Entré al edificio, donde se encontraba la casa de Galdós, con altos y trabajados techos, que según me dijeron fueron diseñados por Lorenzo Álvarez Capra, quien ayudaría a construir la famosa plaza de toros de la zona que llamaban de Goya y, si la memoria no me engaña, la señera y popular iglesia de la Paloma de Madrid. Todo esto debía ser cierto, pues el arquitecto era seguidor del estilo orientalista que ya se apreciaba en el interior de ese edificio, con ventanales de colores, anchurosa escalera y barandilla de distinguidos cromáticos.

Al iniciar el ascenso de los peldaños, con agradable enmoquetado, ya me latía el corazón a ritmo frenético, quizá no tanto por conocer a don Benito, del que muy bien me habían hablado, sino por conseguir mis propósitos de salvar la honra de mi padre, ya por entonces, algo cuestionada.

Tuve frío, siempre lo tengo al entrar en las casas de portales amplios, me paré un segundo y con disimulo, pues habría de recogerme la falda, aproveché para ajustarme el pechero y abotonármelo.

Subí los tres pisos y al llegar al último ya me había vuelto el calor a las mejillas. Ahora hasta sudaba.

Qué conflicto. Me vería el señor Galdós acalorada como la chiquilla que era y eso me preocupaba. Deseaba causarle buena impresión y sobre todo dársela de juiciosa, pues de mi intervención dependía demostrar la inocencia de mi padre y, consecuentemente, su libertad.

Llamé a la puerta y me abrieron. Lo hizo una criada, que me introdujo a un gabinete. Al hacerlo me desorientó el batir de unas alas, menudas pero muy vivas, que resultaron ser de dos lindos periquitos apostados sobre una barra dorada. Al momento oí: «¡Qué rico!». Y de nuevo: «¡Rico, rico!».

Cosa muy rara de oírse en una casa de escritor, ciertamente, pero es que me explicaron que don Benito y sus hermanas, con quienes convivía, eran aficionados a los animales y muy pronto comprobé tal circunstancia al encontrarme en presencia de un loro, muy deslenguado, y que acusaba, con la repetición de la palabreja, la osadía de quien está demasiado mimado.

No me crucé con persona alguna, ni las hermanas Pérez Galdós asomaron, aun siendo aquella casa de acostumbrado encuentro familiar. Casi me alegré, porque no era cosa de que mi asunto fuera a parar a oídos de terceros siendo este tan delicado.

Me recibió don Benito sin hacerme esperar. Atravesé la puerta de su gabinete y allí lo encontré, encorvado sobre su mesa de trabajo, pues estaba escribiendo.

Como se acababa septiembre y Galdós era más bien friolero, tenía calada hasta las orejas una simpática boina azul y sobre los hombros una capa, atuendo que debía ser el corriente para combatir los embates del otoño en esa mansión de techos altos y en chaflán, hacia una plaza amplia en donde el viento debía hacer remolinos.

Por temor a importunar su inspiración, esperé paciente a ser descubierta y empleé este instante en echar un vistazo a la sala, que, aunque grande y algo destartalada, tenía pocos objetos que despertaran mi interés. Por muy extraño que pareciera, había escasos libros, lo que me hizo pensar que la biblioteca debía situarse en diferente zona de la casa y esta estancia solo la dedicaba don Benito a su trabajo.

La decoración tendía a sobria, con predominio del rojo, aunque las pesadas cortinas de las dos grandes ventanas, tras las espaldas del escritor, eran verdes. Su mesa de escritorio tenía patas torneadas, pero muy añejas; decolorada en parte por el uso y falta de barniz en las zonas donde, posiblemente, hubo trasiego de muchos pliegos de papel de imprenta.

También tenía don Benito fotos enmarcadas, la mayoría, de niños, quizá de sobrinos o de hijos de amigos, lo que le confería a la sala aspecto de casa de abuelo bonachón, más que de escritor consagrado.

En otro de los rincones colgaban de las paredes menciones y diplomas, con dedicatorias de sus paisanos canarios o de colegas escritores con los que se relacionó en su larga vida de letras. Algún cachivache más había descolocado, recuerdos de algún viaje a los que era aficionado.

Levantó la cabeza y me sorprendió curioseando. Exclamó un «¡oh!» muy oportuno y retirándose la capa de los hombros se levantó de su raída butaca.

Era don Benito alto y desgarbado. A sus cuarenta y siete años me pareció aún apuesto, a pesar de tener los ojos algo pequeños, pero de gran expresividad. Su bigote caía hacia el labio ralo y fino, pero en conjunto no resultaba extravagante, ni siquiera si prestabas atención a su boina azul. Su aire distraído ejercía gran atracción entre las féminas y Galdós lo sabía.

Me tendió su mano para saludarme y cuando le hube ofrecido la mía me la estrechó con las dos suyas, pero no me la besó.

–Discúlpeme, señorita. Estaba corrigiendo galeradas y no la oí llegar. En estos días no consigo despegarme del escritorio. Ya sabe usted, la necesidad de corrección.

Me miró un instante pensando que se disculpaba con razones que yo no comprendía.

–Oh, vaya, pero qué va a usted a saber. Estas cosas son solo de escritores y el resto del mundo piensa que los libros se hacen solos. Pero, venga, venga, siéntese junto al brasero.

Yo le sonreí, realmente me resultó de gran ternura su ofrecimiento.

–No quiero interrumpirle demasiado en sus quehaceres, don Benito. Aunque usted no lo crea, sé bien qué es eso de escribir. Mi padre me tiene a todas horas entre papeles y artículos de periódicos. Por eso vengo a usted a pedirle lo que ya le adelantamos por carta. Estamos en un aprieto importante.

Don Benito me escuchó con atención. A cada expresión mía refiriéndome a la injusticia que habían cometido acusando a mi padre de atentar contra el monumento emblemático de Granada, él asentía y decía, casi por instinto, murmurando: «Ah, aquí huele a cacique» o «Ya, ya… Todo responde a la envidia, que es el deporte nacional…», luego suspiraba y se encendía un cigarro.

–No se preocupe, señorita. Haré lo que esté en mi mano. Mañana mismo me acerco a ver a Antonio Maura. Y en cuanto acabe de corregir este pliego le elaboro a usted una carta de recomendación para quien pueda interesarse en el juicio. –Luego quedó pensativo–. ¿Y… un articulito para *El Liberal*? –se preguntaba en voz alta–. No está de más, sí, no está de más.

Galdós era así de espontáneo y de rápido en las decisiones, a pesar de su aspecto distraído y su mirada ausente, era perspicaz al máximo y nada se le escapaba. Creo que hasta ya estaba elaborando mentalmente su prometido artículo al periódico *El Liberal* en ese mismo momento.

–Señor… –continué, sabiéndome ya recibida y comprendida–. Quiero que sepa que es para mí un honor poder hablar con usted. En casa le admiramos mucho, en especial yo, que soy aficionada a la lectura y también a… –Bajé la mirada, me avergonzaba decir que en la oscuridad de mi cuarto y cuando nadie más me observaba, emborronaba cuartillas.

–Usted escribe, ¿verdad, jovencita? Se lo puedo adivinar mirando sus manos, algo deformadas por la pluma. No, no se preocupe usted, no le quitarán encanto a su condición de mujer. Es aún muy joven y tiene todo el tiempo por delante, pero déjeme que siga adivinando. Usted quiere a esa tierra andaluza que la vio nacer, pero… apostaría los míseros derechos de alguna de mis obras a que si tiene oportunidad de venirse a la capital… usted se vendría.

Galdós dio una calada a su cigarro. Y yo, volviéndome del color de la grana, tuve que reconocer que había visto dentro de mí mejor que nadie de mi entorno.

–Mi padre me necesita, soy la única mujer de la casa… Mi madre murió cuando yo nací y desde entonces el caserón de los Cid ha sido un desastre.

–Ya, ya entiendo. ¿Y piensa usted hacer uno de esos sacrificios a los que se ven forzadas las mujeres, que es el de quedarse en su casa a cuidar del resto de los hombres?

«Vaya», pensé yo, «qué directo es este señor». De alguna forma había puesto el dedo en la llaga, porque, por esos tiempos, sin saber lo que me deparaba el futuro, ya había decidido administrar la caótica vida de mi padre y atenderlo como una hija amantísima, que es lo que era.

–No se ruborice usted, y permítame, si no soy indiscreto, darle un consejo. Vuelva a Granada y viva, viva su juventud, que esta se pierde pronto y luego es imposible de recuperar. Hoy estoy espléndido, fíjese usted, y al tiempo que le envíe la carta de recomendación le haré otras más para que pueda, si es de su gusto, introducirse en círculos literarios de esta capital de las Españas. Sí, le daré una para conocer a la Pardo Bazán. ¿Quién mejor que ella para enseñarle a una joven lo que es la vida literaria de Madrid y sus muchos sinsabores?

Suspiraba, no me dejaba mucho tiempo para hablar. Yo misma me preguntaba qué estaba sucediendo, porque, desde mi punto de vista, había llegado a casa de Galdós para pedir por mi padre y resultaba que iba a salir de ella con recomendaciones para escritores de todo Madrid. Ahora sé que fue el destino, contra él no hay nada que se pueda hacer.

–Si usted lo quiere así, don Benito…

El escritor sonrió. De nuevo otra calada.

–¡Qué encanto de chiquilla! No sé si me lo agradecerá alguna vez, porque esto de escribir es de los oficios más ingratos que hay en el universo, pero negarse a la evidencia es aún peor. Vuelva usted mañana, como dijo nuestro amigo Larra, que tendrá preparadas esas cartas prometidas.

Me despidió con efusión contenida, volviéndome a rodear mi mano con las dos suyas. Sostenía mientras tanto el cigarro entre sus labios y este temblaba cada vez que me decía adiós. Su deje canario, seseante y cadencioso, siempre lo conservó don Benito. A mí me pasó igual, que allí donde dejaba caer una palabra, reconocían en ella mi acento granadino. Ya éramos dos fuera de nuestra tierra, pero queriendo bregar en esa capital confusa que era Madrid.

Salí de su casa algo perpleja, asimilando todo lo que había pasado, que era mucho, pero sin poder comprender el alcance de lo que significaría en tiempos posteriores. ¿Habría resuelto, con aquella visita, la desgraciada situación de mi padre?

Y... si aquello sucedía, ¿me permitirían sus recomendaciones introducirme en los círculos literarios de Madrid, que era lo que realmente anhelaba en silencio desde hacía tanto tiempo y nadie sabía?

Bajé despacio las escaleras, me desabrochaba el escote para poder respirar. Sabía que ese momento marcaría mi vida para siempre.

En esas estaba cuando oí subir a varias personas, reparé en una sombra de dos mujeres, una quizá la dama de compañía y otra, la principal. Iba esta delante, con aires de matrona, y tuve que retirarme para dejarla pasar, lo que ella agradeció con sonrisa y movimiento de cabeza. Me miró con elegancia.

Era una corpulenta mujer, distinguida pero algo brusca, que pasó a mi lado y se dirigió a la casa de Galdós, en donde llamó a la campanilla de la puerta sabiendo bien hacia dónde iba.

–Buenos días, doña Emilia –le contestaron desde dentro–. Pase, pase, que don Benito ya la espera.

Luego, atando cabos, caí en la cuenta. Se trataba de la gran Pardo Bazán, a la que luego conocería gracias a Galdós en una de sus famosas veladas literarias.

* * *

Conocer al mejor escritor español de todos los tiempos, tras Cervantes (y perdónenme si así lo piense sin desmerecer a los Valeras, Barojas, Unamunos… o todos los demás que dio nuestro amplio y fructífero país) no me quitó el sueño. Creo que no era consciente del tesoro que se me acababa de conceder. Una chiquilla casi adolescente abriéndose a las delicias culturales de la mano de un hombre tan consagrado e inspirado por las musas… Eso era solo posible en las novelas, pero no en la realidad.

Y llegado a este punto dirán ustedes por qué tuve tanta suerte. No sabría decirlo, quizá por compensar mi vida sosaina y tirando a timorata, marcada por la herida de la muerte desde mi nacimiento, cuando perdí a mi madre.

Fui la segunda hija de mis padres. Mi hermano Manuel murió poco antes de que yo naciera, contagiado de viruelas. Mi madre, Alma Pardo, fue la sombra de mi padre, mujer sensible y, según me decían, bastante insulsa por su falta de personalidad. Vivía para los demás y sin casi oponerse, lo que le vino muy bien a mi padre, Maximiliano Cid, al que todos llamaban Max, que fue toda su vida un rebelde y provocador.

Con todo, si he de ser sincera, mi padre fue mermando su rebeldía con los años, incidiendo cada vez menos en sus particulares guerras burocráticas. Por el contrario, en el otro particular, es decir, en lo mujeriego, no hubo quien lo domesticara, pues para eso se las pintaba solo. Y no es que fuera así sin conocimiento, ni que yo viviera en mi infancia un trasiego de faldas, no. Es que mi padre se enamoraba de veras y por sus mujeres hacía cualquier cosa si llegaba el caso, fueran estas cosas acomodadas a las normas sociales o no. Se enamoró de la amante de mi abuelo, de su amiga de la infancia, de su enfermera y hasta de una actriz de segunda que fue la que acabó con él. No quiero detenerme en esto, pero da buena cuenta de lo que se fraguó en mi infancia y, por consiguiente, justifica mi carácter.

Muy pronto acepté todas las responsabilidades. Con mi madre fallecida, la amiga de infancia de mi padre, Valeria, se convirtió en su segunda esposa. Fue cariñosa conmigo y me trató como a una hija, pero la falta de vástagos propios le ensombreció el carácter y fue entonces cuando mi padre resolvió adoptar a un niño de la casa cuna. Así llegó el segundo Manuel al caserón de los Cid, al que llamamos *Lolo* cariñosamente. Todos lo quisimos cuanto nos fue posible, a pesar de las enfermedades que desarrolló después, convirtiéndolo en un hombre afable y mucho más sensible que la media, pero ausente en todo lo humano y, por lo tanto, falto de juicio.

No voy a negar que a veces fuera una carga para mí. Me convertí en su hermana y en su madre, mucho más cuando Valeria murió de neumonía y volvimos a quedarnos huérfanos, solos mi padre y yo a cargo de la casa. Entonces fue cuando decidí convertirme en la mujer que ahora soy.

Mi padre fue dando tumbos dedicándose por entero al periodismo, siendo en los años últimos de su vida dueño de una imprenta. Entre los chibaletes y galeras crecí yo, sin referencia femenina. En ese 1890 aún no había conocido mi padre a la que fuera su tercera esposa, Delmira, y con la que mantengo una relación estrecha de amistad verdadera. Pero de eso ya contaré algo más tarde.

Mientras todo esto recuerdo, me miro al espejo. ¿No me he presentado aún, ¿verdad? Soy testaruda, sensible, imaginativa. De poca estatura y de huesos anchos, forjados en una repetida mala suerte en todo cuanto hago. Tengo la mirada alegre a pesar de todo. Y mi pelo es como un enjambre de abejas, casi pelirrojo y muy rebelde, con rizos imposibles.

Soy Carmela Cid Pardo y también soy los ojos de Galdós.

PRIMERA PARTE

CAPÍTULO 1

DE CÓMO TRES MUJERES SOLAS SOBREVIVIERON AL MADRID DE PRINCIPIOS DEL SIGLO XX

Con ayuda de Galdós y de un inteligente abogado defensor, el juez dejó libre a mi padre sin haber encontrado pruebas suficientes para inculparlo. Con todo, le acusó de desacato y tuvo que pagar una multa por haber interrumpido con insolencia, varias veces, a lo largo del juicio.

Así era mi padre, o se le odiaba o se le quería. Yo, por descontado, lo adoraba, siendo los días siguientes de hacerse efectiva su liberad los más felices de mi vida.

También entró en ella, quiero decir, en nuestra vida, la que fuera la tercera esposa de mi padre, Delmira de Oneta, una asturiana de armas tomar que le aplacó el carácter y, si no hubiera sido por el fallecimiento de mi padre, todos hubiéramos continuado en Granada conviviendo como una familia normal, al menos, durante algunos meses, porque Galdós me proporcionó diversas cartas que me sirvieron para iniciar una amistad con Emilia Pardo Bazán y, como es lógico, me sentía seducida por establecerme en la capital. Así pude disfrutar de pequeñas temporadas en Madrid conociendo a escritores y haciéndome un hueco en el mundillo literario.

Simplemente, ocurrió después que no me dio tiempo a aprovechar tanta dicha, sobreviniéndonos la muerte de mi padre, que supuso un hachazo traicionero que partió en dos nuestro destino. Él siempre había sido el contenedor y el sustento de toda la familia y ahora nos dejaba huérfanos, no solo a sus hijos, también a su esposa, a su hermana y cuñado o a sus fieles sirvientes, entre los que se encontraba Rosita, quien era algo así como una abuela para todos y cuidaba de nosotros con su peculiar cariño.

Por eso tuve que reprimir mi vocación incipiente, olvidar mis cuentos a punto de publicarse en alguna revista, mis invitaciones a tertulias y mi amistad con esas mujeres luchadoras que demandaban tantos cambios sociales a los que no podría sumarme, pues mi familia, o lo que quedaba de ella, me reclamaba.

Se repartió la herencia y de las dos casas que teníamos por entonces, la de Granada y la de Madrid. Yo me quedé con el caserón de los Cid en el paseo de los Tristes, frente a la Alhambra, la que fuera el refugio de mi padre, de los Cid rebeldes y luchadores, pues sus batallas habían sido muchas a favor de levantar esta ciudad andaluza moribunda en otra, si acaso aletargada, pero sabedora de tener un destino mucho más feliz.

Mi hermano Lolo heredó la casa de Madrid en el salón del Prado, que se compró gracias a la venta de otra más antigua de unos tíos abuelos situada cerca de la Fábrica de Tabacos.

Al comenzar el siglo, justo cuando mi padre murió, mi hermano acababa de casarse con Florinda, a la que todos llamábamos Flor, y de ampliar la familia con un parto doble, los que serían mis sobrinos Rodrigo y Jimena. Viendo que nuestra familia se desintegraba y mi padre, que la mantenía, ya no estaba, decidieron marchar a París. Florinda, que era pianista, podría mantener a la familia con el fruto de algunos conciertos y clases de piano. Así me abandonaron mis únicos familiares directos, dejándome con Delmira en el caserón granadino, y se hizo este hogar, que antes era la delicia de mis juegos infantiles, un castillo inexpugnable.

Entonces decidí trasladarme a Madrid a cuidarles la casa del salón del Prado a mis hermanos, aunque tal no fuera más que una excusa por querer recuperar el tiempo perdido en esas tertulias literarias y disfrutar del nuevo Madrid, ciudad que se me suponía el paraíso para una mujer con inquietudes.

No tuve ninguna duda, tapamos los muebles del caserón granadino, cerramos sus amplias habitaciones, cegamos sus ventanales hacia la Alhambra y nos vinimos a la capital de España, lo que para una muchacha de provincias resultaba ser un paso arriesgado y decisivo en su vida.

Todos me tachaban de loca. «¿Qué van a hacer tres mujeres solas en una gran ciudad?», se preguntaban. «No resistiréis ni un solo verano». ¿Y qué decir de los peligros? Era de todos sabido que a las mujeres las atacaban por las Vistillas o les robaban en sus propios portales, Madrid era la vorágine, la jungla poco más, y ninguna mujer, sexo débil al fin, sería capaz de vivir sola sin un hombre que pudiera velar por su reputación.

Convencí a Delmira, la viuda de mi padre, y Rosita, nuestra ama de llaves, para trasladarnos a Madrid de forma indefinida y no se amilanaron. «¿Sin hombres?», decían, «¿y qué?».

Allí nos fuimos, asaltamos la casa del salón del Prado, a la que llamamos desde entonces *La Granadilla*, y la pusimos patas arriba, limpiando hasta su último rincón y redecorando, con medios más que modestos, todas sus habitaciones.

Tampoco dejamos descuidado su gran jardín. En él pasé los mejores momentos. Sobre una mesa de mimbre, recuerdo de algún viaje hecho a La Habana dejado por un anterior propietario en el desván, escribí mis primeros artículos para los periódicos y luego, cuando el tiempo lo permitía, los cuentos que me pagaban bien y de los cuales nos sustentamos durante algún tiempo y que firmaba con el nombre de Darío Alcázar.

* * *

Se acercaba el verano de 1900 y Madrid no era tan templado como recordaba. En Granada, aun siendo ciudad del sur, corría un aire sano, serrano y alhambreño, al que todo granadino acude por las noches. Nuestra casa, situada cerca del Darro, tenía, además, algo de humedad que refrescaba el ambiente, pero en Madrid las tardes y luego las noches se hacían algo incómodas. Con todo, los climas de ambas ciudades eran bastante parecidos siendo de interior y así intentábamos combatirlo en la frescura del jardín o paseando por el Retiro, que teníamos relativamente cerca.

Aquellas primeras semanas fueron desmoralizantes. Nos atormentaba el gasto excesivo de la mudanza, pues la casa estaba en peores condiciones de las que recordaba. Delmira y yo empleamos casi todos nuestros ahorros disponiendo de dos míseras rentas anuales que deberíamos dosificar con tiento. Y además nos asustaba la falta de visitas con el verano a punto de empezar, las familias que conocíamos preparaban ya sus viajes a las playas o a las casitas de veraneo. Nadie se había dado cuenta de que estábamos instaladas en Madrid y anhelábamos una vida social.

–Rosita..., ¿seguimos sin recibir tarjetas de visita?

Lo preguntaba ocultando prudentemente mi ansiedad.

–No, señorita. Nadie se acercó ni llamó a la puerta a entregar su tarjeta. Claro que en esta casa es más difícil vigilar la puerta, como hay que atravesar el jardín...

Suspiraba. Qué desastre, me decía. Más de una vez me lamentaba de haber tomado la decisión de venir a Madrid.

–Es pronto... Llegarán.

Entonces, Delmira, tan pragmática, añadía:

–Si la montaña no viene..., habremos de ir a la montaña. ¿Qué tal una tarde de escritura de cartas?

Yo asentía. La idea era buena, pero me horrorizaba vernos de pronto asaltadas por visitantes a los que no podría agasajar ni siquiera con un licor.

–Hasta que no cobremos el próximo mes, mejor no dar oportunidad a que vengan demasiados. Pero alguna carta sí habré de escribir. Por lo menos a mi amiga Lisita, que se alegrará de saber que ya estoy instalada.

–Hazlo, querida, hazlo. Luego iremos a pasear al Retiro.

Aquella carta fue difícil de escribir. La rompí varias veces y eso que lamentaba gastar papel con lo caro que estaba. No sabía bien cómo enfocar el asunto. ¿Con el anuncio de mi llegada bastaría? «Querida Lisita: Te escribo para comunicarte que ya estoy instalada en Madrid» o, mejor aún, ¿por qué no poner algo de sentimiento? «Querida Lisita: ¡Cuántas ganas tengo de volverte a ver! Y ahora resulta que ya es posible, puesto que estoy instalada en Madrid».

Ay, qué conflicto. Ambas me parecían igual de insulsas, pero tras una tarde de inquietud finalmente le escribí:

«Querida Lisita: Te escribo para comunicarte que ya estoy instalada en Madrid. ¡Cuántas ganas tengo de volverte a ver! ¿Crees que podrías venir a visitarme en breve? Ardo en deseos de que me pongas al corriente de todo lo acontecido en la capital en estos últimos meses. Tu amiga, Carmela».

Sí, mucho mejor. Lisita era más bien… cotilla, todos los encuentros en donde poder hacer mención de las novedades de Madrid le entusiasmaban. No tardaría en recibir respuesta. Habría de prepararme, tener pastas recién compradas. Rasqué dentro de mi bolsito de terciopelo y rescaté unas monedas, que le di a Rosita.

–Anda, ve a Casa Mira. Pero que te las den contadas.

La pobre mujer me miró algo desconcertada.

–Pero, señorita…, hay una buena tirada hasta la Carrera de San Jerónimo. Yo, por lo menos, no tengo piernas… ¿Puedo tomar un coche?

–¡Para coches estamos! –exclamé, muy poco sensible.

Me levanté algo enfadada, pues habiendo tomado la determinación de invitar a Lisita lo mejor era ser previsora. Suspiré y contesté:

–Iré yo, Rosita, no te apures. Tengo mejores piernas y no me vendrá mal pasear un poco.

La pobre criada asintió con la cabeza, con cierto reconcome, como ella decía, pero se fue a las cocinas y no replicó.

Mientras me ponía el sombrero para salir, algo embarulló la casa. En la zona donde estábamos pocos sonidos nos asaltaban, salvo los de los mirlos por las mañanas, así que muy pronto captó nuestra atención el runrún de unas ruedas de coche que pararon en la misma puerta del jardín. Oímos un «sooo» largo del cochero y Rosita volvió *volá*, gritando:

–¡Señorita, señorita…, que tenemos visita! Por ahí sale un señor muy alto con bastón. ¡Que viene, que viene!

Yo la calmé, aunque sintiendo el corazón palpitándome en el pecho. Delmira, más decidida y controlada, se acercó a la puerta para recibir al visitante.

Sonó la aldaba, Rosita se santiguó como si con ello quisiera impregnar al momento un poco de la fortuna que nos estaba faltando en los últimos meses. Abrió la puerta y allí estaba él.

Era Galdós.

* * *

Lo hicimos pasar. Rosita le recogió el sombrero, pero se quedó con el bastón. Le invité a sentarse en nuestra mejor sala, que en otros tiempos sería fría como el interior de un castillo, pero ahora nos refrescaba los días tórridos. Delmira nos dejó solos. Sabía que era un momento mío y lo entendió.

Miré a Galdós prudentemente, pues hacía tiempo que no nos veíamos. Desde que viniera a pedirle ayuda para mi padre nos habíamos carteado, pero no coincidimos en ningún acto a pesar de que me diera varias cartas de recomendación para presentarme a sus amigos más queridos, entre ellos la Pardo Bazán, como ya dije.

–Supe de su llegada por Emilia, que le ha tomado mucho afecto. –Se refería a la Pardo, naturalmente–. Y como estoy ya en puertas de viajar a Santander para todo el verano he convenido venir a verla y dedicarle toda la tarde. ¿Le parece bien?

Mis ojos debieron reflejar mi primer atolondramiento, dado que no teníamos nada para ofrecerle, ni siquiera las dichosas pastas de Casa Mira.

–Eso es…, como se dice por estos lares…, ¡superior! Su compañía es siempre un placer, ya lo sabe. Y bien que me vendrá para que me ayude a decidir qué puede hacer una mujer como yo para darle utilidad a su vida en una gran ciudad.

Benito sonrió y me miró con picardía.

–No me parece que se esté cuestionando qué labores femeninas o a qué casas de caridad debe acudir para ofrecer sus servicios… Usted me está preguntando cómo puede ganarse la vida. ¿Me equivoco?

Suspiré.

–No, no se equivoca. Quisiera trabajar y a ser posible escribiendo.

Galdós rio, y eso que no acostumbraba a hacerlo abiertamente.

–¿Quiere usted escribir? Eso es fácil. ¿Quiere usted publicar?... Eso es más complicado. ¿Quiere usted cobrar por ello?... Eso es imposible.

Mi sorpresa me dejó sin habla.

–¿La he impresionado? Como supongo que no es mujer de usar las sales, le diré algo más. No es mi deseo desencantarla. Ha elegido usted una digna profesión, pero tan digna es que solo pueden vivir de ella los dioses. ¿Quiere que le cuente cómo fue mi llegada a Madrid? Tendría más o menos su edad, pero ya era un pícaro de treinta. Y con experiencia de haber escrito en diarios de mi tierra y todo, me fue difícil encontrar mi sitio en el periodismo. Lo que escribía para *La Nación* no me lo pagaron hasta pasados años.

–Yo pensaba en ir vendiendo algún cuento para salir adelante…

–Ya, cuentos… Quizá dirigiéndose a alguna revista de mujeres… Lo veo difícil, sinceramente. Pero no se apure, le escribiré algunas cartas y le daré referencias.

Esbocé una sonrisa de agradecimiento.

–Vamos, vamos, tontina, no se me amilane usted. Que mi visita no sea motivo de tristeza. Usted lo que tiene que conocer es cómo es la vida en este Madrid agotador, que no para desde el amanecer hasta que el sol se acuesta. Aquí hay bulla hasta en las iglesias. Madrid no se para nunca y usted ha de seguirle el ritmo, así que no le vendrá mal que le hable de mi experiencia nada más llegar a la Península. ¿Quiere que lo haga? ¿Puede dedicarme su atención durante algunas horas?

Me sentí halagada.

–Por supuesto…, pero quizá le apetezca un té y unas pastas… ¡Rosita, trae las pastas!

Rosita me miró desconcertada. ¡Pero si no teníamos!

Don Benito, que era muy agudo en las observaciones, nos vio haciéndonos gestos de disimulo y entonces resolvió:

–¡Venga, vayamos al Prado a pasear! Que les invito a todas a tomar una horchata.

Rosita no cabía en sí de gozo. Pasear por el salón del Prado con un señor tan respetable era poco más o menos que alcanzar la gloria.

Nos pusimos los sombreros, también los ligeros mantones quienes lo creyeron acertado, y salimos a pasear con Pérez Galdós.

CAPÍTULO 2

DE CÓMO FUE LA INFANCIA DE PÉREZ GALDÓS Y CÓMO LLEGÓ A LA PENÍNSULA

–Así que usted quiere que le cuente cómo me fue al llegar a estas tierras, siendo yo un niño canario y bastante mimado, vamos, que estaba siempre entre las faldas de mi madre, de mis hermanas y de mis tías.

–Solo si usted quiere, don Benito... –manifestaba colgándome de su brazo, que era aún fuerte como el de un muchacho.

–Pues sea.

Y así comenzó a contarme, que para mí fue aquello el comienzo de unas memorias que se fueron gestando en cada encuentro y culminaron con las que se publicarían en 1915 en la revista *La Esfera.*

Caminábamos por el salón del Prado, abanicándonos, orgullosas de la ilustre compañía, y todos parecían que nos miraban, porque Galdós era una celebridad, incluso entre los que nunca hubieran leído un libro.

–Usted querrá saber de mí más que yo mismo y eso es imposible, además de inútil, pues, de viejos, ¿quién reconoce en nosotros al niño que fuimos? –comenzó a contar don Benito–. Mi infancia no tiene interés, fui como otro cualquiera, quizá más observador y con más imaginación, pero cometí los mismos errores y lloré tanto o más que la mayoría cuando me regañaban.

»A la casa de la calle de Cano de esa ciudad isleña de Las Palmas de Gran Canaria, que fue donde nací, llegué un día por la tarde siendo el número diez de mis hermanos. En el seno de esa gran familia, cuyo general eran doña María Dolores y su lugarteniente don Sebastián, mis padres, encontré mucho amor y mucha disciplina.

»Mi madre, de origen vasco e hija de secretario de la Inquisición, organizaba. De mi padre tengo el recuerdo de sentarme sobre sus rodillas a oír historias de la invasión francesa, que él recordaba a su vez de oírselas a sus padres, y también anécdotas de más allá del mar, de Cuba, a donde fueron a parar alguno de nuestros familiares. Para el que fuera teniente coronel del ejército fui su delicioso juguete, por haber llegado el último y ya en sus años de senectud.

»Siendo el más pequeño y entre tanto hermano descompensado por una gran influencia de hermanas, mujeres y criadas, me crie con ternuras, sobre todo de mi hermana Carmen, que fue como una segunda madre debido a la diferencia de edad.

»En el colegio era yo muy tímido. Prefería observar a ser observado. A veces, sin quererlo, era objeto de secreteos al verme encorvado en el pupitre sin saber dónde introducir mis piernas, que eran el doble de largas de las de mis compañeros. Ya desde chico era más alto que los demás y cualquier cosa que sobresalga de lo común, ya lo sabe, Carmela, es disparate y razón para hacer mofa.

»Intentaba no dar ningún notorio, pasar como sin pena ni gloria y, aun pudiendo sacar sobresalientes, decidí sacar notables y algún aprobado por no dar el cante. Me pasaba las clases haciendo dibujos que terminaron en ser caricaturas y algunas se llegaron a publicar en el periódico de la escuela.

»Ahora que lo pienso, tenía alguna que otra habilidad. Además de tocar el piano de oído con cierta excelencia, tuve el don de plasmar en papeles todo lo que imaginaba. A veces cogía una tijera y recortaba en un segundo el perfil de mi tío o de la vecina, siendo reconocida de inmediato por cualquiera que tuviera el particular de saber de ella. Otras veces procurándome piedras, palitos y otros cachivaches, recreaba una montaña con su castillo y todo, tal como si fuera el mismo Toledo, mucho antes de que lo admirara y caminara por sus calles.

»No es de extrañar que de tanto observar y plasmar cosas en los papeles me desviara yo de la abogacía al periodismo y más tarde, a completar historias inspiradas todas en la vida, unas ya pasadas y ciertas y otras transcurridas casi al tiempo, pero todas tomadas de la más pura observación con estos ojos que cada vez me fallan más.

Nos sentamos en las sillas de uno de los quioscos del Salón. A nuestro alrededor solo había verde, de árboles y flores, y si no hubiera sido por el trotar de algunos cascos de caballería que subían y bajaban por el paseo, me hubiera creído en el propio bosque de la Alhambra.

Llegó una camarera y pedimos las horchatas. Rosita ya se relamía.

–A mi madre, doña Dolores –continuaba Galdós recordando –se le metió entre ceja y ceja que estaba enamoriscado de mi prima Sisita. No iba desencaminada, no. Le tenía querencia, ese amor indefinido que se tiene cuando se quiere por primera vez. Y resolvió enviarme a la Península, porque su pequeño, el hijo de sus entrañas, el que sacaba tantos sobresalientes y era la esperanza de la familia, tenía que estudiar Derecho.

»Por aquel entonces, rara vez se contradecía a una madre y menos aún a una como mamá Dolores. Vamos, que de cabeza vine a la Universidad Central de Madrid, sin que aquello me supusiera un disgusto, pues, por encima de la desazón que me producía estudiar derecho penal y otras lindezas, también me proporcionaba la libertad de estar lejos de mi familia y de la rectitud de mi madre. Así que tomé el Almogávar, un vapor que salía del muelle de san Telmo. Desde allí llegué a Cádiz, de allí a Sevilla y luego a Córdoba.

–¿Y en qué fecha fue eso, don Benito? –le pregunté.

Pérez Galdós me miraba, achicando los ojos, y contestaba:

–En 1862. ¿Sabe usted por qué me acuerdo? Porque estando por Sevilla fui a coincidir con la visita de la reina Isabel II por Andalucía. En esa ciudad habían levantado arcos triunfales, de esos efímeros, como los que seguramente levantarían en su tierra de usted, Granada, cuando la reina se dignó visitarla más tarde. Todo era una gran jácara, todos bebían y bailaban y, claro está, un estudiante cuya jaula había sido abierta habría de aprovecharse. Tanto me aproveché, que llegué tarde a Madrid y el plazo de la inscripción de matrícula para ingresar en la Universidad Central estaba cerrado. Tuve que pedir una ampliación justificando que era un chico de ultramar y perdí tiempo en el traslado. ¡No se puede usted imaginar qué mundo se me abrió en Madrid! Los primeros meses de facultad fueron algo inestables… ¿Cómo conseguir contener mi inquietud sentado en los pupitres de un aula magna?

Galdós sonreía con picardía.

–Durante algún tiempo trasladé «mi estudio» de derecho mercantil al café de Naranjeros, ya me entiende. Me pasaba el día en un café cantante que estaba cerca de la plaza de la Cebada. Y no le digo a usted cómo repasaba por entonces el latín, que tanto necesitaba para comprender los latinajos propios de la carrera, porque conseguiría ruborizarla. Perdóneme, pero ¿quién me culparía ahora de hacer uso de la libertad que me habían dado y que luego serviría para ilustrar todas mis novelas?

–Era usted un pillín, don Benito… –le decía con ánimo de soliviantarle, esperando que con ello se le soltara aún más la lengua–. Y lo peor es que lo sigue siendo.

–¡Pobre de mí! –exclamaba el escritor–. Comparado con las calaveradas que se hacían por entonces, poco o nada hice que se me pudiera reprochar. Un poco rebeldillo, sí, pero siempre trabajé de sol a sol y con mucha dignidad en todo cuanto hacía.

»Muy pronto, continuaba recordando Galdós, empecé a escribir en los periódicos. Había dejado el *Ómnibus* de mi tierra, en donde ya había hecho mis pinitos, convencido de que no volvería a colaborar con ellos, pero fíjese que dio la casualidad de que querían un corresponsal en Madrid y, claro…, ¿quién mejor que yo? Poco después salió a la calle *La Nación*, un diario que se llamaba a sí mismo progresista y que fundó don Pascual Madoz, el de los diccionarios geográficos y estadísticos y mil cosas más. Se creó en una fecha muy simbólica, un 2 de mayo de 1864, y estuvo en la calle hasta 1872, en permanente gallardía, salvo los periodos de cierre por censura, como era del común para una publicación que se preciara.

»Me presentaron a Madoz a través de un amigo periodista, y, su redactor jefe, Ricardo Molina, me ofreció (debido a la fama que ya iba procurándome años atrás) colaborar en *La Nación* escribiendo crítica musical, pues le habían llegado los rumores de que aporreaba el piano y disfrutaba con los clásicos. La redacción del periódico estaba en la calle Fomento, 18; cerca de la plazuela de Santo Domingo. Tenía yo por entonces veintiún años y una vida entera por disfrutar.

»Luego aquella sección de música se ampliaría a otra dedicada a lo más cotidiano, sobre la actualidad madrileña, y pasé de las reseñas musicales a las teatrales.

»¡Qué deliciosas tardes y noches me pasé entre bastidores, observando a las coristas y cantantes de ópera o aplaudiendo a los actores! De ahí me viene a mí la afición que siempre sentí por el teatro. Eso aún no lo sabe usted, querida niña, mi faceta de dramaturgo va lenta, no se desarrolla como me gustaría, pero es cuestión de tiempo, ya lo verá. Las novelas me dieron satisfacciones y el dinero para poder comer, pero mis dramas me darán el respeto de todos, estoy convencido.

Imaginar a Galdós escribiendo algo que no fuera novela me intrigaba. Era cierto que en algunas de sus publicaciones ya había introducido una fusión novedosa entre la narrativa y el drama y en los últimos años tomaba más interés en él la necesidad de dialogar a través de sus personajes. De hecho, ya había escrito alguna obra de teatro, aunque seguía siendo conocido fundamentalmente por su narrativa ágil y descriptiva.

–Aquella variedad de tipos humanos que observaba en el teatro y en la pensión donde me alojaba, en la calle del Olivo, 9, me dio la experiencia para crear a mis futuros personajes. –comentaba Galdós muy pensativo–. Me creía un dios subido a la mismísima torre de la iglesia de Santa Cruz, que dicen que es la más alta de Madrid, desde donde poder curiosear las vidas de todos los que bajo ella transitaban las calles, gentes humildes, castañeras o mozos de cordeles, horteras escondidos en sus covachuelas esperando la visita de la dama encopetada que fuera a dejarse sus reales en algún paño para su polisón.

»Todo lo que recogían mis ojos eran tesoros literarios, anécdotas que poder usar o analizar. Y, llegado el caso, si ese día me sentía más dios que otras veces, me inspiraba el poder dislocar la realidad hasta convertirla en algo grotesco y, por lo tanto, susceptible de ser criticado.

»No era baladí lo que tenía entre manos. No iba a hacer crónicas de Madrid a mis paisanos canarios, no, iba a escribir de Madrid a los madrileños y eso exigía conocerlos bien. Tanto me esforcé que me hice madrileño en un periquete. Si no hubiera sido por mi acento, que en todo se me conocía que era isleño, habría pasado por un hijo de Lavapiés.

»Lo peor era lo evidente. No me pagaron ni un real. Y es que uno no se convierte en escritor profesional hasta no aceptar las miserias del periodismo o de la literatura, porque lo de digerir manjares ningún escritor lo puede hacer, aunque tragaderas tenemos muy grandes para aceptar trabajar sin que nos paguen.

–¿Quiere usted decir, don Benito, que no le pagaron sus muchos artículos? Pero si con ellos reunidos podría haber publicado el libro más largo jamás escrito...

Galdós reía mientras fumaba su cigarro.

–Escribí más de ciento treinta artículos. Los primeros fueron gratis, después algo me pagaron, aunque no debió ser mucho porque no lo recuerdo. El último lo escribí en el año de la revolución, en el 68.

Ya nos habíamos levantado de los asientos, tras bebernos los líquidos lechosos que nos habían servido en copas altas y con forma de flor. Volvimos a tomarnos del brazo.

–Verá, querida niña. Llevo escribiendo desde los veintiún años. Tengo las manos callosas de coger la pluma y los ojos gastados de leer las dichosas galeradas. Muchos se han enriquecido a mi costa, pero mis bolsillos están vacíos. Cierto es que he dilapidado algunos pequeños ahorros con personas a las que amé o creí amar, pero... aún no he conocido al escritor que se haya hecho rico escribiendo en este país.

Debió ver mi cara compungida, pues me desanimaba. Mi intención era sobrevivir colaborando en alguna publicación.

–Sé que será difícil. Pero me impulsan dos cosas, don Benito. Una, la necesidad de dinero; la otra, una vocación insana que llevo dentro desde niña. Soy feliz escribiendo. No he conseguido nada que me haga tan feliz que garabatear en un papel historias que me vienen a la cabeza. Sé que hay mujeres que lo han conseguido. Doña Emilia Pardo Bazán, mismamente. Y otras como…

–Lo sé, lo sé. Hace unos años, la reciente esposa de don Ramón Menéndez Pidal obtuvo la licenciatura en Filosofía y Letras. Fíjese usted, la primera mujer en convertirse en licenciada universitaria. Como ve, querida niña, las cosas están cambiando, pero tenga en cuenta que si a un hombre se le exige un diez en esto del periodismo, a las mujeres se les exigirá un treinta. Y, eso es lo que ha de preguntarse usted…, ¿está realmente preparada para luchar contra la injusticia y el insulto?

Las lágrimas iban a saltarme a los ojos y aquello me agobió, sobre todo, por no dar la imagen de una niña indecisa y débil.

–Yo solo quiero trabajar como un hombre y ganarme la vida como un hombre, de forma digna y de acuerdo a lo que soy capaz de hacer intelectualmente. Ni más ni menos.

Don Benito cabeceaba sofocando una carcajada.

–¡Pero eso que acaba de decir usted es la piedra angular del sufragismo! Que no la oigan decir tamaña idea que la meterán en la cárcel. –Galdós me guiñó un ojo–. Qué chiquilla, usted me ha salido una Juana de Arco, o, mejor aún, una Manuela Malasaña, que era madrileña.

Me puse como la grana. ¿Yo, sufragista? En ese tiempo me sonaba a bandolera o a agitadora de masas. Nada más lejano de mis propósitos.

–Vamos, vamos…, no se sofoque usted –me consolaba palpándome la mano que tenía a su brazo agarrada–. Deje pasar el verano, que ahora no hay más que ociosidad. Luego podrá emprender la lucha contra el género masculino, y si no es ese su propósito buscaremos la manera de que se gane la vida con la pluma. Mientras tanto, déjeme ayudarla, le enviaré un refuerzo madrileño que aliviará su carga hogareña.

No le pregunté a qué se refería porque mis pensamientos se encontraban muy lejos, quizás en mi Granada, que no debería haber abandonado nunca.

Volví a casa terriblemente descorazonada, y eso que don Benito me prometió escribirme largas cartas desde San Quintín, la casa que había comprado en Santander y en donde se entregaba al frenesí de la escritura.

No hice cuenta de ello, de todos era sabido que las cartas le resultaban un trabajo extra y casi nunca las escribía si podía evitarlas.

CAPÍTULO 3

DE CÓMO PRESENCIÓ GALDÓS LA FATÍDICA NOCHE DE SAN DANIEL

Varios días después tocaron a la puerta trasera de nuestra casa. Rosita volvió al salón corriendo con rubor de mejillas para anunciarnos una nueva que nos dejó sin habla.

–Señorita, que ahí fuera hay una mujer que dice que viene de parte del señor Galdós.

–Bien, Rosita, que entre. ¿A qué tanta bulla?

–Que no, mi niña, que dice que viene a trabajar a esta casa. Que es la criada que envía el señor escritor.

Delmira y yo nos miramos.

–¿Una criada? Pero… Bien, bien, hazla pasar, nada perdemos.

Nos pusimos en guardia, como leonas, quiero decir, como señoronas dispuestas a defender su casa y, si llegaba el caso, dar la apariencia de control.

No tardamos mucho en oír el frufrú de unas faldas y en la puerta del salón apareció una muchacha, casi de mi edad, muy blanca, de ojos expresivos y de cabello negruzco. Sus movimientos eran toscos y vestía con indumentaria muy castiza. Le asomaban las enaguas por debajo del vestido y del corpiño semiabierto por el pecho sobresalía una blusa que debía haber sufrido ya muchas lavaduras. Sus botitas, que agobiaban solo de verlas por el calor que debían darle en esos días tan soleados, mostraban los pliegues de sus muchas caminatas, a punto de estallar.

–Soy Carmela Cid, la dueña de la casa. ¿Con quién hablo?

La muchacha no debía estar muy acostumbrada a un lenguaje tan retórico, porque se volvió para mirar a su espalda, por si me dirigía a otra persona, y luego, al convencerse de que era a ella, se sacudió los hombros y exclamó:

–¡Pues conmigo! Con *la Pili.*

La Pili, como ella decía, nos dejó algo confusas a Delmira y a mí. A Rosita mucho más, que tras las cortinas la observaba temiendo peligrar sus muchos años de servicio doméstico. Adiviné que de sus pupilas maduras resbalaban brillantes lágrimas de impotencia.

–Me han dicho que te envía el señor Pérez Galdós, pero debe haber un malentendido, porque por ahora no tenemos previsto contratar a nadie más para el servicio.

La muchacha se rascó la enredada melena.

–Yo no sé nada de servicios, señora, yo solo vengo porque el escritor me dijo que a partir de hoy iba a trabajar en esta casa. Y como lo dijo el señor Galdós…

Suspiré. ¡Qué laberinto! ¿Me habría expresado mal en algún momento ante don Benito haciéndole creer que necesitábamos ayuda doméstica?

–Querida… Pili, es que no podemos pagar a ninguna criada… –me arriesgué a confesar–. Acabamos de instalarnos y no contamos con dinero para…

–¡No, señora, no! –me interrumpió la muchacha–. Si el dinero ya me lo adelantó el señor Galdós, que lo llevo bien guardado entre mis pechos,…

Diciendo esto, se tocó el escote y luego, muy sonriente, se sorbió la nariz, aunque por fortuna no necesitó de pañuelo, pues hubiera sido un contratiempo, ya que no usaba.

Delmira me puso la mano en el brazo para evitar que dijera mi última palabra. Sabía que iba a rechazar la oferta de don Benito por encontrarla excesiva, pero, claro está, las madres son mucho más prácticas en estos asuntos.

–Entonces no se hable más… –exclamó Delmira con su acento asturiano–. Que Mari Pili se quede, total, ella está de acuerdo y no vamos a hacerle el feo al señor Galdós. Rosita, ¿querrías enseñarle su cuarto? Más tarde convendremos las tareas que realizará.

Rosita apretó los labios por no protestar delante de *la Pili*, asintió sacando modestia de donde no la tenía y tomando del brazo a la muchacha le dijo:

–¡Anda, *venacapacá*! Y que sepas que somos una casa muy decente y muy limpia. Aquí se trabaja de sol a sol y cuidadito con lo que tocas y miras. Que, si te veo echándole el guante a alguna cosa de las señoras, por la Virgen que sales de aquí por la ventana.

–¡Pero si no he hecho *na*! –se lamentaba la muchacha, a la que oíamos alejarse entre los regaños de Rosita–. Oiga, que yo soy muy relimpia y muy *honrá*...

–Pues, entonces, no rechistes, ¿*habe*? –contestaba a su vez Rosita con su acento granadino.

Delmira y yo hicimos por no reír, a fin de cuentas, la situación estaba a punto de desbordarnos. ¿Una nueva criada? ¿Y sin conocerla?... «Confiaremos en don Benito», nos decíamos.

–A esto se refería Galdós cuando me decía que me enviaría «un refuerzo madrileño».

–Pues aprovechémonos, querida Carmela. Ella nos enseñará a vivir en Madrid.

Queriendo saber algo más de la vida de Mari Pili, le pedimos que nos sirviera de guía por el Madrid castizo, que Delmira y yo conocíamos prácticamente de oídas por ser nuestras estancias en Madrid cortas y disfrutadas en círculos más burgueses.

Parece que estoy viendo ahora mismo a Delmira, sentada en el saloncito de entrada, esperando a que la muchacha saliera de las cocinas. Para ella resultaba una aventura dejar nuestra casa y pasear por rincones algo confusos de la ciudad, pues la muerte de mi padre la había sumido en un estado de aletargamiento que iba superando poco a poco gracias a su férreo carácter.

Tenía mi madrastra una estatura similar a la mía y también era de carnes suficientes para mantener los vestidos, quiero decir que, sin ser ni ella ni yo de cuerpo obeso, tampoco podríamos pasar por flacas. Lo más asombroso del rostro de Delmira eran sus ojos, almendrados y limpios, sin una sola señal de rojez. Nunca vi una esclerótica más blanca en un adulto. Ni ojeras tenía. Eso le proporcionaba brillantez a una cara casi siempre sonriente. Era, como si dijéramos, una mujer que inspiraba confianza. Por eso siempre nos llevamos bien y gracias a ella pude superar la falta de mi padre, que fue, realmente, lo más duro a lo que tuve que enfrentarme nunca.

Pero aquella tarde deseábamos sacudirnos los temores, incluso los remordimientos de mujeres viudas y huérfanas, porque la vida seguía y sabíamos que en un momento u otro deberíamos olvidarnos de nuestras penas y seguir hacia delante.

Mari Pili nos hizo tomar un ómnibus, de los pocos que quedaban ya de tracción animal. Eran las delicias de los muchachos, sobre todo cada vez que las mujeres recogíamos nuestras faldas para subir sus escalerillas y dejábamos a la vista los tentadores tobillos. También de los raterillos que se aprovechaban de la lentitud de las mulas para subir y bajar sin ser vistos.

Hacia 1900 comenzaron a circular los llamados *grises*, que eran tranvías urbanos de fabricación belga y decorados de ese color. Antes, nos contó Mari Pili que existieron los *canarios*, que eran de color amarillo y mucho más rudimentarios.

El paso del tranvía de tracción animal al eléctrico estaba provocando en Madrid no pocas complicaciones. En las cocheras de los transportes sobraban ahora espacios que nadie limpiaba y cuya utilidad no dejaba de causar polémica. El alimento que antes se destinaba a las bestias y la paja que utilizaban para acomodarse se pudría siendo los dirigentes de las compañías incapaces de asimilar ese cambio profundo que se cernía sobre la sociedad española.

Todavía se encontraba a madrileños que recelaban de subirse a un transporte eléctrico pensando en que serían trasladados a la velocidad de la luz con el riesgo consiguiente para su integridad física. Antes, decían, era más seguro controlar a un animal. El látigo aseguraba la frenada, pero ¿qué ocurría si un ómnibus descarrilaba? ¿Quién asumía la terrible responsabilidad de proteger a los heridos? Algunos madrileños de edad consideraban más peligroso subir a un tranvía que ir a la guerra. Todo esto lo contaba Mari Pili con mucha gracia y el viaje, ciertamente, se nos hizo corto.

Con todo, llegamos a una calle cercana al arco de Cuchilleros, donde tenía el padre de Mari Pili, el señor Anselmo, una botillería a la que acudía Galdós a veces por mantener la rutina de haberse reunido allí, al llegar a Madrid, con algunos estudiantes. La chiquilla nos presentó orgullosa a su padre, que era de esos hombres rudos que apenas vocalizan y me fue penoso entenderle, salvo por los gestos.

Mientras decía lo mucho que admiraba al escritor salió de detrás de nosotros un hombre, de una edad aproximada a la de Galdós, y se presentó:

–Disculpen, señoritas... Desde esa mesa sentado he podido oír que son amigas de don Benito. Hace muchos años que no sé de él salvo por sus novelas y me gustaría que pudieran enviarle mis gratos recuerdos. ¿Aceptarían ustedes, si no es impertinencia, un agua de cebada o refresco diferente?

Delmira y yo nos miramos. Don Anselmo nos indicó con la cabeza que era de confianza mientras secaba algunos vasos tras el mostrador. Era un sitio público y a la vista de todos, así que no vimos inconveniente.

Nos sentamos en una mesa de madera que Mari Pili, por ayudar a su padre, nos limpió con un paño, se lo echó luego al hombro y nos puso varios vasitos sobre el tablero todavía húmedo. De una jarra nos sirvió esa agua de cebada que a Delmira y a mí nos repugnó primeramente, pero que luego saboreamos con deleite.

–Soy Melitón López. Creo yo que me recordará don Benito, porque coincidí con él en la casa de huéspedes de la calle del Olivo, que según me contó debió ser la segunda en la que vivió en Madrid. Creo recordar que vivió hasta entonces en las habitaciones alquiladas de una casa de la calle de las Fuentes, cosa habitual entre los estudiantes que llegaban para matricularse en la universidad. En la que coincidimos él y yo, la del Olivo, convivimos con unos cuantos de estos estudiantes, también algún cesante, que con los cambios de gobierno tenía que dejar su casa alquilada por falta de efectivo. Entonces, recuerdo que los miraba con cierta pena y, vaya por Dios, que ahora resulta que el cesante soy yo y me encuentro dando tumbos de pensión en pensión.

–¡Cuánto lo siento, señor Melitón! –exclamé algo confundida.

–No, no lo sienta usted. Así es la vida del funcionario de hoy. Dando traspiés continuamente, como el propio Gobierno... –entonces bajó la voz–. Es la idiosincrasia del español, en nada se centra. Yo todavía tengo esperanza de la inamovilidad del funcionario, que ya lo dijo Antonio Maura hace ya unos tres años, pero mientras tanto toca buscarse la vida descargando sacos de patatas si es menester.

Sorbió del vaso del agua de cebada y Delmira y yo tuvimos que ocultar nuestra compasión.

–Como les decía, por entonces también era estudiante. Llegué desde Valencia a hacerme abogado, tal como el señor Galdós. Pero nunca he sido de pararme demasiado en un mismo sitio y eso de estudiar no lo llevo bien. Benito también era otro culo inquieto (perdonen la expresión), se saltaba las clases y muchas de ellas las pasábamos él y yo en los cafetines. La casa de huéspedes era de lo más curiosa. Era un cuchitril situado en la segunda planta de una casa alta, creo recordar que de seis pisos, que pertenecía a un guipuzcoano de nombre Jerónimo, cuya esposa se llamaba Melitona. Imagínense la chanza. Todo el día entre los estudiantes allí alojados diciéndome: «Melitón, que te llama Melitona». Así todo el día cada vez que me requería para que le saldara mi cuenta cada final de mes.

Nos reímos con las expresiones de aquel pobre hombre. Ciertamente lo único que debía mantenerlo en pie, teniendo en cuenta sus visibles pómulos, debían ser los recuerdos, porque me extrañaba mucho que fueran los alimentos.

–Cuando uno es joven de todo se ríe. Benito y los tres o cuatro estudiantes que por allí parábamos convertíamos todo en una juerga. Allí escribía Galdós, sentado en una mesa derrengada, algunas de sus obrillas. Creo que una de ellas fue *La sombra*, luego comenzó por aquel tiempo *La Fontana de Oro*. Algunas me las contaba, pero, en general, era de carácter reservado. Cuando de todas ellas, pasado el tiempo y perdido el contacto, decidí leer la que se tituló *El doctor Centeno*, encontré en ella la descripción de esa pensión de doña Melitona, a la que tildó de «hermosa arpía»... –don Melitón se reía–. Lo de hermosa no lo recuerdo, pero lo de arpía... ¡Por mis barbas que sí que lo era!

Decía Galdós en su novela refiriéndose a la casa de huéspedes de doña Melitona: «... Aquel largo pasillo, con tres vueltas, parecido a una conciencia llena de malicias y traiciones; aquella estera rota, tan peligrosa para el que andaba un poco deprisa; aquellos cuartos que al angosto pasillo se abrían, aquella sala y gabinete donde se aposentaban los huéspedes de campanillas; aquel olor de fritanga que desde la cocina se esparcía por toda la casa, saliendo hasta la escalera para dar el quién vive a todo el que entraba».

La conversación con el cesante dio para mucho. Ciertamente que nos ofreció una parte de la juventud de Galdós que no hubiéramos podido conocer de haber confiado en la sinceridad del escritor, pues todos sabíamos que era la discreción personificada.

Pero don Melitón no paraba de contarnos, y poco después de varios vasos de agua de cebada y uno de vino de garrafa nos invitó a oír otra de las experiencias únicas del canario, si es que eso es posible por esta narradora humilde.

Todos los que a la escritura se dedican, inician sus escritos literarios con algún hecho histórico que les marca para siempre. El de Galdós fue ser testigo de la famosa Noche de San Daniel. Lo que ocurrió entonces se impregnó en su memoria con tinta indeleble y solo salió de ella para escarmiento de quienes la produjeron, plasmándose en sus novelas y en sus propias memorias.

* * *

No llevaba Galdós en Madrid ni dos años y ya se conocía al dedillo sus rincones más castizos, porque una de sus aficiones era la de deambular por las calles acompañado por un plano. Para un escritor de ciudades, como luego lo fue él, que describía los acontecimientos que se desarrollaban en sus vías, casas y solares vacíos, era fundamental memorizar Madrid y saberse dueño de sus misterios, gracias a los cuales definiría sus personajes convirtiéndolos en humanos o quizá trasladando la humanidad ya existente de sus parroquianos a sus héroes de literatura.

Como Melitón confesó, tanto él como don Benito se pasaron muchas tardes en los cafés, conversando de esto y de aquello, posiblemente pensando en resolver los grandes problemas de España, que eran muchos y acuciantes.Mientras esto hacía, me imagino al curioso canario observando con sus ojillos inteligentes a las clases humildes madrileñas, a la huevera y al cordelero, al panadero y a la planchadora, a la madre de cinco hijos con señales evidentes de traer a otro madrileño al mundo. Todo ese universo humano era para Galdós un diamante en bruto, más preciado que cualquier clase en la universidad.

Pero también, según nos aseguró don Melitón, se hicieron asiduos del Ateneo, que por entonces tenía su prestigiosa casa en la calle de la Montera, estratégicamente situada entre la Puerta del Sol y la Red de San Luis, lugar privilegiado para todo aquel que quisiera vivir lo madrileño, y en donde, además, se congregaban algunas cabezas pensantes (no sabemos si bien pensantes), pero que luego habrían de ir al Congreso a trabajar.

Decía don Melitón, corroborando los recuerdos que luego serían de Galdós, que el Ateneo poseía una casa en la acera izquierda de la calle Montera, según se caminaba hacia la susodicha Red de San Luis, con un amplio portal que no era del todo ostentoso porque bien podría pasar por casa de la Cava Baja.

A esta calle daban los balcones de la sala del Senado, dando a otros lugares la sala de lectura y la sala de sesiones. Allí coincidían don Benito y don Melitón con los políticos Antonio Ríos Rosas y Antonio Alcalá Galiano o con José Moreno Nieto, que, habiendo sido catedrático de la Universidad de Granada y de Madrid, también fue presidente del propio Ateneo.

Así las cosas, los jóvenes estudiantes de Derecho, sirviéndose de ciertas prebendas burguesas, acudían al lugar para relacionarse y, en mucha más medida, ser testigos de los movimientos que surgían por aquellas fechas con cierta asiduidad dentro del orbe político. Y fueron a suceder dos novedades que unidas se convirtieron en una bomba de relojería explotando en la famosa noche del 10 de abril de 1865.

Ocurrió que poco antes de esas fechas, el gobierno que presidía el general Narváez, muy acorde con sus ínfulas represoras, acordó dictar una ley que prohibiera a los docentes emitir juicios personales, censurando abiertamente la libertad de cátedra. A don Emilio Castellar, que por entonces impartía clases en la Universidad Central, le llevaron los demonios siendo como era demostrado krausista, que era como decir defensor de impartir la docencia de forma moderna y libre. Y no cejó en demostrar que las ideas u opiniones no pueden acotarse, haciendo uso de su palabra en los periódicos notables del momento.

El Gobierno actuó con inteligencia al emplear siempre que podía la censura, evitando que se supieran las muchas irregularidades que cometía. La que más le dolía al humilde ciudadano era el mal uso de las arcas del estado destinándose, en gran medida, a los caprichos de la realeza.

El despilfarro llevó a la falta de dinero y, consecuentemente, a la necesidad de conseguirlo, de ahí que se anunciara la inmediata enajenación de los bienes públicos, que era como decir que la reina y el Gobierno podían apropiarse legalmente de todo lo que no era suyo. La oposición de los grupos más liberales del Gobierno y la sensatez que imponían los intelectuales obligó a dar un paso atrás al gobierno, que con versión envalentonada matizó que la reina, pensándoselo mucho, actuaba con gran *rasgo* de generosidad atribuyéndose solo el veinticinco por ciento de los bienes enajenados, cediendo el setenta y cinco restante al pueblo. Emilio Castelar cogió la pluma y escribió el famoso artículo «El rasgo» (haciendo alusión al susodicho de la reina) y matizó que si tal hacía no podía dar al pueblo lo que era del pueblo, quedándose para sí el veinticinco por ciento, porque lo robaba.

Con tales comentarios, más o menos dichos de esta manera, se armó tal desconcierto que el entonces ministro de Fomento, Antonio Alcalá Galiano, encargado de la educación del país, preparó una real orden para abrir expediente académico a Castelar. El rector de la Universidad Central, Juan Manuel Montalbán, cursó la orden, pero se negó a expulsar al profesor, lo que provocó en el ministro tal enfado que destituyó a ambos y ordenó auto de prisión para el profesor.

El famoso artículo «El rasgo» que escribiera el rebelde fue censurado, a pesar de lo cual se repartían octavillas en secreto con su contenido y de todos fue conocido, y se creó un ambiente de tensión sin igual en el Madrid del momento.

Benito Pérez Galdós, por entonces dedicado a las reseñas musicales en el periódico del señor Madoz, escribía, no obstante, sus impresiones: «En la capital todo era desolación, alarmas, presagios funestos, tristeza, luto y desaliento».

Animados por la injusticia, los estudiantes se congregaron para ofrecerle una serenata en la calle de Santa Clara al señor rector de la universidad, Juan Manuel Montalbán, que poco después cedió su puesto, impotente ante los acontecimientos.

Los estudiantes, que prometieron ante las autoridades conservar el orden público, aprovecharon el momento para expandir su protesta y, aunque fue reprimida sin grandes ostentaciones, se quiso ver en ella el ejemplo a seguir en otras tantas demandas callejeras que luego llegarían.

Así, el día en que el nuevo rector juraba su cargo fue recibido por los alumnos con pitos y lanzamiento de huevos, quedando los revoltosos tan satisfechos de sus aspavientos que continuaron hacia la Puerta del Sol, en donde se congregaron.

Allí reunidos los alumnos de la universidad, con gestos tan valientes como provocadores, observaron llegar a la Guardia de Principal, que era un retén de sesenta hombres que defendían día y noche el Ministerio de la Gobernación, situado en la antigua Casa de Correos. Les dijeron a los muchachos allí reunidos que se dispersaran, que la Guardia Civil llegaría de un momento a otro. Pero estos no cejaron, seguían con sus pitidos y pidiendo libertad, lo que les costaría muy caro.

La Veterana de la Guardia Civil llegó presto a desalojar el tumulto, por las buenas o por las malas, pero fue por la tremenda porque apenas llegaron sacaban ya los sables.

Entre la juventud pasaron con sus caballos, pegando a diestro y siniestro, sin discernir si el que pasaba era alumno o madre de cría, que allí todos caían con sablazo o golpe de porra. Se oyeron algunos disparos y los gritos de los manifestantes, a los que se unían como siempre ha de pasar en estas circunstancias, activistas de otra índole que ven provecho en excitar las causas ajenas. Por eso aparecieron ladrillos volando hacia los guardias civiles y, claro, esto enfadó aún más a las autoridades, que se tomaron la manifestación por guerra de guerrillas.

Don Melitón y don Benito presenciaron la escena desde un balcón que daba a la Puerta del Sol. Allí les sorprendió el asunto, en casa de un amigo, y aunque parecía que se salvaguardaban de los sablazos, Galdós se preocupaba porque entre los manifestantes había algunos canarios, amigos también.

Tomaba notas para luego incluirlas en sus artículos, pero los mejores detalles se le quedaron impresos en la memoria, sin necesidad de pluma. Porque cualquiera de ellos dos podrían haber estado en esa plaza y recibir algún mandoble, pero por el momento no fue así, aunque parecía que los sufrían en sus propias carnes.

Una lavandera de diecinueve años halló la muerte en la calle de la Montera, también un cervecero y un tendero que pasaba por allí en mala hora. También recordaba el señor Melitón que hubo una baja de un acaudalado canario que pasaba sus días en la capital. Hasta el momento desconozco si se trataba de algún amigo de don Benito, porque de todo ello se dijo muy poco, más bien se ocultó en la prensa, dando por resuelto el asunto gracias a las fuerzas de seguridad y sin reconocer que ninguno de ellos sacara el sable, aunque sablazos, como ya dije, hubo para aburrir.

Nada hay de nuevo en estas manifestaciones, sean antiguas o actuales, pero del suceso que nos narró don Melitón en la Noche de San Daniel me quedaron tristes recuerdos que, sin ser vividos, me venían por las noches a aterrorizarme.

No quedó la cosa ahí, según pude comprobar. Don Benito decía una y otra vez que aquellos sucesos le marcaron la vida para siempre, sin embargo, no sería lo único que viviera en ese Madrid violento siendo aún un muchacho, porque volvió a repetirse el triste espectáculo un año más tarde.

En aquella ocasión no hubo estudiantes, menos mal, sino hombres juiciosos que sabían lo que se jugaban movidos por el desasosiego de la fatídica noche ya contada y las presiones sociales, que eran muchas. Porque desde entonces se comprendió entre los contrarios al gobierno que era el momento de derrocar a la monarquía y lo intentaron.

Un año más tarde, como digo, el general Narváez, dando pie a todo lo dicho con sus leyes represoras, fue sustituido por el general unionista Leopoldo O'Donnell, quien ofreció al general Prim una alianza. Este, que ya desde antiguo tenía la querencia de llevarse por delante a la reina, medró para derrocarla alentando a la sublevación de los sargentos destinados en diferentes cuarteles, entre ellos el cuartel de artillería de San Gil, situado muy cerca del Palacio Real.

Los sargentos, algo amoscados ya con el gobierno por no encontrar reconocimiento en sus labores, no dudaron ni un segundo en protestar y muy pronto se encontró el pueblo de Madrid entre barricadas, surcándose los cielos de fuego de artillería.

La revolución, aunque breve, puso a la ciudad patas arriba y sumió a los madrileños en el horror de la guerra. Madrid era un infierno, recordaría un anciano Galdós mientras escribíamos sus memorias. «A la caída de la tarde», me decía, «cuando pudimos salir de casa, vimos los despojos de la hecatombe y el rastro sangriento de la revolución vencida».

Una vez reducidos los sublevados, no sin esfuerzo por parte del gobierno, se dispuso la ingrata tarea de buscar a los culpables y, como es lógico, haciéndolo con ejemplo para todos, pues los sucesos habían sido terribles.

Se condenó a ser fusiladas a sesenta y seis personas, la mayoría militares. Cerca de la famosa Puerta de Alcalá que construyera Sabatini tuvieron lugar las ejecuciones, que Galdós recordaría con dramatismo en algunas de sus novelas. Una vez dijo haber sido testigo del traslado de los sargentos, que se hacía de dos en dos y en coche hacia los aledaños de dicho monumento. Muy cerca se encontraba la plaza de toros y contra uno de sus muros encontrarían la muerte los sublevados.

De estos acontecimientos habían pasado muchos años, yo ni siquiera había nacido, pero el detallismo de la narración de don Melitón comprometió mi sensibilidad de señorita de provincias, aburguesada y, aunque no quisiera reconocerlo, sobreprotegida. Tuve que reprimir unas lágrimas y confieso que me abaniqué para volver la sangre a mis mejillas, que al terminar don Melitón su narración debían de tener el color del nácar.

Con todo, lo agradecí, viendo en ello la cura a mi ingenuidad, pues era del todo necesario prepararme para lo peor en ese Madrid que sería, en adelante, mi hogar.

Pasé algunas noches insomne, preguntándome si habíamos hecho bien en dejar Granada, no porque fuera ciudad de paz y armonía, pues en ella se habían sucedido acontecimientos igual de violentos, sino por sentirme arropada por mi familia y amigos. En Madrid, de verme agredida o arrojada a sucesos tan viles, ¿tendría quien me socorriera?

Dudé por un momento de mi cordura, pues, a fin de cuentas, mujeres solas éramos, que era cierto que sonaba a sorna, siendo tres. Pero para desgracia de todas las mujeres, los hombres conspiraban si nos hallaban sin varón en casa, y de eso no había ni teníamos expectativas.

Qué desazón me entraba al pensar que cualquier peligro se cernía sobre nosotras, sin padre, sin marido y sin hermano que pudiera protegernos y qué coraje me entraba de sentirme así de cobarde frente al mundo.

Cuando esto sucedía, me tapaba la cara con la sábana e intentaba recordar lo agradable que era mi caserón de los Cid en mi Granada natal, con unos cuantos hombres que cuidaban de mí a cada momento.

CAPÍTULO 4

DE CÓMO NOS ABURRIMOS EN AQUEL VERANO SALVO POR UNA REVOLUCIÓN

No se me fue de la cabeza la conversación con el señor don Melitón en mucho tiempo. Sus apuntes sobre la famosa noche de San Daniel, el enfrentamiento con los estudiantes y la coacción que representaba impedir la libertad de cátedra, o lo que es lo mismo, la libertad de pensar, sacó de mí esa Cid que inculcó mi padre en nuestro hogar.

Aquello encumbró aún más a Galdós ante mis ojos, que se convertía en un estudiante e incipiente periodista, testigo de un hecho fundamental en la historia de un país, que fue capaz de analizar, valorar y posteriormente transmitir la noticia a todos los españoles.

Pensando en ello me sentía ridícula, una niña bien que no había vivido ninguna experiencia y que posiblemente no la viviría jamás.

Deambulé por el paseo del Prado muchas tardes, seguida de Mari Pili y a veces con Delmira, agarradas ambas del brazo, y me parecía que me estaba transformando en una solterona. Había cumplido ya los veinticinco años y ya ascendía hacia los veintiséis, años más que peligrosos para soliviantar a un muchacho casadero.

Costumbre era que el hombre fuera mayor que la mujer y si se podía hacer esa diferencia en tres, cuatro o cinco años, mejor. Así que aspiraba, si es que sucedía, a un hombre de treinta años. Quizá ya con canas en las sienes, pues era lo común, habiéndoseme ido de las manos mi juventud, sin apenas haberme dado cuenta.

Ni bailes, ni reuniones… nada. Solo me quedaba admirar a un anciano escritor al que nunca podría llegar a compararme.

Llegué muy desanimada a La Granadilla y allí me puse a escribir a don Benito, haciéndole llegar en la carta los recuerdos de don Melitón y mi admiración por sus correrías juveniles. Él ya estaba en Santander y quedaba que sus muchas ocupaciones, personales y literarias, le permitieran contestarme, aunque lo dudé justo en el momento de pedirle a Mari Pili que mandara la carta.

En ese instante, al tiempo que la criada salía, tocaron a la campanilla de la puerta. Rosita dio un respingo y corrió a abrir. No tardó más que lo necesario en anunciar que mi amiga Lisita esperaba en la sala, con su sombrilla y su sombrero de paja adornado con una flor seca de color violeta.

Nos abrazamos con cuidado, no fuera a descolocarse el atuendo perfecto, nos dimos unos besos imaginarios en las mejillas y nos sentamos.

–¡Qué alegría, niña! –me dijo–. ¡Otra vez juntas en Madrid! Pero ha sido casi de casualidad porque ya me disponía a salir para tomar los baños. En cuanto recibí tu carta le dije a papá y a mamá que había que retrasar el viaje, que no me iría sin haber abrazado a mi amiga Carmela.

Parecía entusiasmada, cierto era, pero desconfiaba. Lisita era algo tarambana, demasiado expresiva para mi gusto, y a veces me sobrepasaba. Se sentó muy cercana de mí en el sillón y empezó a quitarse los guantes calados con mucho cuidado de no darles la vuelta, pues incómodo sería volverlos al derecho para ponérselos después.

–Cuéntame… ¿Cómo es que te has decidido a establecerte en Madrid definitivamente? Creía que después de tu incursión pasada en la literatura con la señora Pardo Bazán habías decidido olvidarte de nosotros…

Ya tardaba. La insinuación de mi fracaso como escritora y protegida de la Pardo, hechos que sucedieron tiempo atrás, era un comentario más que previsible. Supongo que ignoraba que lo abandoné todo a causa de la muerte de mi padre, porque si esa circunstancia era de su conocimiento habría sido muy cruel por su parte.

–La vida, querida, da muchas vueltas. Ahora soy otra mujer, más sesuda, pero con las mismas ganas de escribir –respondí.

Lisita me miró impertinente.

–O sea, que de casarte… nada.

Lo dijo con sorna y puedo asegurar que me hirió. Pero supe disimular, como era del común de las muchachas cercanas a convertirse en solteronas, pues no hay nada peor para una intrusa que hacer que no la has visto llegar.

–¿Quieres un café, querida?

Lisita se mordió el labio pensativa, miedo me daba su próximo comentario.

–No, no… ¿Café por la tarde? Jamás lo tomo porque no puedo dormir. Lo que me hace falta es estirar las piernas. ¿Te vienes a la Feria de Madrid a comprar avellanas tostadas? Bueno, tú puedes comprar libros, que los hay a diez céntimos y te servirán para más.

Se abanicaba muy distraída, al menos le agradecí la deferencia de que pensara en mí y en mis gustos tan poco femeninos. Suspiré resuelta a que aquella tarde no la pasaría sola pensando en mis muchas dudas sobre mi existencia y accedí, aunque con la condición de que esperara a cambiarme de zapatos.

Me puse unos más cómodos y bajamos paseando por la acera izquierda del Prado, cogidas del brazo y ocultándonos bajo la sombrilla del sol atardecido, que ya iba perdiendo su fuerza.

Mientras caminábamos hacia la Feria, que ocupaba una amplia zona paralela a la verja del Jardín Botánico, Lisita no paraba de entrometerse y preguntar sobre mi vida:

–El verano en Madrid es agotador… Lástima que no tengas donde pasar unos días, si yo pudiera te invitaba, pero, claro, no puedo. Es del todo imposible, créeme. Si acaso encontraras a alguna amiga, o un amigo, quién sabe…, pero eres tan bobalicona que en vez de buscarte un novio te buscas a un vejestorio, que además se va a Santander.

–No hables así de don Benito. No es ningún vejestorio. Además, no tiene ningún compromiso sobre mí. Ha sido un caballero y un buen amigo visitándome antes de irse.

–¡Ah, qué peso me quitas de encima, chiquilla! Conque se ha portado como un caballero… Por Dios que ese particular no me quitaba el sueño. Tanto se dice de él y de sus amantes que no pude por menos de pensar que ya te había hecho el amor.

–¡Lisita! Pero ¿qué barbaridad es esa?

–No, hija, no. No es ninguna barbaridad. ¿Tú sabes a qué ha ido a Santander este año?

Mi amiga se paró en seco y me miró a los ojos. Estaba resuelta a ganar la batalla del chismorreo.

–Pues… pues… a escribir. Y a corregir sus galeradas, como hace siempre.

–Que no, niña, que no. Que no te enteras. –Y acercándose a mi oído me susurró–: Ha ido a ver a su pequeña hija, como hace cada verano.

Me quedé pálida y bien lo sentí, porque Lisita comprobó que me había pillado en la ignorancia de saber que Galdós era padre.

–Imposible, si Galdós no está…

Ay, qué bendita inocencia. Ahora lo pienso y me sonrojo, pero iba a decir «casado». Porque Galdós no lo estaba y la opción que Lisita me proponía, la del viejo galán, caballero distinguido, convertido en calavera, no me agradaba nada.

Carraspeé, pero fue tarde, porque Lisita se dio cuenta.

–O sea, que ignorabas que Galdós es un faldero.

–No… no lo creo –titubeaba yo.

–Ah, ¿que no lo crees? Pues la madre de la niña es una modelo de esas que posan desnudas para los pintores. Y antes que ella tuvo a una actriz judía por amante… Sí, sí, hebrea, de las de Israel. Sin contar las actrices, que las tiene a pares. Mas luego están las fuencarraleras que hacen su vida en la calle y las costureras de la Cava Baja, que es de todos conocido que cuando se despide de ellas les regala una máquina de coser para que tengan cómo ganarse el sustento. Así dice que toma contacto con sus personajes, enamorando a todas las mujeres. ¡Menudo tunante!

–Bueno, en eso no hay nada extraño. Cada escritor hace de su método el que mejor le conviene, y si alguna vez ha dado con alguna mujer que le ha reído las gracias, pues mejor para él.

–Ah, vaya..., ahora le defiendes. Ya veo, también a ti te ha engatusado.

No me dejó responder, llegábamos ya a la famosa Feria, en donde se aglutinaban los diferentes puestos de comida, de flores y de libros usados. Casi no pude prestarles atención porque me sentía muy indignada con la actitud de mi amiga, que no paraba de lanzarme indirectas sobre la caballerosidad de Galdós.

–Si no quieres creerme, escribe a tu amiga, la Pardo Bazán. A ella también la enamoró y pudiendo estar con una dama como esa, culta y bien situada, se va el escritor con una analfabeta. A los hombres no hay manera de entenderlos.

Y esto lo decía acercándose a uno de los puestecillos de avellanas tostadas e indicando con su dedo índice que le sirvieran un cucurucho, pero no por ello perdía la oportunidad de ofenderme, pues era superior a ella.

Le di la espalda, aprovechando que no se daba cuenta, y me encaminé hacia los libreros que exponían sus volúmenes ajados sobre cajas de cartón. Los consulté intentando evadir de mi cabeza los pensamientos contrapuestos que me inspiraba la vida amorosa de Galdós, pero me resultaba imposible permanecer en una posición neutral y objetiva. Me sentía defraudada, por un lado, puesto que le consideraba un ejemplo a seguir, y por otro, indignada, no puedo negarlo, porque veía en él los muchos vicios que había criticado cien veces antes a mi tío Juan Morell, el calavera de la familia.

Pregunté por el precio de uno de los libros y me lo dijeron. No presté atención. Lisita seguía masticando sus avellanas tostadas a dos carrillos cuando advertí que se dirigía hacia mí con ojos de querer contar una nueva noticia.

–¡Ah, pero qué tonta soy! Si no te he contado lo mejor...

–¡No quiero oír más sobre Galdós, Lisita, por Dios!

–Que no, boba, que es sobre mí. ¡Mira!

Extendió su mano hacia mí, sin guante, algo manchada de grasa de avellana, y en uno de sus dedos vi un anillo muy brillante y propio de quien desea anunciar que está comprometida.

–Nos casaremos en otoño. ¿A que es emocionante?

Otra amiga más que se casaba.

Volví sola hacia La Granadilla después de saquear, impulsada por la rabia, la mayoría de los puestos de libros. Creo que después de los años aquella Feria se trasladó a la Cuesta de Moyano, que estaba muy próxima y subía hacia el Retiro, pero eso no lo conocí, me lo dijeron.

CAPÍTULO 5

DE CÓMO UNA SOLTERONA BUSCA DEJAR DE SERLO SIN CASARSE

Pasé algunos días desconcertada, procurando la soledad. De todo lo que me insinuó Lisita nada dije a Delmira por no darle motivo de preocupación habiendo dejado entrar en mi casa a un hombre que coincidía muy de cerca con lo que cualquiera podría denominar «un crápula». Eso era, al menos, lo que mi amiga decía y, aunque entrometida, nunca faltaba a la verdad, por lo que sus palabras debían tener base consistente.

¿Y si Galdós tenía dos caras y la que me ofrecía ahora, ejemplo de sensatez y generosidad, era el reverso de una vida licenciosa? ¿Y si dándole alas, es decir, confianza de poder venir a mi casa y solicitándole ayuda, cometía el error de tergiversar mis súplicas, que no eran otras que encontrar trabajo en algún periódico?

¡Qué necia me sentía! Toda la culpa la tenía mi desgraciada existencia de solterona, pues de haber habido un hombre en la casa ni don Benito ni ningún otro con ínfulas de galanteo se habría atrevido a irrumpir en mi hogar tomándose tamañas confianzas. Porque ahora se explicaba que nos enviara a una criada asumiendo por su cuenta el coste. ¿No sería para cobrárselo después?

Estas y otras preguntas me asaltaban, convirtiendo mi habitual sereno y sesudo carácter en un mar de dudas. Cada tarde salía al jardín y escribía a mi tía Agustina para que me diera nuevas de Granada o a mi cuñada Flor para que me pusiera al día del crecimiento de mis dos sobrinos, que ya debían sufrir los males de los primeros dientes.

Pero Delmira me observaba muy en silencio, mientras cosía o leía sus novelas y, claro, lo adivinó todo aun sin yo decírselo.

Al principio lo negué por no dar pábulo a las malas lenguas de Lisita, pero poco a poco, mientras hablábamos, Delmira me sonsacaba casi sin querer todas mis cuitas y finalmente tuve que reconocer que la relación con Galdós me preocupaba.

–O sea, que porque el señor Galdós ha tenido dos amantes conocidas ya lo has catalogado de granuja sin saber nada más –exclamaba Delmira poniendo sus manos una sobre la otra, como solía hacer cuando tomaba resoluciones–. Cualquiera, haciendo lo mismo, habría tildado a tu padre del mismo modo, sabiendo que antes de mí hubo dos matrimonios y alguna que otra... «amiga».

Que me recordara a mi padre en esos momentos en que me faltaba una figura masculina a mi lado y poniendo énfasis en la palabra «amiga» me desniveló el ánimo. Tanto ella como yo sabíamos que a manos de esa amiga había encontrado la muerte, aunque salvando a otro calavera, por descontado, más miserable que Galdós, que era mi tío Juan Morell.

–No es lo mismo, papá era una persona excelente. Que digas eso tú, que fuiste su esposa, me parece una descortesía.

Delmira bajó la mirada. No era mujer de lágrimas, pero me pareció que las disimulaba. Respiró hondo y me dio la razón.

–Cierto, querida, ha sido imperdonable. Tu padre era el mejor hombre del mundo, pero con todo, hombre era. No me parece justo que la sociedad que obliga a las mujeres a casarse mida por el mismo rasero de la hipocresía al hombre que sabe amar. ¿Acaso es indigno entregar tu afecto a más de una persona? Los sentimientos no aceptan las normas, querida mía. Son libres, como lo es Galdós.

Me sentí abochornada y algo se me debió notar en las mejillas.

–Delmira... ¿Quisiste a tus dos esposos por igual?

La asturiana suspiró, vi que apretaba sus manos, como agarrando el recuerdo.

–A mi primer esposo me lo impusieron y con todo terminé por quererlo. Pero a tu padre lo amé. Y algo parecido le debió ocurrir a él con tu madre, a la que también le impusieron, pero llegó a amar y a Valeria y a Francesca y a…

–¡Dios mío! Dicho así papá parece don Juan reencarnado en un granadino. Mejor será que dejemos este particular y nos centremos en Galdós. Nada de él se refleja en sus escritos y siempre ha sido un caballero conmigo. Pero ¿cómo imaginar que tenía una vida secreta?

–¿Seguro que es secreta? No lo será tanto si la conoce Lisita. Posee el derecho de tener cuantos hijos quiera sin estar casado, al menos eso no está prohibido todavía. Y que los tenga no le hace peor escritor ni peor hombre, me parece.

–Cierto –reconocí–, pero es que me preocupa que piensen que soy su nueva conquista.

Delmira me miró de soslayo, con sonrisa irónica.

–Veo que ya se te están pegando las chulerías de Madrid. ¿Qué es eso? ¿Arrogancia? Nunca la conocí en ti antes. Pero si que hablen de una Cid en esta capital es debido a Galdós, pues bendito sea. ¿No te parece?

No sé si Delmira desveló todas mis dudas, pero por lo menos consiguió que tomara una determinación, que era saber más de don Benito, por lo que sería preciso acudir a las fuentes. Y como estas eran de origen romántico, no podía olvidarme de que la mejor de ellas era mi admirada Emilia Pardo Bazán, a quien, por otra parte, desatendí desde la muerte de mi padre, dejando su esfuerzo protector hacia mí algo tambaleante.

Ni una sola carta me atreví a escribirle después de que huyera, literalmente, a Granada, pero por las noticias que tenía de ella nunca me guardó rencor, porque esos desplantes extravagantes eran corrientes entre escritores.

–Voy a visitar a doña Emilia, le sonsacaré algo que pueda aliviar mis dudas. Es mujer franca y no dudará en explicarme esa parte de Galdós que nadie sabe.

Me levanté muy arrogante, como bien había apreciado Demira y me marché a mi cuarto a escribir una nota que pudiera enviar Mari Pili a la casa de la calle San Bernardo, en donde eran famosas las tertulias de la Pardo Bazán. Me respondió casi a vuelta de correo indicándome que si quería ir a verla que lo hiciera a la mañana siguiente, pues ya preparaba el viaje hacia su Galicia natal, en donde pasaba siempre todos los veranos.

* * *

La casa de la escritora Emilia Pardo Bazán era célebre en todo Madrid, hasta yo había asistido a sus reuniones cuando intenté iniciarme en el mundo de la literatura. Quizá no había pasado ni un año, pero su decoración sufrió algunos cambios hacia un estilo más moderno, a pesar de lo cual permanecían los cuadros familiares, incluidos los retratos de sus hijos.

Fui recibida en una salita que no conocía por usar doña Emilia en sus tertulias una más grande y pude comprobar, mientras paseaba por los largos pasillos, que los muebles ya estaban tapados con sábanas, lo que indicaba que se ausentaría para todo el verano.

–*Neniña*, querida mía… –dijo cariñosamente acercándose a mí y besándome en ambas mejillas–. Me has encontrado de milagro, pues retrasé mi marcha por un asunto con el Ateneo. Pero ahora doy gracias por ello porque no habríamos coincidido. Siéntate a mi lado, tomaremos un refresco.

A su lado, era yo como una niña pequeña, diminuta, insignificante. Tenía doña Emilia ese cuerpo espectacular de la madurez y de saberse inteligente, prestando poca atención a sus curvas rebosadas que le hacían invadir su entorno, causando a veces un gran dilema para quien osara acomodarse cerca. Toda ella inspiraba fecundidad y viveza, sus movimientos eran el prólogo a una interesantísima conversación a la que sabía sacar mucho jugo, aportando experiencias y comentarios, a veces muy poco ortodoxos, pero con los que todos disfrutaban.

Me preguntó, solapadamente, por mi huida precipitada hacia Granada y le conté que había sido a causa de la súbita muerte de mi padre.

–Lo siento muchísimo, querida. Sé lo que es eso. Cuando me dejó mi padre, al que yo adoraba, me vine abajo. Solo hallé consuelo en mi amistad con Galdós, que me apoyó como solo sabe hacerlo otro hombre muy querido.

Oculté la expresión de sorpresa de mis ojos. Quizá, sin interés por iniciar el tema tan prematuramente, iban a servírmelo en bandeja.

–Don Benito, claro…, ustedes se han conocido muy bien.

Ay, qué mal lo dije. Lo hice tan afectada que doña Emilia se dio cuenta. Y tras servirme una limonada me preguntó:

–¿Qué te preocupa, *neniña*? Tú no has venido aquí hoy a visitarme, ¿no es cierto? Vienes a preguntarme sobre algo que no te deja dormir.

¡Qué calores me subieron por el rostro! Porque en el fondo, tras la osadía de llegar a una casa ajena a pedir referencias del escritor más conocido del país, ocultaba la arrogancia que me había insinuado Delmira. Cualquier mujer en su sano juicio y con intereses literarios hubiera estado más que satisfecha de ser el objetivo de Galdós.

–Pues, verá, doña Emilia. No es mi intención incomodarla, ni quiero ser entrometida, pero don Benito… Quiero saber si… Es que don Benito es… que me está pagando una criada convencido de que me ayuda de esa manera y yo no sé si esa ayuda es interesada, quiero decir, si a cambio… ¡Ay, Dios mío! No sé cómo decirlo.

Me bebí la limonada de un trago y mientras lo hacía, a través del cristal del vaso, aprecié la media sonrisa de la Pardo.

Nos miramos sin decir nada y esta situación absurda se rompió con la risa contagiosa de la gallega.

–A ver si lo entiendo, *rapaciña*, lo que quieres saber es si ese señor tan detallista va enamorando a todas las mujeres que se cruzan en su camino. Y, claro, vienes a mí a preguntarme porque yo me enamoré de él.

–No, no, eso no…

Doña Emilia levantó una mano para hacerme callar.

–No te disculpes, bien has hecho. Porque nadie mejor que yo te podrá hablar de él. Nadie le querrá jamás como yo le quise…, como le quiero, sí, pequeña, como le quiero. Siempre será mi *miquiño*, mi gatito cariñoso. Este tipo de amor que sobrepasa el amor físico y que te enamora el cerebro, ese solo se consigue una vez en la vida.

Doña Emilia me ofreció otra limonada y cuando se la negué, por sentirme saciada, me dijo: «Tómala, que cuando termine de contarte todo lo que quieres saber tendrás la sed de haber atravesado un desierto. Bebe y escucha».

Y escuché.

CAPÍTULO 6

DE CÓMO ME CONTÓ SU HISTORIA DE AMOR LA PARDO BAZÁN

Emilia Pardo Bazán fue la única hija del matrimonio de don José Pardo Bazán y Amalia de la Rúa, y con esa singularidad, la de ser objeto de caprichos, creció la niña, sin privarse de ningún juguete. Con todo, nunca fue insolente ni se creyó mejor que las demás. Muy pronto dio señales de su mucha inteligencia, considerándola su padre como ejemplo de mujer moderna, instruyéndola en la libertad de acción y procurándole todo el estudio posible.

No fue una rapaza corriente, no. No todas las niñas tenían una locomotora, pero ella sí, que fue comprada en el almacén Schropp de Madrid, dedicado a los juguetes científicos que estaban en boga entre la clase bien.

Pero su infancia resultó demasiado corta. Con dieciséis años la casaron, apenas asomada a la adolescencia, con un marido tres años mayor pero igual de inexperto llamado José Quiroga y Pérez Deza. Corre el año 1868, tiempo de revoluciones y de cambios sociales, circunstancias que van fructificando en la clarividente inteligencia de la joven.

Con su marido, que estudiaba para abogado, mantendrá vivas discusiones sobre los contenciosos aplicando las leyes vigentes que ya Emilia se sabía de memoria de oírselas nombrar a José.

Mientras esto hace, la recién casada va dándole forma a su personalidad, escribe cartas, lee mucho, estudia, y su físico se amolda a las exigencias de su entorno.

Ya no es la muchacha regordeta ni la mujer exuberante que luego será, es la esposa correcta que posa en las fotografías con aire señorial y tranquilo.

Doña Emilia, a sus dieciséis años, ignora quién es Galdós. No sabe que en esos días han venido a buscarlo unos familiares suyos a Madrid y se lo han llevado a París en donde descubre emocionado los libros de Dickens, de Víctor Hugo o de Balzac, que luego le influirán tanto en sus futuras novelas. Es a la vuelta de este viaje cuando lo atrapa la revolución en las calles. Su familia le obliga a volver a Canarias, pero es tanto el interés de presenciar los sucesos que en las calles de Madrid se repiten que tienen que ceder ante las súplicas del joven estudiante.

Cuando Galdós regresa se encuentra con la entrada del general Serrano en la Puerta del Sol, y todo ello lo retiene en su memoria, reflejándolo muy pronto en sus *Episodios Nacionales*.

Mientras don Benito observa los atractivos de la revolución, doña Emilia acude a las tertulias, primero a la de unos parientes lejanos en la calle de Atocha y luego a otras muchas, donde se viste el traje negro con bies de color Bismarck, tan de moda por entonces.

La muchacha pasea por el Retiro o galopa por la Casa de Campo con su caballo preferido, al que doma sin complejos, hasta sentirse hastiada e insatisfecha. Las parodias que desarrolla con su esposo en la intimidad preparando juicios hipotéticos concluyen, a menudo, con la falta de equidad social entre ambos sexos. Las mujeres no valen nada, no son nada, y eso la encoleriza.

–Toda esa vida de fruslerías, de caprichos y necedades empezó a dejarme en el alma un vacío, un sentimiento de angustia inexplicable, parecido al del que se acuesta la víspera de un lance de honor y le oprime entre sueños el temor de no despertar a tiempo para cumplir su deber –reconoce Emilia con expresión afligida por el recuerdo.

Era cambiar o morir, me dice la escritora.

–A todas esas mujeres que creen que no se puede cambiar les digo: yo lo hice. Y tuve suerte de que mi marido y mi padre me apoyaron, cierto es, porque no todas las mujeres lo consiguen. Prerrogativa fue de mi condición de señora rica, pues a ninguna mujer de mi clase se le niega el estudio, si se hace en casa.

Emilia Pardo Bazán comenzó sus muchas lecturas con un revoltijo intelectual de Santa Teresa, George Sand, Fernán Caballero e Isabel la Católica, todas con el mismo ímpetu y apasionamiento. Todos sus escritos agitados y bien batidos le proporcionaban un dulce cóctel de conocimientos, tamizados por su fina concepción del mundo y del ser humano.

–Al tiempo llegó mi hijo Jaime y lo amamanté como cualquier campesina gallega. ¿Por qué no? Igual derecho tenía yo, como iguales ubres ricas en leche –decía sin sonrojarse–. Mientras amamantaba leía, mientras paseaba a mi hijo leía...

La Pardo serenaba una carcajada recordando la opulenta fertilidad de su imaginación. Era como si la maternidad le hubiera despertado una necesidad de leer y de escribir casi al tiempo, haciendo de sus ideas despiadados engendros a veces, y otras, excepcionales reflexiones sobre la vida. Todas ellas fueron plasmadas con su pequeña y ordenada letra. Algunas se publicaron inmediatamente.

Emilia proliferó y creció. Llegaron dos hijos más. Dos niñas que sufrirán los desaires del arbitrio social, condenadas quizás a la sosería de ser reina de una casa o la quemazón interna de rebelarse contra la hipocresía.

–Yo no quería ser pura y sobria como Concepción Arenal, sino exagerada, vividora y alegre. Y, claro, querida Carmela, que la mujer se divierta no gusta a los hombres. Porque cuando una mujer se divierte lo hace de veras, disfrutando, y no se le perdona. Yo viví demasiado. Se me ocurrió criticar, gritar a voz en cuello que no es digno de una sociedad que a la mujer se le prohíba la entrada en la universidad. Pero no dejé ahí la cosa, tras revolucionar a la vieja España voy y escribo una novela y luego otra, luego otra, mejores todas que las que pudieran salir de la pluma de un hombre.

Si sus primeros libros fueron igualmente elogiados que vilipendiados, la recopilación de sus artículos en *La cuestión palpitante* hirió de muerte los cerebros moribundos de los hombres de aquella España, porque no solo hablaba de Zola, el gran escritor naturalista francés, sino que lo analizaba y explicaba. El prodigio de la palabra de la Pardo se convirtió en una amenaza para su entorno.

–Mi esposo, tan tolerante en el pasado, me puso en un brete: «debes abandonar la escritura o abandonarme a mí». No tuve ninguna duda. Me quedé sola con tres hijos y tuve que sacarlos adelante. ¿Cómo? ¡Escribiendo!

Suspiré. Me decía a mí misma: «¡Eso es lo que quiero yo para mí!». Pero ¿cómo hacerlo? Si ya doña Emilia tuvo que pasar por dificultades tan tremendas, ¿no serían menos las mías siendo yo una desconocida y la décima parte de inteligente?

Ella seguía hablando ausente de mis reflexiones, sonreía a veces, recordando lo que debía contarme.

–Desde entonces fui «la Pardo», así, como se llama a las actrices reconociendo sus muchos méritos por el apellido. Aunque si he de ser sincera, también me llamaban otras cosas...

Rio con desenvoltura, sin miramientos, sabiéndose junto a una amiga.

–Verás, *neniña*, yo estaba en la cresta de la ola cuando un día acudí al Ateneo a dar una conferencia sobre la novela rusa. Sí, sí, tema, cuando menos, extravagante para una mujer. Recuerdo el vestido que llevaba, uno negro con azabaches, resaltaba mi figura, más mermada que la que tengo ahora. Me sentía radiante.

Emilia asumió el riesgo de instruir a un grupo de hombres, que, además, eran reconocidos intelectuales. ¿Sintió miedo?, no lo sé.

La Pardo carraspea, coloca sus cuartillas sobre el atril, toma sus anteojos de concha y juguetea con ellos mientras realiza una introducción que acerque a los asistentes al contenido del discurso. Mira a los allí sentados, muchos bigotudos, serios, expectantes. La sala rebosa, algunos caballeros permanecen de pie al no encontrar asiento.

Al contemplar sus caras, repara en uno de ellos. Un hombre joven sentado en la primera fila, en cuyas piernas cruzadas, gesto que mantiene con dificultad por tenerlas demasiado largas, sostiene un cuaderno para tomar notas. Ambos se miran.

–Era Galdós. Aprecié muy pronto por sus gestos que no solo le interesaban mis palabras. Me miraba penetrantemente, con esos ojillos sagaces. Me comprendes, ¿verdad? Al día siguiente, en uno de sus artículos dijo: «En verdad es cosa que a todos maravilla que una mujer posea aptitudes tan relevantes en todos los órdenes».

La Pardo terminó su discurso siendo aclamada, en especial por ese escritor ya consagrado que tiene a sus espaldas varias novelas referenciales. Ambos se miran de nuevo, se dan la mano. Ya se conocían, pero ahora se reconocen. Y quiero deducir de todo esto que don Benito y doña Emilia fueron, en ese instante y en otros que quedarían por llegar, dos personas comunes que, por encima de lo que eran capaces de hacer o de escribir, se enamoraron.

–¡Hicimos tantas cosas juntos! Paseábamos por las Vistillas, cruzábamos el Manzanares, acudíamos a la Pradera de San Isidro o visitábamos las corralas... Incluso una vez me acompañó a ver la cárcel de mujeres, porque, para nosotros, lo miserable y el dolor eran cosa necesaria en nuestras novelas. Nada nos atraía más que ver los barrios humildes y trasladarlos a los papeles. Tanta fue la necesidad de vernos que acudíamos fervorosos a nuestro nido de amor de la calle de la Palma, en ese barrio castizo que bautizamos con nuestro ingenio y picaresca. A la calle Palma la denominábamos *Palmstrasse*, como dirían los germanos, y a la iglesia que allí se situaba *Maravillas Church*. Era un juego amoroso y literario que nos envanecía por sentirnos los más dichosos del mundo.

Sus palabras me emocionaron. Era muy posible que nunca sintiera yo un amor tan verdadero, siendo milagroso quererse con la complicidad de los iguales, amando, si cabe, aún más los antagonismos.

–Era muy difícil no querer a ese caballero grandullón, desgarbado, de movimientos calmosos pero distinguidos. Su media sonrisa asomaba bajo el fino bigote como solo saben hacer los granujas, pero luego pestañeaba con tanta modestia que parecía abrumarle la sola atención de una mujer. Eso le hacía aún más varonil, porque siempre se rindió ante las mujeres, las quiso y las admiró. Él, que fue un hombre rodeado de hembras dominantes, desde su madre. doña Dolores, hasta sus hermanas y su cuñada Magdalena, cuyo amparo fue esencial para el desarrollo de su profesión, sabía cómo tratarlas. Siempre ayudó a las mujeres que quiso, incluso después de dejarlas de querer, porque para él era un deber de caballero infundir en sus amantes la capacidad de independencia. En mi caso no me regaló una máquina de coser ni me consiguió una casa donde servir porque, como es lógico, no lo necesitaba, pero me dio mil razones para seguir queriéndolo.

La Pardo se sinceraba de veras, con ojos brillantes, por eso me vi autorizada para realizarle la siguiente pregunta:

–Doña Emilia, ese amor tan grande que se profesaban... ¿Cómo terminó?

La escritora bebió un poco de su limonada y suspiró.

–Me siento responsable, porque creo que aún no me ha perdonado el feo que le hice. Cosas del amor, querida. Cosas del amor.

El 18 de mayo de 1888 se inauguró la exposición universal de Barcelona. A la estación de la ciudad condal va a recoger a doña Emilia el escritor y abogado Narcís Oller, y al bajar del tren procedente de Madrid, ya sabe la coruñesa que en él viaja también, pero en otro departamento, el escritor canario, al que ella llama reiteradamente y de forma cariñosa «grandullón».

Galdós fue invitado a la exposición para cubrir los factos como periodista, y durante los ocho días en que pernocta en el hotel improvisado para los huéspedes dedica prácticamente todo el tiempo a la documentación de sus futuros artículos. Le interesa especialmente la concentración de barcos de guerra que fondean el puerto de Barcelona, buques espléndidos de diferentes nacionalidades, porque esta ciudad es el centro de atención del mundo en esos días.

Emilia queda, por tanto, desatendida, aunque con la compañía de Narcís Oller, que por esos días se siente ya afectado por la influencia del Naturalismo, que doña Emilia ha introducido en España de forma implacable con su ya citada obra *La cuestión palpitante*. Asisten a los juegos florales y a la exposición de pinturas, donde encuentran a José Lázaro Galdiano, que trabaja para la Compañía Trasatlántica, empresa que asciende en beneficios debido a sus negocios con Cuba.

Este se ofrece a reemplazar a Oller y quedan para que la recoja en su propio hotel. A él acude Lázaro Galdiano.

–Pasamos unos días apasionados –reconoció Emilia con la vergüenza en la mirada–. Me dejé llevar, me encontré querida por ese hombre tan peculiar, capaz de hacer mil cosas y me contagié de su pasión.

La Pardo suspiraba muy dolida por el recuerdo y terminó diciendo:

–Me equivoqué.

En cartas posteriores de Narcís Oller a Galdós, que estaba ignorante de este encuentro entre Emilia y José Lázaro Galdiano, se insinuaba la infidelidad. La Pardo ocultó lo sucedido a don Benito en su posterior correspondencia, lo que aumentó la decepción del amante.

–Me confesó que no comía y que fumaba más que de costumbre. Los celos no le dejaban dormir. Me escribió desesperado pidiéndome sinceridad y se la di, tarde, pero se la di. Lo confesé todo y le pedí mil perdones. Porque no quería confesar un error momentáneo, fruto de circunstancias imprevistas, si este podía acabar con el amor que nos profesábamos.

La relación continuó con altibajos, las cartas se demoraban, los tiempos de la correspondencia se hacían más evidentes por la falta de interés.

–Luego me enteré de que se veía con otras mujeres. Hubo una que le gustaba especialmente, una actriz que se convirtió al judaísmo y que dio mucho que hablar. Y luego, claro está, nació su hija.

Todo iba cuadrando, aunque no del todo.

–¿La madre de su hija es la actriz que se convirtió al judaísmo?

–No, no, *neniña*. La madre fue una modelo de pintores asturiana, Lorenza Cobián.

Doña Emilia sonrió al ver mi cara de asombro. Para mí eran demasiadas amantes.

–No te fatigues, querida, intentando razonar las relaciones amorosas del amigo Galdós. Al final de su vida serán más, porque a una persona que ama tanto y sin tapujos no hay nada ni nadie que pueda ponerle cercas. Yo solo puedo rogarte que hagas una cosa: no lo juzgues, *rapaciña*. Yo nunca lo hice.

Me palpó la mano para relajar mi ánimo con un gesto que me supo a maternal. Yo afirmé, sin saber todavía si sería imposible juzgar a don Benito, pues mis valores morales eran mucho más rígidos de lo que cabía esperar en una futura escritora. A pesar de todo, salí de aquella casa con el propósito de intentarlo, seguir admirando a Galdós y con el tiempo, quizá por eso, por verlo como un hombre generoso y afable, llegarlo a admirar aún más.

Años después, el médico personal de don Benito, que era Gregorio Marañón, me confesó que ignoraba los hijos que pudo llegar a engendrar. Solo reconoció públicamente a María, aunque a tenor de los gastos que empleaba con actrices y mujeres de los barrios humildes de Madrid era para escamarse sabiendo que a todas sus amantes les ayudó mucho y bien, aun después de acabar con su relación. Marañón lo calificó de «superviril» y contra esa «peculiaridad» hube de bregar más de una vez desde ese primer verano en la capital.

Por si lo quieren saber, doña Emilia consiguió ser la primera socia femenina del Ateneo, tras luchas personales y demostrando su extraordinario talento. Eso sería en 1905, cuyo anuncio en la prensa calificó a la escritora de única en su sexo, eso sí, recalcaban lo siguiente: «No hay peligro de que otras damas soliciten el ingreso en la Academia. Su entrada no justificaría otras análogas pretensiones femeninas». La advertencia no era baladí, no fuera a ser que todas las demás mujeres españolas inteligentes y cultas fueran a solicitar el acceso a tan digna institución.

CAPÍTULO 7

DE POLOLOS Y CORSÉS

Lisita, por lo tanto, tenía parte de razón al advertirme de los muchos rumores que me sobrevendrían si continuaba la amistad con Galdós.

Mi padre, que acumulaba chismes de esta índole para poderlos desdeñar, se hubiera reído y, si cabe, estrechado aún más la amistad con don Benito, todo para dar que hablar a los impertinentes. Pero yo era de otra pasta, más timorata y siempre con el empeño de cumplir con lo correcto.

Decidí, para no amargarme el verano, obviar las insinuaciones de Lisita y seguir con mi vida, aguantando el tipo hasta que las familias amigas de Madrid volvieran a sus quehaceres al comenzar el curso lectivo. Y así fue cómo, llegando el otoño, recibí una carta de Galdós en la que anunciaba su inminente llegada, pero que, para no desaprovechar el tiempo, me hacía llegar una recomendación para la revista *La Ilustración Española y Americana* en donde podría iniciar mis primeras colaboraciones si era paciente, usando tal experiencia para introducirme en el mundo del periodismo.

No hay que decir que tal propuesta me decepcionó, debido a que la revista en cuestión, habiendo sido ejemplo de ilustración gráfica años atrás, ahora se veía catapultada al cierre. Cierto era que desde 1869, con sus magníficos grabados, testimonió más de un suceso universal, pero ahora usaba un periodismo burgués y ampuloso que ya no tenía sentido. No obstante, podría tener en él la opción de publicar alguno de mis cuentos más costumbristas, y a ello se agarró mi esperanza.

Muchas veces me pregunté por qué Galdós no se atrevió a recomendarme a uno de los grandes periódicos del momento, si es que me consideraba mujer competente, que parecía que sí.

Razoné que la culpa era mía, pues, aunque mujer inteligente, mi aspecto era el de una provinciana, sin extravagancias y, claro, eso era como negarle a un escritor su propia naturaleza, pues sin pluma con la que escribir cualquiera subsiste, pero sin excentricidades, nunca.

Así que tras reflexionar sobre el particular y mirar después el cofrecillo donde guardábamos los pocos recursos que nos permitirían finalizar el mes sin pasar penurias, me decidí por acercarme a la redacción de la tal revista para conocer al director.

Me puse mis mejores galas, costándome el elegirlas varias horas por no parecer demasiado austera o imprudente, y me encaminé hacia la dirección que don Benito me había señalado en un extremo de su carta de recomendación que estaba en la calle del Arenal.

Me hicieron esperar algunos minutos dejándome de testigo de una actividad incesante en la redacción, todos ellos hombres de manguitos y viseras con el cigarro apurado entre los labios y un gesto de disgusto por verme allí sentada, pues mi sola presencia impedía que realizaran bien su trabajo o al menos con la soltura de otros días.

Finalmente me hicieron pasar y frente al señor…, del cual no recuerdo su gracia, me senté, después de que hiciera ademán de besarme la mano, cosa que intenté evitar, si bien no lo conseguí.

–¿En qué puedo servirle, señorita?

No dije nada, le entregué la carta de Galdós y esperé a que surtiera efecto. La leyó muy conmovido el director y luego con media sonrisa me miró. Para mí que estaba calibrando si era el tipo galdosiano estipulado entre los chismosos madrileños.

–Ya veo. El amigo Galdós parece que tiene interés en que se la trate bien. Y así será, no le quepa la menor duda. ¿Y, exactamente, de qué colaboración estamos hablando?

–Yo había pensado en algún cuento semanal. Soy buena en ese particular.

–Ya.

El director me miraba mordisqueando su cigarro.

–Creo que haría usted mejor un artículo sobre higiene, eso siempre gusta a las lectoras. La colocaré en *La Moda Elegante Ilustrada,* que en estos días es el no va más.

–¿Moda? –pregunté horripilada–. No es un tema que domine especialmente.

–Verá, señorita… Cid. Esta que le digo es una revista dirigida a mujeres. Le viene que ni pintada. Pero quieren saber de moda y no perder el tiempo leyendo historias. Creo que sus cualidades se adaptarán mucho a esta revista.

–Disculpe usted, pero quizá si leyera algo de lo que he escrito…, con cada cuento podríamos ilustrarlas y darles a conocer los beneficios de la literatura. O si prefiere puedo orientar mis cuentos de manera didáctica hacia hechos puntuales de la Historia.

El director me miró sin llegar a comprender mis intenciones.

–Vamos a ver, señorita… Cid –decía sin conseguir retener en su memoria mi apellido–. ¿Para qué vamos a intentar ilustrar a las damas si ya nos va bien como estamos, vendiendo artículos sobre la moda de París?

–¿Para que… aprendan?

Después me arrepentí. Por sus cejas contraídas ya debía estar pensando de mí que iba a traerle más de un quebradero de cabeza.

–Señorita… Cid. ¿Ve usted lo que sucede ahí fuera?

Me señaló más allá de su despacho acristalado, tras el cual había ahora más agitación que antes entre los plumillas de visera.

–Sí, puedo reconocerlo. Me he criado en un periódico. Mi padre fue director de uno granadino y yo le ayudaba en la tarea de imprenta.

–Ah…, admirable, admirable… Pero, quiero recordarle que esos periodistas de ahí fuera, esos hombres, se ganan la vida gracias a los artículos de moda que publicamos en esta revista. Si ahora comenzamos a publicar cuentos para damas, insinuando que deberían ampliar sus cualidades intelectuales, ¿cree que seguiríamos contando con ellas como lectoras? Si las pretendemos ilustrar, es que las consideramos unas catetas, y eso, querida señorita Cid, no gusta entre las pollitas bien.

–Pero…

–¿Quiere usted que nos cierren la revista?

–No, no, por Dios… Es que yo admiro a doña Pardo Bazán y ella escribe cuentos y artículos muy admirados que…

–Pero usted no es la Pardo…, ¿verdad?

Ahí me venció. No, no lo era, aunque compartiera con ella mi segundo apellido.

–No, señor, no lo soy. Solo necesito un trabajo y le estaré eternamente agradecida si me lo puede ofrecer.

En aquel momento pensé en mi padre, él se hubiera levantado y abandonado esa redacción no sin antes haber dejado una de sus muchas frases irrebatibles. Respiré profundamente con gesto de altivez procurando no tambalear mi dignidad y fue efectivo, porque no solté ni una lágrima, aunque ganas tenía.

–Bien, estamos de acuerdo. Espero impaciente su artículo sobre pololos y corsés. Piense en un pseudónimo para acompañarlo, que sea lo más neutral posible, que no se enteren de que usted es mujer.

Salí de allí embriagada por la vergüenza y tuve que pararme en la acera para conseguir tomar las riendas de mi cuerpo, pues mis rodillas se agitaban de pura rabia. Por mi cabeza seguían rondándome las posibles escenas que mi padre hubiera representado en el drama recién vivido, me lo imaginé rebelándose y denunciando la desidia de esta sociedad que no movía pieza por simple conformismo. ¿Quién era yo para intentar cambiar las cosas? Incluso ¿qué derecho tenía a dejar sin trabajo a esos hombres, mantenedores de familias, por mi capricho de escribir?

De regreso a casa volví a arrepentirme de haberme establecido en Madrid.

* * *

La Moda Elegante Ilustrada, que era como se llamaba tan pomposamente la revista, era realmente un periódico que había nacido en origen en Cádiz dirigido a «señoras y señoritas». Salía a la calle cuatro días de cada mes conteniendo grabados con vestidos y atuendos varios que hacían las delicias de las pollitas de las familias burguesas con destino al casorio, muchachas dispuestas a mejorar las labores propias del bello sexo, cantar e interpretar a piano la pieza recomendada en dicha publicación y convertirse en mamás presumidas, que con el tiempo disimularían sus canas con Agua Sallés.

Me vi forzada a preguntar a Lisita sobre la elección de sus muchos caprichos de tocador y no fue nada parca, porque gustándole la propuesta, cada tarde venía a aleccionarme, portando un maletín lleno de frasquitos de diferentes olores que al sacarlos te hacían estornudar. El dolor de cabeza que me dejaba tras su visita me atormentaba hasta el día siguiente, sobre todo porque realzaba mis remordimientos de estar convirtiéndome en una coqueta.

–Te voy a reformar, Carmelilla… –me decía–. Cuando termine contigo vas a ser la casadera más guapa de todo Madrid. Se volverán a autorizar los duelos, te lo digo yo.

Y esto lo decía abriendo un maletín de cuyo interior se iban desprendiendo baldas y un espejo, que volteado y erguido le servía a Lisita para comprobar que su peinado seguía igual de exquisito y su nariz sin brillos enojosos. Del interior de esa maleta, sacaba mi amiga los polvos de arroz que intentaba, sin éxito, expandirme por las mejillas protestando de mi piel pecosa y nada seductora. Yo le retiraba sus molestas manos con un «quita allá», pero ella no se sentía aludida.

–Lo que necesito es que me instruyas sobre la moda del momento. Que me pases esos figurines que te traen directamente de París. Pero que quede muy claro que nada de eso es para fines personales, que será mi manera de mantener esta casa como una mujer independiente.

Lisita me miraba de reojo.

–No sé qué manía os ha dado a algunas con eso de la independencia… Yo ya le he dicho a mi marido que no me deje ser independiente, faltaría más.

A la pobre muchacha eso de la independencia le sonaba a despropósito, algo que según parecía podía sobrevenirte sin intención y por eso hacía a su marido el vigilante de su mansedumbre.

–Céntrate, Lisita… –le alentaba yo por no llamarla las tres cosas que se merecía–. Céntrate en los pololos y en los corsés que llevan las madamas de París, que de ello depende mi economía.

Lisita se reía, primero avergonzada de hablar de tales intrepideces y luego arrugando la nariz con aire de hacer alguna diablura.

–Se me ocurre que todo esto se lo puedes preguntar al señor Galdós…, que seguro que sabe mucho más que yo de pololos, dada su experiencia de hombre de mundo. Bueno… –y se abanicaba la muy tunanta–, más bien de los inframundos, teniendo en cuenta a las mujeres que se lleva a sus alcobas…

Para ser independiente no gastaba ni un ápice de su esfuerzo, pero para malquistar…, para eso siempre se empeñaba y lo conseguía con gran esmero.

Así empecé mi vida de MC, el pseudónimo con el que decidí firmar mis artículos. Mi padre ya lo hizo antes, como Maximiliano Cid, y yo ahora sería, simplemente, María del Carmen, solo que nadie lo sabría nunca.

Aquella tarde Lisita no solo consiguió provocarme dolor de cabeza con sus muchos potingues, sino que, además, me dejó una pesadumbre incontrolada que hube de borrar escribiendo cartas a Granada, consolándome con poner el nombre de mi ciudad en el remite.

* * *

Deambulando sin rumbo fijo cerca de la plaza de Cibeles, actividad que hacía casi a diario, me encontré de cara con don Benito, que venía callejeando desde el Teatro Español, y allí donde la diosa fija la vista por encima de sus leones, nos sentamos en un banco el escritor y yo.

Llevaba una carpeta que ahora parecía vacía por encontrarse algo flácida en sus esquinas, y supuse que de su contenido se había desprendido Galdós no hacía mucho. Venía cabizbajo.

–¿Hoy no se entrega a la corrección de galeradas, don Benito? –le pregunté intentando sonsacarle la causa de su desazón.

–No, querida, hoy lo dedico a buscar teatro para mi próximo drama. Y ¿creerá usted que me resulta difícil hallar algún español que no le tenga miedo a la palabra?

Mi cara de sorpresa le incitó a explicarse.

–He hablado con María Guerrero y no la he podido convencer. Me dice que escribí una obra demasiado arriesgada y que tal y como están las cosas con el caso Ubao puede no ser bien recibida entre su público.

–¿El caso Ubao?

Don Benito tuvo a bien explicarme que dicho caso era el de una muchacha que se había metido a monja influenciada por su confesor, que era jesuita, y de cuya decisión desconfiaban los padres, que acudieron a los tribunales. Se decía que muy pronto sería revisada la causa con dos abogados contendientes muy duros de roer; por un lado, Nicolás Salmerón, y por otro, Antonio Maura. La expectación que estaba teniendo el suceso pronosticaba una entrada de año con protestas por parte de la Iglesia.

Galdós aseguraba que su pieza teatral no iba a dar motivos para revolucionar el cotarro ni proponía una historia de tesis anticlericales, aunque le había salido, ciertamente, algo insurrecta y con ánimos de incomodar.

Que su amiga, la gran actriz, María Guerrero, le rechazara su obra le hería en lo más profundo, pero recursos no le faltaban y acudió, a segunda intentona, al crítico y periodista Federico Balart, que tenía relación estrecha con el Teatro Español.

De hablar con él volvía Galdós, y aunque este sí se arriesgara a representarla, dejaba al canario algo amoscado por el primer rechazo.

–Pero dejemos mis dificultades de bambalinas, que pronto se resolverán. Ahora recuerdo que usted está empeñada en convertirse en otra Carmen de Burgos.

Suspiré, todavía me dañaban las ironías relacionadas con mis intentos de independizarme económicamente.

Me felicitó don Benito por haber conseguido mantenerme de la literatura, que no era labor mezquina, me aseguró, pero me vio amohinada y disimulando por hablar de mis colaboraciones en *La Moda Elegante Ilustrada*. Tanto insistió sobre el particular que tuve que sincerarme reconociendo la decepción que me producía el hablar de pololos y corpiños, de jabones o vinagres para el pelo, temas que detestaba por parecerme impropios de mi carácter.

–Agradezco la recomendación que me ofreció, no vaya usted a pensar que soy una ingrata, porque gracias a ello puedo llegar holgada a fin de mes, pero sufro cada vez que tengo que escribir sobre finuras. No podían haberme exigido argumento más desconocido para mí.

Don Benito me miraba con ojos pícaros.

–¿Acaso no puede hablar por boca de la experiencia? No me niegue usted, chiquilla, que no usa de pololos, pues no podré soportarlo.

El escritor se sonreía, no había duda de que intentaba provocarme, y como me propuse no darle pie para intimidades, cambié rápidamente de conversación, aunque sin evitar el sonrojo.

–No se ría usted de mí, don Benito. Me estoy arrepintiendo de haberme establecido en Madrid. Usted también fue un forastero que llegó a esta ciudad. ¿También tuvo sus dificultades? Madrid es ciudad abierta con los que vienen de fuera, pero no facilita la estancia prolongada. Viéndole a usted, y después de todo cuanto me han dicho de sus primeros años, tengo que reconocer que se adaptó maravillosamente... ¿Qué hizo que todo fuera tan fácil en sus comienzos como novelista?

Benito suspiró centrándose en los recuerdos. Tomó su cigarro, desprendió su ceniza con golpecillos de sus dedos y volvió a colocárselo entre los dientes.

–Que me quedara en Madrid fue un golpe del destino. La muerte de mi hermano Domingo, en marzo de 1870, dejó viuda a mi cuñada Magdalena, y al verme algo descarriado en la capital se ofreció a cuidarme estableciéndose conmigo y trayéndose a mis hermanas. Todas ellas vinieron encantadas. Era lo mejor para mí, salir de las faldas de mi madre, pues mamá Dolores era mucha mamá para soportarla día sí, día también. Así que todos estuvimos de acuerdo en que me estableciera en Madrid con mis hermanas y cuñada. Y ciertamente que la compañía de tantas mujeres me fue muy grata. Siempre hice buenas migas con el bello sexo.

Así que esa era la razón por la que Galdós vivía acompañado de sus hermanas y con gran concordia entre todos, sin que al varón limitaran su libertad ni él impusiera modos o modas a las mujeres.

–¿Quiere que nos acerquemos a la casa donde nos instalamos por aquel entonces? Está en la calle Serrano, que como sabe queda a las traseras de la Biblioteca Nacional. Será cuestión de un paseo.

Accedí y me colgué de su brazo. Caminamos desde la plaza de Cibeles por el paseo de Recoletos y luego nos introdujimos por las calles aledañas a la Puerta de Alcalá hasta llegar a la vía amplia y algo despoblada que era la calle Serrano, una avenida bien derecha y rodeada de árboles con edificios señoriales en su acera derecha.

Llegamos a la que fuera casa de la familia Galdós, que estaba situada en el número 8 y que daba a la manzana que esquinaba con la calle Jorge Juan. Me enseñó el tercer piso apuntándolo con su bastón.

–Allí, allí pasaba las tardes escribiendo. Aunque la casa estaba atestada de hermanas, cuñada y sobrinillos, me respetaban el trabajo, porque para ellas, querida niña, siempre fui el hombre de la casa, el que las alimentaba y les daba alegría con la conversación. Cierto es que mucho caso no les hacía, no, porque siempre he sido un culo inquieto, perdone si la ofendo. Pero así es. Me dejaban entrar y salir y a ellas les debo la tranquilidad que me permitía escribir mis novelas y mis artículos o mis obras de teatro. De alguna manera, soy fruto de las mujeres, no solo de la que me trajo al mundo o de las que he querido, sino de las que me han querido a mí como hermano.

Yo callaba porque me gustaba oírle sincerarse con ese acento siseante que engatusaba y era el principal instrumento de sus conquistas.

–Por aquellos días me publicaron dos artículos que fueron muy célebres. El primero me permitió conocer la ciudad de Toledo, ciudad a la que luego he amado mucho y sigo teniendo por ella cierta predilección. Lo titulé «Las generaciones artísticas en la ciudad de Toledo», y luego, el artículo que me dio una fama, no sé si justa, pero suficiente para que se me conociera como un novelista que intentaba cambiar la forma de escribir en la España obtusa de ese momento. Se llamó «Observaciones sobre la novela contemporánea en España», y en él decía cosas tan novedosas como que en nuestro país no existía la novela, nadie la sabía escribir ni pretendía hacerlo. Cierto era que habíamos sido un pueblo de poetas e incluso de magníficos dramaturgos, pero de novelistas... ¿Dónde estaban los buenos novelistas cuando yo era joven? ¿Sabría decírmelo, usted, chiquilla?

–¿Yo...? –tartamudeaba pensando que me preguntaba con la seriedad que manifestaba su rostro, pero luego veía que no, que era una pregunta retórica.

–Para escribir novela, señorita Cid, hay que ser, lo primero de todo, observador. Y en España no se observa. Ahí están los Dickens y los Balzacs que lanzan miradas fisgonas y entrometidas a su alrededor. De ellas un buen escritor puede crear un argumento magnífico, reflejo de su entorno, con el resultado de una historia que denuncie y que describa al mismo tiempo. Y esto no es fácil, porque se tenderá a moralizar, pero de todo se sale, incluso de la mala literatura, si uno se esfuerza.

–Si eso es lo que usted propone, don Benito, todo escritor debería ser antes periodista...

–Y herrero y pintor y zapatero remendón, si es necesario. Es forzoso ir a buscar las historias y no esperar a que ellas vengan.

–Como en el amor... –me atreví a decir inspirada por las palabras de mi maestro.

Galdós me palpó la mano que sujetaba su brazo.

–Vaya, vaya..., no la creía yo tan romántica. Así que esperando a su caballero andante...

Me sonrojé, y quizá por esa indiscreción de ambos, al bajar la guardia de nuestro entorno, desoímos el cloc cloc de los cascos de las bestias que atravesaban la calle de Serrano.

–Apúrese a pasar, jovencita, o nos llevará por delante el tranvía...

Corrimos para esquinarnos frente a la mole del Museo Arqueológico que ocupaba salas traseras del edificio de la Biblioteca Nacional.

–Así pasaba las tardes, oyendo pasar al tranvía de mulas, pero lejos de serme incómodo para mi concentración lo asumía como molestia menor por serme vital su empleo. Desde este barrio que levantó el mismísimo marqués de Salamanca me llevaba el tranvía al barrio de Pozas, es decir, a la zona de Argüelles, parte de Madrid que me gusta especialmente. Seguro que terminaré viviendo por allí, pero ya ve, la vida da muchas vueltas y ahora me tengo que conformar con vivir por temporadas en mi despacho de Hortaleza.

El tranvía de mulas siguió su rastro sobre sus rieles metálicos y al pasar nos fijamos los dos en los pasajeros que iban dentro, pues el transporte estaba abierto a ambos lados. No pude evitar recordar el relato que Galdós le dedicara a ese tren urbano y que tituló *La novela en el tranvía,* ejemplo digno del observador que fue, elaborando la historia de un hombre muy fantasioso que solo de oír los comentarios de quienes viajaban dentro construyó una extravagante trama criminal que nunca existió.

–En esta casa de Serrano fui muy feliz –decía alejándonos de la que fuera su hogar desde 1870–. Y allí escribí mi primera novela...

–¿*La Fontana de Oro*?

–Sí, señorita, muy bien enterada que está usted –me afirmaba con sorna–. Un día recuérdeme que la lleve al lugar donde estaba dicha fonda, que le gustará imaginársela, aunque ya no haya estrado desde donde arengar al pueblo.

La Fontana de Oro, una historia que transcurría en el Madrid de cincuenta años atrás, en época del Trienio Liberal y cuyo eje narrativo se centraba en el famoso café situado muy cerca de la Carrera de San Jerónimo, fue un soplo de aire fresco en la literatura aburrida y burguesa de mediados de siglo. Galdós proponía mirar atrás, buscar en la Historia a través de fuentes fiables, tal y como luego mantuvo con sus *Episodios Nacionales.*

Hasta ese momento, nadie había buceado en nuestra historia de esa manera, de una forma objetiva y documental. Podría decirse que fue el creador de esa novela historicista o histórica que en los últimos tiempos acaparaba el interés de los españoles. Más de una vez me pregunté: cuando Galdós ya no exista, ¿quién tomará el relevo?

–Fueron tiempos muy duros, querida niña, muy duros y de mucho trabajo. La primera novela es la prueba de fuego. Fue mi cuñada Magdalena quien confió en mí y me proporcionó el dinero, que yo entonces no tenía, para editarla. Como ve, también en eso me ayudó una mujer. Como le digo, ¡qué sería yo sin el bello sexo!

La conversación fue perdiendo fuerza y me quedé con ganas de preguntarle algo más sobre la relación que le unió a doña Magdalena, su cuñada. No me atreví a cuestionarla, en la vida de Galdós había muchas lagunas, en especial, con sus mujeres.

CAPÍTULO 8

DE PEINADOS A LO ELECTRA

Unas semanas después, el propio Galdós me escribió para darme la noticia de que su nueva obra de teatro, la rechazada por María Guerrero por creerla demasiado audaz, se estrenaría finalmente en el Teatro Español.

Desde atrás, Galdós había manifestado su gusto por lo dramático mostrando gran habilidad con los diálogos. Algunas de sus novelas se desarrollaban en el mestizaje de narrativa y drama, cobrando forma los personajes a través de sus palabras, que ocupaban parcial o totalmente varios capítulos.

Esta invención, propia de don Benito, no era caprichosa, pretendía cambiar el concepto de novela, cosa que consiguió. Mas cuando, tras algunos meses, asistí al estreno de su nuevo drama, *Electra*, comprendí que ahora intentaba también cambiar el concepto de teatro.

Él ya lo evidenciaba, tramaba algo para sus adentros que a nadie decía, pero se le notaba alegre y con media sonrisa. Hasta el día antes del estreno estuvo preparando cartas, invitaciones y otras muchas cosas, y una de esas misivas fue a dármela a mí para que la entregara en mano. Me incomodó que tal hiciera porque, a fin de cuentas, ¿era yo correveidile para llevarle el correo? Pero luego tras recapacitar entendí que me lo ofrecía por contar con mi confianza y esa responsabilidad me abrumó. Me intenté negar por riesgo a fallarle en cometido tan importante, pero él insistió, al menos, con una de las invitaciones.

–Tenga, tontina, esta no puede eludirla. Vaya usted con propósito de caerle bien al destinatario, colabora en el diario republicano *El País* y esporádicamente publica cuentos en el periódico…

Esto me lo dijo guiñándome un ojo, y entonces comprendí que estaba sufriendo una emboscada de su flanco más celestino, además de abrirme una vía aprovechable para mi futuro como escritora de cuentos.

Al final no pude negarme, porque, en el fondo, lo que pretendía Galdós era ayudarme. Así que tomé la carta y me dirigí a la dirección que en ella ponía, que era la plaza de Quevedo, cuya casa se esquinaba con la calle Eloy Gonzalo, siendo esta del mismo estilo que había en sus alrededores. Subí al primer piso, donde vivía el periodista, y llamé a la campanilla de la puerta. Una señora con delantal muy aseado me abrió.

–Vengo a entregarle una carta personalmente al señor Darío Alcázar de parte del señor Benito Pérez Galdós.

La criada, afirmando con rapidez, me dejó pasar. Aquello me confirmó que el tal Alcázar debía recibir cartas habitualmente y mi presencia no causaría, en absoluto, intromisión en su vida diaria. Así que razonando aquello me relajé y a partir de ese momento fui lo más natural que pude.

Me quité el sombrero desprendiéndolo de su alfiler y me palpé el cabello, no fuera a quedar más revuelto de lo acostumbrado. No perdí mucho tiempo en la faena porque someter mis rizos fue siempre tarea imposible.

Me llevaron a una sala donde me hicieron esperar y curioseé mientras tanto. No había nada en ese habitáculo, relativamente minúsculo y con puertas correderas a izquierda y derecha, que me hiciera suponer que Darío Alcázar era una persona importante, ni siquiera que era escritor, pues libros no había ni uno. Tampoco fotos y mucho menos adornos personales. La sala, que era de paso para otras de la casa, debía haber perdido interés por el dueño siendo de uso tan anodino.

Esperé apenas dos minutos cuando una de las puertas se descorrió y apareció un hombre, de mediana edad, apuesto en la medida en que a mí me parecía un hombre de esos años, con porte elegante, aunque demasiado sobrio. Tenía barba recortada y el pelo canoso dando la imagen de un político, más que de un escritor.

–Buenos días, soy Darío Alcázar…, ¿en qué puedo ayudarla?

Me volví muy sobresaltada al oír el movimiento de las puertas y eso hizo que la carta que llevaba en la mano se cayera al suelo. Hubo momentos de ridícula coordinación para intentar cogerla y finalmente fue el señor Alcázar el que ganó en agilidad, lo que aportó a mi opinión de él un punto a su favor, ya que manifestó tener un cuerpo más joven de lo que aparentaba.

Sonreí para quitarle incomodidad al momento.

–Soy Carmela Cid, amiga de don Benito. Me ha pedido que le entregue en mano esa carta…, que ya tiene usted en su poder.

Alcázar asintió con finura y con gesto aún más gallardo me insinuó que me sentara en un silloncito para finalmente hacer él lo mismo en el sillón contrario. Abrió la misiva y la leyó sin que necesitara para ello anteojos. Otro punto más a su favor, sin duda.

–Dígale al señor Galdós, si es tan amable, que iré muy honrado al estreno de su obra. Debo imaginar que nos veremos allí.

Me quedé algo confusa pero rápidamente contesté:

–Por supuesto, para mí el señor Galdós es un maestro. Y un gran amigo, además.

Darío volvió a asentir, como hiciera un militar que acepta una orden.

–Entones hablaremos en el Teatro Español de su interés por los cuentos.

¡Vaya! Qué rubor me entró en aquel momento. Don Benito, queriéndome beneficiar seguramente, había incluido en la carta algún comentario sobre mi vocación de escritora. De haberlo sabido nunca habría aceptado entregarle la nota, porque así quedaba yo como una entrometida, una advenediza dispuesta a hacer todo por conseguir una columna fija en un periódico.

Me marché de allí sin hablar, algo amohinada, confusa y sin haber decidido aún si acudiría al estreno de *Electra*, pero luego me dije que don Benito trataba de favorecerme, como hacía con todo el mundo, aunque a veces no tuviera demasiado éxito con su generosidad.

* * *

Aunque asistí parcialmente a algunos de los ensayos de *Electra*, no fui invitada al general, que tuvo lugar, como es costumbre, el día antes del estreno. Allí solo estaba lo más granado de la política y de la cultura, quienes llevaban su invitación bien guardada, pues era indispensable.

No me molestó el desplante porque aquello no dependía de Galdós y, por lo tanto, hube de esperar al 30 de enero de 1901 para ser testigo de un hecho sin precedentes en España, que era que una obra de teatro se convirtiera en el símbolo de una generación política y social.

Si en algún momento ha sido posible hacer una revolución desde las candilejas, esa fue la que se vivió en el Teatro Español, porque, aunque ahora nadie lo recuerde, a Galdós se le consideró un dios aquella noche, y como a tal lo adoraron los miles de madrileños que le acompañaron a su casa tras acabarse la función.

De todo ello voy a dar buena cuenta, sin privarme de ningún detalle, porque este es un suceso que tuve el orgullo de presenciar y que rara vez se repite entre los dramaturgos. Que a un autor teatral se le mencione en los papeles por haber sido blanco de lombardas o pimientos, puede, pero de haber sublevado al pueblo de Madrid, imposible antes de Galdós.

A eso de las siete de la tarde, y habiéndoseme ya olvidado el engorroso incidente con Darío Alcázar, decidimos en casa asistir al estreno de *Electra*. Delmira sufría de jaquecas, pero finalmente, gracias al láudano, consiguió mitigarlas y ambas nos encerramos en nuestras habitaciones a cambiar el atuendo.

La cosa no era complicada porque solo teníamos un vestido acorde con la ocasión. El mío de años atrás, de cuando mi padre acudía a los eventos sociales y con él me llevaba. La moda, en esos dos últimos años, no había cambiado demasiado y el riesgo no era grande, siendo un vestido lucido en Granada y no en Madrid. Así pues, me acicalé con las recomendaciones de Lisita, con cabello despeinado, pero en orden y recogido con peineta de carey, a pesar de lo cual un rizo me caía por la frente hasta casi nublarme la vista. Me calcé los ligeros botines y me abrigué con la capa que había sido de mi segunda madre, Valeria, y que acusaba ya los rigores de la edad. Con todo, ambas nos sentíamos dichosas de cambiar nuestra hastiada vida por una noche de diversión y decidimos, por encima de todo, disfrutar.

Al llegar a la puerta del Teatro Español, el que siglos atrás fuera el afamado Corral del Príncipe, ya se congregaban en sus principales entradas grupos de jóvenes y de mayores. Los primeros, entre los que abundaban los varones, me parecieron a mí los conocidos como *la claque*, que eran los seguidores que llevaban los autores para que los aplaudieran y que a veces provocaban los usuales motines teatrales.

Don Benito ya me previno sobre esto, que, siendo la obra de claro carácter anticlerical, podríamos sufrir de protestas desde los sectores más reaccionarios. No era mucho decir, la verdad, en la primera función siempre había reventadores con el propósito de desmotivar a los actores y desprestigiar la obra, que competía con otras muchas más que había en la misma ciudad y a la misma hora. Pero es que en la mente de algunos de los que allí estábamos aún permanecía vivo el suceso de la señorita Ubao, que por esos días estaba ya en los tribunales litigando sobre si la joven ingresada en el convento por influencia de un jesuita decidió libremente o no profesar.

Y es que, en verdad, había razones sobradas para sospechar que la novia no estuviera en el convento por voluntad propia, porque decía su madre que ya estaba comprometida con varón, a lo que se unía que la susodicha provenía de buena familia y contaba, por tanto, con dinero que sería un gran aliciente si se desviaba la dote para la Iglesia.

Con todo esto, el ambiente que se respiraba en el interior de ese teatro era de una extraña mezcolanza, habida cuenta de que los que allí esperábamos a sentarnos no íbamos a presenciar la obra por los mismos motivos. La mayoría, sin duda, por disfrutar del ingenio literario del buen Galdós y otros, por curiosidad de ver si la obra que ya rechazara la Guerrero, con criterio más que demostrado, iba a ser un escándalo.

En cuanto conseguimos acomodarnos localicé a don Pío Baroja, que colaboraba por aquellas fechas con el diario *El País*. Tenía el pelo escaso de color panizo, entre rubio y bermejo, que le daba la autoridad de un hombre del norte de gran madurez. Nada que ver con don José Martínez, al que todos conoceríamos más tarde por Azorín, cuyo aspecto bonachón de cara redondeada y labios fruncidos le otorgaba la apariencia de un joven algo taciturno. Al poco llegó Ramiro de Maeztu, habló con los susodichos y excusó el quedarse, debido a que pretendía subirse al paraíso o gallinero, seguramente por falta de liquidez.

–Están llenos hasta los palcos… –me comentó Delmira acercándose a mi oído–. Esto va a ser un éxito antes de terminar.

–Si es así me alegraré. Sin embargo, hay grupos de hombres que me dan mala espina. No sé si el caso Ubao va a ser de ayuda a don Benito.

–Sé a qué grupos te refieres, también los vi al entrar… Por fortuna estamos cerca de una de las salidas de emergencia principales. Si hemos de darnos a la fuga, seremos las primeras en desalojar.

Me palpó una mano para darme confianza porque ella siempre se portaba conmigo como una madre, protegiéndome, para lo cual controlaba antes la situación como habría hecho un general llevando a sus tropas a la batalla. Algo le debió quedar de su primer marido militar, como ella siempre insinuaba.

Se oyeron algunos zapatazos en el suelo del teatro indicando que la hora se aproximaba, pues ya la gente tenía ganas de ver levantar el telón. Mientras las damas se acomodaban, ocultaban sus sombreros e introducían las telas de sus infladas faldas en las butacas, me ocupé de inspeccionar el patio en donde ya reconocía a más de un escritor.

La generación que luego se dio en llamar del 98 estaba prácticamente representada en su totalidad. Allí solo faltaba don Miguel de Unamuno, porque hasta Ramón del Valle-Inclán ya aparecía por el pasillo para sentarse muy cerca de mí. Imposible no reparar en él, con su barba recortada que parecía de las de carnaval y sus gafas circulares, ambas cosas negras y bastante desaliñadas.

Siguiendo la pista al prestigioso manco, al que mi padre tuvo el gusto de tratar en sus años mozos madrileños, reparé en que sentado próximo a él estaba Darío Alcázar, erguido, casi inerte, como quien mira a un punto fijo para concentrarse en los pensamientos.

Las luces perdieron fuerza y el murmullo del patio de butacas cedió.

Hay un momento de ecos confusos que llegan a nuestros oídos en el inicio de una obra teatral. Primero es el chasquido de las butacas a donde van a acomodarse los espectadores, cuyos respaldos se mueven o sus reposabrazos se estabilizan para dejar paso al crujido del papel, ese programa que se abre y se cierra, que se abate sobre el pecho de las espectadoras que sienten el calor de un ambiente agobiado por la multitud. Luego las toses de algún caballero y, por fin, el silencio completo que da pie, nunca mejor dicho, a la subida del telón, que despeja un cubículo, como de casa de muñecas, oscuro y triste. De pronto se hace la luz y aparece la profundidad, que parece que estirando el brazo podemos tocarla, y te sientes un fisgón privilegiado, testigo de la magia que solo es capaz de darnos el teatro.

Cuando sale el primer actor y dice su frase, el encanto desaparece, roto por su voz. Yo diría que lo mejor de una función está en esos instantes previos, como otras veces confirmé. Creo, al mirar a los que tenía en mi entorno, que algo así debieron de pensar, porque al momento de salir a escena el primer personaje, nos relajamos y fuimos, momentáneamente, espectadores respetuosos.

La historia de *Electra* planteaba, como en otras obras de Galdós, la libertad individual de decidir ante una sociedad opresiva que era mucho más cruel con las mujeres. En esa historia, la protagonista tomaba su nombre no solo de la mítica tragedia griega que Galdós supo utilizar como crítica a los desencuentros entre los miembros de una familia, sino también de su propio significado, algo así como «chispa» o «electricidad», que en esta trama dotaba al personaje femenino de iluminada o tal vez de energía pura, tal y como debería tener una mujer moderna para rebelarse contra las imposiciones sociales.

En *Electra* existían dos corrientes contrapuestas, la de la muchacha inocente y maleable que se enamora de un científico, Máximo, que trabaja en su laboratorio, ejemplo de modernidad y corrección; y, por otro lado, don Salvador Pantoja, fanático y obsesivo, con intenciones más que solapadas por conseguir que Electra se redima de su felicidad introduciéndola en un convento. Las dos Españas estaban bien definidas en este drama que a simple vista parecía de gran sencillez pero que finalmente sacó de cada uno de nosotros los temores que llevábamos dentro.

Al poco de salir Electra, representada por la gran actriz Matilde Moreno, ya dijo unas palabras que me desbocaron los latidos de mi corazón.

–«Mi especialidad, ¿no saben ustedes cuál es? Pues los troncos viejos, las paredes en ruinas. Pinto bien lo que desconozco: la tristeza, lo pasado, lo muerto. La alegría presente, la juventud, no me salen».

Aquello me hizo recordar a mi padre y a mi abuelo, dos Cid incapaces de rebelarse contra la sociedad que les dio cobijo. Mi padre siempre decía que era «escritor de ruinas» por defenderlas a través de su periódico, pero mi abuelo, tal y como le acusaba su esposa, mi exasperante abuela Bárbara Benajara, era un «pintor de ruinas». Aquel paralelismo que Galdós desconocía, evidentemente, de mi familia y que plasmó en su *Electra* me sobrecogió arrancando de mí algunas lágrimas que pude disimular.

Delmira no las advirtió, seguramente por no caer tampoco en el matiz de esas palabras, a fin de cuentas, era solo su tercera esposa y muy poco tiempo tuvo de conocer a mi padre, antes de su fallecimiento. La miré de reojo y vi que disfrutaba, de lo cual me alegré.

La obra siguió desarrollándose y presenciamos un momento memorable:

Máximo, el enamorado de Electra, preguntó:

–Noto en tu rostro una nube de tristeza, de miedo..., gran novedad en ti.

A lo que Electra contestó:

–Quieren anularme, esclavizarme, reducirme a una cosa... angelical... No lo entiendo.

–No consientas eso, por Dios..., Electra, defiéndete –alentaba el científico.

–¿Qué me recomiendas para evitarlo?

Máximo dijo sin vacilar:

–¡La independencia!

Que se aconsejara tal a una mujer en 1901 en plena escena teatral era un acto de total rebeldía. Me quedé sin aliento al verme reflejada en esa Electra que quiere salir de su capullo antes de convertirse en mariposa y tras de mí oí con enérgica voz femenina: «¡Bravo!».

Un murmullo se mantuvo latente durante algunos minutos. Un hombre, con voz grave, comentó en un comedido volumen:

–¡Qué barbaridad! ¡Qué indecencia! Y ahora ¿qué vendrá después? ¿Pedir el voto femenino?

Algunas mujeres chistaron para hacerlo callar.

El drama transcurría. Electra es engañada por Pantoja, quien inventa una farsa contra Máximo, al que ella ama, convenciéndola de que son hijos de la misma madre y, por lo tanto, hermanos. La única solución es tomar los votos, pero acuden al convento para esclarecer el entuerto y ella, debatiéndose por tomar una resolución, dudosa de si unos y otros dicen la verdad, llama a su madre muerta. Será ella la que aparecerá en escena envuelta entre misteriosos vapores, resultado de un novedoso sistema de efectos teatrales que controló el mismo Galdós hasta el día del ensayo general:

–«Si el amor conyugal y los goces de la familia solicitan tu alma, déjate llevar de esa dulce atracción, y no pretendas aquí una santidad que no alcanzarías. Dios está en todas partes…».

Fue aparecer el fantasma de la madre y notar que el señor Azorín, fijamente abstraído por los sucesos de la escena, daba un brinco sobre su asiento agarrándose al brazo de Baroja, que tenía a su lado. Don Pío, disimuladamente, se deshizo de él. Creo que tal reflejo se lo reprochó durante algún tiempo, incluso en sus futuras memorias.

Eché un vistazo a la sala, Valle-Inclán lloraba. Lo supe porque se sonaba la nariz con su única mano. Algunas mujeres tenían la boca abierta sin darse cuenta del ridículo gesto. Darío Alcázar, con su programa entre las manos, permanecía inmutable quizás apretándolo demasiado y convirtiéndolo en un espantoso gurruño.

Finalmente llegó el momento crítico. Máximo y Pantoja se enfrentan por la posesión de Electra. Forcejean, discuten. Máximo nombra a Dios pidiéndole que no permita que Pantoja utilice su retórica confusa para doblegar el carácter de Electra y convertirla en novicia en contra de su voluntad. Entonces oímos un chasquido de butaca proveniente del gallinero y vimos a Ramiro de Maeztu levantarse, elevar un brazo y gritar:

–¡Abajo los jesuitas!

Hubo un rumor de confusión, los muchachos de la claque patearon, alguno aplaudió secundando la efusión de Maeztu. Las mujeres se abanicaban mitigando el calor propio de la turbación.

Delmira y yo nos miramos por temor a que el ya citado caso Ubao sugestionara al patio de butacas sin que ninguna mención se hiciera del particular en los diálogos de la obra.

Electra consiguió hechizarnos a muchos de nosotros a través del reflejo de un espejo virtuoso, en el que volcábamos nuestras obsesiones. Todos éramos Electra aquella noche; algunas mujeres por haber sido obligadas a casarse con algún viejo indecente, otras por ser huérfanas de madre o haber recibido la indiferencia de algún padre adoptivo. Las sufragistas, que sin duda había en la sala, se vanagloriaban de que un autor español apostara por la independencia del sexo femenino. Otros como Maeztu, defensor del movimiento antijesuita que circulaba por la España del novecientos, intuyó la referencia inexistente del caso Ubao. Hasta yo misma lloré al oír las palabras de Electra que evocaron mi infancia en Granada.

Si algo había que concederle a Galdós, era su capacidad de darle a cada cual lo que esperaba; de esa manera dio sobrados motivos para que los sectores más casposos de nuestra sociedad reprobaran la obra mucho antes de bajar el telón.

Galdós demostró una habilidad muy poco corriente entre los comediógrafos, sus grandes dotes dramáticas le habían llevado al cénit de su profesión con merecidos aplausos. Era el mejor narrador de aquellos tiempos y también el mejor dramaturgo de los últimos años, inspirador de otros que luego llegarían con tanto afán de renovar la escena.

Los pitidos y burlas se ahogaron entre los vivas y aplausos. Maeztu, todavía conmovido por la magia galdosiana, bajó desde su paraíso para buscar al autor y tomándolo del brazo le obligó a salir. Fue en ese momento cuando el auditorio se levantó en pleno, se oyeron bravos y el inicio de alguien que cantaba la Marsellesa.

Las mujeres sacaron sus pañuelos para agitarlos, premiando al autor con tal gesto, y un caballero hizo volar su bombín por el aire cayendo muy cerca de la butaca que ocupaba Darío Alcázar, aún inmutable, aunque de pie y aplaudiendo muy contenido.

Fue entonces cuando vi al que fuera ministro Canalejas agitando el sombrero para hacerse ver por el autor.

Galdós saludó y dijo unas palabras que casi no pudimos oír entre tanto tumulto. Antes de que consiguiera terminar de hablar la claque ya se disolvía y algunos jóvenes se dispusieron a salir a la calle.

Delmira y yo nos miramos, la masa de espectadores se empujaba para desalojar el teatro y esperar al autor en la puerta del edificio. Recibimos algún empujón y nos sentimos algo intimidadas. En ese instante noté que me tomaban del brazo y me arrastraban hacia una esquina. Como Delmira me agarraba también conseguí tirar de ella y resguardarme en un lugar seguro, fuera de los empellones.

Tardé algún tiempo en darme cuenta de que había sido Darío Alcázar quien me auxilió.

* * *

–Disculpe si la he asustado, pero me pareció que estarían ambas más protegidas del tumulto tras estas cortinas. Es mejor esperar a que desalojen el teatro.

Delmira y yo nos quedamos muy calladas, parecía que el periodista lo tenía todo estudiado o que tal vez había sufrido un suceso semejante presenciando algún estreno. Dimos por buena su recomendación y esperamos algo incómodas, por cierto, pero en silencio a que el patio de butacas se quedara vacío.

–Estarán todos en la puerta, mejor salir por la parte posterior. Conozco bien el teatro, síganme ustedes.

Delmira y yo nos miramos un poco incrédulas, alzamos nuestros hombros aceptando ser dirigidas a la calle trasera o callejón que todos los teatros tienen para salida de actores. Mientras lo hacíamos saludaba Darío a intérpretes que lo habían sido momentos antes sobre el escenario. Esto me convenció de que Alcázar era respetado entre la farándula.

Salimos los tres consiguiendo antes nuestros abrigos y capas, pues la noche se mostraba gélida a pesar de las bravuconadas de algunos jóvenes dispersos que aún coreaban el «viva Galdós». Parecía que frío aquellos no tenían, posiblemente debido a la euforia juvenil pero también a alguna petaca que debieron guardar entre sus chalecos.

–El señor Galdós no necesita hoy de nosotros, me parece... –afirmó Darío Alcázar asomándose a la calle Príncipe, que era la principal del teatro y que desembocaba en la Carrera de San Jerónimo. Por allí vimos pasar a Galdós rodeado de un público amotinado, que intentaba tomarlo en alzas como a los toreros que se han ganado el reconocimiento. El maduro escritor tuvo fuerzas suficientes para desasirse, pero, con todo, lo llevaron muy agarrado hasta el final de la calle. Al día siguiente me enteré de que lo acompañaron hasta la misma puerta de su casa y oficina de la calle Hortaleza, en donde, una vez entrado, tuvo que asomarse al balcón y saludar.

Mientras desaparecían los ecos de los vivas y «fuera los jesuitas», sentí alterado el ánimo hasta el punto de sudar, y eso que era noche helada.

–No se apure usted... –me dijo Alcázar, viéndome preocupada por don Benito–. Son su público, no le harán mal. Déjele vivir su momento. Además, también veo entre la concurrencia a Ramiro de Maeztu y a Baroja... Podemos confiar.

Asentí convencida de sus palabras.

–¿Les incomodaría que las acompañara? Es tarde y detrás del teatro tengo un coche esperando.

Miré a Delmira y esta afirmó considerándolo un cumplido, y respondiendo a su invitación entramos los tres en el coche, que era muy confortable, por cierto.

Volvimos a callarnos durante el traqueteo, y ya cuando salíamos hacia la Carrera y de allí a la plaza donde estaba la fuente de Neptuno para tomar la dirección a nuestra casa que tan cerca estaba, se atrevió a decir el escritor:

–Así que usted también es del gremio.

Yo sonreí, muy abrumada. Delmira me daba golpecitos con el talón para que hablara.

–Sí, señor. Desde muy joven. Soy hija de periodista y entre cajistas y tipos de letra me crie.

–Me sorprende usted, señorita Cid..., o es señora...

–No, no, señorita, señorita... –se atrevió a mediar Delmira antes de que intentara estropear el momento–. Y yo soy la viuda de su padre. Su tercera esposa.

Darío asintió considerando el comentario como una presentación oficial y luego miró por la ventanilla del coche.

–Creo que ya estamos llegando. Las acompañaré hasta la puerta.

–No es necesario... –exclamé yo.

Nuevo puntapié de Delmira.

–Si les parece a ustedes, me iré adelantando para avisar a Rosita de que llegamos...

Esa fue Delmira, deseosa de dejarnos solos. Tan pronto abrió el cochero la portezuela esta saltó como una liebre y salió corriendo hacia la puerta del jardín. Me quedé algo confusa con Darío a mi lado sin que nos hubiera dado tiempo a desalojar el interior del vehículo.

–Mañana enviaré a *El País* una reseña sobre la obra de Galdós. Auguro que va a ser una entre muchas. Tengo en gran estima a don Benito y confío en que esto sea un gran espaldarazo para que pueda atraer a las nuevas generaciones de escritores. A él le tienen por autor añejo, caduco..., pero en mi opinión ninguno de los que están sobresaliendo con esta crisis que aún tenemos de final de siglo se le puede comparar.

Sonreí. Me agradó saber que ambos estábamos de la misma parte.

–Si le apetece, venga mañana a por un ejemplar del periódico a mi casa. Podremos comentar mi artículo y, de paso, merendar.

Me quedé consternada. ¿Me estaba proponiendo una cita? Ciertamente no podía saberlo, porque ningún hombre me había propuesto nada parecido antes de ese momento.

Asentí con dificultad para respirar y salí del coche sin que tuviera el cochero la oportunidad de ayudarme a bajar por la escalerilla. Al llegar a casa estaba tan inflamada de novedades que decidí escribir un artículo para mi columna de corsés y pololos. Y estuve tan inspirada que se me ocurrió llamarle a mi peinado «a lo Electra». Tal vez no fui yo quien lo pusiera de moda, pero desde luego empezamos a ver a muchas jóvenes con el mismo color de cabello y adorno que luciera la actriz Matilde Moreno sobre el escenario.

CAPÍTULO 9

DE LA FAMA CON PIES DE BARRO

Delmira escuchó muy atenta, con esos ojos almendrados que tanta expresividad daban a sus facciones, que Darío Alcázar me había invitado a merendar. La excusa era, o al menos parecía, discutir los diferentes puntos de vista que el crítico expondría en sus comentarios a *Electra*. Mientras me quitaba los guantes y me despojaba de la capa, yo hacía por no darle importancia, pero mi madrastra se impacientaba.

–Pero entonces... ¿irás?

–No le veo inconveniente, pero tampoco necesidad... Quizá le envíe una nota declinando su ofrecimiento.

–¡No se te ocurrirá!

Me eché a reír. Había engañado cruelmente a Delmira. Me desplomé sobre el sillón tan cansada como gozosa, creo que era la primera vez que me sentía así.

–¡Qué diablo de chica! –se lamentaba Delmira algo enojada por haber sido la diana de mis juegos–. Al menos, ¿serás capaz de atusarte un poco y darte rubor en las mejillas?

–Ya veremos, ya veremos. Queda mucho tiempo hasta mañana. Lo que deseo ahora es dormir.

Cuando me levanté del sillón para dirigirme hacia la escalera que llevaba a mi habitación, Delmira se interpuso ante mí.

–Querida..., no lo estropees. Deja que te galanteen. No pasa nada por perder el control de vez en cuando. A nada te compromete.

Lo dijo tan solemne pero a la vez tan afectada que tuve que acercarme para abrazarla y darle un beso tal como lo hubiera hecho con mi verdadera madre.

–No te preocupes. El señor Alcázar me cae bien, no me mostraré antipática.

Creo que a la imaginación de Delmira sobrevino el recuerdo de mi padre y sus miedos a comprometerse. Años atrás era yo la que le aconsejaba ceder ante los impulsos, pero los míos eran más recios, se habían forjado durante años sometiéndolos a decepciones, que unas tras otras venían a mi vida y eran ya mi distintivo.

Subí a mi cuarto, pero no pude dormir. La noche presagiaba cambios, no solo en la vida de Galdós, también en la mía. ¿Y si el señor Alcázar me conseguía un empleo mejor y acorde con mi capacidad? ¿Y si resultaba después que pretendía compensarse con acercamientos poco decorosos? ¿Y si… realmente había visto en mí algo que le gustaba y sin recomendaciones galdosianas, el periodista, como hombre que era, me buscaba simplemente como la mujer que era yo? ¿Y si por querer desviarme de los impulsos de Galdós acababa de lleno entre los del señor Alcázar?

Ay, qué desconfiada he sido siempre. Llegó la madrugada y aún me seguía preguntando qué sería aquello que quería comentar conmigo el tal caballero.

* * *

A consecuencia de la noche pasada, que transcurrió en vigilia, llegué a la plaza de Quevedo, donde se ubicaba la casa de Darío Alcázar, con ojeras que tuve que disimular con polvos de arroz. Iba incómoda, porque su olor me parecía a mí que era el que tenían los abrigos viejos cuando son de varias temporadas y se guardan dentro de los armarios, por eso antes de llamar a la puerta resolví sacar de mi bolso de mano un perfumador y me apliqué agua de colonia.

Esperé unos minutos a que el aroma se posara y luego, respirando profundamente, llamé a la puerta.

Como la vez anterior, salió la criada y me dejó pasar, pero no me guio a la salita de las dos puertas, sino a otra que estaba al final del pasillo. Esto me amoscó, pues variaba mis esquemas, habiéndome imaginado varias veces que saldría a recibirme a la salita que ya conocía para enseñarme, personalmente, alguna otra en donde merendar, con pastas y con algún café; pero no, resultaba que la cosa no iba así y que la criada me indicaba, a pesar de pararme dos veces por el camino, que siguiera, que me llevaba a donde me estaba esperando el señor.

Reconozco que dudé y algo se me pasó por la cabeza, quizá que en cualquier momento aparecería una habitación invitando a la indecencia, pero al poco de pararse la criada ya oí unas voces y la decepción fue mayor, porque observé tras unas cortinas que la merienda no iba a ser cosa de dos, sino de al menos cuatro, cuando reconocí la voz de Pío Baroja y de Ramiro de Maeztu, entre otros.

La criada se marchó en cuanto mi presencia alertó a Darío Alcázar, que se levantó de la silla que ocupaba para tomarme la mano y hacer que me la besaba, gesto que como dije en otro momento me parecía anticuado, pero correspondía muy bien con su forma de comportarse. Hizo ademán de presentarme a Baroja y Maeztu, pero estos me conocían ya de oídas o de verme con don Benito en los últimos días.

Mientras me deshacía de mi abrigo y lo dejaba en una de las sillas vacías oí a Baroja, en un susurro, que decía:

–Esta es la nueva protegida de Galdós.

Hice como que estaba ausente del comentario y con dominio de mis actos me senté, sin que me temblaran las manos, cosa que pude evitar poniéndolas sobre la mesa, haciendo que estiraba el mantel de hilo bien bordado.

–La señorita Cid escribe en una revista, pero tiene interés en dar el salto al cuento, según tengo entendido –explicó Darío.

Antes de que alguno de los presentes pudiera decir algo más, hinché mis pulmones y sentencié:

–Se creerán ustedes, ya escritores meritorios, que nada puede hacer una mujer en la literatura. Me crie entre imprentas y me publicaron una novela, aunque mi padre firmó por mí para que tal hicieran. Es el sino de las mujeres, que siempre han de ir tras los hombres, sean mozos de cuadra o escritores. Algunos dicen de mí que soy la protegida de Galdós, pero esto no ha de molestarme, porque «proteger» es una palabra muy bonita, que es propia de la bondad y del amor fraternal. Por lo tanto, a quien así me considere, le digo que sí, Galdós me protege como yo le protejo a él.

Hubo un silencio incomodísimo. Creo que a Darío Alcázar se le secaron los ojos de la impresión y durante un tiempo parpadeó inconscientemente. Pío Baroja, aludido por mi comentario, en vez de replicar, como buen vasco, reconoció el embate.

–Palabras muy sensatas, desde luego. Admito que soy una de esas personas que comprendí mal la palabra. Le pido mil disculpas. Dicho esto, me gustaría que se uniera a nosotros en los comentarios a la función que vimos ayer. ¿Qué le pareció la *Electra* de Galdós?

Una vez que me supe atendida e incluso respetada por aquellos tres hombres que en nada eran insustanciales precisamente, me sobrevino el miedo a perder lo que había ganado. Entonces sí que me temblaron las manos, y las oculté bajo el mantel.

–Tengo que confesar que, al principio, *Electra* me pareció una de las muchas obras de Galdós, bien construida desde luego, como todo lo que él hace. Pero… según fue transcurriendo el drama me cercioré de que era algo más que una simple obra teatral. No sé si fue su propósito, pero consiguió sacar de nosotros sentimientos postergados. Yo, al menos, salí del teatro queriendo ser más libre de lo que soy.

El señor Baroja tomó un sorbo de su café algo indiferente.

–Es indiscutible el mensaje anticlerical de *Electra* y más en concreto el reproche mostrado en relación al caso Ubao. Nadie antes se había definido tanto como don Benito.

Agité mis hombros desconcertada, pero antes de mostrar mi opinión al respecto continuó Baroja:

–Viniendo para acá me encontré con el señor Pérez Galdós por la calle, en los aledaños del Teatro Español. Aún había grupos de incontrolados, ebrios seguramente, que seguían dando vivas al autor y gritando «fuera los jesuitas». Entre ellos pasaba don Benito sin que advirtieran los alborotadores que él era el causante de tanta bulla. Nos metimos ambos en un coche. Estaba Galdós muy inquieto, fumaba en demasía. Me dijo: «Yo me voy al extranjero. No tengo nada que ver con estas algaradas». Ciertamente que parecía muy afectado. Yo le dije entonces: «Comprendo que no tenga usted relación con un movimiento político, si es que lo que presenciamos es político. Pero usted no puede negar la tendencia de su obra». Tengo que reconocer que la actitud de Galdós no me fue del todo simpática. Yo creo que cada hombre debe responder de sus actos y de sus ideas.

–Seguramente no todos somos tan racionales como usted... –intervine algo molesta ante la prepotencia de Baroja.

–¡Pues a mí me ha parecido una obra maestra! –se atrevió a decir Maeztu muy exaltado–. Tanto es así que me han molestado en demasía las palabras del amigo Azorín oponiéndose a calificarla como tal. Yo le vi desde mi butaca en el teatro y pude comprobar que estaba ciertamente impresionado. Si no lo reconoce ahora, tendré que sacarle los colores en algún encuentro.

Baroja seguía confirmando su opinión.

–Lástima. Sin quitarle valía a don Benito, mi opinión es que *Electra* no es ni será nunca una obra maestra. No habla mi ingratitud, pues reconozco que Galdós siempre me ha tratado bien, pero no... no consigo reconocerle el mérito.

Pocos días después Maeztu obligó a Azorín a retractarse, como bien dijo, y a poco llegó a las manos. Por las palabras templadas que dirigió a Galdós, Azorín se llevó el calificativo de «jesuita» por parte de Maeztu. Como ellos, otros muchos escritores sacaron sus plumas como lanzas y tomaron la batalla de las opiniones. Algunos, como le ocurrió a Baroja, que tan desconcertado estaba en estos momentos, describiría en sus memorias que la noche del estreno sería memorable y de gran frenesí literario. Nada mejor que cumplir años para saber valorar algunas cosas.

Me sentí aburrida del despotismo de esos jóvenes escritores que se creían con el derecho de malograr la genialidad de un maestro como Galdós. A él le debía la generación a la que ahora pertenecían lo que eran y por lo que luchaban. Esos escritores centrados en la crisis del 98, en el fondo, no habían creado nada nuevo. Los realistas y los naturalistas, cuyos tilines había tocado Galdós con tanto acierto, fueron ese embrión que germinaría en la literatura de principios del siglo XX. Que no le reconocieran en aquel instante como padre y reflejo de todos ellos le dolió a don Benito en las entrañas. Nadie antes que él había hablado de la crisis de valores que sufría España, sin necesidad de nombrar la mítica pérdida de las colonias de ultramar, porque en el fondo lo que denunciaban los del 98 no era más que la desastrosa idiosincrasia del español, que era la desidia y el no quererse a sí mismos.

Me despedí con corrección y tomé mis cosas colocadas en una de las sillas. Darío Alcázar se levantó para acompañarme:

–Si no le importa esperar voy a darle un ejemplar del periódico en donde viene mi artículo sobre *Electra.* Seguramente ya lo tendrá usted, pero me complace dárselo personalmente.

Así lo hice. Salí al pasillo y allí lo esperé.

Mientras tanto, Darío acudía a buscar el periódico guardado en algún lugar de la casa, seguramente en su gabinete. Aproveché para abotonarme el abrigo y colocarme el sombrero. En esa tarea me sorprendió la conversación aún activa de Baroja y Maeztu, cuyas voces escapaban de la sala en la que continuaban tomando relajadamente el café. Ambos discutían de *Electra* sin ponerse de acuerdo, defendiéndola el último con recias razones. Pero Baroja no cejaba dando sus propios argumentos:

–Quizás es que estoy predispuesto contra el señor Galdós, al que, admirándolo como dramaturgo, le reprocho su actitud como hombre. No hace mucho, en la misma puerta de mi casa, en la calle Misericordia esquinada con Capellanes, que, como sabe, es donde está el Teatro Cómico, atendí a una mujer que se encontraba indispuesta. Unos vecinos la habían visto desmayarse y me avisaron en calidad de médico. Nada tenía que no pudiera curar un buen filete. Pero resultó, vaya casualidad, que la señorita, que debía ser actriz del Cómico, estaba a punto del síncope y no era otra que una antigua amante de Galdós, una que se llama Morell, y que, según dicen por ahí, se convirtió al judaísmo. Me habló mil diabluras de don Benito: que si la había abandonado después de aprovecharse de ella y que ahora la dejaba en esas circunstancias, sin nada que llevarse a la boca. Yo, sinceramente, Ramiro, a este señor Galdós no le veo yo la hombría.

Me quedé lívida, no solo por el contenido de lo expuesto, sino por la vileza de haberlo dicho a hurtadillas, como solo hablan los cobardes. Era, cuando menos, irónico, ya que criticaba los pecados de otros, considerándose él paladín de la virtud.

Al retornar, me vio Darío el semblante algo indispuesto y creyendo que aún recordaba las palabras de Baroja sobre *Electra* me aclaró:

–No se lo tenga usted en cuenta, señorita Cid. Don Pío es muy impetuoso en todo cuanto dice, pero es un buen referente.

Tomé el periódico que me ofrecía y sonreí, aunque esforzándome.

–¿Hace mucho que conoce usted al señor Galdós?

–Puede decirse que sí.

–Y… ¿le ha visto alguna vez con una señorita llamada Morell?

Alcázar me miró muy fijamente, sorprendiéndole mi pregunta.

–Fue amiga íntima de don Benito y actuó alguna vez en los teatros. No era mala actriz.

Dudé si seguir preguntando, pero me podía la curiosidad.

–Y… ¿qué fue de ella?

Alcázar dudaba.

–No lo sé muy bien. Lo mismo que subió bajó, es frecuente en algunas actrices que quieren volar muy alto. Creo que ahora está enferma y pasa dificultades.

Lo di por bueno, era suficiente. Aquella tarde fue de grandes decepciones. Primero mi fallida cita con Alcázar, luego ser testigo de las miserias de Galdós… En fin, era una sensación muy enojosa a la que estaba acostumbrada.

–Gracias por su invitación, señor Alcázar… Le agradezco que me presentara a Baroja y a Maeztu oficialmente, siendo ambos de provecho para mi futuro trabajo.

Le tendí la mano, ahora enguantada. Esta vez no me la intentó besar, solo me la contuvo unos instantes.

–Celebro que no le intimidara su presencia, lo cierto es que se presentaron sin avisar. Habrá que dejar nuestra merienda para otro momento.

¿Era una sonrisa la que expresaron mis labios? No recuerdo qué le dije al respecto, solo que salí de su casa con piernas temblonas, pero bastante reconfortada.

CAPÍTULO 10

DE CÓMO FUE GALDÓS EL CAUSANTE DE LAS ALGARADAS

En el gabinete de Benito Pérez Galdós, donde escribía y recibía visitas, se reunieron unas cuantas personas, que eran sus hermanas, su sobrino, al que llamaba cariñosamente Pepino, y su actual secretario, para leer y recortar las críticas publicadas sobre el estreno de *Electra.*

Era don Benito muy sensible a los comentarios que otros hacían de él, poniendo atención extrema en los que partían de intelectos a los que admiraba, como era el caso de Clarín o de Unamuno. Con todo, en esa ocasión, si bien llegó un telegrama de don Miguel manifestando su alegría por el éxito de la obra, hubo, como ya pude comprobar en la casa de Darío Alcázar, opiniones desiguales.

La más grata y sincera apreciación fue la de Ramiro de Maeztu, que habiendo asistido también al ensayo general del día 29 recordaba sus impresiones diciendo: «¡Oh, noche histórica la del 29 de enero! Yo os conjuro a todos, jóvenes de Madrid, de Barcelona, de América, de Europa, para quc os agrupéis en derredor del hombre que todo lo tenía y todo lo ha arriesgado por una idea, que es vuestra idea, la de los hombres merecedores de la vida».

Gustó mucho a Galdós la pasión de Maeztu, no, sin embargo, que lo llevara siempre a su terreno, que era el de abominar de los jesuitas, sentimiento que don Benito nunca negó, pero tampoco tuvo interés en revelar. Parecía como si Galdós nunca antes hubiera topado con la Iglesia, mas no era así, porque en *La Familia de León Roch*, en *Fortunata y Jacinta* y en varios de sus *Episodios Naciona-*

les ya dejó mentada la sinrazón de las dos Españas, con sus consecuentes adoctrinamientos.

Para mí que el caso Ubao en nuestro país y la persecución social antisemita contra Alfred Dreyfus en Francia despertaron la conciencia religiosa de muchos de nosotros. No era extraño que entre tanta polémica alguien creyera que Galdós aleccionaba contra la Iglesia.

Por otro lado, la sociedad timorata y de doble moral en la que vivíamos le reprochaba que hubiera tenido relaciones con Concha Morell, una mujer que se convirtiera al judaísmo.

Para bien o para mal éramos españoles. En este país donde se cultivan las envidias mucho más y mejor que el trigo al sol, es siempre corriente que una persona con talento tenga un clan de enemigos y un distraído grupo de amistades que casi nunca sale en su defensa.

La Iglesia, como era de esperar, recomendó la prohibición de *Electra*, y también hubo partidarios muy conservadores que aprovecharon la ocasión para sacar la munición pesada: Galdós era un hereje que, además, enamoraba a las mujeres para aprovecharse de ellas. Por fortuna, nadie nombró que tenía una hija natural y alguna más de la que no se tenía noticia cierta, pero existían.

Todo aquello le restó la alegría del estreno a Galdós. Cuando llegué a su casa, estaba sentado, fumando muy nerviosamente, sin poner demasiada atención en la lectura de los artículos que iban leyéndole los familiares y su secretario.

–No soy un oportunista… –exclamó don Benito muy serio, apurando uno de sus cigarros–. No hay nada nuevo en hablar de libertad en un país que se ha olvidado de ella. Nadie se ha escandalizado de que una mujer, en plena escena, clame por el libre albedrío en estos tiempos, pero, claro, el tema religioso… con la Iglesia hemos topado. Esta es la enfermedad de España, no la de perder colonias o la de perder las guerras. Es la de la envidia, la del sectarismo y la de los caciques, todos a una. Como esto siga así me veo marchándome a París.

Le palpé la mano para darle ánimos, pues con las palabras no tenía yo suficientes recursos.

Todas esas *algaradas*, como él llamaba a los sucesos que se iban desarrollando desde el estreno de *Electra*, le quedaban grandes al escritor canario, porque era un observador que reaccionaba a la injusticia con sus novelas y, como tolerante y defensor de libertades, esperaba que de estas se forzaran reflexiones y nunca blasfemias o mentiras, ataques gratuitos que a él le dolían como si fueran balas.

–Dice mi amigo Pío que debo encajar los golpes, puesto que la lucha la he comenzado yo… –continuaba recordando los reproches de Baroja en uno de sus artículos–. Pero es que yo no he empezado ninguna lucha. Y si acaso la hubiera empezado, no quiero ser el abanderado de nadie, y menos si quieren llevarme a hombros.

El hombre que se ruborizaba si tenía que hablar en público defendía su derecho a protestar por medio de la literatura. Me consta que se sentía acosado y dolido, pues muy por encima de los insultos y de las afrentas le escocía, sobre todo, tenerlas que librar solo.

–No se amohíne, don Benito –le decía yo–. Que también don Pío le ha dedicado unas preciosas palabras en su artículo de hoy. ¿Quiere que se las lea?

El escritor suspiró indicando que le daba igual y entonces tomé *El País*.

«Galdós ha saltado de las cimas de Dickens a las infinitas alturas de Shakespeare; hombre genial, ha auscultado el corazón de la España dolorida, triste, que desea salir de su letargo».

Aquí me detuve un segundo para observar la cara de mi maestro, quería averiguar si las palabras de Baroja le parecían sinceras, porque tras la conversación última que mantuve con él en la casa de Darío Alcázar me inspiraban estas muchas dudas.

«Sentimos la necesidad de que nuestros anhelos tomen carne espiritual. Hoy en Galdós nuestras afirmaciones han tomado conciencia, mañana quizás adquieran, en otro, voluntad».

Y esto lo decía insinuando que era más que necesario que la generación de nuevos escritores a la que Baroja pertenecía ya, esa que asomaba a los primeros años del siglo XX muy dañada por el dolor de la crisis nacional del 98, debía tomar como referente el espíritu de *Electra* y de Galdós. Cierto era que Baroja se contradecía de sus duras aseveraciones contra don Benito, al que tildaba de un autor sin llama y que lo mismo comparaba con el peor de los hombres o con el mismo Dickens, manteniendo una contradicción desconcertante. Quizás aleccionado por los demás o arrastrado por los de su generación, que tanta admiración tenían por Galdós, Baroja tuvo que decir aquellas cosas sin pensarlas de veras.

No quise desmerecer el momento añadiendo que el escritor vasco no me parecía de fiar, pues nadie va diciendo digo cuando dice Diego, pero no hizo falta. Galdós no recibió aquella reseña con gozo, muy al contrario que la de Darío Alcázar, quien le envió un telegrama refrendando su admiración por *Electra*.

Al poco de acabar de leer dicho telegrama volvieron a llamar a la puerta. Segundos después llegó la hermana de Galdós con un paquete en la mano. Era un regalo para el exitoso escritor de parte de una pastelería de reciente apertura en la capital. Le regalaban una tartaleta muy jugosa de chocolate a la que habían bautizado como «pastel Electra».

* * *

Los días sucesivos Galdós mejoró el carácter. Le confirmaban desde el Teatro Español que la taquilla hacía completo y que muchas personalidades de la sociedad española solicitaban ver la obra, incluidos ciertos políticos, como el propio Sagasta.

Cien noches más estuvo en cartel *Electra*, convirtiéndose en una obra excepcional por sus dimensiones sociopolíticas, traspasando el entretenimiento o el goce del drama y siendo enteramente necesario asistir a sus representaciones, al ser considerada un hecho histórico en sí misma.

Si bien a los tres meses se habían vendido veinte mil ejemplares del libreto y ya se traducía a otros idiomas, continuaba acarreando dificultades para el orden público.

En la plaza de Santa Ana, donde se encontraba el Teatro Español, acudió representada la sociedad obrera de ayudas mutuas llamada El Porvenir del Trabajo, causando altercados y resolviéndose el llamar a la guardia, que, como era del común, se dispuso a disolverla mediante linternazos.

En Santander, donde era muy querido Galdós por su vinculación a la ciudad, se realizó una manifestación pacífica desde el Ayuntamiento hasta la casa del escritor, la llamada *San Quintín*, para depositar en sus puertas una corona de flores. Con ello agradecían a don Benito haber elegido la ciudad cántabra para pasar sus veranos, pues tras Pereda lo consideraban su mejor escritor.

Este ilustre santanderino, don José María Pereda, quiero decir, amigo desde hace años de Galdós, le escribió sobre *Electra* asegurándose de exponer su desagrado por el galimatías en el que vivíamos todos los españoles desde el estreno de la obra. Doy por hecho que le amonestaría también por enjuiciar a la Iglesia.

Es decir, que el ilustre canario, entre tanta felicitación y reproche, no sabía muy bien dónde fijar la atención. Había días en los que solo recibía elogios y otros que se le hacían insoportables ante la vehemente reprobación por parte de los sectores más continuistas.

–No se sienta usted tan alicaído, vayamos a dar una vuelta por el Prado, le animará el paseo.

Pero Galdós denegaba, se encendía otro cigarro y me palpaba la mano como hace un padre cariñoso.

–Carmelilla... –me decía ya tomando la confianza que era lógica tras los meses de relación–. Uno ya es un veterano de guerra. Esta batalla la ganaré con silencio y trabajando en mi oficina, como siempre. No será por falta de ocupación. Ahora me ha pedido mi amigo Clarín que le haga el prólogo a su tercera edición de *La Regenta*. Y ¿cómo no he de hacérselo? Además, ya estoy cavilando alguna de mis nuevas novelas. Vaya usted sola al paseo, o mejor, búsquese un galante caballero que la lleve del brazo. Haría usted mejor en acostumbrarse a eso porque el mío ya no está para sostener a nadie.

–No, por Dios, no diga usted eso...

–Vaya, vaya, tontina...

Me marché cuando le traían una carta con remite de su amigo José Alcalá Galiano desde Inglaterra. Los ojos ratoniles que tenía Galdós se iluminaron porque siempre era reconfortante leer a su amigo Pepe, como él lo llamaba, con el que compartió viajes por todo el mundo. Su fina ironía era, en ese momento, el mejor analgésico a su dolor de espíritu. Comenzaba la carta diciendo: «Electrísimo amigo»

Cuando salí de su oficina don Benito reía como nunca le había oído hacer y entonces resolví hacer lo que me aconsejó, pasear por el Prado liberando mi mente de los últimos acontecimientos. Al atravesar la puerta de la oficina tuve que retirar con el pie varias cajas amontonadas en el suelo, eran cajas de tabaco al que llamaban con el nombre de «Electra», botellas de vino denominadas de igual forma, incluso chocolatinas que seguían enviando desde la pastelería madrileña que ya bautizara el pastel como «Electra» ofreciéndose a promocionar su obra.

En los meses venideros se le llenó a Galdós la casa de productos «Electras»: lámparas, cremas rejuvenecedoras, lociones para la caída del cabello, menús de restaurantes…

Hasta mi creación del peinado «Electra», que aconsejaba yo a mis lectoras y que coincidía con el peinado de la actriz protagonista, tuvo impacto entre las señoras. El director de mi revista, que no tenía mucho mundo, catalogó el drama de Galdós de *sespiriano*, españolizando el término del dramaturgo inglés para no meterse en zarandajas religiosas y permitir que pudiera sacarle partido a la venta de ejemplares.

Electra no habría ganado a las mentes obtusas de nuestro entorno, pero había triunfado entre el español de a pie.

* * *

Si a alguno de nosotros se nos pasó por la imaginación que «las algaradas Electras» tarde o temprano disminuirían perdiendo fuerza como hacen siempre los actos de rebeldía, muy pronto caímos en la cuenta de que tendríamos *sucesos electrísimos* para el resto del año.

Al comenzar el mes volvieron a producirse revueltas callejeras. Muchas defendían la libertad de culto, otras el dogma establecido, pero las que más arremetían contra los jesuitas, como símbolo represor de esa España hija del absolutismo e incapaz de renovarse.

Algunos de los amotinados anticlericales asistieron a sus marchas con una pancarta con la imagen de Galdós, dándolo por dirigente de esa pequeña locura que sin querer había provocado. No sé si esta noticia llegaría a sus oídos, pero, de haber sido así, puedo asegurar que, cuando menos, le preocuparía.

Se acercaba febrero y, en consecuencia, lo hacía la próxima boda real que habría de celebrarse el 14 de ese mes entre la Princesa de Asturias, María de las Mercedes de Borbón y Austria, con su primo, el príncipe don Carlos de Borbón Dos Sicilias.

El enlace de la princesa planteaba dudas reales y, por lo tanto, monárquicas e incluso religiosas. Era la primogénita del fallecido rey Alfonso XII y de la reina María Cristina, ahora regente hasta que su segundo hijo varón, Alfonso, pudiera reinar como el número trece. El niño, que iría a cumplir los quince años, era bastante enclenque y se desconocía si habría de tener descendencia. En esta tesitura la sociedad española se figuraba que la próxima reina podría ser la futura princesa que habría de contraer matrimonio en febrero. Todos los ojos estaban puestos en ella.

Aprovecharon, pues, los monárquicos para echar pólvora al asunto antes de que el futuro rey tuviera la mayoría de edad dinástica, que sería el 17 de mayo de 1902 (quedando algo más de un año por delante).

Los contrarios al matrimonio venían recordando meses atrás que el futuro esposo era hijo de un general carlista y esto dolía en algunos sectores. El ambiente anticlerical avanzaba, mientras que a los carlistas se les asociaba con los jesuitas, que tanto rechazo estaban recibiendo en esos momentos.

Con los odios e intransigencia de unos y la pasividad de otros, el pastel del desconcierto nacional estaba servido.

Tal fue así, que cuando llegó el día de la boda se tenía tanto miedo que se acordó el estado de guerra en Madrid y se procuraron limitar las garantías constitucionales en diferentes partes de España. A día de hoy, no sabría decir si el estreno de *Electra* dio en cometer tamaño sinsentido, pero creo que contribuyó a inflamar los humos de la sociedad española que pedía, entre otras cosas, cambios necesarios.

La boda, que se esperaba con expectación, fue privada de la excelencia de otros esponsales por temor a provocar una sublevación ciudadana. La antigua reina, Isabel II, exiliada en París, no acudió por motivos obvios, aunque se la nombró madrina en el acta de matrimonio; también se cuidaron mucho los condes de Caserta, padres del novio, de hacer notorias sus apariciones, no fueran a enfadarse más de lo necesario los que contra los carlistas clamaban.

Con todo, la boda tuvo sus preliminares habituales, bailes en el Palacio Real y conciertos. La capilla donde se celebró el enlace se decoró de lilas, azahares y altas palmeras, entre las que se colocaron, para dar luz y esplendor, candelabros de gran tamaño. Todo estaba en orden, con los distinguidos asistentes de la familia real española, los políticos y gente de postín. Nada hubo extraño en la propia celebración antes o después del sí quiero de los novios y ambos salieron de la capilla convertidos en pareja, aunque asumida mucha más responsabilidad con la que entraron.

No obstante, sí hubo una excepción en tan regio suceso, que fue que la boda resultó íntima y dentro del recinto del palacio, nada de carrozas trasladándose por las calles de Madrid para que el pueblo las aclamara, dado que había miedo a ser abucheados o zarandeados por el genio de los muchos ciudadanos disconformes.

Todo fue tan contenido por los reyes y tan represivo por parte de los políticos, que los ciudadanos de Madrid recordarían durante mucho tiempo aquella boda como una de las más molestas de nuestra monarquía. El ambiente que se creó antes y después del enlace, con sus correspondientes tensiones políticas y altercados callejeros, obligó a don Marcelino Azcárraga, presidente del Consejo de Ministros, a dimitir. Su gobierno adquirió el mote desde entonces de «Ministerio Electra».

CAPÍTULO 11

DE CÓMO PUDE HABER COLABORADO EN LA REVISTA *ELECTRA*

Pasados unos días de la incómoda boda sentí que había desatendido a Delmira dejándola sola en casa durante muchas tardes, causándole preocupación por mi ausencia. Cierto era que sabía dónde encontrarme, pues casi siempre iba a casa de Galdós, pero el reconcome de haberme portado mal con ella, que tanto hizo por mí, me impedía concentrarme en mi trabajo.

Por eso pasé una semana entera sin desviarme de mi propósito, que era el de acompañar a mi dulce madrastra y darle un poco de aire a su aburrida existencia. Para que no sospechara le pedí que me ayudara a completar el próximo artículo sobre moda que me encomendaron, y haciéndome la ignorante la hice sentarse a mi lado y pasamos algunas horas de conversación: que qué era lo que más le molestaba de la vestimenta femenina, que qué era lo que ella cambiaría si pudiera como mujer moderna y con responsabilidad y todas esas cosas que se me ocurrían, tan banales como la orientación que me obligaban a mantener en mis artículos y que yo, con cierta picardía, conseguía llevar a mi terreno.

Nos reímos un rato imaginando lo maravilloso que debía ser poder llevar pantalones en todo momento sin ser considerada una casquivana. O librarse de los tacones calzándonos con zapatillas tan cómodas como llevaban los labriegos, evitando las ampollas y las rozaduras.

En esas estábamos tan entretenidas que no oímos el timbre de la puerta. Rosita entró un poco intrigante, vamos, con esa mirada que siempre ponía cuando iba a desvelar algún secreto.

–Señorita, en la entrada hay un señor esperándola.

–¿Un señor? ¿Te ha dicho qué quiere?

–Pues no, pero como he visto que es elegante y no viene a cobrar ninguna cosa, pues le he hecho esperar.

Delmira fue más rápida que yo y se asomó un poco entre las cortinas.

–¡Es el señor Alcázar! –exclamó frustrando un saltito con la punta de los pies, tal y como hubiera hecho una adolescente al ver a su prometido–. ¡Rápido! No le hagas esperar.

–¿Ese es el señor Alcázar? ¿El que les salvó de ser arrolladas el día del teatro? –Rosita no tuvo ningún inconveniente en introducirse en la conversación–. Le hacía más joven, pero menos apuesto.

–¡Basta! –susurré yo con ganas de habérselo gritado a ambas–. ¿Pero qué es esto? ¿No sabéis ser discretas ninguna de las dos? Dejadme a solas con él, seguro que su visita tendrá una explicación.

Ambas chocaron entre sí al verse amonestadas, intentaron salir, pero se dieron cuenta de que serían descubiertas, así que Rosita salió primero por indicación de la asturiana, y cuando Darío apareció por la puerta, Delmira le saludó y se marchó disculpándose.

–¡Señor Alcázar! Una sorpresa inesperada, pero agradable.

Le tendí la mano, intenté mantener la compostura y esa tibieza que es propia de la elegancia, pero me parece que no lo conseguí, porque por el rabillo del ojo presentía que Delmira nos observaba tras la cortina. Tampoco descartaba, en aquel momento, que Rosita hiciera lo mismo.

–Siéntese.

Alcázar se quitó el sombrero, se desabrochó la chaqueta que le quedaba como un guante, pues, aunque su cara manifestaba la edad con arrugas alrededor de los ojos y otras, sin duda, ocultas tras la espesa barba, tenía un porte regio sin sobrarle los indecorosos excesos de la comida. Respiró antes de hablar y luego me dijo:

–Siento importunarla en estos días, pero creo que lo que traigo es una buena noticia para usted.

–¿Se refiere al señor Galdós?

A Darío le sorprendió mi pregunta. Quizá demostré demasiada ansiedad por don Benito, haciéndome aparentar algo obsesiva en todo lo que se refería a él.

–En alguna medida, sí. Verá...

Titubeaba, luego de carraspear pareció encontrar la palabra con la que comenzar la exposición.

–Vengo a invitarla a participar en una nueva revista que saldrá en unos meses y que parte del fenómeno que está causando el señor Galdós. Ya el mismo día del ensayo general, Maeztu, Baroja y otros tantos, entre los que me encuentro, decidimos apropiarnos de la valentía de don Benito para sacar a la luz una revista impulsada por los jóvenes escritores que habrían de sucederle en la curación de esta enfermedad que tiene hoy España. Como verá, no se trata de un panfleto político, sino de una revista con secciones varias, reseñas, crítica de arte, social y política y otras dedicadas a la poesía y... al cuento. Es aquí donde quizás usted pueda participar. En esta revista, que como es lógico se llamará *Electra,* participarán Baroja, Azorín, Villaespesa, Juan Ramón Jiménez, Manuel Machado... en fin.

La propuesta era del todo abrumadora. Me acaloré solo de pensar que podría publicar un cuento en una revista con tantas ambiciones.

–Yo... le agradezco, pero no sé si estaré a la altura...

Darío levantó la mano para hacerme callar, pues por lo que parecía me estaba adelantando a los acontecimientos.

–Verá, no se trata de agradecerme nada. Quizás incluso hasta me lo reproche. Porque la sección en la que saldría su cuento la coordina el señor Valle-Inclán y..., sinceramente, no creo que le parezca buena idea que participe una mujer y menos sin influencias.

–Pero, entonces...

–Puede haber otro camino. Lo he estado pensando y, quizás solo si a usted le parece bien, podría escribir bajo pseudónimo.

–Ya.

Me levanté del sillón dejando a Darío sentado por indicación mía, pues intención tuvo de levantarse al verme a mí hacerlo.

Reflexioné el alcance de mi decisión.

–¿Quiere usted decir que la generación de escritores que va a intentar resolver los problemas de la dolorida España, criticando sus injusticias, no ve con buenos ojos que una mujer escriba?

Darío Alcázar agitó los hombros rendido por la evidencia.

–Yo solo puedo ofrecerle mi ayuda para conseguirlo. Si es que a usted le interesa. No tengo que recordarle que sería un impulso importante para su carrera, aunque, como es lógico, no podría desvelar su autoría, pues me pondría en un compromiso.

Sonreí al verme en tan grotesca disyuntiva.

–Sé que usted lo hace generosamente, me consta. Pero también soy consciente de que me falta experiencia. No soy la Pardo, señor Alcázar. Eso lo sé muy bien.

El escritor bajó la mirada, parecía buscar una solución al problema.

–Le propongo que lo escriba. Se lo entregaré a Valle-Inclán diciendo que es de mi autoría.

Hoy puedo reconocer que ese gesto me conmovió. Estaba Darío allí sentado, con sus manos entrelazadas y sin ninguna arruga en su chaqueta. ¿Qué ganaba con ello? ¿A qué venía tanto afán en ser mi valedor?

Tardé algún tiempo en decidirme. Fue cuando levanté la mirada y descubrí a Delmira tras la cortina alentándome a que accediera de una vez por todas. Qué coraje me dio.

–Señor Alcázar, le propongo una tercera opción. Yo escribo el cuento y se lo doy a leer. Usted me dice, sinceramente, lo que le parece y con arreglo a eso cambiamos lo malo y dejamos lo bueno.

Que le ofreciera ser mi patrocinador y maestro, quizá sorprendiéndole que no se lo pidiera antes a Galdós, inflamó el ego del caballero que era. Asintió casi de inmediato levantándose al tiempo del sillón y tendiéndome la mano.

–Tiene usted mi palabra de que seré sincero. En cuanto tenga usted ese cuento hágame llamar.

Se marchó sin perder tiempo en discutir los pormenores. Me pareció que una vez que me llevó a su terreno, conseguido su objetivo, necesitaba airearse tras el esfuerzo de la negociación.

Me sentí un poco arrepentida de no haber aceptado inicialmente porque su ofrecimiento era más que sabroso, pero en cuanto me quedé sola no me dio tiempo a pensar demasiado, Delmira se abalanzó sobre mí para pedirme detalles.

* * *

Si preguntamos a un novelista si se vale de la inspiración para escribir, lo negará. Nadie, en su sano juicio, admite tener talento solo instantes fortuitos sin que medie en ellos la experiencia ni el ingenio. Todo lo da la disciplina, dirán muy convencidos, pero baste que así lo creas para sentarte ante el papel en blanco y encontrarlo repulsivo. Nada saldrá de tu cabeza si fuerzas la experiencia y aún menos el ingenio.

Eso mismo sufrí las tardes siguientes. Me sentaba en mi escritorio, tomaba un papel y la pluma y ya al enfilar su punta hacia el inicio de la página se me trababa la lucidez, siéndome imposible concentrarme en algo que no fuera querer terminar el cuento que no había conseguido comenzar.

Oía a Rosita pasearse por el exterior de mi cuarto, quizá barriendo los rincones del pasillo. A Mari Pili canturrear una canción de las que hacían famosas las cupletistas. Delmira, haciéndose la silenciosa, parecía provocar mucho más ruido que las otras, pues, aunque nos separaban unos metros y varias paredes, sentía que podía adivinar el pasar de las páginas del libro que leía o las puntadas que daba en la tela que cosía.

Los tres o cuatro primeros días fueron un tormento. Desesperada por encontrarme marchita y sin imaginación, rompía la hoja en blanco y me iba a pasear por el jardín. Eso lo hice las dos primeras veces, porque luego me reproché el malgastar el papel que tan caro estaba, y en adelante me cuidé mucho de no romperlo ni arrugarlo para que me pudiera servir en los intentos siguientes.

Pasó una semana y conseguí empezar el latoso cuento, apenas dos párrafos, orientados a contar una historia muy cursi de una muchacha que llegaba de provincias a la capital. Me odié a mí misma por emplear el consabido recurso de los novatos, hablar de uno mismo por disimular que no sabemos hablar de cosa diferente. Así que me pregunté qué sabía yo que pudiera ser de interés para el resto de los mortales y hallé muy poco.

Piensa en la vida que has llevado, me preguntaba mirándome a un espejo. Qué has hecho novedoso o de interés para otros.

Nada, me contestaba. Solo he visto muerte a mi alrededor. Mis padres me engendraron tras la muerte de mi hermano. Mi madre me dio a luz y murió. Mi padre fue asesinado. Todo muerte. ¡Por Dios! Qué despilfarro de vida.

Me levanté a punto del llanto para mirar por la ventana. Si hubiera visto la Alhambra, habría superado aquella crisis literaria que me ablandaba el espíritu, pero no, no la vi. Si acaso un castaño que podría haber crecido en el bosque que la rodeaba.

Bien, me dije. Hablar de la muerte no es mal comienzo. ¿No presenciamos, en estos días, la defunción de las libertades y del sentido común? ¿No vamos a hablar, precisamente, en esta novedosa revista *Electra,* de los valores sociales que ya vienen agonizando?

Me senté algo envalentonada, pensando en que había elegido el buen camino y sacando de nuevo la pluma… apareció.

Sí, la inspiración vino a mí. Lo hizo tan de repente que me resultaba difícil avanzar en las frases que ella misma me dictaba sin caer de nuevo en el vacío de la hoja en blanco.

Poco más o menos a la hora, conseguí completar cinco páginas. Era una historia inteligente de una joven que no sabía cómo enfrentarse a la muerte de su padre y en la que, con cierto ingenio, conseguía recrear un paralelismo de España y el desfallecido progenitor, llevando este en cama y moribundo desde hacía muchos años, con la particularidad de aborrecer al médico que podía salvarlo.

No sé si conseguí terminar el relato gracias a la inspiración, pero en adelante, siempre que podía, intentaba buscar un instante para que esta viniera a mí a la misma hora y en la misma posición. Durante algún tiempo funcionó, y como vi que era más sencillo de lo que esperaba, escribí otro cuento más y otro y otro.

* * *

Avisé a Darío Alcázar con una carta que puse en manos de Mari Pili y este vino al día siguiente. Era un día frío y nos quedamos en el salón. No fue maniobra femenina la de conseguir un ambiente que superaba, con mucho, los desangelados hogares de los escritores a los que solía visitar en Madrid. Aquella tarde derroché mi economía en leña para la chimenea y no me supo mal, porque fue una velada provechosa y difícil de olvidar en el futuro.

Allí tenía a un periodista y crítico experimentado leyendo mi relato, junto a la chimenea. Las piernas cruzadas, asomando bajo el pantalón un botín abrillantado. La leña, al quemarse, provocaba sombras y rayos luminosos que se reflejaban en la cara de Darío, muy serio y concentrado en la lectura. Yo intentaba guardar las formas tomando el té. Pero miraba el reloj y el tiempo pasaba. ¿Volvía al principio una vez terminado queriendo repasar o buscar alguna palabra que no encajaba? Ay, mal asunto. Tenía que esperar más.

Me acaricié el borde del vestido, que con las piernas dobladas quedaba recogido y arrugado bajo mis rodillas. Lo estiré bien. Comprobé que la tela acusaba el uso y muy pronto estaría raída. Así me sorprendió Alcázar cuando me empezó a hablar:

–Un enfoque ingenioso, es muy probable que le guste a Valle. No obstante…

Vaya…

–No obstante, podría mejorarse. Señorita Cid…

–Carmela, por favor.

–Carmela… –¿se ruborizó?–, Dijimos que íbamos a ser sinceros y creo que es hora de emplearme en este punto. Confío en que no se molestará si le doy algunos consejos.

Negué dando a entender que no me molestaría.

–Empezaremos por lo más obvio: el título y el final. Nada de esto en un cuento debe ser reflejo de lo que esperamos. El final jamás debe ser moralista. Ya tenemos suficiente moralismo en esta sociedad ¿no le parece?

Asentí con gran optimismo comprendiendo la insinuación, siendo *Electra* la revista de los jóvenes rebeldes y libres de prejuicios.

–Sobre los adjetivos…, yo los evitaría. La escena del padre moribundo está lograda, pero ¿son necesarios tantos epítetos?

Yo negué muy presta, siguiéndole la corriente. Pero muda, muy muda, porque él se lo decía todo.

–Tampoco es bueno excederse en los diálogos. Mejor quedarse corto que aburrir al lector. Los dos primeros párrafos los eliminaría e incidiría en el paralelismo de ambas muertes, la del padre y la de la sociedad en la que vive. Además…

Me eché a reír, no pude evitarlo, y eso que me tapé la boca para no parecer impertinente. Conseguí que Darío se callara y me mirara algo aturdido.

–¿Se burla usted?

–No, no, por Dios… Es que me parece que no ha dejado usted nada sano en el cuento. ¿Tan mal escrito está?

Alcázar me miró vacilante, sus ojos no paraban de buscar algo en qué fijarse.

–No se apure –le ordené muy calmosa–. Tardaremos menos tiempo si lo vamos escribiendo juntos. ¿Se apunta a unas cuantas tardes de profesor de literatura?

Respiró aliviado al ver que no me lo tomaba a mal y como me aseguré de demostrarle que el proyecto me agradaba, Darío respiró hondo para coger el aire que le faltaba.

–Aquí me tendrá todos los días que sean necesarios para escribir un buen cuento.

Por si quieren saberlo, el relato tardó dos semanas en escribirse, para mí que el señor Alcázar borraba en demasía para no tener más remedio que rehacerlo y alargar su final lo más posible.

CAPÍTULO 12

DE CÓMO GALDÓS AMENAZÓ CON IRSE A PARÍS

El 16 de marzo salió a la calle la revista *Electra*, apenas mes y medio después del estreno de la obra. Galdós contemplaba con desconfianza el barullo que había provocado, fruto, sin duda, de una ingenuidad que no parecía propia de él. Con todo, aceptó escribir un editorial de presentación para la revista considerándola beneficiosa por la atención que despertaba.

España convalecía de la grave enfermedad de la indolencia y me congratulaba al ver que, finalmente, aquellos jóvenes literatos buscaran la manera de sanarla. Galdós era la luz a la que mirar y el espejo en el que reflejarse, según parecía.

La nueva publicación costaba 15 céntimos y tenía 32 páginas, todas ellas dedicadas a lo enteramente literario, político y social que interesaba a los intelectuales del momento. Sin embargo, una vez que la leí por entero, y salvando la decepción que ahora describiré, confirmé que en ningún apartado se hacía mención de la afamada obra teatral, evitando, quizá, aprovecharse del éxito de Galdós. ¿Sería eso? ¿O una vez conseguida la atención ciudadana en nada necesitaban ya a don Benito?

Todo podría ser.

A casa llegó Darío Alcázar con un ejemplar sacado directamente de la redacción situada en la calle Argensola, número 9. Acababan de ser llevadas allí para su distribución desde la imprenta Tipografía Moderna de T. Osácar cumpliendo con los plazos previstos.

Me ilusionó recibirla, pero cuando Darío me la entregó advertí que lo hacía con muy poca viveza, teniendo el rostro más bien iracundo.

–¿Qué ocurre? ¿Se ha difamado a don Benito? ¿Baroja ha hecho de las suyas?

Darío denegó.

–Esta vez no se ha ido contra Galdós, a él se le ha encumbrado. Pero a usted, señorita Cid, querida Carmela, se le ha denegado la posibilidad de ver su cuento publicado.

Me quedé algo confusa.

–Pero... ¿cómo es eso?

Darío sacudió los hombros con cierta turbación.

–El señor Valle, que es muy selectivo. No le gustó el enfoque.

Pasados los primeros minutos de decepción sonreí con cierto alivio.

–O sea, que tampoco le ha publicado a usted, porque el cuento iba firmado con su nombre.

Alcázar se avergonzaba.

–Cierto, y si no fuera porque no quiero ponerla en evidencia, le diría alguna cosa al amigo Valle.

–No se disguste, me ha librado de las críticas que sería incapaz de sobrellevar. La experiencia ha sido grata y con eso me quedo. Habrá otras oportunidades ahora que sé cómo escribir un buen cuento.

Nos quedamos un rato en silencio, con miedo a que una vez publicada la revista ya no tuviéramos excusas para volver a vernos o hablar de literatura. Fui yo la que me atreví a proponer:

–Creo que don Benito ha escrito un prólogo inmejorable. ¿Quiere que se lo lea?

Alcázar aceptó. De él extraje varios fragmentos que hoy, pasados los años, aún siguen vigentes. Apenas leí unas frases y me sentí inquieta, porque con esa revista se acreditaba a Galdós como el impulsor de esa generación que luego llamarían del 98, pero que nunca llegaría a cuajar ni encontrarse a sí misma.

–¿Cree usted, señor Alcázar, que a don Benito, finalmente, se le va a reconocer todo lo que ha denunciado en este país desde hace más de treinta años?

Darío no supo contestarme. Era cierto que muchas de sus críticas sociales las había formulado a través de tramas noveladas, lo que resultaba más práctico, pero de menos alcance internacional. Los muchos artículos que escribió y en donde esgrimió sus juicios mordaces resultaban cosa del pasado, como era por definición el propio periodismo que es maquinaria de productos perecederos y apenas sobrevive a un comentario del día siguiente.

Darío se frotó las manos manifestando cierto nerviosismo.

–Creo que será mejor que me marche, ¿le importa? Tengo que seguir llevando algunas revistas a otras casas, ya que me comprometí.

Dejé la que acababa de darme sobre una mesilla junto al sillón y se lo agradecí.

–Vaya usted con entera libertad. Nos veremos en otra ocasión.

Nos miramos cohibidos. Mientras teníamos un común acuerdo, el de escribir, aparentábamos naturalidad forzándonos a no dejar muchos momentos vagos que llevaran a esos silencios incómodos, como el de ahora. Pensé que a partir de ese instante la cosa sería bien distinta. Muy posiblemente volvería a escribir sobre pololos y mi vida de solterona se saturaría de visitas a mi amiga recién casada y, por lo tanto, muy dispuesta a hacérmelo saber cada cinco minutos.

Darío se marchó, dejándome con la revista *Electra.* Una vez leída en su totalidad la guardé donde atesoraba todo lo proveniente de Galdós, en un armario antiguo que ya se encontraba en el salón cuando compramos la casa.

En aquel mismo lugar terminó también colocado por orden de publicación el siguiente artículo de Galdós, que se titularía «La España de hoy» y que le publicaría unas semanas después *El Heraldo de Madrid.* En él decía cosas tan tristemente vigentes como esta:

* * *

«Nuestro enfermo país reconoce con tristeza la esterilidad de sus esfuerzos durante todo el pasado siglo para darse un régimen político liberal a la europea» [...] «¿Puede un país, ser testigo y víctima callada del mal que padece sin ponerle remedio? Los hombres de más saber político reconocen que así no se puede seguir y forcejean dentro de una red que ellos mismos han tejido. Ninguno se decide a romperla con arte o con libertad. Porque esta desgraciada nación es esclava de lo que aquí llamamos caciquismo, tristísima repetición de los tiempos feudales y de las demasías de unos cuantos señores, árbitros de los derechos y de los intereses de los ciudadanos…».

Para mí que Galdós renacía de sus cenizas y tomaba ya las riendas de su nueva vida.

* * *

Por consideración a mi maestro, al poco tiempo fui a visitarlo. Lo encontré inquieto, con latente zozobra, que a veces era más que visible.

–Le vengo a dar la enhorabuena, don Benito. *Electra* sigue haciendo de las suyas y todavía coleará muchos meses más. Estará usted contento.

–Estos jóvenes se han engolfado en convertirme en su guía, y si tengo alguna cualidad, no es otra que la de estar atento al murmullo social, siempre vigilante. Eso ha sido siempre mi pasión, como usted va sabiendo ya. Observar se ha convertido en un vicio que me ha reportado grandes favores. Pero no nos engañemos, *Electra*, la revista, tiene que volar sola. Y yo debo tomar distancia. Me encuentro muy cansado, Carmelilla, muy cansado.

Observé que se frotaba los ojos, quizá tenía uno de esos incómodos dolores de cabeza que le aquejaban.

–¿Se encuentra usted bien?

–Bien, bien… Mejor me encontraría callejeando por París o mirando el Cantábrico desde San Quintín, pero…

Intentaba quitarle hierro al asunto, pero me preocupaba.

–Dentro de poco podrá volver a Santander, se acerca la primavera y…

–No, tontina, no. Este año me iré antes. Haré las maletas muy pronto y mi ausencia será un beneficio para todos.

Se levantó de su sillón y miró por la ventana, fijando la vista en algún lugar que parecía muy lejano. Suspiraba y se rascaba el flequillo desordenándose el cabello.

–No puedo quedarme en Madrid. Hay varias cosas que me atormentan. Usted las desconoce, como chiquilla que es. Y son las dos cosas que siempre persiguen a los hombres, maduros o jóvenes.

–Qué enigmático está usted hoy, don Benito. ¿Qué es aquello que le persigue? Faldas no tendrá.

En cuanto lo dije me arrepentí, porque Galdós se volvió algo desorientado y luego me rio la gracia.

–¡Qué chiquilla...! Veo que quiere sonsacarme lo que me pasa y yo, que soy un viejo con ganas de hablar... Terminará por saberlo. Prométame antes que guardará discreción. Venga, venga, siéntese aquí.

Organizamos el espacio y nos sentamos muy juntos. Podía oír la respiración agitada de un Galdós que empezaba a sentirse viejo, pero, muy por encima de ello, agotado.

–En estos días me persigue la idea de haber sido un hombre ingrato y bastante necio. Sí, necio. Como lo fue Juanito Santa Cruz, el que enamoró a Fortunata teniendo a la tierna Jacinta esperándolo en casa. Alguna vez me ha preguntado usted si mis personajes son reflejo de la realidad. Y ahora podría contestarle que sí, que lo son siempre, porque todos tienen un poco de aquí y un poco de allá. Hay muchas mujeres en mis novelas como Fortunatas hay en las calles de Madrid. A una de esas le di mi cariño hace unos años, pero ahora... Ahora me es imposible a pesar de que ella insiste y me reprocha cuanto hice por ella. Créame que cuando pude la ayudé y si ahora está en la calle no puedo seguir manteniéndola. Me he cansado de ser el bienhechor de una escuela de amantes trasnochadas. A todas quise y a todas ayudé después de dejar de quererlas, pero... ¿hasta cuándo un hombre ha de ser responsable?

Viéndole tan sincero me atreví a preguntar:

–¿Se está usted refiriendo a la señora Morell?

Los ojos ratoniles de Galdós me traspasaron. Había en ellos una sorpresa desconcertante.

–Pero cómo... ¡Ah, ya veo, jovencita, que se está transformando usted en una buena alumna!

–Observación, don Benito. Su máxima –me excusé yo.

Reflexionó Galdós y vino a decidir que conocer sobre su vida privada no le causaría ningún daño, pues muestras había dado ya de mi fidelidad y discreción.

Se encendió un cigarro y pasó algunos minutos pensativo sabiendo que me haría esperar, quizás era mi castigo por haber sido demasiado curiosa y lo acepté con resignación.

–A usted le hubiera gustado Concha, la Morell, cuando era joven y aún tenía ese entusiasmo que apabullaba. Tenía el don de la totalidad. Cuando quería algo salía de ella esa euforia desmesurada y total, igual que cuando algo le enfadaba. Era capaz de amarte o de odiarte en un segundo. Era todo o nada.

Yo callaba intentando componer ese rompecabezas que me presentaba Galdós de su vida pasada.

–Concha tenía esas raíces andaluzas de los omeyas que se reflejaban en sus andares, en su belleza, en la teatralidad de todo cuanto hacía, aunque no era muy morena, más bien trigueña. Le marcó mucho la muerte de su madre y que tuviera que criarse con un hombre al que consideraba su padre, pero no lo era. Creo que desde entonces tuvo predilección por los varones mayores, quizá solo buscaba en mí a ese protector, el Caballero de la Triste Figura, como ella decía. Era culta o al menos hacía por serlo, leía abundantemente y sabía estar, relacionándose con unos y con otros. Escribía muchas cartas, todas ellas con gran humor y acertado estilo, llegando a intercambiar conmigo todo un epistolario.

»No recuerdo exactamente la fecha en que nos conocimos, debió ser hacia 1881. Creo que estaba yo en relaciones estrechas con la Pardo Bazán. Pero no fue entonces cuando culminó el interés entre ambos. Eso fue mucho después. Y si la vanidad no me ciega, creo que fue ella la que me persiguió y no bajó la guardia hasta que consiguió ganar la batalla de tenerme como esclavo.

¿Sería la placidez de la relación con doña Emilia, que era de igual a igual, la que le arrojaría en los brazos de la irreverente Concha Morell, avivando deseos de juventud?

Mientras Galdós me contaba, y eso que lo hacía casi con cuentagotas y muy intrigante, con remilgos de que yo no supiera más de lo que debiera, me iba haciendo una idea particular de aquella Concha

Morell que le dejó marcada la memoria, primero por los deseos de acercamiento y luego por los deseos de olvidarla. Porque en esos momentos en que Galdós vivía, Concha era una pesadilla insostenible. No podría decir ahora si alguna vez se arrepintió de haberla amado.

Imaginé que una noche cualquiera, el escritor y periodista Benito Pérez Galdós acudió al teatro. Y, quizá, en el descanso de alguno de los actos, aprovechando la licencia de fumar, fue a dar con una mujer que le miraba desde una esquina. Era la muchacha joven, sacándole al escritor cerca de veinte años. No por ello ocultaba su arrogancia, ni su propósito, que era hacer con su mirada una llamada de atención a ese autor consagrado al que ella quería conocer.

Galdós aprovecharía para preguntar:

–¿Quién es esa mujer que está abanicándose junto a las cortinas?

Alguno de sus amigos contestaría:

–Una que dicen desea ser actriz. Mujer peculiar, con gran sentido del humor.

–¿Alguien sería capaz de presentármela?

Sus amigos se mirarían algo esquivos, eludiendo la responsabilidad, pues sabían que la mujer era de las que nunca tienen suficiente.

–Te vas a meter en camisa de once varas, Benito... Esa es de armas tomar...

Galdós, en la mayoría de las cosas muy sesudo, mostró aquella noche de teatro, según mi planteamiento, que también era hombre y como tal cedió ante una sonrisa. En aquella fecha don Benito habría roto ya sentimentalmente con la Pardo, pero estaba en relaciones con otra mujer, Lorenza Cobián, que acababa de darle una hija, la única que reconoció en vida. No soy quién para juzgarle, por eso me dejo para mí los posibles comentarios a todos estos vaivenes sentimentales que contados así parecen fríos y deshonestos, pero que, seguramente, los viviría Galdós asumiendo sus muchas consecuencias.

Dicen por ahí que tanto la Saturna como la propia Tristana de la novela tienen algo de la Morell, de esa manera de concebir el mundo y la represión femenina. En la novela que escribió Galdós se dice que la mujer tiene tres caminos en la vida: el del matrimonio, el del teatro y aquel que no puede decirse pero que todos conocen. El suyo fue, en aquel momento de amor por Galdós, el segundo, convencida de que sería actriz de primera, una nueva María Guerrero, con quien tuvo que competir en los teatros.

Galdós la recomendaría para su primer papel en el Teatro de la Comedia, un 15 de marzo de 1892, día en que se estrenaba su obra teatral *Realidad* y en la que pudo interpretar a Clotilde.

¿Era la pretensión de la Morell convertir a Galdós en su trampolín para ejercer su profesión? ¡Quién lo sabe! Me parece que ahora ni siquiera lo sabrá ella, tan variable en sus deseos y ambiciones.

Quizá porque Galdós ya era hombre de experiencia insistió mucho en que la relación que mantuvieran debía ser muy discreta. Tan discreta fue que se veían en una casa que denominaban «el palomar». Con ese nombre, ¿sería, tal vez, una buhardilla o simplemente el nido de amor de dos tórtolos cegados por la pasión?

Galdós, con mucha cautela, tomaba sobres para cartas, escribía con su propia letra su dirección y los dejaba en lugar convenido para que la Morell pudiera recogerlos y meter dentro de ellos su misiva amorosa. Al recibirla, las hermanas de Galdós no sospecharían nada y su secreto estaría preservado para ambos, siempre en una línea aceptada por los amantes, pues Concha era mujer adelantada, sin prejuicios, tan libertaria como libertina.

Sin embargo, me parecía a mí, conociendo las cosas que escribía en esas cartas, que a la Morell le complacía el juego amoroso, ese retozar pícaro con el que fantaseaba en las cartas, excitándose por el secreteo y, en su caso concreto, por la posibilidad de ser descubierta como la amante de un hombre famoso. Puede, incluso, que, con el paso del tiempo, ese mecanismo infantil del arriesgar llevara a la Morell a crear dependencia de don Benito, convirtiéndolo en un objeto de culto.

A veces, Galdós se envalentonaba y sacaba la hombría, manifestando celos de los actores que frecuentaba la Morell, y otras, aunque solo fuera para dárselos a ella, se dejaba ver con alguna otra actriz o escritora para que esta quedara en la memoria de sus muchas conquistas ciertas o inciertas que sus críticos recogieran en los papeles.

–Creo que con ella me sentí, por primera vez, como un adolescente –confesaba el escritor.

¿Habría sido Concha Morell el gran amor de Galdós?

No me atreví a preguntárselo y, si hubiera sido así, jamás esperé que don Benito lo reconociera, porque cuando los años pasan, tras la ruptura de una relación, todo se distorsiona, con frecuencia sublimando solo lo bueno que hubo en ella.

–No fue mala actriz, si atendemos a las críticas que recibió... –aclaró Galdós–. *El Globo* dijo de ella que parecía una actriz consumada y *El País*, que su interpretación arrancó aplausos al público. Fue tan bien acogida que tras el estreno fue contratada por la compañía de Antonio Vico para hacer giras por Galicia. Esa separación nos costó cara, porque muy pronto noté su interés por los jóvenes actores, sentimientos que nunca me omitió, puesto que le gustaba hacerme sufrir. Alguna palabra tuvimos al respecto.

Especialmente dolorosa e inesperada fue la insinuación de la Morell de un posible embarazo. Tal y como me lo contó Galdós, no llegó a saber si fue el responsable de tal o lo fuera algún actor de su compañía, pero nunca le escribió a don Benito con intenciones de que pudiera ayudarle en el trance de los meses que le quedarían por llegar, siendo estos extremadamente duros para una mujer soltera. Con su característica independencia, que rayaba en la extrema ingenuidad, dejó pasar el tiempo y del embarazo nunca más se supo. Hay quien se imagina que todo fue invención de la Morell, que ya sufría de alguno de sus dramas personales.

–A la vuelta a Madrid interpretó con esa misma compañía, la de Vico, a la Amanda Rubau de mi *Gerona*. No sé muy bien qué sucedió en el Teatro Español, porque siempre me lo ocultó, pero Concha fue despedida y me parece a mí que desde entonces no levanta cabeza.

Poco después comenzaría uno de los peores momentos de su vida, cuando de una forma tan desconcertante e inesperada inició los coqueteos con la religión judía.

–Esto lo he hecho por ti, me decía –aseguraba Galdós–. Me he convertido al judaísmo para ofender a esas personas que tan mal te tratan por considerarte anticlerical.

Sus razones no se sostenían, sus desequilibrios emocionales, sí.

–Me temo que todo esto salga a la luz muy pronto y me involucren a mí en el entuerto, es lo único que les queda ya para echarme a la cara después de llamarme hereje y enemigo de España. Ya hay quien dice por ahí que yo también me convertí. Este es el país de la sinrazón.

Suspiré. Ciertamente que era lamentable que a un hombre de la talla de Galdós se le persiguiera, mientras que los políticos corruptos campaban a sus anchas por las aceras.

-Por eso creo que me voy a ir a París.

Me sorprendí, y eso que, en el fondo, le reconocía lo acertado de su decisión.

–Pero usted ha hablado de las dos cosas que siempre persiguen a los hombres y yo solo he visto una: las mujeres. ¿Cuál es la otra que tanto le aflige?

Galdós apagó su cigarro sobre un cenicero, esperó a que su humo se consumiera para encender un segundo.

–¿Que qué es lo otro que me persigue? ¡Pues qué va a ser, tontina! ¡El dinero!

–Pero si *Electra* le está dando grandes ingresos...

–Que salen por la misma puerta que entran. No, querida no, esto es inevitable. Estoy arruinado. Mantener una familia con varias hermanas, varias antiguas amantes, a mi hija María, a los amigos que reclamaban protección como si yo fuera el alma nutricia de nuestro tiempo... y para colmo ¡una editorial!... Es más de lo que puede soportar un hombre. Ya no tengo suficientes manos para corregir galeradas ni noches para escribir mis novelas.

–¿Y si se va a París qué resolverá? ¿Volverá con más dinero?

Galdós me palpó la mano con cariño paternal.

–Volveré con las decisiones tomadas y habiendo visto mucho más.

Don Benito se marchó a París. Durante largos meses no tuvimos su presencia en Madrid y esto me obligó a vencer mis miedos y dedicarme a la vida de una muchacha casadera, empeño irritante por demás.

CAPÍTULO 13

DE CÓMO ME ATRAGANTÉ CON LA FIESTA DE SAN ISIDRO

Con el verano por llegar y habiendo faltado de Granada algo más de un año, sentíamos la nostalgia de volver a ver la Alhambra. Eso implicaba recurrir a un dinero que guardábamos fervorosamente para momentos comprometidos, por lo que la decisión de pasar allí el verano no fue fácil de tomar.

Delmira me ofreció sus escasos ahorros y yo conté los míos hasta que llegamos a la conclusión de que era del todo necesario sacar un dinero extra para cubrir los gastos del viaje, prescindiendo, como era lógico, de los servicios de Mari Pili, a la que volveríamos a admitir en nuestra casa pasado el verano y, si todo iba bien, sin necesidad de que Galdós la mantuviera. Pero Delmira seguía insistiendo en que deberíamos pasar una larga temporada en Granada, quizás hasta final de año, y me trataba de convencer por el método más sagaz.

–Hace ya tiempo que faltamos y quién sabe cómo estará la casa con las últimas lluvias… Además, no hemos vuelto por la tumba de tu padre. Y eso no me parece, no me parece…

Llevándome por la insensatez respondí:

–Tal y como están las cosas no vayas a decir «cristiano».

Delmira se contuvo un reproche y luego continuó:

–Iba a decir que no me parecía digno de una Cid.

Vaya, ahí sí que me hirió de veras. En el fondo me lo merecía por enrabietarme con la persona que más me quería.

–No tenemos dinero –continué amansando el diálogo–. Tendría que escribir más artículos de «pololos»… Y los temas me escasean… ¿Dónde ir para encontrarlos?

Delmira suspiraba sin demasiada inquietud.

–Si quieres hablar de mujeres tendrás que frecuentarlas. Te rodeas de hombres y no es que eso te lo reproche, querida, bien lo sabes, pero es que sus amistades no te dan de comer.

–¿Qué hago, entonces? –pregunté algo irritada–. ¿Ir a las fiestas de sociedad y eludir las literarias donde se habla de lo que a mí me interesa?

Delmira suspiró porque ya vio en mí asomarse uno de mis enfados.

–Yo solo veo dos caminos. Uno, el que te dará de comer ahora, que es el mundo de las mujeres. El otro, el de los hombres, que habrá de darte de comer en el futuro, de una manera o de otra. Porque casarte querrás…, ¿no es así?

Ay, que me faltaba el aire. Otra vez con lo del casorio.

–¡Hoy estás imposible, Delmira! No sé qué te ha entrado con lo de buscarme marido y con lo de volver a Granada. ¿No te encuentras bien aquí? Si es porque te aburres… Yo…

–No, hija, no. A mis años una no se aburre, aunque solo sea recordando lo que ya has vivido el tiempo se te pasa sin sentir. Es que tenía prometido ir por la tumba de tu padre por su aniversario y a ponerle flores y… ya van para dos años y no lo he hecho.

Creí ver en sus ojos unas lágrimas algo teatreras y como no era su estilo me preocupó. Quizá solo quedara en un amago de melancolía que pudiéramos controlar, porque yo no quería ir a ver la tumba de mi padre, no por no echarle de menos, precisamente, por lo contrario. Acudiendo al lugar donde depositamos su cuerpo, reconocía que ya no estaría conmigo y eso dolía más que el asumir que me había desentendido de él durante dos años.

Después de reflexionar comprendí que debía todo eso a Delmira, pues siempre me había apoyado en todo lo que acometía, fuera necio o juicioso, y le prometí que haría todo lo posible para ahorrar algo de dinero que nos cubriera los gastos del desplazamiento a Granada.

Eso implicaba escribir más artículos de «pololos», que era como llamaba yo a mis colaboraciones en la revista generalizando el tema con el que me inicié y, por lo tanto, relacionarme con otras mujeres, así que busqué en mi tarjetero y encontré dos muy diferentes: Lisita y la Pardo Bazán. Ambas me expresarían su concepto de vida femenina madrileña dentro de sus distintos universos, idea que me seducía al poder combinar ambos adecuadamente para mis artículos.

Cuando hablé con doña Emilia, me instó a visitar los comercios de Madrid en donde encontrar las tendencias de moda. Y dando por buena la iniciativa, me fui con ella y con Delmira a las tiendas más populares de tejidos que se centralizaban en la calle con más actividad de la ciudad, la calle de Toledo.

Era esta calle tal cual la había descrito Galdós en *Fortunata y Jacinta*, con suelo intransitable ocupado por vasijas, cántaros y otros cachivaches para la cocina, también espejos con reciente azogue y mantelerías que colgaban de puestos a medio armar. Continuaban los pregones altivos de las vendedoras como describiera don Benito, poniéndote «en la alternativa de comprar o morir». También los vendedores, que eran hombres, se concedían el privilegio de tener el mejor género del mundo, y por ello te atosigaban sin dejarte respirar apenas te acercabas o pasabas de largo hacia otros tenderetes. Eran comunes las tiendas que trabajaban el esparto y las varillas de mimbrera; comprobé que se confeccionaban alpargatas de todos los tamaños, para bebés o ancianos, y cestos de lo más variado.

Entre casonas con grandes portalones de piedra era posible encontrar casas de menudez curiosa, donde las porteras salían a vigilar su reino o aprovechaban para barrer con escoba de paja levantando más polvo del que barrían.

En los edificios donde se encontraban los comercios de tejidos, si tenían balcones a la calle, colgaban en ellos las telas más solicitadas por las señoras, siendo el reclamo mejor que los alaridos de los vendedores ambulantes.

Al ser el mes primaveral se agradecían los toldos que cubrían la anchurosa calle, de modo que podías parar y mirar hacia arriba para comprobar la calidad del tejido que ondeaba como banderas al viento.

Esto causó entre nosotras gran efectismo y decidimos entrar en una de las tiendas más antiguas, por lo que me dijo doña Emilia, pudiéndolo corroborar nada más atravesar su puerta con campanilla avisadora. El interior contrastaba en oscuridad comparada con la luminosidad del exterior mañanero, y cuando los ojos se adecuaron recibimos el contraste también de los colores de las telas que se extendían por encima del mostrador de madera o sobresalían de las baldas de las alacenas. También tenían un maniquí ladeado con un traje ya confeccionado acorde a las fiestas que se aproximaban, que eran las de San Isidro, de las que el madrileño era fervoroso incondicional. Cada rincón del establecimiento se adornada, además, con los vistosos mantones de Manila que toda buena madrileña se echaría a los hombros en las verbenas.

Salió de su oficina trasera el dependiente, con su pelo gomoso brillantísimo y un cuello almidonado demasiado alto para su garganta. Llevaba tijera y cinta métrica asomando por los bolsillos superiores de su chaqueta, algo desbocada y que intentaba controlar con tirones de su faldón.

Se ofreció a ayudarnos muy animoso, pues éramos tres mujeres y con apariencia de poder comprar. Yo solo quería información, pero era indispensable no hacerle ver este particular porque se molestaría, así que nos hicimos pasar por mujeres ociosas y con capital.

Nos contestó a todo aquello que preguntamos con paciencia solo comparable a la de un santón, y nos informó desde cuál era la tela más común en esos tiempos hasta cuál la más cara o la más barata. Me interesé particularmente por los trajes festivos y si estos los mandaban hacer las señoras de postín. Esto fue de utilidad para Delmira, que empezaba ya a imaginarse cosiendo para una tienda y así engrosando nuestra hacienda familiar.

En estas estábamos cuando sonó la campanilla de la puerta. Entraron dos mujeres, una mayor que la otra, y al volverme para cerciorarme de que no entraban más clientas descubrí que la más joven era Lisita, mi amiga, que acudía a la tienda con una señora.

–Qué casualidad tan curiosa… –exclamó Lisita con su habitual forma de hablar–. Nunca hubiera pensado encontrarte en este lugar, querida Carmela.

Sonreí dando por hecho lo que ella me recriminaba, pero lo tomé por cumplido.

–He venido con doña Pardo Bazán y Delmira con la pretensión de comprar unas telas de moda… –mentí–. Lo cierto es que iba a escribirte uno de estos días para pedirte consejo en un particular.

Lisita se puso muy contenta por mi comentario, pues se creía mujer de seso. Sin que mediara ninguna otra palabra pasó a presentarme a su acompañante.

–Quiero que conozcas a doña Francisca, lleva fuera de Madrid mucho tiempo y ha venido a renovar sus baúles para volverse a marchar. Vive por la glorieta de Quevedo, pero siempre elige esta tienda para comprar sus tejidos.

Le tendí la mano y ella hizo lo mismo, estrechándonos ambas nuestros dedos con delicado gesto, lleno de cortesía.

–El marido de doña Francisca conoce a doña Emilia de sus tertulias –continuó Lisita mirando a la Pardo–. No dejo de sorprenderme de la casualidad, pues Madrid, aunque orbe grande, es un pañuelo. Nosotras venimos a por tela para hacernos un traje de chula, ¿verdad, doña Paca? Hace años que me prometió acudir conmigo a la pradera de San Isidro, pero sus muchos achaques se lo impidieron.

–Por eso me ausento de Madrid –aclaró la mujer–. No puedo con el clima seco, apenas puedo respirar. Así que me he instalado hace ya unos años en nuestra casita de Asturias, aunque eso significa estar separada de mi esposo.

Al oír nombrar su tierra, Delmira se interesó por el lugar exacto de su propiedad, contestándole doña Paca que estaba en la zona oriental, en Ribadesella, lo que le sorprendió gratamente, pues su hermana vivía en un pequeño pueblo de la zona. Se pusieron ambas a hablar de los prados verdes del norte y Lisita y yo de la pradera madrileña. Mientras ambas nos coordinábamos con la conversación, conseguí mirar a esa mujer envejecida, sin duda, por la enfermedad que refirió. Era obesa, de carnes sobrantes y muy flácidas. Tenía gran papada y su voz, entrecortada y algo ronca, debía ser la consecuencia de la falta de oxígeno que tanto anhelaba.

–Venid a la ermita del santo por San Isidro, ya veréis qué pintoresco es –nos dijo Lisita a la Pardo y a mí–. Goya no pudo retratarlo con más exactitud. Además, te conviene beber del agua milagrosa, porque mira que tienes mala cara, hija.

Sus empellones verbales eran garatusas para mí.

–Quizá sea buena idea, ¿no es cierto, Delmira? ¿Nos atrevemos a ir a la pradera a sentarnos en el verde y dejarnos comer por las hormigas?

Delmira reía.

–Yo también me apunto, si a ustedes no les importuna –añadió la Pardo Bazán–. Hace tiempo que no disfruto del ambiente campestre y no me vendrá mal.

Todas nos despedimos con gran entusiasmo y la escritora gallega se llevó varias varas de tela para hacerse un traje nuevo. El dependiente quedó más que encantado.

* * *

El Madrid de principios de siglo era una ciudad de extranjeros. Más de la mitad del medio millón de personas que deambulábamos por sus calles proveníamos de fuera, siendo un imán que atraía por igual a jornaleros que a oficinistas de cuello blanco, a intelectuales o a banqueros, todos ellos osadamente esperanzados en cumplir el sueño de la prosperidad.

Pero no era tal. Muchos de aquellos emigrantes, entre los que yo me contaba, apenas llegarían a poderse mantener de un trabajo digno. Los barrios humildes de Madrid se llenaban de pobres, hacinados en corralas cuyas condiciones higiénicas eran tan limitadas que la tasa de mortalidad aumentó en muy pocos años. Esto convirtió a la capital de España en la ciudad de la muerte, un apelativo muy cuestionado, pero en nada rebatido por políticos que, como con otras cosas de gran importancia, hacían por mirar para otro lado.

Todo eso no me era desconocido, pero tampoco hacía yo por atestiguarlo acudiendo a las casuchas en donde vivían los pobres de solemnidad. Tengo que reconocer que como en otras muchas cosas, mi mentalidad era burguesa. Una mujer concienciada del mal que le rodeaba y al que deseaba combatir con guantes blancos.

Con todo, al menos, la intención era buena y me propuse sacarles los colores a las damas poderosas con mis artículos, que, si no acudían a las corralas, podrían al menos hacer por limpiarlas, aunque fuera por terceros. Entre pololo y pololo introducía muy solapadamente la necesidad de cambiar ese viejo Madrid por el nuevo que asomaba, luciendo las divisas de los banqueros y constructores que deseaban, como hicieron en Granada, derrumbar con piqueta la mitad de las calles del centro para construir una gran vía, recta, oxigenada y sana.

Las inclusas se atestaban de niños abandonados o de aquellos a los que los padres no podrían mantener, muchos de ellos con enfermedades graves o de nacimiento. Pero de esas desgracias, el pueblo, como se llamaba a esa masa informe e impersonal de los ciudadanos de a pie, se olvidaba varias veces al año celebrando las fiestas populares en donde a veces no se gastaban ni un real, pero pasaban por ser personas tan dignas como los que vivían en el reciente barrio de Salamanca.

La pradera de San Isidro, atiborrada de gente bajo el sol primaveral, era un hervidero de voces, colores y aromas. Los ociosos allí congregados sacaban sus tortillas, su queso o sus botas de vino sentados sobre manteles, vamos, como si fuera aquello su mismo salón de casa. Algunos se acompañaban de guitarras y rasgaban sus cuerdas en tono más bien goyesco y que a mí me sonaba a jota más que a cante de mi tierra.

En los tenderetes vendían botijos y frituras, cestos de mimbre y delicias muy apetitosas para los buenos estómagos, entre las que se contaban las famosas rosquillas, de las cuales tuvimos ocasión de hacer nuestra particular degustación instruidas por mi amiga Lisita, pues nada más sentarnos sobre el césped envió a su criada, una niña de apenas doce años, a comprar las de la tía Javiera, que por lo visto eran muy famosas y las vendía en un puestecillo cercano a la ermita del santo, subiendo hacia la izquierda.

–¿Ves ese borrico con un cartel? Pues cerca tiene que estar su dueña, una señora de pueblo, con un collar de aljófar –le indicaba Lisita a su sirvienta–. Pues ve y que te ponga tres por cabeza. Tú también puedes comer una –le decía arañando en su bolsito de tela de cretona y dándole contadas las monedas–. No sé si se apañará esta chiquilla, una quiere ser caritativa con estas criaturas, pero no sé si hago bien. Lo mismo nos encontramos con su caterva de «isidros» que vienen del pueblo, sí, hija, sí… –me decía–. No hay año que no se presenten en la pradera para festejar al santo y, claro, me suben los colores de verme al lado de gente tan vulgar. No sé por qué no ponen vallas para separar a los madrileños de los que vienen de fuera, qué contrariedad.

Delmira, doña Emilia y yo nos miramos sin saber si contestar o hacer que no habíamos oído.

–Mujer…, yo también soy *isidra* este año, pues, sin ser de Madrid, a la fiesta vengo.

Me miró como sin comprender.

–Pero tú eres… eres una mujer instruida y en nada se te nota que eres provinciana. Fíjate, esto es lo peor de las fiestas, que tienes que comerte el bocado con las catetadas de los *isidros*, oliendo a vino de bota y escuchándoles cantar coplas. Ah, pero, mirad, que también tiene la fiesta sus recompensas, por ahí viene la familia real, a beber el agua del santo. ¡Qué carroza tan bonita! Eso me recuerda que doña Paca tarda, me aseguró esta mañana en la misa de San Andrés que vendría a esta hora y no reconozco su coche… ¿La ve usted, doña Emilia?

Creo que la Pardo hizo como que no la oía y se puso a hablar con Delmira de lo pintoresco de la fiesta. Junto a mí, sentada y muy impresionada por el barullo estaba Rosita, que a regañadientes nos había acompañado. Como no podía estarse quieta hizo por ordenarnos las cestas de comida.

Regresó la criada de Lisita con las famosas rosquillas de la tía Javiera y se las entregó a su dueña dentro de un cucurucho de papel.

–¿Te has asegurado de que era la verdadera tía Javiera, niña? Es que parece que le han salido competidores, porque sus rosquillas son una delicia. Viene la mujer desde Villarejo de Salvanés desde hace años y se han hecho tan famosas que todos se las reclaman. Comed, comed, ya veréis cómo crujen y sin desprenderse la capa de azúcar blanco que tienen. ¿Notáis el fino sabor? ¡Son exquisitas!

A todo decíamos que sí por no amargarle la fiesta a Lisita. La criada se quedó cual pasmarote mirando cómo comía, lo que irritó a mi amiga marchitándole el momento de felicidad.

–Pero tú ¿qué miras, boba?

–Pues a que me dé la mía, que la tiene en el cucurucho.

Lisita cedió ante la obstinación de su criada, ya que por lo visto se creyó de veras eso de que podría comerse una de las compradas.

Habiéndose resuelto el malentendido, nos explicó doña Emilia que en la fiesta de San Isidro proliferaban los dulces en forma de rosquillas. Estaban las que llamaban «tontas» por ser sencillas y sin capa de azúcar y otras que llegaban de Fuenlabrada y que tenían un ligero sabor a limón.

–¡Por ahí veo el coche de doña Paca! ¡Aquí! ¡Aquí! –gritaba mi elegante amiga, haciéndose oír con saltos, para mi gusto más que *isidriles*–. ¡Ah, qué bien! Veo que viene acompañada por su marido. Tendremos un hombre entre las damas, que nunca viene mal. Podemos enviarle a por el agua del santo y que espere la fila por nosotras.

Todo se lo decía una Lisita que había sacado energía por cuatro mujeres, intentando ser la anfitriona y procurando que no se le escapara ninguna costumbre del populacho sin caer en la ordinariez.

Vimos cómo se acercaba despacio el coche destapado de la señora Paca y de su esposo, intentando adelantar a los grupos de *isidros* que atravesaban los caminos. Según esto sucedía me entraba a mí una desazón desbocada que intentaba controlar tanto como el cochero al caballo que tiraba de la calesa.

Muy pronto comprendí el porqué de las palpitaciones de mis sienes y del rubor que me subió por las mejillas hasta desaparecer, abandonarles el color y convertirlas en puro mármol. Delmira se dio cuenta y me tomó la mano porque pensó que me desmayaría. La causa era la siguiente:

–Bajen ustedes, señores… –animaba Lisita a los recién llegados–. ¡Qué bien, doña Paca, que convenció a su marido! Venga, venga, que les voy a presentar. Este señor tan serio es el esposo de Paca, el señor Darío Alcázar.

CAPÍTULO 14

DE MI SÚBITA VUELTA A GRANADA POR UN CHASCO MUY GRANDE

No exagero si digo que aquella fiesta de San Isidro se me atragantó, y no fueron, precisamente, las rosquillas de la tía Javiera, la causa del disgusto.

–Ya sé que conoció a mi señora esposa en una tienda de la calle de Toledo –aseguró Darío intentando entablar conversación conmigo, esperanzado, quizá, de evitar el aburrimiento–. En cuando Paca me dijo que le habían presentado a una andaluza muy amable que iba con Emilia Pardo, supe que se trataba de usted.

Afirmé dándole las gracias, pero ya ni el regusto de las rosquillas de la tía Javiera me animaba el ánimo. Me pasaban por las mientes algunos momentos vividos con aquel hombre, señales que a mí me parecieron reprimidas por la indecisión y ahora comprendía que se debían a que no era libre de hacerlas.

La indignación cedió a la decepción de haber sido engañada, pero, una vez pasado el primer susto y analizando lo sucedido, entendí que no había engaño, pues nada había entre el señor Darío Alcázar y yo, salvo un malentendido causado por mi ingenuidad.

–Ha sido una casualidad encontrarme con ella y también… una sorpresa.

–¿Sorpresa? Pero… –Creo que en ese instante reparó en lo mucho que me reprimía para no reprocharle el embuste en el que me había atrapado los meses atrás.

–¡Ah! ¿No me dirá usted que no sabía que estaba casado?

Nos miramos con una incomodidad manifiesta. Él aturdido y yo aún más, sin saber muy bien cómo comportarme, pues deseosa estaba de abofetearlo.

–Nunca lo vi con mujer alguna y en su casa de usted poco hay con toque femenino. ¿Cómo iba a imaginarlo?

El señor Alcázar me tomó del codo y me llevó a un apartado, respetando las formas, pero asegurándose la intimidad.

–No vivo con mi esposa. Ella se marchó hace algunos años a una propiedad que tenemos en Asturias. A todos decimos que está enferma y no es mentira completa, porque de verdad lo está, pero la razón es muy otra.

Me lo dijo a los ojos y en susurro. ¿Era una disculpa o me prevenía de sus intenciones?

Bajé la cabeza, ahora sudaba bajo los efectos del sol, y aunque me intenté tapar con mi sombrero, ladeándolo, me tuve que abanicar.

–Bien, esos son asuntos de familia muy privados que en nada me conciernen. Por otro lado, tengo que anunciarle que vuelvo a Granada por una temporada. –Lo decidí allí mismo y en aquel preciso momento–. Total, aquí no encuentro mi sitio y don Benito está de viaje. No hay nada que me retenga en esta ciudad por el momento.

Lo dije con intención de herirle o dejar las cosas bien claras, y al acabar me sentí ridícula, pues podría, perfectamente, serle indiferente.

–Ya veo –contestó Darío sin más explicaciones y manteniendo una elegante inexpresión–. Espero poder disfrutar muy pronto de su compañía.

Me separé de él y me uní al grupo de mujeres en donde Lisita contaba una anécdota sufrida hacía muy poco tiempo. Doña Paca reía, gangosamente, sin llegarle la respiración, pero no por ello cejaba en el intento de divertirse. La miré de reojo, ahora era incapaz de fijarme en ella sin comprometer un inicio de llanto.

* * *

–¡Inadmisible! –exclamaba Delmira ya en nuestro salón y con una taza de café entre las manos–. La osadía de los hombres no deja de asombrarme. ¿Creería el señor Alcázar que no descubriríamos que estaba casado? He visto sinvergüenzas de muchos tipos, pero este los deja tamañitos a todos. Hasta vino a esta casa a comprometerte. ¡Y siendo amigo de la Pardo Bazán!

Finalmente tuve que responder, aunque en ese momento lo único que quería era silencio y mirar hacia delante.

–La culpa ha sido mía. ¡Y vuestra! Tanto insistir en que tengo que conocer hombres que nada más ver a uno me he creído cortejada y casi a punto del casorio. ¡No volváis a nombrarme el matrimonio!

Me levanté ofuscada y Delmira, recapacitando, me indicó que me sentara a su lado.

–Ay, hija... –me dijo acariciándome una mano–. Esto es el día a día de la mujer casadera. Es como estar expuesta en un escaparate. Por eso mismo tienen derecho todos los que te miran a opinar y a hacerte la corte. Muchos habrá como el señor Alcázar, elegantes y finos, que te pretendan. Y otros serán necios, pero procurarán lo mismo, llevarte a la vicaría y, si te dejas, incluso, a otro lugar que no tiene tan buen nombre. No te amohínes, que sirva esto para crearte una capa de pez como en los barcos, para que no puedan hundirte. Mírame, chiquilla, tú siempre has de ir a flote.

Asentí. No me di cuenta del valor de esas palaras en ese momento, pero cuántas veces tuve que navegar después reparándome los daños con engrudo de los fuertes con el propósito de verme hermética y sin sufrir atentado.

–Creo que debemos volver a Granada. ¿A qué esperar? Los artículos puedo enviárselos al director de la revista desde el caserón de los Cid. Vayámonos cuanto antes.

Delmira no pudo reprimir su gozo por verse de nuevo en la ciudad donde fue tan feliz.

–¡Ordenaré a Rosita que empiece a hacer los baúles!

Se levantaba ya cuando paró en seco y me miró algo confundida.

–¿Y con Mari Pili? ¿Nos la llevamos? Sé que dijimos que la dejaríamos aquí cuidando de La Granadilla, pero… ¿y si a la vuelta ya no está disponible? Es chica bien dispuesta y con la garantía de Galdós.

Recapacité unos instantes y luego le indiqué que la hiciera llamar.Al momento llegó Mari Pili secándose la frente con el dorso de la mano y con un paño húmedo en la otra. Ciertamente, sí parecía hacendosa y bien mirado nos sería de gran ayuda. En Granada tendríamos, casi seguro, menos gastos.

–Mari Pili, ven, siéntate…

–¿Sentarme? ¡No he hecho *na* malo! Si le ha dicho algo la Rosita, por estas… –dijo besándose el pulgar de la mano jurando que todo lo que decía era cierto– que no es verdad.

La calmé con un gesto de prudencia.

–No es eso, niña, no es eso. Estamos muy contentas con tu trabajo. Solo es que te quiero proponer que vengas con nosotras a Granada durante una temporada.

La muchacha abrió los ojos bien grandes, solo se veía esclerótica.

–¿A Granada? ¡No puede ser! ¡Es del todo imposible!

Me quedé desconcertada, porque pensé que, como chula de Madrid con futuro pronosticado hasta su muerte en el mismo barrio, habría de querer ver mundo más allá de Aranjuez. Pero no era así, a la muchacha se le subieron los colores del disgusto.

–¿Seguro que no quieres pensártelo? Si es necesario obtener la bendición de tu padre, hablaré con él mañana mismo.

La chica denegaba; que no, que no, decía.

–Te advierto que Granada es una ciudad muy bonita y tendrás menos trabajo que aquí, pues la casa no tiene jardín.

Tan sofocada la vi que cedí ante su negativa. No había más que hablar.

–Entonces…, ¿prefieres cuidar de esta casa mientras estemos ausentes? Bastará con que vengas de vez en cuando, riegues las plantas y mires si hay algún nido o gotera. Quizás estemos en Granada hasta el próximo año.

Así se lo transmití a Delmira y esta se extrañó igual que yo, pero allá cada cual con sus gustos, pensamos, lo que no nos quitó la ilusión de preparar el viaje más rápido y con más interés de llegar a la ciudad de la Alhambra.

Esa tarde se exigía escribir unas cartas de despedida a doña Emilia Pardo y a Lisita. Dudé si escribirle una a Darío Alcázar y finalmente decidí que no.

SEGUNDA PARTE

CAPÍTULO 15

DE CÓMO ENCONTRÉ EL CASERÓN DE LOS CID

Se me había olvidado lo lejos que estaba Granada. Desde donde llegues, Granada siempre te parecerá en el fin del mundo. No conozco otra ciudad con peores comunicaciones ni más molestosas formas de recibirte, y eso que fuimos en tren, que era la manera más moderna de llegar.

Atrás quedaban las diligencias y los económicos coches galeras que tuve que usar en mi juventud con su zarandeo característico subiendo y bajando Despeñaperros. Con el tren no había comparación alguna, más cómodo sí, pero igual de lento.

Tomamos un coche pequeño para llegar al caserón desde la estación de ferrocarril. Atravesamos media Granada y ello me permitió volver a revivir momentos de niñez y adolescencia del bracete de mi padre, como diría en Madrid, esperanzada por cumplir años con premura para convertirme en la mujer que le hubiera acompañado hasta su vejez. Pero no fue así, mi padre se fue con esa Granada que ya no existía, con la del coche de caballos, los polisones y los caballeros con levita.

Ahora, la mitad de los que paseaban por sus calles eran hombres corrientes, de cuello blanco algunos, sobre todo aproximándonos a los juzgados situados en la Chancillería, tan cercana a nuestro hogar.

En sus inmediaciones vendían airosos sus verduras aquellos que las bajaban desde la Cuesta de los Chinos hasta la plaza de Santa Ana, por la que ahora pasábamos. También las floristas, sentadas en las esquinas de la plaza, rodeadas de un aroma que solo he respirado en este pequeño lugar del mundo. Algo parecido a un jazmín y a un azahar que hace estornudar.

En paralelo al sinuoso caminar del río Darro continuamos nosotros, dejando atrás las campanas de la iglesia de San Pedro y de otras cien iglesitas que le hicieron eco metidas entre casas, que no se ven, pero se presienten.

A los pocos metros nos paró el cochero frente a nuestro hogar, el caserón de los Cid, y al bajar del coche, antes de sacar la llave de mi bolso, hice lo que siempre hacía, volverme y mirar a lo alto, buscar con zozobra de corazón a la Alhambra, que, imponente, emergía sobre la colina enfrentada.

–Se me había olvidado lo bonita que es... –dije en voz alta.

Me permitió Delmira y hasta el propio cochero deleitarme en el monumento con la luz cayendo directamente sobre sus bermejas piedras, y tras suspirar (era inevitable) busqué el llavín, introduje en su cerradura la llave que abriría el caserón y empujé.

Me recorrió por el cuerpo un escalofrío. Al principio pensé que era por la temperatura inferior, muy diferente a la de la calle, que siempre se mantenía en el zaguán de entrada. Pero no, era un repeluzno de ansiedad, de arrebato esperanzado por encontrar la casa llena de vida, aunque me hubiera bastado con los fantasmas del pasado si hubiera creído en ellos. Sin embargo, la oscuridad me dañó la pupila y no oí más que el revolotear de alguna golondrina atrapada cruelmente entre los maderos del techo.

Subimos los escasos peldaños que daban al patio central, con su estanque seco, lleno de hojas podridas que debieron quedar ahí al abandonar la casa. Todas eran de plantas que fuimos capaces de regar y conservar como nuestras, como propias, prestándoles un amor que ya no teníamos ni queríamos tener. Creo que corrió entre mis pies una lagartija, pero no me asusté, posiblemente era ella más dueña del caserón que yo misma.

Entre las rendijas de las ventanas y contraventanas se proyectaba la luz, se entrecruzaba alargando las imágenes. Esos haces de iluminación se reflejaban en el estanque seco y de su claridad nos aprovechamos para ir abriendo al exterior aquí y allá, pues de otra manera hubiera sido preciso encender alguna lámpara.

Llegamos a las cocinas y Rosita se echó las manos a la cabeza.

–¡Virgencica, qué *entalabartao* está todo! ¡No terminaremos de arreglarlo ni para el Corpus! Y qué vieja y *desbaratá* me parece cada cosa –se lamentaba remirando las jofainas y los trébedes– después de haberlos usado toda la vida. Me voy unos meses a los Madriles y a la vuelta hasta las cortinas me parecen unos *foeles*.

No perdió mucho más tiempo en lamentaciones, se santiguó y al momento ya tenía el mandil puesto para comenzar la tarea, que era mucha, por lo que todas pudimos comprobar.

–No estarán mejores las habitaciones de arriba, habrá que mirar minuciosamente, no vayamos a encontrar algún desperfecto por las lluvias.

–¡O alguna alimaña! –volvió a añadir Rosita con su habitual perspicacia–. No sería la primera vez que se meten golondrinas y ratas. Una vez hasta encontramos en el patio un lagarto y no vean qué *parraque* me entró. El señor Maximiliano lo echó al río y durante varios meses temí que la bestia hubiera criado, pero no, nunca más encontramos bichos como aquel.

Seguía Rosita hablando para sus adentros sin que Delmira ni yo le hiciéramos mucho caso y aprovechamos para ventilar las habitaciones. Una vez que los balcones fueran abiertos y entrara el necesario oxígeno para que limpiara cada estancia de su enclaustramiento, sentimos que el aire corría entre los muebles tapados por sábanas y que hasta los cuadros, colgados de las paredes, se iluminaban de una cierta vida.

Mientras Delmira desenrollaba los colchones que habríamos de sacudir al día siguiente, me dirigí a la biblioteca de mi padre, la abrí y entré casi arrastrada por la inercia de quien es empujado por un huracán. En otros momentos de mi vida hubiera dudado al atravesar la puerta, porque él tenía muy reservado para sí aquel lugar, pero ahora, sin estar él presente necesitaba buscarlo allí e incluso esforzarme por hallar algo que no hubiera sido capaz de transmitirme en vida.

Casi a tientas entré, regateé los muebles y me dirigí al gran ventanal. Descorrí sus gruesas cortinas y, tras la polvareda que provocó el movimiento de telas, volví a ver la Alhambra, empeñada en provocarme el recuerdo que habría de herirme. Me volví y pude ver el contenido de la estancia, todo tan inamovible como cuando la visitaba mi padre: el cuadro que pintara mi abuelo a la condesa Di Mare, los libros de los viajeros que visitaron la ciudad, una cajita de plata sobre su mesa de estudio, fotos de mi hermano Lolo y mías...

Delmira me sorprendió curioseando con la mirada, pero estática en aquel lugar junto a la ventana.

–¡Hija! ¡Parece que has visto un fantasma! Nada de melancolías. Hemos vuelto de Madrid mucho más sabias y más expertas en esto de la vida y ahora no nos amedrentarán los recuerdos. ¡Ea! –exclamó extrañándome que usara ese término tan andaluz–, abre ese balcón, que todos sepan que hemos vuelto.

Así lo hice. Poco o nunca salíamos a ese ajimez que daba al paseo de los Tristes, a la orilla del Darro. En ese mismo lugar supe, con el tiempo, que mi abuelo Manuel se había suicidado y quizá por eso mi padre decidió no tentar con su presencia el que fuera el último remanso de paz de un Cid. Pero nosotras, como Delmira había dejado muy patente, no queríamos hundirnos en la melancolía. ¡Fuera dramas! Habíamos vuelto decididas a comernos el mundo.

Abrí las dos hojas acristaladas del ajimez, que en otros tiempos debió ser celosía hispanomusulmana o imitación a las que por la ciudad había, y me asomé hacia el río. Me sorprendió la brisa y un olorcillo rancio de agua corrompida también.

Delmira se aproximó tras de mí y ambas nos quedamos muy juntas oteando como dos niñas que descubren, por primera vez, lo que será su tesoro.

«¡Mira qué cerca tenemos la casa de las Chirimías, si parece que la podemos tocar!», decíamos. ¡Y el puente del Aljibillo! Pues sí, cuánta agua lleva el Darro, todavía se nos desbordará. Oye el tocar de las campanas de las iglesias que hay en el Albayzin... y cómo retumban los cascos de las bestias que bajan por la cuesta de los Chinos... ¡Bendito caserón! Si todavía tiene sorpresas guardadas... ¿Por qué no salía tu padre a este balcón?».

De entre todos los comentarios que brotaban de nuestras sorprendidas gargantas, esa última pregunta nos obligó a callar. Era muy cierto lo que Delmira se cuestionaba y al no conocer la respuesta sacudí los hombros para darle a entender que desconocía las razones de muchas de las cosas que hacía mi padre, pues hombre al fin era y, por lo tanto, indescifrable para una mujer.

Al volvernos hacia el lado derecho, redirigiendo la mirada hacia la carrera del Darro, nos sorprendimos de ver a una mujer igual de asomada a otro balcón que sobresalía de la casa contigua a la nuestra. No se apercibió de nosotras y por eso pudimos observarla más detenidamente. Era distinguida y con cintura menuda, se peinaba con elegancia y no parecía fea de rostro.

–¿Has visto? Tenemos vecinos, deben haber comprado la casa hace muy poco. ¿Cuánto tiempo llevaba cerrado ese caserón?

Dudé.

–¡Quién sabe! Yo lo recuerdo siempre con las ventanas selladas. Quizá lo habitaron en tiempos de mi abuelo.

Cuando Delmira iba a saludar a la vecina, pues parecía que se volvía hacia nosotras, observamos que del interior de su casa sobresalía una mano; tras ella, un brazo; y después, su dueño, que la aproximaba a él y la abrazaba sin el pudor que hubiera impuesto la recatada sociedad granadina. Aunque algo protegida por los bordes de madera del balcón, pudimos ver cómo aquella mujer se abrazaba a un hombre, sin importar que la sorprendieran, y se dejaba besar por él, caballero algo más alto que ella, espigado y de poblada barba. Se besaron con gran pasión y nos dejaron a ambas con una sorpresa que ahora no sabría decir si era de admiración o de envidia.

–Nuestra vecina es feliz en su matrimonio… –exclamé evitando la turbación–. Suerte la suya, pues no creo que haya muchos esposos que puedan decir lo mismo por aquí.

–Habrá que invitarla para cuando tengamos la casa en condiciones. Quizá tenga miembros solteros en la familia, y si son tan apasionados como el marido…

Empujé a Delmira hacia dentro regañándola, pues me había propuesto, tras el incidente con Darío Alcázar, no volver a exhibirme como casadera. Aún se reía la muy ladina cuando bajaba las escaleras del primer piso.

* * *

Momentos después Rosita azuzaba con un palo varias alfombras colgadas de una cuerda en el patio interior que daba a lo que fuera imprenta y lugar de trabajo de mi padre. Tenía una fuerza sobrehumana a pesar de su edad; Delmira y yo nos miramos y tuvimos que reírnos de verla mover sus carnes con cada embate.

Mientras esto sucedía oímos que llamaban a la aldaba de la puerta y, aunque sorprendidas por ser visitadas en instante tan poco apropiado, corrimos a ver quién era. No se trataba de una equivocación porque la aldaba no paraba de alborotar, por las ventanas del zaguán incluso distinguimos el perfil de una mujer dando golpes en las ventanas.

–¡Jesús, qué bulla! ¿Quién llama con tanto interés?

Al abrir la puerta me sorprendí por la alegría de ver a mi prima Genoveva, que daba saltos de entusiasmo y ya se me echaba en los brazos.

–¡Veva! –pues así la llamábamos–, ¿cómo te has enterado de nuestra llegada? Pero si estamos instalándonos...

Mi prima abrazó a mi madrastra y luego me besó tan efusivamente como siempre lo hacía, tomándome más tarde del brazo para adentrarse conmigo hacia un lugar más íntimo.

Era la más joven de las tres hijas de mi tía Agustina, hermana de mi padre. Del matrimonio de esa paciente esposa de Juan Morell, el calavera de la familia, habían nacido tres muchachas, cada cual con su propio temperamento. La primera, María Luisa, estaba ya casada y con tres niños horribles. Entre ellos competían por ser el más gamberro y travieso. Mi tía, con su peculiar derrotismo, los perseguía para domarlos, viendo que su madre no se preocupaba, pero finalmente cedía ante la resistencia de los tres nietos que iban encaminados a academia militar en donde les doblegaran el carácter.

La segunda de las hijas de los Morell Cid, Alejandra, que era más o menos de mi edad, había maridado hacía cuatro años y aún no tenía descendencia. Ni decir tiene que los hirientes comentarios de las comadres iban siempre destinados a ella cuando nos encontrábamos juntas, olvidándose estas impertinentes de mi soltería. Mi prima Alejandra lo llevaba con resignación alegando que su hermana era la hembra fértil de la familia y que tras dar a luz a tan lindos mocosos nada había dejado Dios para ella, pero en el fondo sabía que sufría por verse negada de descendencia, culpa que imponía siempre a la mujer esta sociedad hipócrita.

Veva, al ser la más joven y alegre, congenió conmigo desde el principio. Le sacaba yo unos tres o cuatro años, pero siempre me miraba como a una igual y nunca como a la prima solterona de la que hay que sacar partido. La eché de menos muchas veces en los meses en que vivimos en Madrid.

–Ven, siéntate... Deja de limpiar, que para eso habrá tiempo. No he podido aguantarme las ganas de venir a verte y saber de tus andanzas por la capital. Has escrito muy poco y mamá no me cuenta de la misa a la media. Por aquí ya se dice que estás comprometida con un duque y que vas a escribir un libro.

Solté una carcajada. ¡Pero qué fantasmadas! Cuando los curiosos no tienen qué espiar, sacan la imaginación e inventan.

–Conque un duque nada menos... Yo creía que ya me veían casada con el nuevo rey, a quien, por cierto, es fácil ver por Madrid.

Veva se sentó bruscamente en un sillón a pesar de originar una nube de polvo de la que ni se apercibió, concentrada como estaba en mis comentarios.

–¿Conoces al futuro rey? –preguntaba tapándose la boca con las enguantadas manos, ahogándose uno de sus grititos–. ¿Y cómo es?

Sus ojos me miraban con tanto interés que me hice la importante colocándome el borde de la falda.

–Muy joven y muy larguirucho para mi gusto. Prefiero a los granadinos, y seguro que alguno tendrás tú esperándote en algún lugar de *Graná*.

Veva se turbó y comprendí, tras mi comentario jocoso, que había algo de verdad.

–Bueno, sí que lo hay, pero nada es seguro aún. Ya sabes que mamá es muy suya con la elección de esposo y este no le va a gustar nada..., pero nada de nada.

Vaya, qué sorpresa. Mi pequeña e inocente primita a punto de comprometerse. ¿Volvieron a mí las tristezas de la frustración?

–Tienes que contarme algo de todo eso cuando estemos instaladas. Espero que sea un joven de costumbres depravadas y que con él sacudas las conciencias de la poca familia que nos queda.

–Me parece que más has escandalizado tú con esa impulsividad que te llevó a Madrid. Mi madre decía ayer que vuelves con el rabo entre las piernas (perdona por la expresión, querida, pero ya sabes cómo es mamá) y que se te está bien empleado por no hacer caso de nadie.

Me sentí rabiosa y muy decepcionada de no haber sido comprendida por nadie de mi entorno.

–¿Y tu padre qué dice? Espero que me defendiera... Él siempre ha sido hijo de la independencia.

–Más de una vez propuso ir a buscarte a Madrid, pero mi madre lo está atando muy corto desde que murió tu padre. Yo creo que le ha puesto cascabeles hasta para ir al casino. No le deja ni fumar ¡Si vieras lo imposible que se pone con él a veces! Pero si es un pedazo de pan...

Sonreí evitando una segunda carcajada.

–Eres la pequeña y no recuerdas ya sus trastadas. Pero las ha hecho y muy gordas. No quiero recordarlas todas porque algunas involucraron a mi padre y me pondré muy triste. Es mi primer día en Granada y me he propuesto olvidar ciertas cosas que aún me ahogan. Tienes que venir a merendar y contarme todos los secretismos de la ciudad. No quiero que te calles nada. Incluido quién es ese mozalbete que te pretende.

–Sí, sí... –afirmó muy descarada Veva–. Prometo que lo sabrás todo y traeré conmigo a Marianito Picazo, que no para de preguntar por ti.

–No se te ocurrirá, malvada, más que malvada –le amenazaba yo–. No puedo soportarlo. Bien lo sabes.

–¡Pobre Marianito! Con lo que te quiere...

–¡Hala, vete! Que me estás entreteniendo... Y no vuelvas por esta casa si no es con un hombre de espaldas anchas y mirada penetrante, que a Marianitos ya he tenido yo que espantar a unos cuantos...

Mientras esto le decía, a modo de despedida, la empujaba hacia la puerta, ella se revolvía juguetona intentando zafarse de mis empellones, pero finalmente conseguí emboscarla en el zaguán.

–Recuérdalo, nada de Marianitos. Que me vuelvo a Madrid.

* * *

Fiestas, lo que se dicen fiestas, ya no se llevaban entre la burguesía de principios de siglo. No al menos de la categoría de las de antes, cuando era necesario un carné de baile y un vestido nuevo que exponer ante los ojos de las amigas. Ahora las fiestas eran tertulias, encuentros, cosas más modestas que combinaban las meriendas o las cenas, todas ellas con el mismo propósito, que era el de presumir. Casi nunca se hacían por el mero provecho de compartir una tarde agradable o la compañía de un familiar o amigo. La anfitriona siempre iba a la zaga de sacar ventaja, bien para prometer en matrimonio a la hija díscola o para enterarse de las nuevas noticias de una sola tacada, convidando a los más chismosos de la ciudad.

Con la excusa de darme la bienvenida, mi tía Agustina proyectó una de estas veladas. Se hizo adentrado ya el verano y fue en su casa, en el carmen de los Morell, amplio vergel, con fuentes algo cursis, pero de gran frescor.

La economía de la familia era buena. Mi tío Juan, siempre tuvo ojo para los negocios. Sabiendo que muy pronto se haría efectiva la construcción de la Gran Vía de Granada, invirtió en el proyecto pensando más en los beneficios que le darían las casas construidas en ella, que una vez compradas podría alquilar después. De haber estado vivo mi padre le habría recriminado la idea, no por falta de fundamento económico, sino por apostar por la destrucción de un patrimonio urbanístico que ya era inevitable. Muchos inmuebles con historia, palacetes o casas moriscas morirían bajo la piqueta para dar paso a los edificios de cuatro plantas, con luz y retretes.

Ciertamente no podía juzgar a mi tío, los tiempos cambiaban y como era lógico había que apostar por la modernidad. A todos nos complace tener comodidades e higiene en nuestra vida sin pensar demasiado en las consecuencias.

Aquella tarde salí de la rutina y siendo el primer encuentro familiar me mostré más generosa con mis explicaciones cuando me las solicitaban, ahuyenté durante unas horas mi carácter esquivo para dar a mis experiencias en Madrid un poco de expectación, simulando ser una de las muchas jóvenes coquetas que acudían diariamente a las fiestas, que eran a las que solíamos censurar.

El carmen de los Morell contaba con amplias dimensiones. Estaba aterrazado, con inclinación suficiente para que el agua de las fuentes fluyera por variados recovecos, caminos de frescor que sin ser acequias regaban el aire y el césped causando un agradable entorno. En un pequeño rincón tenían un parterre con hojas de parra que ascendían por el techo y en otoño recuerdo de niña haber robado alguna uva dulcísima entre juegos.

Comparada con nuestro caserón, esta casa invitaba a zascandilear, a coquetear con cualquiera que a ella acudiera; era, por así decirlo, producto del carácter de mi tío Juan Morell, mientras que el hogar de los Cid, por ser de mi padre, era recto, serio, respetuoso y algo romántico por eso de tener la Alhambra reflejada en cualquiera de nuestros balcones. Él y mi tío Juan, que habían sido amigos desde la infancia, siempre estaban enfrentados, pero como lo suelen estar el padre y el hijo. Creo que sin hijos adultos y conscientes a los que poder aleccionar, Maximiliano Cid trataba de doblegar las gamberradas de mi tío, aunque sin conseguirlo, y este se dejaba aconsejar para luego hacer lo que buenamente quería, casi siempre una extravagancia que escandalizara a mi tía Agustina. De ahí surgió la compra de multitud de estupideces, como los primeros teléfonos de Granada, cayendo más tarde en la cuenta de que no podría llamar a nadie de la ciudad, pues sus amigos no los tenían; o la adquisición de un cadáver romano encontrado en la Vega.

Desde que murió mi padre a causa de una de sus muchas calaveradas, le tenía a mi tío un resquemor justificado, pero no quería que esto se supiera, pues lo mismo que era un tarambana tenía buen corazón y creo poder decir que siempre me quiso, pues veía en mí parte de la Cid que era.

Por eso cuando se acercó a mí nada más llegar y me abrazó no pude controlar mi compasión y hasta le planté un beso en la mejilla.

–Pero si vuelves de Madrid hecha una mujer… No te habría conocido ni cruzándome contigo por la calle.

–No será para tanto, pero cierto es que Madrid cambia a cualquiera.

–Dicen por ahí que…

–Ya, que me he echado un novio duque y que estoy escribiendo un libro –le interrumpí contestando con resignación.

–¡Colosal! ¿Es cierto, entonces?

Mi tío era así de inocente a pesar de peinar canas, cada vez más visibles, por cierto.

Le acaricié una mejilla por no replicarle y hacerle caer de su nube de fantasía. Le encontraba más engrosado que otras veces, no grueso, sino ensanchado. Antes, solo tenía gran papada, pero ahora su cuerpo era el de una ballena, con espalda curvada por el peso. No sé de dónde había sacado esas amplias espaldas, pues de joven, y según me decía mi padre, era de estructura fina e incluso desgarbada. Traté de compararlo con él, al que le sacaba una cabeza, pero nunca pudo igualársele en elegancia y galantería.

–¿Dónde está la tía?

–Recibiendo a los invitados, sentada en su sillón, ya la conoces…

Nos despedimos sin mediar palabra, pues luego continuaríamos la conversación, y me encaminé al lugar en donde mi tía Agustina prefería sentarse, sobre un sillón de enea. La vi metros antes de llegar; era como una margarita en medio del campo, una mota entre tanto verdor, con su vestido de volantes blanco y sus lazos en el pelo. Para ella no había pasado el tiempo, quiero decir, el siglo XIX, ese romanticismo que en España apenas se había sentido, en mi tía se estancó. También aumentó en peso, que era lo que le esperaba a toda mujer que hubiera parido, acentuándose por su obstinación de no hacer ejercicio. Una buena tarde dijo que no volvería a andar y allí se aposentó, lamentándose de sus dolores de piernas.

–¡Carmela, Carmela, ven hija, ven…! Qué alegría más grande. Desde que te fuiste estoy en un sinvivir pensando qué te sucederá en Madrid. ¿Dónde está Delmira? ¿Has venido sola? Dos mujeres en la capital no es buena cosa. Pero, claro, sin hombres… Dime,

¿es cierto lo del duque? ¡Ay, hija mía, qué contenta me pondría si consiguiera casarte! Es una espina que tengo aquí, en el corazón. Desde que se fue tu padre me considero responsable de tu futuro, pero, claro, aquí sentada, sin ánimos para poder andar... ¿Cómo fue el viaje? ¡Pero si no dices nada!

Esperé a que acabara su filípica, pues ya iba prevenida de que sus monólogos eran cada vez más largos, y tras acercarme y besarla contesté:

–Delmira se quedó saludando a una de las primas, en Madrid me ha ido todo estupendamente y no, no estoy comprometida con ningún duque.

–Ah... –se quedó mi tía sin saber cómo continuar–. Pues qué chasco, hija, qué chasco. Ya te veo yo la cara de satisfacción, seguro que has despedido a todos los pretendientes a escobazos. Eres como tu padre, el pobre Maximiliano tenía un carácter atroz, siempre hacía lo que se le metía entre ceja y ceja y luego venían los *mea culpa*. Pero a ti te caso como me llamo Agustina.

Mi tía se daba aire con furor, las varillas del abanico resistían el embate, pero el encaje de los bordes amenazaba con quebrarse.

–A quien tienes que casar es a Veva, ella tiene más ganas que yo. A mí me tenéis que bautizar como caso perdido. Seré una solterona, qué le vamos a hacer. El garbanzo negro de la familia. Pero total, a quién perjudico.

Lo dije en broma, pero mi tía nunca le sacaba la ironía a nada. Era lineal, como una criatura.

–¿Que a quién perjudicas? ¡Pues a Dios! Si te quedas soltera y no te dedicas a obras de caridad, ¿para qué sirves?

–Ahí me has vencido, tía, tienes toda la razón. Tendré que hacérmelo mirar.

Se quedó algo confusa y luego creo que se rio pensando que había hecho un chiste, pero su risa no duró más que dos segundos, porque luego me miró y frunció el ceño.

–Hoy estás de engañifas, ¿no? Comprendido, tú me quieres matar con algún disgusto. Calla, calla, ladrona, vete con tus primas a charlar, a ver si alguna de ellas te mete en vereda. Y no te olvides de saludar a los otros invitados, que han llegado ya los Picazo.

¡Horror! Marianito Picazo estaba en el carmen, me dieron ganas de excusarme y volverme a casa, pero eso habría disgustado a mi tío y enojado a mi tía... Qué contratiempo... Resolví regatear el desafío del destino y hacerme invisible siempre que fuera preciso.

Anduve muy cuidadosa, pero mi prima María Luisa me atajó rodeada de sus tres monstruos, que se me echaron encima hasta casi tirarme. No iban a besarme no, querían descubrir si llevaba encima golosinas.

–¡Niños! Apartad, id a jugar a las fuentes –decía mi prima azuzándoles como si fueran perros de presa–. Qué desgracia tengo con ellos, no te puedes imaginar. Los mellizos son igual de tercos y el más pequeño imita todo lo que hacen los mayores. No puedo con ellos, tengo los brazos descompuestos de tirarles de las orejas. Pero, dime, ¿tú qué tal por Madrid? ¿Es cierto que...?

–No, no lo es –intervine antes de volver a oír la misma barbaridad–. En Madrid me ocupo de la casa y de ganarme la vida escribiendo.

Mi prima se me quedó mirando con ¿lástima?

–Qué sola debes sentirte en esa ciudad. Pero en el fondo te envidio. No te cases, prima, no tengas hijos, que no hay nada mejor que pensar en una misma para ser feliz.

No supe, en ese momento, si era un consejo o una reprimenda. Nos cogimos del brazo y caminamos.

–Sabrás ya que nos acompañan los Picazo. No he podido oponerme. Son también Morell. Con Marianito ha venido su señor padre, al menos ese te hará reír.

Marianito Picazo Morell era el hijo de don Alejandro, cuñado de mi tío Juan y viudo de su única hermana. Por lo tanto, como bien decía María Luisa, era parte de la familia por lo que habíamos coincidido muchas veces para mi desgracia. Crecimos juntos y ya desde niños no podía soportarlo. Era un ser desagradable que me perseguía sin guardar las formas y ya era conocido en toda la ciudad por su interés en desposarme. También fueron famosas, en algún momento, mis fulminantes calabazas, pero él erre que erre, cada una de ellas se le presentaba como un nuevo aliciente para volver al intento.

–¿Es ya definitiva tu vuelta? ¿Te vas a quedar en Granada?

–No, no lo es. Viviré en ambas ciudades. Y ahora es momento granadino. Trabajo en una revista y el señor Galdós, de quien estoy aprendiendo mucho, no se encuentra en Madrid, así que…

María Luisa se paró en seco mirándome con osadía.

–¿Es ese señor Galdós el hereje del que hablan las gacetas?

–No es un hereje, prima. En muchos aspectos es bastante más religioso de lo que fue papá. Y ya ves, todos le admiraban. El señor Galdós es un grande de la literatura.

–Y un seductor, que lo dicen los…

–¿Los periódicos? He vivido entre periodistas, por eso puedo decirte que no hagas mucho caso de lo que dicen. En Madrid hago una vida muy recatada. No hay herejes ni duques, solo mucho trabajo y nada más.

Finalmente, María Luisa respiró gratificada, me acarició la mejilla.

–Qué pena de vida llevas, prima.

No consiguió confundirme y mucho menos mortificarme, porque en ello estábamos cuando arremetieron contra nosotras el trío de diablos que eran sus hijos, jugueteando con un aro al que daban patadas. Afortunadamente María Luisa se centró en regañarles y tuve la oportunidad de escapar hacia otro lugar donde fuera insultada con más finura.

Llegando muy cerca del parterre me di de lleno con los Picazo. En cuanto Marianito me vio se esponjó como un pavo. Era un muchacho espiritado, blando, de piel nebulosa. Sus ojos brillaban muy juntos y casi siempre tenía fruncidos los labios forzándoles a contener su amontonada dentadura. Se peinaba con brillantina, que a veces le caía por la nuca. No tenía apenas hombros, la chaqueta se espantaba de verlo por las mañanas. Además, su tic me ponía nerviosa, pues pestañeaba con mucha rapidez.

–¡Mira, padre! María del Carmen…

Qué manía tenía de llamarme así.

–Buenas tardes. Señor Alejandro, Marianito…

–Ya nos dijeron que estabas en la ciudad. Bienvenida seas, muchacha… –Se adelantó el padre–. ¿No tienes nada que decirle a tu amiga, barbián?

Marianito tosía de nerviosismo. ¿Era un inicio de baba lo que brillaba en la comisura de su labio?

–Hola, María del Carmen. ¿Ya has vuelto de Madrid? ¿Vas a quedarte para siempre en Granada?

¡Cuántas veces hay que contestar lo mismo en fiestas y encuentros familiares! Como es natural, le contesté mi previsión de vivir por temporadas en ambas ciudades.

–Espero que no te hayas echado novio en la capital… –Su risa entrecortada me molestó tanto a mí como a su padre, que le golpeó una pierna con su bastón.

–Deja a la damita que actúe según su gusto, que, por cierto, es bastante más responsable que el tuyo. ¿Es que no te parece suficiente que te hayan rechazado cinco veces?

–Yo sigo la máxima de los jamases. Antes muerto que rendirme.

–¡Carambo! –continuaba el padre sin que a los dos les importara demasiado mi presencia–. Eres un tonto de siete capas, hijo. A qué perder más el tiempo con la misma mujer. Pues ¿no te ha dicho ya mil veces que no quiere ni verte pintado? ¡Jesús, qué lástima! ¡Y que no haya hoy un Hernán Cortés para que pueda llevarte a descubrir el Nuevo Mundo!

–Padre, no sea usted así, que me está dejando en mal lugar delante de María del Carmen. Qué va a pensar de mí ahora que ha vuelto a Granada.

–¡Esto sí que es célebre! Si lo que piensa es que eres un mercachifle. ¿Verdad, jovencita? ¿A que no yerro?

La ironía del padre y la estupidez del hijo se solapaban, sin que mediara nadie para desmentir a uno y a otro. Bien mirado, parecían una pareja de sainete. Razoné que era mejor que se contestaran ambos sin interrumpirles.

–¿Entonces es verdad que te has prometido a un duque? –me preguntó desalentado Marianito–. ¿No tengo esperanzas?

Fui a contestar cuando don Alejandro lo hizo por mí.

–En cuanto lleguemos a casa voy a mandar dar azogue a los espejos, a ver si de una vez te ves lo necio que eres. ¿No te has enterado ya de que el tal duque la quiere hacer su esposa para el otoño? –decía mientras me miraba y me guiñaba un ojo, dándome a entender su complicidad–. Hijo mío, a ver si te enteras de que tu empeño ha de finiquitarse. Este asunto está de non. Carmelilla está fuera de tu alcance y no la atosigues más. Que ella no tiene la culpa de que tu madre te haya traído al mundo.

–Pero, entonces... ¿no puedo ir a visitarte? ¿Tampoco escribirte alguna nota? –me preguntaba ignorando las recomendaciones de su padre.

–Que no, asno, que no –contestaba don Alejandro–. ¿No te lo estoy diciendo? Este chico mío tiene telarañas en la cabeza. No parará hasta que le doble a palos. ¿Pues no te ha dicho Carmelilla que ya está preparando el ajuar? ¿O es que quieres que el duque lo tome como una afrenta y te pida un duelo con espada?

–Siempre hay un medio para el entendimiento, padre. El duque comprenderá que el amor que nos tenemos es superior a cualquier cosa. Yo no soy saco de paja, por mucho que te empeñes en desmejorarme. ¿No soy hombre como los demás? ¿Acaso te repugno, María del Carmen? ¿No me preferirías, como granadino que soy, antes que a un duque de una ciudad que no es la tuya? Piénsalo que aún estás a tiempo.

–Ya lo ves, jovencita. Si le das cordelejo a este espantapájaros, no te dejará vivir. Es de clavo pasado. En hora mala le trajo su madre al mundo, ni con martillo le clavarías el no en la cabeza. ¡Qué fundamento de hombre! ¿No te das cuenta de que estás incomodando a Carmelilla?

Atónita me tenían cada una de las bromas que salían de la boca de don Alejandro dejando en ridículo a su hijo, ya a punto del llanto, cuando de pronto pareció enfurruñarse y. levantándose de su silla, Marianito hizo un gesto de despedida y muy indignado se marchó.

–¡Al fin hemos conseguido quedarnos solos! Perdóname estas chirigotas, hija mía, es que si no le pongo en ridículo no consigo desprenderme de él, lo tengo cosido a mí como con hilo de cobre. Ven, querida, ven, siéntate a mi lado y cuéntame qué tal va esa vida...

Don Alejandro, espantado el obstáculo que nos impedía relacionarnos, me escuchó con templanza y educación. Apenas hacía algún mohín o jugueteaba con su bastón de madera.

–Ya entiendo, te estás haciendo un hueco en la literatura. No lo veo mal. Arriesgado sí, pues no es solo cosa de esfuerzo, sino de suerte. ¿Acaso la tienes tú? Me extrañaría, si la tuvieras no estarías en Granada y pretendida por un mico como Marianito, que es más feo que Holofernes. No, no te apures, seguiré manteniendo la bola de que te casarás con ese duque fantasma, así entre todos llevaremos al burro al monte, que es como decir que mi hijo comprenderá de una vez por todas que nada tiene que ver contigo. El ignorante no se da cuenta de que cuanto más insiste más se separa de ti. Es un botarate. Salió a su madre, que en gloria bendita esté. Y esto no lo digo porque tú me parezcas mala nuera, no, que eres un ángel caído del cielo. Sería una bendición poder hablar con alguien que tenga la cabeza amueblada de algo más que chismorreos y jácaras, pero no me perdonaría jamás atarte a tamañito bobo, sería como enterrarte viva y tirar la llave del ataúd. Hija, ve a divertirte. Que pronto volverá la mosca al pastel, creo que ya le veo asomar las orejotas entre ese seto de arrayán.

Me dio la mano y yo se la estreché. Qué hombre tan extraño me parecía ese don Alejandro. Era una excepción entre los Morell por su sensatez y agudeza y, aunque mareara con tanta verborrea, me caía bien.

Me quedé sola unos minutos. ¿Adónde acudir? A mi prima María Luisa no, pues con ella aparecerían sus indeseables vástagos; a Alejandra, tampoco, que a estas alturas de fiesta estaría a punto de la histeria viéndose desprovista de la fertilidad de la que sobraban otras. Y a Veva, a mi primita Genoveva, mejor dejarla disfrutar de la vida, pues ya me había contado en momentos pasados lo muy feliz que era con su pretendiente. En definitiva, con nadie podía estar.

Suspiré muy desanimada. Si en Madrid me encontraba sola, ¿no lo estaba más en Granada, entre tanta familia? Desgraciadamente, sí. Y encima acosada por Marianito. Ese mismo día hubiera hecho las maletas.

CAPÍTULO 16

DE CÓMO MI PADRE ME HABLÓ DESDE EL MÁS ALLÁ

Pasada la resaca espiritual de la fiesta de los Morell resolví dedicarme a poner en orden nuestra casa. Así lo acordamos el día anterior de un sábado de mediados de junio con la esperanza de que el tiempo nos acompañara, pues había que abrir armarios, lavar ropa de cama y cortinas, espantar polvo de lámparas y mil cosas más. Pero al levantarnos y mirar por los balcones vimos el cielo plomizo.

–Mal día para arreglar la casa –sentenció Rosita–. Por el norte amenaza tormenta y el río ya baja revuelto. Mis sienes ya palpitan. Lluvia segura.

Delmira se rio a pesar de que las previsiones meteorológicas de nuestra querida criada eran infalibles. Así vimos a Rosita, atestiguándolo con las manos en jarras y preguntándonos con su expresión de gitana del Sacromonte cómo resolveríamos el entuerto.

–¿Lo toma a risa, la señorita? Pues recuerde mis palabras cuando salgan las primeras goteras, ¿*habe*?

–Nada ha de detenernos –confirmé a Rosita–. No, mientras no caiga una sola gota nosotras a lo nuestro.

Dicho y hecho, todo lo anteriormente descrito se hizo efectivo. Una se dedicó a usar los zorros, otra unos trapos y la última la escoba. Nos turnábamos como un ejército disciplinado. Debajo de las camas encontrábamos cosas olvidadas sin que las hubiéramos echado de menos. Con algunas nos alegrábamos, con otras reprimíamos los hipos, pues no faltó dar con varias posesiones de mi padre que oculté a Delmira por ternura.

Cuando estaba con la cabeza metida dentro de uno de los armarios oí un retumbar indescriptible que me pareció propio de la garganta de un gigante. Al momento llegó Rosita asustada.

–Ya empieza, ya empieza... El Darro se desborda, para mí que la tormenta llega. ¡Ea, cerremos las ventanas!

Le hicimos caso, porque el sonido del caudal del Darro arrastrando ramas era para tomar en serio sus palabras. No era cosa para ignorar, no, que el pequeño y seco río que a nuestra fachada daba era famoso por sus enfados, algunos de ellos mortales para quienes pasaban cerca.

No en vano, mi abuelo Maximiliano murió en uno de esos desbordamientos, que se llevó por delante también parte de la plaza de Santa Ana, incluido su famoso Pilar de las Ninfas.

Aquel suceso quedó en mi subconsciente habiéndolo oído de boca de mi padre. El terror que producían todos esos enojos de la naturaleza granadina formaba parte de la historia de cada familia, unos por haberlos sufrido y otros por haberse librado de ellos. En cualquier caso, nuestro caserón no estaba para echar un pulso a ninguna tormenta, fuera grande o pequeña, así que decidimos entregarnos a la ingrata tarea de cerrar todas las ventanas, siendo junio y con calor asfixiante, pero con prevención de no causar daños a nuestra propiedad.

Mientras concluíamos la tarea comenzó la lluvia. Fue de inmediato y con tormenta incluida. Las nubes llegaban con un aire infernal y a cada segundo se oía un trueno precedido por un rayo, lo que indicaba que teníamos el chaparrón sobre nosotras.

Las primeras reacciones de Rosita nos alertaron.

–¡Un balde, pronto, que por ahí cae! –decía señalando la primera gotera.

–¡Por Dios que ahora rezuma por la pared de la cocina! –gritaba Delmira.

–Subo a las habitaciones –anuncié yo–, no sea que las goteras aparezcan en las zonas cerradas...

Ascendí por las escaleras remangándome las faldas, casi tropecé y decidí subírmelas hasta las caderas. Nadie me vería las enaguas y poca vergüenza tuve de vérmelas yo. Abrí las puertas de las piezas cercenadas y de pronto me acordé de la biblioteca de mi padre. Entré y tuve miedo a descorrer la cortina del balcón, pero lo hice. El granizo daba en los cristales y, aunque me intenté asomar para otear las casas próximas y sus posibles daños, no vi nada, tal era la confusión. El techo sonaba como si pisaran en él tres legiones de diablos. Sentí sobre mi brazo frescor de lluvia. ¿Cómo podía ser? Ya caían gotas filtradas por los maderos que cubrían la techumbre.

Busqué un recipiente para poner bajo la gotera y me sorprendió un nuevo sonido. Algo diferente y estruendoso que comenzó como un resquebrajar de madera y finalmente terminó con fulminante golpe. En un instante y sin poder evitarlo, presencié que el balcón cedía y caía parte de él a la calle dejando en el hueco de lo que antes era el preciado lugar de reflexión de mi padre una abertura desgajada de hierros y maderos cruzados, rotos y tambaleantes, permitiendo entrar el viento y la lluvia hasta mis pies.

* * *

La sorpresa paralizó mis piernas. ¿Cómo era posible? ¡Si ya no estaba el balcón! Intenté dar un paso para acercarme, pero las contraventanas que quedaban pegadas a las paredes se agitaban ferozmente por el viento. Una casi me da en la cara. Las paralicé como pude y con la lluvia mojándome el vestido conseguí mirar hacia afuera, teniendo precaución de no pisar en zona desprendida, pues me hubiera caído al vacío. Algo vi en la calle, un amasijo de hierros y palos. Por fortuna no hirió a nadie, con la tormenta todos los viandantes se habían refugiado.

El estruendo alertó a Delmira y Rosita, que llegaron jadeantes, me ayudaron a cerrar las contraventanas y ponerles un travesaño para que no se abrieran por el impulso del viento. Cuando lo conseguimos nos encontramos en una oscuridad absoluta.

–¡Rosita, enciende una lámpara! ¡Qué barbaridad! Mira que si hubiera caído sobre alguna persona. Pronto tendremos aquí a los alguaciles. Continuemos poniendo baldes.

–¡Y a rezar para que esto pare! –añadía Rosita santiguándose–. Ojalá que la Virgen de las Angustias se apiade de nosotras. Con este balcón en *tenguerengue*, no me extrañaría que también se cayera la mitad de la fachada…

–¡No inventes, Rosita! –le decía Delmira–. Y sé más positiva, que la tormenta pasará. Cuídate ahora de las demás partes de la casa…

Corríamos y nos entrecruzábamos. En cada techo salía una gotera, parecía que corría el río por el interior de nuestra casa. Y el estanque central, con el techo abierto, empezaba a desbordarse también, asumiendo más agua de la que podía.

–¡Parece que ya pasa! Los truenos se oyen cada vez más lejos. ¿Alguien puede ver si el Darro ha vuelto a su cauce?

Nadie me contestó, tuve que asomarme a una de las ventanas del zaguán para cerciorarme de que la lluvia cesaba y que las aguas del río, aún crecidas y turbias, bailaban bajo el puente de las Chirimías que teníamos enfrente, pero con menos intensidad.

–¡Ya cesa! Abramos con precaución las ventanas y confirmemos los desperfectos.

Diez minutos después nos reuníamos en el patio. Mientras achicábamos agua, librando el suelo de mármol con escobas, usando de pala todo lo que encontrábamos con mediana rigidez, Delmira consiguió apoyarse en una de las paredes del zaguán y suspiró.

–Si tu padre hubiera estado hoy con nosotras…, qué disgusto se habría llevado. ¡Su balcón! ¿Y qué haremos ahora para recomponer los daños? Si la casa estaba ya con alfileres… Ahora, arruinada por completo. ¿De dónde sacaremos el dinero para arreglarlo?

–Ya pensaremos en eso –grité algo desmedida por la excitación–. Voy a salir a la calle, a ver si consigo ver cómo ha quedado la fachada.

Me tapé la cabeza con un chal, pues aún caían gotas dispersas, y salí con sumo cuidado. La carrera del Darro estaba vacía. Enseguida me topé con las piezas que antes eran del ajimez o caja de madera que asomaba a nuestra fachada como balcón colgante. Se habían desprendido los andamiajes y los soportes de hierro. Los cristales, que antes trasparentaban la Alhambra, eran ahora pequeñísimos trozos, algunos con puntas muy peligrosas. Noté a Rosita detrás de mí y le dije que había que recogerlos rápidamente.

Mientras acudía a mi reclamo, oí que la puerta de la casa contigua, la de nuestra nueva vecina, se abría. Se asomó la dama que habíamos visto en el balcón a nuestra llegada, y al momento salió a la calle el hombre de barba que la besó. Se acercó hacia mí y entendí que venía el marido a socorrernos o, en el peor de los casos, a demandarnos la prudencia que no tuvimos por no restaurar a tiempo el dichoso balcón. Allí me quedé a esperarlo.

–Disculpe, señorita. Soy el mayordomo de la señora Infantes, propietaria de la casa vecina. Me envía a ofrecer mis servicios, si los necesitan.

Me quedé atónita. ¿El mayordomo? ¿Y besándola en su propio balcón? Tardé en responderle tras el primer pasmo.

–Desde luego, mil gracias. Su ayuda será… será bienvenida. Tenemos la casa muy perjudicada. ¿Han tenido ustedes goteras?

–No, afortunadamente. Hicimos obra al llegar a Granada.

Afirmé comprendiendo y me introduje en el caserón para darle unos recogedores y algunos sacos con los que limpiar la acera. Luego me senté desconcertada en la primera silla que encontré.

* * *

Cuando todo cesó llamaron a la aldaba de nuestra casa. Salió Rosita colocándose las trenzas que siempre llevaba recogidas en la nuca, y al momento volvió diciéndonos que la señora Infantes, la vecina, quería visitarnos. Como era lógico la dejamos entrar, aunque en ese mismo instante caí en la cuenta de que no había revelado a Delmira que el señor de la barba no era su marido. De inmediato supe que amenazaba una imprudencia.

–Señora Infantes, ¿verdad? Le agradezco enormemente que enviara a su mayordomo para auxiliarnos.

Mientras esto adelantaba, acercándome a la vecina para tenderle la mano, observé de reojo que Delmira arqueaba las cejas con cierta perplejidad.

–¿Mayordomo? –me preguntó por lo bajinis. Y yo afirmé disimuladamente invitándola al silencio.

La señora Infantes se llamaba María de la Cruz y tenía un aspecto muy vivaracho. Guapa de facciones, agradable de movimientos. Un magnífico talle a pesar de su edad y una altura imponente para ser mujer. Con todo, lo disimulaba sin gastar tacón, lo que pudimos comprobar al asomar por debajo de su vestido el zapato, nuevo y muy brillante. Iba peinada con ondas en el pelo, que era de un castaño intensísimo. Cuando le indiqué que se sentara dobló sus rodillas con cierto esfuerzo y luego escondió sus piernas muy juntas, como si fuera una bailarina.

–Estamos en deuda con usted, María de la Cruz. Ha sido un incidente desastroso. Podríamos haber herido a alguien.

–¡Y pensar que unos días atrás estábamos Carmela y yo asomadas a ese mismo balcón! –exclamó Delmira–. ¿Recuerdas? Fue el primer día que llegamos, cuando…

Carraspeé intuyendo que inconscientemente desvelaría que la habíamos visto junto a su mayordomo, maniobra que entendió muy rápido mi madrastra y cambió la orientación de su comentario.

–Era el balcón preferido de mi marido. De haber vivido se habría disgustado mucho…

María de la Cruz vio el momento idóneo para intimar.

–¿También es usted viuda? Mi esposo falleció hace tres años. Unas fiebres malísimas. Pero antes sucedió lo de mi hija… Tenía catorce años cuando…

Se le inundaron los ojos de lágrimas, sacó un pañuelo de dentro de una de sus mangas y se limpió los párpados.

–Disculpen ustedes, todavía no me he hecho a la idea de la muerte de Adelita. Desde entonces mi vida ha cambiado mucho, fue como una revelación. Me dije que ser feliz y auxiliar al prójimo sería el fundamento de mi vida y lo he cumplido a rajatabla. Cuando las vi luchando contra la naturaleza pensé que no era justo que unas mujeres solas no tuvieran ayuda. Perpetuo, mi mayordomo, ha sido de gran valía para mí en estos últimos años.

Delmira y yo nos miramos. ¿Cómo disimular en esos momentos sin poner muecas?

–Oh, claro, claro… Cuando se está sola es bueno buscarse un amigo donde apoyarse. Esta casa era el alma de mi padre. Al irse él parece que tampoco tiene ganas de vivir. Hemos estado fuera una temporada y a la vuelta..., sinceramente, no creíamos que nuestra casa estuviera tan desmejorada.

–Perpetuo les buscará a alguien que se encargue de rehacer el balcón y de tapar las goteras. Es un hombre muy apañado.

Otra vez las muecas...

–Nos gustaría invitarla cuando esto haya pasado. Será un placer poder conversar con usted y conocernos mejor.

María de la Cruz se levantó viendo que su cometido finalizaba. Sonrió agradeciendo mi cortesía.

–Desde luego, cuando ustedes gusten.

Se marchó dejándonos una sensación incierta. Fue buena la impresión y en eso estábamos de acuerdo, pero ¿qué había llevado a una mujer de esa elegancia y posible educación a tener por amante a un mayordomo? Desde luego sería alguna situación extrema que habría que desvelar.

* * *

En los días sucesivos, María de la Cruz se interesó por nosotras muchas veces. Mandaba a una de sus criadas para preguntar o nos enviaba a Perpetuo, que llegaba acompañado de obreros muy activos para arreglar todos los desperfectos. Era de admirar la iniciativa de aquel hombre. Su barba y sus modales parecían propios de un capitán de barco, pues acostumbrado estaba a dar órdenes, pero con nosotras era un caballero respetuoso y muy amable, percatándose de inmediato de cuál era cada uno de nuestros puntos flacos para complacernos. Poco a poco fuimos presumiendo las virtudes que llamaron la atención de María de la Cruz para hacerlo su amante. Y eso que solo conocíamos las que el decoro nos desvelaba.

Tanto fue así que Perpetuo estaba con nosotras casi todo el día. Por eso no fue nada extraño que al presentarse mi tío Juan Morell en la misma puerta del caserón se pasmase de ver a tantos hombres subiendo y bajando de las habitaciones.

–¡Canastas! Me dijeron que el incidente había sido poca cosa y veo que no es así. ¡Por fortuna no estabais asomadas al balcón!

Le di dos besos y le indiqué que pasara.

–Pues podría haber sido, porque al llegar nos asomamos y descubrimos que teníamos vecinos. Gracias a ellos tenemos ahora obreros muy eficientes por toda la casa.

Mi tío se sorprendió.

–¡Cáspita! ¿No te referirás a la viuda ligera de cascos? –y esto lo dijo acercándose a mí, aunque sin bajar en exceso su volumen de voz–. Tengo entendido que se divierte mucho con el servicio doméstico.

Le hice callar chistándole.

–¡Evita los comentarios! Su mayordomo está en mi dormitorio.

–¿Cómo? –reía ahora el muy necio–. ¿También tú?

–¡Vamos, mal pensado! Entra de una vez y cierra la puerta de la entrada.

Se quedó mi tío riendo, sin moverse, y como vi que no me haría caso realicé el gesto de cerrar yo misma el portalón.

–¡No, espera, espera! Con tanto *siribulle* he olvidado lo que me ha traído hasta aquí. En la calle esperan dos personas. Una, que te alegrarás de ver, y otra, a la que aborrecerás en cuanto enseñe los hocicos.

–¿No me habrás traído a tu sobrino Marianito? –pregunté al borde del colapso–. Demasiado tengo ya con vigilar las obras y procurar que no rompan nada de lo que dejó en pie la tormenta.

Mi tío sacudía los hombros.

–Ha sido del todo imposible desprenderme de él. Se lapa como un mejillón. En cuanto te nombré se hizo fuerte y no hubo manera de convencerlo de que lo escupirías nada más verlo.

–Ganas no me faltarán, pero ya sabes que no es mi estilo.

–Entonces… ¿pueden entrar?

Afirmé, como era obvio, permitiéndome hinchar bien hondo mis pulmones para calmar mi carácter, ya algo enervado por la noticia de ver a Marianito.

Mi tío se asomó a la calle y chistó. Era el reclamo para decirles que podían pasar. Mariano Picazo entró primero y le siguió un señor obeso con sombrero que de inmediato reconocí. Era Feliciano Millán, abogado de mi padre, o por lo menos, quien lo defendió en el juicio que tuvo lugar en 1890, cuando lo inculparon de incendiar la Alhambra. Era un buen hombre, profesional y de buen corazón. Ignoré a Marianito, que ya se me echaba encima, y me dirigí a él para saludarlo extendiéndole la mano.

–¡Cuánto bueno, señor Millán! Le hacía fuera de Granada en algún lugar fresco y con playa.

–No da la vida para eso –se lamentó el leguleyo–. Y no es que me queje, pero no está la situación para aparcar el trabajo.

–Por suerte siempre habrá corruptos a los que poder defender... –rio mi tío haciéndose el gracioso, pero Feliciano Millán no le siguió el juego.

–Ya sabe usted, señor Morell, que ese no es mi estilo. Siempre fui abogado de causas perdidas, aunque algunas las ganara.

Me guiñó el ojo y la verdad es que en ese instante aumenté el buen concepto que tenía de él. No puedo decir lo mismo de Marianito Picazo, que no tuvo el menor pudor de separarnos interponiendo su esqueleto repelente.

–Con Dios, prima. Creo que no me has visto.

–Sí, Marianito, sí te he visto. ¿Por qué me llamas prima si no lo somos?

Marianito guiñaba los ojos, pensativo.

–¿No lo somos?

–Eres el primo de mi prima, nada más.

–¡Eso te convierte en reprimo! –aclaró irónicamente mi tío–. No te conviene, Marianito, los primos no pueden casarse salvo con dispensa del Papa.

El guiñapo pestañeaba ahora con más ferocidad. Creo que me contagió.

–Entonces, no, desde hoy mismo eres solo una buena amiga. ¿Estamos? Tendré más derechos para poder decirte...

–¡Ay, no, Marianito! Que estoy muy ocupada...

–Además, el señor Millán tiene que revelarle algo importarte y con presencia de Delmira –intentaba mediar mi tío.

Me quedé muy sorprendida.

–Eso me suena a multa, denuncia o desembolso de dinero –exclamé muy descorazonada–. ¡Por Dios, que no es el momento!

Feliciano sonrió jugueteando con su sombrero.

–Creo que debería buscar la manera de oír lo que vengo a decirles. Pero no les quitaré mucho tiempo... Veo que están de obras y trabajando los obreros.

En esto que Perpetuo bajó por las escaleras que daban al patio central y fue descubierto por Marianito. Verle este, guiñar los ojos y hacer muecas con los labios fue todo uno. Temí que fuera a desbaratarse. Intuí que ver a un hombre de buen porte en mi casa le debió resultar de lo más humillante.

Se acercó a mí en el preciso instante en que llamaba a Delmira y casi no me permitió terminar el cometido, se me pegó muy cerca y ofendido me endilgó:

–Señorita Cid, me temo que he cometido un craso error. De haber sabido que estaba el duque en su casa no habría venido. Aunque me decepciona usted, prima, quiero decir, reprima..., bueno, lo que usted quiera ser conmigo, porque tener a un hombre en su casa sin haber matrimoniado antes es de lo más insólito.

Decía esto rojo como un tomate. Perpetuo pasó a su lado sin inmutarse y a punto estuve de hacerlo venir para continuar el teatrillo, pero no fue necesario, Marianito juntó los pies como un militar que se cuadra ante su general y se marchó.

Delmira apareció despeinada, colocándose el flequillo con el dorso de la mano. Sudaba, lo que era normal, así que le entregué un abanico que estaba sobre uno de los muebles auxiliares y me lo agradeció.

–¿Ha pasado algo? El señor Picazo se va muy acelerado.

Mi tío Juan movió la mano como espantando moscas, aunque solo espantaba Marianitos.

–Nada, hija, nada. Cosas de mi sobrino. Aquí te traigo a nuestro buen amigo, Feliciano Millán, a quien recordarás. Que tiene que deciros una cosa.

Nos sentamos las dos muy juntas. Aquello que nos explicó primero y nos dio después fue el comienzo de una serie de golpes de fortuna que nos deparó el destino. Así ha sido siempre mi vida: o anodina o extravagante.

* * *

Feliciano Millán vio la cara embelesada de Delmira y que su pecho empezaba a agitarse. Por instinto crucé los dedos de mi mano derecha y con la izquierda la agarré dulcemente.

–Señoras, en mi ánimo no está traer a su recuerdo momentos pasados. Todos echamos de menos al caballero que fue Maximiliano Cid, dejándonos un hueco tan grande que nos será imposible llenarlo por mucho que lo intentemos. Era un hombre tan especial que…

Miré a mi tío y resultaba que estaba conteniéndose las lágrimas. Sacó un pañuelo y disimuladamente se secó la nariz. ¿Eran remordimientos o realmente lo quería?

–… Que unos meses antes de morir… –continuó el abogado–, se acercó a mi bufete y me pidió, me suplicó, que le realizara un encargo. Imposible resumir aquí lo que me dijo, así que baste que lo lean ustedes, pues sintetizado está en esta carta que él mismo escribió en mi despacho. Ténganla. A ustedes dos va dirigida.

Se metió la mano en el interior de su chaqueta y sacó de un bolsillo interior un sobre de color nacarado, cerrado, seguramente con su propia saliva, y nos lo acercó. Tanto Delmira como yo nos quedamos inmóviles sin saber quién tenía el derecho o el deber de apropiarse de la última voluntad de mi padre. Fui yo la que lo hizo, no sé si por curiosidad o por decisión.

Me temblaba todo el cuerpo cuando rompí el sobre y de él saqué el papel con la letra rasgada de Max Cid. Ocupaba una cara y media.

«Queridas Carmela y Delmira. No os asustéis. Imagino que si esta carta ha llegado a vuestras manos es porque yo estoy en otro lugar, aunque no dudéis de que desde él os veo y quiero. Permitidme que imagine cómo sería vuestro mundo sin mí. Mi amado Lolo, mi hijo especial, será ya un padre orgulloso. Ruego a ese Dios, en el que nunca creí, pero al que siempre respeté, que le ilumine. Sé que Flor será una buena esposa y madre.

»Trato de imaginar a Delmira, con sus bellos ojos almendrados. Sé que me odiará por haberla dejado sola tan pronto, pero no pude zafarme de este particular que me ha dejado ausente. Y eso que lo intenté. Tienes mi bendición para liberarte de mi carga y si has de casarte de nuevo, que sea lo antes posible y con un buen hombre, ahora bien, recuerda que las comparaciones son odiosas. Evítalas y recuérdame como yo era, con mis cosas buenas y malas, en su justa medida.

»Carmela: ¿qué será de ti? Imagino que te habrás convertido en una gran escritora. Si no es así me enfadaré mucho. Tendré que volver para darte unos buenos azotes. Sé que querrás ser doña Perfecta y eso, querida mía, no es cosa posible en ese mundo en el que te dejo. Cásate o no te cases, como quieras. Eres libre de hacer cuanto te plazca. Es más, debes hacer lo que te plazca y sin remordimientos. Yo siempre lo hice. Recuerda que eres una Cid, por lo tanto, te permitirán ser inconsecuente de vez en cuando.

»Si Feliciano Millán os ha dado esta carta es que las cosas no van demasiado bien. En el fondo lo esperaba, porque el gran problema de la sociedad es el dinero, se ahorre o despilfarre. Por eso me he adelantado y os voy a contar algo que os sorprenderá. A partir del día de hoy podréis disponer de una cantidad de dinero que dejo custodiada por Feliciano Millán. No he encontrado a persona más noble ni honesta a quien ofrecer este cometido.

»He dispuesto que os la entreguen cada año. Sé que Carmela lo administrará muy bien, pero por si acaso, ahí va un consejo: úsalo para ser feliz.

»Nada de llantos. Aquí estoy muy bien.

»Maximiliano Cid».

* * *

Al terminar de leer la carta tuve el impulso de empezar de nuevo, palabra por palabra, con lectura sosegada y comprometida en no soltar ni una lágrima. Delmira ya lo hacía, lloraba descompuesta, casi tanto como mi tío, que no paraba de sonarse la nariz. Pero yo no. Aquello me sonaba a broma macabra de mi padre y, ciertamente, lo era, pero también expresaba que en los meses anteriores a su fallecimiento él ya se adivinaba muerto en accidente, quizás en manos de algún cacique pendenciero, por lo que quiso adelantarse y dejar las cosas, como él siempre hacía, bien terminadas.

¡Qué tunante! ¿De dónde habría sacado ese dinero si siempre estábamos con el agua al cuello? Luego me enteré de que provenía de la herencia que le correspondió de la condesa Francesca di Mare, la que fuera su protectora de joven y a la que recuerdo vagamente ya en su vejez. En la biblioteca había un retrato suyo, todavía.

–¡Singular! Realmente, tu padre era muy singular… –se decía para sí mi tío Juan–. Ni cuando me llamaba mono de feria conseguí odiarlo. Ahora que lo pienso, es al hombre a quien más he querido en mi vida.

Moqueaba como un niño y aquello me enojó.

–Pues ya es muy tarde para demostrarlo, ¿no crees? –grité sin contener mis nervios–. Caballeros, creo que es momento de que nos dejen solas. Delmira no se encuentra bien y tenemos que recapacitar. Si no les importa…

–Qué arisca eres, hija… –decía mi tío tomando a Feliciano del brazo para marcharse–. Eso no lo has heredado de tu padre, que era más bueno que el pan. Mañana hablaremos. Ya verá usted, don Feliciano, los sinapismos que le tendremos que poner en la cabeza a mi señora esposa cuando se entere de la noticia. ¡Su hermano escribiendo desde el más allá! El patatús va a ser sonado.

Cuando salieron permanecí diez minutos más con la carta de mi padre en la mano. No solté ni una lágrima.

* * *

No conseguí descansar en las noches siguientes. Me tumbaba en la cama y la imagen de mi padre me venía a la cabeza. ¿Por qué no podía haberse muerto como todos los hombres del mundo? Irse y no volver.

Esa pregunta me persiguió mucho tiempo después, consiguiéndole dar una respuesta obvia, pues imposible era esperar de un hombre singular lo que haría la mayoría. Creo que durante muchos meses estuve enfadada con él.

Pero fuera como fuere, con extravagancia y todo, lo que nos venía a decir Maximiliano Cid era que podíamos elegir cómo vivir nuestra vida. Por lo pronto, era más que evidente que había que cumplir unos requisitos, tal era el caso de cuidar de la casa que me dejó en herencia.

En cuanto Feliciano Millán nos confirmó que podíamos apropiarnos de nuestro dinero, terminamos de arreglar el balcón, los techos afectados por la tormenta y, de paso, hicimos una revisión de las partes más antiguas con el propósito de evitar desprendimientos similares a los sufridos.

Con toda esta actividad y esquivando las visitas de Mariano Picazo conseguí llegar con buen humor al otoño. Con todas las familias en Granada de vuelta de las vacaciones y con ganas de hacer visible nuestro optimismo, reunimos en el caserón renovado a unas cuantas personas de confianza.

Entre ellas se encontraban mi prima Veva y María de la Cruz, señora viuda de Infantes, que se había hecho asidua, y acudió con una amiga a la que se encontró de camino, convenciéndola de que no pondría inconveniente en darle cobijo por unas horas. Aunque al principio me resultó inoportuno, luego me alegré de haber coincidido con persona tan peculiar. No sería la última vez que compartiéramos una velada intelectual en el futuro.

–Espero que no le importe, querida Carmela, que haya invitado a mi amiga Carmen. Sé que comparten muchas cosas además del nombre.

Según entraba en el zaguán ya supe que llegaría a admirarla. Me tendió la mano y ella misma se presentó.

–Soy Carmen de Burgos. Estoy de paso en Granada realizando unas gestiones para la escuela en la que trabajo. Le he dicho varias veces a Crucita que no veía adecuado presentarme sin ser invitada, pero ella me ha hablado tanto de usted y me ha dicho tantas cosas buenas, que no he podido decirle que no.

–Pues yo me alegro. Aunque soy de Granada me parece que conozco cada vez a menos gente. Me he propuesto cambiar ese particular de ahora en adelante. Mi casa será la suya las veces que lo desee.

Le presenté a Delmira, a mis primas, que por otras habitaciones deambulaban curioseando las novedades, y con arrepentimiento también a mi tío Juan, que ya se sonreía de ver carne nueva.

–¿De paso por Granada, no es así? Si necesita compañía... Quiero decir, ayuda para manejarse en esta ciudad, no dude en pedirla. Tengo amigos en todas las esferas, incluso en las respetables –decía Morell haciéndose el gracioso y dejando a Carmen de Burgos desorientada.

–Creo que el tío de usted quiere sacarle partido a Carmencita y me parece que no va a poder ser... –me decía al oído María de la Cruz–. Es mujer de carácter. Dejó plantado a su marido, que era un ser de lo más engorroso, y se marchó llevándose consigo a la única hija que le quedaba. Otras no tuvimos tanta suerte... –se lamentaba para sí–. Nos llegó muy tarde la libertad.

No le dije nada a eso, pero me vino a la cabeza que Carmen de Burgos y la Pardo Bazán también tenían mucho en común. Dos mujeres sin miedo a emprender una vida independiente sin hombre al que acatar. Me preguntaba en esos momentos ¿cómo se hace para abandonar a un marido sin tener miedo al fracaso?

Cenamos muy animados. La causa fue que conseguí escatimar a Marianito y, por lo tanto, no contábamos con su presencia. Creo que hacía años que no me encontraba tan en mi sitio, tan concentrada y a gusto conmigo misma.

Tras los postres, hombres y mujeres se separaron como suele ser lo común. Mientras ellos, guiados por mi tío Juan, emprendían la dura tarea de jugar a cartas, las mujeres nos fuimos a conversar al salón que daba a la parte del Darro y cuyas ventanas habíamos ampliado (gracias al inesperado dinero de mi padre) para tener más luz y sobre todo mejores vistas de la Alhambra.

–Me han dicho que conoce usted a la Pardo Bazán... –decía la señora de Burgos cuando coincidimos juntas–. Y que escribe en una revista. ¿Sabe que mi suegro y mi marido compartían un periódico y que a veces les ayudaba con la imprenta? Era un trabajo que me complacía dentro de las dificultades que suponía mi vida.

Carmen rehuyó la vista. Tenía una cara afable, cuadrangulada y con expresión complaciente. Sus maneras expresaban gran dominio de la situación. Deduje que su carácter le habría traído más de un problema.

–¡Es asombroso! –exclamé yo–. Mi padre tuvo un periódico, del cual aún debe haber algún ejemplar en el garaje, que era nuestro taller. Me he criado entre tipos de imprenta y otras lindezas. Ahora entiendo por qué decía María de la Cruz que teníamos en común algo más que el nombre.

–No me desagradaría escribir. Soy consciente de que lo hago bien, aunque por ahora estoy centrada en la docencia y es eso lo que me trae a Granada, que es conseguir unos documentos imprescindibles para poder enseñar. Aquí estudié la carrera de maestra cuando llegué de mi Almería natal.

–Pues si alguna vez siente la necesidad de ir por Madrid, búsqueme. Tengo decidido vivir en ambas ciudades. Yo no busco el mar, como hace mi amigo Pérez Galdós, que se va todos los veranos a San Quintín, pero me complacen los dos ambientes de estas dos ciudades de interior que tanto se parecen, en el fondo.

–¡Madrid! –exclamaba De Burgos–. ¡París! ¡Nueva York! A todas esas ciudades me gustaría ir, recorrerlas y si es preciso escribir sobre ellas. Creo que podría dedicarme a eso toda la vida.

–No pierda la esperanza, querida Carmen. Me he dado cuenta, tras los años, que todo nos puede llegar. Incluso lo bueno.

Reímos las dos procurando no perder el humor y acallamos nuestra conversación, lo que permitió que oyéramos la que mantenían desde hacía rato largo mi vecina, María de la Cruz, con mi prima Veva.

–No puede usted imaginarse lo que supone, para una mujer recién casada, darse cuenta de que ha cometido el peor error de su vida –expresaba muy adusta mi vecina–. Ya lo supe al salir de la iglesia, creo que mi marido iba contando para sí los duros que me habría costado el velo y el ramo, que, por cierto, no fue de su gusto, porque decía que a qué gastar en unas flores que habrían de marchitarse al día siguiente. Así me quedé yo, marchita, más que mi ramo de gladiolos. Fue salir de la casa de mis padres, en la que todo era amable y sabía a gloria, para entrar en otra en la que se administraban hasta las lentejas que comeríamos. Más de una vez despedimos a nuestra criada acusada de sisarnos los garbanzos, que contaba mi marido escrupulosamente cuando se traían del mercado y metía en un saco. Si la comida la tenía requisada, imagine usted lo que eran los cubiertos de plata. Bajo llave todo el rato, salvo en el momento de comer. Una vez me pilló estrenando un mantón que mi hermana me había regalado y creyendo que me había gastado el dinero dedicado a petróleo para las lámparas me tuvo a oscuras dos semanas, que hasta me desvestía a tientas y una mañana me levanté con la bata de casa por haberla confundido con el camisón.

Veva se tapó la boca con gesto que parecía más de risa que de lástima, pero a mí me venían a la cabeza las imágenes de las mujeres que Galdós describía en sus novelas, con esa exquisitez perfeccionada del natural. Sin ninguna duda, mi vecina era una de ellas, casada con el que podría ser el usurero más grande que engendró don Benito en sus novelas de *Torquemada*. Inmediatamente me vino a la memoria la lapidaria frase de don Benito: «A estos les han casado como a los gatos». Vamos, como a casi todas las mujeres de mi entorno, más si eran de familia bien.

–Pero usted tiene ganado el cielo, señora, permítame que se lo diga. Soportar a un ser así cada día es para enfermar. Que crueldad y qué injusticia.

Veva, con sus ojuelos inteligentes y sin que le faltara curiosidad, atendía muy disciplinada a las confesiones de María de la Cruz.

–Lo peor fue que tuvimos una hija. Y digo lo peor, porque, aunque era mi alegría y mi divertimento fuera de las garras de aquel usurero, hacía con ella lo mismo que conmigo. Ni juguetes tenía la pobre. Se los cosía yo con las mantas viejas. Nunca se quejó mi niñita. Pero llegó Dios con su justicia divina y nos dio donde más nos dolía. A mi Adelita se le puso una pierna morada, así como de la noche al día. No aguantaba los dolores. Después de consultar con varios médicos, decidieron... decidieron... –la pobre madre no atinaba a decir la palabra– ¡amputar!

Veva saltó del sillón impresionada.

–¡Qué barbaridad!

–Incluso entonces el muy avaro de su padre preguntó qué cuánto nos iba a costar la operación.

No pude remediar atender a la historia que mi vecina contaba con sus palabras y sus ojos llorosos. Estábamos todas las asistentes en vilo. «¡Si su marido es Torquemada, su hijita es Tristana!», me decía yo, sacándole semejanza con los personajes de Galdós.

–Como le pareció muy caro, buscó a un matasanos que pedía tres veces menos que el mejor de los médicos. A él le llevamos a mi hija y la operó. Duró menos de una semana y falleció sin haber superado las grandes infecciones que le produjo la amputación. Creí volverme loca y hasta le pedí a Dios que me llevara con ella, pero no, resultó que con su infinita sabiduría prefirió llevarse a mi marido. Unas fiebres le dejaron como un pajarito.

Nos quedamos muy calladas, casi esperando que nos contara qué seguía después, ya que ninguna nos conformábamos con aquel final.

–Entonces... entonces, usted... –Delmira no sabía encontrar la pregunta, parecía que quería saber: ¿así fue cómo conoció a su mayordomo?

Mi vecina respiraba ahora algo más serena y con una mueca de ironía en los labios.

–Se preguntarán ustedes que si en el lecho de muerte le dije algo a mi marido...

Alguna sí que afirmó.

–Pues le dije: «Anselmo, nada de médicos, que son muy caros». Y luego esperé a que diera el último suspiro. Para mí que no me tuvo resentimiento, porque lo vio de lo más juicioso. Me quedé libre y con ganas de hacer muchas cosas. ¡Y encima resultó que el muy agarrado era rico de tanto ahorrar en garbanzos!

Nos quedamos sin conocer cómo había llegado a su vida el misterioso mayordomo, pero se lo perdonamos, porque ya no era cosa de hacerle sufrir con tanto recuerdo.

Miré a mi prima, a mi madrastra, a mi vecina y a mi nueva amiga y de todas saqué un poco de las mujeres literarias de Galdós. Cualquiera de ellas podía haber sido Fortunata, Marianela, Amparo, Isidora...

Me acosté aquella noche pensando que de todas ellas tenía yo algo de Jacinta, la burguesa insatisfecha, algo ñoña, pero con una idea fija. No era la mía la de ser madre, por el momento, era la de saber qué quería hacer con mi futuro, que se me avenía como una tormenta, incapaz de detenerla y esperando su desenlace con resignación.

Con ese propósito, que no sabía cuál era, me desayuné, deambulé por el zaguán y por el patio. Ya aproximándose la hora de la comida, llamaron a la puerta. Traían una carta.

–¡Es de don Benito!

Qué alegría volver a leerlo después de tanto tiempo. ¿Qué había sido de él tras la presentación de *Electra* y sus funestas consecuencias? Le creía viajando por Europa o en San Quintín, pero resultó que no.

«Querida Carmelilla:

»Llego a Madrid (de paso de otros viajes) y no la encuentro a usted en su casa cercana al Prado. Qué chasco me he llevado. ¿Con quién hablar ahora? ¿A quién contar mis cuitas, si no tengo más que dos gatos? Me ha dicho un pajarito que se volvió a Granada y espero que no sea por mi ausencia, aunque también me gustaría pensar que es porque se aburría de no tenerme a su lado. En mis viajes he tenido tiempo para pensar, para ver las cosas con gran distancia. Mi amigo Fernando León y Castillo, que es embajador en la capital de Francia, me dice que me tiene reservada una visita muy particular. Se le ha emperejilado que conozca nada menos que a la antigua reina Isabel II, que vive en un palacio de París. ¿Se imagina usted lo que sería conocer a la que fuera mi personaje en varias de mis novelas? ¿Qué nos diría? Por eso no he dejado de pensar en una cosa. ¿Le gustaría a usted acompañarme en esa visita? Sí, ya sé que el dinero para el viaje es cosa de importancia, pero… quizás ahorrando de aquí y de allá…

»Piénselo, y si es así, nos veremos en Madrid para salir juntos hacia la ciudad de la luz.

»Cordialmente,

»Benito».

Me quedé sin habla. Ni parpadeaba siquiera. Se me acercó Delmira y me preguntó:

–¿Qué pasa, niña?

–¿Que qué pasa?... ¡Que me voy a París!

CAPÍTULO 17

DE CÓMO PREPARAMOS LA ENTREVISTA CON LA REINA ISABEL II

Mover una casa a otra ciudad, por mucho que en ambas intentes mantener los utensilios más elementales, supone, sobre todo para el sexo femenino, un esfuerzo extra. Por eso mi súbita decisión de volver a Madrid para hablar con Galdós de los pormenores del viaje a París hube de postergarla.

Delmira, que es sabia como todas las madres, me aconsejó dejar pasar las Navidades y, aunque en un principio me supo muy largo, le concedí el celebrarlas en Granada, con la Alhambra al fondo, como si dijéramos.

Mientras todo esto hacíamos, coincidió que recibí un telegrama, esta vez del director de *La Moda Elegante Ilustrada.* Con temor de que me despidiera, la abrí. Esto era lo que decía:

«Coronación del rey próximo mayo, vuelva a Madrid. Escriba artículo moda de asistentes y posterior inauguración de estatuas».

Con estas escuetas palabras me ascendían en mis artículos de pololos para convertirme en algo parecido a una corresponsal de moda en los actos que tendrían lugar el día 17 de mayo con motivo de la proclamación del rey Alfonso XIII, que cumplía ya los dieciséis años y, consecuentemente, su mayoría de edad para reinar. Días después, tenía previsto el joven monarca inaugurar varias estatuas en la capital de España, y a ellas, por ser en plazas y calles muy populares, se preveía asistencia masiva de público. Alguna celebridad de cierta enjundia debía haber confirmado ya su presencia para que el director de mi revista tuviera tanto interés en la reseña.

Me cogió de sorpresa el mandado, pues creía que mis artículos estaban tomando un cariz más bien convencional, pero, según me confirmó el director, se recibieron opiniones positivas que me hacían acreedora de confianza por su parte.

Sabía, por carta escrita de su puño y letra, que Galdós iba a estrenar su obra *Alma y vida* en el mes de abril, así que decidí regresar a la capital lo antes posible, con tiempo para acudir al Teatro Español, que era donde se escenificaría.

Nos vimos varias veces antes del ensayo general, pero recuerdo con especial interés la imagen de don Benito entre bastidores mostrando la inquietud habitual de los estrenos, a lo que se añadió un disgusto monumental. Resultaba que acababa de publicarse un artículo con el objetivo de hacerle daño en lo más sensible. Un sujeto que le tenía ojeriza desde años atrás publicó unos comentarios en *El Heraldo de París* recordando la relación que le unió en su momento a Concha Morell, la judía, como se la llamaba en los círculos menos elegantes. Tenía el autor de dicho libelo el propósito de malquistar soltando perlitas como: «El Sr. Pérez Galdós sedujo a la señorita doña Concepción Ruth Morell y la hizo su querida durante muchos años, en pago de lo cual la ha abandonado, siendo la última etapa del concubinato un hotel de la rue Cambon, en donde vivió con ella, si bien es cierto que en cuartos separados, porque este hipocritón mira mucho el qué dirán».

Estas flechas bien lanzadas al corazón del escritor justo cuando estrenaban su última obra, así como las insinuaciones de su conversión al judaísmo, eran para don Benito puro veneno. Hice por calmarlo, pero, con todo, su cara expresaba el amargor de la impotencia.

–Da igual lo que te esmeres en hacer bien las cosas. Si eres generoso, terminarán por odiarte los que más tienen, porque en ello verán el ejemplo que nunca van a seguir. Si eres respetuoso, te insultarán aprovechándose de que nunca saldrás defendiéndote con cajas destempladas. Y luego, si has aterrizado en política, peor aún, porque es precisamente en este medio donde solo ven en ti lo malo que has hecho; aunque haya sido una sola cosa, te abofetearán con ella cada día para que no se te olvide que pecaste, eludiendo lo bueno que hiciste o lo que vas a hacer. El español es hombre que sabe hacer mucho daño. No hay peor mezquindad que la de la envidia.

Le palpé la mano. Qué lástima me dio. Era un hombre abatido por la sociedad en la que vivía y me acordé de Ramón de Villaamil, protagonista de su novela *Miau*, eterno cesante del Gobierno que espera su prometido puesto en la Administración y que le será negado reiteradamente por ser demasiado honrado.

No fue el estreno tan exitoso como el de *Electra*, pero el drama, ambientado en la riqueza visual del siglo XVIII, gustó a la prensa. La revista *Blanco y Negro* tuvo palabras de elogio para los actores Matilde Moreno y Emilio Thuillier, así como para la escenografía, que consideraba impactante en decorados y vestimenta. Las críticas no dulcificaron la amargura que venía de París porque al poco tiempo, como era de esperar, se conoció el artículo de *El Heraldo* francés en España y, tomando su ejemplo, lo publicaron en español favorecido por las derechas, que ya le tenían ganas a Galdós desde la publicación de *Electra*. No hicieron más que fomentarle a don Benito las ganas de volverse a marchar.

Llegó el 17 de mayo de 1902, el día en que Alfonso de Borbón habría de jurar la Constitución y proclamarse rey. El niño larguirucho, de rizos rubios y mofletudo, se había convertido en un muchacho de altura imponente y semblante sereno, quizá porque le enseñaron a controlar su entorno o porque ya sabía, desde su nacimiento, que llegaría ese día en que lo proclamaran, en contra de republicanos y supersticiosos, monarca Alfonso número trece.

Para la celebración se invitó a muchas casas reales, y para su traslado al Congreso, donde habría de jurar el nuevo rey, se organizó una marcha de carrozas de gran solemnidad que resultó ser un verdadero festín para los cansados ojos de los madrileños. Tanto colorido, entre enjaezados de caballos, sombreros y mantillas, no se conocía desde el pasado siglo y, claro, el pueblo tenía ya ganas de fiesta.

Para *La Moda Elegante Ilustrada* concebí un artículo pintoresco describiendo todo lo que allí veía, desde las manolas asomadas a los balcones, hasta las texturas de los sombreros que lucían las invitadas extranjeras. Me llevé un cuadernillo y un lápiz y allí fui tomando notas, intentando no descomponer la letra entre los empujones del populacho.

Me estacioné inflexible a los efectos de la marea humana, a los gritos de júbilo y a los zarandeos de banderas en una esquina de la calle Sevilla. Por allí debían pasar las carrozas y así sucedió, pues al poco de situarme oí a la banda real tocar sus timbales y clarines aproximándose a caballo. Les seguían los corceles del Real Picadero, adornados de forma orientalista, que hacían cabriolas muy elegantes que el público aplaudía.

Unos hombres grandes, como montañas, se pusieron frente a mí y dejé de percibir parte de la fiesta. Estaban bebidos y con ganas de francachela, así que no protesté y cambié de situación, introduciéndome entre el gentío que seguía lanzando vivas y dejándome sorda por el camino. Desde otra esquina vislumbré la carroza inglesa, con el duque de Connaught y el de Wellington, y la prusiana, con representación del káiser. Algo más allá, la de los chinos y japoneses, a las que más vitorearon los madrileños, mostrando el embeleso que les producía el cromatismo de sus trajes y la rareza de sus peinados. Vi a una japonesita sacar su mano enguantada saludando como lo hiciera una muñeca de porcelana manejada con hilos y pensé en lo infeliz que sería yo en un país con costumbres tan severas para las mujeres, que ni ponerse un zapato de su medida podían.

Bajé la vista a mis notas para escribir esa idea que a mí me parecía interesante para las españolas que leyeran mi columna, cuando recibí un empellón y se me cayó el cuaderno al suelo. Difícil lo tuve para poderlo coger y al levantarme oí a una mujer que gritaba:

–¡Un atentado! ¡Un atentado! ¡Un terrorista ha agredido al monarca!

Fue oírse el despropósito y los cientos de personas que a mi alrededor estaban salieron disparadas a guarecerse, peleándose por encontrar el sitio más seguro. Me encontré sola en un instante y vi cómo corría la gente un poco más allá, me llegaron gritos lejanos que alentaban a la cautela, pero no ruido de bomba ni nada que se le pareciese.

Hubo confusión entre los caballistas y presto se aproximaron los de la guardia, algunos para recomendar serenidad y otros para indicar que no se invadiera la calzada. Al segundo apareció la carroza real con el joven rey, su madre María Cristina y su hermana, la infanta María Teresa.

Pasó con gran ovación madrileña, y cuando los hubimos perdido de vista se me ocurrió preguntar a unos señores que tras de mí estaban qué había pasado en ese momento de desbarajuste que propició la espantada.

–Según dicen los que por allí vienen, que un hombre no ha tenido más ocurrencia que meterse en la carroza del rey. Este, para defenderse, le propinó un gran castañazo que le hizo caer y al poco la guardia ya le estaba dando de palos.

–¿Entonces, hubo heridos? –pregunté muy alarmada.

–¡Quia! Solo el tunante que quiso hacer la trastada.

Según comprobé por declaración de uno de los guardias, el osado delincuente no tenía otra pretensión que darle una carta a la hermana del rey, la infanta María Teresa, de la que estaba fervorosamente enamorado. ¡Vaya chasco! ¡Curiosa manera de declarar su amor! Encontré estimulante la maniobra y también la incluí en mi artículo, congratulándome de tener rarezas que ofrecer a mis lectoras fuera de mis habituales *pololadas*.

Me volví a casa cansada de mantener el cuello tieso para alcanzar la vista por encima de los hombros de los demás. Mi escasa estatura fue siempre una contrariedad para mi profesión de intrépida reportera de menudencias sociales.

* * *

En la redacción de *La Moda Elegante Ilustrada*, se recibió la invitación que me acreditaría como enviada de la revista a presenciar la colocación de la primera piedra del monumento dedicado a Alfonso XII, padre del nuevo rey. Se trataba de una misiva con el texto siguiente:

«La Comisión encargada por Real Decreto de 25 de febrero de 1901 para erigir un monumento que perpetúe la memoria del rey don Alfonso XII tiene la honra de invitar a usted al acto de la colocación de la primera piedra, cuya solemnidad tendrá lugar el día 18 del corriente en el Parque de Madrid».

En la parte inferior de la carta tuvieron a bien poner una recreación de lo que iba a ser tal monumento, indicando el lugar exacto, que era al borde del estanque del Retiro. No teníamos forma de hacer comparación de altura, pues figuras humanas no había en el dibujo, pero todo apuntaba a que las columnatas circulares y columna central encima de la cual iba una estatua ecuestre del padre del rey tenían medidas colosales.

Delmira me acompañó hasta que unos guardias le impidieron pasar por no llevar acreditación, lo que aceptó de buen grado. Con ella se quedaron otros curiosos que ya vitoreaban al rey.

Me introduje entre los hombres, vestidos de negro en su mayoría, y pude vislumbrar por su altura y colorido de traje militar al actual monarca hablando con algún ministro o personaje político. No me hizo falta tomar notas. Todo seguía la normalidad y solemnidad de cualquier acto semejante. Con la invitación en la mano y atendiendo a la recreación que en ella se ofrecía traté de imaginar el espacio que ocuparía el monumento, y ciertamente que me impresionaba.

Alfonso XII fue un rey relativamente querido entre los madrileños. Influyó en ese afecto ser un rey cercano, que solía pasear por este recinto en donde estábamos, incluso sin guardaespaldas. Bajo su reinado ofreció la imagen de rey pacificador, terminando con largas e históricas guerras, como la de los carlistas, pero por encima de todo ello fue el rey enamorado de la reina María de las Mercedes, que murió a los pocos meses de casarse, causando una gran conmoción entre los españoles. El ingenioso pueblo recuperó el antiguo romance del rey don Pedro de Portugal y doña Inés de Castro, y lo adaptó a los desgraciados amores de los actuales monarcas. Los ciegos cantaban en las esquinas: «¿Dónde estás Alfonso XII?, ¿dónde vas triste de ti?», y las niñitas lo repetían o completaban convirtiendo a don Alfonso en un mito romántico del XIX.

Por fortuna para el rey que ahora tenía delante, su padre volvió a casarse, aunque decían las malas lenguas que lo hizo sin interés y forzado por el deber monárquico, comprometiendo su vida familiar con escapadas extramatrimoniales que no le supo perdonar la segunda esposa. Con todo, el enlace con María Cristina de Austria fructificó, quedando esta embarazada en los últimos años de vida del rey Alfonso, que murió de tuberculosis. Su hijo Alfonso XIII nacería póstumo y, por tanto, sin conocer a su padre. Vistos así, además de por la diferencia de físico, intuí que poco tenían en común y, por lo que vivimos en el futuro, ni siquiera el nombre consiguió asemejarlos, tomando ambos caminos muy diferentes para el desarrollo de sus monarquías.

La idea de proyectar un monumento dedicado al rey «pacificador» venía de muy atrás. Fue en 1887 cuando se concibió la idea, pero hasta 1901 la reina María Cristina, entonces regente, no se plantearía llevarla a un concurso público para que los arquitectos más meritorios del momento tuvieran a bien ofrecer sus espectaculares bocetos. La ley que dio forma al «Proyecto de Ley para erigir una escultura ecuestre al monarca D. Alfonso XII» tuvo una rápida aprobación en Senado y Congreso, apenas de un mes, impulsada y defendida por el eminente Antonio Cánovas del Castillo, que fuera el mentor y apoyo directo del rey Alfonso. Sin embargo, todo quedaría en el aire, los enfrentamientos internos y externos con guerras importantes, como la que nos arrebató las colonias de Cuba y Filipinas, paralizaron la construcción. Con todo, no fue lo peor, porque cuando se decidió continuar con la elaboración y puesta en marcha del monumento cayeron en la cuenta de no tener dinero suficiente, ni habiendo abierto antes una suscripción popular.

Mariano Benlliure, al que se le ofreció el diseño de la estatua de Alfonso XII, ofreció un conjunto con demasiado peso para elevarlo a tanta altura. Hubo polémica y se dispuso el concurso para que otros arquitectos pudieran ofrecer sus muchas ideas. De todas ellas resultaron seis con grandes elogios, aunque no cumplían la premisa de ofrecer la imagen de don Alfonso como rey «pacificador». El Gobierno creía que, instaurada ya definitivamente la monarquía con su nuevo rey Alfonso XIII, se debía recordar que su padre fue el verdadero «pacificador» de España. Había, pues, que actuar con tiento.

Finalmente, ganó el barcelonés José Grases Riera, que con su obra titulada *María Cristina* ofrecía un monumento muy cercano a los que ya se estaban construyendo en Berlín, recordando a Guillermo I, o en Roma, dedicado a Víctor Manuel II.

En *La memoria descriptiva del monumento,* decía Grases que se trataba de un hemiciclo con columnatas que representaban a la Nación Española, cuyos escudos se apreciarían en las cornisas. En el centro, una plataforma elevada vendría a ser el sentimiento de la Patria, que sostendría a treinta metros del suelo la estatua ecuestre del rey pacificador diseñada finalmente por Benlliure exenta de tanto león que engrosaba al rey.

Imaginado todo como se veía en el dibujo, con sus muchas placas conmemorativas en costados y frisos, columnas, estatuas alegóricas, leones en sus bases y medallones, sabiendo, además, que tendría cincuenta y ocho metros de ancho y alcanzaría los ochenta y seis de largo, me recorría por el cuerpo una inesperada sensación de vértigo. Sería, con mucho, el monumento más grande de Madrid.

No podía imaginar que, aunque con precipitación de implantar su primera piedra un día de mayo de 1902, no llegaría a inaugurarse hasta veinte años después, con el rey Alfonso XIII ya entrado en la madurez.

Al terminarse todo el espectáculo me dije a mí misma que habría de aprovechar el privilegio de ser testigo de un hecho sin precedentes, así que me entraron ganas de apuntarlo todo. Levantaba la vista de mi cuaderno de notas, miraba a la gente que saludaba con sus sombreros en la mano a pesar del calor de primavera y buscaba a Delmira. Bueno, si he de ser sincera, no solo a Delmira. Me faltaba algo o alguien que me hubiera hecho la ocasión más amable y de recuerdo imperecedero. Pero por más que miraba nadie había esperándome que luego me acompañara con gesto algo tieso, eso sí, pero con terneza oculta, a algún destino fuera del Retiro.

Me uní a Delmira y caminamos hacia una de sus muchas puertas en dirección al Prado. Cuando esto hacíamos nos topamos con una pareja que se besaba entre unos matorrales. Era un soldado que ocultaba a una criada vestida con traje de faena. A sus pies encontré la cofia caída, sin duda, por algún movimiento involuntario.

Creo que jadeaba y esto me produjo una sensación de soledad muy agria, casi dolorosa.

* * *

Aunque con primer esposo militar y familia acomodada de círculos conservadores, Delmira no bebía precisamente los vientos por los agasajos reales ni los bullebulles callejeros. Sin embargo, consintió acompañarme como testigo de los cambios que experimentaba Madrid en esos primeros años alfonsinos, resumidos en la inauguración de seis estatuas con simbolismo especial para la monarquía del momento.

Recuerdo perfectamente ese caluroso 5 de junio de 1902, a las cuatro de la tarde. Estaba la cabecera del Rastro, en donde habría de inaugurarse la estatua primera, atestada de gente. Todos querían ver al rey niño y su formalidad, ya comentada a la hora de hablar y de moverse.

Desde los balcones, engalanados, incluso desde los tejados, se apostaban madrileños para no perderse el espectáculo. La calle se había alfombrado de rojo y puesto asientos para los regios asistentes. En esos momentos la banda de música emitía ya su *chunda, chunda* sin preocupación de arruinar la siesta a algún bebé.

Delmira y yo nos apostamos en una zona alta para poder ver mejor lo que haría don Alfonso. «Qué piernas más largas», decían algunos, «pero qué regio parece». «Ya lo quisiera yo para mi hija», reía una portera de la calle del Mesón de Paredes, «teniéndolo como yerno no me faltaría con qué llenar el buche». «Pues tenga esperanza, mujer», le contestaban, «que no se le conoce novia y quizá le venga bien una rabanera de Lavapiés».

Se puso a reír la señora y nos contagió a todos la tontería. Cuando intentamos mirar, Alfonso XIII acababa de destapar la estatua del héroe de Cascorro al tiempo de la marcha real fusilera. El hombre que aparecía en postura muy distinguida y vestido de uniforme de ejército colonial era Eloy Gonzalo, realizada por Aniceto Marinas años atrás, pero que recuperaron para este 5 de junio tan dispuesto a la propaganda alfonsina y que era una de las varias que pretendían dedicar en el futuro a los valientes de ultramar.

Representaba la estatua de bronce a un soldado armado de mosquetón y con machete, soportando heroicamente una tea encendida que habría de prender la lata de combustible que sujetaba en su mano izquierda. Alrededor de su pecho se distinguía una cuerda con la que poder tirar de él y recuperar su cuerpo moribundo en caso de que la misión no saliera con éxito. La imagen del militar incendiando el fortín de la localidad cubana de Cascorro enervaba el sentimiento patrio, gesto que a la nueva realeza le sabía a gloria.

Siendo tan reciente el recuerdo de la pérdida de las colonias, el pueblo de Madrid aplaudió que Alfonso XIII eligiera inaugurar primero la estatua del héroe madrileño, nacido en inclusa, ejemplo de humildad y valentía. Quizá por ese motivo, por haber sido el héroe de Cascorro un expósito, se tuvo a bien considerar a los más necesitados en el acto, regalando ciento cuarenta trajes completos a los niños y niñas de los colegios municipales, del Asilo de San Alfonso y de las Escuelas Pías y Salesianas. La gente humilde del barrio representada por la Manolona, una verdulera de la zona, se acercó a la carroza en donde iba a desplazarse después la reina madre y le ofreció un ramo de flores diciendo: «Las madres de los hijos del pueblo, a la Reina de las madres», gesto que gustó mucho a doña María Cristina.

Desde allí, fuimos emplazados a la calle de la Princesa, donde se tenía pensado inaugurar la segunda estatua, la de Agustín Argüelles, el político español de tiempos de las Cortes de Cádiz y tutor de la reina Isabel II, todo muy moderado y de acuerdo a las prerrogativas monárquicas.

Era una obra de mármol realizada por José Alcoverro, vestido de su época, aunque con amplio gabán. Tras de él se adivinaban dos libros cerrados y rollos de papel que aludían a su cometido cuando era político de éxito. Pero esta no la vimos destapar, pues como los reyes iban en coche nos era imposible seguirles, así que sabiendo que después de esta se inauguraría la estatua de Lope de Vega en la glorieta de San Bernardo y tras esa, otra en la plaza de Bilbao, nos arriesgamos a acudir directamente a esta última y allí esperarles.

En la populosa plaza de Bilbao, tapada con una lona, esperaba la figura del político y jurista de tiempos de la reina Isabel, Juan Bravo Murillo, que realizó Miguel Ángel Trilles.

Allí estábamos, rodeadas de un gran gentío, escuchando las monerías que algunos decían de los actos acontecidos en el día presente, cuando alguien me tocó el hombro y me volví.

Que me sentí sorprendida es decir poco. No encontraba ni las palabras para saludar a quien se había presentado, aunque estaba delante de mí, tan imponente como las estatuas que estaban descubriendo y algo más elegante de lo que yo recordaba.

–Señor Alcázar..., qué... qué sorpresa.

Darío Alcázar se tocó el sombrero para saludarme e hizo lo mismo con Delmira, que fruncía el ceño poniéndose en guardia para decirle alguna befa si era menester.

–La sorpresa ha sido mía al dar con ustedes entre tanta gente. Como saben no vivo muy lejos de aquí, en la glorieta de Quevedo, y al enterarme de que don Alfonso iba a destapar la lona de Bravo Murillo, aquí me vine.

Delmira se desvivía por hablar y en cuanto pudo preguntó:

–¿Y su señora de usted sigue buena?

Darío se volvió hacia ella desde su altura, que no era tan excelsa como la del rey Alfonso, pero significativa, y miró de frente a mi madrastra.

–Está buena, pero delicada. Gracias.

Yo bajé la vista, me pareció que me observaba con intención de interrogarme.

–¿Y ustedes? ¿Han vuelto hace mucho a Madrid? No tenía noticia.

El bullicio de la llegada del monarca interrumpió lo que podría haber sido una conversación. La gente se agolpó y nos obligó a acercarnos entre nosotros. Como era previsible, me quedé sin ver a Alfonso XIII tirando del cordel que desprendería la lona que sobre la estatua estaba. ¡Demasiada gente alta! Oí aplausos casi de inmediato.

–Creo que ahora se dirigen a la plaza de Alonso Martínez a descubrir a Quevedo, si les apetece las acompaño, pues me imagino que irán hacia allá para volver al Prado.

Delmira no se opuso, así que aproveché para decir que sí. Durante mi ausencia de casi un año sin vernos había conseguido aplacar mi rencor hacia él. La reflexión que sobre las relaciones humanas realicé casi de continuo en mis ratos de ocio en Granada consiguió cercenar mis arrebatos de orgullo. Serené mi espíritu y di por malentendido lo que nos sucedió a ambos; sin embargo, Delmira no podía hacer por olvidar. Le tuvo a Darío entre ceja y ceja durante mucho tiempo.

–Retornamos hace pocos meses. ¿Estuvo usted en el estreno de *Alma y vida*?... Si es así, no lo vi.

Darío denegó.

–Por entonces estaba yo en Asturias. Doña Paca... –en ese momento me sorprendió que no la llamara «mi esposa» o «mi mujer» como haría cualquier otro marido– se indispuso y me llamaron con urgencia.

–Lo lamento –mentí.

Alcázar me lo agradeció.

–Últimamente viajo más y escribo menos. Ahora mismo estoy en un callejón sin puertas. Espero con paciencia a que estas aparezcan tarde o temprano.

No le pregunté a qué se debía su problemática porque me parecía que si quería decírmelo, habría de ser él quien me lo confiara. Por otro lado, me causaba mucha curiosidad enterarme de si se encontraba o no a malas con su esposa, ya que parecía que el matrimonio estaba separado de hecho, pero oculté mi ansiedad por saber de su vida privada mostrándome muy juiciosa. Tanto fue así que Darío tuvo que volver a preguntar.

–¿Sigue escribiendo para esa revista femenina?

–Sí –dije escuetamente.

Silencio. Delmira, tras de nosotros, intentaba dar buena cuenta de lo que hablábamos, se aproximaba demasiado y casi estuve por decirle algo.

–¿Y usted? ¿Sigue escribiendo para *El País*?

–Sí –contestó ahora él escuetamente.

Qué situación más embarazosa. Hacíamos por intimar, pero solo nos salían monosílabos.

Avistábamos ya la plaza de Santa Bárbara, que luego se llamaría de Alonso Martínez, con la estatua tapada de Quevedo, cuando Darío Alcázar me tomó del codo y me separó un poco de Delmira, que al verse encarada se amedrentó, dejándonos un poco de independencia.

–Señorita Cid... –empezó Darío con un tono de voz que me parecía que iba a seguirle una confesión–. Creo que la última vez que nos vimos nos despedimos algo decepcionados. Créame que siempre he sido persona honesta y en temas de amistad no me gusta trapacear. Por eso me gustaría pedirle...

Ay, que me iba a pedir una cosa... Rápidamente pensé en que no sería aquello nada deshonesto, pues iba con mi madrastra. Pero de los hombres nunca había que fiarse...

–Si no le incomoda... que me permita escribirle a menudo. Sé que mi presencia en su casa no sería una buena idea, pero créame que me complacería mucho poder contarle mis inquietudes.

Me quedé reflexionando mientras andaba, ya muy cercana a la plaza donde descubrirían a Quevedo, con su traje del XVII cuya capa sujetaba con una mano, dejando la otra libre para sostener un libro. Por más que lo pensaba no me parecía a mí que había mal en el ofrecimiento, pues en las cartas poco se ofende o se peca.

–No le veo inconveniente –dije tan escueta como venía siendo. Levanté la cabeza para mirar el resultado de mis palabras en su cara y vi que sus ojos se alegraban cambiando el ceño fruncido que antes llevaba.

–Me hace usted muy feliz. No he conocido a persona más generosa.

–No me halague usted, señor Alcázar. No soy generosa, sino una pobre advenediza que no se puede permitir enemistarse con nadie que sea de interés en esto de la literatura.

Darío sonrió viendo que mi respuesta era falsa, pero muy acorde con lo que pretendía, que era dar la imagen de una mujer que controlaba su vida.

Al llegar a la plaza de Alonso Martínez acababa de terminar el acto de inauguración de la estatua marmórea de Quevedo. Por quedarle al monarca aún dos por descubrir iba forzado a aprovechar el tiempo, así que no empleaba más que cinco minutos, si llegaba, en cada acto. Al momento nos informaron de que la siguiente sería la de Goya, realizada por el gran Benlliure, y que se descubriría en el paseo de coches del Retiro.

–Allí no llegamos ya –sentenció Delmira negándose a correr inútilmente.

–Tiene razón –confirmó Darío–. Creo que lo mejor será que me retire, si a ustedes no les incomoda que las abandone antes de llegar a su casa...

Evité que contestara Delmira con alguna de las suyas.

–En absoluto. ¿Vendrá usted a ver las estatuas a las que no hemos podido ver destapar? Nos acercaremos mañana.

Alcázar dudó, miró a mi madrastra, que lo inspeccionaba muy fijamente, como si lo quisiera asustar, y luego se rindió.

–Creo que será mejor que dejemos nuestra próxima conversación para escribirla por carta. Con su permiso, que tengan ustedes una buena tarde.

Se volvió a tocar el sombrero y se marchó muy elegante en sentido contrario de la gente que todavía ocupaba el espacio central de la plaza. Delmira me pilló mirándolo con una cara muy ida y me pellizcó un brazo.

–¡Niña! Que está casado.

Yo me defendí volviendo a mi realidad.

–Ya lo sé, me ofende que me lo digas. Pero no está casado como todo el mundo. Está separado, todos lo saben.

–Esto es España. Aquí o se está casado o soltero. No hay más.

–¡Ay, qué inflexible eres a veces!

–¿Inflexible, dices? –se molestó Delmira–. Cuando te tenga que consolar recuerda mis palabras: o soltero o casado.

* * *

Tengo que confesar que la primera carta que recibí del señor Alcázar tras nuestro encuentro el día de la inauguración de las estatuas me causó cierta desilusión. Era muy cautelosa y parca, de apenas una página. La contesté al día siguiente, sin querer reflejar mi ansiedad, y a la semana volví a tener otra, y poco tiempo después otra más, convirtiéndose el carteo en algo frecuente y buscado por ambos. Consideramos nuestra relación epistolar como un ejemplo de confesión de sentimientos e ideas que se mezclaban y confundían. Tal era así que extraviaba cada día un rato de serenidad para escribirle mis reflexiones, siendo estas ignoradas por Delmira, que veía en los últimos tiempos un acá para allá de idas y venidas, de encuentros y desencuentros con el cartero que empezaba a ser sospechoso.

Tarde o temprano tuvo que darse cuenta y aceptarlo, porque sabía que cuando algo me obsesionaba era imposible evadirme del empeño. Quizá por eso vio aceptable que me marchara a París creyendo que con la ausencia podría olvidarme del secreteo con el señor Alcázar, sin darse cuenta de que a París también llegaban las cartas.

Influyó en la decisión de emprender el viaje la posibilidad de visitar a mi hermano Manuel, al que llamábamos Lolo, como ya se ha dicho. Se trasladó a París con su familia, su esposa, Flor, y sus dos hijos, al poco de fallecer mi padre, y desde entonces no nos habíamos vuelto a ver. La coincidencia de matar dos pájaros de un tiro, como vulgarmente se decía, era agradable.

No voy a describir aquí la impresión que me produjo la ciudad de la luz, porque en el fondo no fue tanta. Cierto es que Granada o Madrid eran ciudades muy rancias comparadas con París, bastante más sucias y mucho menos monumentales, pero, en el fondo, las calles no eran tan diferentes del Prado o de la Castellana, eso sí, más grandes, pero con afinidad a lo que venía a ser el barrio de Salamanca de la capital. Lo que más me impresionó fueron los parisinos. Las gentes que paseaban o que comadreaban en las tabernas eran bien distintas a las españolas. Sin saber francés me resultó muy fácil confraternizar.

Preparamos la visita con la reina Isabel, es decir, la que fuera reina de España y que se encontraba exiliada en París desde 1868 a causa de una revolución. Lo hicimos con cierta cautela, como quien se documenta para un reportaje periodístico o escribe un ensayo histórico, ocupándose Galdós de lo más engorroso, pues, a fin de cuentas, yo solo iba de oyente.

Fernando León y Castillo, el embajador español y amigo de don Benito, nos fue orientando de aquello que deberíamos tratar con tan alto personaje, pero creo recordar que luego todo fue mucho más sencillo de como suponíamos y la conversación fluyó según el orden normal de las cosas, sin apenas protocolos.

–No sé cómo estarás, querida Carmela... –me confesó don Benito tomándome de la mano para que calmara mis nervios–. Esta señora me impone a mí un alelado respeto. No es lo mismo tratar con majestades en las páginas de un libro, imaginándolos, que verlos y oírlos, dándoles la cara, en visita de carne y hueso, sujeto todo a inflexibles reglas ceremoniosas.

–Recomiendo sinceridad y buenas maneras –propuso León y Castillo–. La reina es chulapa de corazón y no tendrá inconveniente en confesar alguna cosa. Dejadme a mí la introducción.

Le hicimos caso y entramos en el Palacio de la avenida Kléber, donde la reina residía. Nos impresionó la belleza de su decoración, que era de relativa modestia para ser vivienda de realeza. Nos hicieron esperar en una sala y poco tardó en aparecer la anciana Isabel, ayudándose de un bastón, arrastrando sus piernas bajo un vestido de pomposo color azul que disimulaba sus carnes, tan engrosadas por la edad como por la genética. Tenía una cara infantil que invitaba a acercarse y ayudarla a andar, pero no lo hicimos porque comprendimos que el tocar a una reina, aunque ya no ejerciera, era del todo un comienzo impropio.

–Aquí le traigo, majestad, a un buen amigo y excelente escritor, don Benito Pérez Galdós. Viene con una amiga que es de Granada y ahora vive en Madrid.

La anciana reina nos miró con expresión bondadosa, quizá velada por las cataratas. Me fijé en su cabellera de peinado muy pulcro y de un canoso níveo, muy diferente a la que decían que lucía de joven. Sus ojos aún se reconocían azules.

–¿Viene usted de Granada? –me preguntó–. Allí celebré yo uno de mis cumpleaños, siéndome muy grata esa visita a la ciudad. Tiene que haber por ahí una foto del señor Charles Clifford. Sería por el mil ochocientos sesenta y...

Se quedó pensativa la dama y don Benito le ayudó a recordar.

–Sesenta y dos. En 1862, majestad. Lo recuerdo porque su visita coincidió con mi llegada a Madrid desde mi Canarias natal. Creo que la reconocí en su carroza en algún lugar de Andalucía.

La reina sonreía.

–¡Ah, ya veo! Tiene usted una gran retentiva. Imprescindible para escribir esas novelas tan admiradas. Creo que en una de ellas me sacó usted y me han dicho que supo hacerlo con elegancia.

–Es muy difícil describir a los personajes que hacen la historia, majestad, sin caer en prejuicios. Pero hoy tenemos la oportunidad de oír por boca propia a quien hizo posible las menudencias de un reinado. Los grandes hechos ya están en los libros y en los recuerdos de quienes las vivimos.

–¿Recuerdos, dice usted?

–Así es… –intervino León y Castillo–. Memorias dulces y tristes de un tiempo azaroso.

La reina Isabel sonrió mientras apoyaba su mano en el bastón, ya sentada regiamente en una butaca que parecía muy cómoda. Tras de sí se asomaban cojines, seguramente de plumón, por lo mullidos que parecían.

–Te contaré… –comenzó la reina abuela dirigiéndose a Galdós, así usando el tuteo– muchas cosas, muchas. Unas, para que las escribas, y otras, para que las sepas.

Se rio después como lo hiciera cualquier anciana con buen humor. Hablaba doña Isabel con un lenguaje muy parecido al castizo de los barrios pobres de Madrid. Se diría que le gustaba llamar la atención con sus expresiones, que yo solo había oído a Mari Pili y en ningún modo a los intelectuales que me frecuentaban. Era como si con ellas doña Isabel se sintiera menos reina y más del pueblo, pero para mí que la artimaña no le salía a cuenta.

–Fui una niña muy mimada. Todo me lo consentían con tal de que no tuviera una de mis pataletas. Siempre he tenido un carácter de mil demonios. Pero a la par que de niña me reían las gracias, de mayor me ataban bien corto. Nunca me dejaron hacer aquello que quería, rodeada siempre de mercachifles y presuntuosos, de políticos gomosos que siempre sacaban para su provecho y darse lustre. Sé que el pueblo español no me lo tendrá en cuenta, quiero decir, todo lo que le quise, porque yo, señor Galdós y joven dama, he querido mucho, pero que mucho, a España. Pero ya veis, ella nunca me quiso. Ahora que lo pienso siempre he tenido problemas con eso del querer. Y eso que he querido siempre cuanto he podido.

Volvió a reír. Creo que ella hacía alusión a sus muchos amantes. Recuerdo que me sonrojé.

–No, jovencita, no. El querer nunca es de baldón. En ese particular siempre hice lo que me dio la real gana. Muchos se entrometían queriendo que fuera la esposa perfecta, pero no lo consentí. Antes que reina fui mujer. ¿Crees, niña, que es justo que por llevar corona no pueda una sentirse amada? No, claro que no. Al pueblo, la gente de la calle, poco le importaban esas andróminas, pero con los de palacio era un sinvivir. ¿Recordáis a sor Patrocinio? Se hizo famosa por intentar mediar entre don Francisco de Asís, mi marido y yo. Nunca se metió en política, aunque muchos lo dijeran, pero no…, a ella le importaban más los asuntos de familia.

Don Benito, por temor de importunarla con sus memorias menudas, como ella las llamaba, no tomaba notas, todo lo retenía en su cabeza prodigiosa. Yo lamenté no tener un cuaderno para hacer de todo ello un gran artículo para mi revista, aunque al volver a España lo hice de igual modo, aprovechándome de los recuerdos que de este momento me quedaron.

–Al comienzo de mi reinado no tenía a nadie que me aconsejara. Los cortesanos solo entendían de etiqueta, pero de política… ¡Cáspita! Nadie era capaz de enseñarme ni eran capaces de salir del tieso absolutismo. Los ilustrados, que sabían de estas cosas, no me aleccionaban. Solo en los casos en que les fuera favorable, dejándome a oscuras y con las trabas propias de la regencia. ¿Qué podía hacer yo, con mis catorce añitos, sin tener freno a mi voluntad, con dinero suficiente para mis infernales antojos, recibiendo siempre sonrisas aduladoras? Nadie era capaz de decirme que no. Juzguen, amigos, si tuve la culpa de hacer algunas cosas mal con las herramientas que me dispensaron.

No nos atrevíamos a afirmar por parecerle a la anciana reina otros de esos aduladores que le acompañaron en su infancia y juventud. Pero ella no quería nuestro consentimiento, solo dar rienda a su memoria, que, como la de cualquier abuela, resultaba ahora fuera de contexto y como de cuento.

–A veces me pregunto: «¿no habré confiado demasiado en el amor de mi pueblo y en la protección divina?». Son dos cosas, ay, sujetas a penosas quiebras. Porque los pueblos aman y Dios protege, pero con su cuenta y razón.

–El amor de los pueblos, majestad, siempre suele ser más egoísta que el de los hombres.

–Bien dices, Benito, bien dices –continuaba la reina como si hablara con uno de sus amigos íntimos–. Pero basta un solo hombre para malquistar a un pueblo. Tantas revueltas hubo en mi reinado que ahora no sabría decir quién las incitó. Yo tengo todos los defectos de mi raza, lo reconozco, pero también alguna de sus virtudes... Eso quiero que vosotros sepáis.

La reina paró de hablar y quedó reflexionando. Como su silencio sobrepasaba lo esperado, León y Castillo trató de compensarlo poniendo algo de optimismo.

–También debe recordar, su majestad, lo mucho que progresó el pueblo español bajo su reinado. Se difundió la cultura y aumentó el bienestar. Tuvimos glorias militares, como la de África. ¿Y qué me dice de esa maravilla de canal que ahora nos trae agua saludable a todos los madrileños?

La anciana reina cabeceaba.

–Pero hay más, mucho más que pudo haberse hecho y no se hizo. Me faltó tiempo y espacio. El querer lo tiene una en el corazón, pero... ¿y el poder? ¿Quién responderá de haber podido hacerlo y no haber querido? Esta es mi duda.

La reina paraba, emitía un suspiro y luego miraba al techo para buscar de nuevo en su cabeza lo que fuera a contarnos.

–¿Creéis, amigos míos, que mi vida fue fácil? Seguramente sí, con tantas comodidades, fuera de las miserias de la calle. Pero también fui mujer, ninguneada fuera y dentro de mi casa. Fui madre sin poder educar a mis hijos cuando eran tiernos y luego los vi morir desde el exilio. Ni siquiera estuve junto a mi nieto Alfonso, que será un buen rey, el día de su coronación. ¿No es esto injusto?

Galdós y yo nos miramos. No supimos qué decir.

–No respondan, que digan lo que digan me sentará mal. Si no les importa, voy ahora a descansar, que ya se me ha hecho tarde. ¡Llamad a mi asistente! ¿Ya vino? Pues, entonces, gracias por venir y abur.

Plasmé, en mi siguiente artículo, las impresiones que me dejó la antigua reina, y he de decir que fueron muchas y agradables, a pesar de no ser yo mujer que alabara a la monarquía ni a quienes viven del poder sin más merecimiento que haber nacido en cuna de oro.

Pero aislando tales circunstancias, intentando ser tolerante y de mente abierta, veía a una mujer acosada por la avanzada edad y, posiblemente, la falta de cariño. De haber sido esposa de carpintero no habría tenido garantías de ser más feliz, ni de ser más libre, porque había nacido con el estigma de todas las hembras, sean de la especie que sean, que era el de acatar y ceder. Me dio mucha lástima y aquel artículo que salió de mi pluma tras la entrevista me catapultó como reportera de actos regios, entre los que incluí, a partir de entonces, inauguraciones de estatuas, monumentos y visitas de altos personajes a los que pude conocer siempre bajo el prisma de la admiración femenina, cosa indispensable si me obligaban a escribir para las damas.

Mi ascenso como reportera me permitió conocer la actividad social diaria y callejear por las calles de Madrid.

Me vino a la cabeza una idea muy curiosa: si a mi abuelo le decían «pintor de ruinas» y a mi padre «escritor de ruinas», yo me había convertido en testigo de la prosperidad de Madrid, ciudad que reflejaba el avance y la modernidad como propaganda del nuevo reinado alfonsino.

Por otra parte, aquel viaje me había acercado aún más a Galdós, que ya me tuteaba como si fuera de su familia.

* * *

Antes de volver a España, como ya tenía previsto, visité a mi hermano Manuel, que vivía, junto a su esposa Flor y sus dos hijos pequeños, en la Place des Vosges, en el barrio llamado Le Marais, en un apartamento alquilado de amplias proporciones, que mi cuñada empleaba para dar clases de piano o acompañar en las prácticas de algunas cantantes de ópera.

Al llegar a esa inmensa plaza, cuadrada y ordenada, limpísima, con árboles en el centro, me llenó una desazón que no hube de quitarme de encima en varios meses. Incluso con las hojas de los árboles desprendidas por el otoño y causando espesa alfombra en el suelo, la plaza superaba, con mucho, a cualquiera de las españolas. Qué regomello imaginarme en aquel momento que en cualquier parte de España habría algún edil firmando la orden de demoler palacete o casa centenaria, para levantar en su sitio una insípida torre de pisos. Esa plaza, que, según decían, era la más antigua de París, estaba intacta con sus fachadas de hermoso orden y contraste de ladrillos rojizos, fuentes con surtidores y parisinos paseando con armoniosa ociosidad.

Mi familia vivía en una casa ladeada, en el primer piso. Me costó encontrarla porque todas las viviendas eran muy parecidas, pero finalmente conseguí llamar a la aldaba de la puerta y me abrió Flor, sin que hubiera sirvientes de por medio, pues, como era costumbre en ella, solía dar la bienvenida a sus alumnos.

–¡Te esperábamos de un momento a otro! –dijo mi cuñada abrazándome–. Tu hermano no hace más que preguntar por ti.

Hacía alrededor de dos años que no nos veíamos y me parecían siglos. Su peinado y su forma de vestir eran bien distintos a cuando vivía en Granada, sin duda se dejaba influenciar por la moda parisina. Me parecía ahora más entrada en carnes, pero infinitamente más bonita y refinada. Eché un vistazo rápido por el largo pasillo que nos precedía con el pálpito de ver a mi hermano en algún lugar, quizás escondido, temeroso por el encuentro, pero apenas lo hube pensado, sentí que me abrazaban por la espalda y que alguien ponía su cabeza junto a la mía, sintiendo de inmediato su calor corporal y su respiración jubilosa.

–¡Por fin, por fin! –repetía mi hermano–. ¡Niños, que ya ha venido Carmela! Te he echado de menos, te he echado de menos…

Lolo lo repetía todo. Era parte de su carácter y de esa enfermedad que los médicos fueron incapaces de diagnosticar. Padecía un retardo emocional que no pudo superar con la madurez. Siempre creímos que el abandono que sufrió en la casa cuna granadina y posiblemente la falta de medios que tenían las monjitas para hacerse cargo de tanto niño inclusero le causó un gran daño intelectual. A pesar del esfuerzo de mi padre y de Valeria, su segunda esposa, no lograron enderezarle su razón. Lolo creció ingenuo, maravillosamente bueno, ignorante del mal que le rodeaba y capaz de amar con asombrosa profundidad a sus cercanos. Era un niño creciendo en un cuerpo de hombre.

Lo besé con deleite, apretando sus mejillas regordetas como lo hubiera hecho con mi verdadero hermano siendo un mozalbete. A fin de cuentas, lo era, aunque sangre no compartíamos, y él se dejaba querer.

–Ven, te enseñaré mis flores.

Me cogió de la mano y me llevó a un pequeño jardín habilitado en un balcón interior. Era su paraíso, donde centralizaba todas sus obsesiones y controlaba los enigmas que a veces surgían en su atolondrada cabeza provocándole inseguridad.

–¿Qué tal se encuentra? –pregunté disimuladamente a Flor mientras Lolo no hacía más que hablar para sí, a veces con intención de introducirme en su conversación, catalogando sus flores, dándoles su nombre técnico y común y acariciándolas con mimo.

–No va a peor, que es lo importante. Es como si tuviera tres niños. A veces le regaño más a él que a los mellizos. Se ponen a jugar con el tren y siempre termina llorando porque no se lo dejan. Pero ha mejorado en su autocontrol y apenas tiene obsesiones.

Qué valiente me parecía esa mujer. Haber entregado su corazón a un hombre tan tierno y noble, pero de intelecto tan limitado, no debió ser una decisión fácil de tomar. ¿Cómo sobreviviría diariamente a una familia tan insólita?

–¿Y mis sobrinos? ¡Deseo verlos cuanto antes!

Aparecieron como dos torbellinos. Se acercaban a los dos años y como era lógico les sobraba energía. Reían, se tiraban del pelo, se daban patadas. Era una delicia verlos.

–¿De dónde han sacado ese cabello tan rubio?

Flor reía.

–Tu hermano debió tener algún antepasado austriaco. No nos lo explicamos. ¿Quieres llevarte a alguno a España? –me preguntaba sin ocultar el humor, dando a entender que eran muy traviesos y no le vendría mal un poco de tiempo libre.

Nos sentamos ambas en un sillón, dejando a los «tres niños» ocupados en desbaratar la sala de estar. Flor me sirvió un té siempre con la sonrisa en los labios.

–Ya ves cómo es nuestra vida. Controlada a pesar del caos. Pero ¿y la tuya? ¿Hay alguna novedad que tenga que saber?

La miré de reojo.

–Ya sé por dónde vas. No, no hay ningún hombre. Me vendría muy bien que os hicierais a la idea de que me quedaré soltera. Todos dejaríamos de perder el tiempo en preguntas y en respuestas. Pero me va muy bien, me acaban de ascender en la revista para la que escribo y con el dinero que nos dejó mi padre, que es tanto mío como vuestro, ya no cuento los días del calendario para llegar a final de mes. Es todo bien raro. Nunca pensé que sería una mujer libre resignada a la soledad. En el fondo me gusta todo lo que me está pasando.

Flor me miraba aún ladeada, sin creérselo demasiado.

–¿Sigues colaborando con Galdós? ¿No te habrás…?

Dejó la pregunta en el aire, creo que me preguntaba si mi relación con él era algo más que literaria.

–Es que en París leemos *El Heraldo* y, claro, también el famoso artículo sobre su relación con esa judía. No es que me importe que idolatres a un hombre como el señor Galdós, magnífico en todos los sentidos, es que no me gustaría que te hicieran daño como se lo han hecho a esa mujer.

Le palpé la mano sintiéndome conmovida.

–¡Qué contradictorios sois todos! Me acosáis con vuestros deseos de verme casada, pero no queréis que un hombre me haga daño. Pues ¿qué es el matrimonio sino un permiso legal para agraviar, irritar y lesionar los sentimientos de una mujer? –contesté con ironía.

–¡Dios mío! Dime que lo que dices es broma y que ese señor Galdós no te ha convertido en un monstruo.

Abracé a Flor en respuesta, demostrando que aún era la joven cariñosa que dejó en Granada. Decidí no hablarle más de libertad, esa palabra que, como decía Galdós irónicamente, «no suena bien en boca de mujeres». Me vinieron a la memoria las confidencias de Tristana, su personaje, al hombre de quien está enamorada:

«Si encuentro mi manera de vivir, viviré sola. ¡Viva la independencia!... Sin perjuicio de amarte y de ser siempre tuya. Yo me entiendo: tengo acá mis ideítas. Nada de matrimonio, para no andar a la greña por aquello de quién tiene las faldas y quién no. Creo que has de quererme, menos si me haces tu esclava; creo que te querré poco si te meto en un puño. Libertad honrada es mi tema... o, si quieres, mi dogma. Ya sé que es difícil, muy difícil, porque la *sociedaz*, como dice Saturna, no acaba de entenderlo...».

CAPÍTULO 18

DE CÓMO GALDÓS HUÍA DE LOS PROBLEMAS Y YO ME LOS ENCONTRABA

La grata impresión que me causó la reina Isabel no fue compartida, del todo, por don Benito. Durante algún tiempo se ahorró los comentarios. A mí me parecía que la miraba con cierta compasión, agradecido de haber sido recibido y contrastando con ello las diferencias de la personalidad viva y real con la que le diera en sus novelas. Esto creo que sí le satisfizo, es siempre de gran provecho para un periodista que, además, es escritor. Pero, pasados unos días y vuelto a España, se sintió nuevamente arrinconado oyendo aquí y allá comentarios hirientes que seguían relacionándolo con la *Electra* blasfema y renegada que era Concha Morell.

Aquel año estuvo muy disperso viajando por toda España: Barcelona, Cartagena, Santander..., siendo de particular interés la zona toledana de La Alberquilla, que conociera en una de sus muchas visitas a la ciudad de Toledo. Solía ir por allí con su sobrino Pepino, con ojos de periodista intrépido, buscando las calles y catedrales de abolengo que jamás encontraría en Madrid. Era Toledo esa ciudad milenaria, con cientos de vidas a sus espaldas, provinciana, chiquita y acogedora. Impregnado por su ambiente, le dedicó su novela *Ángel Guerra,* y de tanta documentación y visita surgió un cariño profundo por sus rincones históricos. Quiso el destino que su sobrino conociera al propietario de una finca cercana al río y el Palacio de Galiana, llamada, como ya se ha dicho, «La Alberquilla», con vistas maravillosas de la colina toledana, incluido su excepcional alcázar.

Su propietario, el señor Sergio de Novales, hacía buenas migas con el escritor y le ofrecía hospitalidad el tiempo que fuera necesario. Era agrónomo de formación y también cercano a la política de tintes liberales. Por ello resultaba fácil imaginar que las conversaciones entre ambos debían ser sugestivas.

En esa finca disfrutaba don Benito de la naturaleza, toda ella a mano, con árboles altísimos y de ancho tronco entre los que correteaban perros de diferentes razas, algunos incluso demasiado grandes, pero que impresionaban a Galdós. También nacieron allí unas ocas que le regalaron y que él bautizó sentimentalmente como Rinconete y Cortadillo. Lo del cordero será cosa de contarlo en otro momento.

Galdós buscaba su paraíso, su aislamiento. Y yo, muy por el contrario, me metía de lleno en varios problemas. Nada más volver a Madrid me encontré el primero.

* * *

Hallé a Delmira muy agitada, con ceño fruncido y una mano sobre la otra, lo que significaba que se precipitaba una crisis doméstica. Rosita limpiaba el polvo con unos zorros sin parecer afectarse, así que deduje que la razón de su enojo era yo.

–Antes de que digas nada, Delmira, tengo que decir, en mi defensa, que la causa de haber retrasado la vuelta de París ha sido porque Flor así me lo pidió. Ambas deseábamos contarnos cosas y yo, particularmente, disfrutar de Lolo y los niños.

Delmira suspiró. Otra vez las manos una sobre la otra, tras rascarse la nariz.

–No, hija, no. No es eso lo que me tiene en ascuas y algo enfurruñada, lo reconozco. Eres adulta y libre, puedes quedarte en París cuanto quieras. Lo que ocurre es que ha sucedido una cosa que me tiene amoscada y espero que la resolución que tomé al respecto no te sea enojosa.

–Me tienes en vilo.

–Pues ahí va. He despedido a Mari Pili.

Me quedé muy sorprendida.

–¿Y… eso?

–Hay indicios de que nos ha robado.

–¡Robado! Pero ¿cómo? ¿Sisándonos?

–Algo peor. Ha desaparecido comida y anteayer un anillo que fue de mi madre.

–¡La Virgen! ¿Lo devolvió?

–Ella asegura que no lo cogió, pero después de reconocer que tomaba comida de la despensa es muy poco creíble.

¡Qué confusión y qué contrariedad! Por una muchacha que teníamos recomendada, que era limpia y discreta, resultaba ser una ladrona.

–Si nos la recomendó Galdós…, ¿cómo puede ser?

–*¡Ahelico!* Pues que a don Benito le puede el corazón tan grande que tiene, pero cuando ve faldas no ve otra cosa, *¿habe?*

Rosita acababa de sentenciar y resumir, en una frase granadina, la naturaleza galdosiana. No tuve valor para reprenderla por haberse metido en nuestra conversación.

–Me gustaría hablar con ella y que me diga a la cara qué le impulsó a hacerlo. Quiero que me dé razones.

–Pues no sabemos en dónde para. Quizás hablando con su padre…

Cierto, él debía saber dónde estaba y me propuse ir un día a la taberna a preguntarle.

* * *

Sucedió, justo a la mañana siguiente, que, al dar la vuelta a un colchón, Rosita encontró la dichosa sortija de la madre de Delmira. Nos quedamos muy contrariadas, en especial ella, por haber dudado de la honradez de Mari Pili, así que se urgía una disculpa y rápidamente me dirigí a la botillería de don Anselmo a buscar a la chica.

Di varias vueltas a la plaza Mayor hasta dar con la calle Cuchilleros. Siempre me perdía entre las calles que rodeaban la plaza, resultándome por entonces tan similares que nunca daba con una a la primera. Tras ello localicé la botillería y entré. Me reconoció su dueño de inmediato, sorprendiéndome su gran memoria, pues solo me vio una vez. Me saludó casi sin abrir la boca.

–Buenas tardes, señor Anselmo. Vengo a hablarle de Mari Pili.

El hombre alzó la mirada del vaso que limpiaba, lo puso boca abajo sobre la barra donde servía las bebidas, pasó el paño hasta dejarla brillante, y apoyó sus manos en ella esperando mis palabras. Por lo que sospeché era hombre de acción y me exigía que fuera rápida en mi cometido.

–Verá, tengo interés en localizar a Mari Pili.

–¿Quiere decir… encontrarla?

–Sí, señor. Es imprescindible.

–¿Tan grande es su casa que no da con ella?

Me quedé confusa. Aquel hombre no sabía nada de lo que había acontecido.

–Mari Pili ya no trabaja en mi casa… Se marchó sin que pudiera despedirme de ella. Por eso necesito decirle unas cosillas.

Don Anselmo se rascó el mentón muy pensativo.

–Esto es muy chusco. Mi Mari Pili nunca deja algo sin terminar. ¿Y dice usted que se marchó…, sin más?

–Sin más, sin más… Es eso lo que quiero aclararle, que puede volver si lo desea.

El botillero se rascaba ahora la nuca. Parecía que no le encontraba razón a nada.

–Pues todo es bien raro. Mari Pili no se marcharía sin decírmelo. Además, está lo otro.

–¿Lo otro?

Don Anselmo tomó el paño dando por terminada la conversación, volvió a centrarse en el abrillantamiento de los vasos de cristal, a los que les echaba el vaho de su boca procurándoles transparencia completa.

–Vaya usted al Universal, allí a veces se saca unas perrillas fregando los suelos, y si no para por allí pregunte por la Brígida, que es amiga suya desde que eran mocosas.

Asentí comprendiendo que no le sacaría más información.

–Oiga usted… –me espetó cuando salía por la puerta–. Si ve a la Mari Pili, dígale de mi parte que se acuerde de su pobre padre.

Me embargó una profunda lástima, pues se le reconocía en los adentros rudos de ese hombre una cierta ternura.

–Así lo haré.

–Gracias, señorita..., y hasta más ver.

Al salir a la calle Cuchilleros me sentí desorientada. Según me indicara tendría que dirigirme a la Puerta del Sol, pues el «Universal», como él le decía, era un café de solera esquinado con la calle Alcalá. Sabía, por confidencias del propio Galdós, que había sido uno de sus cafés preferidos, mayormente por acudir a una tertulia compuesta por emigrantes canarios y en donde se relataban las impresiones que, como a él, le causaba la capital de España, por entonces sumergida en una gran ebullición. Allí se veía con Fernando León y Castillo, quien nos acompañó en la entrevista con la reina Isabel II.

Era un local modesto, sin más opulencia que los reflejos de sus cuadros espejados, de ahí que los madrileños lo llamaran, cariñosamente, «de los espejos». Uno de sus camareros, Pepe el malagueño, se hizo famoso en otro tiempo gracias a la pluma de Galdós, por hacerle personaje de alguna de sus novelas.

A la puerta del café llegué, pero no me atreví a entrar. Busqué la puerta trasera imaginando que allí encontraría al personal de servicio, pero estaba cerrada, así que volví a la principal y me introduje. En la barra me esperaba un camarero, bien vestido, aunque con un palillo en la oreja, que me preguntó qué deseaba.

–Usted perdone, vengo buscando a una mujer que según me han dicho trabaja aquí, se llama María del Pilar... Le dicen «Mari Pili».

El camarero frunció la boca. Eso, me pareció, era una negación.

–Nones. Aquí no para nadie con ese nombre.

–¡Vaya! Qué contrariedad... ¿Y Brígida?

–La Brígida sí, está en el almacén. ¿*Quie* que la llame?

–Por favor...

Se introdujo tras una cortina que daba a otra pieza interna y al rato, entreabriendo la tela, me indicó que pasara, que allí estaba Brígida esperándome. Era una muchacha de la edad de Mari Pili, igual de desgreñada que ella y con mirada lánguida. Para mí que me temía miedo.

–*Usté... usté*..., ¿qué quiere de la Mari Pili?

Intenté tranquilizarla con mis gestos, quitándome los guantes muy despacio y procurando no aturullarme al hablar.

–Soy Carmela Cid y deseo hablar lo antes posible con Mari Pili. Estuve de viaje y hubo un malentendido en mi casa, en donde trabajaba. La despidieron por motivos que no me parecen justos, así que, si la ve, haga el favor de decirle que puede volver.

Brígida me miró desorientada y muy cautelosa.

–¿Y cómo sé yo que eso es verdad de la buena?

Entonces me puse muy seria.

–Porque le estoy dando mi palabra, señorita.

La muchacha fue a hablar, pero amagó un reproche, noté que le tiraban del brazo, pues detrás de ella se escondía alguien. Imaginé que era Mari Pili que no se atrevía a dar la cara.

–Dígale que no tenga miedo. El anillo apareció entre el colchón de la cama. Fue todo una confusión.

Poco a poco Mari Pili asomó la cabeza. Era un cervatillo temeroso. Entre las tinieblas que producía el lugar en el que nos encontrábamos, sin luz natural, me fue imposible verle a la primera la totalidad de su cara, que luego, al descubrirse, dejó patente la hinchazón de un pómulo y las moraduras de un ojo.

–¡Virgen santa! ¿Quién te ha pegado?

Mari Pili comenzó a llorar con hipos infantiles que intentaba controlar sin conseguirlo. Se limpiaba la nariz y las lágrimas con el dorso de la mano y hasta con el antebrazo.

–No se preocupe la señorita, no ha sido nada..., pero puedo trabajar incluso por menos.

–¡No te vendas, so mema! –le regañaba Brígida–. Que *ties* que pensar en Tintín.

Mari Pili tiraba del brazo de su amiga suplicándole que callara.

–Déjame a mí, yo sé hacerlo. Señorita: haré lo que sea por volver a la casa. Necesito dinero. El señor Galdós lo sabía y me encorajina que piensen de mí que soy una ladrona. Yo soy decente.

–Me dijeron que confesaste el robo de algunos alimentos.

Mari Pili bajaba la cabeza.

–Es por fuerza mayor, ¿sabe? –la defendía Brígida–. *Ties* que contárselo, so cañamona, que eres tonta del higo. ¿No va a entenderlo una mujer por muy fina y elegante que sea? ¿A que sí, a que usted entenderá?

Yo miraba a aquella mujer, que ahora me parecía mucho más joven que yo, incluso una niña. ¿Qué edad tendría? Nunca lo supe.

–No te apures, Mari Pili. Puedes contármelo, no me enfadaré.

–Es que, es que, es algo muy gordo.

–No será para tanto.

–Pues que...

Como dudaba, Brígida perdió los nervios.

–Que ha *robao* para darle la comida a su hijo, eso es lo que ha *pasao*, que lo tiene en casa de una mala pécora que dice que le da de comer, pero no es cierto. Le pide dinero o si no lo deja en la calle.

Me quedé algo confusa. Tardé unos minutos en reaccionar.

–¿No lo ves, Bri? La señorita no quiere tener una criada con problemas. Los niños son una carga, pero tendría que conocer a mi Tintín. Es muy pequeño pero muy relisto. Ahora empieza a andar y es una monería. Pero enferma, enferma mucho, porque esas víboras que lo cuidan no le dan leche, ni carne..., que dicen que no les doy bastante dinero. Y veo que mañana me lo dejan en la inclusa.

–Vamos a ver... –empecé a hablar procurando aclarar las circunstancias–. Por lo que acabas de decirme tienes un niño pequeño al que mantener. ¿Dónde está el padre?

–¡El padre! –gritaba Brígida sin contenerse el enojo–. Ese chulo la dejó preñada y se marchó. Ha venido a sangrarla varias veces hasta que hace unos meses le metieron en el trullo. Pero no hizo más que salir hace unos días y ya la está persiguiendo. Fíjese, la señorita... –continuó retirándole de la cara el pelo para que pudiera apreciar mucho mejor sus heridas y moratones–. Esto es el recibimiento de ese barbián. Y eso que no sabe que es el padre, si lo supiera se llevaría el niño *pa* venderlo.

–¡Qué horror! ¿Eso es verdad?

–Es malo, malo, señorita. Más que la peste. Es un gañán de acera. Su querencia es la de trabajarse a todas las birlongas del barrio, primero camelándoselas, quitándoles *to* la guita, y cuando *na* tiene que sustraerles les hace un niño y se da el piro. A los pocos meses viene con el cuento de que se lleva al niño *pa* venderlo, que las finolis del barrio de Salamanca que no pueden preñarse los compran por buenos duros a cabeza. ¿Qué piensa *usté*? ¿Que me choteo? Vaya a preguntar a la Leandra y a la hija de la Céfira. Las *mu* cañamonas le dieron el hijo a ese trapisonda y ahora se vuelven locas cada vez que van por el parque del Retiro y les ven con las criadas, *repeinaos* y vestidos de terciopelo cuando les sacan a tomar el aire. ¿*Usté* sabe lo que duele eso?

–Puedo imaginarlo… –conseguí expresar tartamudeando.

–Por eso no puede tener a Tintín en casa, si se lo ve el *Arregostao* se lo lleva.

–Pues, pues…, entonces…, tenemos un dilema.

Brígida se me quedó mirando sin comprender.

–No, señorita, no, lo que tenemos es un problema.

Tosí por la excitación. Traté de reflexionar con la misma velocidad que lo hubiera hecho mi padre y en ese momento tomé la decisión que él hubiera tomado, es decir, seguramente la más arriesgada.

–Bien, pues no hay más que hablar. Mari Pili, vas a casa de esos señores que te cuidan a Tintín…

–Tintín… de Vicentín, ¿entiende?

–Pues te vas a esa casa, les das este dinero que debe ser mucho más de lo que han visto en toda su vida. A cambio les dices que ya no cuidarán más de Tintín y te lo traes a mi casa. Habilitamos tu habitación, que es grande, para que puedas cuidar al bebé mientras haces las labores y… y… ya está.

Las dos muchachas me miraron con ojos fijos, sin pestañear. Dudé si habían comprendido.

–Pero eso quiere decir…

–Sí, Brígida. Que me hago cargo del niño. No le faltará de nada.

El pecho de Mari Pili comenzó a moverse como un fuelle, temí que le diera algún vahído, pero cesó cuando empezó a llorar de alegría.

–¡Ay, Bri, que me ha *tocao* el gordo! ¡Esta señorita es un ángel de la guarda! ¿No te dije yo que don Benito sabía dónde enviarme? Esta misma tarde me *tie usté* en su casa con Tintín.

Brígida aún movía el morro, muy amoscada.

–¿Y si se presenta *el Arregostao*?

–¿En mi casa? –pregunté yo–. ¡Que se atreva!

Les gustó mi respuesta y sobre todo el gesto valiente que me asomó a los ojos. Esa energía que me dio el decidir por mí misma y el de ser capaz de ayudar a quien lo necesitaba era novedosa para mí, pero me gustó y muy brava salí del cuartucho hacia la sala de la *Universal* donde había tantos espejos.

–Ya veo que ha encontrado a la Pilara. Es que aquí lo de Mari Pili…

–Gracias, gracias. Ya está todo resuelto.

Le agradecí al camarero su colaboración y me dispuse a salir a la calle. El café de los espejos comenzaba a llenarse de hombres y mujeres, de estudiantes, de juerguistas. Eché un vistazo general a ese lugar que ahora me parecía lleno de vida.

Entre los espejos, reflejado en varios de ellos, me llamaron la atención los movimientos de un hombre sentado. Vestía con gabán antiguo, quiero decir, trasnochado, de los que antes llevaban los caballeros y ahora era ya moda de ancianos. Tenía unos gestos muy peculiares, abrazando a dos mujerucas que se sentaban a diestra y siniestra, intentando abordarle y diría yo que acceder a su cartera, si este se despistaba. Pero él nada, erre que erre, con intentar acariciarles el cuello le era bastante.

De no haber sido porque su risa lo delató no hubiera podido reconocer a mi tío Juan.

* * *

Dudé si salir corriendo para que él no me reconociera, pero luego me dije: ¿de qué me avergüenzo yo? Así que paré y respirando profundamente decidí cometer la segunda tontería de esa jornada.

–Tío. ¿Tú en Madrid?

La cara de mi tío Juan Morell era un poema. Se quedó estático, con una mano sobre el cuello de una de las mujerucas. Estas se miraron entre sí y con un gesto muy comedido decidieron marcharse sin despedirse, seguramente en busca de otro inocente al que quitarle la cartera.

–Pero… pero…

–Anda, sal.

Me siguió como un corderito, abrochándose el gabán y sujetando con una sola mano sombrero y maletín donde debía llevar algo de ropa. Al llegar a la calle y esquinarnos hacia la de Alcalá, me puse frente a él.

–No me mires así que parece que me mira tu padre –me dijo avergonzado.

–Mi padre te hubiera dado con el bastón en la cabeza.

–Cierto.

–Pero... ¿qué haces acompañado de… esas… señoras? ¿Lo sabe la tía?

Mi tío suspiraba, como si estuviera aburriéndose.

–Ay, Carmela, tu tía me tiene agarrado por el cuello con puño de hierro. No la soporto. Dicho está. Ahora le da por ver a tu padre en todas las esquinas, está convencida de que ha de venir a reclamarle no sé qué…

–Si mi padre volviera no sería para eso.

–¡Natural! Con la cantidad de monumentos que hay por ahí perseguidos por la piqueta demoledora… Mismamente hace una semana vi la fachada de una casa subiendo hacia el Albayzin que…

–Tío, no desbarres. Céntrate. ¿Tienes dónde quedarte?

–Pues esas señoras me ofrecieron…

–¡No se hable más, te vienes a casa! Tomaremos un coche…

–A tus órdenes Carmelilla…

¿Se adivinaba en su forma de hablar algo de ironía? No me sentó nada bien.

–Pero no me vayas a causar ningún problema, ¿me oyes? Enviaremos un telegrama a la tía para que no se preocupe…

–Claro, claro…

–Ah, y mientras estés en mi casa, nada de calaveradas…

–Complicado, a mi edad y con mi naturaleza…

–¡Ninguna! ¿Me oyes?

Quedó todo muy claro. Ya solo quedaba contarle a Delmira que viviríamos durante algún tiempo con Mari Pili, con mi tío Juan y con un niño que nos lloraría por las noches.

* * *

Esto es lo que dijo Delmira:

–Lo de traer un niño a casa, considerando que está en peligro…, lo doy como bueno. Es un proceder que me parece loable. Ahora bien, tener a tu tío en casa… Eso… eso… es algo que tengo que reflexionar.

Tenía toda la razón, había que convencer a mi tío de que volviera a Granada, así que envié un telegrama lo antes posible a mi tía Agustina para que fuera consciente de la situación y tomara cartas en el asunto.

Le escribí el siguiente texto: «Tío Juan conmigo en Madrid. Recomiendo aconsejar su vuelta».

Un día después recibí la contestación: «No hay prisa. Agradecidas por su cuidado».

Lo firmaba mi prima Veva, y aunque sonaba a guasa reflejaba el estado de ánimo de aquella familia, compuesta por cuatro mujeres que estaban más que hartas de las calaveradas de Juan Morell. Ahora bien, aunque el sentimiento era comprensible y compartido, ¿habría de cargar yo con su compañía insufrible? No me parecía justo.

Pero cierto era que no podía echarle, aun deseándolo, mi código de conducta me lo impedía. Así que le di de margen hasta final de mes para que reflexionara sobre su situación e hiciera las paces con su esposa.

Me lo agradeció saliendo de casa de madrugada y volviendo achispado casi todos los días. Dormía hasta el almuerzo, se atiborraba y se entregaba a la siesta. Creo que engordó y su lustre le hizo aún más ocioso.

Como no podíamos evitar que escapara por las noches, nos comprometimos a hacerle la vida imposible durante el día. El remedio más eficaz era hacer limpieza general de colchones, alfombras y mantas un día sí y otro también; a pesar de lo cual, mantenía el tipo y resistía sobre el somier de la cama y sin manta hasta que le devolvíamos sus enseres.

Así que, ya llegando el plazo que le di para marcharse, aprovechamos el buen tiempo para colgar las alfombras en el jardín. Mientras Rosita las atizaba, Delmira subía y bajaba de las habitaciones haciendo lo mismo con las almohadas y cojines de plumas, esponjándolas al aire libre y evitar los bichillos indeseables.

Dejamos la puerta abierta por comodidad, sabiendo que Tintín aún no había dado sus primeros pasos. No había peligro, por tanto, aunque sí un alboroto considerable entre tantas carreras de mujeres hacendosas.

Nos divertíamos con la actividad, que, por cierto, no nos gustaba a ninguna, pero intentábamos hacerla entretenida, lo más ruidosa posible para que el hombre de la casa estuviera bien incómodo. Era grandioso ver a Rosita cantando al ritmo de la paletada.

En una de esas idas y venidas, decidí quedarme a limpiar la chimenea, aprovechando que nadie había en el salón, y mientras tenía la cabeza metida en su interior, sin importarme tiznarme, me pareció oír que la puerta de la entrada se cerraba. Qué raro, si viento no había.

Saqué la pelambrera desordenada del seno de la chimenea y me atusé los rizos con el dorso de la mano. Al fijar la vista vi que frente a mí había un hombre y no era, precisamente, mi tío.

–¿Qué desea? –pregunté disimulando los nervios de verme intimidada. Comprobé que la puerta se había cerrado tras de él y que nos encontrábamos solos.

Era el hombre un bigardo que me sacaba tres cabezas. Ancho de hombros, con mirada seductora, aunque de aspecto repelente. Vestía con la osadía del que se cree muy guapo imaginando que así engatusará mejor a las mujeres. Se le veía a la legua que no era trigo limpio.

–Me parece que no ha sido invitado. Haga el favor de salir de mi casa.

Hizo un gesto incomprensible, algo así como el que se hace a los toros para espantarlos y que embistan. Me pregunté: «¿qué es lo que quiere? ¿Robarme?».

–Vengo a ver a la Piluca.

«Acabáramos», me dije. «Este es *el Arregostao*».

–Aquí no vive nadie con ese nombre –sentencié sin mentirle, pues nunca usábamos ese nombre para llamarla–. Le ruego que se marche o me veré obligada a...

–¿A qué?

El mequetrefe seguía con el gestito del embiste. Provocaba mi reacción.

–¿Cree que estoy sola? Hay un hombre arriba que bajará enseguida a un grito mío. Usted no puede entrar en casa ajena sin que sufra consecuencias. Váyase o gritaré.

–Yo solo quiero hablar con la Piluca. Y conocer a mi hijo, que sé que me lo ha *callao*.

La estrategia fallaba.

–Mire usted, señor... como se llame. Usted no es bienvenido. Aquí no hay niño que valga.

El silencio que siguió a mi amenaza desorientó al maleante. Parecía que todo calló en ese momento esperando la respuesta del hombretón, ni a Rosita se la oía cantar. Instantes después el llanto de Tintín me dejó al descubierto.

–Con que no hay niño... –escupía *el Arregostao* con muestras evidentes de enfado–. De mí *naide* se ríe, ¿estamos?

Se acercó y me vi arrinconada contra la chimenea. Me cogió por el cuello sin que me lo esperara.

–El niño es mío. Es mi hijo –le mentí muy seria y mirándole a los ojos.

Dudó un instante el salvaje, lo que me pareció una eternidad tal y como estábamos tan próximos, y luego continuó:

–Pues lo mismo me da. Ese me sirve.

Mientras esto decía yo palpaba el frontal de la chimenea buscando el tirador, lo tomé y se lo metí entre sus piernas con un gesto osado, impropio de mí.

–Como no salga de esta casa pronto, le aseguro...

No me dio tiempo a terminar la frase, un sonido metálico me dejó momentáneamente sorda. Luego pareció campanear con un eco desagradable y al instante *el Arregostao* se desplomó.

Detrás de él vi a Delmira con una sartén bien pesada entre las manos. El orangután aún hacía por levantarse, pero mi madrastra le volvió a atizar.

Entró Rosita y dos segundos después Mari Pili con Tintín en brazos, que seguía llorando. Oímos los pasos de mi tío bajando la escalera.

–¡Pero qué bulla tenéis siempre en esta casa todas las mañanas…! –iba diciendo el insensato–. ¡Cáspita!

Todos quedaron inmóviles del susto que les produjo ver a un hombre tirado en el suelo del salón, medio ensangrentado. Mari Pili dio un grito nervioso al reconocerlo. A mí todo me pareció extraordinario, como de zarzuela.

–Venía a por el niño, ¿verdad? –preguntó la asustada madre.

–Sí, tuve que decirle que era hijo mío.

Mi tío, confuso por la situación y una noche excesiva, se rascó el flequillo. Sus ojos pasaban de mirar a Tintín a mirarme a mí intentando, seguramente, encontrar el parecido.

–¿Hijo tuyo? ¡Esto es el acabose! Ahora entiendo que no vinieras por Granada en tanto tiempo. ¡Un hijo!

Nos miramos Delmira y yo sin dar crédito a su estupidez. Incitada por los nervios, dije muy sarcástica.

–Sí, tío, sí. Y el padre es el duque.

Se tapó la boca con las manos el pobre hombre, que recibía la insensatez como una bala de cañón. Se sentó en uno de los sillones y lo ignoramos, mientras decidíamos qué hacer con *el Arregostao.*

–No me lo creo –decía muy caviloso mi tío Juan Morell. Y cuando creíamos que comprendería del todo, continuó–: Para mí que el padre es el señor Galdós y lo quieres ocultar.

Le di un puntapié esperando que reaccionara, pero fue inútil. Delmira, temblona, preguntó:

–¿Alguien sabe dónde podemos encontrar un médico?

* * *

La lucidez se manifestó en mi tío Juan Morell tras momentos de reflexión. No sé entonces si fue capaz de discernir que mis palabras sobre el duque y Tintín eran chanza, pero por lo menos nos aseguró que ayudaría yendo a buscar un médico. Conocía uno que asistía en las calles traseras a la Carrera de San Jerónimo incluso a las mujeres de la calle, de ahí que mi tío supiera de él y allí que se fue, medio vestido y muy sofocado.

Mientras, nosotras atamos de pies y manos al monstruo, que parecía abrir los ojos. Evité que Delmira le atizara por tercera vez.

–Lo que más siento es que rompiera la sartén. Hasta que venga el latonero y le dé unas cuantas gotas de estaño tendremos que comer de guiso.

Lo tomamos a chufla, menos Mari Pili, que respiraba agitada, sin que se le fuera el miedo del cuerpo. En cuanto vio que *el Arregostao* entreabría los ojuelos corría a refugiarse con su hijo tras las cortinas. Fueron minutos muy largos, aunque no llegó a la hora el tiempo que mi tío empleó en volver acompañado de un doctor.

Era el galeno joven, más que yo. Vestía con humildad, tanto era así que le descubrí varios zurcidos en los codos de las mangas. Sus pantalones, que eran de pana burda, estaban deformados y con brillos muy desagradables, pero en conjunto pasaba por ser un hombre interesante, incluso guapo, de mirada inteligente y barba del mismo color del pelo, de un tono rojizo mucho más intenso que el mío.

–Es el doctor Eduardo Santaella. Le encontré de camino a otro aviso, pero era de menos urgencia –explicó mi tío.

No hubo tiempo de estrechar manos. El doctor, descubriendo al *Arregostao* en el suelo, se despojó diligentemente de su chaqueta y se acercó con el maletín en mano.

Me pareció su gesto algo brusco pero varonil y Delmira se dio cuenta, correspondiendo con un guiño de ojo, muy fastidioso. Creo que me ruboricé.

–Ha sido un buen golpe, pero creo que reacciona.

Sacó de su maletín un líquido que le dio a oler y el barbián se revolvió hasta abrir los ojos muy grandes, momento que aprovechó el doctor para mirárselos y comprobar que fijaba la atención.

–No creo que tenga nada que no se cure en la cárcel –sentenció.

Nos miramos todas.

–¿Cárcel? ¿Es necesario? –pregunté.

El médico se puso en pie y se arremangó la camisa.

–Por lo que me ha ido contando por el camino el señor Morell no queda otra opción. Yo tengo que dar parte, es mi obligación.

–Claro, claro... Es que no queremos que se forme mucho alboroto, vamos, que deseamos discreción.

–Sí, siempre se desea discreción.

Lo dijo el doctor después de mirarnos a todos y también observar el interior de la casa. Pude adivinar, por sus maneras y vestimenta, que nos tachaba ya de burgueses hipócritas, de los que no quieren dar pábulo a habladurías, pero las incitan.

–¿Puedo hablar un momento con usted mientras mi tío va al cuartelillo a buscar a los guardias?

El doctor Santaella dudó y luego accedió a escucharme, cosa que hizo en una sala contigua, sin la presencia de nadie más. Le conté, muy resumidamente, el peligro al que nos exponíamos con ese hombre en nuestras vidas, pues Vicentillo podía caer en sus garras. Pareció muy interesado y luego preguntó:

–Pero, entonces, ¿el hijo no es suyo?

Me quedé desorientada y luego caí en la cuenta.

–¡Ah, mi tío! Es un bendito, no se entera de nada. Tuve que asegurar que era mío a ese barbián para que me dejara en paz, pero se nos fue de las manos la situación y Delmira creyó ayudarme con el sartenazo. Si es verdad lo que dice mi criada, quiero decir, mi doncella, puede haber otros niños en la misma situación, expuestos al robo y la venta como mercancía. No quiero que vuelva a pasar, pero dese cuenta de que vivimos en esta casa cuatro mujeres y... sin hombres.

Me miró el doctor comprendiendo la ironía.

–Ya, cuatro mujeres solas.

Bajé la mirada, no por miedo, sino porque parecía un poco burla.

–No crea que no sé defenderme. Llevo esta casa tan bien o más que un hombre y tengo independencia económica. Pero me he comprometido con esa pobre muchacha y no quiero tener que espantar a otro señor como ese en lo que me queda de vida.

El médico cabeceaba comprendiendo.

–Si es tan miserable como dice la señorita, que va por ahí raptando a seres inocentes, lo mejor es denunciarlo.

–Ya.

Confiaremos en la justicia madrileña, me dije, y que funcione más diligentemente y con más imparcialidad que en Granada.

–Pues, entonces, no se hable más. Estamos a su disposición.

Fue una tarde complicada, de esperas, de trámites y de desasosiego. Cada vez que abríamos la puerta nos aparecía un miedo insólito que rechazaba tras razonarlo, porque no quería tener pánico a mi casa, el único lugar en donde debía sentirme protegida y a salvo.

Aquella noche estuvimos muy serias. Delmira propuso poner una verja más alta alrededor de la casa y una puerta de hierro que solo pudiéramos abrir desde dentro. No le dije nada, aunque su coste tampoco me ayudaba a decidir.

–Al menos hemos sacado algo bueno de todo este detestable asunto –exclamaba Delmira–: conocer a un doctor muy interesante.

–No empieces con tus celestinadas.

–No, mujer, es que se me ha ocurrido que podríamos decirle que venga a examinar a Tintín. Fue un niño expuesto a la desnutrición, quién sabe si no está raquítico... Esas cosas solo las sabe un médico porque ni tú ni yo hemos sido madres, así que...

–¡Basta! Es muy cruel utilizar la salud de un niño para conseguir tus propósitos y lo sabes. A partir de ahora te voy a llamar madrastra... –le amenazaba.

Delmira reía con un poco de vergüenza, tapándose la boca.

–Ay, hija, ni que fuera una tortura volver a ver a un hombre decente y de buenos brazos. No es nada común por aquí.

Tuve que consentir para no oír la matraca todas las tardes. Llamamos al doctor Santaella y reconoció a Tintín, que, por si quieren saberlo, tenía una salud de hierro.

Luego le tomó el gusto y venía..., ¡curioso, muy curioso!, a verlo una vez cada primero de mes, sin faltar.

CAPÍTULO 19

DE CÓMO GALDÓS NO PARABA DE ESCRIBIR Y YO PERDÍA INTERÉS POR TODO

A partir de entonces, Delmira, cada vez que me veía baja de energía, que dicho sea de paso era frecuente, amenazaba: «No te pongas mala que me obligarás a llamar al médico». Esto lo sentenciaba moviendo su dedo índice por delante de mi nariz y riéndose seguidamente, como una jovencita traviesa.

Desde el nefasto suceso del *Arregostao* me embargaba la sensación de ser incapaz de proteger mi hogar. Había asumido un papel de riesgo, el de varón y paterfamilias, contrayendo obligaciones y deberes que me caían muy grandes. A veces me sentaba en un sillón y, cabizbaja, anhelaba tener a alguien que me protegiera a mí. Luego me decía, tras reflexionar, que eso tenía el querer ser independiente, y muy desolada me iba a dormir, teniendo sueño entrecortado y con pesadillas.

Poco a poco, mes a mes, evitaba las salidas a los cafés, a las reuniones literarias o a la casa de Lisita, que ya era madre atribulada y con poco tiempo para ver a las amigas. Por eso recuerdo, especialmente, la tarde en que Delmira me dijo eso, lo de señalarme con el dedo y amenazar con llamar al médico, aunque Eduardo era ya de total confianza, dejándolo entrar sin miramientos y convidándole a una limonada cada vez que hacía acto de presencia. Lo recuerdo, digo, porque estaba sentada leyendo el último artículo publicado por Galdós en una nueva revista llamada *Alma Española*; debía ser, por tanto, noviembre de 1903.

Eran tiempos de renovación espiritual tras el desastre llamado del 98, que Galdós insistía en considerarlo concepto inadecuado. Así lo manifestaba en su artículo «Soñemos alma, soñemos», que ofreció a la revista para ser publicado como editorial. Sus razonamientos fueron bien recibidos y en pocos días ya se hablaba de haberse convertido en el padrino oficial de los escritores emergentes de la nueva España.

Eran momentos de negativismo general y parecía que a mí se me había pegado también el fatalismo patrio, que en mi caso se traducía en algo personal y literario.

«El pesimismo que la España caduca nos predica para un honroso morir ha generalizado una idea falsa, la catástrofe del 98 sugiere a muchos la idea de un inmenso bajón de la raza y de su energía. No hay tal bajón ni cosa que lo valga», decía Galdós en su artículo, añadiendo que si mirábamos a los cincuenta años atrás solo se encontraba «vaguedad de costumbres» y cierto era que todo español se volvía en esos días más ocioso, autocomplaciente y resignado, pero que ya venía siéndolo siglos atrás sin necesidad de perder unas colonias. Algo parecido a ese sentimiento tenía yo, por mi particular «desastre» que, sin ser del 98, era del 1903.

Por eso Delmira terminó por consumar su advertencia y llamó a Eduardo, el médico, que vino aquel mes por dos veces.

Supe que había llegado porque todo en nuestra casa adquiría un aura singular solo con advertir su presencia. Era Eduardo de una actividad contagiosa. Su alegría se palpaba. Apenas entraba por el umbral y Tintín corría a su encuentro, pues ya andaba bastante suelto, y Rosita hacía lo mismo para saludarlo. El galeno, que a veces venía con la chaqueta arrugada sobre el maletín y, por tanto, en mangas de camisa, tomaba a una y a otro, los elevaba en el aire y les daba una vuelta, siendo esta garatusa del gusto de ambos y riéndose a causa de ella durante horas.

«Qué hombre», decía Rosita para sus adentros mientras iba a por la limonada y siempre procurando que el médico la oyera, «En dos minutos pone la casa patas arriba, tiene el vigor de cinco chisperos. Lo que le hace falta es una mujer que lo dome».

–Quite allá, señora Rosita, que soy muy feliz siendo tan indómito como un leopardo. El día en que una mujer me quiera domar, entonces me habré muerto.

–Ande, ande, eso dicen todos. Pero todos caen, como mosquitos a la luz –replicaba la criada–. Creo que viene a ver a la señorita, ¿no es cierto? Pues está en su estudio, tan lánguida como una pavera tras la Navidad. Ande y vaya a darle algún sinapismo de esos que mandan los matasanos para que se le encienda el ánimo.

Oí todo esto desde mi estudio porque la casa, aun siendo amplia, transmitía los sonidos con facilidad. Todavía recuerdo el dolor de cabeza que me producían los espeluznantes gallos que salían de la garganta de mi tío Juan Morell cuando se atusaba para salir por las noches. Él decía que cantaba, pero a veces dudábamos de si se había aplastado un pie. Creo que Rosita subió una noche para interesarse por su salud. Por fortuna mi tío se había vuelto a Granada, aunque me aseguró que, dado que le habíamos tratado tan bien y ante la ausencia de varón en nuestra casa, que se dejaría caer por aquí de vez en cuando.

Los zapatos de Eduardo se anunciaron con su característico chirriar. Luego tocó a la puerta.

–¡Entre!

Abrió el médico, que venía más acelerado que de costumbre, incluso con la camisa bien arremangada, como si fuera primavera, aunque, evidentemente, no lo era porque estábamos en otoño. Un día, especialmente tristón, casi a punto de llover.

–En mangas de camisa y corriendo… ¿No será por mí?

Eduardo dejó su maletín sobre un sillón, intentó desplegar su chaqueta arrugada y colocarla sobre el respaldo, pero no fue muy hábil. Luego se sentó.

–¿Por qué todo el mundo tiene tanta energía y yo parece que la estoy perdiendo? –pregunté muy desanimada.

–Porque eres una alarmista. Y, además, tienes mucha imaginación.

–Puede…

–Pero vamos a ver…, ¿qué es lo que te pasa? Tienes muy preocupada a Delmira.

Titubeé.

–Es que no están acostumbradas a verme tristona. Pero es que se me han acabado las ganas de seguir tirando del carro. No puedo con todo, Eduardo, no puedo yo sola.

–¿Y quién dice que lo hagas? ¡Déjate ayudar!

Intenté reír, pero no me salía la risa.

–¿Por quién? Delmira colabora, cierto es, Rosita hace muchas cosas en la casa, pero la edad..., y Mari Pili, por una muchacha a la que trato de ayudar me meto de cabeza en un dilema de los grandes. Todavía cerramos con tres llaves la puerta de la entrada, y no creas que abro las ventanas por la noche, este verano ha sido un infierno.

–Mujer, el granuja está ahora en la cárcel, podéis estar tranquilas.

–Pues no lo estoy. Este Madrid se está poniendo cada vez más peligroso. Rosita no hace más que recordarme el crimen que sucedió en la calle Fuencarral, no el del siglo pasado no, que se hizo tan famoso; sino el de esa criada que mató a su señor con una plancha mientras dormía. Solo pensarlo y se me pone el vello de punta. Y los periódicos no hacen por olvidarlo, no, que la tal Cecilia Aznar sale por todas partes. ¿Y si Mari Pili no es la muchacha amable que parece ser? ¿Y si ese truhan de medio pelo la camela y habiendo visto lo que hay dentro de casa insiste en que nos robe...? Ay, no sé.

–Hola, hola... Creo que tenemos una crisis de derrotismo en grado superior. Tendré que enviar a Delmira a por una medicina muy efectiva. ¿Quieres que lo haga?

–¡Ni se te ocurra!

–¡Delmira, venga usted para acá!

No me hizo caso el galeno, que se reía controlando la situación que a mí se me iba de las manos. Me pareció que mi madrastra debía estar escuchando tras la puerta, porque llegó con una rapidez que desconcertaba.

–Usted me ha llamado para que ponga fin a esa melancolía que se le ha metido a nuestra amiga bajo esos rizos tan preciosos.

–¡No me requiebres tú ahora, señor doctor! –le decía yo muy enfadada–, que no soy de esas mujeres que se creen lo que les dicen los hombres. Si es esa la medicina, has fallado.

–No es esa, tontina, es otra que Delmira tiene y puede ofrecerte.

–Pues usted dirá, Eduardo. Si es por mí…

–¿No tiene usted familiares en Asturias?

–Pues, sí… Mi hermana aún vive en un pueblo chiquitino cerca de Ribadesella

–Ahí lo tiene, entonces.

Nos quedamos las dos mirándonos sin comprender. ¿Acaso la hermana de Delmira era médico o algo que se le pareciera para encomendarle mi enfermedad de ánimo?

–Ah, que hay que explicarlo. Pues es muy sencillo. Asturias tiene playa, ¿no? Pues es eso lo que recomiendo.

Enmudecí porque no tuve valor para protestar en algo que sabía para mis adentros que era mi salvación. ¿Cómo había conocido el doctor Eduardo Santaella que deseaba acercarme al norte, en especial a Asturias, para intentar comunicarme con Darío Alcázar? Sus cartas eran cada vez más distantes y frías y eso me aceleraba mi estado de negatividad por todo lo anteriormente dicho.

Delmira me miró de reojo, sabía que si íbamos a Asturias intentaría contactar con él y, por lo tanto, peligraba mi equilibrio moral.

–¡Es una magnífica idea! –exclamé algo desorbitada–. ¿Crees que tu hermana nos invitaría? Además, mataríamos dos pájaros de un tiro… ¿No está ese pueblo a pocos kilómetros de Santander? Si preparamos el viaje para después de Navidad y nos quedamos unos meses, coincidiremos con don Benito en San Quintín. Siempre he querido saber cómo es su casa santanderina.

Delmira me miró ahora muy de frente, con sus manos una sobre la otra, apoyadas en el vientre, como matrona que ha de tomar una decisión. Respirando con profundidad, se dirigió al doctor y exclamó:

–Si no nos precipitamos podemos pedirle a mi hermana que nos deje una casita que fue de un indiano y que podría servirnos. Está cerca del mar y con paciencia y buen coche podríamos visitar a don Benito, aunque cerca, lo que se dice cerca, no está de Santander. Es esa la única visita que realizaremos, ¿verdad, niña?

Lo preguntó adrede, insinuando si visitaríamos a Darío. A esta mujer no se le pasaba ni una. Bajé la cabeza como una adolescente, algo avergonzada.

–No es malo hacer visitas, ¿verdad, doctor? Hasta tú podrías visitarnos si así lo deseas.

Eduardo se sintió intimidado, vi que sus ojos buscaban la evidencia de que no lo decía por cortesía, me palpó una mano con ternura.

–Me conformaré con que tu ánimo se corrija, lo demás iremos viéndolo poco a poco. Queda por delante mucho tiempo.

–Pero mucho por hacer. Delmira, ¿qué tal si vas escribiendo a tu hermana? Y habrá que pensar en alquilar algún coche para que nos acerque a San Quintín. Ahora que lo pienso. ¡Pobre tío Juan! Se le acabarán las aventuras nocturnas madrileñas durante algunos meses.

Delmira salió muy silenciosa y en la puerta vi que le hacía un gesto a Eduardo, que, comprobando en su reloj que ya era tarde, me besó la mano, con gesto amistoso y algo teatrero. Salió con Delmira y cerraron la puerta. Creían que no iba a oírles, pero para según qué cosas tengo los oídos muy agudos.

–¡La ha hecho buena, doctor!

–¿Yo? ¿Por qué lo dice? No hay recomendación mejor para el ánimo que pasear por una playa y cambiar de aires.

–Es que usted no conoce de la misa a la media. En Asturias, precisamente, se encontraría con un hombre al que no quiero para ella. Está casado, ¿me entiende? Y creo que está mustia porque no sabe de él desde hace meses.

Silencio. ¿Qué cara tendría Eduardo en esos momentos?

–Lo lamento mucho, yo…

–No podía saberlo, no se disculpe. Pero seguiremos con el plan. Ver a don Benito trabajando en San Quintín le será mejor medicina que encontrarse con ese canalla de Darío Alcázar.

Luego oí que bajaban las escaleras, pues sus pisadas se alejaban. Qué regomello me dio. Di un golpe sobre la mesa de mi escritorio. ¿No tenía yo derecho a equivocarme eligiendo una relación que como tantas veces atrás me dejaría frustrada y calamitosa? ¡Incluso tenía derecho a reprochármelo y a llorar después mi estupidez!

Ah… qué desazón. ¿Cómo había llegado a esto? Si ayer asumía mi impotencia por verme sola, ahora demandaba independencia para hacer las cosas por mí misma. ¿Cómo se comprendía?

No, no era por Darío exclusivamente este desánimo. Lo era por eso y por cien cosas más. También por saber que don Benito, cansado y viejo, escribía tres *Episodios Nacionales* al tiempo y yo no conseguía completar más que un ridículo artículo a la semana. Me sentía profundamente inservible.

* * *

El estreno de *El abuelo* en el Teatro Español el día 14 de febrero de 1904 renovó las esperanzas de don Benito. Se basaba en una novela escrita en 1897 y ahondaba en el honor de sangre, en esa cerrazón tan típicamente española de reconocer solo como bueno lo que proviene de nuestra propia herencia. Algunos trataron de ver en ello reivindicaciones de origen histórico, como la de los sefardíes, tema que no había sido ignorado por Galdós ni por otros muchos escritores, pero que en él tomaba una dimensión distinta por contar con una amante judía.

La historia de *El abuelo* no dejaba de ser un ataque directo a los valores tradicionalmente válidos y que, como era común en Galdós, los cuestionaba con sobradas razones. Contando por mi parte con hermano adoptado, dos madrastras y algún que otro abuelo que nunca lo fue, no tenía la menor duda de que se puede entregar el corazón a quien no es de tu familia con resultados, a veces, mucho más afortunados.

En la trama había mucho del Galdós que escribiera primero la novela, pero también del nuevo Galdós, observador de la arrogante vieja España y detractor de la intolerancia. El amor, finalmente, venía a decir, es un buen método para acercar a los contrarios, que aquí se representaban por el viejo conde de Albrit y su exquisita nieta Dolly.

Fue aquel 1904 un año salpicado de novedades en las calles de Madrid, que para mí representaban más trabajo. Me enviaban con frecuencia a pormenorizar los avances de los nuevos bulevares que iban desarrollándose entre el paseo de la Castellana y el barrio de Pozas.

En la calle Areneros, 46, que luego se llamaría de Alberto Aguilera por ser este el alcalde que remodelara esta parte de la ciudad, vivía por entonces don Benito en un chalecito, a pocos metros de la casa de su sobrino, José.

A veces subía a su casa y comentábamos los avances de las obras, amén de los avatares propios de la ciudad, como la llegada de los nuevos tranvías, que en vez de ser amarillos eran rojos. Los madrileños pasaron de tener «canarios» a tener «cangrejos» en poco tiempo, siendo estos últimos algo más cuidadosos en las normas de seguridad, pues incluyeron en la parte delantera un rastrillo protector que expulsaría el cuerpo de los atropellados evitando que se introdujeran bajo el tranvía. También les pusieron número, dado que ahora eran más y con más líneas. Yo solía coger el número 22, que tenía cabecera en Embajadores y Moncloa, y pasaba por Cibeles.

Galdós ocupaba la parte primera de la vivienda de Areneros, era alquilada y perteneciente en otro tiempo al señor Francisco de las Pozas. El barrio, que llevaba ese nombre, no se debía a él, sino al constructor Ángel de las Pozas, que diseñó instituciones emblemáticas en la ciudad, como el Cuartel de la Montaña. En esta casa vivió cómodamente don Benito a pesar de ser un edificio de dimensiones limitadas, con corredores un poco agobiantes, pero de gran luz y un jardín achaflanado que desahogaba.

A esta zona madrileña, habitada fundamentalmente por trabajadores, llegó el concepto de bulevar y de glorieta, que se popularizaría sin mucho esfuerzo. El alcalde, Alberto Aguilera, tomó interés por modernizar y descongestionar la zona y convertirla en un conjunto de vías oxigenadas con espacioso paseo central plantado de árboles, agradable para pasear por él. Era un novedoso concepto que eliminaba las viejas calles cercanas a las puertas y portillos de la ciudad, zonas sosas y mal cuidadas que ahora eran de admirable ventilación debido a las hojas de los frondosos árboles.

En los días calurosos nos contagiábamos de la actividad de la calle Areneros, viendo atravesarla por calesas, tranvías y bicicletas que sorteaban a los viandantes que cruzaban; algunos de estos eran niños que jugaban con aros o perseguían a algún perro.

Otro de los proyectos que me tuvo en vilo, aunque se aprobase en agosto, fue el de acondicionar la plaza donde se encontraba la mítica fuente de La Cibeles para construir allí un edificio para Correos.

El trazado me interesaba vivamente, no solo porque mi casa se encontraba cerca y las obras podrían afectarme, sino por las molestias que me ocasionarían si pasaban por el Prado los carros de mulos tirando de los materiales de construcción. También era cosa novedosa: el gobierno municipal reconocía que iba a ser uno de los monumentos más emblemáticos de la ciudad. En el concurso que ofertaron salieron ganadores dos jóvenes arquitectos que habrían de dar que hablar en un futuro próximo, se trataba del gallego Antonio Palacios y el vasco Otamendi, que presentaron un proyecto originalísimo, admirado después por los madrileños.

Todo esto fue tras las vacaciones, porque antes estuve ocupada en aprovechar mi tiempo, que pasaba muy deprisa, preparando el viaje a Asturias y con la ilusión de compartir con Galdós un pequeño espacio de su vida literaria que celosamente ocultaba a sus amigos y, por lo tanto, nos resultaba un misterio.

Mari Pili, tan pronto se enteró de que viajaríamos, puso todos los peros del mundo. Que si Tintín era muy pequeño, que si ella no podía dejar a su padre solo…, pero finalmente fue el doctor Santaella quien le indicó que no hay nada mejor para la salud de un niño que corretear por la playa. Además, todavía estaba muy presente la amenaza del *Arregostao* y todos necesitábamos poner distancia.

Sin embargo, la felicidad que me embargaba en esos momentos no fue compartida por don Benito. Cuando fui a despedirme de él a su casa de Madrid, me dijo que su economía estaba en situación preocupante. Llevaba ya ese año trabajando en tres de sus *Episodios Nacionales*: *La revolución de julio*, *O'Donnell* y *Aita Tettauen*, sin descanso ni para dormir, y ni siquiera cubría los gastos de subsistencia.

Cuando entré en su despacho, mucho menos soleado que el que recordaba de la plaza de Colón, se presionaba los ojos con los puños. Tenía las gafas sobre la mesa y no paraba de rascarse y darse masajes en los párpados cerrados.

–Ah, querida Carmelilla... Disculpa que no me levante, estoy algo cansado. Los ojos no me dejan vivir. Tengo que terminar estos últimos capítulos y se me están haciendo eternos.

–Trabaja usted demasiado y así no se pueden hacer las cosas.

–Tienes razón, guapina, pero ya ves, si no trabajo no gano dinero. A veces pienso que para qué me sirve tener éxitos teatrales y vender mis novelas a cientos, si el dinero que me producen no me llega o se funde al llegar por tenerlo ya empeñado. ¿Sabes que he decidido vender la editorial?

Me quedé muy consternada.

–Pero ¿cómo? ¿Venderla a otro editor?

Galdós respiró profundamente y apoyó su brazo en la mesa sobre la que escribía. Tomó un puro que estaba medio encendido reposando en un cenicero y se lo llevó a la boca buscando en el habano algo más que la satisfacción de combatir su ansiedad. Noté que reflexionaba.

–Verás, hace muchos años tuve un editor que me sangraba. No es que sea esto cosa singular. Los editores tienden a hacer contratos de esclavitud. Pero el mío era especialmente cruel. Cada tres meses una novela y cada día una galerada que corregir. ¿Te imaginas, jovencita, cuántas historias hay que crear, cuántos personajes y situaciones? Los editores no saben de eso, solo saben de dinero. Pero ¿quién mide la creación? ¿Quién pone números a la imaginación de un escritor? –soltó el humo del cigarro como si se lo expulsara al susodicho editor Miguel de Cámara–. La cosa era insostenible y un día se lo expresé a un amigo, don Antonio Maura, al que veía en el Congreso. Me pidió todos los datos, recibos, documentos..., y lo llevamos a los tribunales. No creas que fue tarea fácil porque el abogado contrario, que era canario por más señas, sabía muy bien lo que hacía. Fue imprescindible buscar a un mediador y confiar en su decisión imparcial, siendo este hombre Gumersindo Azcárate, nada menos. Este falló a mi favor, pero ganar el pleito significó tener que pagar al señor Cámara ochenta y dos mil pesetas, así, a tocateja, un dineral. Al señor Maura le pagué otras dos mil quinientas. –Galdós se rio–. O sea, que me liberé de un opresor para verme en el dilema de seguir trabajando sin descanso. ¡Más novelas, más galeradas! para pagar a quien me había dado la libertad. Cuando pienso a qué he llegado con la editorial que luego creé, «Obras de Pérez Galdós», me viene la risa. Sí, Carmelilla, me tengo que reír, porque he nacido con el sino del escritor español, el de no conseguir vivir de lo que gano escribiendo. ¡Y mira que escribo!

–Pero, entonces... ¿qué va a hacer?

–Un empleado mío de total confianza, Gerardo Peñarrubia, trabajó antes en la Editorial Casa Hernando y me ha prometido que hablará con ellos. No soy buen comisionista, ya lo sabes, querida niña. Yo creía que dejando libros en las librerías a la espera de que te los compren era suficiente, pero parece que no.

Le acaricié una mano, tenía los ojos llorosos, quizá por el humo del habano o quizá por la falta de luz. Me levanté y le coloqué los cojines tras su espalda. Luego le di un beso en la mejilla.

–Deje hoy de escribir. Nada conseguirá si se pone malo. Ya es casi de noche. Nos veremos en San Quintín.

Aceptó mi consejo y yo me marché, pero sin asegurarme si luego no le acuciaría la actividad y volvería a arremeter contra esos capítulos que le eran tan rebeldes.

CAPÍTULO 20

DE CÓMO CONOCÍ LA MÍTICA VILLA SAN QUINTÍN

Momentos antes de cerrar todas las ventanas, apuntalar las puertas interiores y rellenar los baldes con agua para evitar el resecamiento de las paredes, tocaron a la puerta del jardín. Me dio un pálpito el corazón.

¿Será una carta de Darío que tras recibir la mía diciéndole que voy para allá me escribe para concertar un encuentro?, me pregunté.

Salté por encima de las jofainas que estaban en el suelo derramando algo de su interior, me resbalé por el agua y dirigiéndome hacia la escalera principal conseguí bajar los escalones a pares. No llegué a tiempo, pues Rosita se me había adelantado y ahora hablaba con un muchacho que estaba vestido de librea, algo apuesto, pero de mirada huidiza. Giraba nerviosamente su gorra entre las manos y parecía que insistía mucho a las negativas de nuestra criada.

–¿Quién es, Rosita? ¿Qué desea este señor?

Rosita gesticulaba; quiero decir, más que otras veces.

–Pues que este pollo asegura que viene de parte del señor Morell y a mí o me ha *dao* un avenate o no le entiendo ni papa. ¡Pues no dice que es nuestro nuevo cochero!

Al oír el nombre de mi tío en medio de la conversación saltaron a mí los miedos lógicos.

–Dice usted que… que le envía el señor Juan Morell, ¿mi tío?

–Si es usted la señorita Carmela…, correcto. Me llamo Cándido Expósito y me han dado la orden de venir aquí y presentarme como su nuevo cochero. Vengo acompañado de esa calesa y de la Rubia.

«¿La Rubia?» pensé yo. ¿Nos metía en casa mi tío alguna de sus conquistas?

Pues no, resultaba que a mi tío Juanito se le había pasado por las mientes agradecerme mis atenciones pagándonos un servicio de transporte, o sea, una calesa con su correspondiente yegua de tiro, ya poco usual en la ciudad, pero, seguramente, muy provechosa para sus correrías nocturnas. Todo quedaba bajo su responsabilidad y, por lo tanto, también los gastos ocasionados. Me quedé algo desconcertada.

–¡Y justo se le ocurre hacerlo cuando salimos de viaje! ¿Y qué podemos hacer ahora con la yegua y el coche? ¿Nos los llevamos en el tren? –Cándido, que era desenvuelto, al entender el problema, me dijo que se lo dejara en sus manos y que él se ocuparía de la calesa y la yegua si me daba el tiempo suficiente para encontrarnos en algún lugar de paso cercano a la parroquia asturiana a donde nos dirigíamos, lugar al que íbamos destinadas por estar allí la casa de la hermana de Delmira. No había mucho tiempo para dudar, y si mi tío nos lo enviaba, sabiendo la lupa con la que lo examinaría más adelante, no creí que pudiera cometer la torpeza de elegirme un mangante o un homicida.

Con gran desasosiego y con Tintín llorando, subimos al tren en dirección a Santander para luego, con paciencia norteña, emprender el segundo tramo del viaje hacia la casa cercana a Ribadesella, en el borde oriental de Asturias.

* * *

Llegamos muy cansados a la propiedad de los de Oneta, que yo me había imaginado como casa de campiña de las que Jean Austen sacaba en sus novelas, de arcaica infraestructura, pero de singular belleza. Sin embargo, de lo segundo no hallé nada. Sí lo primero, que de arcaico tenía prácticamente todo.

Era el terreno en donde se situaba amplio, casi como prado salvaje, pero la casa, ay, la casa era de pueblo, mejor dicho, de agricultores, y si la mirábamos con malicia, hasta de pastores.

Pero limpia estaba, porque la hermana de Delmira se preocupó en enviar a unas aldeanas que nos la asearon, nos dejaron sábanas limpias ya colgadas en la trasera de la casa, y cuando las pusimos sobre los colchones de lana aún estaban húmedas.

No contaba con agua corriente, claro está, así que se imponía el reparto de horarios para los baños mañaneros en un pilón que parecía ataúd románico y que debieron usar de comedero de vacas.

A pesar de todo, no me decepcionó. Sentía la necesidad de cambiar y acudí con el propósito de desprenderme de mis prejuicios.

Tan pronto pude, después de establecerme, escribí mis dos primeras cartas, una a Galdós para decirle que iría a verle a San Quintín y otra a Darío para pedirle que viniera a verme él, pues yo desconocía dónde estaba su propiedad y, además, suponía que, viviendo en ella su esposa, no contaría con su aprobación.

* * *

Los primeros días tomé la costumbre de observar el paisaje. Era de un verdor esponjoso como hecho del musgo que de pequeña ponía decorando los Belenes.

Las montañas parecían mullidas e inspiraban la sensación de no herirte si de ellas te caías. En mitad de esas esponjas montañosas sobresalían casinas, diminutas todas, pareciendo que las engullía el verde.

A mí llegaban las novelas de la Pardo, de Pereda, de Palacio Valdés y se convertían en reales. Todo ello me conmovía con su humedad romántica tan del estilo de la Austen y hasta disfruté de las traviesas gotas de lluvia que por aquí llamaban *orvallo* y que nunca calaban.

Pero si he de ser sincera, nada fue comparable al miedo que me inspiró el mar y su brusquedad traicionera, que yo no conocía por ser de zona de interior. Me golpeaba las sienes cada noche con su rumor de ida y vuelta, meciéndome entre pesadillas. Sospechaba que en algún momento me engulliría una gran ola en el transcurso de un sueño profundo.

Poco a poco se acostumbró la niña burguesa que siempre anduvo sobre pavimento, que era yo, a pisar el acolchado terreno y me abandoné a los placeres de la hierba fresca lamiéndome los tobillos, alcanzando la libertad que me era tan necesaria y saludable para el espíritu.

Pasaba las mañanas contemplando el amanecer, cada uno distinto al pasado. Las tardes recibiendo la brizna de sol que se filtraba entre los eucaliptos y las noches oyendo las olas y su remansar sosegado, cuando lo había.

Con todo, me costó habituarme al horizonte marino de Asturias, pues, según huía de él, hacia el interior de los prados, sobresalía azulino entre las montañas, más aún, rozándoles las cimas, que parecía que el mar estaba más alto que la tierra. Este efecto perturbador me atosigaba y a la par causaba gran fascinación en mí, tanto que después de abandonar Asturias seguía buscando el mar instintivamente más allá de los árboles del paseo de la Castellana o de la Torre de la Vela, cuando me encontraba en mis dos ciudades de referencia.

* * *

La llegada de Cándido Expósito, el cochero, con un vehículo de alquiler algo más moderno que el que nos regaló mi tío ocasionó en nuestro grupo familiar una gran algarabía. Significaba que, además de a la orilla del mar, a la que nos habíamos acercado con cierta prudencia, también podríamos acceder a las diligencias que transitaban hacia las localidades más grandes para avituallarnos de comodidades, detalles que en la ciudad eran minucias y que posiblemente ignoraríamos, pero que aquí tomaban un valor superior por escasear. Así ocurrió. Rosita se entusiasmó tras encontrar en el pueblo más cercano paños de cocina y Delmira un dedal que perdió de camino a Santander. El cansancio del viaje era poca cosa si conseguíamos nuestros sencillos objetivos y ya, tras realizarlos la primera vez, no nos daban miedo esos osados trayectos que parecían acabar en el fin del mundo, por su largura y dificultad, pero que tomábamos como intrépidas viajeras de otros siglos.

Pasamos los días muy ocupadas, y esperando que llegaran las cartas, pero ninguna recibimos. Me esperancé con encontrarme una tirada bajo la puerta mientras me encontraba ausente, así que inspirada por esta necedad romántica, decidimos, Delmira y yo, irnos a Santander a ver a Galdós, circunstancia que me inquietaba. Quizás a la vuelta habría noticias.

Visitar a don Benito, en su querido San Quintín, era como entrar en su intimidad más recóndita. Yo, que le había conocido unas cuantas casas madrileñas y frecuentado su entorno familiar, me amedrentaba por traspasar su intimidad, de la que era muy celoso fuera de la capital.

Galdós compró el terreno al marqués de Robrero construyendo una villa o palacete de corte indiano según el diseño de Casimiro Pérez de la Riva, que hubo de seguir sus instrucciones muy a rajatabla. Contaba tres pisos, con balcones acristalados muy del estilo del norte, soportados sobre columnas delgadas de grandes zapatas y algún fresco en la fachada.

Se construyó de piedra y ladrillo, con claraboyas en el tejado y una veleta en lo alto. Estaba situada en un lugar privilegiado, frente a la bahía del Sardinero y cercana a la península de la Magdalena, que aún no tenía su palacio que edificarían más tarde como vivienda del rey Alfonso XIII y su familia. Desde San Quintín se veía el mar, pero también las montañas de Solares y los Picos de Europa, recordando al escritor que allí moraba, que era tanto de mar como de tierra.

Me dijeron que la villa se llamó primeramente con nombre muy raro, así como Pohao-Pohao, tomado de una ciudad de Sudáfrica, pero luego terminó por ser San Quintín, como la obra que escribía Galdós cuando la adquirió. Desde entonces muchos más episodios y novelas contemporáneas daría don Benito vida dentro de esas paredes, prácticamente todas las que vinieron después, ya que la serenidad del terreno y la frescura del clima santanderino le ayudaban a concentrarse.

Tras un fatigoso viaje conseguí llegar a las inmediaciones de la casona. No era día de lluvia, así que pude disfrutar del entorno, contemplar esa mansión que tanto era de Galdós como él de ella, porque se habían hecho mutuamente. Lo que tenía frente a mí se había creado como un paraíso personal; el que por allí pasaba era consciente de que esa casa tenía alma.

Contaba con una puerta señorial y otra de servicio. La principal poco se usaba. Sus amigos, sabiendo que a don Benito le gustaba estar en el jardín, solían entrar por la trasera, que era, además, desde donde se accedía a la vista imponente de la bahía.

El jardín tenía buenas dimensiones, con un pequeño bosque de álamos, madroños y laureles. Luego supe que bajo este último Galdós enterraba a sus queridos perros cuando estos morían, quizá por eso me pareció a mí que tenía algo de santuario, de lugar de redimir pasiones o de cavilar cómo provocarlas.

En el huerto plantaba don Benito patatas, pimientos o remolachas y todo cuanto era capaz de agarrar en esa tierra húmeda. Allí se pasaba las horas, por lo que no me extrañó verlo encorvado, pringado de barro, con la gorra calada hasta las orejas. Seguía teniendo cierta agilidad y no hubo necesidad de ayudarlo para que se enderezara, cosa normal en un hombre de su edad.

–¡Carmelilla! Qué buena noticia tenerte por estas tierras. Pensé que no vendrías a visitarme ni siquiera una sola vez. No recibí carta y perdí la esperanza.

Le abracé como si no nos hubiéramos visto en años.

–No estoy acostumbrada a venir al norte y preparar un viaje me resulta complicado. Cuando llegamos a la casa de la hermana de Delmira me quedé un poco defraudada. Me creerá usted una burguesita, pero es que no tiene agua corriente y ahora me veo en el disparate de tener que ir con el cántaro a la fuente.

Galdós se reía.

–¡Ay, niña! Qué fácil os lo han puesto todo. Aquí disfrutarás de la novedad de verte autosuficiente y solo amenazada por la naturaleza, que no es cosa mala, porque comparada con los despropósitos de los políticos de Madrid se queda en algo muy chico. Dime, ¿cuánto vas a quedarte en Santander?

–He reservado con Delmira una habitación en un pequeño hotel durante dos días. No estamos lejos pero el viaje es insufrible para hacer en una diligencia y mucho más si hay chubascos. Quizá nos quedemos algo más, ahora que lo pienso... –le dije en confianza–, así me libro de tener que coger el cántaro dos días enteros.

A Galdós le hacía mucha gracia mi ironía. Me pareció que en San Quintín era libre y rejuvenecía. Le encontré aún más amable que de costumbre.

–Ven para acá, burguesita de ciudad. Te enseñaré mi mansión. No creas que es un palacio, no te dejes impresionar por la piedra y los aljibes y toda esa parafernalia que es más un capricho que otra cosa. Su interior está embarullado, pero todo es parte de mí, cada cachivache que hay sobre una mesa tiene una historia, como esa concha gigante, que es de un taclobo...

–¡Virgen santa, sí que es grande! ¿Y de qué dice usted que es?

–De un molusco que para muy cerca de Filipinas. Me lo trajo un amigo mío que trabajaba en la compañía Trasatlántica. Lo llenamos de agua y es de ahí de donde beben Rinconete y Cortadillo.

Me quedé algo confusa.

–¿Perdón? ¿Son dos de sus perros?

Galdós volvió a reír.

–No, no, ni mucho menos. Son dos ocas que me regalaron y se han hecho amigas mías.

Don Benito era un gran amante de los animales. En su casa de Madrid había visto periquitos y gatos, pero aquí sorprendía su zoológico. Por el jardín correteaba un mastín que a mí me dio un susto de muerte, luego aparecieron dos perros más. Todos ellos de buen tamaño.

–No te impresiones, tontina. Verles corretear por la finca me hace ser un poco más libre y joven. Me distraen en los momentos de penuria novelesca. Pues, ¿qué te imaginabas? Yo también temo a la hoja en blanco, de vez en cuando me asaltan ideas peregrinas que para nada pueden plasmarse en papel y es entonces cuando he de perder el tiempo recapacitando. Me salgo al jardín, le tiro un palo a uno de los perros y se me aclaran los conceptos.

–¿Y qué hace en Madrid sin tanto mastín que lo divierta?

Galdós paró en seco y me miró decidido a decir algún despropósito.

–Allí me dedico a otras bestias –se me acercó al oído y confesó–. En el Congreso hay unas cuantas que domesticar.

Me abrazó con gran ternura haciendo visible que continuaba con la guasa y percibí en su ánimo la frescura de quien se emancipa por primera vez. Era un chiquillo travieso, ilusionado, vigoroso, al que se le iluminaba la mirada según me iba enseñando todos sus trastos inútiles, acopio de recuerdos hermosos o simplemente insustanciales pero que simbolizaban pequeñas cosas del pasado galdosiano.

Al llegar a su despacho, que era un gran salón con vistas al mar, me impresionó su decoración abigarrada, pareciendo más el almacén de un museo que la casa que hubiera pensado para Galdós. Eso sí, todo estaba ordenado. Los muebles que allí había fueron diseñados por él mismo, hasta ese punto la casa era una obra de su imaginación, tanto o más como cualquiera de sus novelas.

Los ventanales tenían cristaleras de colores, como vidrieras, con un aire entre rústico y catedralicio. En las paredes colgaban cuadros de artistas que le dedicaron dibujos para sus *Episodios Nacionales*, todos ellos de reconocimiento nacional, como Mélida, Apeles Mestres o Emilio Sala. También había fotos de sus familiares con gran mayoría de niños y amigos escritores que reconocí de inmediato: Clarín, Pereda o Menéndez Pelayo. En otros estantes: la mascarilla de Voltaire, un retrato de Wagner, un galeón del siglo XVII, esqueletos de peces que en mejor vida nadarían por océanos lejanísimos... En medio de una pared del salón recuerdo una chimenea sobre la que colgaba un trozo de madera con la leyenda de la tumba de Shakespeare.

Imposible describir en un solo capítulo todo lo que mis ojos percibían. Y entre tanto maremágnum de objetos evocadores, don Benito, que se acababa de sentar y se había encendido un cigarro.

–Mi casa no es solo mía. Es de mis amigos Pereda y Menéndez Pelayo, lo era de Clarín cuando aún vivía y me hacía una visita desde Asturias. También de mi familia, de mis hermanas y de mi sobrino José, de Fernando Díaz de Mendoza y la gran María Guerrero, que no tardarán mucho en aparecer porque me visitan a menudo. De José Estrañi, el director de *El Cantábrico*, de la familia Marañón y hasta de Pablo Iglesias, que alguna vuelta se ha dado por aquí. Lo es de Rubín, mi jardinero que antes fue carabinero. Y de mis preciosos perros que pasaron por aquí: Tití, Polo y Canario. Esta es una mansión de puertas abiertas, donde las visitas solo tienen que disfrutar del paisaje y soportar a este viejo ermitaño. A partir de hoy, también será tuya.

Sonreí por la ocurrencia y me senté muy cerca de él.

–Pero ¿cómo fue que decidió venirse tan lejos de Madrid?

Pegó unas caladas y se quedó pensativo, rememorando tiempos pasados.

–Creo que la primera vez que vine a Santander fue en 1871. Me era cómodo llegar hasta aquí y saltar luego a Londres, donde me esperaba mi amigo José Alcalá Galiano y con quien hacía mis viajes europeos por aquellos años. Aquí me hice amigo del gran Pereda y de Menéndez Pelayo, también me veía con Leopoldo Alas, a quien conocerás como Clarín. Éramos tres cabezas muy diferentes, cada uno a su manera comprendía la vida desde un punto de vista, pero nos respetábamos y aún lo seguimos haciendo. Pereda se encargaba de buscarme un hotelito para mis estancias estivales. Aquí podía oxigenarme del calor de Madrid, escribir sin ser interrumpido por los sablistas o por la irritante melodía de los tranvías. Cuando mi hermano fue nombrado gobernador militar de Santander tuve la oportunidad de venirme, comprándome algo propio, y no lo dudé. Por fin iba a tener el mar que olvidé en Canarias y por lejanía y mala comunicación nunca volvería a ser propio. Santander me bastaba y me sobraba. No era Las Palmas, pero su bahía superaba a cualquiera otra de la Península. He dedicado mucho tiempo y mucho dinero a esta casa. En Madrid voy dando tumbos, he vivido en… ¡Ya casi ni lo recuerdo! Desde la casa de huéspedes de la calle de las Fuentes y la de la calle del Olivo, he recorrido más calles madrileñas que un sereno. Pero ahora sé dónde tengo que ir cuando llega el verano y es una sensación tremendamente placentera.

–Sí que debe de serlo, se le ve pletórico.

–Mucho más cuando me calzo las botas y me voy a cavar al huerto. Si en Madrid soy urbano, hecho de los adoquines de las calles, en San Quintín me hago con el aroma del mar y de la tierra.

Te quedarás a comer, ¿verdad? Esta tarde creo que tengo visita de la Guerrero y de su inseparable esposo.

Conocer a María Guerrero me abrió las ganas de comer. Avisamos a Delmira de que pasaría allí todo el día. Al poco de hacerlo me vino la necesidad de preguntarle algo a don Benito:

–¿Ha sabido algo últimamente de su antiguo amigo, el crítico Darío Alcázar?

Galdós me miró con ojuelos muy bribones.

–Lo más reciente que sé de él es que su señora esposa se encontraba muy enferma.

–Ya…

Disimulé y me marché al jardín. Colgada de uno de los árboles había una hamaca aparentemente esponjosa, enredada por el aire. Conseguí estirarla y me arriesgué a sentarme, cosa que no fue nada fácil, pero que al final resultó experiencia novedosa y gratificante. Me dejé mecer hasta que unas gotas, que en mi tierra hubiera creído ser de rocío, me regaron la cara. Era el orvallo al que siempre se refería Delmira, esa lluvia pulverizada, livianísima, que te hacía cosquillas y se quedaba sobre la piel sin traspasarla. Me resultó refrescante y hasta libidinosa, estado que mantuve casi en el éxtasis hasta que oí unos pasos a mi espalda y me sobresalté.

–Disculpe la señorita, soy Rubín, el jardinero. Tengo que recoger los utensilios que se dejó el señor Galdós esta mañana.

–Pase, pase… No se preocupe.

El que fuera carabinero, como me confesara don Benito, era ya hombre entrado en años, tenía una piel tostada por el sol y muchas arrugas en la frente. Vestía como un aldeano, casi como el escritor, sin importarle demasiado las formalidades.

–Dígame, señor Rubín…, ¿tiene el señor Galdós muchas visitas?

–Oh, sí, señorita. Muchas, no hay día que no se acerque algún escritor de aquí o de otros lugares, llegan a darse baños de agua a la playa y luego a saludar a don Benito.

–Es muy querido en Santander, ¿no es cierto?

–Es una gloria nacional. Y que me perdone el señor Pereda, pero don Benito es un dios hecho hombre. Sobre todo, para las mujeres... –rio el jardinero–. Ni se imagina cómo le quieren las hembras, sean jóvenes o mayores. A veces le traen flores y otras, postres hechos por ellas mismas.

–Ya, ya, entiendo.

Rubín me miró muy sagaz. No sé por qué me confesó lo siguiente:

–Le diré una cosa. Usted parece buena mujer, no como esas que vienen buscando... ya sabe...

Sinceramente no lo sabía, pero afirmé para que él me lo revelara con su confesión.

–El señor Galdós es el hombre más viril que he conocido nunca. Si no tiene más de diez hijos por ahí, no tiene ninguno. Hace años esto era un ir y venir. Era como un marinero entre los pueblos cercanos de Santander y de Asturias, una en cada puerto... –me guiñó un ojo, a lo que tuve que corresponder con una sonrisa muy hierática, forzada–. Luego, cuando lo de la señorita Morell y lo de su hija María todo cambió. Se volvió... ¿Cómo diría yo? Más reservado.

Supe que era mi momento, aprovechando que el jardinero me había dado pie a las confidencias.

–Creo que la señorita Morell vive por aquí...

–Así es, en una casa a las traseras de Santander. Está enferma, nadie da mucho por ella.

El orvallo se convirtió en lluvia y me empecé a sentir incómoda.

–Vaya usted a resguardarse, señorita, que muy pronto jarreará.

Así lo hice, justo en el momento en que llegaba un coche y de él se apeaban la actriz María Guerrero y su esposo Fernando Díaz de Mendoza.

* * *

Aunque con dificultad conseguí enterarme de dónde vivía la antigua amante de Galdós, Concha Morell. Según los lugareños estaba enferma de tuberculosis y sobrevivía miserablemente en una casucha a espaldas de la ciudad de Santander, en el poblado que llamaban de Monte, en el barrio de San Miguel, propiedad de una tal Churumela.

Mi curiosidad por esos días en relación con la vida íntima de Galdós era superior a mi sentido común. Confieso que, en cuanto podía, miraba... ¿Qué digo «miraba»? Me aprendía de memoria sus fotografías, personas estampadas en papel que, a pesar de su inmovilidad, me confiaban cosas. Todos esos sujetos, entre los que había en gran medida mujeres, me obsesionaban. Me preguntaba, observando las fotografías, si alguna de esas era su antigua amante Concha Morell que vivía tan cerca. Por eso, que Rubín, el jardinero, la hubiera nombrado despertó en mí el deseo de conocerla personalmente, y si llegaba el caso interrogarla con tiento para desvelar los misterios que rodeaban a Galdós.

Así que ordené a Cándido que consiguiera un coche para moverme por Santander y con él me llevó a la calle Resconorio, número 38, en donde hallé una casa adosada a otras, aproximada a una carretera. Nada más acercarme al recinto que ocupaba oí los quiquiriquíes de unos gallos y algún tolón de cascabel de oveja proveniente de un corral.

La puerta de la casa se encontraba visible, aunque algo sucia, y allí me dirigí. Me temblaba la mano cuando llamé y en décimas de segundo sentí la culpabilidad de haber acudido sin el conocimiento de don Benito.

–¿Quién es? –preguntó una voz desde el interior.

–Busco a la señora Morell, soy..., soy amiga del señor Pérez Galdós.

Siguió a mis palabras un silencio enigmático que al principio interpreté como una negativa. Pero, de repente, justo cuando hice intención de volverme para irme, la puerta chirrió y comprendí que se abría.

Se asomó una mujer, más o menos de mi altura, de cabellos que debieron ser rubios pero muy desordenados. Su tez era blanca, casi transparente, y sus ojos, los que embrujarían a Galdós, eran ahora dos fuegos tenues rodeados de profundas ojeras.

–¿A qué viene, señorita?

No tenía la voz fea y parecía educada.

–Si me lo pregunta, sinceramente, no lo sé. Don Benito desconoce que estoy aquí.

Mi sinceridad propició en la mujer confianza. Para mí que hacía muchos años que había aceptado la desatención de Galdós.

–Pase.

Por instinto me reservé el respirar profundamente, pues me acuciaba la idea de que aquella casa, tan pequeña y poco ventilada, tendría los hedores de una cabaña de cabreros. Pero no, me pareció relativamente aseada a pesar de su excesiva modestia. Repasé con rapidez lo que ante mí había y perdí muy poco tiempo, pues no había mucho que mirar. Un fogón de campana, una cama que se ocultaba tras una cortina, un espejero con su palanganero y poco más allá el inicio de una escalera muy estrecha.

–No puedo ofrecerle nada, pues nada tengo. Ni un vaso de agua. Vivo casi en la miseria, como usted verá.

Se me anegaron los ojos de lágrimas y lo disimulé carraspeando. ¿Cómo era posible que una mujer que viviera en París con el español más conocido de su época, que había pisado los escenarios con cierto éxito, estuviera ahora de tal guisa?

–Así que no le envía Benito, pero usted viene igualmente... –decía mientras se sentaba en una banqueta y me indicaba a mí con la mano que hiciera lo mismo sobre otra parecida–. ¿Es usted su nueva amiga?

Lo negué con rapidez.

–No, no se encabrite usted, no me molesta en absoluto. Si no lo es, lo será otra. Mi Benito es así, no puede remediarlo. Ya no me quedan rencores hacia él, es más, reconozco que le he hecho mucho daño y mi vida, ahora, es el pago que merezco.

Suspiré sin saber muy bien hacia dónde llevar la conversación.

–Me han dicho que está usted enferma...

–Tuberculosis. La enfermedad de los románticos –y se rio–. Dígame. ¿Lo sabe Benito...? No, no diga nada. En su defensa le diré que me ayudó durante muchos años. Me enviaba dinero todos los meses. Yo le pedía recomendación, que hablara a la Guerrero para algún papel o para entrar a trabajar en alguna escuela. Yo quería ser *maestra ciruela*, ¿sabe usted? –reía a intervalos haciéndole mucha gracia su chiste–. Pero conmigo no quiso, y eso que no pasaba un solo día que no recomendara a alguien sin conocerlo. ¿Resentimiento? Dicen que el amor se convierte en odio.

–Lo cierto es que don Benito está muy ocupado, siempre corrigiendo galeradas o con algún estreno teatral –disimulé.

–Sí, ya me han contado los éxitos de *El abuelo*. ¿Sabe usted que escribió la novela en la que se basa cuando estábamos en relaciones? ¡El poder de la sangre! –repetía con cierta sorna–. Leíamos la novela juntos y yo le sacaba algo de particular. El abuelo era un poco Benito y a veces hasta su propia madre, la mamá Dolores que él llamaba. Siempre le gustó pasar por todas las facetas: hombre, amante, padre y... abuelo. ¿Todavía tiene relación con Rafaelita?

–Pues...

No supe qué contestar. ¿Quién era Rafaelita? ¿Otra amante?

–Éramos libres. Yo siempre he sido una mujer libre, ¿comprende? Pero me pregunto: ¿por ser libre no ha de amarse o comprometerse a querer? Entonces era reacia a casarme, tampoco quería ser madre. Hubiera sido un impedimento grande en mi situación, siendo actriz y viajando. Pero me quedé embarazada... Sí, no me mire así, podía haberle dado un hijo que nunca llegó. No sé si Benito lo hubiera querido –se quedó pensativa un rato y luego murmuró–. A María sí la quiso.

Sus intimidades me avergonzaron. ¿Tenía derecho a oírlas? Y si no era así, ¿a qué había ido a esa casa sino a conocer sus miserias?

Me levanté con intención de irme, pero Concha me cogió de la mano y me impidió moverme.

–Yo me convertí al judaísmo por Galdós.

Mi ceño fruncido, expresando confusión, exigía que me lo aclarara. Me volví a sentar.

–Me hice judía porque lo amaba. Era mi forma de demostrar al mundo que era una persona entrañable, buena y que no se merecía las críticas que recibía de sus enemigos. Cada vez que a mí me llamaban «perra judía» se olvidaban de él. ¿No lo entiende? Lo hice por amor. Pero ni él ni sus hermanas lo comprendieron jamás. No querían verlo casado con Esther, la profetisa de la Biblia en la que me había convertido –luego suspiró con un aire lánguido y muy inconsciente, como quien habla sin saber lo que dice, casi delirando–. Por él hubiera sido capaz hasta de soportar la vida de familia.

Intenté desasirme de su mano y me costó. La Morell parecía interpretar un papel sobre el escenario. Tuve la sensación de que me mentía o que quizá se inventaba todo lo que me confiaba con susurro elegante y hasta seductor.

–Teníamos nuestro «palomar», nuestro lugar de encuentro amoroso, en el barrio de Pozas... Allí inventamos todas las palabras que los amantes se dicen en *Tristana*: «Pintamonas, sátrapa, gitano...». Ahora me avergüenza solo pensar en ello. Como dos chiquillos éramos, a veces me hacía pasar yo por Tristanita, la cojita romántica, y él por don Lope, el anciano seductor –bajó la cabeza–. Ya ve cómo es la vida. Yo también estoy ahora coja, pero del alma.

Noté que le costaba respirar. Tosió una o dos veces, con elegancia, tapándose la boca con un pañuelo muy ajado que sacó de su manga.

–¿Ha leído usted mi *Cuento azul*? Me lo publicaron hace unos días en la imprenta *La Ideal*.

–No, no lo he leído.

–Le hubiera gustado.

Concha me miró casi sin verme, con mirada lánguida y fría.

–Disculpe si no la acompaño a la salida... Cuide de no asustar a las gallinas.

Salí muy desorientada y arrepentida de haber acudido a verla.

* * *

Delmira, al momento de enterarse de mi atrevimiento, me regañó, pero no como otras veces, sino con sarna. Y lo cierto es que tenía toda la razón, por eso no me atreví a replicar.

–¡No puedo creer lo que me dices! ¡Insensata! ¿Te arriesgas a perder la amistad de un gran hombre por una curiosidad malsana? ¡No te reconozco! Antes eras una niña muy prudente y ahora eres peor que las damas que antes repugnabas, entrometidas y metiendo sus narices en nuestras cosas. ¡Tú que te molestas cuando te preguntan por tu vida amorosa! ¿No dices que es solo tuya y de nadie más? Pues ¿no será la de Galdós suya y solo de él? ¡Ay, Carmela, me decepcionas, hija, me decepcionas…!

Quedé sentada con las manos cruzadas resistiendo la reprimenda. No moví ni un pelo, aunque me entraron unas ganas muy merecidas de llorar. Tragué saliva esperando controlar mi cuerpo y no terminar con lloros ridículos que corroboraran las palabras de mi madrastra.

Nos miramos. Sus cejas fruncidas se fueron relajando y luego preguntó:

–Bueno, pero ya que has estado hablando con la Morell…, cuéntame qué has averiguado.

Tartamudeé porque no me esperaba que tras la riña me pidiera confidencias. Eran las cosas de Delmira.

–Pues, pues… nada que no supiera. Ella está enferma y todavía creo que lo ama por cómo habla de él. Es una mujer muy peculiar…, demasiado «excesiva». Es ese tipo de mujeres que agobian a quienes están junto a ellas.

–¿Se lo vas a decir a don Benito?

Lo negué. No quería tener problemas ni proporcionárselos a él.

–No, además…, quizá ya tenga una nueva… amiga.

Delmira se quedó con la boca abierta.

–¡Madre de Dios! No sé si es más activo escribiendo o enamorando. Quién lo diría de ese señor tan descuidado y con aspecto de abuelo.

Levanté los hombros.

–Es un pálpito que tengo. Le he encontrado tan animado estos días que…, además, coincide con un comentario de Concha Morell. Me habló de una tal Rafaelita… Quizá sea una aldeana de por aquí.

Terminamos la conversación prometiéndonos tener más ratos de paseo por la playa. Aquel atardecer había sido precioso, de colores grises y azules, como de cuadro impresionista. Todos esos matices que encontraba en el norte y que no hallaría ni en Madrid ni en Granada intentaba yo captarlos en algún lugar de mi memoria y más tarde trasladarlos a un cuadernito de campo donde apuntaba palabras aisladas, dibujadas con plumilla o simplemente donde anotaba mis ocurrencias.

Salí al jardín del hotel, me senté sobre un tronco que hacía las veces de silla y abrí mi cuadernito. Allí fui a escribir: «Rafaelita», para que no se me olvidara y pudiera continuar mis pesquisas. Cuando lo hice caí en la cuenta de que repetía muchos signos de interrogación en mi cuaderno. ¿Galdós?, ponía. ¿Teatro?, ¿novela histórica?... Y con más frecuencia 13, 15, 17... Eran los días que pasaban y no sabía de Darío Alcázar a pesar de estar tan próximos, solo separados por unos kilómetros.

* * *

El tiempo que estuvimos en el hotelito de Santander lo destiné a visitar a Galdós. Sabía que habría de aprovecharlo, pues era inevitable volver a la casa de Ribadesella en donde permanecían Rosita, Mari Pili y Tintín, seguramente sin poder dar crédito a mi comportamiento. A cambio de esos días de libertad prometí a Delmira que iríamos a visitar Santillana del Mar, y si el dinero y nuestros cuerpos lo resistían, alguna otra ciudad de las que recordaba ella de niña en donde poder beber sidra, pues no habría de irme de aquellas latitudes sin haberla probado antes.

Cuando me acercaba a casa de Galdós me iba preguntando: ¿quién habrá visitado hoy a don Benito? ¿A quién me encontraré? Era toda una sorpresa para mí hallar en su casa a escritores con los queno hubiera podido coincidir en Madrid ni aun acudiendo a todas las veladas literarias, porque Galdós era como un monumento nacional más al que había que visitar y rendir homenaje si por allí se pasaba.

Al entrar en su salón lo encontré solo. ¡Qué sorpresa! Fumaba y leía unas pruebas de imprenta. Hacía ya expresiones de cansancio y eran solo las seis de la tarde. Nos sirvieron un té, al que se aficionó mientras pernoctaba en Londres con su amigo Alcalá Galiano, y lo disfruté de veras, porque el tiempo era húmedo y reconfortaba.

Me dispuse a interrogarle sobre algunas cuestiones que rondaban mi mente, entre otras, desvelar el misterio de la famosa Rafaelita. Pero apenas intenté hablar tocaron a la puerta y la criada entró para anunciar a un escritor, el señor José Martínez Ruiz.

Nos miramos los dos estupefactos, pues resultaba insólito verle por las verdes praderas santanderinas, pero, con todo, Galdós le hizo pasar demostrando la misma amabilidad que si contara con su visita a diario.

–Caramba, Azorín, yo estaba mirándolo a usted entrar y no lo creía –dijo con mucha gracia don Benito–. Siéntese, que tenemos la suerte de contar con la presencia de una dama de alcurnia literaria, mi amiga Carmela Cid.

Nos presentamos, aunque ya nos conocíamos. Creo que Azorín, que era como ahora le llamaban, no me recordaba mucho y yo, sinceramente, nunca le tuve por hombre ocurrente, así que en cuanto pude me disculpé y me propuse salir al jardín a balancearme en la hamaca colgada del árbol.

Mientras esto hacía atravesé intencionadamente, lo reconozco, las estancias interiores de San Quintín, intentando perderme entre ellas y así tener la excusa de volver a observar las fotos colgadas de sus paredes o apoyadas en sus mesas. Muchas de esas caras me eran familiares y otras no, sobre todo las que parecían actrices con sus gorros amplios y adornados de plumas de pavo. ¿Cuál de esas sería la tal Rafaelita?

Me sorprendió Rubín mirándolas. Entraba a repartir leña a las chimeneas y allí me encontró, ruborizándome tras haberme delatado.

–El señor tiene todas sus amistades en los retratos… –exclamó el hombrecillo–. Cada vez que hay que quitarles el polvo se pasa la criada trajinando toda una mañana.

–Ya veo… Es que… estaba buscando a la señorita Rafaelita. ¿Usted sabe quién es?

Rubín dejó en la chimenea un haz de leña, extrajo un pañuelo del bolsillo de su chaqueta arrugada y se secó la frente con él.

–¡Ah, la señorita! ¡Cómo la quiere don Benito! Está loco con ella, es una criatura encantadora.

Me quedé helada. Parecía que, en efecto, era su nueva conquista.

–Y… ¿viene por aquí esa señorita?

–Sí, sí, muchas veces. Es que la echa de menos, sobre todo desde que pasa temporadas en su casa de Madrid.

«¡Vaya!», me dije, «la cosa se va desentrañando», aunque me sorprendió que Rafaelita viviera en su casa de Areneros, en donde convivía Galdós con sus hermanas.

–¿Y las hermanas de Galdós están de acuerdo?

–¡Por supuesto! Si ellas la quieren tanto como él. Se hace querer, la muy tunanta.

La sorpresa no me dejaba pensar. ¿Qué estaba sucediendo en casa de los Galdós? ¿Se habían contagiado del libertinaje del que le acusaban sus detractores? ¡Galdós conviviendo con una mujer, sin pasar por la vicaría, ante los ojos de su familia!

–Pues no hemos coincidido ni una sola vez en Madrid, qué extraño, ¿no le parece?

–Habrá sido porque en ese momento estaba viviendo en casa del sobrino del señor don José. Él es el que se encarga de ella, la acogió cuando su padre no pudo hacerse cargo, dese cuenta de que el torero es muy conocido y tener una hija sin haberse casado, incluso en esas esferas, se mira muy mal.

Sus explicaciones me causaron mayor confusión. Tal era la cara que debí poner que Rubín rompió a reír.

–Pero ¿es que usted no sabe que Rafaelita es la hija pequeña del torero Machaquito? La prohijó don José, el sobrino del señor, y la está criando como si fuera suya. Es una niña preciosa, de unos ojos... ¡Ay! Se le nota que su madre era gitana. Pues, ¿qué se había figurado usted?

–Nada, nada... absolutamente nada –contesté avergonzada–. Con lo que a don Benito le gustan los niños es lógico que esté tan entusiasmado con tener a una criatura de visita en su casa. Ya me la enseñará usted cuando encuentre alguna foto, ¿le parece?

–Pues acérquese la señorita, que es esta niña tan guapa del retrato. ¿A que es un primor?

Rafaelita González Muñoz era una niña preciosa, morena y de expresivos ojos. Tenía ese aire lánguido y rotundo de las mujeres de mi tierra. Su formación corrió a cargo de la familia Galdós, que incidió en enseñarle música y hacerle sensible a las artes. Todavía se conservan unos cuadros que le pintara el gran Julio Romero de Torres, en los que aparecía peinada con dos largas y espesísimas trenzas negras.

* * *

Me reí mucho con Delmira cuando conseguí explicarle el asunto sin abochornarme. Me estaba convirtiendo en mi amiga Lisita, con tanto intríngulis que resolver, como hubiera dicho ella misma.

–Creo que todo esto se debe a mi aburrimiento. Como no tengo nada en qué ocupar mi vida me da por buscar los inconvenientes a la vida de Galdós. Me parece que esto no es sano.

Estábamos las dos tumbadas sobre las camas de nuestras habitaciones hoteleras, oíamos el ir y venir de los huéspedes cerrando las puertas de las estancias próximas y sus taconeos contra el suelo.

–A ti lo que te pasa es que te aburres de no tener un hombre del que pasear colgada de su bracete... –reía Delmira muy traviesa–. ¡Anda que no te lo habrá dicho veces don Benito!

–A un hombre como él le resulta muy fácil verse perseguido por sus admiradoras. Ya ves que su facha no es de galán, le sobran años y le empiezan los achaques, pero, con todo, siempre está rodeado de actrices, de modistillas o de damas de copete. Me gustaría saber si Emilia Pardo Bazán tiene el mismo efecto entre los hombres, ahora con sus muchos años y sus muchos kilos.

–¿Tienes ganas de volver a Madrid o a Granada?

Me quedé un tanto indecisa.

–En Granada está la Alhambra, pero también Marianito Picazo. Y en Madrid está la vida literaria y...

–Y... Eduardo Santaella.

La muy granuja me miró sesgadamente, provocándome con sus muecas.

–¡Qué barbaridad! ¿Vuelves a ser casamentera? ¿Qué haría yo con un médico a mi lado? Anda, anda..., ¿crees que me dejaría que escribiera para las revistas?

–Es hombre de ciencia y mucho más joven que alguno que yo me sé.

Me senté en la cama muy enojada, sabía que se refería a Darío.

–La conversación se ha terminado. Vayamos a pasear a la playa.

–Sí, sí... Será cosa de tu real gana el terminar la conversación, pero eso no cambia la realidad, que Santaella es un hombre apuesto y amable y que, además, me parece a mí, bebe los vientos por ti.

–¡Oh! ¡Pero qué son esas andróminas! –gritaba yo fuera de mí empleando el lenguaje más chabacano que recordaba haber oído en los barrios bajos madrileños–. ¿Qué quieres? ¿Hacerme creer algo que luego nunca llegará? Ya tengo suficiente con...

–Con ese ingrato que no es capaz ni de escribirte. Ah, que pensabas que no lo sabía, pues sí..., a don Benito a veces se le va la lengua contándome los rumores de la zona.

Me quedé helada, pues si Galdós y Delmira sabían más que yo de las circunstancias que rodeaban a Darío Alcázar, ¿por qué me seguía emperrando en permanecer en Santander?

Miré a través de la ventana de la habitación y alcancé a distinguir las casetas con toldos rayados que alineaban la playa, lugar donde los intrépidos bañistas cambiaban sus trajes de ciudad por los atrevidos bañadores.

–Y... ¿qué es exactamente lo que sabéis de ese señor...?

Tardó algún tiempo en contestar, porque, supongo yo, se sintió algo atribulada al saberme ofendida.

–Doña Paca, su mujer, pasó a mejor vida la semana pasada. Así que ahora es viudo y nada le impide poderte escribir.

Una vez dicho esto se atusó el cabello, se acercó a mí con miedo a ser rechazada y me besó en la mejilla.

–Anda, hija, no pienses más en ello. Todo lo comencé como broma y me parece ahora que se me ha disparado la carnavalada. Vayamos a pasear sin que pensemos en otra cosa que...

No le dejé terminar.

–Si te parece, mañana hacemos el equipaje y nos volvemos a Asturias. Allí decidiremos cuándo volver a Madrid. Hasta me parece que aquí empieza a hacer frío...

Noté que cabeceaba, dando su consentimiento.

–Mañana me despido de don Benito.

CAPÍTULO 21

DE CÓMO GALDÓS EMPEZÓ A ESCRIBIR CON LÁPIZ

De los meses siguientes a mi vuelta a Madrid no recuerdo especialmente nada. Me refugié en mi trabajo y aprendí, como hizo el que todo me enseñara, que era Galdós, a ver las cosas con distancia y aprendiendo de ellas.

Por aquel entonces ya tramaba yo una cosa. Se me había ocurrido comenzar a escribir por mi cuenta una novela al estilo galdosiano, para lo cual interrogué a don Benito repetidas veces acudiendo a su casa de la calle Areneros sobre su método literario. Si en lo referente a su vida privada era más prudente que una tumba, en sus técnicas no escondía ningún misterio. Era tan generoso como con sus amigos pedigüeños, a los que nunca negaba nada.

Seguía el escritor con su actividad normal de galeradas, que solo alternaba con la dedicación a dos o tres capítulos por día de su próxima novela y cada vez le veía más limitado por la vista y a veces hasta por el cansancio.

Al llegar a su casa saludé a sus hermanas y me recibió una de sus más fieles amigas, la corderita Mariucha, de la cual se encaprichó Galdós al verla nacer en la finca de la Alberquilla toledana y no tuvo más ocurrencia que llevársela a la ciudad al saber que sería destinada al sacrificio por tener la lana negra. Creo que tuvo que pagar algunas tasas municipales y hacer valer sus recomendaciones para poder quedarse con su corderita sin que le denunciaran. Balaba la ovejilla saltando por los pasillos como si estos fueran las cumbres de alguna montaña sin importante que tras las paredes de la casa transitaran los tranvías.

–¡Lleva una tarde de berreo! No me deja concentrarme… –se lamentaba don Benito–. No sé qué haremos con ella cuando crezca y ya no pueda pasar entre los muebles del salón.

–Habrá de devolverla a Toledo.

–Eso me temo, y qué pena no poder ir con ella a saltar libremente por el campo.

Le observé unos instantes. Sus ojos, más hundidos cada año, parecían contener todas las palabras que sobre los pliegos de papel había escrito momentos antes con su pluma. Casi no tenían brillo por tener sus pupilas el color indefinido de las incipientes cataratas.

–Vengo a pedirle consejo –le espeté intentando picar su curiosidad–. Se trata de algo en lo que usted es experto.

Sonrió con picardía.

–No quiera Dios que sea asunto del que luego te arrepientas. En según qué casos es mejor no dar consejo.

Sonreí.

–Seguramente me arrepentiré de seguir con esta idea que no me deja dormir por las noches, pero si la llevo a cabo, mejor que me aconseje usted. He decidido escribir una novela.

–Ah, qué sobresalto. Creí que me preguntabas por cosas mucho más mundanas. En este particular tengo algo de experiencia, ¿no te parece? Ya ni recuerdo las novelas que llevo escritas.

–¿Ochenta y… siete? –calculé de memoria.

–Puede que alguna más. No parecen muchas… –contestó muy reflexivo–. Me gustaría poder llegar a las cien.

La laboriosidad de Galdós no tenía parangón en nuestra literatura, ni lejana ni cercana. Quizá, escarbando mucho, daba yo con el llamado Fénix de los Ingenios, pero, con todo, me parecía que lo superaba.

–¿Qué le llevó a escribir su primera novela, don Benito?

–¿Crees que lo recuerdo? Hace de eso muchos años. Supongo que en mi cabeza bullían las imágenes de la guerra que mi padre me contaba de niño. Me imaginaba a los franceses liderados por ese Napoleón tan intrépido, montado en su lindo corcel cruzando los campos españoles y a los rudos aldeanos saliendo de entre las alpacas de paja con azadones y horcas para hacerles frente.

Esa imagen del represor ahuyentado por gentes tan humildes se me quedó grabada en mi memoria de niño. También las escenas de muertes indignas y de venganzas terribles, que asumí como si fueran cuentos infantiles. En la literatura española encontré una extraña omisión de nuestra Historia, parecía que nada era tan importante como contar las gestas de los Reyes Católicos o del Cid Campeador, sin darnos cuenta de que hubo otros que se hicieron valer desde sus miserables hogares. Primero, como sabes, empecé con *La Fontana de Oro*, novela histórica que me resultó fácil y amena, un impulso maquinal que brotaba de lo más hondo de mi ser. Los sucesos que en España vivíamos (amotinamientos, linternazos en la Puerta del Sol, atentados…) me inspiraban el deseo de escribir unas pequeñas obritas de las que di cuenta a mi amigo José Luis Albareda, fundador de *La Revista de España*, en la que colaboré. No sabía qué título ponerles a esas piezas históricas que estaba escribiendo y él me dijo: «Bautice usted esas obritas con el nombre de *Episodios Nacionales*», y cuando me preguntó en qué episodio empezaría, dije sin pensármelo demasiado: *Trafalgar*.

–¿Así? ¿Sin más comenzó usted a escribir su primer *Episodio Nacional*? ¡Sin ser consciente de la repercusión que tendría en su futuro…!

–Bueno, después de aquello me fui a Santander, y viéndome con mi amigo y poeta Amós de Escalante me confesó este que conocía a un señor que fue superviviente del combate de Trafalgar. ¡No puedes imaginarte, chiquilla, qué calambre me recorrió el cuerpo! Desde ese momento no podía vivir más que para conocer a ese señor, la historia viva de nuestro pasado encarnada en un solo hombre. Mi amigo Escalante hizo las pesquisas corrientes y me llevó a verle, localizándolo en la plaza de Pombo. Era un hombrecillo anciano, muy simpático, que vestía una levita y chistera de las de antes. Se apellidaba…, creo recordar, Galán y nos contó que fue grumete en el navío *Santísima Trinidad*. Todo lo que me confesó de la vida marinera, de los riesgos que sufrió y las muchas barbaridades que vieron sus ojos, lo trasladé después a mis novelas. Esa revelación enriquecía mi relato convirtiéndolo en creíble, porque no se trataba de engañar al lector con lo que pudiera haber sido, fantaseando por darle a la historia más efectismo, sino de relatarle las verdades asumiendo yo el carácter de testigo del pasado. La imaginación es buena, parte de algo real, pero la fantasía… Eso mejor dejárselo a Julio Verne. Mi experiencia como periodista me era ahora muy valiosa, puesto que, si durante años aprendí a escuchar y a observar, ahora podría usar mis buenos recursos describiendo y recreando. Los españoles somos poco observadores, carecemos, por tanto, de la principal virtud para la creación de una novela moderna.

–¡Contar la Historia a través de una novela! Eso debió ser entonces muy novedoso.

Galdós fumaba de su cigarro, ahora uno recién comenzado que había encendido con el que iba a apagarse.

–¿Contar la Historia, dices? Cuidado, lo que yo cuento no es Historia, es novela, pero, con todo, me parece a mí que es buena forma de contar lo que pasó antes y no pudimos vivir.

–¿Y encontró usted a más supervivientes de las guerras pasadas?

Don Benito cavilaba, echaba el humo y volvía a reflexionar.

–Unas veces sí y otras veces no. Y cuando lo hacía les acribillaba a preguntas sobre cómo se vivía cuando Fernando VII era rey. A veces, aun siendo estos reyes contemporáneos, como ocurrió con Isabel II o con algún político, decidí, igualmente, hacerlos personajes. Pero fíjate, niña, que, para contar la historia, quiero decir «la Historia», no siempre hemos de hablar de reyes ni de reinas, de ministros o de insignes prohombres. Con los otros españoles, los que no tienen nombre en las enciclopedias, también se puede contar la Historia de España. Por eso siempre incluyo en mis novelas vidas paralelas, mezclando personajes reales con ficticios, porque, si no fuera así, ¿no crees, chiquilla, que aburriríamos demasiado? Los lectores quieren pasiones, reconocerse en las vidas anodinas o intrépidas de los protagonistas.

Suspiraba yo de tanto detalle que habría de tomar para darle forma a mi libro, pues todo lo explicaba Galdós como algo sencillo y a mí se me hacía complicadísimo al tener que crear de la nada mundos literarios desconocidos y lejanos.

–Todo eso que me cuenta me parece una obra colosal, solo propia de un hombre como usted. Es como si hubiera nacido ya sabiendo cómo escribir novelas. Pero yo quisiera saber cómo se aprende, cómo se convierte uno en escritor.

Galdós sonreía.

–¿Sabes cómo, niña mía? Leyendo los anuncios de los periódicos. ¿Te ríes? No, no lo hagas porque es una verdad universal que para escribir novelas hay que meter la nariz donde se habla de personas y de sus costumbres. Imprescindible saber con qué se perfumaban o con qué se curaban la calvicie. Me di cuenta de pronto, yo solito, de que un periódico antiguo puede darte más información que uno nuevo.

–¡Quién lo hubiera dicho!

–¿Y qué me dices de las guías de viajes? Hay algunas escritas en los siglos pasados que son de lo más exquisito. Y teniendo en cuenta que Madrid es ciudad de paso y capital de país…, ¿qué mejor que documentarse en este tipo de obritas que refieren con tantos tilines las tabernas, las tiendas donde reparar paraguas o azogar espejos? Todas esas cosas que una persona común y corriente despreciaría dándolo por inútil, el escritor lo toma, lo cataloga y archiva hasta convertirlo en suyo.

Galdós se tomó un respiro y luego sacudió los hombros dando por evidente lo que iba a desvelar.

–Y, claro, hablando de Madrid, lo ineludible era dar con el señor Mesonero Romanos y hacer con él lo que tú estás haciendo hoy conmigo. Interrogarle y leerle, aprender de él. Creo que lo conocí sobre el 1874. Un amigo común me dijo que quería conocerme. ¡Imagínate, Carmelilla! Mesonero Romanos, aquel insigne literato, quería hablarme. Me citó a las dos en su casa y muy amablemente me pidió que le hablara algo alto porque, según parecía, se estaba quedando sordo. Me causó extrañeza encontrar en él una energía y una locuacidad viva y pintoresca, pues yo le conceptuaba más decaído. Sobre la mesa tenía mi *Napoleón en Chamartín* y añadió que me tenía por hombre de su escuela, lo mismo que Pereda, y me expresó una gran benevolencia. Luego dijo, después de señalarme algunas inexactitudes de mis *Episodios*, que él podía darme abundantes noticias y datos, si no de 1808, de 1823 en adelante. Me hizo mil ofrecimientos, que yo agradecí, porque un escritor no puede estar solo cuando ha de rebuscar en el pasado. Tuvimos una amistad duradera hasta su muerte. Yo siempre lo reconocí como ese maestro que ha de influirte en tu vida futura y lo demostré haciéndole también personaje. En él me inspiré, en cierta manera, para dar vida a Placido Estupiñá, ese correveidile, testigo de toda la Historia de España, conocedor de los secretos más íntimos y resolvedor de entuertos que fue un amigo incondicional de la familia Santa Cruz en *Fortunata y Jacinta.*

–¡Caramba! –exclamé yo–. No lo hubiera imaginado.

Don Benito me miró, ya con el cigarrillo casi consumido, y me preguntó:

–¿Harás tú lo mismo cuando escribas tu novela? ¿Me convertirás en personaje?

Me ruboricé. ¿Engendrar yo a un Galdós de papel? Ningún personaje podría llegar a ser tan espléndido como su original.

–Mira, pequeña, ahora estoy cansado. Si vuelves mañana te seguiré desvelando todos mis secretos literarios. ¿Te hace venir a las cinco? Luego tengo que corregir unas cuantas galeradas.

Me despedí de él depositándole un beso en la mejilla. Hacía mucho tiempo que no le notaba tan ocurrente y me satisfizo la idea de haberlo arrastrado a la ilusión que tenía perdida, estimulándole con el recuerdo.

Al día siguiente volví, sobre las cinco, como él me dijera. La campanilla de la puerta sonó y me abrió Carmen, su hermana, muy afligida.

–Querida, no es buen momento. Benito ha sufrido un ataque. El médico está ahora con él. No sabemos en qué quedará la cosa.

La ovejilla Mariucha retozaba por el pasillo.

TERCERA PARTE

CAPÍTULO 22

DE CÓMO LA MUERTE LLAMABA A LA PUERTA Y NOS LLEGÓ UNA BODA

Don Benito sufrió una hemiplejía leve que obligó a paralizar su laboriosa existencia, provocándole un salto hacia atrás en todo cuando hizo en los últimos años. Por fortuna, la parálisis que le afectó el lado derecho fue muy leve y secuelas no le quedaron. Si acaso el inconveniente de tener que escribir desde entonces con lápiz por serle este más maleable, evitando dañar sus ancianos dedos.

Sus amigos le honraron con sus visitas y con muestras sinceras de cariño, gestos que Galdós agradeció intentando responder epistolarmente con su lápiz, ahora ya dominado y convertido de por vida en su compañero.

Su casa de la calle Areneros se trocó en un lugar de peregrinaje. Cada vez que iba a visitarle no faltaba el cruzarme con algún periodista, político o escritor, que se levantaban sus sombreros educadamente y a veces, a mujeres briosas, que yo suponía actrices, y que sin duda le enderezarían el ánimo.

Una tarde de principios de invierno, acudí, como era ya costumbre. Doña Carmen, la hermana de don Benito, me abrió, acaricié a Mariucha y al llegar al despacho donde solía recibir el escritor percibí que ya tenía visita.

–Entra, entra, tontina, no te incomodes. Hoy tenemos tarde entretenida con el señor Alcázar.

¡Vaya sorpresa! Darío Alcázar estaba sentado junto a don Benito, vestido de negro riguroso, como aquellos románticos que veíamos en los cuadros del Museo del Prado. Se le había encanecido mucho el cabello y su barba era ahora la de un anciano, más que la de un maduro caballero.

Titubeé.

–Señor Alcázar…, le hacía a usted en Asturias.

Se levantó muy cortés y me extendió la mano con intención de besármela. Me parecía más alto, quizá por la delgadez que estorbaba su levita, desbocada desde su solapa.

–Volví a Madrid no hace mucho y, enterándome de la convalecencia de don Benito, he acudido a saludarlo e interesarme por su salud.

–¡Y ha hecho muy bien! –aseguraba Galdós muy animado–. Me está poniendo al día de los acontecimientos políticos que ahora se me escapan por dedicarme más tiempo a mis correcciones. Todo me cuesta mucho más y lo primero es escribir.

–Entonces les dejo que sigan, le visitaré en otro momento, don Benito. No se apure usted.

–No, no…

La torpeza que exhibió Darío, temeroso de verme marchar, no se le escapó a Galdós. Fueron segundos muy embarazosos que el anciano escritor, con su gran talla de hombre de mundo, normalizó gallardamente.

–Creo que por hoy ya hemos tenido suficiente politiqueo, ¿no le parece, Darío? Si no le importa, dejemos las novedades para el día que a usted le venga bien, me siento algo cansado y quisiera echar una cabezadita. ¿Me haría el favor de acompañar a esta damisela hasta la calle?

Nos miramos ambos resignados a tener que reprocharnos nuestros rencores en el portal de la casa de Galdós y si llegaba el caso a perdonarlos. Nos despedimos sin ganas, dirigiéndonos a un encuentro indeseado que solo nos brindaría amargura, pero a él acudíamos. Me prometí guardar las formas, aunque, ahora al recordarlo, creo que no lo conseguí.

Nos paramos en el portón de entrada antes de salir a la calle. Tirité y me subí el cuello del abrigo al recibir una corriente de aire frío que se filtró, como siempre pasa, en los portales.

–Venga para acá, evitaremos los resfriados.

Me llevó tomándome de un codo y me puso contra una pared en un lugar visible, de paso para vecinos.

–Carmela, yo tengo que explicarle y no sé cómo empezar.

Le miré, creo recordar algo inexpresiva.

–Es que usted siempre me dice lo mismo y ya estoy algo cansada de explicaciones. Es cierto que me apena perder una amistad que creía reafirmada a través de las muchas cartas que nos enviamos en otro tiempo, pero… nadie le obliga a mantenerla. Así que, si no le importa, dejemos esto, sin resentimientos.

Darío callaba, lo que era aún más irritante.

–Verá usted, yo no quiero dejarlo, sino todo lo contrario.

–Pues… pues… extraño comportamiento tiene, permítame que se lo diga. No he sabido de usted en muchos meses y ni siquiera fue capaz de pasar a visitarme cuando estuve veraneando en Asturias.

–Tendrá que disculparme, pero sus cartas llegaron tarde. Me ausenté de España para resolver asuntos familiares y… a la vuelta me encontré con que ya no estaba en Ribadesella y, por lo tanto, fuera de mi alcance.

Qué contrariedad. Tenía excusa…, aunque, pensándolo bien, no era muy convincente.

–¿Y por qué no me escribió entonces?

Darío suspiró vencido ante su falta de recursos.

–Antes estaba yo atado por un matrimonio fracturado y ahora, que soy viudo, no puedo más que pedirle a usted una cosa.

Ay, aquello sonaba a compromiso.

–Pues… ¿qué es?

–Que espere a que termine el luto.

Me quedé algo confusa porque en ningún momento me había hablado de casorio ni nada parecido, pero en honor a la verdad parecía que me ofrecía un futuro que compartir.

–¿Y cuánto suele durar eso?

Ni siquiera mi pregunta, algo salida de tono y con aire andaluz, le arrancó una media sonrisa.

–El próximo verano nos veremos en Asturias o en Santander, donde usted prefiera. Para entonces ya tendré solucionados y bien atados todos los trámites legales que me exige la herencia de mi mujer. ¿Será usted capaz de esperarme?

Cierto era que me miraba con ojos amartelados y que su levita negra le daba un donaire de otro tiempo, de galán desvalido, que me movió a la compasión. Ese momento, de confusión sensiblera, en donde no se aclaraba nada, pero parecía que todo quedaba dicho, me desplazaba a un mundo novelero que daba yo por la consumación máxima del amor. Fui muy tonta, ya lo sé, pero aún cuando recuerdo a ese señor tan espigado frente a mí, encorvándose para depositar un beso en una de mis manos, me recorre un escalofrío indigno por el cuerpo. Solo fui capaz de replicar:

–De acuerdo, lo esperaré, pero aféitese usted esa barba tan fea, por Dios.

* * *

El aviso inesperado que recibió Galdós convenciéndolo de que era humano y, por lo tanto, susceptible de morir o quedarse a merced de otros que le cuidaran, insufló en el escritor más ganas de hacer cosas. El concepto de tiempo tenía ahora otro significado, si antes trabajaba por instinto y a veces midiendo sus palabras, ahora lo hacía deleitándose en el propósito que tendrían sus novelas, buscando los tilines a la injusticia social, tanto en sus novelas históricas como contemporáneas. Era como si ahora tuviera el propósito de hacer indispensables sus escritos para un cambio social que habría de llegar tarde o temprano.

Mis deseos de emular la gesta de Galdós con novelas historicistas se quedaron en la retaguardia. Desaprovechaba los días pensando en la promesa que le hiciera a Darío de esperarlo y manteniéndola oculta, lo que debido a mi natural espontaneidad era cosa peliaguda. Tenía, por tanto, que examinar todo lo que hacía o decía para no descubrirme.

Con Delmira, que era muy suspicaz, debía tener especial cuidado. Conocía sus reticencias hacia Darío y no tenía el propósito de que estas se engrosaran sin necesidad, antes de que el compromiso se hiciera público.

Cuando los remordimientos me acuciaban iba a ver a Galdós. Él casi siempre encontraba una forma de estimularme, pero aquella vez no fue así, tenía los ojos irritados y le encontré tremendamente afligido.

–¿Qué es lo que tiene? ¿Quiere compartir conmigo su disgusto? Hágalo y se sentirá mejor.

El escritor suspiraba.

–Este año va a ser de travesuras del destino. Llega el momento de arriar velas y llorar a los seres queridos.

–¿A qué viene tanto pesimismo? ¿Ha recibido una mala noticia?

Galdós afirmó muy despacio.

–¿Te acuerdas, niña mía, de que empezábamos este marzo con la muerte de mi amigo Pereda? ¡Qué dolor tan grande perder a un amigo, pero también a un gran escritor que ya no volverá...! Pues cuando parecía que mi aflicción se compensaba con alguna nadería de esas que recibimos la gente de letras, con felicitaciones de aquí y de allá, vuelvo a recibir una pésima noticia. He sabido que una gran amiga ha muerto hace unos días de tuberculosis. Vivía en Santander desde hacía unos años, pero yo no la visitaba. Nos distanciaba algo más que los kilómetros. ¿Me entiendes, Carmelilla?

Entendí de inmediato, le acaricié una mano.

–¿Se refiere usted a Concha Morell?

Galdós me miró muy sorprendido, creo que hasta retiró su mano al sentirse un poco intimidado.

–¿La conociste?

Tuve que decirle una verdad a medias:

–Estándole visitando a usted el pasado año me hablaron de ella y tuve curiosidad. Fui a verla. Estaba muy desmejorada.

Los ojos de Galdós brillaban.

–¿Te habló de mí?

Dudé si contarle todo cuanto hablamos, pero decidí que no.

–Me dijo que le había querido mucho y que aún le quería.

Sacó un pañuelo de su chaqueta, que ciertamente estaba bastante desgastada por el uso. Se limpió la nariz, pero no me pareció que llorara. Se encendió un cigarro y carraspeó.

—Ahora quisiera escribir un poco, si me haces el favor.

Me marché con la sensación de haberlo afligido aún más.

* * *

Aquel año fue de gran actividad para mi revista y en consecuencia para mí, aproximándose un enlace matrimonial que iba a dar que hablar. Muy esperada era la unión de nuestro rey Alfonso con la inglesa Victoria Eugenia de Battenberg, que habría de celebrarse el 31 de mayo de 1906.

Me encomendaron cubrir los acontecimientos previos al enlace y luego los que le seguirían, dedicándome a los festejos muy emocionada, no por disfrutar de tan regios divertimentos, que para nada iban con mi carácter, sino por saberme entretenida mientras el tiempo pasaba y llegaba el verano, que era cuando se consumaría mi compromiso con Darío Alcázar.

Coincidía, como ya he dejado dicho, que mi casa se encontraba muy cercana a la plaza de Neptuno, en un punto que ahora sería imposible de encontrar, entre el Museo del Prado y el Monumento al 2 de Mayo, que, por su altura de casi treinta metros hasta la punta de su obelisco, podíamos ver sin problemas desde las ventanas de las buhardillas.

Desde esas mismas ventanas y a veces desde otras más bajas, también alcanzábamos a otear los árboles del Retiro que estaban a retaguardia, nos impregnaban la mirada de un verdoso recuerdo comparándolo con los muchos bosques y parques que había en Granada. Era una situación privilegiada, la de nuestra casa, aunque por los años y los avances de la civilización nos íbamos quedando poco a poco confinados entre las grandes moles monumentales que a nuestro alrededor había, presintiendo que quizá, no tardando mucho, nos pondrían delante algún edificio burdo, pero a gusto del Ayuntamiento, estropeándonos las vistas.

Mientras esto llegaba, La Granadilla era excelente centro neurálgico para presenciar desfiles o ver pasar las visitas de los celebérrimos personajes que salían en mi revista. Me aseguré de todos los pasacalles que habría previamente a la boda real y me leí los bandos municipales con sus recomendaciones, todas ellas dirigidas a mantener el orden público y procurar que no hubiera altercados.

Madrid se convirtió en un hervidero de gente, quedando esta frase manida, posiblemente, en situación muy lejana de la realidad, por mucho que nos imaginemos que los curiosos borboteaban en las calles. Eran tantos los forasteros que en esos días acudieron a nuestra capital que las cafeterías estaban abarrotadas y sin posibilidad de ofrecer un buen servicio. Uno de los más famosos locales del centro de Madrid aseguró a la prensa que en un solo domingo había vendido tres mil cafés, quedándose sin subsistencias.

Con tales premisas el Ayuntamiento se tomaba muy en serio el cuidar de la seguridad, tanto de los futuros reyes como de los transeúntes. Para que esto fuera efectivo se pusieron los bandos municipales a la vista de todos y se publicaron en los diarios. En ellos, además de lo corriente, se decía que se evitara entorpecer la circulación de la comitiva oficial dejando libre la vía pública por parte de los vehículos, fueran estos de tracción animal o no, y de procurar no embotellar las calles estrechas por las que pudieran aliviar la salida de la comitiva en caso de emergencia.

Los más afectados serían los tranvías, cuya circulación se vería detenida desde las nueve de la mañana del mismo día de la boda, quedándose sin flujo eléctrico los cables que lo suministraban, con el fin de evitar, como alguna vez pasó, que alguien sufriera alguna descarga indeseada.

Se prohibieron de forma expresa otras costumbres muy típicamente españolas, como la de subirse a las farolas para otear mejor el festejo o tirar flores que pudieran dar en las caras a los monarcas. Especial interés se tuvo en insistir a los vecinos de las calles por las que pasaría la comitiva en que no abarrotaran los balcones. Como era común que se alquilaran espacios en las fachadas, el Ayuntamiento amenazó con revisar a la gente que asomara a los saledizos, porque si se sospechaba de haber por medio negocio, actuarían legalmente.

El 24 de mayo, entre tanta expectativa, llegó la futura esposa, la princesa Victoria Eugenia de Battenberg, al puerto francés de

Calais, desde donde comenzaría la andadura española. Don Alfonso XIII la esperaba en Irún y desde allí se acercaron a Madrid, que era donde deberían casarse, como era de esperar en un Borbón.

Por todas las ciudades fueron recibidos con vítores, especialmente en Segovia, que según dijeron les esperaban cerca de ocho mil personas. Cansados y con experiencia en los actos protocolarios, los reyes llegaron a Madrid sin ser vistos y se introdujeron en el Palacio Real por sus traseras, en zona del Campo del Moro.

No estuvieron mucho tiempo en palacio, porque al día siguiente salieron para El Pardo, en donde recibirían visitas de diferentes comisiones. La más comentada fue la catalana, que les llevó un presente magnífico, una diadema de brillantes junto a un álbum de acuarelas de prestigiosos artistas de su tierra.

Los monarcas tuvieron que correr para volver a Madrid a presenciar los actos ciudadanos previos a la boda, que eran de gran novedad, muy modernos y nada vistos entre el pueblo llano madrileño. El primero de todos comenzaba muy cerca de nuestra casa, un poco más arriba de la plaza de Cibeles, y consistía en un paseo automovilístico de alrededor de veinte coches que organizaba el Real Automóvil Club.

Los cacharros inspiraron en los madrileños la certeza de que el rey venía con intención de modernizar España, dando a entender que la velocidad sería, a partir de ahora, el quid de la cuestión social, anquilosada desde hacía décadas, según denunciaban todos los intelectuales.

Llevé a ver a los automóviles a Delmira y se apuntaron también Rosita, Mari Pili y el pequeño Tintín, al que ya empezábamos a llamar Vicentín por creerlo menos grotesco.

Allí estábamos, todas oprimidas por el populacho y recelosas de que nos metieran mano, cuando Mari Pili gritó: «¡Miren, si es Bri, que está en el otro lado! ¿No ven cómo nos saluda?».

Aquella Bri que saltaba desde la acera contraria y que se hacía ver con respingos y movimiento de manos era Brígida, la amiga de Mari Pili con la que hablé el día en que conocí la noticia de la existencia de Vicentín. La recordaba más gruesa y posiblemente menos aseada, pero, cuando consiguió saltarse el cordón humano y llegar hasta nosotras pegando pisotones a los inmóviles espectadores que no cedían un ápice en su lugar reservado, reconfirmé todo.

En efecto, Brígida parecía una señora bastante más austera, aunque sin perder su aire popular y verbenero. Se alegró mucho de ver a su amiga y Vicentín, que le pareció muy reguapo y monísimo, además de otras florituras difíciles de recordar, pues las decía en su jerga castiza.

–¡Pero *mía ques* difícil encontrar *naide* aquí, entre tanto barbián, y voy y doy con tu jeta reguapa, so cañamona! Pero qué felicidad más grande. Tenía yo en las mientes venir un día a saludarte, pero, hija, desde que soy portera, no tengo tiempo ni *pa* calzarme, que *paece* que no, pero sube *parriba* y baja *pabajo, to* el *endemoniao* día fregando los pasteleros escalones y al terminar ya es noche cerrada. Que si no es porque entre piso y piso siempre hay quien me echa unas palabras, tendría seca la *muy* de no *usala.*

–¡Mirad, mirad, que ya vienen! –aseguró Delmira.

–¡Válgame el cielo! Si vienen a *toa* leche. ¡Separarse, no vayan a pasarnos por encima los muy cañamones!

–Van a 12 kilómetros por hora, Brígida. Y con precaución.

–¿A tanto? ¡Qué barbaridad! Yo no me subo a uno de esos *ni atá* de pies y manos. ¿Te gusta a ti, Vicentín de mi alma? ¡Claro, a los chavales les gustan siempre estas cachupinadas! Cuanto más ruido, más disfrutan, es cosa sabida. ¡Ole, ole, Vicentín! ¡Baila, baila!

Tomaba al niño en brazos y lo agitaba al ritmo de los motores. Vicentín empezó a llorar agobiado por tanta bulla.

–¡Qué tiquismiquis le has hecho, hija! Hay que darle un poco más de *hombrura,* se nota que no *tie padre.* ¡Oiga! –arremetía ahora contra un señor que se aproximaba mucho–, ¡*cuidaíco* con las manos que se las corto! ¡Ábrase visto el muy…! ¡Arreando *pa* otro sitio o le clavo el tacón en salva sea la parte! Una no *pue* estar un rato tranquila sin que un cernícalo *te se* acerque.

Los coches, con sus ruedas grandes y sus conductores saludando con una mano, pasaron uno a uno desde Recoletos, bordeando la plaza donde estaba nuestra querida fuente de la Cibeles y siguiendo por la calle Alcalá en dirección a la Puerta del Sol, calle Mayor y Bailén, donde deberían unirse a los coches de la delegación principesca. Desde allí saldrían hacia el Pardo.

Por lo que yo supe, los coches se volvieron hacia el centro de Madrid a través del mismo orden de calles, sin que hubiera incidente reseñable, dejando a los madrileños con la sensación de que algo nos sobrevenía: ¿sería el que, muy pronto, pudiéramos ver coches similares por las calles de Madrid como ahora veíamos las bicicletas o el tranvía eléctrico? Era una posibilidad, aunque bastante remota y algo fantástica para nuestras mentes.

–Me han dicho que el día de la boda pasarán los reyes por la calle Mayor, que es donde vivo ahora... –aseguraba Bri–. Tengo mi cuarto en la buhardilla y con una amplia ventana que da a la calle. Tiene poyete y todo y si *ustés* quieren podemos ver desde allí pasar a don Alfonso. ¡Ay, qué emoción me entra en el escote cuando pienso que voy a estar tan cerca de una reina, que, además, es inglesa y dicen que bien elegante! ¿Se atreven, señoras? ¿Te atreves, Mari Pili? ¡Venga, no me seas cañamona!

Mari Pili me miraba pidiéndome permiso, y cierto era que me proporcionaba una manera de convertirme en testigo sin ser pisoteada en la calle o tener que buscarme algún escalón que salvara mi diferencia de estatura con el resto de la gente.

–Dentro de cinco días echan al aire *los tácitos* –dijo incomprensiblemente Brígida–. ¿Irán *toas ustés* a verlos volar?

Nos quedamos un poco desorientadas hasta que entendí que se refería a los globos aerostáticos que iban a soltar al cielo madrileño el Real Aeroclub de España en conmemoración del real enlace. Esto era en la calle Gasómetro, que se encontraba próxima a la Puerta de Toledo, donde en domingo y en otros momentos de ocio se extendía el famoso Rastro.

–Son los globos aerostáticos, Brígida –le corregí–, no sé si podremos ir todos, aunque yo debería acercarme para tomar notas para la revista.

–Ah, *aros... tácitos...* Sí, sí, cómo se nota que la señorita *tie* instrucción. Vengan *ustés*, que será un día muy chusco.

Menos Vicentín, que quedó a cargo de Rosita, todas las demás mujeres acudimos a la fiesta de los globos, sorprendiéndonos su tamaño y disfrutando de los variados tonos que una vez flotando en el cielo componían un excelso cuadro colorista. No nos pusimos de acuerdo en cuál era el más bonito, pero, con los comentarios de Brígida y la inocencia de Mari Pili, Delmira y yo nos reímos más que en toda nuestra vida.

CAPÍTULO 23

DE CÓMO LA MUERTE NO QUERÍA IRSE

Las calles de Madrid sufrieron un inusitado cambio decorativo. Se trataba de convertir a la ciudad en un escenario de bellezas hasta ahora jamás vistas desde tiempos de la entrada de Carlos III. Y es que se tenía ganas de una boda real, que la de Alfonso XII, por causas que ya contamos, resultó un poco insípida para los madrileños. Así las cosas, mi revista insistió en que le dedicara algunos artículos a la decoración urbana, y me paseé durante días por las calles aledañas a mi casa y por las del centro, para describir cuál de ellas se llevaba el premio a la más elegante y colorista.

La calle de Alcalá, la más castiza, se esmeró en parecer una avenida de las que admirábamos en el extranjero. De los balcones de las casas colgaron mástiles de donde ondear colgaduras, pendones de colores encarnados con enseñas inglesas y españolas. Todo para que los nuevos reyes advirtieran que el enlace entre la Gran Bretaña y la España del momento era del gusto de sus ciudadanos.

Del derroche se ocupó la Compañía General de Tranvías sin que hiciera competencia a otras empresas que se rascaron los bolsillos para decorar sus fachadas, como era el caso del edificio donde se encontraba la compañía de seguros conocida por La Gresham, con su gran cartel en el frente y cuyos bajos ocupaba el famoso Café Lion D'Or, recién remodelado. El edificio contaba ahora con guirnaldas, además de con banderas británicas y españolas, haciendo dibujos curiosos y muy agradables.

El Casino de Madrid, también en la misma calle Alcalá, se sumó a la celebración con vivas para el rey Alfonso, para Inglaterra y para Madrid. Vamos, que más vivas no se podían leer en el frente del edificio.

Otros adornos me llamaron la atención siguiendo la calle y llegando a la de Sevilla. Colgaban del edificio de la Equitativa y del Banco Hispano Americano bombillas esmeriladas, esta vez haciendo arcos luminosos y letreros, no de vivas, sino de consignas mucho más europeas, siendo admiradas por su modernez al escribirlas en el idioma de la novia. Ese «Victoria welcome Alfonso, Alfonso welcome Victoria» traía a nuestra memoria la consabida frase de «tanto monta».

Seguían las banderolas removiéndose por el viento en la Carrera de San Jerónimo, así como en la Puerta del Sol, en donde el edificio de la Real Casa de Correos brillaba con sus luminarias. Aquí, además, se esmeraron con los estandartes, con las iniciales de los dos nombres reales bien visibles sobre seda roja.

La calle del Arenal, que salía de la Puerta del Sol, se aprovechaba de la luminosidad de las bombillas que atravesaban de parte a parte la vía, haciendo ondas. Acompañando a estos derroches decorativos encontré, justo en la entrada de la calle, un arco efímero, tal y como se hacía con los antiguos reyes que entraban a la ciudad.

Todas las calles resultaban, para mi gusto, demasiado pomposas, con excesiva luz y guirnaldas, en donde no faltaban flores y banderolas, pero el pueblo madrileño respondía con agrado a las muestras exuberantes, por lo que me aburrí muy pronto de recorrer las calles, todas muy parecidas en decoración, desde la calle Mayor hasta la de Espoz y Mina.

Y si parecía que con esto bastaba, no era así, porque los tranvías también se unieron a la locura ornamental añadiendo a los troles gallardetes con los colores nacionales de Inglaterra y España.

Todo ello ya me empalagaba, así que resolví volver a casa y descansar para el gran acontecimiento que se produciría el día siguiente, día 31 de mayo, en la iglesia de San Jerónimo. Como estaba cerca de mi casa decidí curiosear desde algún altozano llevándome unos gemelos.

* * *

Nada vi que no fuera habitual en las bodas reales. Muchos coches con sus lacayos vestidos de librea, señoras con gorros de exquisitos colores y comprometidos remates de plumas, que en el caso de la guardia eran de gran sobriedad. La variedad de uniformes se disputaba la admiración de los asistentes, que les lanzaban vivas sin saber a qué cuerpo pertenecían, simplemente por verlos garbosos o disciplinados en la espera. Los caballos, hermosísimos, se contenían el relincho trastabillando, exigiendo espacio entre los viandantes que atosigaban con su proximidad.

Así, desde mi altura, era fácil distinguir los cuerpos selectos de la realeza, luego los que les seguían en importancia por ser del gobierno o familias de gran hacienda. Y era fácil, digo, por sus vestidos y peinados, porque si entre ellos se entreveraba un sombrero de paja o una sombrilla, fijo que la guardia iba allí a expulsarlos de malos modos por considerarlos del pueblo llano y, por lo tanto, susceptibles de ser peligrosos.

Llegaron los novios y entraron bajo palio, lo que desmontó el plan de verlos desde donde estaba situada. Entrados ya en la iglesia nada había que hacer, así que decidí ir a casa de Brígida antes de que acordonaran la calle y no pudiera acceder. Allí me esperaban ya Delmira y Mari Pili, tomándose un refrigerio, pues el día era caluroso.

El desarrollo de la ceremonia que luego siguió lo conocí por el reportaje que de ella hizo la famosa revista *La Ilustración Española y Americana*, que era mi competidora en esto de narrar los dulces episodios sociales. Decía la publicación que a la una y cuarto comenzó en la Puerta del Sol un esplendoroso desfile de carrozas y caballos que inundó las calles al ritmo de las ovaciones madrileñas. Las fotos que en la revista se publicaron lo decían todo. Era una procesión magnífica, llena de colores vistosísimos, caballos y jinetes avanzando en total unidad, todos ellos al ritmo de la música y los vivas que el pueblo madrileño no se cansaba de repetir. A veces, sobre las cabezas de esos gorros de paja o de esas sombrillas tan humildes, sobresalía una banderita o un pañuelo femenino batido por manos nerviosas.

Nosotras, ya cansadas de esperar, pues la comitiva parecía que se detenía en puntos donde la muchedumbre imposibilitaba el movimiento, hablábamos y nos permitíamos unos chocolates que Delmira había traído por cortesía hacia Brígida. Esta mujer no paraba quieta. Si no comió diez chocolates no comió ninguno. Sacaba la cabeza por el balcón y al ver que no llegaban se volvió a meter. Reía, comentaba alguna ordinariez de algún vecino y luego huía a sacar la cabeza nuevamente, avistando, con la mano puesta sobre sus ojos, la posible llegada de los reyes.

–*Na*, que no vienen. A ver si se han *asustao* de ver a tanto parroquiano por las aceras... La verdad es que no cabe ni un alfiler. Menos mal que tenemos este pastelero ventanuco para asomarnos.

–Y muy agradecidas que estamos –afirmé yo–. Mi reportaje adquirirá un gran valor pudiendo ver las carrozas de los reyes tan cerca. ¿Habéis visto qué solicitados están todos los balcones? ¡Solo se ven mujeres con sus sombrillas! Bueno, ahí hay un hombre..., y con un ramo. Qué raro. ¿No han prohibido tirar flores?

Brígida sacó la cabeza y miró hacia la casa contigua, y efectivamente vio a un señor de negro con un ramo preparado para ser ofrecido, pues no parecía que esperara a ninguna otra señora.

–A ese barbián no le conozco. Será uno de esos *isidros* que vienen de paso a ver las cosas de Madrid. Pero, ¡atentas!, que ya les veo las plumas a las bestias de las carrozas, que viene, que vienen...

Nos comprimimos para que las cuatro tuviéramos sitio en el estrecho balcón, aunque todo hay que decirlo, Brígida ocupaba más espacio que ninguna de nosotras, pues se esponjaba de gusto al verse dueña del lugar desde donde íbamos a ser testigos de un suceso histórico.

La comitiva avanzaba por la calle Mayor con lentitud. Comenzaron a oírse los avisos ciudadanos de que llegaban los reyes y los espectadores, sumisos y cansados de esperar, se removieron de contentos. Vuelta con los vítores, los pañuelos ondeados y las banderitas al viento.

Vimos cómo pasaban bajo nosotras. La reina saludaba con mano firme sin que pudiera asegurar que sonreía, pues solo le veía la cabeza. Pensábamos que esta vez iban más deprisa, quizá para tomar ya la calle Bailén, que les llevaría al Palacio Real, que ya estaba próximo, cuando vi que el vecino que tenía en su poder el ramo de flores lo tiró con fuerza sobre la carroza.

En aquel momento pensé: «¡Qué poco tino! Rebotará entre tanta gente y la reina no verá el ramo que le iba destinado». Fue discurrir esto, como digo, sin que mediara otra idea más, cuando me sentí desplazada hacia dentro de la casa y chocar con los cuerpos de Delmira, Mari Pili y, al instante siguiente, el de Brígida, que salía despedida hacia un extremo de la diminuta alcoba.

Un estruendoso estallido nos dejó sordas momentáneamente, yo miraba a todas partes sin saber qué había pasado. Descubrí sangre en las manos y cara de Delmira y ella debió descubrir lo mismo en mí, pues nos abrazamos maternalmente. Mari Pili, más delgada que ambas y, por tanto, con menos peso, logró más impulso y fue a estrellarse contra la cama, donde halló la bendición del mullido colchón.

–¡Una bomba! –gritaron en la calle–. Han tirado una bomba a los reyes. ¡Iba en el ramo de flores!

Me deshice de Delmira, que me agarraba evitando que saliera nuevamente al balcón, pero, con todo, lo hice. Quería ver qué pasaba y mi curiosidad podía, con mucho, a mi deseo de prudencia. Aceptó mi madrastra que no conseguiría persuadirme y se ocupó de las otras dos mujeres, poniendo en práctica su experiencia como enfermera. Comprobé de reojo que Brígida ya se levantaba del suelo y que descubría muy enojada que su vestido estaba roto.

–¡Serán cañamones! ¡Hijos de la gran furcia! ¡Pues no me han *ajironao* la ropa!

Con las fuerzas de tres hombres salió Bri al balcón dispuesta a gritar. Pero había tanta bulla, tanto desconcierto y sobre todo tanto terror reflejado en las miles de caras allí congregadas, que se quedó sin habla.

–¡Por la Virgen! ¡Si hay muertos por todas partes! –exclamó.

Lo constaté apoyada entre los cristales del balcón. Algunos de estos los notaba yo entre mis botines, como si hubieran atravesado el calzado y hasta mis enaguas.

Miré hacia la calle y el espectáculo era de una truculencia espantosa. Entre el humo que había causado la explosión, con su consiguiente rompimiento de ventanas vecinales, puertas de cafés y farolas arrebatadas del suelo, los caballos pateaban, dando coces y alcanzando a la gente que corría de un lado para otro. Algunos equinos, inmóviles sobre el suelo, exhibían sus tripas desgarradas. Varias personas también permanecían inmóviles en medio de la calle, cubiertas de sangre. Las mujeres corrían a proteger a sus hijos, que cargaban como podían sobre sus hombros, perdiendo los sombreros y hasta los botines en la huida.

Descubrí una carroza quebrada, las ruedas circulando solas por el impulso. La guardia real dispersada entre la multitud no sabía si atender a los reyes o perseguir a los malhechores que produjeron tanto horror.

Se empezó a oír un grito que fue pasando de hombre a hombre y de mujer a mujer: «¡Los reyes! ¡Los reyes se han salvado!».

Creo, o eso quizá lo imagine, que entre tanta gente y sobresaliendo de la carroza real, prácticamente ilesa, vi a la reina Victoria Eugenia levantar su mano para seguir saludando.

* * *

La imagen de un soldado desmembrado, sin pies, me causó una conmoción tal que aún me laten las sienes cuando lo recuerdo. Un palafrenero encontró la muerte con quemaduras extendidas por todo su cuerpo. Era difícil saber cómo había tenido la cara aquel hombre en vida o, si acaso, murió orgulloso y con sonrisa en los labios, por guiar la carroza de un rey.

Los escaparates de las tiendas cercanas a donde estalló la bomba se exhibían con repulsivos salpicones de sangre. Los lamentos y los gritos se oían por igual, desde la calle o desde los balcones. Bajo el nuestro habían sido alcanzadas familias enteras que, asomadas como nosotras en pisos de altura inferior, fueron dañadas con más crudeza.

Meses después del atentado me enteré de la cifra a la que ascendía la catástrofe: veinticinco muertos y alrededor de cien heridos, entre ellos nosotras cuatro, que recibimos cortes en la cara y en las manos por el rompimiento de cristales.

Entre tanta confusión callejera, algunos pudimos presenciar cómo salía el rey Alfonso XIII de su carroza. Era, cuando menos, curioso que no marchara despavorido a refugiarse a su palacio, muy cercano en ubicación. Pero no, algunos testigos dijeron luego que demostró coraje al dirigir la coordinación de recuperación de heridos. Se le notaba que sabía mandar y templar el carácter en tiempo de guerra.

Con cierta rapidez se trasladó a todo aquel que podía andar a las casas de socorro. Delmira se ofreció para atenderlos, pues experiencia tenía al haber sido enfermera y esposa de militar. No le daba miedo la carnicería que habría de ver sobre las camillas. Pero a mí me hizo prometer que me quedaría en esa casa durante un tiempo prudencial, pues tontería sería salir ahora a la calle sin propósito ni saber qué hacer para ayudar. Permanecí aturdida un rato hasta que comencé a tomar notas para mi futuro artículo.

Nada se supo durante algún tiempo del causante o causantes de tal barbarie.

* * *

Adentrado ya junio toda España sabía de memoria qué era una bomba Orsini, por haberse utilizado en el atentado. También era conversación de interés el suicidio del anarquista que cometió la barbarie camino de la cárcel, después de haber asesinado a su captor. Era el monstruo un hombre delgado, de cara agradable e inspirador de confianza. Me causó gran conmoción que los hermanos Baroja y el mismo Valle-Inclán lo frecuentaran en los cafés de la Puerta del Sol.

Mateo Morral, que así se llamaba, con su apellido de varias erres que sonaba acerado y cortante, evocaba a todos los terrores pasados, algo así como a mentar al diablo.

Por fortuna para nosotras, ninguna sufrió grandes heridas. La peor parte me la llevé yo, al infectárseme las del cuello, pequeñas incisiones de cristales que con el sudor no llegaban a cicatrizar. El calor de finales de primavera no ayudaba a mi recuperación y Eduardo venía todos los días a ver mis laceraciones, prestándose con ánimo a cambiarme el vendaje y darme conversación.

–Esto va cada vez mejor. Por suerte no habrá que operar ni tendré que amputarte la cabeza –decía, tomándose a guasa mis dolencias–. Lo que por otra parte sería una lástima siendo tan bonita.

Eduardo sabía que no me gustaban los halagos.

–Anda, zalamero. Si yo ya sé que no vienes por mí, sino por saber algún cotilleo de esos que luego saco en la revista. ¿A que quieres saber de primera mano cómo iba vestida la marquesa de Villalpando a la boda del rey? –le provocaba yo, sabiendo que era contrario a la ostentación de las clases altas.

Eduardo me seguía la broma:

–Sin ninguna duda, no sabes lo que sufro si no me cuentas tus chismorreos reales.

La broma no llegó a más, Eduardo reparó en mi gran desgana. Tenía la cabeza en otra parte, pues, habiendo retratado en mis artículos de *La Moda Elegante Ilustrada* todos los aspectos sociales, morales y costumbristas que ofrecía la boda del rey, me empezaron a venir los apetitos femeninos de celebrar mi propia boda. Sabía que la fecha de verme con Darío, con quien apenas me escribía por disimular nuestra relación, se acercaba. Junio se adentraba y el calor se sentía ya en Madrid.

–Hace ya semanas que solo vengo en calidad de médico –se lamentaba Eduardo intentando sonsacarme–. Apenas me has dirigido la palabra en estos últimos días. ¿Es por el atentado?

Disimulé.

–Lo cierto es que no se me borra de la cabeza que un hombre haya dado muerte a tanto inocente. Dicen que grababa frases en los árboles del Retiro asegurando que quería matar al rey. ¡Y Baroja y Valle-Inclán lo conocían! Todavía no consigo digerir lo que ha pasado.

–Lo entiendo. Pero tú estás mohína por otra cosa.

Aquella tarde me encontraba particularmente inquieta, me abanicaba, suspiraba… Vamos, que se me notaba a la legua que echaba de menos a alguien.

–¡Caramba! ¡Qué lamentaciones! Barrunto que muy pronto te irás a Granada.

Yo ladeé la cabeza, ocultando una mirada que sin duda diría más que mis palabras.

–A Granada aún no. Primero tendré que ir a Santander.

–Ah, que como el año pasado no pude ir a verte me das una segunda oportunidad…

Sonreí inexpresiva; aunque su propuesta no era baladí, si se presentaba en tierras cántabras y coincidía con Darío, habría, como poco, una situación embarazosa.

–Siempre serás bien recibido, Eduardo. Sea en Madrid o en otro sitio.

–¿Vas con el señor Galdós? –curioseaba el médico.

–Sí y no. Lo visitaré, como es lógico, pero esta vez voy por otros asuntos…

–¿Asuntos?

Ah, qué irritante era y qué fisgón.

Me levanté de la silla, que era de enea, idéntica a la que ocupaba Eduardo. Noté que me seguía con la mirada mientras daba vueltas, tan inquieta o más que antes, arrastrando los pies sobre el césped del jardín.

–Empieza a hacer mucho calor en Madrid, ¿verdad?

No pude verle el gesto, pero su voz sonó muy concluyente.

–A ti te pasa algo. Te importa mucho el tiempo, me parece.

Volví a suspirar, pero esta vez por intentar contenerme, cosa que no conseguí.

–Eduardo…, ¡que me caso!

El doctor y amigo me miró con extrañeza. ¿Qué dice esta loca?, se preguntaría. Lo que sería muy lógico, pues no me había conocido novio ni que estuviera en conversaciones con ningún hombre.

–Pero… ¿en Santander?

Me volví a sentar, pero esta vez arrastré mi silla para estar más cerca de él y poderle confesar mis cuitas.

–No exactamente. En Santander me veré con… con él y me prometeré.

–Ahora sí que me he perdido. ¿Es que… te vas a casar con Galdós?

Ay, qué regomello. Eso me pasaba por no decir las cosas con suficiente claridad.

–¡Qué disparate! No alces la voz, por favor. Delmira no sabe nada. ¡Claro que no me voy a casar con Galdós! Pero si tiene sesenta y tres años.

–Cierto, perdóname, es que no he comprendido... ¿Quién es el novio?

Me resultaba muy curioso hablar de él sin apenas conocerlo.

–Se llama Darío Alcázar y es escritor.

–Ya. Se entiende la afinidad. Pero ¿por qué se lo ocultas a Delmira?

–Porque a ella no le gusta nada ese señor.

–¿Ese señor? Hablas de él como lo haría yo de mi padre. ¡Esto me amosca! ¿Y por qué tienes que irte a Santander a prometerte? ¡Ni que fueras a fugarte!

–Créeme, no me importaría en absoluto. En Madrid me ahogo y en Granada también. ¿Es que una mujer no puede ser libre de sus actos? –pregunté retóricamente y muy enfadada.

Eduardo se quedó algo pasmado. Reflexionaba y ciertamente que su expresión era gallarda.

–¡Eso que dices es muy chusco, amiga! ¿Quieres ser libre y... te casas?

La conversación, que caminaba hacia derroteros enojosos, imponía contar la historia desde el inicio. Así que me armé de valor y le conté cómo conocí a Darío, nuestra extraña pero firme relación y mi convicción de que haríamos una buena pareja. Cuando hube terminado, Santaella quedó un rato caviloso, con la mano apoyada en el mentón.

–O sea que «ese señor» ya no está casado.

–No.

–Y, con todo..., a Delmira le sigue sin hacer tilín.

–Es que es algo mayor que yo...

–¿Cuánto?

–No lo sé, quince..., veinte...

–¡Por las barbas de...! ¿Veinte años? Un poco más y es de la misma quinta que Galdós. ¡No doy crédito, chiquilla! Tú puedes encontrar algo mejor, estoy seguro.

Me entraron unas ridículas ganas de llorar. Luchaba por parecer una mujer de mi tiempo, dispuesta a la soltería sin vergüenzas, pero, en el fondo, como todas esas mujeres, también deseaba casarme y tener una familia.

–Tú no lo entiendes.

–¿Porque soy un hombre?

–Porque eres muy joven.

Frunció el ceño algo contrariado.

–¿Qué años me sacas? ¿Cuatro, cinco? –me decía él–. Eso no es nada. Pero tú te empeñas en echarte a las espaldas los años de los demás. A mí me parece que buscas en ese señor el padre que ya no tienes.

Aquello me dolió.

–¡Vaya ocurrencia! ¿Y no me preguntas si le quiero? ¡Podría darse el caso!

Eduardo se tomó un segundo para contestar y gracias a ello tuve la oportunidad de observarlo de cerca, sentir su respiración agitada y percibir el brillo de sus pestañas pelirrojas. Tantos meses intimando y lo cierto era que no me había fijado en su cara.

–¿Le quieres?

Así, preguntado de sopetón, era para pensárselo.

–¡Parece mentira! –continué saliendo por la tangente–. Un médico que se interesa por el amor, cuya existencia, precisamente, es lo que la ciencia no puede demostrar.

Santaella recapacitaba y ya iniciaba una sonrisa mordaz.

–Ah, ya veo, quieres jugar. Sí, es cierto que la ciencia no puede demostrar qué es el amor, pero sí algo que lleva asociado, que es la pasión. ¿Has llegado a eso con «ese señor»? –me tomó una mano y la retuvo entre las suyas–. ¿Os habéis acariciado?

Intenté retirarme de entre sus zarpas, pero mis dedos se quedaron entrelazados a los suyos.

–Si es así, ¿cómo es su contacto? ¿Son sus dedos blanduzcos y resbaladizos como un pez? ¿O son firmes y varoniles?

Así eran los suyos, de una solidez masculina inquietante. Su contacto me causó tanto bochorno que di un tirón y me puse de pie.

–Pero ¿qué es lo que te pasa?

–¡Era solo un juego! ¿Qué te pasa a ti? –se disculpaba sin querer reconocer su osadía–. Veo que «ese señor» te ha quitado las ganas de hacer bromas. Si es así, solo me queda ir a saludar a Tintín y marcharme.

Hizo lo propio, levantarse y dirigirse hacia el interior de la casa. Iba muy enfadado, como pocas veces le había visto.

–Espero que «ese señor», al menos, no te enoje como hago yo.

Se marchó arremangándose la camisa, un gesto que siempre vi realizar en hombres que saben dominar su destino y van hacia él. Era osado, desde luego, a veces incluso un poco impertinente, aunque no podía negarle la pericia que siempre demostraba desenmascarando mis debilidades.

Nunca se lo confesé, pero durante varios días me quedó en mis manos el contacto de las suyas.

* * *

Con mi actitud debí disgustar a Eduardo, pues desde aquella velada descuidó mucho las visitas. Se distanció tanto que Delmira adolecía de su compañía con quejas continuas, siempre poniendo como excusa que Vicentín le echaba de menos, ya que le regalaba golosinas.

Tengo que reconocer que yo también le echaba de menos pero no debió ser mucho, porque a mi memoria de aquel tiempo me llegan, sobre todo, los anhelos de verme en Santander, para lo cual alquilamos una casa en la bahía cercana a la de Galdós, con el fin de visitarlo sin necesitar un cochero.

Delmira y yo nos fuimos solas, algo a lo que ella se negó y tuvimos que discutir seriamente, porque seguíamos con la pestilente obsesión de que las mujeres, estén donde estén si no tienen compañía viril, siempre se encuentran solas. Me costó mucho convencerla, pero lo conseguí amenazando con dejarla en Madrid y causar el escándalo entre las damas cántabras.

Ya instaladas ambas en zona cercana al Sardinero, tuve facilidad para el encuentro con Darío. Por medio de carta nos citamos en la playa, en hora concurrida y a pleno sol.

La espera se me hizo larga, pues a los minutos de tardanza añadía yo inconscientemente los meses transcurridos desde la última vez que nos viéramos, que se engrosaban por el temor de ver frustrado, en el último instante, nuestro propósito.

Cuando nos quedamos uno frente al otro, una sonrisa curvada, casi reprimida, cambió la expresión de su rostro. Yo ansiaba verle atribulado, pero no, mantenía el tipo estáticamente como los maniquís que exhiben en las sastrerías. Al momento constaté que todo era facha, pues la mano que me tendió le temblaba. Iba vestido con traje claro, lo que me confirmó que el luto había pasado, y ciertamente que, aunque no parecía él, me resultó más atractivo que nunca. Bueno, ahora que lo pienso, creo que me sugestioné tanto por verlo atractivo que nada fue capaz de desviarme del propósito.

–Carmela...

–Darío...

–¿Qué tal ha tenido el viaje?

Sonreí.

–¿Otra vez de usted...? Eso suena a guasa. Precisamente hoy no esperaba que volviéramos a los formalismos.

Se avergonzó.

–Mil disculpas. No me acostumbro. Como apenas hemos intimado...

–Eso se debe arreglar.

–Lo arreglaremos.

Me indicó que paseáramos y elegimos el lugar menos arenoso para evitar inundarnos los zapatos. A veces callábamos porque nos resultaba difícil empezar una conversación que nos parecía absurda e insustancial solo por rellenar unos momentos. Me preguntó Darío por Galdós y si había ido a verlo. Yo le pregunté si habían concluido sus negocios de familia. A todo decíamos que sí y al llegar al final de la playa, allá donde las piedras se vuelven rocas y van las olas a romper, se paró en seco y me preguntó:

–¿Tengo que arrodillarme?

Comprendí que me preguntaba por la esperada declaración de matrimonio, y con el pecho palpitante exclamé:

–¡Por Dios, no!

–Es que no estoy muy seguro del proceder que he de usar con usted... Quiero decir, contigo. Tampoco he traído anillo.

Sonreí. Se le veía tan desvalido que mi corazón saltó de emoción.

–El único anillo que deseo es el que pongas en mi dedo el día de la boda. No soy mujer convencional y estoy acostumbrada a ir a lo práctico. Creo que tú y yo somos de dejar lo romanticón para nuestras novelas. Eso sí, agradecería que selláramos nuestro acuerdo con algo más que palabras.

Le señalé mis labios y Darío se sofocó como un novicio, volviéndosele las orejas casi fosforescentes.

–¿Aquí? ¿En público?

Sin esperar a que él se decidiera me puse de puntillas y me enganché en su cuello para dejar en sus labios un beso algo tosco, impulsivo y posiblemente ridículo. Pero constaté que su boca era suave y su aliento agradable, sin que hallara en él esos olores repugnantes que causan el exceso de tabaco o de alcohol.

Me solté de él algo aturullada, arrepentida de mi impertinencia, disimulé volviéndome y mirando el cielo, que era de un azulino magnífico. Fue una tontería, porque de haberme reprimido el impulso no hubiera sabido que Delmira me observaba desde el paseo marítimo con ceño muy arrugado.

* * *

Nada era comparable a ver a Delmira enfadada. Recuerdo que mi padre me contó una vez que, sospechando que una actriz lo cortejaba, fue a verla y arregló el particular a bofetadas. Siempre me resultó difícil imaginar a una mujer como ella, serena y refinada, dándose de tortas con una actriz de segunda fila y criada en los barrios bajos de Madrid, pero así lo aseguraban y, claro está, yo no era nadie para negarlo. «Cuídate de que tu madrastra se arremangue la blusa, hija mía –me decía muy irónico mi padre–, que eso significará que saca la mano a pasear».

Y claro, justo cuando entraba en nuestra casa alquilada junto al mar, vi que Delmira se subía las mangas de su camisa y me entraron deseos de correr, tal como lo hubiera hecho una niña. Más tarde me cercioré de que su enfado no era para tanto, pues arrancaba las malas hierbas del jardín que nos estorbaban para entrar en la casa y, claro, necesitaba tener los brazos libres.

–¿No vas a decirme nada? –le pregunté.

Mi madrastra se hacía la interesante.

–¿Yo? ¿De qué?

Ay, qué transparente era a veces.

–Te he visto en la playa.

Se incorporó con las manos llenas de rastrojos.

–Y yo a ti, insensata. Y besándote en público.

–Besándome no, besando a Darío Alcázar, que va a ser mi marido.

Fui muy brusca. Cierto es. Pero Delmira, a esas alturas, debía estar ya más que acostumbrada a mi descaro.

Mi madrastra se encaramó sobre sus pies con gesto que me pareció impulso para venir hacia mí y quizá tirarme de los pelos. Pero di por bueno que se controló, quizá por la coincidencia de que tenía las manos repletas de hierbas y no podía con ellas dañarme por ningún lado.

–Nada podré decir para hacerte cambiar de idea, ¿verdad?

–Nada.

Suspiró.

–Entonces seguiré quitando rastrojos.

Continuó su faena con más rapidez que antes, quizás empleando su furia contra aquellos hierbajos que ninguna culpa tenían. Me inspiró una profunda lástima porque nada de lo que estaba sucediendo me lo había imaginado así, tantos años pensando en el día en que me prometiera y todo resultaba la mar de enojoso.

Una vez llegada la noche escribí una nota a Darío para que fuéramos a ver a Galdós juntos y pedirle que intercediera por nosotros ante Delmira, porque si con ella encontrábamos tantos escollos, qué habríamos de encontrar en mi familia de Granada, contraviniendo, como estábamos haciendo, el orden moral de nuestros días.

* * *

Llegamos a San Quintín juntos, y ya al entrar en el salón y vernos don Benito a ambos tan cerca el uno del otro supo que algo le ocultábamos. Estaba sentado en penumbra, pues decía que la luz le dañaba la vista, pero accedió a encender una lamparilla de mesa, bastante antigua, por cierto, para que pudiéramos vernos las caras.

Como me senté a su lado, el anciano escritor me palpó la mano. Me daba confianza para que pudiera sincerarme, aunque él sabía que iba precisamente a eso.

–Presiento que me desvelaréis un misterio. Se os ve en la cara, sobre todo en la tuya, querida Carmela, que eres transparente como el cristal.

–Entonces no hay mucho que contar, ¿verdad, don Benito? Un hombre tan perspicaz y con tanta experiencia con las mujeres sabrá que a mí también me picó el bicho del amor.

Miró a Darío con sonrisa traviesa.

–Así que usted... Vaya con el amigo Alcázar. ¡Quién me lo iba a decir!

Los tres, contagiados por el absurdo de vernos sorprendidos por nuestros propios miedos, nos liberábamos con la risa. Galdós continuaba a pesar de ello.

–Me haces muy feliz, querida niña. Solo lamento que por imposición lógica de los devenires que ahora te sobrevendrán, dejaré de disfrutar tan a menudo de tu presencia. Sepa, señor Alcázar, que me siento como un padre para ella, a falta del que la trajo al mundo, vea en mí aquel que ha de defenderla y entregarla al mundo conyugal que ahora le espera. Aquí está mi bracete para llevarte al altar, si es eso lo que vienes a pedirme.

Me sonrojé. Era más de lo que hubiera esperado nunca.

–Estoy muy agradecida, don Benito, y por esa deferencia que me ofrece me voy a permitir una impertinencia más, que es la de pedirle un favor. Delmira no es de su afable opinión. Desde hace años conoce mis sentimientos por Darío, y siempre ha sido contraria a ellos y más de una vez hemos discutido. Sería para mí muy valioso que usted le dijera unas palabras que abrieran alguna fisura en su hermética posición de madrastra. Nada hay más lejos de mi intención que enfadarla, pero tengo que mirar por mí ahora, que aún estoy a tiempo.

Galdós fijaba sus ojos en el infinito, pero me escuchaba, respiraba hondamente, maquinando ya en su imaginación cómo convencerla.

–Cuenta con ello, tontina. No veo un regalo de bodas más adecuado. Me siento tan feliz que me apetece tomarme un té con pastas y comentar con vosotros, distendidamente, las noticias de los últimos días. Son placeres poco frecuentes este verano en San Quintín. Ha llovido mucho y nadie se acerca a hacerme compañía. Mi vista mengua y soy incapaz de hacer cosas tan modestas como leer el periódico. ¿Sería tan amable, señor Alcázar, de llamar a la criada? ¿Y tú, querida Carmela, de leerme alguna noticia de *La Correspondencia de España*, que está sobre esa mesita? Mejor que sean los sucesos, que son los que más me proporcionan ideas para mis novelas.

Darío reaccionó con diligencia y fue a tirar del llamador para que el servicio acudiera a cumplir el reclamo de traernos el té. Yo tomé el periódico y así, como si fuéramos una familia ya asentada y acostumbrada a los placeres domésticos, rebusqué en el periódico, doblándolo y comentando algún anuncio en los que tanto se fijaba Galdós, haciéndolos anécdotas de sus historias, y tras un rato de lectura me topé con un incidente que estuve a punto de obviar por ser demasiado trágico.

–Oh, qué desgracia. Una mujer se ahorcó en los calabozos del Gobierno Civil de Madrid. Qué lástima. ¡Pobre mujer!

–Léelo, si no te contraría, querida. Es este tipo de cosas las que dan pie a mis más queridos personajes, gente de la vida y del sufrimiento.

No podía negarme, así que leí la noticia desde el principio:

–«En el Gobierno Civil ocurrió en la madrugada de ayer un lamentable suceso que revela la poca vigilancia que en aquel centro se tiene con los detenidos y mucho más cuando se trata de personas que por sus condiciones especiales merecen ser atendidas con especial cuidado.

»El inspector de policía que presta sus servicios en la estación del Norte detuvo anteanoche a una pobre mujer que intentó arrojarse sobre la vía al paso de un tren. Con las debidas precauciones la condujo al Gobierno Civil y desde ese centro pasó la supuesta demente a la casa de socorro del distrito. Después de reconocida por los facultativos de guardia, certificaron estos que aquella acusaba síntomas de enajenación mental. Trasladaron a la demente de nuevo al Gobierno Civil y allí fue metida en uno de los calabozos destinados a los detenidos, no teniendo con ella las precauciones que aconseja la más elemental prudencia, como lo demuestra lo sucedido. Cuando fueron a penetrar ayer mañana en el calabozo donde estaba la encontraron cadáver, colgando su cuerpo de un pañuelo que llevaba al cuello, y que sujetó a un barrote de la ventana, produciéndose la muerte por estrangulación». –Me quedé sin aire tras leerlo de corrido–. ¡Qué tristísimo! –exclamé al fin.

–¿Y no dicen el nombre de la desdichada? –preguntó Darío.

Revisé de nuevo el artículo, pues seguro que me había saltado inconscientemente ese particular.

–Sí, se llamaba Lorenza…

Corté súbitamente mis palabras. Miré a Galdós, que saboreaba su té. Darío sospechó que algo me sucedía, porque empecé a sudar de forma muy extraña y mis ojos enrojecieron.

–Era Lorenza Cobián.

Al oír su nombre, Galdós se paralizó, dejando en el aire el sorbo que nunca llegó a sus labios. Le tomé la taza de té que ya le empezaba a temblar y observé que no encontraba palabras para decir algo que le venía a la cabeza, siendo aquel detalle el que más me impresionó por ser hombre conocedor de todas las palabras del mundo.

Darío me miró algo confuso y arrugó el entrecejo preguntando qué sucedía.

–Lorenza Cobián era la madre de su hija María –contesté–. ¿Comprendes ahora?

CAPÍTULO 24

DE CÓMO GALDÓS SE REVELÓ COMO UN PADRE SOLÍCITO

Que conociera la noticia del suicidio de la mujer a la que amó por medio de un periódico causó en Galdós un desaforado sentimiento de impotencia. La lejanía física y espiritual que le separaba de Lorenza desde hacía años no empañó el dolor que le produjo su falta. Sabía que María sufriría el desamparo de la orfandad y por eso, tras derramar lágrimas que delataban su duelo, pidió papel para escribir lo antes posible a la tía Dolores, hermana de la fallecida.

Estuvo garabateando la carta como pudo, con temblor e indecisión en sus manos, se frotaba los ojos y luego suspiraba. Lo observábamos desde una esquina del salón, pues ni Darío ni yo vimos prudente dejarlo solo en esos momentos.

–¿Desconocía su enfermedad mental? –me susurró al oído procurándose no ser oído por Galdós.

–Creo que lo sabía. La locura ha estado muy presente siempre en los personajes de sus novelas. Ya sabes que todo lo que le rodea lo incorpora y lo aprovecha. Por eso pienso que sí, que conocía lo que le pasaba desde hacía tiempo.

–Quizá se quede ahora con María y la cuide como padre que es…

Miré a Darío con sospecha de que no sería así.

–Galdós es padre amantísimo, pero… desde lejos.

Así fue, no me equivoqué en absoluto. Con el tiempo pude tener acceso a esa carta y a otras más que escribió a su querida hija, a la que llamaba Yuca en términos cariñosos, alternando la indulgencia con la disciplina paternal.

«La desgracia de su pobre hermana», escribía a la que podía haber sido su cuñada, «que ya venía padeciendo de fuertes manías, me obliga a suplicar a usted que se encargue de acompañar constantemente a María, que, aunque es de buen natural, tiene el genio demasiado vivo y necesita tener a su lado a una mujer de su familia. Nadie para el caso como usted». Así camelaba a doña Dolores Cobián para que se hiciera cargo de la joven niña, y con ella se crio bajo la premisa de «no reparar en sacrificios porque a todos atenderé», como le dejó bien claro don Benito.

No era nada nuevo ni forzado por la situación, porque de ellas se venía ocupando desde hacía años con pagos de doscientas o doscientas cincuenta pesetas, que ingresaba en una cuenta del Banco Hispano Americano.

A todo estuvo atento Galdós, indicándoles que habrían de ir a Arriondas a consolar a la madre y abuela, para luego tomar baños en Gijón. Tanto fue su estricto gobierno que solicitó que le hicieran un trajecito de luto a la pobre María. Suplicaba que le escribieran a primeros de mes y que él les enviaría dinero, cuidando de todos, como estaba acostumbrado, aunque ahora mucho más.

Una vez terminada la carta, ensobrada y entregada para enviarla al servicio postal, Galdós me hizo un gesto para que me acercara. Me senté de nuevo a su lado.

–Esta desgracia del destino no puede venir en peor momento. No puedo ir a ver a María, querida Carmela. He de contarte algo que aún no sabe nadie. Me van a operar.

–¿A operar? ¿Está enfermo?

Él me palpaba la mano.

–Mucho peor. Estoy ciego. O casi. Me han prometido que me curarán y cuando lo hagan volveré a mi vida de siempre. Pero, mientras tanto…, ay, qué cruel es llegar a viejo.

* * *

«He estado unos días pasando muy malos ratos», confesó a María en una carta días después. «Sabes que tu pobre mamá venía hace tiempo atacada de delirio persecutorio. Ya le dije que eso es una enfermedad. A los que la padecen no se les debe dejar solos. ¡Pobre Lorenza! El sentimiento que me ha causado su muerte no se me disipará en mucho tiempo».

Pero Lorenza Cobián no fue siempre así. En aquellos días se esforzaba el sensible Benito en recordar a la belleza asturiana que había posado para los pintores Emilio Sala y José María Fenollera y que atrapó su corazón al poco de verla en los talleres con su bata de seda cubriendo parte de sus hombros o a veces desnuda, inocente, con la frescura natural de la campesina que pasea descalza sobre la hierba.

Era bellísima, quizá la que más de todas sus amantes, pero lamentablemente frágil. Como un diamante en bruto que temes romper al forzarlo y convertirlo en piedra preciosa y susceptible de encarecerse. Con todo, don Benito la talló, la moldeó por necesidad siguiendo su criterio de educar a las mujeres. La llevó a Madrid, le dio una casa propia, una comodidad firme y de por vida. Y al llegar María la relación fructificó, aunque sin matrimonio, porque, según confesó una vez don Benito, Lorenza no quería casarse.

Días después del suicidio llegaron a nuestros oídos comentarios implacables de los enemigos de Galdós. Le acusaban de abandonar a otra de sus mujeres y alguno incluso se mofó de la enajenación de la enferma.

Para don Benito era la segunda muerte de una de sus antiguas amantes en lo que llevaba de año. ¿Qué quería el destino de ese pobre viejo, ciego y cansado?

* * *

Con todo, cumplió con su promesa de hablar con Delmira sobre la relación que mantenía con Darío. No fue presencialmente porque no salió de San Quintín en los días siguientes al fatal suceso, pero lo hizo por carta.

Nunca supe lo que dejó plasmado en el papel. Delmira lo quemó al poco de leerlo y no quiso hablar de ello, manifestando, como siempre hacía, su empecinada resolución de acatar, pero reservándose sus prejuicios hacia Darío, que le persiguieron durante toda su vida.

No obstante, tengo que decir que supo estar a la altura de las circunstancias y no le noté especial inquina cuando se dirigía a él.

Nuestros días en Santander fueron lo más parecidos a una vida familiar, Darío nos visitaba y salíamos al jardín de nuestra casa alquilada a tomar el té.

En uno de esos días fue la propia Delmira la que preguntó lo siguiente:

–Bien, ¿y cuándo vamos a ir a Granada a contar la noticia?

Me quedé arrebolada, aunque sin razón. Debería haber pensado en ello mucho antes, pues era mi tierra, pero había algo en Granada, o, mejor dicho, en lo que me quedaba de familia, que me forzaba a alejarme. Ahora que cumplía con el deseo de callar esas bocas entrometidas que se reían ladinamente de mi soltería no tenía ninguna gana de exhibirme, y mucho menos de dar explicaciones.

–Pues no sé... Quizá tendríamos que esperar...

–¿Esperar? –preguntó Delmira desconcertada–. Ya habéis esperado lo suficiente, creo yo. El luto terminó y sois libres. Cuanto antes lo hagáis público mejor será para todos.

Bebía su té con naturalidad y Darío me miraba agitando los hombros, dándome a entender que él no opinaba en ese particular.

–Está bien, iremos en otoño, al volver de las vacaciones estivales. ¿Te causará algún inconveniente, Darío? Date cuenta de que tendrías que alquilarte alguna casa, pues en la nuestra no podrás vivir.

Darío asentía.

–Lo comprendo.

–Podrían alojarlo los Morell, espacio tienen.

–No, no. No quiero problemas. Que ya los habrá por algún otro motivo. Mejor que Darío tenga libertad y no se relacione con el tío Juan.

Solo faltaba que Juan Morell sacara su vena calavera y le espantara o, lo que era peor, que contagiara a Darío sus extravagancias.

–De acuerdo, me ocuparé de buscarle alguna casa cerca de la nuestra, quizá por la plaza de Santa Ana, si te parece bien.

–Me parece perfecto, Delmira. Gracias.

–No hay por qué darlas.

Tanta formalidad formaba parte de nuestro acuerdo tácito, el de respetarnos y facilitarnos nuestras vidas aceptando nuestras diferencias. Así fue cómo mi madrastra, con su habilidad para los negocios, consiguió una casa pequeña pero cómoda junto a la que llamaban de Los medallones por tenerlos muy bonitos en la fachada. Desde ella se veía el entramado de calles del barrio de la Churra y se presentía la Alhambra, que quedaba sobre la casa y, por lo tanto, inaccesible. Pero no fue inconveniente porque Darío la conoció muy pronto y con incidente de por medio que nos llevaría a la primera de nuestras discusiones.

CAPÍTULO 25

DE CÓMO GALDÓS ASISTIÓ A UNA BODA QUE NO FUE LA MÍA

Al volver a Madrid eché en falta algo muy querido. La presencia de Eduardo en nuestra casa. Pasaban las semanas y no volví a verlo. Deduje que había mucho rencor en nuestros comportamientos pasados y me esforcé por olvidarle, aunque me dolió perder su amistad.

Sin embargo, no se olvida porque uno quiera. Todo lo que había en la casa me recordaba a las tardes en que había visita, convirtiendo el jardín o el salón en sala de juegos, oyéndose nuestras risas descontroladas tras el festín de golosinas.

Mientras hacía las maletas, Delmira me observó mirando varias veces a través de una ventana las verjas de la entrada. Dando golpes extravagantes sobre ellas se hacía oír Eduardo cuando venía de visita y otras veces usaba la campana que los antiguos propietarios dejaron metiendo buena bulla. Era un terremoto de hombre.

–Le echas de menos, ¿verdad?

Me conocía más que yo misma.

–Lo cierto es que sí. Me hubiera gustado tenerle en mi boda y contar con él como médico de familia.

–Tú pides demasiado a un hombre. No puedes elegir el sol y la luna. Eso es… imposible.

–Pero yo no pretendo tener dos hombres, solo a mi marido y a un amigo. No le veo el inconveniente.

Delmira reía.

–Pues lo tiene, guapina, lo tiene. Desde el momento en que decidas casarte ya no será tu vida como antes. Será tu esposo el que decida tus amistades, pues si no le gustan te forzará a complacerle haciéndote creer que lo mejor es olvidarlas. También ocurrirá con tus amigas, salvo que tengas niños, entonces, es probable que sigas hablando con ellas de lo poco que duermes y de lo desagradable que es cambiar pañales. Cuando tus hijos se hagan mayores e independientes ya no recordarás por qué te habrás casado ni cuándo fue la última vez que te reíste con tus amigos. Y todo pasará tan rápido que parecerá un suspiro.

Dijo su retahíla con naturalidad y sin perder la respiración. Miraba al cielo y de vez en cuando al jardín, abstraída en sus pensamientos.

–¡Vaya, qué barbaridad! ¿Y todo eso te pasó con mi padre?

–No, con él no me dio tiempo. O quizás es que fue del otro tipo de maridos, los que te hacen feliz.

Me reí por la ocurrencia.

–Entonces, afirmas que hay de dos clases. Todavía tengo esperanzas, ¿no te parece?

–Sí, al cincuenta por ciento.

–¡Qué agorera eres! Anda, ve a terminar tu equipaje…

Al poco salimos hacia Granada, todos, incluso Mari Pili y Vicentín, que cada día se hacía más mozo. Rosita estaba especialmente feliz, volver a su amada ciudad y ver la silueta de la Alhambra era para ella un revitalizante. Me prometió que en este viaje visitaría a sus familiares en el Sacromonte y que quizá les animaría a realizar una fiesta gitana, en donde bailaría hasta caer agotada. Todo eso lo decía con mucha sorna, porque sus piernas ya no la sostenían como antes a causa de la artrosis, pero con su buen talante todo lo superaba.

Al llegar a nuestro destino, en la misma estación de ferrocarril nos separamos. Darío tomó un coche hacia plaza Nueva y nosotros, que habríamos de pasar necesariamente por el mismo sitio, tomamos otro, siempre con el propósito de no dar pábulo a los vecinos chismosos.

Así que nuestros vehículos fueron uno detrás del otro y llegados a la plaza citada, a la altura de la Chancillería, Darío bajó porque el camino que iba paralelo al río, la Carrera del Darro, era tan estrecho que un coche de ese tamaño parado en medio del camino impediría el paso a los que vinieran después. Como llevaba poco equipaje resolvió caminar a pie el tramo que le quedaba hacia la casa alquilada, atravesando el río por uno de sus puentes y quedándose sobre este, bien erguido, vuelto hacia nosotras para saludarnos con levantamiento de sombrero hasta que desaparecimos.

Mi corazón brincaba por llegar al caserón de los Cid, ventilarlo, ordenarlo y llamar a Darío para que viniera a verlo. Me ilusionaba enseñarle todos los rincones, que eran tan míos, incluso los de mi padre, porque convencida estaba de que le gustarían.

Encontramos algunos nidos de estorninos en diversos lugares de la casa, alguna entrometida lagartija y mucho polvo. Nada nos inquietó. Rosita limpiaba tan fuerte el suelo como un grumete la cubierta de su barco. Quería sacarle brillos que nunca tuvo.

Mari Pili liberaba los muebles de las sábanas viejas, daba vida con las luces, velas y candiles, a falta de luz eléctrica que no había llegado aún a mi casa. Y Vicentín, con sus travesuras, consiguió caerse de bruces en el estanque del patio central de la casa, por fortuna vacío, pero lleno de hojas secas que volaban del cielo y que amortiguaron el golpe.

–Qué *rebonico* es tener un niño correteando de nuevo por esta casa, ¿verdad, señorita? –me preguntaba Rosita con su gracejo–. Ojalá que muy pronto haya alguno suyo que también nos enfade con sus travesuras.

Qué aturdida me quedé. Si la boda me desbordaba, pensar en la maternidad era algo que quedaba demasiado lejos e improbable, pero no por eso menos deseado.

–Dejemos de soñar, que mañana mismo tenemos aquí a tía Agustina pasando el dedo por encima de los muebles. Hay que dejarlo todo como una patena.

Al día siguiente, de tanto limpiar, terminamos doloridas, con agujetas en lugares de nuestro cuerpo que nunca nos habíamos sentido antes, pero contentas de poder enseñar la casa a Darío y ver su cara de sorpresa.

Quizá puse demasiadas esperanzas en ese encuentro, porque mi futuro esposo era todo menos expresivo. Cuando atravesó el zaguán, se quitó el sombrero y apoyó su bastón en la pared de piedra, un vuelco me dio el corazón. No eran los nervios de la primera visita, no. Es que, de pronto, me vino a la memoria la imagen de mi padre llegando a casa, como todos los días, tan elegante y digno como era él.

* * *

Salvada la impresión del primer momento le tomé de la mano y lo subí a las habitaciones para que viera la imagen de la Alhambra. En algunas estancias no entramos porque apenas veía una cama paraba en seco, convencido de que tenía que respetar mi honor. Yo me reía de sus ocurrencias. Allí nadie cuestionaría jamás nada de lo que hiciéramos, y si lo había quedaría para nosotros solamente. Pero él era rígido en sus criterios y tuve que suspender la ruta doméstica, salvo para enseñarle mi parte preferida.

–Esta es la biblioteca de mi padre. Espera que descorro las cortinas, ya verás qué Alhambra tan grande se ve desde aquí.

Desvié los cortinones hacia la izquierda y con la luz de la mañana entró hasta nosotros la esperada maravilla del palacio nazarí, cayéndose casi sobre nuestras cabezas. Roja estaba, mucho más roja que otras veces.

–¡Es imponente!

–Lo es. Y es nuestra. Esta imagen nadie nos la puede quitar.

Darío se tornó hacia atrás dedicándole a la Alhambra menos tiempo del que esperaba de un forastero que la ve por primera vez y se dispuso a curiosear en las estanterías. Sacaba los libros y miraba sus lomos. Los volvía a colocar sin decir apenas nada, salvo un «oh» o un «ajá».

Por fin descubrió el retrato de la condesa di Mare.

–¿Quién es ella?

–Una mecenas, una mujer rica que protegió a mi padre desde su juventud. Tuvo una vida azarosa. Demasiado para una mujer.

Darío se acercó para observar los trazos del dibujo.

–Parece pintada por la mano de un niño.

¡Qué ridiculez!

–La pintó mi abuelo, que era pintor y aprendió de los mejores del momento –expliqué muy dolida.

Darío se dio cuenta y asintió, pero no hubo disculpa. Así que me vengué diciendo algo que sabía que le iba a molestar.

–Esa mujer, Francesca, fue la amante de mi abuelo. Y dicen las malas lenguas que también lo fue de mi padre. En mi casa siempre se ha hablado de este tema abiertamente. ¿Te escandaliza?

Darío, con su acostumbrada inexpresividad, tosió forzado por la sorpresa.

–No, no me escandaliza. Pero tampoco es algo que deberías ir contando a todo el mundo.

–¿Eres tú todo el mundo?

Creo que se dio cuenta de que habría discusión si seguíamos por ese camino. Sabía que a mi padre no se le tocaba.

–Desearía conocer las zonas bajas de la casa. ¿Es posible?

Hizo bien, cambiar de tema fue lo mejor. Bajando las escaleras noté que se me acercaba y con la excusa de ayudarme a bajar intentaba cogerme una mano para acariciármela. Ahora no recuerdo si se la negué.

* * *

Uno de los errores de mi vida ha sido contemplarla, o, mejor dicho, recrearla como si fuera una vida literaria, propia de personaje. Antes de que los hechos se desarrollaran ya estaba yo pensando en que serían así o asá, fantaseando que todo discurriría como era propio de personas cuerdas y civilizadas, de acuerdo a mi criterio.

Con Darío no fue una excepción. Desvariaba con la idea de que llegara al caserón de los Cid y me tomara en brazos, deseoso de pertenecer a mi familia y disfrutar de sus costumbres, importándome especialmente que le gustara la biblioteca de mi padre. Pero con el tiempo me cercioré de que mis fantasías no eran más que miedos transformados. Anticipándome a ellos creía que los podía llegar a controlar.

Las fantasmadas que en esos días rondaban mi cabeza no hicieron más que herirme. Todo lo que rodeaba a Darío se confirmó como excepcional y, por lo tanto, fuera de mi control. No fue extraño que la noche en que lo presenté a toda mi familia resultara un verdadero fiasco.

Días antes del esperado momento, anuncié entre mis familiares que Darío había venido con nosotras y estaba dispuesto a ser presentado oficialmente. Para arroparle invité también a unos cuantos amigos, entre ellos a nuestra vecina, la señora María de la Cruz de Infantes, que tan amablemente nos trató en la anterior visita a Granada. También invité a Feliciano Millán, el abogado de la familia, y a varias amigas de mi infancia, que, dicho sea de paso, eran más bien mochuelos, dispuestas a diseccionar mi vida, pero con las que deseaba desquitarme, habiendo sido ellas muy dadas a reírse de mi soltería.

Todo parecía fluir con la esperada visión que tenía de mis cosas, cuando llegó María de la Cruz acompañada de Perpetuo, que ahora no era su mayordomo, sino su esposo, o mi joven prima Veva, tan esplendorosamente joven como la recordaba y muy inquieta por lo que iba a presenciar. Se abrazó a mí sin el protocolo que exigía una fiesta de pedida y luego me tomó de las manos y me llevó a un rincón.

–¿Dónde está? ¿Dónde está? ¡No puedo contener mi impaciencia!

Su infantilismo me hacía sentir viva, más cerca de ella y, por lo tanto, me rejuvenecía. Me aproximé a su oído y le dije:

–Es ese, el que está apoyado en la chimenea.

Veva miró y le costó encontrar el punto donde fijar los ojos. Creí que iba a explayarse con algún comentario jocoso, pero tras quedarse muy seria me miró y exclamó:

–¡Ay, Carmelilla! ¡Que se parece a don Quijote!

A mí me entró la risa, porque bien mirado tenía razón. Era un hombre alto y tirando a delgado y su media barba le demacraba aún más el semblante.

–¡Qué ocurrencia! ¡Si nadie sabe cómo es don Quijote!

–Sí que se sabe. Es igual que el que tengo yo en *El Quijote* ilustrado por Doré. ¡Qué alegría, prima! Con lo que a ti te gustan las letras es lógico que te hayas fijado en un señor tan particular.

Me abrazó de nuevo y me contagió su entusiasmo. Por entonces estaba yo con ánimo muy firme.

–¡Ya verás cómo le gusta a mamá! Mira, ahí llega. Preséntaselo.

Así lo hice. Tomé a mi tía por un brazo y la arrastré hacia la chimenea. Según me acercaba con mi tía Agustina al lugar donde se encontraba Darío notaba en ella una resistencia inconsciente. No accedía a ver su cara, pero a través del espejo, que estaba colgado en la pared contraria, podía dar con sus facciones y, por lo tanto, también hallar sus expresiones que ya, a esa altura del paseo realizado, manifestaban asombro. Era lógico, no le habíamos contado nada de mi prometido y supongo que la pobre mujer se había formado su idea particular en la cabeza, en donde consideraría lo primero de todo el particular de ser un hombre de mi edad.

–Te presento a Darío Alcázar, tía. Mi prometido.

Darío le tomó la mano, que besó como él sabía hacer, al estilo de los románticos, gesto que a mí me empalagaba, pero a mi tía Agustina la cogió por sorpresa. Le encantaron sus maneras, pues ella era de su quinta.

–¡Oh! Pues..., vaya, un honor, un honor, caballero. No podía imaginar que... fuera usted tan... tan galante.

–Tenía interés especial en presentarme a usted –dijo amablemente Darío–,considerándola la guía de esta familia. No en vano es la única Cid, junto a Carmela, y esto me impone respeto. Es mi deber decirle que mis intenciones con su sobrina son de lo más honesto. Espero ser un marido a la altura de sus expectativas.

Su locuacidad enmudeció a mi tía Agustina, que tardó algo más de lo habitual en sacar su pañuelo para sonarse la nariz, gesto que disimulaba, la mayoría de las veces, el haberse emocionado.

–Hija, ve a ver si viene tu tío... Tengo que hablar despacito con el señor Alcázar, que, dicho sea de paso, me está agradando mucho.

Le hice un gesto cómplice a Darío y fui a buscar a Juan Morell, que ya entraba por la puerta haciéndose notar con alguna carcajada y embistiendo a Rosita, a la que ya trataba de pellizcar como siempre hacía, desde que eran jóvenes.

–¿Es que no puedes entrar sin armar escándalo? Compórtate, tío. Que hoy tenemos visita.

Le agarré del brazo y le di un beso en la mejilla.

–Otra vez me miras como si fuera tu padre. ¿Es que no te relajas nunca?

–Lo haré cuando salgas de nuevo por esa puerta. Hoy me tienes que prometer que serás bueno –y se lo decía meneando mi dedo índice, como si le regañara.

Mi tío gesticuló como un adolescente.

–De acuerdo, nena. Ya sé por qué lo dices. Has sido muy inteligente y te has traído a tu suegro. Ya lo estoy viendo charlar con tu tía y parece que a ella le está cayendo bien. Buen recurso. Ganándote al suegro te ganas al novio.

Soltó una sonora carcajada. Nada de lo que le había advertido sirvió de mucho.

–No es mi suegro, grandísimo tonto. Es mi prometido.

–Pero si debe tener casi mi edad…

–No empecemos con esas moñas. Seguro que en tu vida de calaveradas has visto cosas más tremebundas que el que tu sobrina se case con un hombre mayor. Ahora entrarás en el salón y te presentarás a Darío con total naturalidad. Y no se te ocurra decirle alguno de tus muchos desatinos.

Le dije esto disimulando, mientras le colocaba la corbata. Se la ajusté más de lo debido para hacerle daño en la garganta; se atragantó y todo.

–¡Qué mala eres! Con lo que yo te quiero y…, de acuerdo, entendido, no aprietes más, que me vas a ahogar, tunanta. No diré ni mu. Date por vencida en esta batalla. Pero no soy responsable del futuro, cuando Darío me conozca bien me odiará y no podrás remediarlo.

Le empujé hacia la mitad del salón. No quise acompañarlo. Suspiré esperando un milagro que, por suerte para mí, se produjo. Mi tío llegó a la altura de mi tía Agustina y de un espontáneo Darío que mantenía una conversación fluida con ella. Se saludaron y no pareció que ninguno dijera nada más alto que otro.

La felicidad me duró muy poco. Sentí que me tocaban en el hombro.

–Buenas noches, prima. Quiero decir, Carmela. Vengo, sinceramente, a darte la enhorabuena por tu compromiso, que ya se comenta por toda la ciudad.

¡Marianito Picazo! Le había olvidado por completo. ¡Qué contrariedad!

–Mariano, qué sorpresa tan inesperada.

–Me enteré por mi tío que presentabas a tu prometido. Y claro, quería ver cómo era mi rival.

Me dio la risa, pero disimulé.

–Tú nunca has tenido rival, querido amigo. Nuestra relación ha sido única e imposible de repetir por ningún otro ser viviente. –manifesté con cierta ironía, que, por supuesto, no detectó.

–Te lo agradezco sinceramente. ¿Ha llegado ya? ¿Te animas a presentármelo?

Me volví y le señalé a Darío desde allí.

–Quizás un poco más tarde, como ves está hablando con mis tíos en estos momentos y supongo que de cosas de la familia.

Marianito Picazo dio con Darío con la rapidez de un lince. Se quedó pasmado, con gesto de boca semiabierta que no supo disimular para, seguidamente, fruncir sus desagradables y peludas cejas.

–Después de lo mucho que debiste reírte de mí a mis espaldas cuando me tragué la bola de que ibas a casarte con un duque, ahora vienes y pretendes burlarte haciéndome creer que te casas con un abuelo. No te creía yo tan cruel. A veces, querida amiga, las bromas definen la personalidad de cada cual, y mucho más si son de mal gusto. ¡Me dejas estupefacto!

Tras lo inesperado de su reacción me entró un calor sofocante que me ruborizó las mejillas. No fueron sus razonamientos absurdos los que me hirieron, sino el tono que usó para argumentarlos. Sus ojos desprendían ira, lo que era comprensible, pues se sentía burlado. Dejaron en mí la impresión de una bofetada por sorpresa, pues con mi mejor intención le hablé y con ella me pagaba.

–Te tenía por persona honesta, pero eres tan desalmada como esas caprichosas a las que siempre has criticado. El destino te lo hará pagar. Tenga usted muy buenas tardes.

Se volvió a poner el sombrero que se había quitado a la entrada y se marchó.

Las lágrimas saltaron a mis ojos a pesar de ir preparada para las chanzas que habrían de dedicarme aquella noche por la diferencia de edad con mi esposo. No las pude contener y me dio mucha rabia, porque las palabras de Marianito deberían haberme sido indiferentes. Por el contrario, causaron en mí una honda impresión, tal vez por saberlas sinceras.

Corrí a refugiarme tras unas cortinas, como hacía de niña, y desde allí poder observar a la masa ingente de personas que ocupaban mi salón. Me parecía que todas cuchicheaban. Contenía mis hipos, que pensaba que serían oídos por todos, mientras anhelaba terminar con todo aquello, cuando alguien me cogió del brazo.

–¿Qué haces? –me preguntó Delmira–. ¿Miedo escénico?

Las lágrimas caían por mis mejillas como caños de fuente. Qué desvalida me sentí.

–No quiero salir –dije.

–Ya veo. No es miedo escénico, es terror a tu familia.

Como si yo fuera un pelele me volvió hacia ella, me atusó el pelo, me secó las lágrimas con un pañuelo. Y mientras esto hacía me dijo:

–Ahora mismo vamos a salir a ese salón lleno de memos y vamos a hacer lo que hubiera hecho tu padre.

–¿Qué? –preguntaba yo temblando de miedo.

Delmira se dobló cuidadosamente las mangas de su blusa. ¡Dios mío!, pensé, va a haber guerra.

Me tomó de una mano y tiró de mí, saliendo ambas a pleno salón, en donde todos hablaban con todos sin que me hubieran echado de menos. Nos paramos en mitad de la estancia y Delmira dio palmas para llamar la atención. Todos pararon de hablar. Se hizo un silencio engorroso. Creo que debieron oírseme los dientes castañetear.

–¡Señores, señoras! Reclamamos un poco de atención. Venga usted para acá, señor Alcázar.

Tomó la mano de Darío y la unió a la mía.

–Hoy es un gran día para la familia Cid. Falta uno de nosotros, quizás el mejor. Hubiera estado muy orgulloso de que su hija, su amada hija, hubiera elegido a un hombre cabal y con experiencia para compartir su vida. Ambos participan de los mismos valores y serán estos los que harán que este matrimonio sea feliz. Carmela, Darío…, tenéis todo el apoyo de la familia.

Mi tía Agustina lanzaba ayes de emoción justo en el momento en que Delmira terminaba su discurso. Mi tío Juan, que contenía el aire por respeto, hacía una mueca muy extraña con la boca. Mis primas mayores se miraron desorientadas con una taza de café a medio beber. El trance en el que todos nos encontrábamos fue roto por los aplausos de Veva, que dijo «bravo» y todo, envalentonada por un exceso de emoción.

Desde ese momento no hubo un respiro para mí, todos se aproximaron para felicitarme. Creo que a Darío le avasallaron aún más ofreciéndose, la mayoría de ellos, como guía para enseñarle la ciudad.

* * *

No le agradecí lo suficiente ese gesto a mi madrastra seguramente por miedo a reconocer que también yo era endeble como una hoja de otoño. Ella no me lo reclamó y pasamos los días siguientes sin hablar de ello, aunque hube de decidir cuándo retornar a Madrid y entonces Delmira me dijo algo muy doloroso.

–Querida, debes hacerte a la idea de que una vez te cases habremos de separarnos.

–¿Cómo?

–La casada, casa quiere.

Me abracé a ella con fuerza, queriendo evitar con un gesto instintivo la separación que se produciría, según parecía, en meses siguientes.

–No puede ser, eres casi mi madre. Darío no se opondrá a que vivas con nosotros.

–No es lo adecuado. Has tomado una determinación y has de llevarla a cabo. –Me acarició la cara, muy cariñosa–. Has elegido, chatina.

¿Cómo sería mi vida sin su apoyo? Sentí la soledad, que me parecía fría y me heló los huesos.

Aquella noche escribí a don Benito, quizá para desahogarme o puede que para pedirle consejo, no lo recuerdo. Una semana después, casi a punto de volvernos a Madrid me escribió contándome que se sentía muy dichoso, una novedad había entrado en su vida y le animaba a seguir en esos momentos de ancianidad. También me avanzaba que asistiría a una boda, la del torero Machaquito, amigo de la familia y padre de su querida Rafaelita. Eso le obligaba a salir de los días monótonos para viajar a Cartagena, que era donde se produciría el enlace con la novia, que era una inglesa muy guapa. Todo lo organizaba su sobrino José, al que llamaba cariñosamente Pepino, que era un gran aficionado a la fiesta taurina. «Ya ves, Carmelilla, a mí que no me gusta ni una pizca el arte del cuerno, me llevan a ver las corridas, esas cátedras de estupidez, pero que todo sea por darle gusto a mi sobrino y al señor Machaquito, que es buen amigo», me decía.

Después de aquello, me preguntaba yo, ¿le quedarían ganas de volver a ir a otra boda?

CAPÍTULO 26

DE CÓMO CONVENCIERON A GALDÓS PARA ENTRAR EN POLÍTICA

Apenas hicimos intención de volver a Madrid y caí contagiada por unas fiebres muy malas. Parecía que los días transcurrían y mi fiebre no aminoraba.

Como no era cosa de gravedad se decidió que Darío volviera a la capital, a su casa y rutina, quedando yo en buenas manos, que eran las de Delmira.

Mientras, nos prometimos que iríamos detallando la boda y cuando la fiebre me dejaba, que era a ratos, nos poníamos a bordar alguna sábana completando un ajuar que a mí me parecía innecesario, pero que Rosita insistía en que la novia habría de llevar para combatir el infortunio que siempre planea sobre los matrimonios.

Cuando me aburría de coser me dedicaba a escribir a don Benito. Este parecía haber rejuvenecido en los últimos meses y la causa pensé yo que era de las que tenían faldas, pero resultó que no. Hacía tiempo que le visitaba un hombre, del que no desveló su identidad, que le proponía abiertamente introducirse en política.

Varias veces rechazó la oferta Galdós viendo que la propuesta de los republicanos podría meterle en camisa de once varas, pero finalmente lo convencieron amparándose en la palabra de don Benito, que era afilada como un cuchillo y se necesitaba para cortar por lo sano la penosa situación política que estábamos padeciendo.

«Me verás muy viejo para esto, querida Carmelilla, pero aún puedo dar zarpazos. Yo, que he escrito los episodios de esta España desde cuando Carlos IV nos entregó a los franceses, veo que no hemos aprendido nada y que la situación política sigue igual o peor. Nuestros gobernantes nos ven como un rebaño de ovejas, creyéndonos tan tontos como ellas. Veo que en este país sigue habiendo dos Españas. La de los monárquicos, que es el régimen de la teocracia y la oligarquía, y la del pueblo, que ha de ponerse de nuevo en pie, con todo el espíritu de libertad y reivindicación que palpita en nuestra historia desde Viriato hasta Prim. Estoy esperanzado en este 21 de abril, que puede ser el principio de algo grande. Me paso el día pensando en qué puedo decir en cada artículo o en cada discurso para convencerles de que me voten, pues seré el más honrado de sus representantes. ¿Crees que estoy loco? No lo creas aún, amiga mía. Esto es el despertar de mi nueva juventud. Aún tengo alguna cosa que contarte, pero eso no será por carta».

Las palabras de Galdós eran esperanzadoras. No me hablaba un anciano de sesenta y cuatro años, sino un hombre con energía suficiente para dar ejemplo de vida.

Las cartas llegaban incesantes, y entre ellas la de Darío, que me reclamaba junto a él. «¿Estás mejor? ¿No mejoras?».

Pasada la Navidad comprendí que mi enfermedad no era real, no quería separarme de Delmira ni ir arrastrada a una vida de soledad que me suponía muy dolorosa. ¿Habría de comenzar esta etapa en mi vida con una desgracia para conseguir la felicidad?

Mi actitud mermó la paciencia de Darío, que se presentó en Granada por sorpresa. Y no hubo forma de evadirme.

* * *

Delmira nos citó a las nueve un día de invierno del ya comenzado año de 1907. Nos dijo a Darío y a mí que nos vistiéramos para ir a un acontecimiento familiar que necesitaba de nuestra presencia. Supuse que se refería a un nuevo ardid de mi padre porque también invitó a Feliciano Millán, que era nuestro abogado.

Nos subimos a un coche y este nos llevó a lo alto del Albayzín, a la iglesia de San Nicolás. La Alhambra se veía imponente, espolvoreada de nieve que en las cumbres de Sierra Nevada destacaba espesa y brillante. La teníamos toda para nosotros, en ese mirador tan querido por los granadinos, el lugar desde donde se ven todos los lugares del mundo.

–¿Ves? –le dije a Darío–, esto no lo tenemos en Madrid.

Me agarré a su brazo intentando tomarlo de escudo contra el viento que arreciaba.

–¡Venid! –nos llamó Delmira–. Nos resguardaremos en la iglesia.

La seguimos sin comprender, pero obedientes, pues el frío nos obligaba. El párroco nos esperaba en la puerta y saludó a Delmira y a Millán.

¿Nos esperaba?, me pregunté. ¿Qué misterio nos deparaban ahora las ironías de mi padre?

El párroco me miró mientras se frotaba las manos para darse calor.

–Así que estos son los novios... ¿Han traído los anillos?

Darío y yo nos miramos. Vi en su cara el atisbo de una emboscada que seguramente había fraguado con Delmira mientras me recuperaba de mis fiebres imaginarias.

–No te amohínes, querida –me dijo mi madrastra–. A veces hay que ayudarte un poco, darte un empujoncito para ciertas cosas. Y a mí me pareció que hoy podría ser un buen día para que te casaras o, por lo menos, no es peor que otro día cualquiera. ¿Estás dispuesta?

–¡Pero sin anillos, sin ramo...!

Delmira sacó de su bolso un saquito de terciopelo que contenía dos alianzas.

–Estas son las de tu padre y la mía. Y el ramo lo tiene el señor párroco en la sacristía. Servirán para improvisar, aunque ya tendrás las tuyas cuando vuelvas a Madrid.

Besé a Delmira, sus ojuelos almendrados se achinaron contraídos por la emoción.

Así nos casamos. De aquel momento solo guardo la impresión que me causó la inmensidad de la Alhambra y el frío que se filtraba por debajo de mi falda. Nada más hubo que pueda ahora reseñar.

* * *

Esa fue la causa de que Galdós no pudiera llevarme al altar. Mi boda se hizo a destiempo y en secreto, pero no me arrepiento, porque siempre fui de extremos, o de gran apatía o de arranques incontrolables.

Y una vez casada, como era lógico, decidimos volvernos a Madrid. Delmira cumplió su palabra de quedarse en el caserón de los Cid, en donde estaba su hogar, como recalcó. Estando ya en el zaguán, que daba a la Carrera del Darro, otra desgracia me sobrevino que era de esperar. Rosita, con lágrimas en los ojos, se abrazó a mí.

–Mi niña bonita, ya sabes que te he criado. ¡Qué digo! ¡He criado a toda la familia! A tu padre le quise mucho, demasiado. Pero a ti, a ti te adoro. Por eso no quiero que pienses que te abandono. No tengas regomello por dejarme atrás. Ahora mi sitio está en *Graná* con la señora Delmira. Te llevas a Mari Pili, que es muy relimpia. Al final, ya ves, cómo son las cosas, hasta bien me ha caído. Sabrá cuidar de ti.

Qué doloroso fue todo. Darío tiraba de mi brazo para subir al coche.

* * *

Los cambios que tuvimos que hacer en La Granadilla de Madrid me tuvieron ocupada los primeros días y casi no eché en falta ni a mi madrastra ni a mi buena Rosita. Era esa ocupación alimentada por la necesidad de verme saturada y no conseguir fijar mi atención en los recuerdos granadinos. Era mi forma de combatir la soledad, tan pegajosa y lacerante.

Pasaban los días, similares en horarios y ocupaciones. Bastante tristes, por cierto. Darío me dejaba sola mucho tiempo a fin de organizarse él también, transformar su antigua casa en estudio para escribir o recibir visitas profesionales.

Por eso recuerdo un suceso que aconteció de forma inesperada, rompiendo nuestra vida anodina, causándonos especial alborozo. Fue en una de esas mañanas de organización y limpieza. Desde la parte alta de la casa oí a Vicentín gritar a su madre con mucha alegría. ¿Qué pasaba? Me asomé a la escalera y agucé el oído.

–¡Es don Eduardo! Ha venido, ha venido.

Entre tanta soledad y cambios drásticos en mi vida, recibir la visita de Eduardo me llenó de ilusión. Me quité el mandil y me atusé la melena, recogida en un moño algo caído ya por los esfuerzos que imponía la limpieza. Bajé las escaleras corriendo y casi terminando el último tramo vi que Eduardo se ocupaba de tomar en brazos a Vicentín y lo zarandeaba, como había hecho tantas veces, causando en el niño unas risas extravagantes.

Se paró en seco al verme bajar y comprendí, interpretando su mirada, que también me había añorado.

–¡Cuánta quietud hay en esta casa! No he podido resistirme a embarullarlo todo un poco.

–Como siempre hacías…

–Como siempre hacía –afirmó él muy risueño.

Vicentín se sintió de más y se marchó. Quedamos ambos a la misma altura, yo sobre uno de los peldaños de la escalera. Algo aturdidos nos sonreímos sin atrevernos a darnos la mano o tener otro acercamiento más amistoso.

–¿Y Delmira y Rosita?

–Se han quedado en Granada.

Silencio. A Eduardo le brillaron los ojos. Seguramente sabiéndose a solas conmigo y, por lo tanto, más libre, me tomó de la mano y me hizo subir la escalera de nuevo tirando de mí hasta llegar a una de las estancias que usábamos de sala de estar. En la misma puerta vaciló, pero en un arranque de optimismo me introdujo y cerró, apoyándome contra la puerta y mirándome muy serio.

–Carmela, tengo que decirte una cosa.

Yo estaba algo agitada de subir las escaleras. También bastante sorprendida de su actitud.

–Bueno, y ¿es necesario que me arrastres hasta aquí para decírmelo?

–Creo que sí.

Malinterpreté sus palabras. En ese momento me pareció que iba a despedirse de mí para no volver jamás, y la decepción me causó espanto.

–Dime lo que tengas que decirme.

Eduardo se quedó mudo, con los ojos fijos para luego decir:

–Lo he estado pensando todo este tiempo. He sido un necio. No quiero que volvamos a discutir. Ambos somos diferentes, pero podemos complementarnos. Me han ofrecido un nuevo trabajo, algo muy distinto a la consulta de prostitutas y corralas, es algo serio, me aportará un ingreso importante de dinero…

–Enhorabuena…

–No, no, déjame hablar. He pensado que podríamos vivir muy bien ambos. Yo te prometo que te sabré hacer feliz. No te cases con ese viejo, cásate conmigo. Te ofrezco todo lo que tengo.

Sin dejarme responder plantó en mis labios un beso inesperado, al principio algo tosco, pero que fue cediendo en fuerza para saborear la suavidad de nuestra piel. Algo me impulsó a responderle y me abracé a él dejándome besar incluso por el cuello. ¿Qué me estaba pasando?

Cuando le separé, volviendo a la realidad, Eduardo vio mi mirada aturdida y las lágrimas que tenían mis ojos.

–¡Pero, Eduardo! ¿Por qué no lo dijiste antes? ¡Ya es demasiado tarde!

–No, no lo es. Atrévete a hacer algo fuera de las normas por una vez en tu vida… –seguía él con mucho entusiasmo–. Seremos muy felices, ya verás que…

–¡Calla, bobo! No puede ser. Me casé en Granada con Darío.

Qué silencio más embarazoso. Me hirió más que las palabras de reproche que podría haberme dedicado aquel hombre que empalideció en un segundo. Se sentó en una silla cercana y se tapó la cara con las manos, avergonzado.

–¿Y ahora? ¿Qué hacemos ahora? –se preguntaba a sí mismo.

–Olvidarlo.

–¿Cómo? ¿Quieres que olvide que me devolviste el beso?

Intenté acercarme a él para acariciarle la melena rojiza, pero no tuve tiempo, se levantó iracundo, con la cara desencajada.

–Perdóname, no volveré a molestarte.

Abrió la puerta y bajó las escaleras de dos en dos, salió de la casa pegando un portazo, dejándome desorientada, indecisa, con ganas de salir tras él. Pero no lo hice.

* * *

Sin mujeres de confianza en la casa para poder desahogarme, decidí salir a tomar el aire y, como quien no quiere la cosa, me hallé frente a la casa de Galdós. Quizá no fuera buena idea, no estaba yo con ánimos de conversación. Tenía una pena en el pecho que me ahogaba, pero la disimulaba con esfuerzo ante Darío y parecía que lo hacía bien, porque él no me lo notó.

No sé qué hubiera hecho de haber sido al contrario, de haberme reconocido una falta tan grave al comienzo de nuestro matrimonio. La sombra de los devaneos de mi padre me alcanzaba. ¿Era la maldición de los Cid? ¿No acertar con los matrimonios? Al menos me quedaba la esperanza de que al pasar con los años en todos halló mi padre el amor. ¿Sería eso cierto? ¿Que tras la duda de haberme equivocado encontraría la paz de saber que mi decisión fue la correcta? ¿Adónde se habían ido los sinceros sentimientos que tenía por Darío?

Todo ese caos que me rondaba la cabeza deseaba decírselo a Galdós y que me respondiera con su experiencia amorosa, pero sabía que no podía sincerarme, el hecho de ser un hombre de edad me imponía respeto. Con todo, una vez allí, decidí subir a verlo y nada más entrar me reconoció la pena que intentaba ocultar.

–A ti no te ha sentado bien el matrimonio, chiquilla. ¿Qué es esa cara? ¿Te trata mal el señor Alcázar?

–No, no es eso.

–Mejor, se las tendría que ver conmigo.

Decía todo esto moviendo papeles de sitio, de una mesita a su despacho, de una silla a la otra. Fumaba con nerviosismo y a veces se frotaba los ojos.

–¡Cómo odio los inviernos! No hay luz suficiente. Perdóname, querida, pero es que estoy preparando un discurso para los republicanos, ya sabes que estamos a las puertas de las elecciones y mi candidatura lo exige. Esto me viene bien, me obliga a salir y ver a la gente del pueblo que tanto observaba yo para retratar en mis novelas. Quizás es lo que te haga falta a ti. ¿Por qué no vienes conmigo a uno de los mítines?

–No sé si a Darío le gustaría que…

–¡Ah! Mal empezamos. No pongas en labios de tu marido las palabras antes de que salgan. También la mujer tendrá algo que decir en estos momentos. Y esa burguesa que aún tienes dentro no me gusta nada…

–Pero yo…

–Anda, anda, ven mañana a recogerme, que vamos a inflamar las conciencias de los trabajadores. Ha llegado el momento de que los sordos oigan.

Ese fue el comienzo de lo que habría de venir después.

CAPÍTULO 27

DE CÓMO LA LUCHA POLÍTICA REJUVENECIÓ A GALDÓS

El joven periodista que llegó a Madrid y se topó con la Noche de San Daniel tomó forma en ese hombre maduro, con ojos de lince y atormentada percepción del mundo. Tantos años escribiendo artículos que describían el desconcierto político que nos sobrevenía desde el siglo pasado habían fructificado en su deseo de hacer de España un país moderno, alejado de la moralina religiosa y alzando a las clases obreras al derecho de ser consideradas como ciudadanos libres.

Supimos más tarde que don Benito emprendía una lucha dolorosa porque no solo se cuestionaría su honradez política, también, desde esos momentos, se le cuestionaría como hombre o como escritor. Los trapos sucios que todo gobernante debe lavar en público le llovían sobre la cabeza. Si fallaba como político fracasaría como escritor. ¿Quién lo leería o acudiría a sus obras de teatro sin haberlo cuestionado antes? Era un riesgo importante pero que Galdós asumió con diligencia.

Con sus ojos escociéndole acudimos al Casino de la calle de Pontejos, allí nos esperaban, en un reservado, unos cuantos republicanos militantes y un gran número de hombres de diferentes aspectos, muchos de vestimenta humilde, obreros la mayoría. Entre ellos alguna mujer con atuendo de sufragista. Me sentí fuera de mi ambiente nada más atravesar la puerta del café. Como andaba yo por esos días muy dispersa, todavía pensando en el incidente con Eduardo, no puse demasiado interés en las personas que me rodeaban, centré mi atención en don Benito y me dejé llevar.

El anciano escritor sacó unas cuartillas escritas con su letra, que cada vez era más aparatosa, garabatos extraños que solo él comprendía. Empezó a leerlas con dominio total de la voz, como hiciera un actor consumado, y en el esfuerzo las eses de su Canarias natal salían al paso y terminó por narcotizarnos y conseguir de nosotros la entrega total.

–Se acabó el engaño, se acabó el carnaval político y religioso en que hemos corrido y bromeado vestiditos de abates honestos o de palaciegos rutilantes y entremos en la vida común de la verdad. La verdad se impone, señores. Volved los ojos al siglo anterior y veréis que todo su desarrollo histórico puede y debe llevar esta rotulación amarga y lúgubre: siglo XIX. La herencia de Carlos IV y su lozana esposa María Luisa de Parma, que nos legaron a sus dos hijos Fernando VII y don Carlos María Isidro, fue la de entorpecer cualquier tentativa de cultura. Pusieron vallas al progreso, encenagando la instrucción del pueblo, opusieron a la libertad el absolutismo descarado. Nada o muy poco consiguieron las luchas civiles.

Aquí, Galdós hizo un parón. Bebió agua, se limpió las gafas y prosiguió:

–Pues bien, amigos y correligionarios, es preciso que, definitivamente y de esta vez para siempre, queden esos muertos execrables donde no puedan inmovilizar ni corromper nuestra existencia. Poned encima de ellos todo el mármol en donde están grabadas nuestras constituciones y nuestros derechos; encima, la grandeza infinita de la conciencia libre, y encima de todo, la mano tremenda justiciera de la República española.

Al acabar de leerlo, una oleada de aplausos me ensordeció. A mi alrededor se ponían los asistentes de pie para aplaudir y lanzar vivas a Galdós.

Era mi primer mitin político, pero me parecía más un discurso histórico, una reflexión de todas las novelas que nos había dado ya, explicando la razón de su compromiso con la historia de España. Citar a Carlos IV y luego a su nefanda descendencia daba al encuentro un alto toque de didactismo. Nadie de los humildes republicanos que lo presenciaron se olvidaría de aquellos reyes en su futura existencia.

Mientras sonaban los vítores, sentí que me golpeaban ligeramente en un hombro. Me volví y vi a una mujer, con un sombrero bien calado, de los que solían llevar las trabajadoras de las fábricas, quizá por eso no la reconocí a primera vista.

–¿No me recuerda? –me preguntó–. Soy Carmen de Burgos. Coincidimos en Granada, en la casa de su vecina.

De inmediato me vino a la memoria aquella agradable merienda en casa de María de la Cruz. Era la escritora, también con experiencia en el periodismo, con la que hablé de mi padre y de la imprenta que teníamos.

–¡Por supuesto! ¡Qué coincidencia!

–¿Hace mucho que sigue al señor Pérez Galdós? –me volvió a preguntar.

–Desde hace muchos años, somos grandes amigos, pero este es mi primer mitin, yo antes le seguía a los teatros, no a los reservados en donde se habla de política.

Carmen sonrió.

–Entiendo. No está de más cuando también se habla del futuro de las mujeres, ¿no es cierto? Venga, le invito a un café, si es que en este casino dejan entrar a las mujeres...

No fue el caso, así que salimos a la cafetería más cercana de la Puerta del Sol y allí nos sentamos. No recuerdo lo que bebimos, pero nos entregamos a deleitarlo por tener ambas las gargantas secas. El furor del mitin y el calor humano que expelían todos los asistentes nos dejaron sedientas. A pesar de ello, conseguimos llevar una larga e intensa conversación, abstrayéndonos de los ruidos ambientales del café.

–¡Quién nos hubiera dicho a usted y a mí en Granada que volveríamos a vernos en Madrid y en medio de tanta gente!

Reconocí en los ojos de Carmen que le caía bien, tenía una mirada amable cuando se dirigía a mí. Se quitó el sombrero y se atusó el cabello.

–Querida amiga, hablémonos de tú. ¿Cuánto tiempo llevas en la capital?

Suspiré.

–No sabría decirlo, voy y vengo. ¿Y usted... quiero decir... y tú?

–Hace muy poco. Gané una plaza de profesora en la Escuela Normal de Maestras de Guadalajara y luego en 1904, habiendo decidido dedicarme a lo que realmente me interesaba, que era escribir, conseguí que el *Diario Universal* me contratara. Una de las primeras colaboraciones fue la de cubrir en Almería la visita del rey Alfonso XIII. Imagínate la ilusión que me hizo hacerlo en mi tierra. Así tuve la oportunidad de visitar a parte de mi familia.

En aquel momento recordé que mi vecina, María de la Cruz, me había confesado que Carmen de Burgos había abandonado a su marido en circunstancias nada claras. Debí poner el ceño algo fruncido mientras pensaba, y Carmen me lo debió interpretar como indiscreción.

–No te apures, seguro que te estás preguntando si visité a mi marido. Pues no, no lo hice. Cuando salí de su casa hastiada de sus borracheras y de sus infidelidades decidí no volver jamás. Ninguna mujer debería soportar las vejaciones y mucho menos los golpes de su marido. Cuando eso sucede, por derecho, deja de serlo. A mí se me murió mi matrimonio, como se me murieron mis hijos. De todos ellos solo me quedó mi María y con ella me marché, que la vida es muy corta para desgraciarse a la primera intentona. Por eso estoy aquí, en Madrid, mañana quizás en otra ciudad. No me asusta la lucha. Y esto es lo que me gustaría transmitirles a todas las mujeres, que siempre hay una segunda oportunidad.

Me dejó asombrada la vitalidad que irradiaba, tengo que confesar que la envidié.

–¿*El Diario Universal*? ¿Te ha contratado? ¿Y qué es lo que escribes?

–Me han confiado una columna que he llamado «Lecturas para la mujer». Me la publican bajo el pseudónimo de Colombine.

¡Me quedé sin palabras!

–¿Eres tú Colombine? Pero si creía que se trataba de un hombre que quería hacerse el exótico. ¡Dios mío! ¡Eres mi heroína! ¡Una mujer con columna propia que no es la Pardo Bazán!

Carmen se rio. Seguramente por mi actitud casi infantil que no quise ocultar por creerla merecida, pero luego se atrevió a contravenirme.

–Dudo mucho de que llegue a ser tan conocida como la Pardo. No soy mujer que convenga y, además, le busco las cosquillas a muchos hombres. Se me ha metido en el entrecejo que debo luchar por la situación femenina, por conseguir el voto en esta España tan ancestral. También he puesto el ojo en asegurarnos el divorcio. Todo ello lo lucho por haberlo padecido, no como otras mujeres que luchan desde fuera y sin ganas, como tomándolo por una obligación.

–Te admiro, no puedo negarlo. Si yo pudiera salir de esos reportajes para señoras de alto copete y poderme dedicar a las cosas importantes…, pero nadie me conoce ni apostaría por mí.

–Déjame hablar de ti a ciertos periódicos. Quizá tengamos suerte y puedas llegar a escribir en *El Heraldo de Madrid* o el *Diario Universal.* Yo también empecé en *El Globo* combinando temas de sociedad con la política y ya ves, aquí me tienes.

No supe qué decir. Sentí mi boca aún más seca que cuando entramos en el café. Miré mi reloj y me sorprendí de lo rápido que habían pasado las horas.

–¡Vaya, tengo que marcharme! Mi marido me estará esperando para cenar y ya me retraso. ¿Volveremos a vernos?

–Ven por mi casa, hacemos una tertulia los miércoles la mar de interesante. Conocerás a mujeres muy peculiares, te lo garantizo.

Asentí con temor de comprometerme. Me extendió una tarjeta de visita y conseguí alejarme de ella, con un sentimiento contradictorio, de asombro, admiración y miedo. Era, dicho claramente, mi antítesis, pero, en el fondo, lo que deseaba ser.

Atormentada por la idea de haber encontrado una novedad arriesgada pero seductora en mi árida vida de escritora en ciernes, llegué a casa. Me abrió Mari Pili y ya le vi el gesto de preocupación.

–¿El señor ha comenzado a cenar?

–No, señora, dice que perdió el apetito.

–¿Otra vez su jaqueca? ¿O está enfadado por mi tardanza?

–No sabría decir, parece que por la jaqueca.

Llegué al salón donde Darío estaba sentado entre penumbras, colocado como un comensal junto a la mesa. Me iba quitando los guantes con rapidez y quizá por eso no reparé en su cara. Le di un beso en la mejilla derecha, que era la que me pillaba más cerca.

–Perdón por la tardanza, querido. Se me hizo tarde. El mitin de don Benito duró más de la cuenta y luego me encontré con una antigua amiga, la señora Carmen de Burgos.

Darío me miró sin haber abierto la boca.

–¿Ahora te dedicas a los mítines políticos? ¿Te envió el periódico?

–No, fui por deseo personal. Vi a Galdós tan entusiasmado que me contagió.

–Pues no me gusta que te definas políticamente. Es peligroso para una mujer. Además, la señora Carmen de Burgos es muy radical en su posicionamiento, no hay más que leer sus columnas, que firma como…

–Como Colombine, ya lo sé. Me siento muy tonta de no haberme dado cuenta antes.

Mari Pili entró en el salón con una sopera dispuesta a servirnos la cena. Darío lo rechazó cubriendo el plato con la mano.

–¿No cenas? ¿No desaparece la jaqueca?

–No. No he podido corregir ninguno de mis cuentos y ha empeorado al preocuparme por ti.

Me dio mucha lástima.

–Lo lamento mucho, no volverá a pasar.

–Eso espero –sentenció con el ceño muy fruncido–. Y me gustaría que evitaras a la señora de Burgos, no deseo verte convertida en una sufragista. No tiene buena fama, abandonó a su esposo y por ahí se dice de ella que tiene relaciones con Blasco Ibáñez y que viste pantalones.

No pude remediar la carcajada. La sopa casi se me desborda de entre los labios. Tuve que tapármelos con la servilleta.

–¡Pero qué cosas dices! Si es así, si lleva pantalones, qué le importa a la gente. Yo misma me los ponía cuando ayudaba a mi padre en la imprenta del periódico y te aseguro que son muy cómodos…

–¡No doy crédito, Carmela, no me parece motivo de risa! ¡Me sorprendes!

Se palpaba las sienes por el dolor de cabeza; a pesar de ello, me pareció un comentario muy irregular.

–Lo lamento. Sé que no te encuentras bien.

–Será mejor que me vaya a la cama. Para no obligarte a entrar a oscuras me iré a la habitación contigua, allí dormiré hasta que la jaqueca desaparezca.

Se levantó algo tambaleante. Y no tuve ni tiempo de despedirme. Fue la primera noche que dormíamos separados tras nuestra boda y me resultaba inusual y algo inquietante. Con el tiempo me acostumbré, siendo lo inusual que compartiéramos cama.

A pesar de la decepción de verme increpada con tanta severidad por lo que a mí me parecía tan poca cosa, me dediqué a corregirle los cuentos antes de irme a acostar. Algunas sugerencias las tuvo en cuenta, la mayoría, haciéndome sentir de nuevo su compañera y amiga.

CAPÍTULO 28

DE CÓMO GALDÓS REJUVENECÍA Y CUÁL ERA SU VERDADERA CAUSA

Los meses que llegaron después inflamaron en Galdós una inusitada vitalidad que di en relacionar con su nueva actividad política. El 1 de mayo publicó don Benito su artículo en *España Nueva* mencionando a los obreros y su sufrimiento como clase trabajadora, y un año después, en 1908, con el primer centenario del 2 de Mayo, Galdós se desbordó, sabiéndose apoyado por sus votantes, que en las elecciones pasadas le otorgaron el mayor número de votos, un total de 16 790, aunque en el recuento oficial se le situó por debajo del candidato conservador con la mayoría de los votos.

Decía Galdós en *El País* con motivo del centenario: «Los que en esta ocasión representamos a esta Villa ilustre, unos porque en ella nacieron, todos porque en ella tuvimos nuestra cuna intelectual, creemos que pondrá, en la conmemoración de los fastos del año 1908, el españolismo más expansivo y sintético. Siempre se distinguió Madrid por la amplitud del concepto de patria, y en la epopeya de la Independencia, concede igual veneración a toda página histórica, llámese Gerona o El Bruch, llámese Zaragoza o Bailén».

Esto leía yo, varios días después, sin darle el verdadero valor a sus palabras, que luego serían ejemplo y admiración de los madrileños. No me daba cuenta, digo, porque lo leía amohinada, aburrida, entre rabiosa y colérica, hasta que de pronto, como si un tiesto se me hubiera caído sobre la cabeza arrojado desde un balcón, con el golpetazo igual de doloroso, fui consciente de mi desagradable soledad.

Darío, las más de las veces, se recluía en la habitación contigua a la mía para tumbarse en la cama, a oscuras, sobrellevando sus jaquecas. Eran recurrentes en los últimos meses y, a pesar de ello, aborrecía a los médicos. Me impedía, por tanto, dejarle solo, pero tampoco consentía en dejarme divertir llamando a alguna amiga, de las que, por cierto, me iban quedando bien pocas.

No era de extrañar, porque Lisita, por ejemplo, era ya madre de niños crecidos con el inconveniente de que su tema de conversación me aturdía, siempre canalizado hacia la pedagogía de los tiernos párvulos. Y como ella, otras tantas, salvo Carmen de Burgos, que era una mujer como yo, con inquietudes literarias y libertad para expresarlas.

Me encontraba sola. Sí. Hacía muchos meses que asumía que lo estaría, probablemente para siempre, dado que no cohabitábamos, estando ambos separados por una pared muy gruesa que atravesaba nuestras habitaciones día y noche. Quizá por eso retrasaba mi próximo viaje a Granada una y otra vez, por miedo a los comentarios maliciosos que me arrojarían a la cara por la falta de un heredero de los Cid.

Caminé como felino encerrado de un lado a otro del salón mordisqueándome las uñas y finalmente decidí salir.

–Mari Pili, trae mi sombrero y mis guantes, me voy a felicitar a don Benito por su artículo sobre el centenario. Dígaselo al señor si sale de su habitación.

Mari Pili ponía caras muy contrariadas.

–Ay, señora, no le va a sentar nada bien.

–Pues le das láudano y que se vuelva a acostar.

A pesar de sus reticencias, me llevó el sombrero y los guantes y salí de casa muy rápido, pero casi sin hacer ruido y procurando no cerrar la puerta con estrépito.

Cándido, el cochero, al que manteníamos casi por compasión, se ofreció a llevarme a casa de Galdós, pero estando ya con la mano en la portezuela con intención de subirme me vino a la cabeza que era miércoles y, por lo tanto, día de tertulia en casa de Carmen de Burgos.

–No, Cándido. Hoy no vamos a la calle Areneros, vamos hacia Chamberí.

Allí, en una calle, que si mal no recuerdo era la de Eguilaz, tenía Carmen de Burgos un piso alquilado en donde celebraba exitosamente sus tertulias. Eran muy populosas porque a ellas acudían por igual mujeres que hombres, todos ellos tendentes a discutir las mejoras sociales y por consiguiente con mentalidad muy polémica. A veces se discutían sus artículos y las consecuencias obtenidas, pues Colombine era batalladora, sacaba a la palestra cuestiones muy incómodas usando novedosos recursos periodísticos, como sondeos de opinión. Con algunos se llevó más de un chasco por demostrarse que España estaba aún a la cola de la vanguardia europea.

Cuando llamé a su puerta oí mucho silencio dentro de su casa. Dudé si estaría allí, pues hacia casi un año que vivía en Toledo, a donde había sido trasladada forzosamente a la Escuela Normal de Magisterio por medio de una maniobra del gobierno que la acusaba de remover las conciencias sociales. Sus campañas en contra de la pena de muerte, a favor del divorcio y del voto femenino la encasillaron en persona non grata en un momento especialmente crispado para la política española. Por eso dudé si estaría en su casa, aunque fuera miércoles, porque a veces no podía llegar a sus tertulias ni las realizaba metódicamente. Pero no hube de esperar mucho y ella misma me abrió.

–Querida Carmela, qué sorpresa más agradable. Pasa, pasa, aún no ha llegado nadie, te has adelantado. Yo acabo de llegar de Toledo.

Ya me conocía el interior de su casa, pues a sus tertulias había acudido más de una vez ocultándole tal circunstancia a Darío. Carmen me llevó a la cocina, en donde borbotaba un puchero de café, y sirvió dos tazas.

–Acompáñame, voy a acicalarme un poco.

La seguí con mi taza en la mano procurando que no se derramara.

–¿Cómo llevas «el destierro toledano»? –le pregunté con cierta ironía.

–Con mucha resignación. El trabajo es considerable, voy y vengo. Lo que más me duele es verme separada de mi actividad literaria, pero los del gobierno no podían imaginar que encontraría a un nuevo e insigne amigo, don Julián Besteiro, que es catedrático en un instituto de secundaria de Toledo. Con él y su esposa, Dolores Cebrián, tengo conversaciones que me hacen recordar las que en Madrid tenía cuando era libre de hablar en los periódicos. Y lo que no saben es que ellos me han hecho ser más radical de lo que era.

La veía moverse muy ligera en su habitación, que tenía ya pocos vestidos colgados dentro de los armarios y en las estanterías casi ningún libro. Una casa de paso, pensaba yo, pero con alma de revolverse aún contra lo establecido.

Me acerqué a su ropero entreabierto y curioseé entre sus trajes. No eran espléndidos ni extravagantes, sino de mujer trabajadora, cómoda, sobre todo. Me pilló Carmen incluso acariciándolos.

–¿Qué miras? ¿Si tengo pantalones?

Nos miramos y se nos escapó una carcajada. Muchos hombres y algunas mujeres, de ideas arraigadas como garrapatas, la zaherían con la sordidez de tenerla por mujer hombruna y, por lo tanto, indeseable.

–Les duele que una mujer que ha sido esposa y luego madre sea capaz de luchar a favor del divorcio y del voto. A los que van diciendo esas miserias sobre mí les gustaría saberme con costumbres contrarias a la moral o quizás incapaz de amar. Sin embargo, el amor no puede gobernarse..., ni siquiera cuando lo sabes peligroso o inapropiado.

Tenía una expresión pícara que trataba de ocultar pero que advertí de inmediato.

–¡Huy! Que tú estás enamorada...

Carmen me miró de reojo, sonriente y algo avergonzada.

–Ya ves, a mi edad.

–¿Es de Toledo?

–No, no... nos hemos conocido en la tertulia. Es un joven... demasiado joven, pero escribe maravillas. Si hoy viene te lo presentaré.

En esos momentos llamaron a la puerta y fuimos a abrir, ella primero, con el tierno semblante de quien anhela encontrar el amor esperado. Entraron varias personas, a las que saludó con besos en la mejilla y estrechando manos. Hubo un desconcierto lógico antes de que cada uno tomara asiento, y mientras estos lo hacían, me tomó Carmen de una mano y me llevó a presentarme a un joven, de pelo engominado, serio, casi rozando lo taciturno. Se me acercó al oído y dijo: «Ese es, se llama Ramón Gómez de la Serna. Te aseguro que es un muchacho al que le auguro un gran futuro».

Ramón, como a él le gustaba que le llamaran, causó impacto en mí. Era un muchacho raro pero brillante. Las veces que expresó su opinión en la tertulia que continuó a aquel encuentro dijo cosas aparentemente absurdas pero que movían a la reflexión. No dejaba de asombrarme de lo excitante que debía ser para Carmen de Burgos haber roto con aquel marido arrebatado por el alcohol y entregarse ahora a libertades deliciosas. Seguir siendo mujer, escritora y amante. ¡Qué lejano paraíso para mí!

Cuando salí de la tertulia aún oía las palabras de Carmen: «Soy partidaria de instruir a la mujer y proporcionarle medios para trabajar, como único modo de dignificarla, haciéndola independiente y capaz de atender por sí sola a sus necesidades», consigna palpable de la que fuera la segunda mujer admitida en el Ateneo de Madrid, tras mi admirada Emilia Pardo Bazán, y con el tiempo la primera mujer corresponsal de guerra española.

* * *

La entrada en mi salón parecía repetirse. Como aquella noche que volvía de encontrar a Carmen de Burgos en el mitin de don Benito aparecía yo quitándome los guantes y reparando en que Darío estaba sentado con luz tenue cerca de la mesa, frente a un plato vacío.

Le di su correspondiente beso en la mejilla.

–¿De dónde vienes?

–De casa de Galdós.

Levantó la cabeza y me miró muy serio.

–Hoy es miércoles. ¿Por qué me mientes?

Me sentí avergonzada. Bajé los ojos entregada al remordimiento.

–Sabes que no me gusta que vayas a esas tertulias y aun así vas.

–Carmen de Burgos es una mujer excepcional. No entiendo por qué piensas que es una mala influencia para mí.

Darío se desabrochaba la corbata que llevaba incluso dentro de casa y con el batín. Estiraba el cuello, esbelto, como el de una lagartija, pues había adelgazado en los últimos meses.

–¿Crees que porque estoy atormentado por la jaqueca no consigo aconsejarte bien? ¿Crees que habla mi miedo a perderte más que mi amor por ti?

Reflexioné concienzudamente sobre las palabras que debería dedicarle en esos momentos, no quería que la compasión me influyera.

–No debes tener miedo, Darío. Yo nunca haré lo que hizo Carmen de Burgos, no te abandonaré. Pero mientras tanto me gustaría que respetaras mis compromisos, solo visito a Carmen y a don Benito. No tengo más amistades ya en Madrid. El periódico cada vez me pide menos reportajes. No me conviertas en una esposa malograda.

Darío se levantó de la mesa y recorrió varios metros hacia la chimenea. Sin volverse comenzó a hablar:

–Debes perdonarme. He sido muy egoísta. Me vuelvo así cuando me atacan las migrañas. Además, como no puedo trabajar me angustia no entregar mis cuentos a tiempo de ser publicados. Tengo una carpeta entera sin corregir.

–Si lo deseas, puedo ayudarte. Sabes que lo haré con sumo gusto –manifesté ofreciendo mi perdón.

Darío se volvió rodeado de la sombra que proyectaba sobre él el fuego de la chimenea. Alargaba su estatura y ay, que sí que me parecía entonces como don Quijote, pero cuando manifestaba sus locuras.

–Lo deseo, pero lo harás en Granada. Hace tiempo que no ves a tu familia y no quiero ser tu carcelero.

–¿Granada? –pregunté gratamente sorprendida–. ¿Pero y tú? ¿Vendrás conmigo?

–¿No dicen que los aires granadinos son milagrosos? Espero que me desaparezcan las jaquecas nada más llegar. Corregiremos juntos los cuentos y los enviaremos al periódico, los están esperando desde hace unas semanas.

Sentí ganas de levantarme y abrazarlo, pero no lo hice. En esos años de matrimonio me había acostumbrado a reprimir mis sentimientos, a veces por imitar a Darío y otras por no provocarle lo que todos llamábamos ya «la enfermedad».

–Te lo agradezco, de verdad. Pero te pido un favor. Que me dejes despedirme antes de don Benito.

Darío me miró algo desconcertado, pero levantando una ceja sentenció:

–No.

–¿Cómo?

–Esta vez iremos los dos a despedirnos.

No pude reprimirme. Sin freno alguno y manifestando una alegría muy poco usual en mi casa, me dirigí a Darío y lo abracé. A punto estuve de tirarlo al suelo con tanto ímpetu.

* * *

Acudimos a su casa con expectación porque desde hacía meses no salíamos juntos y aquello nos parecía una cita, como las de antes de casarnos. Íbamos los dos en el coche guiado por Cándido y llegando a la casa de Galdós di un golpe en el techo para que nos parara.

Desde hacía rato Darío ya expresaba seriedad y presumí que le volvía la jaqueca.

–Nada más llegar a Granada hablaremos con un médico –sentencié.

–No seas boba, tengo jaquecas desde joven. No necesito doctores que me digan lo que ya sé. Querida, sube sola a despedirte. Yo... te espero aquí. No tardarás, ¿verdad?

Le dije que no, qué iba a decirle. Había sido amable, comprensivo y yo debía serlo también en circunstancias similares. Bajé del coche no sin antes darle un beso muy casto, casi de hija, y me adentré en el portal donde tiempo atrás nos habíamos comprometido a amarnos. Subí las escaleras y llamé a la puerta. Me abrió Carmen Pérez Galdós, la hermana del escritor, y nada más verme me hizo un gesto cómplice.

–Buenas tardes, Carmela. Mi hermano está ahora ocupado.

Atravesando el umbral de la casa ya se percibían voces muy recias que salían del despacho de don Benito.

–¿Vengo en mal momento?

–Pues… quizá sea el mejor. Lleva discutiendo con mi hijo más de media hora. Y ninguno cede. Quizá si se acerca e intenta mediar…

Me resultó más que comprometido. Era extraño verle discutir y más con su querido sobrino, que, aun teniendo ideas propias, conseguía hacer de Galdós, la mayoría de las veces, lo que quería. Pero esta vez don Benito respondía muy tajantemente: «Que no, Pepino, que no. No soy un niño. En esto no cederé», le oía decir.

Me acerqué a la puerta del despacho y junto a Carmen esperé el instante para poner mi mano en el pomo. Iba a abrirlo cuando la conversación se descubrió dejándome tan asombrada que no supe reaccionar. ¿Era cierto lo que estaba oyendo?

–Benito es… un hombre tan vigoroso… –se disculpaba su hermana–. Siempre le hemos dado libertad, pero, claro, en estas circunstancias, usted comprenderá…

No supe qué contestar. Me sentí invadiendo un espacio íntimo que solo le pertenecía a Galdós y por eso decidí marcharme.

Me despedí de Carmen, disculpándome, y le avancé que escribiría a don Benito desde Granada. Bajé las escaleras una a una, parándome en cada peldaño. Cuando esto hacía levantaba la cabeza y me preguntaba: «¿He oído bien?».

Aturdida, me introduje en el coche donde ya me esperaba Darío.

–Has tardado muy poco.

–Sí, no he podido hablar con Galdós. Estaba… estaba discutiendo con su sobrino. Y no te imaginas por qué.

Darío expresó su desconcierto.

–Su sobrino Pepino le estaba regañando porque… porque tiene una nueva amante.

–¿Cómo?

–¡Por eso llevaba unos meses con tanta vitalidad! Por mucho que le conozca no deja de sorprenderme.

Me fui a Granada con el reconcome de no saber quién era el nuevo amor de Galdós. ¿Sería una corista? ¿Una feminista republicana? ¿Una dama de la alta sociedad? Cualquiera de ellas podría ser. Ya en el caserón de los Cid, en Granada, ardía en deseos de saber muchas más cosas. Escribí a Galdós varias veces cada semana y no conseguí arrancarle ninguna confidencia.

Fue el verano más largo de mi vida.

CAPÍTULO 29

DE CÓMO ME ENTERÉ DE QUIÉN ERA LA AMANTE DE GALDÓS

Nos reímos mucho Delmira y yo, casi avergonzadas, de la situación que vivía Galdós en esos días. Rondaba los sesenta y cinco años y se había vuelto a enamorar. ¿Cómo era posible? No le oculté a mi madrastra mi injusta pelusilla por ver a mi referente literario, todo un anciano, ilustre, sí, pero, a fin de cuentas, sesentón, invadido por la felicidad del amor, una maravillosa oleada de vida que a mí me resultaba extraña porque no la conocía. Yo, que siempre había presumido de no necesitarla, pues el amor era para mí algo cerebral y lógico, me picaba ahora la curiosidad por conocerlo desmesurado y vibrante.

–Ya veo que todo sigue igual… –comentaba Delmira sentada junto a mí en el salón granadino, el día después de mi llegada al caserón de los Cid–. Galdós continúa con su actividad en todos los frentes. Me alegra saber que tu vida no ha sufrido el inevitable y temido cambio tras el matrimonio…

Delmira me miró interesada, buscando mis ojos, que estaba decidida a apartarle por miedo a que viera en ellos mi tribulación.

–¿O no es así?

Me tomó del mentón y me hizo levantar la cara, fijando sus ojos en los míos. Frente a frente no fui capaz de mentirle.

–Ay, niña. Tú no eres feliz. ¿Qué te hace ese señor?

Me revolví como una adolescente contra su madre.

–¿Otra vez con lo mismo? Yo no he tenido la suerte de Carmen de Burgos que ha encontrado a un hombre veinte años más joven que ella. A mí se me dan mejor los viejos. ¡Qué le voy a hacer! –ironizaba–. Es solo que mi vida ha cambiado demasiado y que no soy tan libre como era antes. Nada más.

Suspiró afectada por mis palabras y luego me acarició una mano con ternura.

–¡Qué tontas somos las mujeres! Pensamos que el matrimonio nos dará libertad, pero no es así. Nunca lo es.

–Ya me lo dijo una vez Eduardo Santaella y yo no le creí.

El silencio que siguió a mi comentario me hizo pensar que Delmira no tenía interés en saber nada más de mi vida personal, sin embargo, se trataba de tomar tiempo para contarme una cosa.

–¿Sabes que me carteo con él?

Me dejó muy sorprendida, tanto que me pareció que el rubor me subía a las mejillas. Aquel beso que me diera Eduardo la última vez que nos vimos no era cosa de olvidar con facilidad.

–Y... ¿qué tal está? –tartamudeé.

–Bien, bien. Ha puesto una consulta en el centro de Madrid, por la calle Sevilla.

–Me alegro mucho... ¿Se ha casado?

–No, él es más del gremio de Galdós. De los que no han sentido la necesidad de casarse.

Se levantó del sillón donde estaba sentada, ajena a mis esfuerzos por no parecer interesada en la vida de un hombre que no era mi marido. Tengo que confesar que había pensado en él muchas veces, más que eso, no me lo podía quitar de la cabeza. Me rondaba una idea ingrata que no podía controlar y era la de que había fracasado en mi matrimonio no por haber elegido a Darío, que a todos les parecía decisión errónea, sino por no haber esperado un poco más para dar la oportunidad a Eduardo de declararse y, por lo tanto, de haber tenido la conveniencia de poder elegir entre ambos con libertad plena.

Suspiré indiscreta, pero el rumor de unos pasos me cercenó la reflexión; resultaron ser de Darío, que entró en la estancia.

–Ah, es usted... –decía mi madrastra aún llamándolo con cortesía–. Me parece que no tiene buena cara. ¿Es la jaqueca? Mañana iremos a visitar a un médico.

–No, no, señora…, yo prefiero evitarlos.

–Pues a mí no me podrá evitar –concluyó Delmira recogiéndose las mangas de su camisa–. Mañana a primera hora le recojo a usted y nos vamos a que le hagan una revisión. No hay más que hablar.

En ese momento sonó la campanilla de la puerta y sin que Darío pudiera protestar entró como una exhalación mi tía Agustina. Había vuelto a engordar y con su arrebato se precipitó contra la puerta entreabierta del salón. Aun así, pudo decir:

–¡Ah, Carmela, Carmelilla…! ¿Traes novedades? ¡Con las ganas que tengo de que me hagas tía abuela!

* * *

Los médicos no diagnosticaron nada claro, todo procedía de su carácter atormentado, por lo tanto, era cosa mental y sugestiva, sin que debiéramos darle gran importancia. Se recomendaba calma, largos paseos, disfrutar del paisaje y como Granada era ciudad para meditar, sobre todo por los bosques cercanos a la Alhambra, se entregó Darío a grandes caminatas que en gran medida le dulcificaron el carácter.

Eso me concedía tiempo para mí, para gobernar la casa y para escribir. Como Darío ocupaba mucho tiempo ensimismándose, buscando la salud mental, le ayudaba en la corrección de sus textos antes de enviarlos al periódico. Le hacía anotaciones provechosas en los márgenes y él, luego de volver habiendo encontrado la paz interior, los revisaba y aprovechaba mis consejos. Esta ocupación no me dejaba mucho tiempo para escribir mi novela, aquella que deseaba estructurar a la imagen y semejanza galdosiana, por eso iba, la mayoría de las tardes, de cabeza a responder la correspondencia, y cuando esto hacía me daba cuenta de que mi tiempo se consumía sin darme tregua para ocupaciones propias.

Las primeras cartas que le envié a Pérez Galdós no tuvieron rápida contestación. Indagaba con mucha precaución sobre su nuevo amor, pero nada, el escritor se escurría como una serpiente. Si acaso me regalaba los oídos diciéndome que me contaba intimidades, como el hecho de haber contratado a un secretario que se llamaba Pablo Nougués, que le hacía la vida más fácil. Su vista mermaba por momentos y con las nuevas ocupaciones políticas, que en su mayoría eran escritos y mítines, necesitaba a alguien de confianza que le transcribiera lo redactado. Ya me había dado cuenta de que su letra era cada vez más grande, desproporcionada, propia de un ciego incipiente, pero sus palabras correspondían más a las de un hombre vital y alborozado, entregándose a las delicias de Cupido.

Cada vez que Rosita me anunciaba una nueva carta de don Benito corría yo a su encuentro. Me atormentaba la curiosidad por saber si me desvelaría en algún momento quién era su nueva amada, a la que su sobrino le ponía tantos tilines. Pensé que debía ser mujer escandalosa, repudiada por la sociedad, y fantaseaba preocupada con la idea de verlo de nuevo en la boca de tantos malandrines dedicados algunos a la política y otros al periodismo.

Pero llegó el día en que un sobre postal llegó desde Santander y me lo entregó Rosita, jadeante, costándole subir las escaleras que tantas veces había ascendido de joven. Me lo dejó en una de las mesitas cercanas a los ventanales que daban a la Alhambra y sin pararse a explicar nada fue diciendo tras la retirada:

–Señora, voy *volá*, que me parece que en la puerta tenemos un incidente.

Viendo de reojo la carta depositada y sin atreverme a dedicarle el tiempo de abrirla, me asomé por la barandilla de la escalera para investigar el suceso que, según decía Rosita, se desarrollaba ya en nuestro zaguán.

Conseguí oír las voces entrecortadas de Rosita y de Darío, en especial las de mi esposo, que parecía chillar, y fue entonces cuando decidí bajar. Al llegar al zaguán ya se introducía Darío con la cara desencajada, el bastón en ristre como una lanza, y los ojos a punto de echar fuego.

–¿Pero qué ocurre? –pregunté con la impresión de que allí había algo inexplicable. Traté de pararlo, pues ya pasaba de largo sin advertir mi presencia. No lo conseguí, se me resbaló su manga, a la que intenté aprehender, pero solo recibí un manotazo.

–¡Quita! Esta ciudad es el inframundo. Por las calles no encuentras más que gitanos e indeseables. Me asombra que hayas podido sobrevivir hasta llegar a Madrid.

Me quedé pasmada. Por más que preguntaba qué ocurría no me contestó.

Decidí acudir al zaguán y allí vi a Rosita hablando con un hombre de aspecto más que sospechoso. Era un señor mayor, de piel acartonada y muy oscura, cuya barba blanca resaltaba notablemente. Vestía raro, como los antiguos granadinos que pintara en sus tiempos John Frederick Lewis y que Washington Irving incorporara en sus cuentos.

Su vestimenta era de lo más variopinta. Encima de su cabeza canosa llevaba un sombrero de los llamados de catite, de copa alta y cónica, en cuyo extremo asomaba una borla de gran tamaño. Portaba calzones estrechos con polainas de flecos que hacían de sus piernas delgadas extremidades de garza. El conjunto terminaba de adornarse con una chaqueta corta, cuya espalda estaba tan remendada como salpicada de bordados laboriosos. Y bajo esta una camisa de color indeterminado, que debía haber sido blanca en sus orígenes, ajustada bien a la cintura por una faja de color muy encendido.

Durante un tiempo no pude discernir si se trataba de un mendigo que había robado dicho atuendo en un almacén de antigüedades o de un demente que se creyera del tiempo de José María el Tempranillo.

Rosita charlaba con él con mucha serenidad, casi con la paciencia de una madre. Parecía, pude comprobar, que nuestra criada le conocía y en esos momentos se entregaba a la ardua tarea de justificar la conducta de Darío, con quien se había encontrado en el bosque de la Alhambra. Decidí mediar, pues a él aludían.

–¿Puedo ayudar en algo, Rosita?

El hombre me miró y se quitó educadamente el catite, que retuvo entre sus manos en señal de cortesía.

Hablaba una jerga rara que Rosita me traducía casi de inmediato, conociéndola por sus vivencias infantiles en las cuevas del Sacromonte.

–Señora, a este hombre le llaman Chorrojumo, es un gitano que se gana la vida haciendo de guía para los turistas y fotografiándose con ellos. Me dice que se acercó al señor Darío para ofrecerse a acompañarle y este lo interpretó mal, así que hubo palabras y luego insultos. Dice que el señor le amenazó con su bastón y que él sacó la navaja. –Rosita se santiguaba con la preocupación tatuada en la cara. Se acercó a mi oreja y me comentó–: A ver cómo le digo yo ahora a un gitano que la vuelva a guardar.

A la cabeza me venían recuerdos de haber oído a mi padre decir que Chorrojumo se había hecho famoso entre los de su clan por haber sido pintado por el mismísimo Mariano Fortuny. Si eso era verdad, había una probabilidad alta de que también conociera a mi padre. Viéndole así, con su catite entre las manos y bajando la mirada en señal de respeto, me costó imaginar lo que llevó a confundir a Darío, pues se trataba de un anciano, y salvo por la extravagancia en el vestir, parecía inofensivo. ¿Le habría confundido mi marido con un bandolero?

–Señor, Chorrojumo... –comencé demostrándole cortesía–. Creo que usted debió conocer a mi padre, era Maximiliano Cid. Tuvieron que encontrarse a menudo en los alrededores de la Alhambra. Siempre me habló bien de usted y no quisiera que ahora mi marido, por ser de Madrid y, por lo tanto, ignorante de nuestras costumbres, fuera motivo de enfado por su parte. Le pido humildemente perdón. Está restableciéndose de una enfermedad y quizá por eso no pudo contener su carácter.

El gitano me observó muy reflexivo.

–Ese señor no está bueno –sentenció con su acento cortante y resaltando las eses–. Por usted y por su padre, que era un caballero, se lo perdono.

–¿Podría compensarle de alguna manera, señor Chorrojumo? Sé que habrá perdido algunos clientes con este incidente.

Levantó la mano indicándome que no admitiría ninguna propina. Temí que se hubiera ofendido.

Rosita, con más tacto que yo, le invitó a tomar un vaso de vino en la cocina, a lo que no le hizo ascos. Creo que tampoco al jamón que había en la despensa.

Subí hacia nuestra habitación viendo que el incidente se había solucionado. Iba buscando a Darío y a preguntarle cómo estaba, temiéndome que a esas horas estuviera desvanecido sobre la cama. Cuando di con él me le encontré sentado en una butaca, en plena oscuridad, pues había plegado las cortinas que daban a la Carrera del Darro. Tenía sobrepuesta aún la chaqueta, estaba inmóvil, pétreo, no solo por la inactividad, sino por el frescor de sus mejillas.

–Ha sido inconcebible por mi parte –se lamentó con una pena que me recorrió todo el cuerpo–. Nunca antes había regañado en plena calle. Ese no soy yo.

Me arrodillé a su lado y le acaricié una mano. Me pareció que había lágrimas en su rostro, pero no podría asegurarlo, pues estábamos en penumbra.

–¿Fue por la jaqueca?

Volvió la cabeza ocultándome sus ojos. No me dijo nada más esa noche.

* * *

El incidente nos dejó un amargo sabor de boca. ¿Dónde estaba el tímido caballero con el que me había casado? ¿Existía tras las jaquecas o se había desvanecido con ellas?

El señor Chorrojumo nos había puesto sobre aviso, nos dimos cuenta, tras su insinuación, de que mi esposo no estaba bueno, ni siquiera en camino de estarlo. ¿Fue Chorrojumo un enviado del destino? Posiblemente, porque tiempo después me confirmaron que el famoso guía de la Alhambra con quien se fotografiaban los turistas había muerto de un infarto años antes. Tal vez se trataba de uno de sus muchos imitadores o de un ángel compasivo que inoculó en nuestra familia la duda de que algo no iba bien.

Después de aquello, tuvimos a Darío bajo los efectos del láudano lo que quedó de jornada, temiendo que volvieran los arranques *ferósticos*, como decía Mari Pili. A veces, entre sueños, me pedía que revisara sus cuentos para enviárselos al periódico que habría de publicarlos. Yo le tranquilizaba, pero él, erre que erre, siempre había sido un fiel cumplidor de la palabra dada y que estuvieran esperándolo le angustiaba.

Al prometerle que iba a escribir al director del diario me vino a la memoria que la carta de Galdós, aún sin abrir, reposaba sobre una de las mesas de la sala de estar. La curiosidad por saber de su contenido se había disipado tras el lamentable percance con Chorrojumo, pero al saber a Darío durmiendo y en estado de gran placidez, decidí entregarme a la lectura de la carta de Galdós con la misma curiosidad que me invadiera al recibirla.

El sobre tenía matasellos de Santander y estaba fechado el 14 de agosto, comenzaba así:

«Admirable Teo: tu carta recibida con la dichosa puntualidad, no alterada en lo que va de verano, me trae nuevas muestras de tu ingenio delicado y de tu observación sagaz».

Paré en seco. ¿Qué estaba sucediendo? ¿Por qué me llamaba Teo? Continué intrigada su lectura.

«¡Viva mi Teo mil años y viva yo otros tantos queriéndola y jactándome de haberla encontrado en mi camino! No ha sido poca suerte hallar esta joya. Los dioses me han sido propicios... De tu hermano no tienes que preocuparte nunca. Uno de estos días le irá el estipendio para un mes entero. Es el hombre de la suerte. Dígase lo que se quiera, el cobro de contribuciones es noble ejercicio desde que lo desempeñó Cervantes, príncipe de nuestra literatura.

»Admirable, admirada y amadísima Teo, cada día está menos lejano el día de nuestra reunión espiritual y material. Vuela el tiempo, cómplice amable de nuestra amistad.

»Con esta carta te anticipo ya infinitas caricias. Leeremos juntos parrafitos de Misericordia, leeremos otras cosas y charlaremos, y haremos lo que nos dé la gana en nuestra feliz soledad. Mil besos, mil cariños, millones de fiestas y halagos, con inmenso amor te hace carantoñas tu B.».

Tras leer estas apasionadas palabras tuve que sentarme. Mi cerebro no asimilaba lo que me estaba pasando. Quedé unos instantes reflexiva y la claridad de pensamientos me confirmó que esa carta no iba dirigida a mí. Con las prisas, el incipiente ciego en el que iba convirtiéndose Galdós, seguramente, habría introducido en mi sobre la carta que no me correspondía.

¿Le habría llegado a la tal Teo la carta que sería mía? Reí la broma del destino, pues era extraña forma de conocernos ambas finalmente.

Releí la carta varias veces, hallando en ella un tierno amor, sincero e inusual en el hombre que ahora se mostraba terrible con la situación política de nuestro país. Si como orador sus mítines eran severos e implacables, como amante se acaramelaba, aflojaba sus afiladas arengas para convertirse en el entregado caballero andante.

Sentí celos por esa adorada Teo. ¿Quién sería? ¿Por qué se merecía que el hombre más capaz de nuestros días le otorgara sus cariños?

Decidí no escribir a Galdós, pues no tardaría mucho en darse cuenta de su incómodo error. Mientras esperaba la carta que me justificara lo que hasta ahora quería ocultarme, me preguntaba una y otra vez: ¿qué significaría Teo? ¿Teolinda? ¿Teodora? ¿Teófila? No tardaría en saberlo.

CUARTA PARTE

CAPÍTULO 30

DE CÓMO ME IBA CONVIRTIENDO EN UN PERSONAJE DE GALDÓS

Don Benito cometió un error comprensible enviándome una carta que no era mía y gracias a ese descuido conseguí saber, por su propia letra, quién era Teo, a quien dedicaba elogios tan magníficos.

Unos días después llegó otra carta en la que el propio Galdós se desvivía por enmendar el entuerto haciéndome confidente de sus cuitas amorosas. Todo lo que en ella me dijo me causó gran zozobra, hasta el punto de contener las lágrimas, pues viendo a Darío postrado en cama y con el láudano sobre la mesilla, ser testigo de un amor como el suyo me supo muy mal. No es excusa, bien lo sé, pero la condición humana es la de la envidia.

«Querida Carmela: Si has recibido mi anterior carta y has dedicado algún tiempo a leerla, habrás constatado que no iba dirigida a ti. Te ruego que me la devuelvas para enviársela a su verdadera destinataria. Agradezco de antemano tu amable ayuda y discreción, pues la relación que te he descubierto deseo que sea tan secreta como sea posible, ya que así lo queremos tanto Teo como yo. Te preguntarás que qué hace un viejo como yo con una mujer a la que dedico tan enormes halagos. Yo también lo pienso a veces, pero el amor no tiene edad ni momento más adecuados que los que dicta el corazón. Así llegó el mío a querer a Teodosia Gandarias, una fiel amiga que me ha entregado su vida toda, su ayuda incondicional y sus amables consejos, que en cuestión de literatura son provechosos como los del mejor académico. Gracias a ella he perfeccionado mi forma de escribir, suprimiendo los *flo-*

rilogios y deshaciéndome de las reiteraciones que a veces inundan mi obra. En Teo confío mucho más que en los doctos críticos que me atosigan y enjuician».

Leía yo estas sinceridades y me parecía estar oyendo a un joven despierto y amartelado, mucho más humano que cualquiera de sus personajes por muy vivos que estos fueran. Me contaba don Benito, prosiguiendo el texto de la carta, que Teodosia era una persona excepcional, «excelsa mujer», decía él reiteradas veces. De origen vasco y con gran cultura, se decantaba, sobre todo, por la pedagogía, ciencia a la que dedicaba tiempo, no solo practicándola, sino escribiendo y reflexionando sobre ella. Escribía Teodosia también sobre cuestiones literarias, convirtiéndose en autora de algún cuento de tipo costumbrista, lo que me atenazó los sentidos volviéndome la terrible envidia. ¿Teodosia escribía cuentos?, me preguntaba, ¿como yo? ¿Qué derecho tenía esa mujer a inmiscuirse en la relación que mantenía con el escritor desde hacía tantos años y que sobrellevaba con la admiración de una hija?

Tras el sobresalto de verme sustituida seguía preguntándome: ¿qué haces, Carmela, acaso has dado el salto de la admiración y lo has transformado en algo sentimental?

«Tendrías que ver, chiquilla, la buena mano que tiene mi Teo con los niños a los que desasna por mucho que estos sean de cabeza bien dura. Ejemplo mejor no lo podemos encontrar más que en el hijo de su portera, que es de lo que no hay. Hasta al esposo de su criada, que es un auténtico gaznápiro, ha conseguido enseñar las cuatro reglas. Por eso me ha pedido más de una vez que la recomiende para algún colegio, pero yo le digo que, aunque sea elogiosa ocupación, ella está destinada a trabajos más excelsos, entre ellos corregir mi obra y traducir la de otros, pues habrías de ver qué dominio tiene del idioma de Víctor Hugo».

Todo eran parabienes y elogios que demostraban la fascinación que producía en el anciano don Benito esa mujer de la que aún no sabía si era rubia o morena, gruesa o delgada, o si su estatura sobrepasaba a la mía, lo que no hubiera sido difícil.

«Nos vemos siempre que podemos en el barrio de Chamberí, en un cómodo pisito que tiene huerta y todo y un balcón con flores que riega delicadamente. Con ella viven una criada y Tilina y Matea, que son dos gatas de lo más travieso».

Nada decía de cómo se habían enamorado, ni en dónde la conoció, pero sí de las delicias de los encuentros, que en nada parecían platónicos, e imaginarme a don Benito en situaciones tan carnosas me revolvió el estómago, lo que me obligó a doblar la carta y dejarla arrugada en un rincón, sintiéndome enfadada, muy enfada, casi dañada por la traición.

De mi ensimismamiento me sacó Darío, que se lamentaba entre sueños. Su voz retumbaba, incómodamente, por todo el pasillo y llegaba hasta mí.

* * *

No recuerdo en qué términos contesté a Galdós, pero sí que le devolví esa carta hurtada por el destino, la metí en otro sobre y a la dirección de San Quintín se la mandé. Durante todo septiembre continué recibiendo halagos sobre la tal Teo, que ya se me atravesaba de lo magnífica que era. Llegó el otoño y viendo que Darío no mejoraba nos volvimos a Madrid.

Las tardes en la capital se hicieron muy largas, tristísimas. Me dedicaba por entero a mi esposo enfermo, que no mejoraba, salvo en momentos puntuales. Era entonces cuando se levantaba de la cama y, con el camisón que gustaba usar para dormir, deambulaba por la casa, asustando a Mari Pili y a Vicente, que por ser niño era más susceptible de acobardarse ante un hombre que parecía una sombra pero que cuando se enfadaba era peor que el demonio.

Un día se cayó por las escaleras, a las que intentó acceder bajo una total oscuridad. Le teníamos requisadas las lámparas por temor a que produjera algún incendio. Cuando fuimos a auxiliarle gritó como un demente:

–¡Tengo que ir a entregar mis cuentos! ¿No ves que si no lo hago me ignorarán, insensata? ¿No sabes qué significa eso para un escritor?

–Lo sé, querido –le contestaba imitando algo parecido a la paciencia–. Yo también soy escritora. Pero no te apures, tus cuentos han sido enviados ya.

Darío me miraba con los ojos idos, cual don Quijote viendo los molinos de viento.

–¿Cómo enviados? –se preguntaba a sí mismo–. ¡Si no los corregí!

–Ya lo hice yo, no te apures. Respeté tus sugerencias de los márgenes.

Me siguió mirando con desconfianza todo el tiempo que caminamos hacia su dormitorio. A veces parecía que no me conocía.

–¿Mis sugerencias?

Se dio cuenta de que mentía. Sus cuentos estaban aún en una carpeta, sin que ni él ni yo hubiéramos tenido ocasión de revisarlos.

–Sí, ¿no te acuerdas de que los corregimos juntos hace ya más de un mes? Lo único que he hecho es transcribirlos a limpio y enviarlos al periódico.

Darío se tumbó en la cama, sudoroso, pero con el rostro pálido.

–Entonces... Entonces, enséñamelos cuando se publiquen.

Le dije que así lo haría, le tapé con la sábana y puse sobre la manta que ya había otra más calurosa. Tiritaba del esfuerzo y de los primeros efectos del láudano.

La habitación se quedó a oscuras cuando salí de ella, al cerrar la puerta comprobé que comenzaba a dormitar. Me quedé en el pasillo, quieta, pensativa, muy confusa, sin saber si sería capaz de sobrellevar aquella carga.

–Señora, no pude evitar que cayera por los escalones... –se lamentaba la muchacha, echándose a sí misma la culpa–. Fue todo uno, oír sus pasos y verle desparrancarse escalera abajo.

–No te preocupes, Mari Pili, no podemos vigilarlo día y noche. Habrá que buscar a alguien que lo haga. Creo que llamaré a la señora Delmira para que nos aconseje.

Ninguna de las dos dormimos esa noche, ella por los remordimientos y yo porque me reconcomía el haber mentido a Darío. Por eso me levanté de madrugada al día siguiente, busqué la carpeta en donde tenía amontonados todos esos cuentos que no conseguíamos corregir entre los dos y me puse a leerlos. Los más antiguos tenían un enfoque singular, pero los de fecha más cercana se veían desestructurados y necesitaban de un buen arreglo.

A ello me dediqué la semana entera. Luego decidí acercarme al periódico a entregarlos en persona.

* * *

Por aquellos días, Darío colaboraba con *El Heraldo de Madrid,* en donde le publicaban alguno de sus cuentos. Me dirigí a sus oficinas que se encontraban en la calle, creo recordar, de San Bernardo, número 11, y me recibió un hombre, que no era el director, pero que al parecer decidía sobre ciertos asuntos. Todos le llamaban Domínguez. Me llevó a su despacho corriendo, entre ruidos de imprentas y máquinas, sorteando embalajes y torres de papeles. Cerró su despacho acristalado, se encendió un cigarrillo y me miró como hacen los periodistas, con descaro.

–¿Qué tal se encuentra el amigo Alcázar? –me preguntó expeliendo una gran bocanada de humo.

Me quité los guantes con parsimonia, quería darle a entender que no correría impaciente a sus exigencias, Darío era un hombre bien considerado, algo rancio para la mentalidad del momento, pero aún vivo.

–Mi esposo se encuentra delicado, pero dedica mucho tiempo a escribir –mentí–. Prueba de ello es el material que le traigo. Muchos de estos cuentos los ha rehecho en esta última semana y con una perspectiva mucho más novedosa.

Le acerqué la carpeta, que abrió con ambas manos manteniendo el cigarro colgando entre los labios, tomó una cuartilla, la leyó por encima, tomó otra, revolvió algunos cuentos y los descolocó. Curvaba las cejas demostrando algo de interés. Me tuvo en vilo unos minutos.

–Sí, la tranquilidad le ha venido bien. Ha desempolvado sus viejas ideas y les ha dado nueva forma. Déjemelos y los leeré despacio. Podríamos publicarlos a razón de uno por mes…

–Son muy buenos… –me atreví a decir, creciéndome ante la situación–. ¿Qué le parece uno cada quincena?

El hombre se rascó la frente.

–¿Puede conseguirme más? En cuestión de tres meses nos habríamos quedado sin existencias…

Disimulé mi sorpresa y la alegría que me causaría ver mis cuentos publicados con un pequeño ataque de tos. Se trataba de un diario de tirada nacional y uno de los más vendidos de Madrid.

–No se preocupe por eso, Darío le entregará más. Está en su mejor momento.

Suspiró algo indeciso. Por un momento vi mis esperanzas truncadas.

–¿Qué le parece una publicación fija? ¿Probamos por este año? ¿Será mucho esfuerzo para su esposo?

Tragué saliva. Empecé a sudar y tuve que abanicarme. Por suerte nadie se extraña de que una mujer se abanique ni demuestre calores.

–En absoluto. Tendrá los cuentos puntualmente y bien revisados. Yo misma se los traeré en mano.

Me habló de dinero, de las condiciones habituales que pagaban a sus colaboradores, pero eso ya no me interesó. A todo dije que sí con tal de verme publicada, y cuando salí de las oficinas, con la cabeza convertida en un obús a punto de estallar, me dije: «Por fin ha llegado mi momento, aprovéchalo, que ya es hora».

* * *

No fui capaz de volverme a casa inmediatamente, la alegría no me dejaba parar. Paseé por el centro de Madrid y disfruté del avanzado otoño. Iba por las calles, que me parecían mucho más bonitas que otras veces, y tan distraída que sin querer terminé en la calle Sevilla dándome de cara con una placa en uno de los portales bien brillante, y en ella me fijé, no sé muy bien por qué.

«Doctores Vallejo y Santaella. Segundo izquierda», rezaba la placa. «¡La consulta de Eduardo!», me dije. «Hoy es el día en el que todo puede suceder».

Me quedé reflexionando unos instantes en aquel portal. ¿Y si subía a confesarle mi golpe de fortuna con el editor? Seguro que él se alegraría, pues muchas veces referimos este momento y me repetía que llegaría. Di un paso hacia dentro del portal, luego retrocedí.

¿Y si le preguntaba su opinión profesional sobre la situación de Darío? Con la excusa podría invitarle a venir a casa. Esto pensaba yo, fantaseando con la idea de que él vendría como un corderillo impaciente y sin rencores. Pero muy pronto la losa de los remordimientos caía sobre mí. Era una mujer casada, ¿no me daba cuenta?

Un vecino abrió la puerta y me dio tanto espanto caer en la tontería de ver de nuevo a Eduardo que salí corriendo en dirección a la plaza de Cibeles.

* * *

Unos días después, atormentada de verme en el precipicio de la infidelidad, decidí ir a visitar a Galdós para contarle que mis cuentos eran del gusto de *El Heraldo de Madrid.* Dejé a Darío adormilado, con día sereno, y me encaminé a ver a don Benito. Al llegar a su casa me abrió Pablito, un joven ayudante que Pérez Galdós había contratado para que le transcribiera sus notas. Tenía ojos de estar fijándolos en el papel y la camisa manchada de tinta. Se acercó a mí evitando ser oído y me dijo:

–El señor Galdós ha salido, ya sabe, al pisito de Santa Engracia.

En aquel momento no caí, pero por su entonación y muecas comprendí que debía tratarse de la casa que compartía con Teodosia. Conseguí, con gran disimulo, sacarle el número de la calle y una vez obtenido corrí como una loca hacia el domicilio, engañándome como una niña, pues me decía: «A ver si puedes pararlo antes de que llegue, le cuentas tus confidencias y te marchas». Pero luego, según corría por la calle, me respondía: «¡Loca! ¿Adónde vas? ¿A espiarlo?».

Pues sí, más bien a lo segundo. Quería ver con mis propios ojos cómo era esa mujer tan perfecta, esa diosa que le había encandilado y que era un cúmulo de maravillas.

Jadeante, llegué a la citada calle tras haberme subido a un tranvía. Localicé la casa y en el piso que me indicaran, desde la calle, hallé luz, sombras que andaban por el interior. En el balcón destacaban los claveles reventones y geranios encarnados dentro de sus macetas. Sus flores lozanas me recordaron que era Teo quien las cuidaba y sentí frustradas mis fuerzas al pensar que a mí se me secaban hasta los áloes que brotaban en las traseras de la casa de los Cid.

Pensando todo esto, me acerqué al portal. Iba como sonámbula. Quizá por eso no me di cuenta de que dentro de la portería jugaba un mozuelo, que al tiempo de verme aparecer me dio las buenas tardes.

–Buenas tardes –respondí.

–¿Busca a alguien, señora?

–Pues... creí haber visto a un señor llegar hace unos minutos. Un señor mayor, alto y con bigote...

El niño recogió una peonza del suelo, juguete con el que aliviaría sus horas esperando a que su madre llegara de realizar los mandados, y contestó:

–¡Ah, ese será el señor don Benito! Viene a ver a doña Teo casi todas las tardes. ¿Quiere que le acompañe a la puerta de su casa?

–¡No, no...! –intervine con miedo de ser descubierta–. Ya le veré en otro momento. Y... ¿cómo está doña Teodosia? –pregunté con intención de sonsacarle alguna información.

–Muy buena, señora. Sin novedad. Nosotros la queremos mucho. Dice mi madre que no hay como ella para desasnar a burros como yo.

Le reí la ocurrencia.

–No será para tanto.

–Que sí, que sí. Que yo antes era un zoquete y ahora ya sé leerle a mi madre los anuncios del periódico. Es un ángel, si no..., no se entiende.

Suspiré tras confirmar lo que todos decían. Teo era una excelsa mujer.

Reflexioné, confirmando mis debilidades. ¿Qué me pasaba? De tanto leer y admirar a Galdós me había convertido en uno de sus personajes. Todas las maldades humanas que don Benito había retratado en sus novelas se estaban haciendo conmigo. La envidia, la peor de todas. La impertinente curiosidad, los celos infundados, la imprudencia... eran reprobables y me avergonzaba ser víctima de todos ellos.

Retorné a casa a pie, despacio, procurando que el viento me diera en la cara.

CAPÍTULO 31

DE CÓMO GALDÓS ME PRESENTÓ A SUS PERSONAJES FORTUNATA Y JACINTA

Nuestras vidas seguían fluyendo con la irritante rutina que marcaba la enfermedad de Darío. Mis cuentos se publicaban con cierto éxito, y cuando se los ensañaba firmados por él mismo me preguntaba:

–¿Esto lo escribí yo?

–¿No te acuerdas? La semana pasada… –le contestaba mintiéndole, siendo ya una experimentada en este particular.

Él los releía y luego me miraba con extrañeza.

–Creo que mi enfermedad ha mejorado mi escritura, ¿no te parece? Soy un afortunado.

Cuando así hacía, los remordimientos de tenerlo engañado me consternaban, me autoconvencía de que era la mejor manera de seguir con nuestras vidas, creyéndose él que aún tenía la valía suficiente para escribir y mantenernos con cierta dignidad. Al tiempo, mi orgullo crecía, todos se esforzaban por valorar mis cuentos, que ya empezaban a ser solicitados y muy seguidos por los lectores de *El Heraldo de Madrid*, haciéndose hasta tertulias en donde los leían. Me fue muy grato conocer esa novedad, lo que no dejaba de enturbiar mis triunfos, pues solo eran mitad míos.

Todo ello me parecía la manera de compensar mi abstinencia amorosa. Con Darío encamado y sin relaciones humanas me iba convirtiendo en una solterona casada, si eso podía existir, agriada por mi entorno, constreñida en el corsé del fracaso, atormentada por no haber vuelto a disfrutar de un buen beso dado con la osadía de la juventud.

Cada cierto tiempo me desviaba en mis paseos hacia la calle Sevilla, y en el portal de la consulta de Eduardo dudaba si introducirme. Deseaba que saliera un día y me presentara a su esposa, si la tenía, para que mis fantasías se cercenaran de inmediato, pero nunca daba con él y eso aumentaba mis ansias de encontrarlo.

Así era corriente que tuviera necesidad de desahogo y, claro, en vez de ir a misa, me iba a hablar con don Benito. Le encontré muy sonriente y escribiendo. Había comenzado una de sus novelas más insólitas, que iba a titular *El caballero encantado*, con enfoque ingenioso, pues no era ni realista, ni naturalista, ni histórica, teniendo un toque fantástico, que, como era del común, algunos críticos no supieron apreciar.

Me miró con sus ojuelos traviesos y me hizo sentar, sin que se quitara la gorra ni el cigarro que pendía de sus labios.

–Has venido en buen momento. Estoy en plena construcción de la idea de mi Caballero Encantado. Teo me la corrige, me dice que debo quitar lo machacón y así lo haré. Tengo que entregar el texto en noviembre para publicar por entregas en *El Liberal*. Me temo que voy a hacer la competencia a tu señor esposo, aunque sé que le va muy bien la publicación de cuentos en *El Heraldo*. Cómo sigue, dime..., ¿está mejor?

Decía esto sin levantar la cabeza, cambiando de sitio pliegos y pliegos de papel.

–Pues está dormido, drogado, inmóvil desde hace años. No ha podido escribir ni una sola línea desde que la última jaqueca le dejara prácticamente inmóvil. Y yo me estoy transformando en una Tristana, en una Tormento o en una Isidora Rufete, como usted bien las describió, mujeres amargadas en su propia vida.

Galdós dejó de manipular los papeles y levantó la vista, pestañeando sus ojos para centrar su mirada en mí.

–Ah, ya veo. Mal día nos traemos.

–Muy malo –confesé yo.

–Vamos, vamos, tontina, no será para tanto. Tienes un esposo bueno, que te permite salir a verme...

–¿Cómo no ha de hacerlo si no se entera de a dónde voy ni de cuándo vengo? Lo tenemos drogado la mayor parte del día.

–Y, con todo, ¿consigue escribir estos maravillosos cuentos?

Suspiré, grandemente, como para exhalar todo mi pesimismo.

–Es que no los escribe él, lo hago yo.

Don Benito frunció las cejas muy sorprendido.

–¡Diantre! Eso sí que es una noticia. Pues vaya por delante mi más sincera felicitación. ¿Y por qué no propones al *Heraldo* que salgan con tu firma?

Yo denegaba.

–¿Y robar a Darío lo único que le mantiene vivo? ¿Su esperanza de seguir escribiendo y ser publicado? No me lo perdonaría jamás.

Galdós cruzó los dedos de las manos, reflexionando.

–Curiosa circunstancia que no he tratado aún en ninguna de mis novelas. Quizá lo haga. Así que, querida mocita, estás pensando en que te has convertido en uno de mis personajes. No lo quiera Dios. El día en que te transforme en uno será como la mujer que eres, brillante y fuerte, como voy a hacer con Teo en *El caballero encantado*.

Aquello me desoló aún más. Teodosia ya tenía su propio personaje, se había ganado, como antes lo hizo Concha Morell y Lorenza Cobián, la inmortalidad por haber sido querida por Galdós.

–Se me ocurre que antes de que me vaya a San Quintín, podríamos ir tú y yo, solitos, a pasear por las calles de Madrid, por aquellas en las que vivieron mis personajes. Fortunata, Jacinta, los señores de Arnaiz, Maxi, el doctor Miquis, Estupiñá... Será una buena manera de despedirnos, pues hasta el otoño no volveré. ¿Te parece aceptable la idea?

La esperanza volvió a mis coloreadas mejillas.

–Mañana mismo estaré aquí.

Me marché mucho más alegre, confiada en que el futuro no sería tan malo después de todo, solo había que saber observarlo y exprimirlo con las bondades que también tenía. Llegué a casa acalorada, viva, con una esperanza nueva. Al pasar por la puerta de la habitación de Darío, oí que me llamaba:

–¡Paca! –me llamaba mi esposo, confundiéndome con su primera mujer–, ¡tráeme la pluma que voy a escribir!

Me armé de valor y me adentré en la habitación. Hacía tiempo ya que me confundía con su mujer, a pesar de que esta, en vida, fuera el doble de vieja y el triple de gorda. Me irritaba que hiciera eso, aunque fuera las consecuencias del mal que padecía.

–No soy Paca, esposo mío. Ella murió y te volviste a casar. Soy Carmela.

–No, no… Que venga Paca.

Cedí en el intento de convencerle.

–¿Quieres la pluma para escribir? Mejor un lápiz.

–¡Quiero una pluma!

–Te mancharás.

Rebusqué en su vargueño, en donde tenía guardados parte de sus utensilios de escritura. Saqué de él unas cuartillas, un tintero y una pluma.

–Si quieres te sujeto el tintero, no quiero que lo derrames sobre la cama.

Darío se incorporó muy enfadado, con el ceño fruncido que ponía siempre que tenía jaquecas.

–¡Trae! –dijo, arrebatándome la pluma con muy malos modales–. A ti nunca te gustó que escribiera. Déjame solo y vete a Asturias. Ya dije ayer que no quería volver a verte.

–Darío, soy Carmela. Te ayudaré con el tintero y si lo deseas te puedo ayudar a corregir.

–¡Vete!

Me gritó tanto y con tanta ira que me asustó. Sin esperarme a salir me empujó, derramando el tintero sobre la blanca cama, y en un acto reflejo, quizá por ver que había cometido un error o tal vez que yo le había forzado a cometerlo, se defendió clavándome la pluma en la mano.

Salí corriendo de la habitación, hecha un mar de lágrimas.

* * *

Cuando Galdós me vio aparecer por la calle del Marqués Viudo de Pontejos con una mano vendada, me preguntó que qué me había ocurrido, pero yo no le quise contar la verdad por encontrarla humillante, así que me ingenié una sarta de barbaridades que en nada convenció a Galdós. Sé que no me creyó y no insistió sobre el tema.

Otra cosa fue con Delmira, a quien me sinceré con la crudeza que el suceso se merecía. Después del altercado violento comprendí que ya no volvería a tener a ese Darío elegante y caballeresco del que me enamoré. Escribí a mi madrastra transmitiéndole mi temor de hija, de amiga y de esposa, por lo que a esas horas mi esperanza de que muy pronto estuviera en Madrid conmigo me alegraba el ánimo para poder pasear con Galdós por las calles que revivió en sus muchas novelas.

Estando por esas calles, estrechas, dicharacheras, nos cruzamos con una manola, de las de mantón caído por un hombro, el pecho hacia delante y mirada brava. Se nos paró enfrente y yo temí que provocara algún altercado.

–¡Dichosos los ojos, señor Pérez Galdós! –decía la tunanta con buena dicción, pero peores modales–. ¡Ya no *quie usté na* con esta *probe planchaora*! Con *to* lo que yo le he *dao*...

–¿Tanto me has dado, mujer? –le preguntaba Galdós siguiéndole la broma–. Pues guárdalo ahora para otro, que yo me he retirado.

La pécora se reía a carcajadas, sabiendo que era una gran mentira.

–*Usté* se retirará cuando le saquen con los pies por delante. ¡Maldita sea mi estampa! ¡Si no fuera porque es *usté* un grande de España!

Y al hacer intención de marcharse, se acercó muy sensual a don Benito diciéndole algo al oído, provocándole una risa reprimida y muy traviesa.

–Ay, Carmela, cuánto voy a echar de menos pasear por las calles de Madrid del brazo de una mujeruca cuando tenga que operarme de la vista –me confesó el escritor cuando la planchadora hubo desaparecido de nuestro alcance–. ¿Vas a querer ser mis ojos y describirme lo que aquí pasa como si lo estuviera viendo yo ahora?

Suspiré con resignación.

–¡Qué remedio! A usted ninguna mujer le puede negar nada.

Galdós se pavoneaba como un joven y me hacía garatusas, aunque estas con aire paternal, porque él sabía que conmigo pocas bromas.

–Mira, Carmela, aquí vivía Juanito Santa Cruz en mi novela *Fortunata y Jacinta.* Tenía la familia casa propia en la calle de Pontejos, dando frente a la plazuela donde ahora nos situamos. Barbarita, la madre de nuestro Juanito el Calavera, que enamoró a Jacinta y a Fortunata, era una mujer de ciudad, tanto era así que no cambiaba por nada esta casa suya, céntrica y ruidosa, por ninguna casita palaciega en medio del campo. Tampoco la hubiera cambiado por ninguno de los modernos hotelitos que construían en el barrio de Salamanca, porque allí todo se vuelve escaleras y están, además, abiertos a los cuatro vientos. Como había nacido en la calle Postas, esquina al callejón de San Cristóbal, en uno de aquellos oprimidos edificios que parecen estuches o casas de muñecas, la pobre vio el cielo abierto al ocupar este principal tan soleado. La casa de la calle de Pontejos ya no la cambiaría por nada. Tenía número sobrado de habitaciones, todas en un solo andar desde el salón a la cocina.

Decía Galdós en su novela que Barbarita de Santa Cruz no era nadie sin oír por las mañanas el ruido cóncavo de las cubas de los aguadores en la fuente de Pontejos; tampoco sin sentir la batahola que armaban los coches correos porque para ella era una bendición presentir el hálito tenderil de la calle de Postas y escuchar los zambombazos y panderetazos de la plaza por Navidad. Era una zona tan privilegiada que se oían desde su casa las campanadas del reloj de la Casa de Correos. Ella se distraía viendo pasar a los cobradores del Banco cargados de dinero y a los carteros salir en procesión.

–Barbarita se había acostumbrado a los ruidos de la vecindad, cual si fueran amigos, y no podía vivir sin ellos –recalcaba Galdós, mirando la fachada de aquella casa de varios pisos, en cuyo principal se acomodaban las dos familias Santa Cruz y Arnaiz, cuando se estrecharon lazos matrimoniales. Tenían un salón algo anticuado, con tres balcones. –Con el dedo, don Benito señalaba una línea imaginaria en la fachada de la casa, tal como si la hubiera diseñado él mismo–. Seguía por la izquierda el gabinete de Barbarita, luego otro aposento, después la alcoba. A la derecha del salón estaba el despacho de Juanito, e inmediato a esta pieza, el gabinetito de Jacinta, que era la estancia más bonita.

–Pero ¿todo eso sale de su propia imaginación o es que ha visto la casa por dentro? –preguntaba yo muy curiosa, observando la exactitud de la recreación.

Don Benito reía.

–A veces ni yo mismo lo sé. Con tantas casas a las que he sido invitado y otras tantas a las que acudí sin invitarme pudiera ser que hiciera un rompecabezas muy bonito. En cualquier caso, esta es la casa de los Santa Cruz y lo será para la posteridad. Pero fíjate que entre todo lo que te he dicho hay algo que nos falta. ¿Qué será? ¿Qué es lo que falta en un matrimonio joven y bien avenido?

Bajé los ojos, lo adiviné casi antes de que Galdós me lo preguntara.

–Los hijos.

–Sí, así es. Nada parece sernos suficiente si no lo legamos a los que vienen después. La pobre Jacinta sufrió mucho por no poder darle un heredero al calavera de Juanito Santa Cruz. Ese que iba dejando hermosas mujeres embarazadas en cada tasca o verbena, era incapaz de darle un hijo a su maravillosa Jacinta.

–¿Es esa, entonces, la trama central de la novela?

Galdós suspiró.

–Para mí que las buenas novelas han de tener todas las tramas del mundo. ¿De qué trata *El Quijote*? ¿Sabrías decírmelo? De la locura, de las injusticias sociales, de la libertad, de la paz y de la guerra, del amor y del odio… Todas las cosas que nos acucian y que nos representan están en lo que escribo. Pues, a fin de cuentas, imagen de la vida es la novela.

Me acerqué mucho a él para decirle al oído:

–¿Y no será al contrario? ¿Que estemos todos viviendo una novela de la que no podemos salir?

Galdós sacudía los hombros.

–Buen engaño sería, demasiado chusco para nosotros, que somos un poco rebeldes, sabernos movidos por los hilos de un escritor. Aunque, a fin de cuentas, ¿no es eso lo que nos enseñan desde niños en el colegio y luego en la misa del domingo y más tarde en los confesionarios? Dios es el autor y nosotros sus personajes.

Fortunata y Jacinta contenía en sus más de mil páginas el concepto universal de la existencia humana. Nos describía con un detallismo poco frecuente todos los mundos que pueden encontrarse dentro del limitado pero gran universo que era la ciudad de Madrid. Galdós describía una España tan real como bochornosa, y para ello se servía de las familias que en ella vivían. Los Santa Cruz y Arnaiz, burgueses, mimados y de engañosa moralidad, frente a las humildes y desmembradas familias Izquierdo o de Ido del Sagrario, que vivían en cochambrosas corralas, sin agua y sin ropa con la que vestirse. Dos mundos paralelos que se encontraban en Jacinta y Fortunata, las dos Españas de todos los siglos pasados y futuros.

–Los Santa Cruz fueron siempre comerciantes. Y tenían un negocio abierto de paños en la calle de la Sal. Baldomero, el esposo de Barbarita, era el segundo de los de su nombre y heredó el negocio de su padre, pero fíjate tú que llega el tercer heredero, Juanito, y ya no quiere seguirlo. Él prefiere vestirse antes los paños que venderlos. Un holgazán en toda regla.

Contándome esto ocurrió que se abrió el portal de la casa y salió de ella una mujer, de poco más o menos de mi edad, bien vestida y elegante, acompañada de una criada que caminaba a pocos pasos. Andaban ambas a buena velocidad con certeza de saber a dónde iban. Torcieron por la primera calle y desaparecieron en dirección a la Puerta del Sol.

–¿Has visto, Carmela? Esa podría haber sido Jacinta. Modestita, delicada, cariñosa y, además, muy bonita. Conseguir una muchacha mejor para ser casada con un crápula como Juan Santa Cruz sería imposible. Se la buscaron bien. De no ser así, ¿cómo perdonar todas las travesuras de ese hombre mimado e insatisfecho, al que le llamaban con el ridículo sobrenombre de «el Delfín», como si fuera el primogénito del rey de Francia?

–Conmigo tendría que haber topado ese tarambana –reía yo.

–No dudo de que de haber sido su caso en los días en que ahora vivimos, la mujer con la que casara le hubiera parado los pies. Pero no te engañes, Carmela, falderos los ha habido siempre y por desgracia donde hay un sinvergüenza siempre habrá una mujer engañada.

Tuve que darle la razón porque según parecía él sabía más que yo de esas lides.

–Si te parece, vayamos a conocer la casa de Fortunata, que está en las inmediaciones de la plaza Mayor. Será un paseíto agradable. ¿Me aceptas este bracete?

Puso Galdós su brazo en jarras para que pudiera agarrarme a él. Me imaginé que así tuvo que andar muchas veces, tomado por las lindas manos de una manola con mantón de Manila.

Todo el camino, atravesando las calles de Concepción Jerónima y Toledo hasta salir al otro lado de la plaza Mayor, fuimos charlando amigablemente, contándome él anécdotas de cómo se le ocurrieron todas aquellas situaciones políticas y sociales que contenía su novela. Eran tantas y tan variadas que se olvidaba de cómo se engendraron o si las copió de algún original.

Llegamos a la Cava de San Miguel y don Benito me indicó la casa que podría haber sido de Fortunata y que compartía con varios vecinos, entre ellos Plácido Estupiñá, el correveidile de la familia Arnaiz y por el que Galdós tenía cierta predilección.

–Estas casas son de lo más curioso. Conforman el lado occidental de la plaza Mayor, que como está en desnivel frente a las calles que la rodean, convierten las viviendas en un tiovivo. Si accedes a ellas por este portal subirás siete tramos, pero si lo haces desde la plaza Mayor solo subirás cuatro. Son los inconvenientes de vivir cerca de una plaza que fue modificada varias veces, sufriendo incendios y la necesidad de ser nivelada con respecto a su entorno. No existen en Madrid alturas mayores, y para vencer aquellas era forzoso apechugar con ciento veinte escalones, todos de piedra. A Estupiñá, esas interminables escaleras de aspecto lúgubre y monumental que llevaban a la buhardilla en donde vivía le parecían propias de un castillo de leyenda, y con eso fantaseaba para que el trayecto le fuera más interesante. Se había ingeniado subir por el lado más cómodo, es decir, atravesando una zapatería que daba a la plaza y desembocaba en su propio portal, gracias a lo cual se ahorraba cuarenta escalones. Con todo, a veces no había más remedio que hacerlo por la vía ordinaria, que era desde la puerta 11 de su calle, y por necesidades de este Madrid tan peculiar, se daba de lleno con una huevería que estaba en los mismos bajos de su casa y no podía esquivar. Allí daban garrote a los pollos, los desplumaban, los vendían y… cuando estaban vivos arramblaban con sus huevos, que en esos días eran de lo más codiciados por ser frescos como en las granjas.

–Y es ahí donde Juanito conoció a Fortunata, ¿no? –pegunté muy ufana por conocer la historia.

–Así es, aquí vivía Fortunata con su tía y un buen día se encontró de cara con Juanito. Él iba a visitar a Estupiñá, que, según parecía, estaba enfermo. Ella se distraía bebiendo un huevo crudo.

Hice un mohín bastante elocuente.

–¿Te asquea? Pues a Fortunata no, decía que estaban más ricos que guisados.

Fortunata, pensé yo, qué nombre tan bien elegido. Sonaba a *fortuna*, siéndole esta muy escasa en su hacienda particular y muy propicia en el amor, porque, aunque engañada y abandonada, la querencia de Juanito Santa Cruz alcanzaba a ser una pasión incontrolable, de esas que anula el juicio. Yo, en aquel momento de mi vida, no conocía a ninguna mujer que rechazara ser amada de esa manera.

Miré hacia la fachada de esa finca, que ahora era como la de las demás, con sus tiendas en los bajos, una carnicería, una imprenta, una casa de arreglo de paraguas… Conformaban todas una calle humilde con sus muchas botillerías y lugares de ocio, que frecuentarían los empleados y asiduos al mercado de pescados de la plaza de San Miguel o los puestos callejeros de la plaza Mayor. En ese ir y venir habría también mujeres que acudirían al mercado, llevarían a sus hijos a la escuela o simplemente pasearían un rato antes o después de ir a misa. Fortunata podría ser cualquiera de esas mujeres que andaban ahora por allí, con su pelo negrísimo y sus ojos como dos lunas, tocada de un pañuelito azul cielo y sobre los hombros, una toquilla de lana. Humilde sí, que podría tener rotas las enaguas, pero siempre iría bien calzada, protegiendo el pie pequeño y saleroso.

Esa Fortunata me hubiera mirado de frente, como miran las madrileñas de los barrios de arrabal, arqueando los brazos y alzando los hombros dentro del mantón, con un movimiento que parecería de gallina esponjando su plumaje. Me habría desafiado como lo hacen las mujeres que protegen su casa y a su marido de las miradas furtivas de otras hembras. Leonas con mantón y pañuelo.

–Don Benito, ¿a quién prefiere usted? ¿A Fortunata o a Jacinta?

Galdós se quedó pensativo, casi ausente, y cuando fue a desvelarlo perdió el interés por contestar, llevándose el cigarro a los dientes y apretándolo con mucha fuerza. Una sonrisa curvó la comisura de sus labios, muy pícara, por cierto.

CAPÍTULO 32

DE CÓMO GALDÓS IBA A TENER UN PEQUEÑO CANARIO Y LE SALIÓ UNA NOVELA

Aquel verano no fue para Galdós igual que los otros. La influencia de Teodosia le hacía enfrentarse con lozanía e intrepidez a su nueva novela. «Esta obra me domina», me confesó después el autor, «es un vértigo que me arrastra, una hoguera que me caldea».

El caballero encantado resultó ser una novela ciertamente singular. Como Galdós decía, habría quien la catalogaría de fantástica porque en ella pasaban cosas que no eran de la vida real, cosas hasta disparatadas. Pero según la leías encontrabas en sus páginas a hombres y mujeres reales, como la propia Teodosia, sucesos históricos algo camuflados, sí, pero que hablaban de las verdades del presente, el regeneracionismo, la pobreza del pueblo o las miserias humanas.

A mí me pareció entonces, y aún ahora, que esta novela no fue del gusto de la crítica, la tacharon de engendro senil, intentando dañar con esas flechas injustas la ceguera y vejez de Galdós. Pero ese ciego en el que se estaba convirtiendo veía mucho más que todos ellos. Esta novela era visionaria, era algo más que fantasía e historia unidas, era una novedad y, como tal, excusa suficiente para desacreditarlo.

Galdós, si ya tenía enemigos desde el caso *Electra*, los aumentaba tras su posicionamiento político. Anticlerical, republicano y mujeriego. Nada de estas tres cosas le favorecían entre los círculos capciosos del gobierno.

Pero todo esto no parecía importarle a Galdós, que tenía sus necesidades cubiertas disfrutando de la alianza epistolar mantenida con Teodosia, quien le ayudaba a elaborar la novela. Y por eso, todo lo que sucedió ese verano de 1909 le pasó un poco de soslayo, sin que lo viviera como hubiera hecho al llegar a Madrid con la famosa Noche de San Daniel. Esto no quiere decir que tras el verano no dedicara duras palabras al gobierno, no, pero para mí que ahora tenía la cabeza como la de un adolescente y tal vez por eso no salió a la calle a gritar, como hubiera hecho, seguramente, años atrás.

Tras el desastre del 98, España sufría un desconcierto social que incluía el rechazo casi unánime a ser de nuevo un país colonial. Con todo, Melilla y Ceuta eran parte del protectorado español y el gobierno se había comprometido a defenderlas. En esa tesitura de descontento, de miedo y pobreza, incluyendo el rechazo mayoritario al gobierno de Antonio Maura, nos llegó algo impensable. No habían transcurrido ni nueve años y volvíamos a ir a la guerra.

El fantasma árabe nos perseguía. Setecientos años de convivencia nos marcaron nuestro carácter, nuestras costumbres y nuestro legado histórico, pero no nos enseñaron a coexistir.

A causa de las hostilidades que había ya sembradas en diferentes zonas de Marruecos, se produjo un lamentable incidente entre las tribus rifeñas y los trabajadores españoles que construían por esa zona un ferrocarril. Se contaron, en muy poco tiempo, demasiadas bajas españolas entre las zonas del barranco del Lobo o en el monte Gurugú. Era oír esos nombres y los españoles nos arrugábamos de miedo, imaginando de nuevo una lucha encarnizada que posiblemente no llegaríamos a ganar.

El 11 de julio, en pleno verano y con los ánimos muy cargados, el gobierno de Antonio Maura obligó a los reservistas a incorporarse al servicio activo. Se trataba de hombres que habían hecho años atrás el servicio militar y ahora eran padres de familia, con hijos pequeños o crecidos, pero con vida hecha y sin conciencia patriótica.

La ley concedía exención de ir a la guerra solo si se pagaba una tasa de mil quinientas pesetas, cantidad desorbitada para la mayoría de los españoles. Una vez más, los más desfavorecidos debían luchar por los ideales imperialistas de los que más tenían.

Estas circunstancias fueron criticadas duramente por Galdós, y como él, otros muchos. Pero los hechos se fueron desarrollando con tanta rapidez que era imposible asimilarlos.

El día en que, desde Barcelona, los reservistas embarcaron, las esposas e hijos de los soldados, entre lloros y gritos, plantaron cara al gobierno, aunque sin resultados.

Sería la alianza entre anarquistas, socialistas y republicanos la que continuaría la lucha interna en España solicitando la convocatoria de una huelga general. Entre ese tira y afloja hubo una nueva matanza en El Barranco del Lobo, con un centenar de soldados españoles fallecidos que la prensa rebelde magnificó a cerca de mil. La huelga general ya era inevitable.

Algunos grupos anarquistas vieron la ocasión de tomar la calle y adelantándose a la fecha prevista de huelga comenzaron a actuar por cuenta propia en Barcelona, quemando conventos, allanando casas, destruyendo todo lo que consideraban dañino para la sociedad que deseaban cambiar. Los altercados fueron tan graves que el gobierno de Maura aprovechó para utilizar la mano dura que sectores cercanos le exigían.

–Se han vuelto locos en Barcelona… –decía Delmira leyendo un periódico del día anterior–. Ahora ya nadie se acuerda de la muerte de los soldados en Marruecos. Ahora todos hablan de quemar conventos… Y ya llevan cerca de cincuenta. Por ahí dicen que hasta han sacado a los muertos de sus tumbas y los exponen en la calle, como si fuera un escaparate. ¡Es escandaloso!

Yo no sabía qué decir. La violencia es siempre inaceptable, sea en la guerra o en la paz. Madrid estaba alerta, aunque tranquila, todo dependía ahora de las consecuencias de la revuelta barcelonesa. Muchos estaban dispuestos a secundarla si era preciso.

–Si la guerra no me ha gustado nunca, ni he sentido el patriotismo como excusa para nada, menos me interesa ahora, que Darío sigue en cama y parece empeorar. ¿Qué será de nosotras si tenemos que salir de la casa con un enfermo? ¿Volveremos a vivir las escenas que ya tuvimos en Granada con las revueltas del pasado siglo? A las casas grandes y que parecen ricas siempre llegan los primeros revoltosos.

Delmira suspiró. Dobló el periódico y se cuidó de no dejarlo cerca de mi vista.

–Fui esposa de militar y si algo aprendí de ellos es que no dejarán esto sin consecuencias. Los desalmados podrán ganarse la calle unos días, pero muy pronto se encontrarán contra las armas del ejército, que si no tienen siempre la razón tienen siempre la fuerza. Esto no durará mucho, ya lo verás.

Todo esto comentábamos cuando la campanilla de casa sonó. Todos estábamos algo alterados en esas circunstancias, pero dedujimos muy pronto que, si se trataba de algún desalmado, no se molestaría en tocar la aldaba antes de allanar nuestro hogar.

Rosita salió a abrir y muy pronto anunció que nos visitaba Carmen de Burgos, lo que me alegró en ese momento de gran pesimismo.

La visita de Colombine me causó alborozo. Mi vida transitaba tediosamente cuidando de Darío y si podía paseando por los aledaños de mi casa, sin separarme mucho de ella salvo para ir a entregar los cuentos convenidos a *El Heraldo de Madrid.* Ya no me quedaban amigas y las nuevas que podían surgirme, viendo mi indeseable situación, huían, tal vez pensando que las usaría como paño de lágrimas.

Carmen estaba radiante. Me besó en las dos mejillas y me abrazó como lo hiciera una madre que hacía tiempo no disfrutara de tu compañía. Delmira salió dejándonos solas con la excusa de traernos una limonada.

–Querida amiga, iba a escribirte, pero luego me decidí por venir a decírtelo en persona –dijo Carmen–. Tengo una novedad que sé que te hará feliz porque en esto del periodismo somos más bien parecidas.

–No puedo contener la curiosidad. Cuéntame lo que vienes a decirme. No sabes lo que necesito oír buenas noticias en estos días.

La almeriense se me quedó mirando y con gesto pícaro me confesó:

–¡Que me voy a la guerra!

Se me heló la sonrisa. ¿A la guerra?

–Pero… ¿cómo es eso? ¿Es que no hay hombres que puedan ir a Marruecos?

Carmen hizo un mohín elocuente.

–¡Debería enfadarme un poco por ese comentario tuyo! De eso se trata, precisamente. No es que haya muchos hombres que quieran ir a ser testigos de esta barbarie, la verdad, pero los que en el periódico se quedan han visto con buenos ojos que lo haga una mujer. Seré la primera corresponsal de guerra española.

–¡Dios mío, Carmen! ¿No te da miedo el peligro?

–¿Peligro? Peligro era lo que tenía con mi marido…, pero esto es una oportunidad. Lo primero que he hecho es decirle a mi hermana que viniera conmigo a Almería, desde allí, como territorio cercano histórica y geográficamente con Marruecos, empezaré mis crónicas. No oculto que será difícil al principio, pero de todo se sale.

Rosita nos interrumpió depositando sobre una mesa unos vasos de limonada. Ella bebió de un trago el suyo dejándome a mí como ensimismada.

–Cuídate, Carmen, no hagas locuras. Ojalá pudiera ser como tú. Yo no sería capaz de ir a Marruecos ni por viaje de placer. ¿Me escribirás?

De Burgos sonreía.

–¡Por supuesto! No voy a hacer otra cosa que observar y escribir.

Nos abrazamos, aunque estábamos sentadas, con gesto incómodo pero sentido. Se me saltaron las lágrimas, no sé si por envidia, indeseable tacha que me venía afectando desde tiempo atrás, o de alegría por verla a ella en el cénit de sus expectativas.

–Esto es un gran paso para la lucha por los derechos femeninos. Es cierto que, en gran medida, mi cometido es observar las reacciones humanas, describir el sufrimiento de las mujeres, madres e hijas, de los hombres que luchan y mueren. Haré una crónica lo más justa y real posible. Y lo haré porque es mi deber como periodista y como española y también como mujer, porque siempre estaremos relegadas, ya sea en guerra o en paz. Tienen que saber que somos parte integrante de esta sociedad.

Qué ilusionada se la veía. Qué parecidas éramos y qué diferentes.

–Y te lo contaré todo de primera mano. No temas… –me confesó–. Será como si tú también vivieras esa aventura, desde casa.

En ese momento ya sentía la soledad de perder de vista a la única amiga que tenía en Madrid.

–Desde mi casa con Darío, con mi otra guerra.

–¿Cómo sigue? –preguntó dándose cuenta de que no se había interesado por él, lo que hubiera sido lo correcto.

–A ratos. Unas veces es él y otras no sé quién.

No supo qué contestar ni yo cómo despedirme de ella imaginándomela tan lejos en unos días.

Los acontecimientos de Barcelona fueron realmente violentos. Nos llegaban noticias monstruosas, no solo de muertos caídos por la calle caminando o tras las barricadas, pues era una guerra en toda regla, sino destrozos innecesarios de monumentos, que siempre suelen ser las partes débiles de cualquier contienda ciudadana.

Como vaticinó Delmira, el día 31 de julio terminó la contienda armada, pero le continuó la gubernativa. Quedaba por ajusticiar a los culpables y hubo una reprimenda cruel y excesiva, quizás incluso abusiva, que iba buscando cabezas de turco más que de responsables. Unas cuatrocientas cincuenta personas fueron juzgadas y condenadas, diecisiete recibieron la condena de muerte, aunque al final se hicieron efectivas solo cinco, entre ellas las de un pedagogo anarquista llamado Ferrer y Guardia que se convirtió en el héroe de los altercados que dieran en llamar la Semana Trágica.

Los resultados no le gustaron al rey y destituyó a Antonio Maura como presidente del Gobierno. Los liberales volvían al poder.

Galdós escribió hacia el otoño palabras muy severas en relación a estos hechos y a la guerra que manteníamos con Marruecos. Sobre ello tuvimos una conversación a finales de verano que me dejó algo desorientada:

–Estoy harto de que España juegue al imperialismo. Todos unidos acabaremos muy pronto con la guerra en el Rif. Tenemos que acabar con ese santo oficio que ahora es lo que se llama Defensa Social. Hay que perderle el miedo a los que llaman anarquistas o anarquizantes, que esta nueva Inquisición le ha tomado el gusto a calumniar y de ese modo nunca se acabará esta barbarie política, la peor desde los tiempos de Fernando VII. Lo que más lamento es la destrucción de cuarenta conventos quemados, que lo doy por bueno, si todo vuelve a lo que fue, porque en algún momento volverán a reedificarlos. Todo esto ha sido una lección, un primer aviso.

–No lo sé, don Benito, no sé si todo esto habrá servido para algo –le contestaba yo.

–Pienso que todo tiene una razón de ser. Incluso lo que se nos ha frustrado.

Galdós parecía retomar su habitual carácter contenido, la respiración acelerada se aplacaba al tiempo que sus ojos turbios buscaban imaginar lo que no podían ver.

–¿Sabes...? –dijo con un tono de voz muy discreto–. Te lo digo en la más estricta intimidad. Necesito saber que todo ocurre por algún motivo, porque si no lo que me ha pasado no podría asimilarlo. ¿Sabes que a punto estuve de ser padre?

–¿Cómo?

Aquella confesión me taladró la cabeza.

–¿Cuándo?

–Este verano. Teo tuvo una falsa alarma y nos hemos quedado sin mi pequeño canario. Pero habrá otros momentos, estoy seguro.

La revelación me causó tanto estupor como las funestas noticias que llegaban publicadas en los periódicos. Si España era una nación desahuciada Galdós vivificaba su excelso concepto de la lucha personal. ¿Eran los violentos coletazos del pez que boquea buscando oxígeno los que manifestaba Galdós o realmente se sabía enérgico y con esperanza de perpetuarse?

Todo esto, tristemente, me recordó el granadino que nunca llegaría a nacer de mí, sobreviniéndome una angustia ácida que me atenazó los músculos y a punto estuve de dejar de respirar.

Las tardes siguientes fue imaginarme a Galdós padre por segunda vez y salía de casa a deambular por las calles, qué digo, en dirección concreta hacia la Puerta del Sol, y luego, como si fuera guiada por instinto sobrenatural, acababa en la calle Sevilla justo en el portal de la consulta de Eduardo. Dudaba. Me mordisqueaba las uñas hasta hacerme sangre.

* * *

Subí las escaleras a tramos. Que no debía, me decía. Por qué no, me volvía a preguntar. Si oía un rumor en uno de los pisos me paralizaba, mi corazón latía como loco. Respiré hondo controlando la situación que en nada había de tomarse como inmoral. Eduardo era mi amigo, tenía todo el derecho de ir a visitarlo. Y convenciéndome una y otra vez, repitiéndolo para mí casi como si rezara, llegué al descansillo de la consulta. La puerta no tenía timbre, debía entrar sin llamar. Así lo hice.

En una mesa muy cercana a la puerta se encontraba una mujer vestida de enfermera, me saludó y consultó su agenda dispuesta a confirmar mi cita.

–No, no tengo cita con ninguno de los doctores. Soy una amiga del doctor Santaella. Quisiera verlo, si es posible.

La enfermera me miró desconcertada.

–No podrá ser. ¿No lo sabe? Se ofreció voluntario como médico y creo que ahora ya debe estar en Marruecos.

–¡En la guerra!

Me había imaginado muchas cosas, que estaría en consulta y no podría atenderme o que no quería hablar conmigo después de lo que sucedió..., pero que estuviera en el frente... Eso sí que no me lo esperaba.

Me senté un rato valorando si seguir preguntando o darme media vuelta e irme, pero me pudo la curiosidad periodística o... femenina.

–¡Vaya...! Habrá sido duro para su esposa, ¿no es así? Con tantos peligros una nunca sabe lo que puede pasarle a un médico de guerra.

La enfermera me miró perspicaz. Muy transparente fui, me parece.

–El doctor no está casado, al menos por ahora. Pero seguro que le agradecerá su preocupación. ¿Quiere que le deje alguna nota para cuando regrese?

–No, no, no merece la pena. Volveré en otro momento por si tienen noticias de él.

Salí tan deprisa que me golpeé con el quicio de la puerta, luego ni recuerdo cómo bajé las escaleras.

–¡Tonta! ¡Más que tonta! –me repetía.

* * *

Era imposible olvidar la guerra: en los periódicos, en las tertulias, en la gente de a pie... Los sucesos de la Semana Trágica de Barcelona habían calado muy hondo, el cambio de gobierno también, y con esas novedades, que para nada significaban apertura de miras, España sufría las inquietudes de ignorar nuestro futuro. Lo mismo me ocurría a mí.

Los cuentos de Darío, quiero decir, los míos, se publicaban y me solicitaban más. Era un alivio acudir a las oficinas del periódico a entregar la nueva hornada de relatos.

–¿Cómo sigue su marido? –me preguntó el redactor, el señor Domínguez–. La tranquilidad le ha hecho mucho bien a tenor de la variedad que nos ofrece en cada cuento… Lo hemos estado comentando en el periódico, las ventas se están animando y los cuentos contribuyen. ¿Por qué no le propone a su marido que escriba una novela por entregas? Como hacen el señor Pérez Galdós y otros muchos…

Decía esto revisando por encima de sus gafas, colocadas al final de su nariz, los cuentos que le acababa de entregar. La propuesta era agradablemente estimulante y de alguna manera me forzaría a continuar esa novela de tintes históricos que comencé hace algún tiempo.

–No sabría decirle. Tendría que consultar con mi marido. No trabaja todo el tiempo, como podrá usted darse cuenta.

–Claro, claro… Es lógico. Es una pena que no le tengamos en forma. Sus crónicas culturales nos eran muy provechosas. Ahora con la guerra hay mucho periodista entregado a los asuntos políticos, pero a los sociales…

Un impulso inesperado me obligó a ofrecerme como reportera. Luego me arrepentí.

–¿Usted?

–Sí, no es la primera vez que lo hago. En otros tiempos y bajo pseudónimo, publicaba crónicas sociales. En ellas incluía inauguraciones de monumentos, crítica teatral, avances de moda…

–Interesante, muy interesante –confirmó Domínguez subiéndose las gafas–. Pero tendría que autorizarnos su señor esposo y siempre y cuando continuáramos con el pseudónimo. Este es un periódico serio.

–Ya, ya… Lo imaginaba. Le aseguro a usted que mi marido no objetará lo más mínimo.

El redactor se levantó de su asiento y me extendió la mano.

–Vuelva con lo que hayan decidido. Si su marido es capaz de entregarme una novela para la primavera y usted se compromete a las crónicas sociales, harán un magnífico equipo.

Le estreché la mano fuertemente y salí del despacho bajo la creencia de haber conseguido liberarme de la pesada losa que imponía mi sexo. Al rato me cercioré de mi equivocación. No solo estaba más sola que nunca, sino que, además, debía trabajar como dos.

En los meses siguientes no paraba en casa intentando acudir a todos los eventos sociales que por entonces se sucedían, y al volver me arrepentía de haberme comprometido a escribir la novela. Trabajaba el doble y en ninguno de los dos trabajos podía firmar como Carmela Cid. Valiente logro.

* * *

Finalizando el año tuvimos una visita imprevista. Se trataba de un señor que se decía representante de un empresario desconocido con intereses en la zona donde se ubicaba la casa en la que vivíamos, La Granadilla. Nos extendió su tarjeta y aunque la leí no comprendía nada. Delmira y yo nos mirábamos confusas.

–¿En qué podemos ayudarle, señor…?

–Máiquez, ese es mi apellido. Vengo en representación de un caballero que solicita ocultar su nombre. Se trata de un empresario distinguido y muy interesado en esta zona de Madrid.

–¿Y, exactamente, a qué se refiere el interés de su representado? –preguntó Delmira yendo al grano.

–Mi representado es empresario muy activo. La casa de ustedes está situada en una zona inmejorable, cerca del Prado, del Retiro y de los monumentos emblemáticos de la ciudad de Madrid. No en vano, el señor César Ritz ha elegido esta parte de Madrid para construir su hotel, al que le faltan ya pocos detalles, bajo las premisas del que se construyó en París y Londres. Su majestad el rey Alfonso XIII es asiduo de ambos hoteles –nos aclaró con sonrisa socarrona, lo que me hizo sospechar que alguna relación tendría este mensajero con el señor Ritz.

–Todo eso es conocido por cualquier español –me atreví a insinuar–, pero no despeja las dudas que nos plantea su visita. ¿Viene usted de parte del propio señor Ritz?

–No exactamente.

Desde hacía meses atrás, todos los integrantes de la casa sufríamos pacientemente los ruidos provocados por los obreros que construían lo que sería el esplendoroso Hotel Ritz, el que, según decían, iba a ser el mejor de España. Su ubicación, a orillas del Prado y en zona de auge madrileñas, no había sido elegida en vano, el empresario era experto en su oficio y contaba con buenos colaboradores. También se decía que el propio rey Alfonso XIII alentó a su construcción, pues tras su boda había constatado que en Madrid necesitábamos de un hotel internacional que diera cabida a representantes extranjeros. Conociendo el de Londres y París, lógico era pensar que hubiera intercedido para que el madrileño se realizara.

El solar en donde se levantaría el nuevo Ritz apenas estaba a cien metros de nuestra casa. A veces los ruidos se convertían en desagradables y contravenían las virtudes por las que mi padre había comprado La Granadilla, siendo entonces un remanso de paz y aislamiento. Con todo, sabíamos que Madrid avanzaba y muy pronto estaríamos rodeados de casas.

–El señor…, llamémosle X, está interesado en comprar su propiedad. Con el nuevo Ritz esta zona de Madrid se sitúa al alza y es de su interés construir casas de varios pisos y gran calidad. La oferta que les propone es muy sabrosa. Aquí la tienen.

Nos extendió una carta, que abrí temblándome las manos. Suspiré porque, ciertamente, era más que tentadora. Luego se la di a Delmira para que estuviera al tanto del asunto.

–Señor Máiquez, realmente la oferta es magnífica. Pero existe una dificultad. Esta propiedad no es mía, es de mi hermano, que reside en París. Como comprenderá no tengo autoridad para darle una contestación a su propuesta. No obstante, haré llegar su oferta a mis cuñados, y en cuanto sepa algo me pondré en comunicación con usted.

Máiquez debía estar acostumbrado a los tramites que suponían una decisión de ese calibre, por eso no movió ni una ceja, hizo un ademán de despedida con la cabeza y se dirigió a la salida, después de haber hecho el gesto de besarnos las manos.

Rosita acompañó al representante del señor X y Delmira y yo nos quedamos mudas, sentadas de nuevo en el sofá.

–¿Y si nos quedamos sin La Granadilla? –pregunté yo pensando en voz alta–. ¿Adónde iremos?

–Siempre habrá algún lugar, querida…, inclusive en Granada, donde tienes tu casa.

Me palpaba las manos para calmar el posible soponcio, pero yo no quería ni oír hablar de Granada, por el momento.

–¡Una mudanza con Darío en estas condiciones!

Me horrorizaba el cariz que tomaban las cosas, justo cuando parecía que despegaba en la literatura y podía mantenerme profesionalmente de lo que escribía comenzaban las dificultades.

No pudimos acabar la conversación, los gritos de Darío llamándome me hicieron salir corriendo hacia su cuarto. Allí descubrí a Mari Pili, llorosa, que no se atrevía a entrar.

–Señora, el señor se ha puesto como loco.

–Pues ¿qué ha pasado? –pregunté.

–Me pidió el periódico y se lo di. ¿Hice bien?

Darío me llamaba. Esta vez por mi nombre y no con el de

Paca, lo que sucedía cuando enajenaba. Entré en su habitación temiendo encontrarme con un nuevo altercado de violencia.

–Carmela –me dijo muy serio–, aquí se ha publicado un cuento que dicen que he escrito yo. Y no es verdad.

El miedo me atenazó y dudé si decirle la verdad.

–Pero ¿no recuerdas que lo escribimos ayer mismo?

Esa era la maniobra que siempre utilizaba, y hasta el momento había dado buen resultado.

–Debo denunciar esta calumnia. Dame papel que voy a escribir a Ducazcal; es amigo mío, no puede hacerme tamaña ofensa.

Respiré hondo. La situación estaba salvada.

–Pero, querido, es cierto que Felipe Ducazcal fue director de *El Heraldo de Madrid,* pero murió hace casi nueve años. Debes descansar, confundes las cosas. El cuento lo corregimos juntos y sin duda puse en él más de lo que debía. Disculpa si te lo he modificado más de la cuenta. No volverá a pasar.

Darío me miró desorientado y luego, con gesto que parecía de recapacitación, volvió a fijar su mirada en el periódico.

–No, querida, no. Has hecho bien. Escribes mejor que yo.

Tiró el ejemplar del diario a los pies de la cama y se recostó sobre los almohadones.

–Ahora querría descansar. Luego saldremos a dar una vuelta por el jardín, si no tienes inconveniente.

Le acaricié la cara. En esos momentos volvía a ser el Darío de siempre, respetuoso y amable.

–Sí, saldremos al jardín...

Un amargo sentimiento me secó la garganta. El jardín... ¿Tendríamos jardín en nuestra nueva casa?

* * *

Como era natural escribí lo antes posible a mi cuñada Flor para que estuviera al tanto de los acontecimientos. Ella era la tutora legal de mi hermano, que era incapaz de tomar decisiones por su enfermedad. Nos encontrábamos ambas en una situación muy parecida. Nuestros esposos eran metáforas de hombres, cuya presencia a veces nos hacía creer que disfrutábamos de una vida corriente, pero no era así. Al enviar la carta ya sabía la respuesta, pero, con todo, guardé las esperanzas de que Flor se rebelara y me permitiera vivir en La Granadilla.

Todo esto se lo conté a Galdós a punto de operarse de su ojo izquierdo. Me barruntó cansada, asumiendo tantas cosas que iban y venían, algunas de ellas acaparadas por puro deseo, pero no por ello menos gravosas. Él, sin embargo, asumía su destino con verdadero optimismo.

–En la misma situación estoy yo, querida amiga. Mi sobrino insiste en que me vaya a vivir con él a su hotelito morisco. Quizá sea lo mejor, porque, tras la operación, poco o nada podré hacer solo. Es cierto que estoy rodeado de hermanas y de ayudantes, entre ellos Nougués, que me escribe hasta las cartas que envío a Teodosia, pero no deja de ser esto un poco imposición. A mi sobrino pocas veces puedo decirle que no, ya lo conoces, es el único que me ha atado corto. –Galdós se reía–. Quizá puedas venirte a esta parte de Madrid, conmigo. Y si no lo ves muy claro podría decirte algunas calles agradables, como las del centro, por la Puerta del Sol, donde paré recién llegado a Madrid. La calle Arenal, Montera, Sevilla...

–¡Calle Sevilla! –exclamaba yo pensando en que allí estaba la consulta de Eduardo–. Sí, esa zona no está mal. Tendré que prepararme para lo que venga.

–Por ahí dicen que es inminente la construcción de la Gran Vía. Esa zona central que va hacia la plaza de Santo Domingo entrará dentro de muy poco en estado catastrófico. Puede ser buen momento para alquilar, quizá nadie quiera vivir en los aledaños de una ciudad que se desmorona.

–Quizá...

Me parecía volver a vivir las dificultades con las que se topó mi padre con los empresarios que comenzaron a construir la Gran Vía de Granada, pocos años atrás. En todas las ciudades, las calles que emergían con la modernidad del siglo XX aniquilaban su historia y patrimonio artístico. Nada quedaba tras las casas de cuatro pisos y baño vecinal. Me propuse contarle a Galdós aquella experiencia vivida en otro momento por si quería usarla en una de sus muchas novelas. Así pasamos la tarde hasta que volví a La Granadilla.

* * *

Finalizaba el año y la Navidad se preveía como una de las peores de mi vida. Delmira me observaba, suspiraba y reflexionaba sin que nada me dijera. Me causaba inquietud su silencio porque parecía que algo tramaba a mis espaldas. Su actitud, incluso, me llegó a preocupar, porque pensé que tenía un amante y con él se me iba a fugar abandonándome a la soledad de un matrimonio herido de muerte.

Escribía muchas cartas, que llevaba con sumo sigilo, pero aun viéndolo extraño, pues ella era la viva imagen de la prudencia, nunca me atreví a preguntarle. La cosa tenía guasa, que ella y don Benito, personas de edad, tuvieran más suerte en el amor que yo.

Con la cabeza saturada de problemas que debía solventar fui a las oficinas de *El Heraldo de Madrid* a entregar más cuentos. El señor Domínguez se mostraba contento de los buenos resultados de las últimas entregas, pues tras la guerra los lectores buscaban evasiones donde poder olvidarse de las tragedias vividas.

–Sí, algo cambia en España, señora de Alcázar. Volvemos a pensar en la modernización de nuestro país. Sin ir más lejos tenemos ya aquí mismo el proyecto de la Gran Vía, que ya es inminente, y la construcción de los hoteles más suntuosos de la capital. Muy pronto se terminará el Hotel Ritz y usted hará la pertinente crónica. Pero me han dicho que en unos días se inaugurará, por parte del propio rey que tiene mucho interés en el asunto, el Hotel Casino Alhambra Palace, que se levantará en su tierra de usted. ¿Le hace ir a escribirnos la crónica?

Me quedé abrumada. «¿Volver a Granada? ¿Y en estos momentos?».

Como dudaba, el señor Domínguez siguió comentando los beneficios que obtendríamos de tal reportaje.

–Ha de pensar que su majestad estará en unos meses inaugurando la Gran Vía y el Hotel Ritz, y si a usted la acreditamos podría tener con él algunas palabras. Desde lo de Colombine estamos muy contentos de apoyar los derechos de la mujer. Además, un reportaje romántico, con la Alhambra de fondo, no nos vendría nada mal en estos momentos en que recuperamos la paz.

O sea, que lo que realmente quería, pensé, era un reportaje ñoño muy al gusto de las damas cursis que disfrutaban de ver lo muy ocupados que estaban siempre los de la realeza.

–Así que Colombine abrió la veda de las mujeres escritoras... –me atreví a decir–. Entonces no le parecerá mal que firme mi reportaje sobre la Alhambra Palace con mi propio nombre...

El señor Domínguez carraspeó y se ajustó las gafas a la nariz.

–Eso lo hablaremos más adelante, no es cuestión de precipitarse. Un detalle como ese podría ahuyentar a los fieles lectores que leen estos reportajes de sociedad convencidos de que han sido escritos por mano experta. No sea usted impaciente.

Suspiré para controlar mi ansiedad. ¿Es que mi mano, tras los muchos años pasados, no tenía experiencia? Estaba visto que seguiría relegada a la sombra de Colombine toda mi vida.

* * *

Días después, la propia Carmen de Burgos llamó a mi puerta. Y fue un encuentro de lo más sabroso, siendo esta visita una de las pocas que me dedicó tras la vuelta de la guerra. Estaba de paso por Madrid y tuvo la gentileza de acordarse de mí.

–No te puedes imaginar –confesaba Colombine tomándonos un café– la experiencia que ha sido verme en medio de la batalla. Observaba todo lo que sucedía a mi paso, dentro y fuera de los barracones. Me preocupaban especialmente los hospitales, cómo atendían a los heridos, a los que ayudaba a veces a trasladar a las ciudades. Fui testigo de heridas verdaderamente atroces, amputaciones, pechos abiertos, quemaduras. Todos aquellos soldados permanecían en sus camas, cuando las había, con extrema paciencia, y eso que su entorno era de lo menos higiénico y esperanzador que puedas imaginarte. Había una cruel escasez de agua en Melilla que hacía la vida de los médicos y de los enfermos muy difícil, a pesar de que nos enviaban barriles a rebosar en los vapores. Los responsables de la Cruz Roja no se organizaban, todo era un gran caos y los médicos asumían las negligencias. A más de uno vi llorar de impotencia. Esos doctores fueron auténticos héroes, operando en plena batalla.

–¿Conociste a muchos médicos? –pregunté con voz temblona, recordando, como era natural, que Eduardo estaba allí.

–Sí, pude entrevistar a la mayoría. Uno, incluso, era de Madrid, y fíjate qué casualidad, que, hablando, hablando, resultó que te conocía.

–¿Que me conocía?

¡Ay, que era él, no podía ser otro! Mi voz era ya un suspiro. Ella no se daba cuenta, pero sus silencios eran muy crueles.

–¿Se llamaba Eduardo? –pregunté finalmente.

No era casualidad, pensé yo, en una guerra donde todos los soldados y personal de ayuda se relacionan es fácil coincidir y comentar cosas tan triviales como el lugar de nacimiento.

–¡Cierto! Eduardo, un hombre pelirrojo y alto. Creo que le hirieron…

Sentí un impertinente palpitar de corazón. Carmen de Burgos se acariciaba la barbilla ayudándose a recordar.

–No, creo que a él no le hirieron. Ahora lo recuerdo bien… ¡Había tanta confusión! Sufríamos los contrastes de la guerra y de la paz. De día el calor y la muerte que nos rodeaban nos transportaba al infierno, pero todo desaparecía por las noches, volviéndose un paraíso romántico. Cuando salíamos de las tiendas y mirábamos al cielo encontrábamos todas las estrellas del firmamento. No he visto un cielo más brillante en toda mi vida.

–Entonces…, ¿no recuerdas nada más de aquel médico de Madrid?

Carmen se percató de que había sido imprudente al preocuparme sin motivo. Entendió por mi pregunta que debíamos ser buenos amigos.

–¡Querida! Perdóname. He tenido muy poco tacto. ¿Lo conoces bien?

Traté de ocultar mis ojos, que se humedecían, pero no la engañé.

–Fue nuestro médico durante algunos años. Venía mucho por casa y Vicente, el hijo de mi doncella, le tenía mucho cariño. Dejamos de relacionarnos cuando me casé.

Colombine me pidió perdón mil veces. Pero el daño estaba ya hecho.

–Habrá manera de poder saber si…

–No te preocupes… Si él hubiera querido ponerse en comunicación conmigo, ya lo habría hecho.

Desde ese momento, Carmen intentó desviar mi atención hacia anécdotas más cercanas y menos sangrientas, recreándome la vida de las mujeres en Melilla, lo mucho que se embobaban al ver sus sombreros y lo mucho que les gustaba acariciar el tejido con que se habían confeccionado sus vestidos.

–Ni allí ni aquí –decía ella– están valoradas las mujeres, con el mucho bien que podrían hacer en contra de la guerra y por el avance de las sociedades. Mientras fui corresponsal y me sacaron a toda página en *El Heraldo de Madrid,* solo pude ser vigía de la barbarie que significaba la guerra, pero la censura no me dejó decir todo lo que quería decir. Ahora que ya he vuelto, estoy dispuesta a hacer la guerra a la guerra.

Con ese título publicó Carmen un famoso artículo que alentaba a considerar la paz como el mejor futuro de los pueblos. En él defendía el derecho de objeción de conciencia, lo que, junto a otros alegatos de índole social, causó estupor en la sociedad de aquellos días.

La envidiaba por su gran capacidad de reflexión y su valentía y, sobre todo, por haber sido mujer abanderada en multitud de causas. Me hubiera cambiado por ella, en especial por sus logros, pero también por haber tenido el privilegio de convivir con Eduardo y compartir con él los cielos estrellados de Melilla.

CAPÍTULO 33

DE CÓMO GALDÓS LUCHABA POR VER Y YO QUE VEÍA NO LO VEÍA NADA CLARO

En el periódico insistieron en que viajara a Granada a informar sobre la inauguración del hotel que ya se construía en la ciudad desde hacía algunos años. El concepto comercial con el que se ideó sería pionero en nuestro país y desencadenaría, con los años, una querencia por la ostentación en las formas de vida que inundaría la década siguiente.

Si he de ser sincera, no me gustaba mucho la idea de volver a Granada. Había muchos inconvenientes que salvar, entre ellos dejar a Darío a manos de tres mujeres que nada le debían. Pero fue curioso que, a cada pega que ponía al desplazamiento, Delmira encontraba una solución.

–Pero ¿cómo vais a apañaros si en una de esas le da uno de sus ataques? Solo me hace caso a mí y es porque me cree su primera esposa, que debía imponerse como un sargento.

Mi madrastra reía. ¿Por qué estaba, últimamente, tan risueña?

–No te preocupes, querida. Tengo experiencia con enfermos de diferente naturaleza. Una vez cuidé a un anciano militar, conocido de mi primer marido, que se pasaba el día acertándonos con el sable. Le cogí el gusto a tomarle las pulsaciones esquivando los golpetazos. No temas, hija, que nos haremos con él.

–Pero es que, además, tendría que irme a final de año y pasar mi cumpleaños lejos de vosotros.

–No hay problema, lo celebraremos después.

Miraba a Delmira muy inquieta, sabiéndola tan quisquillosa en otras ocasiones. Me desconcertaba su conformidad.

–Tienes que ver por tu futuro, hija mía, date cuenta de que has luchado mucho por hacerte una posición y si ahora lo rechazas solo por un tropiezo tan tonto, lo echarás todo a perder. ¡Cualquiera diría que no quieres volver a ver la Alhambra! Eso sí, te aconsejo que guardes privacidad absoluta, que nadie sepa que has estado en Granada. Total, por dos días… ¿Me lo prometes?

Delmira me tomaba las manos y me las apretaba creyendo así que incidía más en su petición. Cada vez me amoscaba más su propuesta. ¿Acaso deseaba deshacerse de mí para verse con su amante?

–¡Tú me estás ocultando algo!

Mi madrastra se puso muy colorada y después de tragar saliva, que parecía que no le llegaba a la boca, me dijo:

–Ay, niña, qué desconfiada eres. Yo solo hago las cosas por tu bien y tú erre que erre. ¡Vete a Granada de una vez y disfruta, córcholis! ¿Es que no deseas librarte unos días de la carga de tu esposo?

No supe qué decir, me parecía muy cruel reconocer que sí lo deseaba. Fue entonces cuando me agitó por los hombros como para despertarme de la ensoñación que ya se rendía ante mí.

–Prométeme que, si se presenta en Granada una oportunidad de ser feliz, la aprovecharás.

Me miraba a los ojos, muy fijamente, con esa mirada almendrada que debió cautivar a mi padre.

Le dije que sí, naturalmente.

* * *

Llegué a Granada un día antes que el rey. Fui previsora, pues viajar en el mismo tren que el monarca hubiera sido prácticamente imposible debido a la férrea seguridad que le acompañaba desde sus anteriores atentados. Mi propósito era también asistir a su llegada a la ciudad y presenciar el recibimiento social y gubernativo que tendría la familia real.

Sabía que mi visita a mi ciudad natal era de paso y debía ser de incógnito, eso era lo recomendado, al menos, por Delmira, y convinimos en que era lo más prudente. No tenía ni tiempo ni ganas de hacerme ver entre mis familiares, así que entré en el caserón de los Cid por la puerta de atrás, situada en un callejón lateral, e intenté hacer el menor ruido posible y no desplegar las cortinas para no despertar la curiosidad de los vecinos.

Dormí muy a gusto. Sola, sí, pero sin la zozobra de ser despertada a media noche por los chillidos de Darío. En el Caserón todo era silencio y, salvo por algunas golondrinas que se habían colado en el patio, nada ofrecía inquietud.

Así que el día en el que el monarca llegaba a Granada, que fue para más señas el último día del año 1909, me levanté satisfecha y dispuesta a realizar un cometido que no todos los días se hacía, que era ver al rey y, si se podía, conseguir algún comentario que publicar en mi periódico.

Me coloqué los rizos frente al espejo que antes fuera de mi padre, me alisé el vestido con las manos, tomé un cuaderno para hacer mis anotaciones y, antes de salir de la habitación, di mi último repaso a mi cuarto recordando hacer lo mismo cuando era una niña y la casa estaba repleta de personas. A pesar de la soledad, la sensación me fue muy grata.

El rey llegaba a las nueve de la mañana a la estación de Andaluces, así que me apresuré a estar, al menos, una hora antes. Con todo, al aproximarme a la estación de ferrocarril, ya había gente esperando presenciar el acontecimiento. El frío de aquel día final de diciembre no parecía desanimar a los granadinos, que aún sin ver todavía el humo de la máquina agitaban banderines y pañuelos con entusiasmo.

Con los pies congelados y calándome el sombrero hasta las orejas, oí los primeros vítores y vislumbré el bulto lejano de una máquina de tren que aparecía en el horizonte. Alguien alertó a la banda de música, que tocó la Marcha Real, y el grueso de militares que allí esperaba se cuadró preparando el saludo. A las nueve y siete minutos entró el tren en agujas y al parar la máquina resonó una exagerada ovación de bienvenida que me dejó sorda. Del coche salón sobresalió el monarca saludando, y de nuevo otra aclamación atronó la estación entera.

El rey Alfonso XIII seguía saludando y tras de él pude ver a varios hombres, uno, que según me dijeron era su ayudante, el teniente coronel de ingenieros señor Echagüe, así como el hombre de confianza que era el marqués de Viana, también su caballerizo, y del que poco se separaba. Finalmente apareció el duque San Pedro de Galatino, del que luego hablaré y causante de la llegada de don Alfonso a Granada por ser el propietario del Hotel Alhambra Palace.

El señor La Chica, alcalde de la ciudad, se adelantó a darle la bienvenida. También se encontraban allí representantes municipales, el gobernador civil y la banda del regimiento con traje de media gala, que confería al momento la solemnidad festiva que era de gusto de los ciudadanos. El carruaje donde fue trasladado el rey, que era del alcalde y muy vistoso, iba tirado por dos soberbios caballos tordos, escoltados todo el tiempo por el regimiento de cazadores de Vitoria hasta llegar al famoso hotel, siguiendo el itinerario de la calle Gran Vía, Reyes Católicos, Cuesta de Gomérez y consecuentemente el bosque de la Alhambra, que era donde se levantaba, y muy gallardo ya, el Alhambra Palace.

El monarca habría de cambiarse allí el traje por el de capitán general, pues le esperaba una visita de carácter castrense al Hospital Militar y pasar revista a las tropas. Antes, nos dijeron a los de la prensa que tomaría un merecido desayuno en el hotel.

Decidí unirme a la comitiva periodística por la tarde, cuando el monarca tenía prevista la visita a la Alhambra, y quizás entonces, hacerme ver, con el fin de que me recordara cuando llegara el tiempo de la inauguración del Ritz en Madrid; sin duda, esa sería una noticia más del gusto de los lectores de mi periódico.

La Alhambra se había adecentado para recibir al rey. No era la primera vez que lo hacía. Alfonso XIII dio sobradas muestras de interés por el monumento y lo visitó, al menos, que yo recordara, el 30 de abril de 1904, y lo seguiría haciendo en adelante. Ya en esa fecha anterior, fue acompañado por la misma comitiva que ahora tenía frente a mí. Prácticamente conocía a todos los hombres de negro que le rodeaban, aunque ninguno de ellos le alcanzaba en altura. Sus trajes, que parecían de riguroso luto, solo despuntaban por bandas militares algunos o por sus bastones y sombreros de copa, otros. Los fotógrafos cargaban con sus trípodes y jadeantes solicitaban, a veces, la pausa necesaria para inmortalizar el acto.

Pocas mujeres se encontraban entre el grupo organizador. Yo, al menos, vi solo dos o tres y muy bien vestidas. Los periodistas, al ser más altos que yo, me ocluían y algunas veces tuve que hacerme valer pegando codazos y algún pisotón.

Entre esa batalla particular sobresalí casi llegando al patio de Comares, los arrayanes me contuvieron y quizá por eso no terminé en el estanque central. El rey estaba parado frente a la gran mole de la Torre y le invitaron a entrar en el Salón, también llamado de Embajadores, para enseñarle la cúpula interior, ricamente decorada.

Mientras esto hacían, conseguí ver excluido del grupo a un conocido muy querido de mi padre, el señor Manuel Gómez-Moreno, que, siendo una eminencia en cualquier campo de la restauración granadina y avanzado defensor de todo lo artístico, se había quedado rezagado. Era el presidente de la Comisión Especial de la Alhambra desde 1905, cargo que le había dado muchos dolores de cabeza, en especial, con la llegada de Mariano Contreras como director de conservación del monumento, que, aunque hijo de un reconocido restaurador local y con formación de arquitecto, veía la restauración de la Alhambra de forma muy diferente a la de Gómez-Moreno.

Me acerqué a él para saludar, pues nuestra amistad había sido firme con mi familia y me reconoció de inmediato. Era don Manuel de estatura mediana, tirando a baja y no precisamente delgado. Sin embargo, su robustez le confería un aire paternal muy agradable que sabía muy bien combinar con su elegante caminar bastón en mano. Por aquella época poblaba su mentón un largo y curvado bigote blanco.

–Don Manuel, qué alegría me da volver a verlo. Hace ya muchos años que no coincidimos.

Le tendí la mano y tuvo la intención de hacer el gesto de besármela, pero luego dio en la cuenta de que me conocía desde niña.

–Querida Carmela, cuánto bueno por aquí. Con la visita del rey y otras cosas no he tenido mucho tiempo de fijarme en mi entorno y desconocía que visitabas el monumento.

–No vengo como representante granadina, sino como periodista. Me envía *El Heraldo de Madrid,* para el que trabajo.

Don Manuel cabeceaba impresionado.

–¡Magnífico, magnífico! Tu padre estaría orgulloso de ti.

–¿Qué tal va la restauración de la Alhambra?

El anciano señor disimuló un suspiro.

–Las obras de la Alhambra siguen marchando, pero hay que luchar mucho para que estas se hagan a la par conservando y restaurando, lo que no es ninguna tontería, porque si no conservamos lo que tenemos se nos cae y si restauramos demasiado corremos el riesgo de poner cupulillas y azulejos donde nunca hubo. Lo último que se le ha ocurrido al señor Contreras es eliminar los aljibes de la Alhambra porque dice que causan humedad. ¿Te imaginas, Carmela, los patios nazaríes sin un solo aljibe? Y eso es solo un ejemplo de los muchos que se me presentan día a día. El mundo nos ve, es preciso andar con cierta cautela para no caer en el abismo del descrédito, lo cual tendría mucha mala sombra después de todo lo que hemos hecho algunos en los últimos años.

–Don Manuel, usted sabrá salvar la situación; de hecho, ha salvado ya la Alhambra de muchos majaderos.

–No se puede considerar la Alhambra como un feudo particular. Aquí hay mucho que hacer para el bien de Granada y del mundo, pero también en los cientos de maravillas que aún tenemos en la ciudad, como el Cuarto Real de Santo Domingo, desde donde también me requieren para su restauración. Hay que estar muy alerta, porque, si no, acabaremos con una Alhambra que solo será admirada por los desconocedores del buen gusto. Vendrán a visitarla unos cuantos catetos y pensarán que es una joya cuando ahora solo presenciarán paredes nuevas que nada tienen que ver con las que hubo. Un mundo de fantasía a las *Mil y una noches,* como impera ahora. En fin, querida, tengo que dejarte para seguir enseñándole el monumento al monarca. Si puedes decir algo serio en tu periódico, dilo, que a ti te harán más caso que a mí. Estas son las miserias de la vida.

Le dejé depositando en su mejilla un beso, recordándome a don Benito, dos ancianos caballeros, más luchadores que cien jóvenes. Sus eminentes cabezas contenían los saberes de varios siglos.

Me fui de allí dispuesta a escribir un buen artículo para el periódico, un artículo vehemente y que transmitiera el peligro que se cernía para la Alhambra. Estuve toda la tarde intentando darle el tono adecuado.

Por si lo quieren saber, nadie me publicó ese artículo.

* * *

No deja de sorprenderte, por mucho que conozcas Granada o la visites, las vertiginosas vistas que alcanzas a dominar desde sus colinas. En una de las zonas menos frecuentadas por aquel entonces, cerca de las ruinas de las Torres Bermejas que fueron en siglos muy pasados parte de una fortaleza y castillo en tiempo de los árabes y próximo del recinto exterior de la Alhambra, construyeron el primer hotel moderno de lujo de España. Tal osadía se debía al emprendedor duque de San Pedro de Galatino, Julio Quesada, que, aunque madrileño de nacimiento, como otros tantos que se afincaron en Granada, dejó huella imborrable en los diferentes sitios en donde vivió.

El duque, conocido por diversos nombres, pues tenía también el atrevimiento de venir de familia de abolengo, acumulaba hasta nueve de pila y otros tantos apellidos, siendo señor de Láchar y conde de Benalúa, además de duque, como ya mencioné.

Con todo, parecía una persona de distancias cortas, lo que probaba que muchas de sus iniciativas no eran para provecho propio y darse el pote, como diría mi tía Agustina, sino para mejora de su ciudad. Era el conde de visión a largo plazo, entendiendo que Granada sería, en algún momento del futuro, ciudad muy visitada por aquellos que pudieran pagarse viajes, por lo que decidió reconstruirla con infraestructura suficiente y de gran comodidad. Como tenía industria azucarera en su poder y su hacienda se sostenía con otras muchas empresas, le interesaba, lo primero, favorecer las comunicaciones por ferrocarril que tanto ansiaba tener Granada, ciudad que siempre ha ido a la zaga de los avances ferroviarios. Lo mismo ocurrió con la red eléctrica granadina, pues, aunque la ciudad ya disponía de electricidad desde 1893, no era suficiente para las magníficas empresas que pretendía abordar el duque.

Toda esta información, que me proporcionó el periódico respecto a la personalidad del duque de San Pedro de Galatino, confería a mi crónica un interés social y político. Si sabía manejar bien mi baza el reportaje podría ser del gusto no solo de las señoronas burguesas o de las aburridas esposas de mediano estatus, sino de interés general. Tenía en mi mano la llave para ser considerada una nueva Colombine y no quería desaprovecharla, por lo que me propuse, desde ese momento, conseguir una entrevista con el duque, aunque tuviera que acceder a él empujando al propio rey, que siempre iba a su lado.

El paraje donde se levantó el imponente Hotel Alhambra Palace se llamaba Peña Partida, era una gran extensión de terreno perteneciente a un total de doce particulares a los que compró sus terrenos el duque con abrumador convencimiento de haber elegido el mejor lugar de Granada para realizar su brillante empresa. Una vez conseguido el amplio solar le ofreció el proyecto de erigir el hotel al inglés Mr. Lowet, experto arquitecto, que ideó una estructura de hierro, la primera que se usara en Granada y una de las primeras que se vieran en el resto del país. Tuvo este señor ayuda de otro de los arquitectos más reseñables de la ciudad, el señor Modesto Cendoya, que fuera poco después uno de los restauradores de la Alhambra.

Ambos construyeron un hotel atípico, mole del color del ladrillo que invadía las vistas naturales de la colina, pero que daba un aire oriental con sus cupulillas arabizadas, imitando la estética de la ciudad nazarí. Pero según lo oteabas desde los barrios bajos, como El Realejo, más parecía fortaleza amurallada, y si subías hacia él por las calles empinadas, hasta encontrabas guiños a la Torre del Oro.

–Pues a mí se me parece más a las murallas de Ávila –exclamó uno de los periodistas que cubría la información local de la ciudad–. ¡Y esa cúpula! Todavía hay quien recuerda en Granada las que pusieron en la Alhambra en los tejados de cada sala. Aquí no se comprende el capricho que se tiene de hacer todo de *Las mil y una noches*... Para un empresario que tiene visión moderna me defrauda que se vuelva a lo mismo.

Aquel comentario me recordó el expresado el día antes por Manuel Gómez-Moreno. No quise entrar en detalles con mi compañero periodista, aunque tuviera razón no se la di, porque me interesaba pasar desapercibida y mantuve mi atención en el duque, al que tenía que abordar, fuera como fuese, en alguno de sus recorridos por el recinto.

Atisbé a un grupo de damas de alta sociedad y me arrimé a ellas. Era evidente que los guardias de seguridad me segregarían en cuanto me vieran a su lado, pero jugué bien mis cartas y, cuando me preguntaron, me hice pasar por una de las damas de compañía de las señoras, que tan entretenidas estaban en hablar de sí mismas que ninguna reparó en que me colaba entre ellas.

–¡Qué bien te conservas, Merceditas! –le decía una de ellas a su compañera–. Tienes un talle que es un primor. Ya me dirás cuál es tu secreto.

La tal Merceditas reía tapándose la boca con su mano enguantada con encajes.

–Es que llevo varios meses purgándome con el agua mineral Loeches, que me traen de Madrid y depura una barbaridad. Además, me doy el tónico habanero del doctor Gardano, y las canas me han desaparecido. Mi marido dice que me he vuelto una diosa griega.

Emitían grititos de entusiasmo y al tiempo los frustraban tapándose las bocas con sus guantes, evitando que se les oyera. Eran de lo más curioso.

–Pues yo no puedo, Merceditas, yo no puedo. Mira cómo estoy de gorda. Tengo un capricho superior con los chocolates. Mi criada me los compra en Puerta Real, 13, en la confitería de López Hermanos, y es que me vuelven loca.

La otra, la que acompañaba a Merceditas, se hizo valer.

–Pues a mí me gustan más los dulces de cacao y canela de la fábrica de Enrique Sánchez y García, la que está en Escudo del Carmen, 15. ¿No sabéis? La que está frente al parque de bomberos. Mi chica los compra a tres pesetas el paquete de cuatrocientos gramos y son una delicia. Vamos, que no duran ni una tarde. Los traemos hasta en Navidad.

Volvieron a reír, cosa que les provocó descomposición del grupo, y conseguí desembarazarme de ellas. Tras la tortura que me provocaron sus grititos absurdos me fui directa hacia el interior del hotel y allí encontré al monarca, nuevamente rodeado de hombres de negro y algo más distanciado el propio duque, al que preguntaban por la etiqueta a seguir.

Sin pensármelo dos veces arremetí contra él, casi sin esperar a que los que iban a tomar su relevo en la atención del monarca hubieran tenido tiempo de recibir las pertinentes indicaciones. Fui algo grosera, lo reconozco, pero la licencia periodística me disculpaba.

–Señor duque…, vengo en representación de *El Heraldo de Madrid* y como granadina que soy tengo interés en publicar algunas impresiones sobre lo acontecido estos días en la ciudad. Me parece que sus declaraciones podrían ser de gran interés en la capital.

Dicho esto, me quedé muy parada pensando en que había metido la pata hasta salva sea la parte, pero luego me felicité de haberlo dicho porque el duque reflexionó tras la sorpresa, y se debió dar cuenta de que sus palabras podrían ser muy útiles para Granada si se decían en Madrid.

Se inclinó sobre mí con educada compostura y exclamó:

–Felicito al *Heraldo* por tener a una mujer entre sus colaboradores. Yo siempre he votado por el futuro y usted lo es.

Me sentí halagada y me sonrojé. Observé que Julio Quesada, el duque, alcanzaba su vista hacia el monarca para ver si estaba bien acompañado, y cerciorándose de que así era, me tomó del brazo y me llevó a la terraza del hotel, que ya al salir a ella me maravilló.

–¡Impresionante!

Frente a mí encontré, a pesar del frío de invierno, una de las vistas más amplias e inmaculadas de la ciudad. Era un día espléndido, con sol chispeante reluciendo en los tejados de las casas blancas que descendían por el barrio del Realejo, que a nuestros ojos aparecía. En ese lugar popular y muy querido por los granadinos, destacaban las torres de las iglesias, como la de San Cecilio, que parecíamos poder tocar alargando la mano, y otras muchas, algunas que ni siquiera yo conocía. Se distinguía también la querida plaza del Príncipe, con su cruz en el centro y extendiendo la vista incluso hacia las esquinas la propia mole de la catedral, con su campanario.

–¡Tiene usted Granada a sus pies! –se me ocurrió decir.

El duque de San Pedro de Galatino, el señor Julio Quesada, sonrió complacido.

–Ojalá fuera eso cierto. Aunque Granada no es ni debe ser propiedad de nadie. A mí me basta con que sea de todos los que vienen a visitarla, y con este hotel conseguiremos que sea conocida universalmente.

Me hizo sentar en una silla de forja, bien trabajada, que me pareció fría y durísima, pero no hice por expresarlo, pues la conversación con aquel hombre tan visionario me interesaba.

–Dígame, ¿ha sido difícil construir este hotel en este lugar privilegiado? Dicen por ahí que ha tenido que ir comprando terrenos a más de doces particulares…

El duque hizo un mohín que negaba mis palabras.

–Creo que ha sido más difícil convencer a algunos gobernantes sobre lo necesario de construir este hotel. Pero con dinero todo puede hacerse. Un día, uno de mis operarios que dirigía las obras de alisado del terreno me dijo que sería una obra tan complicada que deberíamos olvidarnos de edificar. Entonces le miré y le pregunté:

–¿El oro será capaz de allanar el suelo?

Él dudó y luego dijo:

–Si hay mucho, claro está. No hubo más dudas desde entonces. Él sabía su cometido y yo el mío. Así se hacen los negocios.

Me quedé fascinada por la sencillez de sus propósitos.

–Tiene mentalidad de empresario, pero le importan los objetivos humanos casi tanto como los comerciales.

–Quizá sea así. En eso difiero de algunos empresarios que campan por Granada a la sombra del comercio del azúcar. Granada necesita transportes y turistas que vengan a dejar aquí su dinero y le den la fama.

–¿Turistas?

Era un término que no acababa de entender.

–Viajeros, conocedores de nuestro patrimonio. Veo que en el futuro nuestra ciudad dependerá de eso.

–Igual que en el siglo XIX, cuando era visitada por los ingleses y franceses…

–Sí, solo que en el futuro no vendrán solo los intelectuales, ni los artistas, también habremos de recibir a los de la clase media, que son la mayoría en cualquier ciudad.

Le miré recelosa. Para mí que en esos tiempos de cambios sociales el duque hablaba más por diplomacia que por convencimiento. Un hotel promovido por el rey Alfonso XIII no parecía el mejor lugar para acoger a una clase trabajadora.

–Parece que todo lo tiene muy bien pensado, pero ¿y ahora? ¿Qué es lo que espera que pase?

El duque se quedó pensativo.

–Aquí no termina mi obra, señorita, aquí empieza. ¿Cree que Granada no necesita más cambios? Tengo en mente muchas cosas, entre ellas seguir levantando hoteles, no en la ciudad, sino fuera. Me interesa en especial la sierra granadina. Otros países estarían orgullosos de su naturaleza. ¿Puede pensar en Viena sin pensar en la nieve? En Granada podríamos seguir los pasos de esas grandes ciudades. Nosotros tenemos Sierra Nevada, pero ¿quién va a disfrutar de ella?

Estuve a punto de reír.

–Pero… ¿quién va a querer ir a Sierra Nevada? En invierno es imposible, sin comunicaciones, con un tiempo de perros…

–Eso es lo principal: las comunicaciones. ¿Le parece muy extravagante que construya un tranvía hasta la sierra?

Me quedé sin palabras que pudieran rebatir esa idea, aunque me pareció una locura.

–Creo que le he dado demasiado para que reflexione en ese periódico de Madrid. Dígalo como usted guste, pero haga que vengan al Alhambra Palace. Si funciona, tendrá usted una sucursal de este hotel en la sierra y a él habremos de ir en tranvía.

Me besó la mano y se marchó, haciendo ya gestos a sus secretarios para que volvieran a introducirlo entre la masa de hombres de negro y consecuentemente en la comitiva que seguía al rey.

* * *

Volví a mi casa tremendamente cansada, perseguida por unos jóvenes que cantaban villancicos acompañados de zambombas. No era de extrañar, era el último día del año y las calles de la ciudad se preparaban para recibir al misterioso y rotundo 1910, que sonaba a modernidad, a cambios inesperados y a esperanzas irrenunciables.

El caserón rezumaba de humedad. La noche anterior apenas había reparado en el gélido ambiente que se respiraba en una casa hermética y cerrada a la vida durante años. Me quité los guantes y mis manos acusaron el frío, me fue imposible mantener la mentira de ocultarme y decidí encender la chimenea.

Sin quitarme el abrigo me dirigí a la cocina y no encontré leña, así que determiné bajar al antiguo garaje, que en otros tiempos fue la imprenta que daba vida al periódico de mi padre y ahora era cuarto de cachivaches, y que incluía la leñera.

Tomé unos gruesos troncos, muy pesados, y al agacharme a cogerlos oí un ruido filtrado del exterior. Miré hacia todos los lados para distinguir de dónde procedía, pues era metálico y poco corriente, hasta que me cercioré de que se trataba del sonido de una llave que intentaba girar en la cerradura de una puerta.

Miré la entrada del garaje, cuya cancela era de hierro y consecuentemente con cerradura prodigiosa a prueba de ladrones, y vi cómo el pomo se movía dirigido desde el exterior.

El miedo me inmovilizó durante unos segundos hasta que decidí hacerme fuerte y con uno de los troncos defenderme si era necesario.

La puerta se abrió muy despacio. Sin apenas ruido. Me quedé escondida entre la oscuridad y decidí esperar, puesto que si entraban con llave quizás era alguien de la familia.

Un hombre entró y cerró la puerta tras de él. Encendió una lámpara que teníamos sobre una mesa. Atardecía y, por lo tanto, era imposible vislumbrar algo más que una sombra informe.

La luz de la lámpara dejó de titilar y se posó la claridad. Las sombras dejaron espacio a un brillo incómodo que se filtraba desde la calle, en esos momentos pasaban varios jóvenes cantando villancicos y alumbrándose con un candil. Así fue cómo vi el reflejo rojizo de su pelo.

No podía ser. ¿Eduardo en el caserón de los Cid y entrando con llave?

QUINTA PARTE

CAPÍTULO 34

DE CÓMO GALDÓS VOLVIÓ A TRANSGREDIR CON UNA OBRA DE TEATRO

Por no esperarse que yo estuviera allí, el susto se lo llevó él. No gritó, pero de la impresión tiró la lámpara y esta se apagó y tuvimos que volver a encenderla.

Ambos respirábamos agitados y muy nerviosos, sin atinar con nada. Él intentaba desprenderse de una mochila que llevaba a la espalda y no podía, porque, entre otras cosas, tenía un brazo en cabestrillo.

–Pero... ¿estás herido?

Eduardo, confuso, quizá más que yo, consiguió sonreír. Le temblaban las piernas y atinó con mucho esfuerzo a sentarse sobre unas cajas que resistieron su peso medianamente.

–Hace años que no nos vemos, me sorprendes entrando en tu casa de Granada sin forzar la cerradura y... ¿sólo me preguntas que si estoy herido?

Así era yo. Ridículamente comedida y si podía siempre evitando transparentar mis más irracionales deseos. Pero salvada la situación absurda y que podría ser fruto de mi imaginación, realmente había tanto que preguntar que no sabía por dónde comenzar para saciar mi curiosidad.

–Es que... esto parece una de mis fantasías y no... no me lo llego a creer...

Nos abrazamos, con abrazo fuerte y cerciorándonos de que estábamos hechos de carne, no de ilusiones. Nos palpábamos la cara y nos acariciábamos el pelo sin darnos tregua a pensar en las consecuencias, que serían muchas y muy nefastas.

Lloré de alegría, con lágrimas de contener muchos fracasos y arrepentimientos, pero pude controlarlas rápidamente, aunque sin evitar los hipos.

–Vayamos al salón y encendamos la chimenea, creo que tenemos tiempo para explicarnos, ¿no te parece?

Eduardo accedió. Tenía la cara helada, así que la propuesta le pareció de lo más acertado. Ambos recogimos los troncos, él como pudo con una sola mano y yo con las dos, pareciéndome que ahora eran frágiles e ingrávidos. ¡Lo que puede la alegría!

Riéndonos como dos niños llegamos al salón y tiramos la leña en la chimenea. Una nube de polvo nos hizo estornudar. Encendí lo antes posible el fuego y unos minutos después nos sentábamos ambos sobre una alfombra iluminándonos por el resplandor de las llamas. Según hablábamos nos íbamos despojando de nuestros abrigos descubriendo en nuestras mejillas el sonrojo del calor.

–No puedo creerlo. ¿Cómo has conseguido esa llave? ¡Quiero saberlo todo!

Eduardo sonreía.

–¿No lo imaginas? Delmira fue nuestra celestina.

Vaya, me dije. Esa era la causa de todos los misterios.

–¡Y yo creyendo que tenía un amante!

La alegría nos invadió. ¿Cuánto tiempo hacía que yo no reía?

–Mantuvimos la relación por carta. Cuando volví a España insistió mucho en que fuera a tu casa y hablara contigo. Pero entonces el periódico te envió a Granada y vimos el cielo abierto. Era la ocasión de explicarnos muchas cosas.

–¡Y aquí estás!

–Aquí estoy.

Silencio. Incomodísimo, por cierto. Me entregué a memorizar su cara, su expresión, sus manos y sus gestos. No conseguía retener en mis pupilas todo lo que era Eduardo y en ese esfuerzo de querer conservarlo para usarlo, cuando ya no estuviera, como recuerdo duradero, me olvidaba de disfrutar de lo que ahora tenía.

–¿Viste a Darío en Madrid? –pregunté con mucha indecisión.

–Lo vi y lo examiné. No traigo buena impresión.

Suspiré, la losa de la responsabilidad volvió a caer sobre mí.

–Lo sé. Me siento culpable de no haberos hechos caso y de haberme casado con él, y al pensarlo me siento culpable de pensar eso, porque nadie podría prever, ni siquiera él, que terminaríamos así.

–Las cosas suceden y ya está, el destino es el que manda. Ni tú ni nadie es capaz de elegir su futuro.

Nos miramos y volvió el silencio, solo roto por los ecos de algunos gamberros que cantaban a la Navidad fuera del caserón. Éramos como dos chiquillos que son incapaces de darse el primer beso.

Aborrecí mi miedo y sentencié:

–Los dos sabemos lo que va a pasar esta noche, ¿verdad?

–Sí –contestó él, más acobardado que yo.

Le tomé de la mano libre de vendas y le dije:

–Pues vayamos antes a comer algo.

Tras la sorpresa y al vernos que podíamos aceptar lo que vendría, habiéndolo decidido ya como personas consecuentes con nuestros actos, nos entregamos al gracejo, al chiste picarón, sin importarnos más que contravenir las normas. Ahora deseábamos comer y saciar nuestros estómagos, que lo demás ya habría de venir después.

–Yo no pienso acostarme antes de tomar las uvas. Hoy es el último día del año.

–¿Las uvas? ¡No me digas que también sigues la moda que han impuesto los ministros? En España nos acostumbramos rápidamente a las simplezas, pero no a la modernidad. ¿A qué viene ahora tomar las uvas que podemos comer cualquier día del año?

–¡Vamos! ¿Qué te cuesta?

Del interior de su mochila sacó una pequeña bolsita que por su forma parecía repleta de pequeñas uvas moscatel.

Tenía razón, nada me costaba. Esa noche sería diferente a todas las anteriores.

* * *

Por primera vez en mi vida desperté una mañana saciada y exultante, con un sentimiento que no había conocido jamás. ¿Era eso el amor? Quise que así lo fuera para no arrepentirme de lo que había hecho, pues la situación no dejaba de ser surrealista. Me acababa de convertir en adúltera y, además, con ayuda de mi madrastra. Algunos podrían decir de nosotras que teníamos la moral extraviada, pero aquella noche y las siguientes no dejaban de ser más que el premio merecido de cualquier humano, lo que viene en llamarse una segunda oportunidad.

El frío no me amilanó y saqué los brazos del embozo para poderme colocar de lado y ver de cerca a Eduardo, que dormitaba. ¡Dios mío! Tenía a un hombre junto a mí, joven, vigoroso, desprendido de artificios, y lo más insólito era que no me sobrevenía ni un mínimo de arrepentimiento. ¿Cuál de los dos había pecado más? Palabra enrevesada era esa, la del pecado, en la que nunca había pensado más de dos segundos seguidos, quizá porque nunca cometí ningún error ni ningún traspiés moral. Desde esa misma mañana era yo una mujer nueva, dispuesta a contravenir las normas y rebelarme contra la doble moralina de nuestra sociedad.

–¿Qué me miras tanto? –me preguntó Eduardo sintiéndose cohibido.

–Me pregunto si reconoceré a la Carmela que veré en el espejo dentro de un rato.

–A mí me gusta más esta, la otra era tediosa y un engorro la mayoría de las veces.

Hice por enfadarme, pero no pude, jugueteamos en la cama y nos besamos con un largo y cálido roce de labios.

–¿Sabes que mañana es mi cumpleaños?

Eduardo se sorprendió. Era un acontecimiento que rara vez celebraba con extraños. Mi madre había muerto al alumbrarme y aquello transformó el suceso en un recuerdo repulsivo que todos queríamos dejar atrás.

–Pues vayamos a celebrarlo.

En otro momento le hubiera negado el ofrecimiento, pero era yo una Carmela nueva, así que dije que sí y entre otras cosas, como manda la costumbre en Granada, fuimos a tocar la campana de la Torre de la Vela.

* * *

La maravillosa dispersión de sentidos que nos embriagó en Granada hubo de cesar al volver a Madrid. Lo sabíamos, pero no por eso fue menos doloroso. Eduardo se comprometió a ayudarme con la enfermedad de Darío, aunque, tras consultar con varios especialistas, todos concluyeron en lo mismo, que las enfermedades relacionadas con la demencia senil no eran controlables y no podían augurarme un futuro cierto, salvo que el enfermo empeoraría.

Por aquel entonces nadie aparcaba sus enfermos en instituciones mentales, salvo que fueran indigentes. Era un infierno que Galdós retrató en *La Desheredada* y que sufrió en sus propias carnes con los desvaríos de sus dos amantes, Concha Morell y Lorenza Cobián.

La desesperación que me producía ver a Darío narcotizado sobre la cama y, otras veces, enajenado, dando gritos o insultando, me llevaban a buscar los brazos de Eduardo, y como hiciera Galdós con sus conquistas, nos citábamos en una casa que alquiló para tal menester en la calle del Príncipe. Era una zona libertaria, en donde los actores que trabajaban en el cercano Teatro Español invadían los cafés y hacían de su entorno zona de moral relajada.

Por eso me fue más fácil acudir a los ensayos de la nueva obra de don Benito, *Casandra*, y posteriormente a su estreno. El acontecimiento, lejos de ser tan controvertido como su *Electra*, tuvo lugar el 28 de febrero de 1910 y se realizó, como todo lo que hacía el gran escritor, bajo una gran polémica.

La actriz protagonista que interpretaba a Casandra, Carmen Cobeña, tenía gran popularidad, y días antes del estreno se comentaba entre la prensa la buena relación que le unía al señor Galdós, al que ya le insinuaban con ella una relación amorosa. Medio ciego y viejo, seguía enarbolando la bandera de la seducción, según comentaban los gacetilleros.

Esto en cuanto a la prensa amarilla, que solo centraba sus críticas en los acontecimientos inmorales, pero la prensa política realizó su agosto enviando toda su artillería contra don Benito. Era de esperar. En los últimos años se había entregado mayoritariamente a los discursos, batallando contra los desmanes gubernamentales y mostrando su anticlericalismo. Galdós era un rinoceronte que arrasaba todo lo estipulado, y lo que menos se le perdonaba es que lo hiciera con ese porte bonachón, de anciano educado y garboso, que atraía a las masas y las enardecía.

Su *Casandra* fue una dura crítica a la moral religiosa. Contaba la historia de una implacable anciana, doña Juana, que poseyendo importantes posesiones chantajea con ellas al hijo natural de su esposo fallecido. Este había dejado en el testamento una cláusula despreciable en la que condiciona la vida de su hijo. Debería casarse con la favorita de doña Juana si aceptaba recibir la herencia. Fue este requisito el que revelaría su verdadera naturaleza, pues no dudó en abandonar a la mujer con la que convivía, Casandra, y que le dio dos hijos.

Casandra se enfrenta a la anciana, que le exige olvidarse de su amante y dar a sus hijos una educación religiosa. Pero ella, encarnando a la mujer libre de prejuicios y defensora de sus propios derechos, se rebela, para lo cual no dudará en asesinar a la tirana.

La polémica estaba servida. Se hablaba de la exigencia de la Iglesia, de la hipocresía social, de la doble moral cristiana y de un asesinato, que a todas luces aplaudió gran parte del público y que otros repudiaron, muy lejos de valorar su sentido ético o legal, quedándose solo en el sentido simbólico del acto, que era como asesinar al dogma.

Los ideales de la obra, que eran muy del gusto del señor Canalejas, presidente desde hacía unos días del actual Consejo de Ministros, conferían a Casandra un valor casi «ministerial». Vamos, que parecía firmada bajo autoría del propio gobierno liberal.

Por eso y por otras cosas que venían de atrás, la dramatización exaltó los ánimos, desencadenando una ovación final tan espectacular, que don Benito fue obligado a saludar en la escena por diez veces sin que el público se cansara de aplaudir.

Salió luego del Teatro Español, arropado por los amigos y su fiel público, cada vez más enardecido. Yo no pude ni acercarme a él.

Cuando hizo intención de subir a un coche en la misma puerta del teatro la marabunta gritaba: «¡No, no! ¡Que sea a pie!».

Fue tanta la insistencia, que obligaron a Galdós a ir andando seguido por más de ciento cincuenta personas, además de policías y periodistas, por la calle del Príncipe, hasta la Carrera de San Jerónimo, y ya en la Puerta del Sol, pudo don Benito tomar un coche que le llevaría a su casa en la calle Areneros. Pero no lo hizo solo porque los que le seguían tomaron también otros coches y continuaron la persecución hacia la calle Preciados, Leganitos, Princesa y de ahí a su casa, donde le volvieron a ovacionar y luego se marcharon sin mayores consecuencias.

La prensa conservadora dijo después que fue un espectáculo lamentable, pero quedó entre los que asistimos a tal manifestación de cariño el recuerdo grato de quien ha vivido algo único.

Se hizo tan tarde que Eduardo me ofreció quedarnos en la casa de la calle del Príncipe. Estuvimos casi toda la noche hablando de lo allí vivido y de que tendría que realizar algún artículo sobre el estreno, quizá consiguiendo al día siguiente declaraciones de la actriz Carmen Cobeña. Pero esto fue antes de que llamaran a la puerta con golpes muy nerviosos.

Cuando fuimos a abrir vimos a Cándido, nuestro cochero, que venía a buscarme, porque Darío sufría un ataque de ansiedad agudo y no conseguían apaciguarlo.

* * *

Resolvimos irnos los dos, ya que Eduardo podría ayudar proporcionándole alguna droga más potente que la que usábamos a diario.

En verdad que era para salir corriendo. Darío daba alaridos guturales imposibles de reproducir por garganta humana. A todo aquel que se acercaba le daba patadas o lo mordía. Tenía los ojos enrojecidos de frotárselos porque según decía veía borroso. Se movía de un lado para otro en camisón y sus cabellos canosos flotaban en cada salto pareciendo un títere sin hilos.

Al oír mi voz por fin se detuvo, pero fue para buscarme y espetarme:

–¡Ah, estás ahí, adúltera! ¡Mujer casquivana e impura! ¿Dónde estabas? He vuelto de trabajar y no te he encontrado. ¡Ven, arrodíllate ante mí y purga tus pecados!

Hablando así cualquiera diría que había tomado la personalidad de un comediante de entremés del Siglo de Oro. Traté de acercarme, pero Eduardo me retiró temiendo que recibiera el castigo obligado de la mujer infiel.

–¡Ah, con que eres tú! –gritaba a Eduardo–. Con ella te encamas delante de mis narices. Vayamos a la calle y resolvamos esto como caballeros.

Nos quedamos mirándonos, pues nos preguntábamos cómo habría averiguado que manteníamos una relación, salvo por Mari Pili, que, a fin de cuentas, no era de la familia, nadie habría osado desvelarle que le había traicionado.

La situación nos conmocionó a todos, en especial a mí, que comencé a llorar con el reconcome de ser una persona indigna del amor que siempre me dedicó. Le abandonaba ahora que le sabía enfermo.

–¿No responde? –increpaba de nuevo a Eduardo–. Usted, que siempre tuvo a todas las mujeres que le antojó, fue a fijarse en la mujer de otro. ¿No le da vergüenza, siendo el escritor más famoso de España? ¡Conteste, Galdós!

Nos quedamos muy quietos asimilando la verborrea de Darío, que ahora nos parecía más Quijote que nunca luchando contra los molinos, que eran sus celos. Me alivió pensar que sus sospechas eran fruto de su enajenación y que desconocía la realidad que le rodeaba, aunque en este caso igualmente cierta.

Eduardo, en un descuido, le acercó a la nariz un pañuelo mojado en éter y al oler sus efluvios cayó sobre la cama desplomado. Entre tres tuvimos que introducirlo bajo las sábanas mientras dormitaba como un bendito.

Todos sudábamos del gran esfuerzo físico que nos exigió reducirlo, ya que combatíamos contra un monstruo. A mí me pudo más la extenuación moral, pues no hay remordimientos que sean livianos ni culpa que seamos capaces de sobrellevar sin quebranto de espíritu.

* * *

Los arrebatos se hicieron frecuentes, también sus momentos de apatía total, sin que quisiera comer o beber. Pasaba de un extremo a otro con la rapidez en que se chascan dos dedos.

Entre tanta zozobra nos llegó una carta de París en donde mi cuñada comunicaba que habían tomado una decisión definitiva sobre la venta de La Granadilla. Hablado y reflexionado largamente, tomaron la resolución de venderla poniendo mil excusas, todas muy válidas, que hacían mención de la necesidad de dinero para los gastos de la enfermedad que padecía mi hermano y de los estudios futuros de mis dos sobrinos, que alcanzaban ya la edad de diez años y monopolizaban la economía familiar.

Comprendí a mi cuñada, era la cabeza de familia y, aunque trabajaba, sus ingresos derivados de impartir clases de piano no le eran suficientes. Con todo, eso significaba que deberíamos abandonar la casa en un periodo no muy lejano de tiempo y llevar a Darío a un piso que, por muy grande que fuera, no resultaría tan holgado para soportar sus ataques.

Comprenderán ustedes que entre tanto sufrimiento no tuviera durante meses relación apenas con Galdós y me llegaran noticias suyas solo a través de los periódicos.

El señor X, que era el empresario que deseaba adquirir La Granadilla, me dio varios meses de plazo para encontrar nueva vivienda. Esto nos dejó cierta libertad de acción, pero, con todo, teníamos en mente, casi a diario, la presión de hacer mudanza o, llegado el caso, volvernos a Granada para siempre.

Así llegó el día 4 de abril de 1910, un lunes que cambiaría la vida de los madrileños o por lo menos la de sus calles. Se citó a la prensa un poco antes de las diez y media en la calle Alcalá, a la altura de la iglesia de San José. El propósito era informar sobre el inicio de la construcción de la Gran Vía madrileña, que iba a inaugurar el rey Alfonso XIII dando el primer golpe de maza.

Llegué pronto y pude ver el ambiente que allí había, además de la gente agolpada tras las vallas, con sus banderolas y pañuelos. Se instalaron dos tribunas con gran capacidad para albergar a los miembros del Ayuntamiento y otras para miembros diplomáticos. Estaban estas adornadas con bellos tapices pertenecientes al Palacio Real, sobre el tema mitológico de Los Faetones. Otra tribuna, más regia, pues contaba con los tapices de la historia bíblica de Absalón, se dedicó a la familia real y se levantó delante de una de las casas más famosas de la zona, llamada del Ataúd, por ser su forma parecida a la repelente caja mortuoria y que alcanzaba cuatro pisos, además del bajo.

Se encontraba la susodicha casa entre la intersección de la calle Alcalá y Caballero de Gracia, dando también parte a la calle que desaparecería en cuestión de días, llamada de San Miguel. Era un edificio querido y su situación privilegiada, pero decidieron darle muerte sin remedio, enterrándolo en el ataúd que le hizo famoso. Con el tiempo, aquel solar daría vida a una elegante edificación neorrenacentista con columnas corintias y estatuas alegóricas, de las que decían que destacaría una en lo alto de su cúpula con adornos dorados, haciendo alusión al ave mítica que renacía de sus cenizas. Esto no era baladí, porque la empresa que iba a hacerse cargo del edificio era una compañía de seguros llamada La Unión y El Fénix.

La tribuna adosada al edificio del Ataúd recibió a la familia real en cuestión de momentos. Con coches muy regios llegaron la Reina madre, doña María Cristina, las infantas doña María Teresa e Isabel, a la que vitoreó el pueblo madrileño lanzando vivas a *la Chata*, que era como la llamaban cariñosamente.

Sobre las once asomó la carroza de la Corona, con los reyes dentro, que avanzaba con escolta real. Bajó de ella el monarca vestido de capitán general y la reina Victoria Eugenia, y a ellos se acercó el presidente del Gobierno, el señor José Canalejas, además del alcalde de Madrid, José Francos Rodríguez, para llevarles a la tribuna.

Le ofrecieron a la reina un ramo de flores, que agradeció con sonrisa distinguida, y el alcalde se dispuso a dar un pequeño discurso. En él tuvo un recuerdo justo a los alcaldes anteriores que habían iniciado el reto de construir dicha calle, los señores conde de Peñalver y Alberto Aguilera. Dicho esto, atronaron los aplausos y el rey descendió de la tribuna para acercarse a la calle San Miguel y dirigirse a una casa diminuta, casucha inestable que era conocida como la «casa del cura», ya que vivía en ella el susodicho, que daba pared con pared con la iglesia de San José. En ese punto, frente a la casita, el constructor de las obras, el señor Silver, le entregó al rey una piqueta de plata.

Tenían preparada ya una tribuna de dimensiones más pequeñas para que el monarca llegara a una altura importante de la fachada, y subió por los escalones con su piqueta para una vez contenido el alboroto del público el rey hiciera el ademán de estrellarla contra el frente del edificio.

Lo hizo con poca fuerza, pero, aun así, consiguió desconchar parte de la jamba de una de las ventanas y, aunque no era misión suya, con tal golpe, derruir los cimientos de la vivienda, consiguió iniciar simbólicamente el derrumbe que significaba el inicio oficial de la demolición de todos los edificios que sobraban para dar paso a la construcción de la famosa vía.

Aplaudieron a Alfonso XIII, y un grupo de madrileños que me rodeaban comenzó a cantar pasajes de la zarzuela *Gran Vía*, que tuviera tanto éxito veinte años atrás.

Todo fue muy emotivo, y mucho más para el rey, que en los últimos tiempos no hacía más que inaugurar moderneces, y esto enardecía el espíritu de sus súbditos considerándolo el monarca más renovador de la historia.

En el momento en que iba a desplazarse de nuevo a la carroza real tuve la suerte de ser vista por el monarca, le debió sonar mi cara de haber coincidido con él en la inauguración de Granada y se acercó, sabiéndome inofensiva, pues era acreditada de prensa.

–Creo haberla visto en el Alhambra Palace hace unos meses, con mi amigo el duque.

Hice una pequeña reverencia, aunque no se me daban bien esas extravagancias.

–Sí, majestad. Soy granadina y me fue muy grato conocer los proyectos del señor Quesada.

–Gran hotel, el Alhambra. Espero poder coincidir con usted en octubre cuando se inaugure el Ritz.

–Lo estaré esperando, señor.

Se marchó Alfonso XIII junto a su esposa, saludando ambos.

Comenzaba la nueva era de Madrid.

CAPÍTULO 35

DE CÓMO LA NUEVA ERA DE MADRID COMENZABA CON LA ÚLTIMA ERA DE GALDÓS

El año terminaba y con él habrían de resolverse algunos inconvenientes, el primero encontrar una casa donde vivir a partir de ahora. El día antes de la inauguración del Hotel Ritz fui a visitar a Galdós. Se encontraba de muy mal genio, pues estaba intentando escribir con mucho esfuerzo la página trescientos treinta y cuatro de su última novela episódica *Amadeo I* y no conseguía garabatear ni siquiera en lápiz.

–¡Don Plumífero! –gritaba muy iracundo a Pablo Nougués, su secretario, al que con ironía llamaba así–. ¡Imposible! Rendido estoy. Mis ojos no dan para más. ¿Para eso me he operado?

Tiró los lápices y algunas cuartillas que acababa de escribir y reposaban sobre la mesa. Rara vez le había visto yo con tal talante.

El secretario llegó muy apurado, recogió todo lo esparcido por el suelo y me hizo un mohín de desesperación.

–¡Te he visto! –exclamó Galdós–. Tiene mala baba que solo pueda ver los mohínes de la gente, sobre todo cuando los hacen porque se enfadan conmigo. Ven, Carmelilla, ven a mi lado. Toma mi mano y dame tu cariño, que no solo voy perdiendo la vista, sino la esperanza.

Me senté como él me dijo, muy cerca, y le retuve la mano entre las mías.

–No desespere. Usted es hombre valiente y perseverante. ¿No va a ganar esta batalla cuando ha ganado tantas?

–Apenas puedo ya cartearme con Teo y si, además, no puedo escribir, ¿qué me queda?

–¿Operarse del otro ojo?

–Eso dicen los médicos, pero por ahora es cosa seria.

Nos sirvieron un té y tuve que acercarle la taza con cuidado de que no se quemara.

–Pues yo vengo a decirle que tengo, irremediablemente, que cambiarme de casa. ¿Se le ocurre alguna que pueda servirme teniendo a un enfermo con tanta necesidad de espacio?

Galdós denegó.

–Las que recuerdo se las habrá llevado por delante la Gran Vía. Yo también estaré de mudanza en muy poco tiempo, mi sobrino ya no me perdona tanta espera. El próximo año termino en su hotelito morisco.

Tenía gracia que ambos estuviéramos en esos momentos con la incógnita de no saber dónde vivir.

Otros no necesitaban buscarse un hogar, vagaban por el mundo de hotel en hotel, como harían los que al día siguiente disfrutaran de las comodidades del mejor hotel de Madrid.

El Hotel Ritz tuvo su inauguración un día de octubre de 1910. Como se construyó muy cercano a mi casa, tuve la suerte de intimidar con el director Antonio Mella las semanas antes de abrir al público, y entre él y su esposa, que controlaba la ropa de cama y servicio de habitaciones, pude introducirme en la cotidianidad de su día a día, vivir su lujo desmesurado y totalmente novedoso.

El hotel había sido diseñado por Charles Mewès, constructor también de los Ritz de París y Londres, así como el Hotel María Cristina de San Sebastián, lugares que frecuentaba el rey Alfonso XIII. Convencido de la necesidad de ampliar el sector hotelero de nuestro país como pieza fundamental de modernidad, instó a Mewès y con él llegó esa maravilla exquisita a orillas del Prado, muy cerca del Banco de España, de la Bolsa, del parque del Retiro y de unos cuantos lugares emblemáticos de Madrid.

–Tenemos nada menos que ciento ochenta habitaciones... –decía muy orgulloso el director, señor Mella–, y para llegar a cualquiera de ellas disfrutamos de una maravillosa novedad: ¡Un ascensor eléctrico!

–¿Y qué decir de los cuartos de baño? –insistía la señora Mella–. ¡Nada más y nada menos que ochenta! No se ha visto cosa igual en Madrid, qué digo, posiblemente en España. Cada habitación tiene su tocador y luz eléctrica propia. ¡Más modernez imposible!

Me invitaron a entrar en una de las habitaciones. Era como de un palacio, con cortinas de gran peso recogidas por borlones. Las mantas que abrigaban la cama eran de fabricación española, pero las sábanas, al tacto, ya se sabían de hilo exquisito, según me dijeron traídas de la casa irlandesa Robinson S. Cleaver. Sobre el escritorio, los sobres y material de escritura lucían perfectamente colocados.

–Fíjese, esto le va a gustar a usted que escribe. Mire qué carpeta de piel tan linda nos la ha traído la casa Loewe, que está poniendo tiendas en toda España.

Acaricié la piel de la carpeta y me imaginé las bellas palabras que deberían salir de cualquier pluma, escritas en un lugar tan selecto. ¿Serían mejores y más acertadas que las escritas en el humilde rincón de mi casa?

–Venga, ahora le enseñaré la vajilla… –me alentaba a seguirle la señora Mella–. Plata inglesa para los platos y de Limoges para la porcelana.

No me quedaron muchas ganas de continuar con la visita, pensando en que aún no tenía dónde vivir y el tiempo se me acababa para la elección de casa, ver la ostentación del Ritz me deprimía.

El día de la inauguración, volví a coincidir con el monarca, que, ya conociéndome, me hizo un gesto que interpreté como un saludo. No sería la última vez que coincidiéramos en una inauguración de hotel. Daba la casualidad de que el palacio de los duques de Medinaceli, que estaba situado en la esquina de la Carrera de San Jerónimo con el Prado, y, por lo tanto, enfrente del Ritz, se demolió y un empresario belga tuvo interés en comprarlo para levantar allí otro hotel. Este sería el Hotel Palace. Quinientas habitaciones de lujo que hicieron competencia directa al exquisito hotel en el que ahora me encontraba.

* * *

El año 1911 llegó empujando, alentando a los cambios que imponía el paso del tiempo. Galdós no mejoraba de la vista y finalmente, recién terminado su *Episodio Nacional* de *La Primera República* se sometió a la extirpación de catarata del ojo derecho con la esperanza de que la poca vista que le quedó con la anterior operación compensara la funcionalidad de ambos.

La intervención quirúrgica tuvo lugar en su casa de la calle Areneros, y el doctor Márquez, que la realizó, siendo eminente oftalmólogo, se rodeó de equipo médico de la época, escaso como es de imaginar y teniendo desde el comienzo multitud de dificultades. Se encontró el doctor que el globo ocular de Galdós era demasiado grande, de un tamaño anormal, nos dijo después, lo que impidió que pudiera extraer completamente la catarata. La extirpación se hizo por partes, resultando complicada, y al final pareció que no pudo desaparecer del todo, causando frustración en el médico y dolores profundos en el paciente.

Cuando fui a ver a Galdós se encontraba en total oscuridad y no quería hablar con nadie. En la sala contigua a su cuarto esperaban amigos, entre ellos, uno muy querido por haberlo conocido desde niño en Santander, el reciente doctor Gregorio Marañón. Un joven de alrededor de veinticuatro años, muy vivo y, por qué no decirlo, con un aspecto muy gallardo. Con él entablé amistad y estuvimos hablando de don Benito con la sensación de pérdida que se tiene en momentos dolorosos, y por eso acudimos a la sinceridad.

–Yo solo puedo decir cosas buenas de don Benito. Desde que lo conocí, siendo una criatura, en los veranos de Santander cuando coincidíamos con él y con don Marcelino Menéndez Pelayo. Fueron veranos fantásticos. Yo mamé de su forma de ser, lo observaba como un hijo a un padre. Creo que todo lo bueno de lo que hoy puedo presumir se lo debo a Galdós.

El joven Marañón hablaba con ternura, se expresaba bien, aparentando más madurez de la que le otorgaban sus años.

–Ya veo, Gregorio, que le quiere mucho... Creo que se ha doctorado hace muy poco. ¿Tengo ya que llamarle doctor?

Marañón sonreía y observaba en él esa piel que solo se tiene de joven, tersa y brillante.

–Mi interés por la medicina viene de atrás, desde que era casi un niño. Pero sí, soy doctor oficialmente desde hace muy poco. La ciencia, hoy en día, no debe ser un departamento estanco. Me apasiona, pero también otras disciplinas que don Benito ha sabido inculcar en mí. La política, la historia, la filosofía..., creo que no se es buen científico si no conoces antes todo lo que obsesiona o apasiona al ser humano. El sentido de la libertad es algo que no puede medir la ciencia, pero yo lo veo tan natural como el querer estar limpio o resistirnos a la mentira. El ser liberal es una conducta, que es estar dispuesto a entenderse con el que piensa de otro modo. Y eso es lo que aprendí tanto de Menéndez Pelayo como de Galdós. Que dos personas tan diferentes en cuestión religiosa (uno se come los santos y otro solo los quiere ver retratados en sus novelas) se lleven bien y se respeten, es un ejemplo completo de tolerancia y amor.

–Entonces usted, como científico, no será religioso... –me atreví a asegurar viendo que Marañón se sinceraba.

–No, no, yo también soy religioso, pero con sentido y conciencia. Ahora que lo pienso, Galdós, aun siendo antirreligioso, ha tenido siempre un sentimiento místico en el alma. Reprochando a los curas sus hipocresías o denunciando la sinrazón de la religión, lo único que ha hecho es enfrentarse al fanatismo, lo que ayuda a la religión más que el rezo.

–Me causa mucha pena ver a don Benito enfermo y sin ganas de seguir enfrentado a todo eso que dice usted.

Marañón suspiraba.

–Es pronto para poder decir si se restablecerá. Vino a mí hace muchos años confesando sus problemas de visión. No hice más que mirarle bien y comprobé que sufría de cataratas. Pero antes arrastraba ya un mal uso de sus ojos de tanto escribir por las noches, a la luz de un candil.

–Cuando deje de escribir sus *Episodios Nacionales* nos quedaremos huérfanos –manifesté con evidentes muecas, intentando contener las lágrimas–. Galdós ha sido un padre para muchos de nosotros.

Gregorio Marañón me palmeó cariñosamente la espalda, casi como lo hiciera un médico que quiere infundir optimismo a su paciente.

–Vamos, vamos, no seamos derrotistas. Galdós es lo más acercado a lo que yo llamaría «un hombre bueno». Dejaría de creer en el destino si es capaz de no darle una oportunidad. Ya verá cómo le vemos, dentro de muy poco, escribiendo de nuevo y aconsejándonos a todos.

Me despedí de Gregorio Marañón con cierta pesadumbre. No terminaba de ver justificado el optimismo que deseaba infundirme. Momentos antes, el doctor Márquez, que le había operado, comentaba que sus problemas oculares se estaban complicando con otras dolencias, como la arterioesclerosis y la uremia. Habría que ir haciéndonos a la idea de que Galdós envejecía y quizá se nos iba a ir antes de tiempo.

Al salir de su casa de la calle Areneros, cruzándome con su sobrino José, reparé en la luz que entraba por las ventanas y en la cristalera de acceso al pequeño jardín que tanta vida daba a la vivienda. Pensé por un momento en el desahogo que proporcionaría algo así a Darío en nuestra futura casa, cuando la tuviéramos, y ya me lo imaginaba sentado al sol de primavera en alguna hamaca de enea.

Una idea disparatada me vino a la cabeza. ¿Y si alquilábamos esta misma casa cuando los Pérez Galdós se trasladaran al hotelito de Hilarión Eslava?

Estuve reflexionando sobre ello todo el día.

CAPÍTULO 36

DE CÓMO GALDÓS CREE POSIBLE GANAR EL PREMIO NOBEL

Antes de comentar a la familia la posibilidad de trasladarnos a la casa de la calle Areneros hablé sucintamente con José Hurtado de Mendoza, sobrino de Galdós. No me pudo asegurar cuándo pensaban hacer la mudanza al hotelito de su propiedad, pero no deseaba demorarlo, por lo tanto, tuve tiempo de arreglar los papeles con el dueño de la casa y con el señor X, que deseaba comprar la nuestra, aunque hube de apresurarme.

Fueron meses de complicados papeleos y de quebraderos de cabeza. Todo lo que teníamos en una casa de varios pisos había que empaquetarlo y decidir qué enviar a Granada y qué a Madrid, pues en la casita de Areneros no entraría ni la mitad.

Esto me distanció de Eduardo, que no siempre comprendía mis obligaciones domésticas, y menos aún mi trabajo periodístico, que compensaba esas horas tediosas hogareñas y me daba un poco de vida.

Galdós se recuperaba, tanto era así que solicitó al doctor Márquez viajar a su amado San Quintín para pasar el verano en Santander. Desde allí me escribió anunciándome las esperadas visitas de la empresaria teatral doña María Guerrero con su esposo, y del político Pablo Iglesias, con el que continuaba organizando mítines, y en esta ocasión, además, redactaba una petición al gobierno de Canalejas para pedir responsabilidades sobre la actuación española en Marruecos.

Por otro lado, don Benito acababa de concluir un nuevo *Episodio Nacional*, el titulado *De Cartago a Sagunto*, por lo que todo confirmaba que tendríamos escritor y confidente por algunos años más.

* * *

Así llegó el final del verano y se produjo la esperada doble mudanza. Los Pérez Galdós acudieron resignados al hotel moruno de José Hurtado. Se trataba de un edifico de dos plantas y azotea, que dieron en llamar de estilo «mudéjar» o, mejor dicho, neomudéjar, pues por aquellos días proliferaba la moda de la vuelta de todo lo oriental, en donde yo veía reminiscencias chabacanas de lo que había en Granada.

Tenía gran decoración, con ladrillos a la vista, almenas, celosías y tejadillos, muy del estilo de su dueño, don José, al que le gustaba mucho todo lo relacionado con lo taurino y, por lo tanto, con lo andaluz. Desde entonces fue el hogar de los Pérez Galdós y en donde el escritor terminara todo lo que empezaba en mente, los proyectos diversos que le iban acuciando, y creo poder decir que, dentro de lo poco entusiasmado que estaba con el traslado, terminó por ser feliz entre sus paredes.

Le dedicó su sobrino, sabiéndole el rey del nuevo feudo, una gran estancia, colocando una placa en su puerta que rezaba: «Despacho del tío Benito».

No se desmembró la familia, no, en el hotelito también convivieron, hasta el final de sus días, las dos hermanas de Galdós, la querida Rafaelita y los criados, con los que mantenían una relación de cercanía. En sus horas de trabajo aumentaba la prole con el secretario del escritor, y en horas de visita, con todos los amigos que allí íbamos a preguntar por su salud.

Por nuestra parte conseguimos organizar y recoger en cajas y baúles aquello que seleccionamos como necesario en nuestra vida, que a partir de ahora debería ser sencilla, nada burguesa, sino moderna como imperaba entre todos los madrileños con cierto nivel económico. La Granadilla se atestaba de bultos y Cándido los subía a nuestro coche dando órdenes también a los alquilados que llevarían en carros el resto de nuestros enseres.

Abrigué a Darío con mucho cuidado de que no se me constipara en el trayecto, pues el otoño llegaba recio aquel año. Le puse la bufanda y le levanté el cuello del abrigo, momento en el que Darío me agarró una mano.

–Es el final, ¿verdad? –me preguntó.

–¿El final? ¿De qué?

–De nuestra historia de amor. Sé que te vas con él.

Suspiré resignada porque no tenía ganas ni tiempo de explicarle.

–Nos cambiamos de casa, cariño, no hay nada malo en ello. Tenemos que dejar La Granadilla y buscar una casa más cómoda para que podamos estar juntos.

–¿Estará cerca del Retiro? Necesito pasear por él todos los días.

Omití una sonrisa.

–Hace años que no vas al Retiro, Darío. Pero vendremos pronto a pasear. La nueva casa tiene un jardincito muy mono.

–Yo quiero ir al Retiro cada día, me gusta rodear la estatua del Ángel Caído. ¿No le encuentras parecido a mí?

–Anda, anda, no digas más insensateces. En la casa de Areneros serás muy feliz y leeremos juntos en ese jardín tan recoleto.

Conseguí hacerlo bajar al salón y le senté junto a la chimenea, aún encendida. Quedaban ya muy pocos bártulos de los que ocuparnos y me dediqué a repasar cada rincón por si nos dejábamos algo de valor. Subí a las habitaciones, miré debajo de las camas, descubrí un libro caído detrás de la mía y me congratulé de haberlo encontrado. Luego repasé las cocinas y los baños, y al volver al salón comprobé espantada que Darío no estaba donde lo dejé.

–¡Rosita, Delmira! ¿Está Darío con vosotras?

Ambas llegaron corriendo, poniéndose los abrigos y con cara de no comprender.

–Preguntad a Mari Pili, por favor.

Nos repartimos la tarea de buscarlo y llamarlo a gritos. Mari Pili apareció muy compungida porque tampoco le había visto. ¿Cómo era posible que hubiera desaparecido sin que nadie se percatara?

Cándido dejó el coche y rodeó La Granadilla, salió al paseo del Prado, miró por todas partes y no consiguió traer noticias alentadoras.

–Tendremos que avisar a la policía, señora. Es lo más sensato.

Accedí sin sangre que me diera vida a mis mejillas y el cochero corrió a avisar al cuartelillo más cercano. En veinte minutos estaban ya dos guardias en la puerta de nuestra casa.

–Vestía una bufanda azul y un abrigo tipo gabán de color negro.

Tomaron notas sobre su aspecto, su estatura y pelo.

–La señora a veces dice que se parece a don Quijote... –añadió Mari Pili, queriendo ayudar.

Los guardias me miraron bastante inexpresivos, tal vez no sabían ni quién era Alonso Quijano, así que les alenté a olvidar el comentario.

–Tráiganmelo, por favor. Miren en el Retiro. Tenía, esta tarde, un interés especial en ir a ver la estatua del Ángel Caído.

Cuando se marcharon y nos dejaron a solas, nos quedamos todos en el más profundo silencio, temiendo quebrar nuestro buen juicio y que la imaginación nos tentara a imaginar el final de un fatídico día.

* * *

De madrugada, acercándose a las dos, llamaron a la puerta. Eran de nuevo los dos alguaciles que habían acometido la difícil tarea de la búsqueda de Darío. Los introdujo Mari Pili y comprobé que sus uniformes chorreaban agua. No me había percatado de que llovía y, por lo visto, bastante..

–Señora... –dijo uno de ellos tratando de evitar el tartamudeo–. Hemos encontrado a su esposo. Pero no traemos buenas noticias. Tardamos en hallarlo porque estaba escondido entre unos matojos. Le damos nuestro más sincero pésame.

Me quedé aturdida y sin saber qué decir. Delmira se me adelantó.

–Pero... ¿qué ha ocurrido?

–No lo sabemos aún, pero todo apunta a una muerte natural. Debió sentarse en algún banco y quizá se desmayó. Cuando llegamos ya no tenía pulso.

–¿Estaba junto al Ángel Caído? –pregunté.

–Sí, señora, en la plaza de la fuente.

Se marcharon dejando un reguero de agua en la entrada que caía de sus ropas húmedas. Mari Pili fregó la puerta de La Granadilla al tiempo que lloraba y se limpiaba la nariz con el dorso de la mano.

* * *

Ironías del destino, Galdós, con sus muchas enfermedades y su edad avanzada, se recuperaba lenta pero felizmente de sus dolencias, pero Darío nos dejaba en silencio, como los indígenas de esas tribus lejanas que saben cuándo llega su última hora y se esconden en un lugar apartado para encontrar la muerte. Yo creo que murió sin saber qué le pasaba, solo en sus momentos de lucidez un hálito de esperanza le compensaba los olvidos sabiéndose escritor. Fue lo único que no le arrebató la enfermedad de su desmemoria, incluso cuando me confundía con su primera esposa, doña Paca, sabía y era consciente de su vocación. Esa es la fuerza de la literatura, la que también mantenía vivo a don Benito y en esos momentos le llevaba directamente al premio Nobel.

Como es natural estuve algunos meses sin interesarme por su salud, y no lo visité. No tenía yo ganas de relacionarme, a pesar de que ahora nos separaban unos cuantos metros desde su casa a la mía. En la calle Areneros, ocupada ya por nosotros y a falta de Darío, me pasaba las tardes, siempre que podía, sentada en el jardín que tanto había acompañado a Galdós en años anteriores.

Eduardo me visitaba con asiduidad, libre ahora del fantasma de la culpa. Me besaba como a una niña y me tomaba de la mano, pero el ser humano es de lo más insólito. Ayer que nos ocultábamos del mundo nos queríamos más y hoy que a nadie debíamos razones nos parecía que nuestros sentimientos eran pasajeros. No había pasión en ellos y eso me preocupaba. Esa, al menos, era mi sensación, pues Eduardo ya no me miraba con arrobamiento, sino como a una esposa a la que ha conseguido y, por tanto, no ha de engatusar. A todo esto, se unía mi sentimiento de vacío extremo tras la falta de Darío, que, si bien me desahogaba de mis preocupaciones, había dejado un hueco profundo en mi vida como dejan, cuando estos faltan, los carceleros.

–Tienes que sobreponerte –me ordenaba con diligencia el médico que era–. Para mí que te piensas que ha sido culpa tuya y nada más lejos de la verdad.

–Es mucho peor… –confesaba yo–. Es como si Darío supiera que estaba de más y se fue a morir al Retiro junto a su estatua preferida. Me atormenta pensar que tuvo un momento de lucidez.

–Si es así, debemos agradecérselo. Si fue generoso en la cordura, ¿no habría de serlo también enajenado? Acéptalo y piensa en la suerte que tuviste de conocerlo.

Sus palabras me hacían mucho bien, pues las tomaba como enferma que deseaba curarse.

En aquellos días de tortura emocional buscaba la manera de equilibrar mi mente con la literatura. Es el recurso al que acudimos todos los escritores. Cuando nos sentimos llenos de esperanza, escribimos, y cuando nos falta, escribimos también. Es lo único que consuela nuestra zozobra, convirtiéndose en acto reflejo y, por lo tanto, imposible de ser controlado a voluntad.

Pero me fue imposible generar el más elemental acto creador, ni pensar podía, así que me entregué a la lectura, que tampoco es mal refugio en la desesperación. Caí en la cuenta de que no había llegado a leer ningún *Episodio Nacional* de don Benito y rebusqué entre la biblioteca de Darío, que descansaba abigarrada en cajas de diferentes tamaños. Era esta una contenedora de libros actuales de los mejores escritores del momento, a los que él trataba como periodista y crítico literario. De Galdós, lo recordaba bien, tenía prácticamente toda su obra. Así fui a dar con el episodio primero, que era *Trafalgar*.

Lo lógico era empezar por el principio, me dije, así que no me pareció idea insensata, mucho menos al recordar que Galdós me había hablado de este episodio y su preparación años atrás, para lo cual tuvo que empaparse de jerga marinera preguntando a viejos tripulantes de barcos de guerra.

Me senté en el jardincito y empecé con ánimo su lectura. Al momento una inesperada desazón me sobrevino. Bien porque mi concentración enfermó de malos recuerdos o porque Gabriel de Araceli, el protagonista de la novela, no me sedujo lo suficiente, sentí ganas de parar y darme por vencida. ¿Una novela de Galdós que no me gustaba? ¿Cómo podría ser?

Razonamientos de lo más peregrinos llegaron a mi cabeza: que si los *Episodios Nacionales* no estaban a la altura de su novela contemporánea a la que tanto admiraba, que si estos parecían dirigidos al público masculino y, por tanto, no sacaba yo en claro la comparación crítica ni social que a mí me atraía de sus otras novelas... En fin, todas las dudas posibles asomaron y me decepcioné.

Gracias a que los escritores somos el doble de perseverantes que cualquier otro ser humano, de ahí que consigamos publicar nuestros libros contra la censura social y abuso de los editores, decidí darle una segunda oportunidad a *Trafalgar* y, por tanto, a Gabriel de Araceli.

Pasadas las primeras páginas, el personaje se hizo más campechano contándome su vida por boca de Galdós con razonadas cuestiones que explicaban sucintamente el carácter de ese mozo nacido en Cádiz.

Pronto apareció don Alonso, antiguo capitán de navío, que aún llevaba en la sangre la osadía del combate y que se confabuló con Gabriel para enrolarse y matar ingleses. Doña Francisca, su esposa, como es lógico, usaba todos los medios que estaban en su mano para desanimarle y que desistiera de ir a la guerra, pero no, que tocaba ser patriota y luchar convencidos de un triunfo seguro.

Las escenas de combate naval eran de gran realismo, si no fuera porque sabía que don Benito no había tenido tiempo de hacerse a la mar y compartido las penurias de los tripulantes de un buque de guerra, hubiera pensado en que se las había dictado un experto almirante. Así se descubren los grandes escritores, que sin saber de nada han de dar la impresión de conocerlo todo.

Disfruté y padecí igualmente viviendo dentro de ese barco camino a la batalla de Trafalgar, dando bandazos y soportando el velamen agitarse entre las páginas impresas. El poderío naval español sufrió abundantes bajas personales y materiales en la batalla, y ese fracaso, lejos de desalentarme, impregnó en mi conciencia grandes expectativas. Si aquellos hombres fueron capaces de luchar bajo circunstancias tan adversas, ¿no habría de hacerlo yo?

Retumbándome en las sienes términos marineros como «palo de mesana», «el de trinquete», «la balumba» y otras palabrejas de las que no sabía palotada pero que me alentaban a la insurrección, decidí arriar velas y salir a la calle. Con el viento dándome en la cara, no sé si desde mi proa o mi popa, acudí a visitar a Galdós.

Me recibió como si nos hubiéramos visto el día anterior, no me atosigó con preguntas, más bien lo hice yo al verle tan contento.

* * *

En los periódicos de los últimos días se hacía referencia a los famosos Premios Nobel, comenzándose a proponer nombres para sus candidaturas. Desde 1895, fecha en que se fundaron dichos premios, habían sembrado gran polémica. Dependiendo de la tendencia política o religiosa del secretario permanente de la Academia, se observaba predilección por escritores conservadores o liberales, siendo estos primeros mucho más favorecidos desde las últimas candidaturas. Todos recordábamos que Tolstoi, Ibsen o Zola fueron candidatos fracasados por sopesarse mucho más la ideología que defendían que la calidad de su pluma.

Con Galdós no iba a ser diferente. Preguntaron a los académicos por sus gustos particulares, por sus aficiones y orientación política, y muy pronto la prensa se dividió en posturas muy contrarias, saliendo a colación las controversias que inspiraba. Las izquierdas y las derechas, como era costumbre en este país, lo ensalzaron y lo crucificaron por igual.

Años atrás, en 1904, José Echegaray, a quien Galdós respetaba y admiraba, recibió el Premio Nobel, que, aunque compartido con el poeta Frédéric Mistral, constituyó un hito, al ser el primer español en ser galardonado con tan prestigioso premio. Ya por entonces los defensores de Galdós insistían en los méritos de su obra y lucharon por su candidatura anteponiéndolo a Echegaray, pero no lo consiguieron. Desde principios de siglo y en concreto desde el estreno de *Electra,* Galdós había contraído una deuda muy alta, significándose como anticlerical y, por lo tanto, provocando las iras de muchos de los periodistas y escritores conservadores.

Pasado el tiempo, en 1911, el odio hacia él se magnificó. Sus últimos años los había dedicado a ir colgado del brazo de Pablo Iglesias y de otros afines al republicanismo. En pocas palabras, Galdós se había radicalizado.

Por aquellas fechas, el escritor Tomás Borrás, desde el periódico *España Nueva,* solicitó el voto para el autor de *Los intereses creados,* Jacinto Benavente. Esto despertó la caja de Pandora y en cuestión de varios meses otros escritores tomaron parte proponiendo a autores de renombre, que sin duda se merecían el Nobel y muchos premios más, pero que en nada hacían sombra a don Benito por trayectoria o por fama. La diferencia es que los anteriores no estaban en boca de la crítica tan asiduamente como Galdós.

El diario *El Cantábrico,* como era natural, apoyó a Pérez Galdós en la tarea de recibir el Nobel. Lo consideraba el autor adecuado, y si no llegaban a concedérselo, proponían incluso que se hiciera una suscripción nacional para recaudar el importe del premio, que al cambio debían ser unas doscientas mil pesetas.

Poco después otro periódico cántabro, pero de ideología conservadora, *El Diario Montañés,* anunciaba su propia propuesta. El eminente Marcelino Menéndez y Pelayo, nacido en Santander y, por lo tanto, muy querido, era considerado por sus redactores como la verdadera esencia del carácter nacional. Las tierras cántabras se fraccionaron en dos, los defensores de don Marcelino y los de don Benito, sin que consiguieran, en momento alguno, enfrentarles personalmente, pues ambos eran de carácter respetuoso y tolerante.

–Todo esto me mueve a risa –manifestaba Galdós–. Andan por ahí enfrentados, diciendo unos que yo soy mejor que don Marcelino y otros mejor que Benavente. Lo único que me consuela es que por tanto barullo mis novelas se venden mejor. Ayer me comunicaron que se pidieron, solo comenzada la contienda entre periodistas, más de treinta ejemplares de *Gloria. Electra* y *La familia de León Roch* van a la zaga. Así estamos en esta España, si uno no está en la boca de alguien no tienen interés en leerte.

Galdós se frotaba los ojos.

–No haga eso, se lo ha prohibido el doctor Márquez. Tenga paciencia, ya sé que le escuecen.

Don Benito suspiraba.

–Lástima que no gane el Nobel para recibir esas doscientas mil pesetas que me vendrían la mar de bien. Todas serían para Teo y algo se llevaría ese *sincabeza* de hermano que tiene, que también me toca mantener. Además, que ahora hay más gastos, con nuestro pequeño canario...

No le pregunté nada más, di por hecho que se refería a ese niño que tal vez venía en camino o quién sabe, lo mismo ya estaba en este mundo, pues don Benito era bien hermético para según qué cosas. Él no volvió a hablar más de ese tema y con el paso del tiempo comprobé que si hubo alguna vez un pequeño canario, un canario de alcoba, como él decía en sus cartas, debió dejar este mundo antes de lo previsto.

Como ya es sabido, Galdós, el escritor más grande que ha dado este país, nunca recibió el premio Nobel.

CAPÍTULO 37

DE CÓMO GALDÓS DEJA DE RADICALIZARSE Y YO ME CONVIERTO EN UNA REBELDE

No fueron años buenos, no. A nuestro alrededor morían nuestros seres queridos. Después de Darío y a causa de un constipado que parecía inofensivo, me quedé sin mi muy querida Rosita, la criada amantísima, medio madre, medio abuela, que siempre estuvo en mi vida. Aquel hachazo del destino me dolió mucho, más que la muerte de mi esposo, que ya estaba enfermo y presagiaba el final. Rosita era la imagen viva de la lucha, del dinamismo y de todo lo racial confundiéndose en ella con mezcla maravillosa. Me pasé los días llorando su pérdida y Eduardo, que me venía a ver, no comprendía cómo era incapaz de superar los retos lógicos de la existencia.

–Debes hacerte a la idea de que la muerte existe. Es algo que los médicos vemos a diario. Es ley de vida –decía con injusta insensibilidad.

–¿Cómo puedes ser tan cruel? Que no mostraras aflicción por la muerte de Darío puedo comprenderlo, a fin de cuentas, nunca lo trataste como a un igual, sino como a un rival. Pero a Rosita… ¡Si bebía los vientos por ti!

–No me juzgues tan a la ligera. Quería a Rosita tanto como tú…

–¡Como yo no, imposible, pues se cuidó de mí desde el día en que nací!

Eduardo intentaba templar mis nervios, pero no lo conseguía. Me abrazaba y toda yo tiritaba, con espasmos incomodísimos, acabando en un mar de lágrimas.

–Tienes que controlarte, no te reconozco, Carmela. Enfermarás si sigues así.

Y así pasó, enfermé de tristeza, pero con todo seguía ocupándome de sacar adelante a mi familia, lo que no era tarea fácil.

Así fue cómo llegué al *Heraldo de Madrid* a entregar uno de los cuentos y el señor Domínguez me salió al paso muy compungido a estrecharme la mano.

–Mi más sincero pésame. No sabe cuánto queríamos aquí a su señor marido.

Cabeceé dando a entender el agradecimiento.

–Vengo con una nueva entrega de cuentos, perdone que me haya demorado en traérselos, pero con esta circunstancia...

El señor Domínguez se mostró desorientado, tanto que el cigarro tintineó pegado a uno de los labios.

–Pero ¿cómo? ¿Alcázar escribió hasta el último momento?

–Sí...–mentí muy entera y sin que se me notara la farsa–. Y hasta dejó unos cuantos relatos ya preparados.

El periodista titubeó.

–Vaya, déjeme pensar. ¡Una publicación póstuma! No sé si el director verá algo morbosa la situación...

Me crecí, defendiendo mi territorio.

–Los fieles lectores de Darío Alcázar se lo agradecerán, y qué decir del valor periodístico que tiene el conseguir los cuentos póstumos del gran escritor que fue mi marido. Todos saldremos ganando, incluida yo, pues no se olvidará su nombre.

Le debí dar pena, porque no rechistó. Tomó la carpeta con los cuentos manuscritos y me hizo una última pregunta:

–¿Tiene muchos más cuentos como estos?

Evité la burla.

–A cada momento salen de entre sus papeles.

El señor Domínguez me despidió y creo yo que algo amoscado, pues debió sospechar algo.

Al poco de salir de las oficinas me di de lleno con Carmen de Burgos, que allí iba por asuntos profesionales. Me alegré mucho de volver a verla, pero traía una cara muy seria y me pareció que disgustada.

–Vayamos a un café y te lo cuento. Esto que me ha pasado hoy es digno de narrar en un artículo.

Nos fuimos a una cafetería, bastante vieja, con puerta a dos calles y, por lo tanto, achaflanada. Nos sentamos procurándonos el sitio más caldeado, pues era principio de año y el frío arreciaba. Ella tenía las mejillas muy blancas, pero su pecho jadeaba. Ambas pedimos un café.

–Vengo indignada, Carmela. Es el sino de mi vida, indignarme por todo. ¿Sabes que he presenciado un linchamiento en plena calle a una mujer que vestía pantalones? Como te lo cuento. Si no intervengo y hago tiempo para que viniera la policía, no sé qué hubiera pasado con esa mujer.

La miré consternada.

–Pero... ¿le han hecho daño?

–Primero la insultaron, vamos, lo corriente, lo que suelen hacer los mozos de cuerda y los cocheros cuando nada tienen que hacer. Luego fueron las propias mujeres que pasaban a su lado las que la zaherían, llamándola cosas bochornosas. ¡Y solo por vestir pantalones! ¿Qué es lo que no harán con las mujeres que piden el voto o las que exigen el divorcio? Estoy tan crispada que a veces aborrezco mi condición femenina.

Le temblaban las manos tomando la taza y al llevársela a la boca.

–Nadie me ayudó cuando mi marido me hizo vivir un infierno ni tampoco lo harán ahora cuando escriba un artículo sobre lo que he visto y lo que he oído. Vivimos en un país que mira para otro lado siempre que puede, menos cuando hay tarde de toros.

Me contagió su indignación, que ya asomaba a mis mejillas.

–¡Déjame que escriba yo ese artículo! –exclamé–. Ahora ya no tengo a nadie en casa para poderle hacer daño con mis errores. Podría hablar con Galdós y que me aconseje cómo orientarlo, quizás hasta quiera decir algo de su parte para remover las conciencias españolas. ¿Qué tal si vamos ambas a visitarlo?

Me levanté muy airada y al momento noté un pequeño mareo y una clara indisposición de estómago.

–Oh, vaya, el café no me ha sentado nada bien.

–Te has puesto blanca como la nieve. ¿Prefieres descansar un poco? Tiempo hay para escribir ese artículo.

Recapacité y luego suspiré reconociendo mi desidia.

–No, no es preciso. Es que desde que murió Darío y luego mi querida Rosita, no me he cuidado lo suficiente. Enseguida se me pasará y podremos ir ambas a visitar a don Benito.

Afortunadamente la indisposición que me provocó el café desapareció y pudimos salir a la calle, despejándome aún más el aire fresco de enero. Fuimos ambas hablando como amigas íntimas hacia la casa de Galdós tomando un tranvía que nos dejó en el barrio de Pozas, que ahora, como ya queda dicho, era donde vivíamos los dos.

Al llegar al hotelito moruno que habitaba el escritor nos dejaron entrar advirtiéndonos de que ya tenía visita. Pablo Nougués nos avanzó que había llegado la eminente Catalina Bárcena a saludar a Galdós y ya se oían las risas de ambos desde los pasillos.

–¡Mal asunto! –exclamó Carmen–. ¿Sabes quién es la Bárcena?

–Sí, una actriz. Creo haberla visto en el teatro.

De Burgos forzó un prudente mohín.

–Sí, teatro hace mucho, incluso fuera de las bambalinas. Benito bebe los vientos por ella –me confesó acercándose a mi oído para que no lo consiguiera oír, ni siquiera, su secretario–. Es una mujer muy melosa, tanto que ha conseguido que el propio Martínez Sierra, el empresario, ya sabes, se convirtiera en su mentor... Y en algo más.

Me quedé muy sorprendida.

–Pero Gregorio Martínez Sierra... ¿no es el marido de María Lejárraga, la escritora?

Lejárraga era conocida por su virtuosismo estilístico, tenía mucha afinidad con De Burgos por haber comenzado como maestra y ser una firme defensora de los derechos femeninos, acercándose a la doctrina del Partido Socialista, al que se afilió.

–¿Y eso te extraña? Martínez Sierra es un auténtico rufián, no solo es un adúltero reconocido, sino que, además, permite que su mujer escriba sus obras y luego va él y las firma.

–¿Cómo?

Aquello me abrumó mucho más. Resultaba que María Lejárraga era otra mentecata como yo, que regalaba la autoría de cuanto escribía a su marido. Me quedé anonadada. Aunque bien pensado lo mío había sido una decisión unilateral que no concernía a Darío, ya que su estado anímico no le permitía opinar.

–¿Quieres decir que todas las obras de Martínez Sierra las ha escrito su esposa y nadie lo sabe?

–Lo saben, pero, como en el caso de los pantalones, la gente hace la vista gorda y mira para otro lado.

Me volví a sentir indispuesta, esta vez no fue el café, sino la idea de ver a más mujeres como yo reducidas a una sombra injusta y por las que nadie lucharía jamás.

–Creo que me iré a casa, háblale a don Benito, si lo crees pertinente, del artículo. No tengo fuerzas para conocer a la señora Bárcena.

–¿Sabes? Creo que yo también me iré –confesó Carmen–. Total, no creo que me haga caso, para mí que no haría caso ni a la propia Teo si la tuviera delante.

Conocer las debilidades del hombre Galdós, el hombre al que tanto admiraba, me produjo una gran desilusión. De camino a mi casa me iba preguntando: «Pero tú ¿qué es lo que esperabas? Hombre es y, por lo tanto, libidinoso. Habrás de aceptarlo así, ya que deseas seguir admirándolo como escritor». Y sí, me convencía durante un rato, pero luego la desilusión volvía.

Tanta impresión me produjo verle coquetear con otras mujeres, revelando su deslealtad a Teo, que vertí toda mi rabia en Eduardo cuando vino a verme. Era como si todos los hombres se hubieran corrompido de golpe y le viera como una amenaza a mi nueva libertad.

* * *

–Tienes un humor de perros, ya no eres la mujer luchadora de la que me enamoré –se lamentaba cruelmente Eduardo.

Yo me irritaba aún más.

–¿Y te extraña que esté indignada todo el rato? Después de todo lo que me ha pasado no tengo motivo para reír. Dos muertes en menos de un mes. Mi familia desmembrada y viviendo en una casa que parece una caja de zapatos. Toda mi vida se ha desmoronado.

No lloraba no, que no me salían las lágrimas.

–¿Y por eso lo pagas conmigo?

Eduardo tenía los ojos tan rojos como su pelo. Ahora recuerdo que intentaba acercarse a mí e incluso consolarme, pero su carácter no me complacía. Hablaba un idioma muy distinto al mío y por eso me enfurecía aún más.

–Es que solo quiero estar sola, ¿no lo comprendes? Y, además, no me encuentro bien.

–Es normal, estás convirtiendo en enfermedad física todos los problemas que te acucian. Tienes que digerir la pena, esa amargura que te corroe, pero eso lo tienes que hacer sola.

Miré al hombre que me había dado su comprensión y apoyo durante tantos años y suspiré.

–En eso creo que estamos de acuerdo. Dame tiempo y volveré a ser como era antes.

Eduardo se marchó aquel día convencido de que le había expulsado de mi vida. Y en el fondo había algo de verdad.

Las semanas siguientes, sin poder reponerme de mi angustia, me pasaba el tiempo durmiendo o reposando en la cama. Me mareaba, no admitía ninguna comida y cuando lo hacía la arrojaba de mi estómago incontroladamente.

Una tarde oí cómo hablaba Delmira desde la puerta de mi cuarto. Había venido Eduardo a visitarme, pero me negué a verlo. Quería estar sola, me agobiaban los compromisos, deseaba, por primera vez en mi vida, estar en paz, perder el tiempo, hacerme la mártir y llorar, si es que podía en algún momento, toda la aflicción.

–Creo que sobro en la vida de Carmela… –decía Eduardo–. Esto se ha convertido en un infierno. Cada vez que me ve me repudia y mi paciencia tiene un límite. Como médico solo puedo aconsejar que dejemos pasar el tiempo. Es ella la que tiene que querer curarse. Como hombre, es preciso que ponga distancia.

–¿Vas a irte ahora que tanto te necesita? –preguntaba muy preocupada mi madrastra.

–Ahora solo necesita libertad, reflexión y, esto es un consejo particular que te ofrezco, que ponga también distancia entre ella y el señor Pérez Galdós, porque, sinceramente, no creo que la relación con él le haga ningún bien.

Percibí un silencio profundo, ninguna palabra más me llegó desde la puerta y cuando me volví para alcanzar con los ojos acuosos a Eduardo no lo hallé, se había desvanecido. Se marchó sin despedirse. Me dijeron que solicitó una plaza de médico en un pueblo cercano a Madrid. Era como si a las dos muertes ya pasadas se uniera esta también.

* * *

En algo sí hice caso a Eduardo y fue en alejarme unos meses de don Benito. Los mareos cesaron y por consiguiente las náuseas. Comencé a comer con regularidad y a recibir visitas. Carmen de Burgos venía con cierta frecuencia, cuando le dejaban sus muchos viajes y los artículos que escribía para diferentes revistas y periódicos.

Cuando lo hacía me llenaba de ideas rebeldes sobre la situación de la mujer en el mundo y el escollo que suponía para nosotras ser féminas y escritoras en un país tan poco sensibilizado con las libertades sociales. Tomabas un periódico, veías las fotos allí publicadas y solo contemplabas hombres de negro, la mayoría viejos, de cuyo aspecto se desprendía, presumiblemente, una actitud continuista y rancia.

Sus visitas me renovaban el ánimo y esto lo advertía Delmira.

–Hija mía, me alegra que estés recuperándote. Han sido semanas muy duras para todos, especialmente para ti. Te veo más animada y con buen apetito. ¿Te sientes bien?

Yo suspiraba, reflexionaba y admitía la mejora.

–Sí, los ánimos vuelven. Ahora solo hace falta que vuelva mi estado físico a la normalidad, pero creo que no va a ser posible. En estos meses no he tenido mi menstruación femenina y creo que es presagio de que me voy volviendo vieja. Con todo, lo acepto con resignación.

Delmira me tomó una mano. Me la acarició.

–Puede ser también síntoma de falta de vitaminas o de cualquier otra cosa que se nos escapa. Mañana iremos ambas al médico y que te examine.

–No, no, no hace falta...

Delmira se arremangó el vestido como siempre hacía cuando tomaba una resolución.

–No me llevarás la contraria en esto, jovencita. Soy enfermera y puedo ver una advertencia del destino. Ahora nos está diciendo dos cosas, o que tu plenitud femenina llega o que lo que llegará es otra cosa...

En aquel momento no le comprendí, pero finalmente se confirmó en «la otra cosa».

* * *

Que la mujer es el ser humano que mejor encaja los golpes de la vida es algo que todo el mundo sabe. Estamos acostumbradas a recibir los embates de la crueldad, del desprecio y de la frustración, y con todo, seguimos, quizá con lágrimas en los ojos, pero seguimos. Somos capaces de continuar porque solo nosotras somos capaces de perpetuar la especie. Ya desde la infancia nos alientan a que quizá, un buen día, aunque el dinero no llegue a final de mes o nuestro marido nos ignore, habremos de partirnos en dos, literalmente, para ofrecer un desdichado más al mundo. Y si en ese proceso encontramos la muerte habremos de estar agradecidas al destino, cumplido ya nuestro cruel y maravilloso propósito.

Yo no sé si en ese momento de mi existencia estaba preparada para recibir la noticia, pero llegó, y como otras tantas mujeres antes de mí, me preparé para concebir. Raro era, desde luego, siendo yo mujer de edad y encontrándome abandonada por los dos hombres que me habían acompañado hasta hacía unos meses.

Nos sentamos Delmira y yo en el banco de un parque para analizar lo que vendría. Teníamos ambas una mirada perdida.

–Pero... Darío estaba en condiciones de...

La pobre no se atrevía a preguntar quién era el padre. Pero en el fondo lo sabía.

–Darío cumplió en la noche de bodas y después... empezaron las jaquecas.

Mi madrastra se llevó la mano al pecho, que parecía que le iba a dar un infarto.

–Entonces la cosa es para preocuparse. De todos los momentos en que podría haber elegido el destino, eligió el peor.

–Saldremos adelante... –confirmé muy ingenua, casi sin haberme convencido de lo que decía–. No es la primera vez que dos mujeres se quedan solas ante las adversidades siendo una de ella viuda y con hijo póstumo.

–El problema es que o es sietemesino o las cuentas no me salen.

En eso no había caído yo.

Me imaginé, con súbito pavor, ocultando mi secreto bajo los anchos ropajes de los meses invernales y luego, al pasar estos, quedar expuesta a los rápidos cálculos de Lisita o de mi tía Agustina, que, si no aplicaban el conocimiento de las cuatro reglas al acudir al mercado, bien que las usarían en mi contra. O el niño salía antes o era un embarazo de once meses.

* * *

En abril de 1912 leí en *El Heraldo de Madrid* una pequeña noticia en la que se confirmaba que el imponente vapor *Titanic* había chocado con un banco de hielo. Parecía que no había ningún muerto, según la prensa española, y que tras el incidente surcaba las aguas al puerto de destino. Comentábamos esta noticia Delmira y yo cuando Mari Pili llegó del mercado y nos transmitió que el *ABC* publicaba ya la trágica noticia de centenares de muertos, entre los que había hombres, mujeres y niños.

Aquello me causó gran conmoción y me puse a llorar como una boba.

–Hija, qué sensible te has puesto con el embarazo... –me decía Delmira–. Cierto que es una catástrofe, pero por fortuna no conocemos a nadie que haya perecido en el hundimiento. Controla tus lágrimas que una periodista como eres tú no debe mostrar su empatía con los sucesos a publicar.

Me lo decía dándome un pañuelo y evitando también alguna lágrima furtiva.

Desde que supe de la noticia de mi preñez me volví mucho más sensible a las desgracias del mundo, y esto me resultaba engorroso; si siempre había evitado la ñoñería, saberme incapaz de controlarla me producía gran frustración.

Pasaban las semanas y admitir que mi cuerpo cambiaba y me arrastraba a un destino imparable me perseguía por las noches en forma de pesadillas y por el día en incontrolados lagrimeos.

De Eduardo no sabíamos nada, imposible compartir con él aquel momento aciago. Se había esfumado como todas mis esperanzas y expectativas de años atrás. ¡Cómo puede cambiarte la vida! En el tiempo de un pestañeo.

–Creo que iré al *Heraldo de Madrid* a ofrecerme para realizar algún artículo sobre el hundimiento. Ahora todos los viajeros serán muy cautos a la hora de tomar un barco. No puedo quedarme ociosa, ya no puedo ofrecerles más cuentos de Darío, sería tirar demasiado de la cuerda y temo que se rompería.

–Ve y anda un rato, que te vendrá bien. No debes descuidar ahora tu forma física.

Me puse un sombrero y el abrigo que Delmira me había prestado, pues gastaba una talla más que yo, con el fin de disimular mi incipiente barriga. Paseé durante un rato por el barrio de Pozas y finalmente decidí tomar el tranvía que me llevó a las calles aledañas a las oficinas de *El Heraldo de Madrid.*

Solicité ver al señor Domínguez y este me atendió amablemente, como siempre hacía. Manifestó consternación por la noticia del hundimiento del *Titanic*, como era obvio.

–Verdaderamente atroz. Quién lo hubiera imaginado.

–Sí, una gran desgracia. Ahora se impone reflexionar con unos buenos artículos de opinión. ¿Las compañías trasatlánticas son tan seguras como nos hacen creer? ¿El miedo debe estar justificado? ¿Cómo es el dolor que sienten los cientos de familiares que han perdido a uno de sus seres queridos en el naufragio? ¿Es acaso el *Titanic*...?

No me dejó terminar, levantó una mano, aturdido.

—¡Alto, señora Alcázar! ¿Qué pretende usted? ¿Enemistarme con todos los astilleros españoles? Le sugiero que deje este tipo de artículos para los expertos periodistas. Ya sé que ayudaba a su difunto esposo con sus cuentos, pero una cosa es ayudar y otra bien distinta es escribir. No me lo tome a mal, pero usted ahora debe darse a su casa, a su familia…, y, según tengo entendido, a lo que ha de venir. Mis felicitaciones por adelantado.

No me lo podía creer. ¿Hablaba de mi embarazo, que solo yo, Delmira y Mari Pili conocíamos? ¿Cómo era posible que una noticia tan bien guardada se hubiera propagado con la velocidad de una mecha de dinamita? Así me estalló en la cara a mí, que se volvió granate de la indignación.

Me levanté tambaleante de la silla y salí a la calle a tomar el aire, que me vino de maravilla. Mis ideas se clarificaron. ¿Quién habría sido el traidor que iba contando mis intimidades?

En el fondo, ¿qué más daba? Tarde o temprano todos habrían de enterarse.

CAPÍTULO 38

DE CÓMO GALDÓS ESCRIBE SU ÚLTIMO *EPISODIO* Y YO ESCRIBO EL PRIMERO DE MI DESTINO

Aquel año de 1912 fue para Galdós uno muy significativo. Anciano y completamente ciego, tras varias operaciones que no consiguieron darles luz a sus ojos, terminó el último de sus *Episodios Nacionales.* Entonces ni él ni yo podríamos suponer que no era solo el último de la quinta serie, sino el último que escribiría. Con *Cánovas,* así lo llamó, don Benito ponía el broche final a cuarenta y seis novelas, que se dice pronto, hilvanadas en el tejido histórico de nuestra España pasada, desde la mítica batalla de Trafalgar hasta la proclamación del rey Alfonso XII bajo el gobierno conservador de Cánovas del Castillo.

–Este último episodio es el más oscuro de todos. Quizás el más pesimista, porque he sido testigo de todo cuanto en él transcurre y, claro, cuando uno llega a viejo solo se acuerda de lo malo que ha dejado atrás. Pretendo empezar el siguiente episodio, que dedicaré a Sagasta en cuanto mi querido *Plumífero,* o sea, Pablo Nougués, tenga la mano descansada de tanto dictarle.

Galdós sonreía a pesar de todo. ¿De dónde sacaba las fueras?

–Sigue emocionándonos con sus novelas, don Benito. ¡Qué maravilla!

–Lo que ha dado de sí el personaje de España, ¿verdad, Carmela? Los novelistas que reflejan la historia convierten las ciudades y los países en sus personajes.

–Así hizo con Madrid, nadie ha sabido novelarlo como usted ha hecho. Ni siquiera Pío Baroja.

Galdós reía muy pícaro.

–Que no te oiga, que no te oiga o se enfadará.

–Él siempre está enfadado, don Benito. Si es por eso, no hay cuidado.

–Te noto contenta. ¿Las cosas van bien?

–En lo relativo a la familia van por un camino inexplicable. En unos meses me veré obligada a suspender mis visitas a usted. No será cosa elegida, sino impuesta por las circunstancias.

El escritor exhaló un lamento sincero.

–¿Y cómo es eso? ¿Te vas de viaje?

–Puede decirse. A un viaje muy peculiar. Le voy a confesar algo que se sabrá en muy poco tiempo, si no se sabe ya. Pero quiero que lo sepa por mí misma. Estoy esperando, como usted me diría, «un granadino de alcoba».

Galdós dejó el cigarro del cual iba a tomar una calada a medio camino. Sonrió. Luego soltó una pequeña carcajada.

–Espléndido, la vida se abre paso. Mi Carmelilla me va a hacer de nuevo abuelo. Dame la mano, que te la quiero besar.

Le ofrecí mi mano y me la besó con ternura.

–El bueno de Darío finalmente atinó.

Mi silencio desmintió a Galdós, que intuyó el misterio.

–O... ¿estoy equivocado?

–Querido don Benito, el que no está equivocado es el que viene en camino. Si es niño se llamará Maximiliano, como mi padre, y si es niña, Manuela, en recuerdo de mi abuelo.

–Natural, natural, hay que recordar a los que se fueron antes. Tal vez, en algún momento, tenga el privilegio de poderlo acunar, y si no llego a eso, espero que le leas mis novelas cuando tenga uso de razón.

Tras aquel encuentro surgieron continuos obstáculos que me impidieron volver a ver a Galdós. Pasaron los meses y llegó al mundo mi hija, a la que puse, como ya avancé, Manuela, en recuerdo del padre de mi padre.

Dicen que cada niño nace con un pan debajo de un brazo, esta me trajo, además de la consabida alegría, la de ser sietemesina, por lo que no hubo necesidad de mentir a los chismosos de la familia. Había nacido a los nueve meses de morir Darío, todos aceptaron su paternidad. Era, por lo tanto, una Cid, aunque se engendrara en Madrid y con padre desaparecido.

* * *

La matrona que me atendió en casa se pasmó de lo crecida que estaba la niña, a mí también me extrañó habida cuenta de que era prematura. Manuela pesaba cerca de tres kilos y de haberse desarrollado de acuerdo a la totalidad del embarazo habría sido un riesgo para mi salud. Mi quebrado y pequeño cuerpo no habría aguantado un parto de esas dimensiones. Sigo, a día de hoy, ignorando de quién sacó esos brazos orondos y esa intensidad de voz. ¿Quizás a mi abuela Bárbara Benajara? ¿Quién lo sabe?

A causa de este particular los vecinos manifestaron sus quejas a las dos semanas, pues imposible era descansar una noche entera debido a sus berreos. Parecía ser que tenía gases y no podía expulsarlos, además, se pasaba todo el día reclamando ser amamantada, lo que me exigía estar alerta a cada momento. Por fortuna contaba con Delmira, que, además de enfermera, era una mujer de gran decisión.

Llegó la noticia a Granada, y como era de esperar causó revuelo y también, por qué no negarlo, cierta decepción. Manuela era la cuarta nieta y sin descendientes varones entre los Cid. Cierto era que mi hermano Lolo había engendrado mellizos, Rodrigo y Jimena, pero mi tía Agustina ponía en su balanza de prejuicios el hecho de que mi hermano no lo fuera de sangre y, por lo tanto, no tuviera la familia Cid un gran heredero. El destino había actuado justamente, a mi entender. Eran tiempos de expresión femenina, pues el futuro era de las mujeres, o así lo veía yo, pletórica de ilusión y de hormonas rebosantes. Por otro lado, ¿a qué desear descendencia masculina si todos los Cid varones habían resultado de lo más calamitosos para nuestro patrimonio? Sí, indudablemente el destino obraba en consecuencia.

Llegaron varias cartas de parte de mi tía Agustina, cada cual más persistente, expresando el deseo de conocer a Manuela. Llevarla a Granada de momento era del todo imprudente, pues ambas manifestábamos las consecuencias de un parto extenuante. Había que dar un poco de tiempo a la naturaleza.

Esos días fueron un respiro para nosotras. Galdós se encontraba fuera de Madrid y las revistas y periódicos que antes nos mantenían, considerándome una viuda literariamente inservible sin Darío, dejaron de solicitarme cuentos. Tampoco parecía fascinarles la idea de contratarme como reportera, como años atrás. Los directores editoriales que acudieron a mí para describirles los acontecimientos sociales del momento no veían con buenos ojos a una mujer recién parida. Para ellos era un inconveniente, presumían que enfermaría constantemente o que lo haría mi hija, por lo que no era aprovechable de ningún modo. Ahora, con Manuela, ya no era una mujer, era una madre, con todo lo inexcusablemente fastidioso que eso conllevaba.

Esperamos lo que pudimos, pero se hizo irremediable la vuelta a Granada, y lo hicimos adentrado el verano, así llegué al caserón de los Cid, con una niña entre los brazos.

Mi hija era un primor. Tenía la cabeza de un ovalado perfecto ya adornada de pelusa bermeja. Hacía muecas constantes que respondían a un carácter risueño, pero no descartábamos que hubiera heredado, además de mi pelo, el explosivo carácter de los Cid.

La amargura me invadió al llegar al caserón y verme con la falta de Rosita, quien hubiera mecido a Manuela en la cuna que fuera de mi padre con la ternura propia de una abuela. Ya no teníamos a nuestra fiel confidente, tampoco ninguna figura varonil que nos guiara en esa sociedad asentada en los valores morales masculinos, pero tuvimos otras cosas, sobre todo muchos inconvenientes, el primero el de recibir la visita de mi tío Juan.

–¡Pero, Carmelilla! ¡Si tu hija es un portento! Ocupa más que yo cuando me empezó a salir el bigote. Quién lo hubiera dicho, siendo tú tan chiquita.

Yo suspiraba, fui consciente de que tendría que soportar muchos de esos comentarios en el futuro.

–¿Cómo es que no ha venido la tía? ¡Si estaba deseando verla! ¿No estará preparando alguna trastada?

Mi tío se reía, era una risa de anciano, no la estridente que todos le conocíamos de años atrás.

–Creo que te está encargando una de esas cursilerías para el bautizo. Se ha ido, después de oír misa, a la Alcaicería, y para mí que vendrá con tantas varas de tela que con lo que sobre confeccionaremos velas de barco. No la he visto tan ilusionada ni cuando se preñó por primera vez. Pero ¡mírala! Si Manuelilla parece que me conoce... Cucú, cucú... Que sí, que sí, pillina, que eres la misma cara de tu abuelo. Quién lo hubiera dicho. El malogrado Max Cid vistiendo pañales...

¡El bautizo! Ni se me había pasado por la cabeza. ¡Otra contrariedad! ¿Cómo me las ingeniaría, a partir de entonces, para evadirme de todos los sagrados rituales burgueses a los que estaba destinada?

–Tío, desde hoy te considero mi confidente más sincero. Habrás de estar a mi lado para que no hagan de mí una mojigata de las que tanto te has reído con mi padre. Entenderás que no quiera pasar por el aro de la religión, mucho menos siendo ya libre de maridos. ¿Me entiendes? ¡Nada de bautizos!

Mi tío tardó algo en responder, lo suficiente en procesar la idea de la rebeldía.

–¡Hola, hola! Tendremos indisciplina familiar. ¡Bienvenida sea! ¡Ya estaba deseando yo un poco de zarabanda! Sin tu padre nada ha sido igual. ¡Lo que echo en falta los berrinches que se pegaba el pobre con mis disparates!

–Pues yo no quiero disparates, tío, solo que me dejen en paz con Manuela, que respeten mi manera de vivir. Los tiempos ya no son los de antes.

Juan Morell denegaba negándome mis razones. Hizo ademán de sacar un cigarro, pero al ver mi dedo índice señalándole la puerta de la calle, lo volvió a introducir en su tabaquera.

–Te querrán buscar marido, ya lo verás. Y tu tía, con su mejor intención, te hará insufrible la existencia. De eso sé un rato. Vamos, que pienso que lo mejor es que me venga a vivir aquí con vosotras.

La propuesta me pilló de sorpresa, lo reconozco.

–¿Vivir aquí? Pero ¿no tienes tú una casa propia?

–A veces lo dudo, hija, con tu tía organizando la vida ajena. Pero ahora me das la oportunidad de ser útil y con un hombre en la casa, por muy inservible que sea, no te meterán a otro, digo yo.

Manuela comenzó a llorar, y mientras la acunaba no paraba de darle vueltas a la idea ridícula de *adoptar* a mi tío.

–No sé, no sé... Es muy irregular.

–Que no, que no, y si tienes que irte a Madrid yo te cuido la casa.

Lo que quería mi tío era, seguramente, separarse de hecho de mi tía Agustina, cosa que ya venía intentando desde años atrás sin que la moralina de Granada le crucificara.

–Bueno, hablaremos de eso en otro momento. Primero habrá que convencer a la tía Agustina de los inconvenientes de ordenarme la vida.

No fue fácil, no, lo pude comprobar muy pronto.

* * *

Si en los personajes femeninos que retratara Galdós en sus novelas se podía reconstruir el carácter femenino del decadente siglo XIX, sus miserias, sus envidias, sus beaterías ridículas o su celo por acatar la doble moral, en mi tía Agustina se personificaban todas sus protagonistas. Quizá, y para ser honesta, nunca obró por envidia ni por desdén, y eso la presentaba a mis ojos con cierta condescendencia. Por eso nunca la detesté, si acaso, la ignoré siempre que pude. A veces sacaba de sí la diligencia extrema de doña Lupe, la de los pavos, que intentó encarrilar a Fortunata, otras veces era tan engorrosamente beatona como Guillermina Pacheco, pero con bastante menos mano derecha. Con tanto organizar temí que se volviera una manirrota y ya presentía que habría de acudir a los usureros, como le sucediera a Rosalía Pipaón de Bringas, más pendiente de darse pisto que del bienestar de sus parientes. Ignoré sus llamadas de atención siempre que pude, pero esa tarde en que se produjo la visita oficial para conocer a Manuela no pude desdeñarla, tampoco sus comentarios que ya desde el inicio del encuentro corrían el peligro de ser resolutivos.

–¡Una monería! ¡Una monería! Es la viva imagen de tu padre, sí, sí, sin ninguna duda. Hasta los rizos del pelo.

Curiosa observación, me dije, porque la de los rizos era yo. Nunca entendí del todo la obsesión que embarga a la gente por sacar parecidos razonables a los recién nacidos.

Mi tía se abanicaba y su papada oscilaba como un flan. Estaba sentada al lado de Manuela y, como esta se movía retirando con sus pataditas la fina sarga que la cubría, mi tía se asombraba de sus carnes prietas.

–¡Y lo gordita que está! Me ha dicho Delmira que la estás amamantando tú sola. Eso es una barbaridad. Mañana mismo te busco un ama de cría. A la plaza de las Pasiegas que me voy a traerte la mejor. Una mujer de tu clase no puede estar todo el día pegada al reloj dispuesta a ser absorbida, y ya no te digo cuando le salgan los dientes…

Sus comentarios eran, ciertamente, demasiado modernos. Por eso no me percaté de lo que venía después.

–Tienes que cuidar tu figura cuanto antes. Eres joven y debes salir a sociedad en cuanto pase el luto. Ya he visto que no vas de negro. No me parece mal, total, en Granada poco conocimos a tu marido, aquí no se le echará en falta. ¿Quieres creer que Marianito Picazo me ha preguntado por ti? –La muy pícara se reía con un nuevo vaivén de papada–. Ahora ya no le pondrás tantas pegas, digo, si te encamaste con el señor Alcázar, que era un hombre de edad, qué reparos vas a ponerle a un joven, por muy babieca que sea. Siempre viene bien tener un hombre a tu lado, y es de buena familia. Pero si no te parece prudente, buscaremos otros más. ¡Será por hombres en Granada! Ahora ya no eres la muchacha rara del caserón de los Cid, ahora tienes posibles, un estatus y… mundo, que por ahí dicen que el señor Galdós te ha presentado hasta algún ministro. ¡Quién lo hubiera dicho!

Yo no replicaba, ni ganas tenía.

–Ya tengo preparada una organza de seda que resultará un primor el día del bautizo. Porque la bautizarás en la Catedral, ¿verdad? Déjamelo todo a mí, que me tienen que devolver algunos favores. Tu tío es un tarambana, pero como padrino hará un buen papel, y como madrina…

No la dejé terminar.

–Sí, tía, sí. El tío Juan me podrá ayudar mucho. De hecho, le he pedido que venga a vivir conmigo, tres mujeres solas y con una niña..., ya sabes, siempre necesitan de unos brazos varoniles. No te importará, ¿verdad?

Conseguí callarla por algún rato. Con el sofoco de verse desprovista de su marido no le quedaron ganas de seguir organizándome la vida.

–Pues no sé, así de pronto, no sé qué decirte. Habrá que meditarlo.

Mi tío lo tenía ya muy meditado, dos días después apareció con dos baúles y un cochero. Eso sí, a Manuela le regaló una cunita muy moderna en cuya esquina derecha tenía colgando un sonajero que le divertía mucho, tanto más que las campanas que a eso de la tarde se volvían locas tañendo el sonido de Granada.

* * *

En esa tesitura, la de verme abocada al conformismo social y repelente del entorno de mi tía, lo más sensato hubiera sido volverme a Madrid, pero la situación era ahora bien distinta. Ya no disponía de hogar propio en la capital. Sería necesario acudir a hoteles o al irritante proceso de buscar casa en alquiler.

Desde Granada leía los periódicos y estaba al tanto de las actividades de Galdós, que, a pesar de su limitada salud, continuaba manifestándose con artículos o dando su opinión en reuniones de ámbito más cerrado. Le seguían respetando como al padre que era para todos.

Esto me permitía seguir mentalmente en Madrid, pero disfrutando de mi entorno natural, que era la ciudad de la Alhambra, en donde la cultura eclosionaba, y me atreví a acudir al periódico *El Defensor de Granada,* que dirigía un conocido de mi padre, Luis Seco de Lucena. Siempre me había hablado maravillas de este periodista, de su integridad y persistencia en temas culturales, sobre todo los relacionados con la defensa de los valores granadinos. Como no tenía nada que perder, me acerqué a las oficinas del diario y solicité hablar con don Luis. Nada más verlo me presenté como hija de Max Cid, a quien sin duda debía recordar, y el encuentro transcurrió con extremada cortesía.

–He colaborado con *El Heraldo de Madrid* en multitud de ocasiones... –aseguré sin que mediara mentira en lo que decía, pues los cuentos que les entregaba asiduamente eran míos–. Además, hice un trabajo reconocido en revistas gráficas con temas de carácter social. He dado noticias de relevancia, como el atentado que sufrieron los reyes el día de su boda o la inauguración del Hotel Alhambra Palace.

Seco de Lucena asentía dando muestras de su atención.

–¿Y ha pensado usted en qué sentido podría sernos útil?

–Los temas populares se me dan bien y veo que en Granada es momento de auge cultural. Tengo buenos contactos en Madrid entre novelistas y dramaturgos de nombre, no tendría inconveniente en conseguirles alguna entrevista.

Don Luis reflexionaba; finalmente, sentenció.

–Bien, eso ya lo iremos viendo. ¿Ha pensado con qué nombre firmará los artículos?

«Aquí viene el impedimento», me dije. No se me ocurría ningún pseudónimo atractivo.

–¿Qué le parece Carmela Cid?

Seco volvió a pensar para sí y finalmente dijo:

–Me quedo con lo de Cid, es sonoro y aquí en Granada nos trae recuerdos de su familia. Tráigame algún artículo interesante y veremos cuándo y cómo se publica.

Al salir a la calle me cegó la claridad de la mañana, estábamos a primeros de noviembre y el sol calentaba como si fuera verano. Era el privilegio de vivir en una ciudad del sur. Eso pensé, o es que todo me parecía mucho más hermoso sabiéndome más cerca de firmar mis propios artículos. Caminé despacio, disfrutando del momento, pero también con el propósito de recuperar fuerzas, pues sabía que al llegar a casa me esperaría la tarea irrenunciable de cuidar de Manuela, a la que me había propuesto amamantar como las aldeanas.

La decisión era un impedimento serio. Si quería colaborar

en el periódico y seguir manteniendo una actividad duradera era preciso ceder ante la evidencia y buscarme un ama de cría.

Y eso fue un nuevo quebradero de cabeza, porque la selección de nodriza o de amamantadora externa tendría que ser de lo más exhaustiva. La cosa no era baladí, la mujer que metiera en mi casa habría de alimentar a Manuela a través de su cuerpo y, por lo tanto, la transmisión de enfermedades era un riesgo importante.

Mi tía, anclada en el siglo que la vio nacer, aseguraba que había que buscarla del Valle del Pas, que de todos era sabido que allí, por el solo roce con las vacas, las pasiegas generaban una leche de excelente calidad. Pero las recién paridas, salvo que tuvieran la desgracia de morírsele el hijo, habrían de venir desde el norte de España atravesando la Península y dejando a su retoño a cargo de otra como ella. Su leche, para que no perdiera espesura ni excelencia, debía mantenerse regenerada con la fórmula más práctica a la que pudiera acceder la pasiega. Que según nos dijo una de ellas era de lo más insólita.

–Yo voy a todas partes con mi cachorro.

–¿Cómo dice usted?

La mujer que se ofrecía como nodriza era de un volumen espectacular, en lo alto y en lo ancho. No podía asegurarse si acababa de parir o lo iba a hacer en la semana siguiente por su abultado vientre, pero ella ratificó con papeles que había dejado en Asturias a su *rapacino* a cargo de una vecina. No era la primera vez que lo hacía, por eso era diestra en mantener su leche fresca y con gran calidad.

–Sí, señora, para no perder la leche es importante dar de mamar. Ya sé que no me dejarían darle el alimento a mi *nenu*, por eso la mayoría venimos con un perrillo, un cachorro que hace las veces del bebé.

Yo me quedé pasmada.

–¿Quiere usted decir que ahora amamanta a un perro?

–Sí, señora, ahí fuera espera el *probe, cogiome* cariño como si fuera su madre.

En verdad que era todo cierto, porque Mari Pili fue a ver y hasta le dio dentera los aullidos que emitía el animal al llamarla.

Mi tía Agustina, que estaba presente y que se había otorgado el grado de teniente coronel doméstico del caserón de los Cid, aseguró que la medida era antihigiénica y que Manuela no compartiría leche con ningún animal por muy criatura del Señor que fuera.

Despedimos a la buena señora y a los dos días nos enteramos de que una criada que trabajaba dos casas más abajo de la nuestra acababa de sufrir la muerte de su cuarto hijo. Era viuda, o eso decía, aunque mi tía Agustina emitió sus dudas al respecto. Con todo, le pareció adecuada, porque la moral de la nodriza, fuera desviada o recta, no se podría transmitir como las infecciones.

Durante algunos meses vino a nuestra casa a la hora señalada. Y yo, mientras tanto, intentaba darle tregua a mi cuerpo, que cada vez respondía peor y era incapaz de proporcionar a mi hija el alimento esperado.

–¡Es que solo estás pensando en escribir y, claro, así se te agriará la leche! –aseguraba mi tía con desdén.

No había quien la entendiera, quería verme desprovista de la ocupación de amamantar a Manuela, pero al tiempo me echaba en cara que no cumpliera con mi cometido de madre entregada y sin desvíos intelectuales. ¡Qué ganas tenía de salir de allí!

* * *

Unos días después me llegó la oportunidad de tener noticias privilegiadas sobre cierto asunto que, aunque morboso y depreciable en sí mismo, acaparó atención nacional. José Canalejas, el presidente del Partido Liberal que ahora ocupaba el Gobierno, fue atacado un 12 de noviembre de 1912 en el justo momento en que contemplaba unos libros en el escaparate de una librería de la madrileña Puerta del Sol. Un anarquista disparó contra él tres veces alcanzándole con una bala que atravesó su cráneo y le dio muerte instantánea en la misma puerta de la librería San Martín, semiesquinada con la calle Carretas, local muy popular y que yo había visitado en multitud de ocasiones.

El agresor, que se llamaba Manuel Pardiñas, acorralado por la policía, se suicidó con la misma arma con la que cometió el atentado. No fue posible, por lo tanto, interrogarlo ni saber si actuaba en solitario. Lo que sí se especulaba era con la posibilidad de que el atentado fuera dirigido contra el propio rey Alfonso XIII, y por casualidades del destino, finalmente, determinara el agresor acabar con la vida de otra celebridad, como era el propio presidente del Consejo de Ministros.

La muerte de Canalejas produjo no solo el rechazo común entre los españoles de bien, sino la preocupación de verse, de nuevo, ante el interrogante que les ofrecía un destino político incierto. Parecía que el regeneracionismo llegaba y de pronto nos veíamos de nuevo dirigidos por los cicateros políticos de siempre.

Rápidamente propuse al *Defensor de Granada* viajar a Madrid, y ya que no llegaría con el tiempo suficiente para presenciar el entierro de Canalejas, les prometí conseguir declaraciones de Galdós y otros que como él se habían mantenido en la escena política.

El periódico me dio carta blanca, seguramente pensando que nada conseguiría, y llegué a Madrid algo desorientada y con cargo de conciencia por dejar a mi pequeña Manuela con Delmira, siendo la primera vez que me separaba de ella. Lloré en los primeros kilómetros, pero luego me dije que esta sería mi vida de aquí en adelante y que Manuela habría de acostumbrarse a la ausencia temporal de su madre si iba a trabajar, como hubiera hecho por consiguiente el padre que no tenía. Ahora con la nueva nodriza se me abría un futuro asequible, parecido a tener la libertad de antes pero no por eso menos complejo. Fuera como fuese habría de acostumbrarme.

La situación en nada me fue alentadora en ese Madrid crispado por la inestabilidad política. Para colmo, en el hotel donde me alojé paraba poco, la mayoría de las veces para plasmar en papel las anotaciones que iba consiguiendo o para succionar de mis pechos la leche que aún tenía y debía ir destinada a Manuela. Ella estaría bien alimentada con su nodriza y me la imaginaba mamando ausente de mis remordimientos. Más de una vez lloré. Tiempos raros eran esos en los que las mujeres aprendían a medrar profesionalmente imitando a los hombres, pero éramos incapaces de ignorar, como ellos hacían, el sagrado vínculo de la maternidad. Sobre nosotras planeaba la mala conciencia del abandono, que en nada favorecía mi concentración profesional.

En ocasiones me ponía en evidencia con el agrio olor a leche que despedía mi cuerpo, ni los perfumes combatían mis cambios hormonales, que tras los días iban menguando, cediendo a la normalidad.

Entre tanto desastre tuve un encuentro fugaz con Galdós, que se mostró contento por verme tras largos meses de ausencia. No disimuló su desasosiego ante la situación nacional que padecíamos.

–Esta es la razón de la sinrazón –decía–. ¿Cómo puede ser que nos maten a tantos jefes de gobierno? Primero Prim, luego Cánovas del Castillo… La historia se repite porque nos empeñamos en olvidarla.

–Lamento que nos tengamos que volver a ver en esta tesitura. Pero ahora trabajo para un periódico granadino y me he ofrecido a escribirles algo que merezca la pena, algo nuevo que no sea lo convencional y que todos publiquen en estos días.

–Pues yo solo puedo decirte lo de siempre: este país está muerto, muerto, muerto. Lo que necesitamos es una gran revolución. Pero no, no publiques eso porque me tendrán por otro loco con pistola en mano. Me odiarían el doble de lo que algunos me odian. ¿Sabes que he recibido cartas amenazándome de muerte?

Ahogué un grito.

–Pero ¡qué me está contando!

–¿Quieres verlas? Ahí las tienes, sobre mi escritorio.

Me acerqué a su mesa de trabajo y sobre ella vi un montoncito ordenado, imaginé que por decisión de Nougués, pues como era evidente Galdós no podía leer. Algunas estaban introducidas en su sobre y otras solo en parte, y muchas de ellas tenían una clara letra infantil, bien hecha así a propósito o porque su autor era claramente analfabeto.

«Voy a ir a Madrid a cortarle el cuello y a arrastrar su cabeza por la ciudad de Santander. Le voy a quitar la vida», decía una de ellas. A mí me dio un pálpito precipitado el corazón, pero seguí leyendo.

«Voy a daros muerte para que no persigas la religión de Cristo», decía otra. «Debían haberte fusilado ya», sentenciaba la tercera, que pude leer entre hipos. No tuve valor de continuar y las dejé muy consternada sobre su mesa de escritorio.

–Pero ¿cómo no ha dicho nada de esto? No es algo que deba callarse –le regañaba con toda la ternura que pude.

–¿Y qué quieres que haga, tontina? Los que llegan a la fama por una razón o por otra siempre están a expensas de los envidiosos, y en menor medida de los orates. A veces ambos son lo mismo. Vete a saber si el asesino de Canalejas tenía la razón turbada y otros se aprovecharon de él para tomarlo como cabeza de turco. Los políticos y los periodistas son siempre dianas en donde van a dar las opiniones de los necios.

Yo suspiraba por no llevarle la contraria.

–Pero es que a mí me parece que le censuran más lo que dice en sus obras que lo que grita en los mítines. Es para echarse a llorar.

Galdós me agarró la mano y me la palpó cariñosamente.

–No te preocupes, mujer. A este viejo ya no le asusta nada. ¡Memos a mí! Pero tú has venido a pedirme ayuda para tu artículo y yo te voy a dar una curiosidad. Creo que en unos días van a filmar un documento reproduciendo el atentado de Canalejas. Habla con el director de la película, que seguro se hará famosa.

Conseguí, por medio de unos amigos comunes, saber la hora en que recrearían la muerte del político y me acerqué a la Puerta del Sol, donde encontré a Enrique Blanco y Adelardo Fernández Arias, que eran los que dirigirían la peliculita que venía a durar unos cinco minutos.

No recuerdo quién dio vida al personaje del político Canalejas, pero sí del actor que representaba al asesino. Se trataba de un hombre menudo, nacido en el barrio de Embajadores, que había tenido ciertos éxitos en el teatro recomendado por el gran Carlos Arniches. Su registro cómico no se desvelaba en esta dramatización. Una vez terminada de rodar y sin que mediara ensayo recogieron todos sus cachivaches y se marcharon. Antes pude hacerle una pequeña entrevista al actor que daba vida al asesino. Me dijo que se llamaba Pepe Isbert, y no sé por qué, pero ya desde el primer momento le auguré una larga vida en los escenarios.

El documento quedó plasmado en imágenes para la posteridad con el título de *Asesinato y entierro de don José Canalejas.*

A la vuelta a Granada, pude contar anécdotas muy curiosas centradas en el extravagante e incomprensible mundo del cinematógrafo. Me sirvió para amenizar algunas tardes a mi tío, que no paraba de preguntar por las actrices.

Unas semanas después mi cuerpo sufrió el último de los cambios, pero también el más esperado. Volví a ser una mujer convencional, desapareció la leche y sobrevinieron mis terribles días femeninos. ¡Cuántas veces pensé en la lacra que aquello suponía para nosotras! La naturaleza no nos daba tregua.

CAPÍTULO 39

DE CÓMO SUPIMOS QUE GALDÓS SE ENCONTRABA EN LA RUINA

Parecía que todo le iba bien a mi querido escritor porque disfrutaba siendo, por aquel tiempo, el director del Teatro Español, y así comadreaba sin excusas con sus actrices, pero fue a raíz de una entrevista que concedió don Benito cuando saltaron las alarmas sobre la precaria situación económica en la que se encontraba.

El periodista José María Carretero Novillo, que firmaba como «El Caballero Audaz» en la revista *La Esfera*, escribió un artículo entrañable pero quizás algo indiscreto, en donde sacaba a la luz una impresión muy personal reiterando el estado de abandono del escritor, ya abatido por los años. Al final del artículo decía: «Pienso que entre todos los españoles debiéramos proporcionarle un bienestar decoroso; conservarlo como se conserva en el museo la vieja bandera que resultó hecha girones en las victorias; viejo, achacoso, casi ciego, porque sus ciento veinte obras le robaron la vista, tiene necesidad, para vivir, de dictar y torturarse mentalmente durante cuatro horas todos los dias... Y, ¿no podiamos hacer nada grande, nada digno de él, con el fin de evitar esto tan triste...?».

El susodicho periodista omitía decir que el dinero que Galdós había acumulado a lo largo de los años, que era mucho, se había dilapidado, entre varias cosas más, en favorecer a las mujeres que amó, incluyendo sus propios familiares. El escritor mantuvo a varias familias, la suya y las de otros, sin que, según parece, hubiera sido agradecido por ello.

Este comentario final del artículo de Carretero Novillo engendró una idea que se magnificó en toda España, que era la de recaudar dinero para ofrecérselo a modo de premio honorífico, ya que no recibió el merecido Nobel que le hubiera reportado cuantiosa suma.

Para recoger los fondos se instituyó la famosa Junta Nacional de Homenaje a Pérez Galdós con integrantes de peso, como los señores Eduardo Dato, José de Echegaray, el conde de Romanones, el duque de Alba, Jacinto Benavente o Mariano de Cavia. Y rápidamente comenzó la esperada tormenta de opiniones a favor y en contra de tal medida.

Los políticos comprometidos con la causa fueron atacados por los periodistas, compañeros de Galdós durante muchos años atrás. ¿Acaso pretendían los señores del Gobierno adjudicarse el mérito del reconocimiento de don Benito cuando, año tras año, no habían hecho nada por él ni por ningún otro escritor o periodista? Los políticos parecían entender que Galdós era diferente, que nadie como él había retratado a la España de pandereta para convertirla en una España mejor, pero, precisamente por eso, los enemigos del anciano escritor eran muchos y tenían uñas afiladas.

A pesar de ello, se publicó en prensa la manera de unirse al homenaje, incluso de forma anónima, aportando la cantidad que cada uno estimara procedente. Así supimos que Emilia Pardo Bazán aportó una suma importante y que el Ayuntamiento de Santander ofreció cinco mil pesetas.

Aunque la situación para sacar a Galdós de esa posible indigencia me pareció algo bochornosa, pues, a fin de cuentas, todos los españoles quedaban enterados de la mendicidad del más grande escritor que tuvimos en los tiempos modernos, decidí participar con mi propia aportación, por cierto, nada mezquina, que tomé de la herencia de mi padre.

Por eso llegué a Madrid en esas fechas y, como es natural, fui a visitar a Galdós a su domicilio de la calle Hilarión Eslava.

De la imagen que yo recordaba de Benito Pérez Galdós, dinámico, sonriente y dado al mundo, nada encontré en ese busto estático, con gafas oscuras y manos relajadas sobre el regazo, sentado sobre una mecedora que apenas conseguía mover. Le habían tapado las piernas con una manta de cuadros. Era la viva imagen de la ancianidad.

Conservaba aún bastante pelo, tanto en la cabeza como en su hermoso bigote. Con todo, era apuesto, incluso siendo la sombra de lo que fue.

Al oír que alguien pisaba la tarima de su cuarto levantó la cabeza para seguir el sonido. Me acerqué a él y le tomé una mano. Me la acarició sin emitir palabra y luego, llevándosela a la cara, me pareció que me olía, pero lo que hizo fue besarme la mano.

–Querida Carmela, cuánto bueno. Todos los días eché de menos tu compañía. Por aquí ya no viene nadie. Esto es una tumba.

–He venido en cuanto he podido. Quiero hacer mi donativo personalmente. En Granada mi vida se ha hecho algo más fácil y, a pesar de los agravios de rigor que a veces me veo obligada a soportar, todo es agradable. ¿Sabe que hemos puesto luz eléctrica en el caserón de los Cid?

Don Benito cabeceaba.

–A mí eso de la electricidad me ha llegado demasiado tarde. La ceguera es mi amiga devota. Lo único que me saca de esta triste oscuridad es la voz de alguna mujer que tiene el aprecio de venir a leerme, a veces es la encantadora Margarita Xirgu, que como sabes ha estrenado mi *Santa Juana de Castilla* en La Princesa con gran éxito.

–O sea, que aún sigue teniendo admiradoras… –comenté sabiendo que se uniría a la broma.

–Genio y figura hasta la sepultura, querida mía.

Ambos nos reímos.

–Ya sé que figura tiene un rato, no hay más que verlo. Pero ahora, entre usted y yo, quiero que me diga la verdad sobre lo que se está publicando sobre su falta de medios económicos. No quiero volverme a Granada con la sospecha de que todo es cierto.

Galdós levantaba los hombros rendido a la evidencia.

–Mendicante aún no estoy, pero me cuesta llegar a fin de mes. Es natural. Me valía yo antes de mi pluma, escribiendo una novela cada tres meses, y ahora debo depender de que me las escriban dictándolas, lo que es ya un esfuerzo titánico para un hombre de mi edad. A veces pienso que existe Dios, porque, si no..., no se comprende que aún me permita tener la cabeza tan despejada. De todo me ha privado: de mis piernas, que ya no me sostienen; de mis manos, que casi no agarran; de mis ojos, que ya no ven... Pero la cabeza, ay Carmela, mi cabeza está como la de un mozuelo de veinte.

–También su corazón es joven, don Benito –le adulaba manteniendo las bromas.

–Demasiado. Bien dices. Aunque ahora me he vuelto un poco ñoño con esto de la edad. Apenas puedo saber de mi querida Teo, y en cuanto me escribe mi hija María contándome las cosas de mis nietos..., porque ya soy abuelo, ¿no lo sabías?, se me llenan los ojos de lágrimas. Es lástima cómo nos volvemos tan sensibleros al pasar de los sesenta.

–Pues no debe estarlo, porque ahora se ha demostrado que todos le quieren. Ya nadie se acuerda de aquellas tontunas que salieron a raíz del estreno de *Electra*. ¿Lo recuerda?

–Ah, *Electra*, qué tiempos. ¡La que armé! Ahora es cosa bien distinta. Quién me iba a decir a mí que, en mi último estreno, en *Celia en los infiernos*, asistiría el propio rey y me llamaría a su palco para felicitarme. No oculto que me emocioné. Alfonso XIII no me cae mal del todo. Dice que me ha leído y que soy de su agrado. Además, me han chivado que va a dar diez mil pesetas para mi homenaje... Eso es cosa grande para un monarca, ¿no te parece?

Don Benito reía. Le hacía gracia que la monarquía, a la que tanto había atacado en sus mítines y novelas, le reconociera sus virtudes.

Ahora no podría confirmarlo, pero creo que todo el dinero recaudado para el famoso homenaje nunca llegó a las manos de Galdós.

* * *

La polémica del homenaje desmotivó al escritor, pero despertó la curiosidad entre los periodistas más jóvenes, que comenzaron a ver a Galdós como gloria nacional, imagen viva de un dios que todo había experimentado en materia cultural, social y política.

Fue a causa de este movimiento lo que suscitó la publicación de sus memorias en la revista *La Esfera* y, aprovechando don Benito que me encontraba en Madrid por motivos bien diferentes a los literarios, me hizo llamar y acudí a su requerimiento. Llevaba días muy deprimido y me imaginé que necesitaba de compañía femenina, que era la que siempre le estimulaba. Por eso avisé a doña Emilia Pardo Bazán y cité a ambos en el Retiro.

El encuentro le rejuveneció y tras él me propuso lo siguiente:

–Querida niña, me requieren de la revista *La Esfera* unas memorias que irán publicándome y que comprenderán desde mi infancia al actual. Según parece debo ser muy importante, porque dice el director de la publicación que seré reclamo de lectores. –Reía con mucha gracia, con el atractivo propio de Galdós–. Yo ya no tengo la memoria de antes, se fue parte con la luz de mis ojos, pero tú, Carmelilla, tal vez me puedas hacer las veces de eco de mi memoria. Apuntándome todos los disparates hechos en mi juventud quizá me sea más fácil escribirlas. Yo no puedo ni coger una pluma. Es curioso que para escribir sea más necesaria la vista que las manos. Necesito a alguien que mire por mí. ¿Quieres convertirte en mis ojos?

Suspiré. No sabría decir si de sorpresa o de miedo. La doble intención de sus palabras me acongojaba. Mis sentimientos eran tan imprecisos como la vergüenza que me producía ser una parte del viejo Galdós, que, aunque viejo, era el más grande de todos los escritores de nuestro entorno.

Con falsa modestia le pregunté si aquello no debería ser cometido de su eficaz secretario Pablo Nougués.

–No, tontina... Para él será un descanso. Le doy trabajo en demasía. Mi ritmo ha menguado, pero, con todo, agoto a cualquier jovenzuelo que se me acerque. –Don Benito volvía a reírse sabiéndose con la fortaleza de un Sansón–. Piénsalo y mañana me dices, ¿quieres? Total, no sería más que reunir en un solo documento todo aquello que te fui contando en los muchos encuentros que tuvimos desde que llegaste a Madrid. Seguro que tú, querida mía, recuerdas todo lo que yo dije, mis andanzas de juventud y mis pequeños éxitos con la literatura. Y, además, podrás enviármelo desde Granada.

Me lo decía alcanzándome la mano, a la que había llegado palpando su entorno y guiándose, seguramente, por el calor que despedía la mía, que era mucho por mi turbación.

–Prometo que lo pensaré. Ya sabe que ahora soy responsable de otra persona y eso me ocupa mucho tiempo.

–Ah, sí. No digas más. El eterno conflicto de la mujer. Pero has tenido buenas maestras que te enseñaron que cuando hay amor a la literatura, la casa estorba. ¿O es que acaso quieres cambiar la pluma por el mandil?

Me hizo recapacitar don Benito, la tentación era grande.

–Piénsalo, sé buena... –decía tratándome de convencer definitivamente–. En todo lo que he hecho en mi vida ha estado siempre una mujer. ¿No querrás ser tú ahora esa mujer? ¿Ser mis ojos?

En esa disyuntiva, al día siguiente y como habrán supuesto, le confirmé a Galdós mi deseo de ayudarle a recordar su vida, cosa que hice desde Granada, pero con firme propósito de compromiso.

Así comenzamos sus memorias y también el resumen de todo lo que han leído hasta ahora y que me parece ya tan lejano.

* * *

Mi siguiente visita a Madrid por motivos de dinero fue prácticamente para lo mismo, para ofrecer cuantiosa cantidad para una causa a favor del gran Galdós. No se trataba esta vez de ningún homenaje, sino de realizarle una estatua que ya se pergeñaba por uno de los escultores más famosos del momento, el palentino Victorio Macho.

Don Benito conoció al joven escultor en Santander, en sus veranos de San Quintín. Llegó a sus oídos que el artista trabajaba en un busto suyo con dimensiones reducidas. Tendría por entonces unos veintisiete años y a don Benito le gustó ese hombre delgado de aspecto bohemio que vestía con sombrero de ala ancha y peinaba una larga melena.

Se hicieron amigos, siendo esta relación de casi abuelo y nieto. Al estudio de Victorio Macho en Las Vistillas acudí a darle la noticia de que yo también colaboraría con un aporte pecuniario. Tan pronto me dejó entrar en aquella sala destartalada y diáfana me di cuenta de la gran obra que emprendería.

–Pase, pase, señora…

–Carmela.

–De usted me ha hablado muy bien el abuelo…, quiero decir, el señor Galdós. Yo le nombro así a veces, porque le considero como si lo fuera. Siéntese, no pierda cuidado, retire cualquier cosa que le estorbe.

Macho se secaba las manos después de habérselas lavado en una jofaina. No sé muy bien de qué estaban manchadas, quizá de barro. Vestía con pantalón y camisa blanca, que tenía arremangada hasta los codos. Solo con un golpe de vista podía apreciarse su actitud artística, eso es algo que se desprende de quien tiene la capacidad de crear.

–Así que también usted quiere aportar su granito de arena.

–No es mucho, pero aquí lo tiene.

Le entregué un sobre, lo abrió y contó rápidamente los billetes, pero sin sacarlos.

–¡Espléndido! Si así aportaran también las demás instituciones la escultura estaría ya terminada. Lo haré llegar al responsable.

Se acercó a un armario y tomando una botella de vino me ofreció. Rechacé su ofrecimiento amablemente, pero él se sirvió un vaso, que era de cristal muy basto, casi como los que suelen usarse en las casas de pueblo.

–¿Cómo va la recaudación? –pregunté.

–Hay de todo. Calculo el bloque de piedra en unas doce mil pesetas y todavia queda por acercarnos. Hay donativos de diferente cuantía. El Ayuntamiento de Madrid, el Casino, el Círculo de Bellas Artes y la Real Academia han aportado mil. Muchos ciudadanos ofrecen hasta veinticinco céntimos. Lo conmovedor es ver cómo los madrileños quieren «al abuelo».

–Supongo que no podrá revelar cómo será el monumento… –insinué con esperanza de que algo me dijera. Pero los artistas son tumbas si es cuestión de desvelar sus creaciones.

Macho rio.

–No, señora, no. Aunque puedo avanzar que reflejará mi idea del escritor, tal y como yo le veo y lo siento.

O sea, como un abuelo, pensé yo, pero no lo dije por si se molestaba.

–Galdós está contento con el resultado. Ha venido a visitarme varias veces, incluso al otro estudio de la carretera de Extremadura, que es donde le doy forma. Sus dimensiones son grandes y aquí apenas puedo moverme.

–¿Y cómo es que don Benito está conforme si no puede verse? –pregunté algo indiscreta.

Macho sonrió y afirmó aceptando la ironía del comentario.

–Le acerqué a la escultura y dejé que la tocara con las manos. En los invidentes de nacimiento el tacto está muy desarrollado, Galdós ha de aprender, pero noté que sonreía. Creo que acerté.

–Entonces no queda más que esperar al día de la inauguración. Espero que sea muy pronto.

* * *

Llegó pronto, al menos para mí. Las idas y venidas de Granada a Madrid aceleraban mi vida, lo que era ciertamente agradable queriéndola soportar como era, capeando la hipocresía familiar, añorando la compañía de un marido y buscando mil maneras de dedicar algún tiempo a Manuela.

Mi hija crecía. Nunca se quejaba de jugar sola y eso la hacía para mí más valiosa, porque era un duplicado de mí misma. No es que esto fuera lo que deseaba destinado para ella, pero al menos nada nos tendríamos que reprochar.

Más pendiente, a veces, de las noticias que se sucedían sin tregua que de mi vida personal y familiar, me encontré en el día de la inauguración del monumento de Victorio Macho dedicado a Galdós, que para más señas fue el 19 de enero de 1919.

El homenaje del pueblo de Madrid a Galdós no pasó desapercibido en ninguna ciudad de España, tampoco en Granada, así que me ofrecí a la prensa de mi ciudad, como era natural, para describir el acontecimiento con la mayor exactitud.

Unas horas antes de realizar el acto, el escultor y algunos representantes del Gobierno se acercaron a recoger a don Benito a su hotelito de Hilarión Eslava. Permanecí en la puerta observando y en parte imaginando lo que pasaría dentro de la casa antes de que asomara Galdós a la calle.

Era algo ya sabido por sus amigos cercanos. Cuando el escritor deseaba salir a pasear, cosa que hacía con vehículo, pues sus piernas no le sostenían, realizaba el mismo rutinario trayecto doméstico: bajaba con mucha dificultad las últimas escaleras que daban al portal de la casa, impulsaba pasos menudos por el suelo casi siempre con ayuda de algún criado y finalmente se sentaba en una silla que tenían ya preparada para su descanso en medio del itinerario hacia el coche.

Lo sujetaban dos personas por debajo de los sobacos, pues, si no, se caía, pero él animaba a que lo trasladaran hacia el vehículo que habría de llevarlo a ver la vida que, por imposición de la enfermedad, no podría conocer desde el interior de su despacho.

Costó introducirlo en el coche que envió el Ayuntamiento de Madrid, pero finalmente se consiguió. Las personas congregadas allí tomamos otro para seguirlo hasta el parque del Retiro, lugar donde la estatua esperaba ser descubierta, entre árboles centenarios y rodeada de un hábitat natural que tanto gustaba al escritor.

En el paraje romántico del parque más popular de Madrid hallamos ya a un gran número de personas. Victorio Macho se sorprendió del buen seguimiento y puso al corriente a Galdós, pues a pocos se esperaban.

–Abuelo –le dijo–, buen lío hemos armado. Ya le esperan a usted para aplaudirle, incluso los guardias municipales con sus flamantes uniformes. Todos le admiran y quieren. ¿Vamos hacia allá?

Pude ver a Galdós sonreír, y eso me consoló, porque temí que los nervios le hicieran pasar un mal momento. Le oí responder:

–Adelante, joven Macho. ¡Adelante, siempre adelante!

Era enternecedor ver a aquel anciano animar a todos los jóvenes que le rodeaban. Se tambaleaba, palpaba el frente incierto que no podía ver con la mano extendida y con la otra se apoyaba en su bastón.

Vestía con gabán largo y oscuro, oculto tras las gafas opacas que no dejaban ver esos ojos pequeños y curiosos, pero sin vida. Una bufanda de seda blanca le colgaba del cuello, bien anudada, y resaltaba en contraste con el cigarro, también blanco, que apretaba entre los dientes.

Llegó al grupo y ya desde lejos pude comprobar que, a pesar de sus pasos torpes y su avanzada edad, sobresalía en altura a muchos de ellos. Los primeros que acerté a reconocer fueron los miembros del Ayuntamiento y a su alcalde, Garrido Juaristi. Como venía siendo habitual solo se contemplaban gabanes negros y sombreros masculinos. ¿Dónde estaban las mujeres? Algunos me miraron de refilón y con gesto incómodo. Y es que hasta allí solo se podía llegar con invitación, razón por la cual se quedaron fuera las actrices, amigos y conocidos varios del escritor. Gracias a que me identifiqué como periodista, y eso que tuve que explicarlo con mucho detenimiento, consintieron en dejarme pasar, cosa que hice con mucha prudencia, de ahí que no saliera en ninguna de las fotos.

La mole de piedra estaba tapada con una bandera española, así que la incógnita permanecía y todos deseábamos desvelar el misterio. ¿Cómo sería el Galdós de Victorio Macho? ¿Reportero intrépido? ¿Orador político? ¿Escritor sesudo? Muy pronto lo sabríamos, pero mientras tanto yo observaba mi entorno y escuchaba ya la música de la banda municipal cercana a una mesa que habían colocado para los maceros del Ayuntamiento, que iban a custodiar la estatua hasta que se descubriera.

Entre todos los allí reunidos no había representación gubernamental. Me alegré de que Galdós estuviera ciego para no poder ver que nuevamente nadie del Gobierno le respaldaba.

Sentaron a don Benito en un sillón de madera, con apoyabrazos labrados. Parecía un rey dispuesto a sentenciar. Pero su porte, aunque regio, era fundamentalmente benevolente y sereno. Para mí que disfrutaba de ese momento tan esperado desde hacía años.

Entonces, la banda municipal comenzó a tocar con aire marcial combinando músicas muy oportunas, y entre ellas se coló la de una ópera basada en uno de sus *Episodios Nacionales* y en la que el maestro Lapuerta puso acordes singulares. El sitio de Zaragoza se había convertido en melodía, lo que fue bien recibido por el escritor, que parecía que movía un pie al ritmo de la ejecución.

En ese instante destaparon el monumento arrastrando la bandera, que cayó a los pies del Galdós esculpido en piedra, y una ovación llevó al aplauso general y de nuevo a un resonar de la banda.

El cuerpo esculpido por Macho era de una gran sencillez. Había reproducido a don Benito como anciano, sentado sobre un sillón con adornos de leones, para mí, simbología muy propicia, pues todos sabíamos que Galdós era tan arrojado y vigoroso como los grandes felinos. Parecía que la estatua, aunque viva, dormitaba, con las manos entrecruzadas sobre el regazo. Era una pose serena, distinguida, tal y como solía reposar en su casa, diariamente, con una manta sobre las piernas.

Miraba a don Benito, sentado en su sillón de madera, inerte, sonrosado, y lo comparaba con su estatua de piedra blanca de Lérida, y era él mismo, repetido, con la misma expresión galante. Ambos parecían pensar en los relatos que pronto esbozarían.

Me acerqué por detrás y con sigilo le murmuré en un oído:

–Don Benito, ahí está usted convertido en estatua y fíjese que un pajarillo se le ha puesto sobre la cabeza. Ahora se hará amigo de los animales del Retiro.

El anciano sonrió pícaramente y contestó:

–¡Qué granuja! Mira que ponerse sobre mi cabeza...

No hubo tiempo de comentar nada más, alguien me empujó hacia una esquina más discreta porque el alcalde iba a decir unas palabras. Se subió sobre la base del monumento, en donde solo se veían, sencillas y claras, las letras que componían la palabra «Galdós», y comenzó a gritar con grandes aspavientos. Del discurso, largo y muy pomposo, recuerdo claramente las frases que siguen:

–No he de hablar de nuestro Galdós como patriarca de las letras, sino como madrileño y madrileñista. Nadie como él describió la calle de Toledo y nadie como él ha amado tanto al pueblo de Madrid.

Los asistentes silbaron y aplaudieron de emoción al oír pronunciar estas verdades. ¿Era una lágrima la que caía por la mejilla de don Benito? Me hubiera gustado acercarme y darle la mano, pero no me fue posible.

¿Cómo nos imaginaría Galdós desde su mundo sombrío? ¿Cómo podría, más tarde, recordar lo que allí hubo si no podía vernos? No parecía importarle en demasía, su postura era cómoda, relajada, con los pies cruzados como lo podía hacer en el salón de su casa. Y no era para menos, porque así estaba, en su casa, que era Madrid desde que llegó desde su Canarias natal.

Levanté la cabeza para buscar al escultor de la magnífica obra y no lo hallé. Los fotógrafos hacían fotos a cada momento, pero Macho no aparecía. Finalmente lo vi semiescondido entre la gente. Con generosidad cedió el protagonismo a su querido abuelo, en el día en que Madrid le reconocía como su figura más ilustre. Me acerqué a él, y le pregunté:

–¿Cómo se siente usted, señor Macho, en un día tan grande como el de hoy?

El artista, con su melena rebosante tras el sombrero de ala ancha, suspiraba de emoción.

–¿Cómo he de sentirme? ¡Complacido, pletórico! Esta escultura no me ha reportado ni me reportará beneficio económico, pero cada vez que una persona pasee por el Retiro sabrá quién fue Galdós gracias a mí. Eso compensa cualquier falta de dinero, ¿no le parece, amiga Carmela?

Mientras esto hablábamos, un grupo de niños guiados por un adulto se acercó al sedante escritor, que recibió de su parte un ramo de flores. Se trataba de una pequeña e infantil representación del Colegio de Sordomudos y Ciegos, que entusiasmados comentaban a don Benito que ya estaban ensayando el primer acto de *Marianela.* La novela no había sido elegida en balde, a pesar de su trágico final, pues su protagonista, la feúcha y mísera Marianela, se había enamorado de un ciego, Pablo, que por azares del destino recuperó la vista tras una operación. No viene a cuento contar más detalles de esta historia, sí lo que vino después, que fue la entrega del acta de la inauguración oficial del monumento.

Galdós recibió un pergamino que un conocido cercano tuvo el detalle de leerle:

«En Madrid, a XIX de enero de MCMXIX, en presencia del excelentísimo Ayuntamiento de esta villa y corte, se procedió por el excelentísimo Sr. D. Luis Garrido Juaristi, alcalde presidente, a la ceremonia de inaugurar la estatua del excelso novelista y dramaturgo don Benito Pérez Galdós, erigida por suscripción pública, y situada en el lugar del Parque de Madrid denominado paseo de los Pinos. La Comisión ejecutiva, compuesta por Victorio Macho, escultor y autor del monumento, y los escritores Serafín y Joaquín Álvarez Quintero, José Francés, E. Ramírez Ángel, Marciano Zurita y A. González Blanco, hace en el día de hoy solemne entrega de ella para su custodia a la expresada villa de Madrid.

»Y para que conste firman esta acta todos los asistentes a la ceremonia».

* * *

Galdós quedó inmortalizado en una foto firmando el documento, con el gorro ladeado y su bufanda blanca abrigándole el cuello. Ya se presentía el final en su cara dulce pero afilada, en la que el largo bigote disimulaba las muchas arrugas que habían puesto allí los años.

Miré el monumento ahora que estaba solo y sin espectadores y me pareció más un túmulo sepulcral. ¿Sería la obra de Victorio Macho un presagio de lo que llegaría?

CAPÍTULO 40

DE CÓMO GALDÓS SE CONVIRTIÓ EN PIEDRA... PARA SIEMPRE

La Granada a la que volví era una ciudad trasnochada. Mi padre ya se lamentaba del declive artístico y patrimonial, del cual resultó el más crítico observador de su generación. La ciudad que le dejó mi abuelo, la de los terremotos e incendios, era una Granada moribunda pero romántica, que plasmó su impronta en los retratos que de ella hicieron Washington Irving, Théophile Gautier o Mérimée. Esa imagen adulterada de la Granada orientalista no nos fue demasiado propicia, pero, a fin de cuentas, favoreció que mi ciudad se convirtiera en el centro neurálgico de pintores y escritores del XIX.

Otra cosa era la Granada de mi padre, que se constreñía por el querer y no poder. Largos años pasaron hasta que llegara el flamante siglo XX, y se percibieran los primeros atisbos de reconocer su fracaso; a partes iguales era Granada la más grande ciudad de España y la más grande en desaprovechar su potencial.

Supongo que la desaparición de Ángel Ganivet, el hijo del molinero que terminó como diplomático en Riga y que se suicidó tras airear tantas veces las bellezas como las inmundicias de Granada, forzó a los intelectuales a buscar soluciones.

Pero las soluciones se retrasaban y lo que venían eran los descontentos de una población sometida por las desigualdades económicas. Eran tiempos de poca cultura y mucha política. Por primera vez en siglos se planteaba un sentimiento de rebeldía inspirada por el ya aclamado regionalismo de otras provincias andaluzas. Sevilla despertaba a la realidad echándole un pulso político al Gobierno central. Hasta que Blas Infante planteó un regeneracionismo andalucista, Granada parecía conformarse con ser segundo plato, llegándole las migajas desde Sevilla o Madrid. Pero es que Granada nunca supo luchar para sí, y mucho menos por la defensa de sus grandes y buenos valores. Sus gobernantes fueron, con escasas excepciones, de incapacidad manifiesta; protestando por menudencias y centrándose más en colmar sus bolsillos y apoyarse en los caciques que proliferaban por doquier.

Por eso los ánimos granadinos estaban exaltados. El Regeneracionismo andalucista que ponía su atención en las desigualdades sociales se extendía entre el campo granadino, como se extendía también entre la mayoría de las provincias del sur.

En aquellos días de enero y febrero de 1919 las revueltas se sucedían, la mayoría contra uno de los caciques más conocidos de la ciudad, casualmente hermano del alcalde Felipe La Chica. Juan Ramón, el cacique, era diputado al Congreso por Granada y enfrentaba a periodistas, políticos y agricultores por igual. La prensa polemizaba contra él, convirtiéndolo en ridículo personaje de novela. Nadie, en Granada, se encontraba ausente de mostrar su opinión contra este peculiar sujeto.

Estábamos sobre un polvorín a punto de estallar y como no era la primera vez que lo presenciábamos, se esperaba la rebelión callejera, que llegó un 11 de febrero y se mantuvo hasta el día siguiente, con manifestaciones y enfrentamientos contra la Guardia Civil en diferentes zonas, entre ellas, las plazas más significativas.

Se sucedieron aquellos días insólitas carreras ciudadanas seguidas por disparos de lo más cruento, hechos al aire como casi siempre y con resultado de muertes como casi siempre. Era del común que un Guardia Civil disparara al aire e hiriera a un estudiante o a un botillero que por allí pasaba. En esta ocasión no fue una excepción.

Por lo que supimos después hubo tres fallecidos. Lesionados muchos, recibiendo golpes o empellones por los caballos de la guardia. El primer herido de muerte, como era costumbre, un estudiante. El segundo, un mozo de estación. El tercer sacrificado por la refriega fue una mujer asomada a un balcón de una casa de la calle

Mariana Pineda, esquinada a la plaza del Carmen, y que recibió un disparo de fusil en el cuello. Este desgraciado incidente acaparó una atención social desproporcionada, quizá por ser una joven recién casada, hija y hermana de militar.

El fallecimiento de estos tres ciudadanos más los heridos que se multiplicaban por las calles indignaron, en especial, a todos los revoltosos que contravenían las normas impuestas por los caciques. La violencia llamó a la violencia y durante unos días, incluido el del entierro multitudinario de las víctimas, Granada parecía en pie de guerra.

Entendiendo que la situación era preocupante y queriendo orientar lo sucedido hacia un alcance social, me atreví a proponer al periódico *El Noticiero Granadino,* que se mantenía en una clara lucha *antilachiquista,* desarrollar los hechos en un artículo para lo cual era imprescindible hablar con la familia de la mujer asesinada para que, si así lo deseaba, pudiera expresarse públicamente.

Con esta idea en la cabeza fui a ofrecerle al señor Juan Echevarría y Álvarez, director y fundador de dicho periódico, un amplio reportaje que no podría dejar indiferente a nadie, aprovechándonos, por qué no decirlo, de la polémica ya generada antes y después de los altercados.

El director, que conocía mi seriedad en estas lides, vio con buenos ojos mi ofrecimiento. En el tiempo en que permanecí en Granada ya había escrito artículos sociales para diferentes periódicos que analizaban la situación de las zonas más desprotegidas de esta mi ciudad. Recuerdo con especial cariño los dedicados a la Manigua, en donde se refugiaban las mujeres públicas, o el de las cárceles y orfanatos. También dediqué una serie de artículos a los tipos sociales granadinos, para lo cual entrevisté al cabrero que ordeñaba a sus bestias en plena calle Reyes Católicos, o a un aguador del Albayzín que limpiaba sus cilíndricos depósitos repletos de agua introduciéndoles pequeños galápagos

–Ya veo… –aclaraba el director del periódico comprendiendo mi ofrecimiento–. Analizar la sociedad en que vivimos bebiendo directamente de las fuentes. Quiere usted hacer de un Mesonero Romanos o de un Benito Pérez Galdós.

–Cualquiera de ellos me vale –sentencié–. Aunque a ninguno me puedo comparar. Que lo que salga tenga mi firma propia es lo que todo escritor desea.

Me miró reflexionando sobre mi comentario. Creo que mis palabras se malinterpretaron, porque me refería a que todo escritor debe tener su propio estilo, su firma propia, pero él entendió que reclamaba firmarlos con mi propio nombre.

Tras unos segundos de cavilar, lo hizo con la picardía periodística.

–Encuentro que podría ser una visión novedosa, y mucho más si la hace desde ese punto de vista de la mujer actual. Nos sería de gran ayuda que usted, como parte femenina, pueda reflejar el dolor que ha supuesto para esa familia perder a un ser inocente en una refriega tan violenta. ¿Le parece que firmemos esos artículos como Carmela Cid?

Nada tuve que objetar, a pesar de que esta vez mi condición femenina me estaba enviando equivocadamente hacia una visión de mí misma que quizás aborrecería. Pero después de tantos años me lo había merecido. Y la satisfacción de hacerlo en mi propia casa me llenó de un orgullo ridículo.

Tan contenta me puse que al llegar a casa escribí la novedad a don Benito. Como otras veces hiciera a lo largo de los años, esperaba a que él me contestara con diligencia aprovechando en la misiva la introducción de algún suceso madrileño de enjundia, pero esa vez no sucedió, esperé y esperé, pero la carta que habría de compartir mi dicha no pudo ser escrita.

* * *

El verano de 1919 fue muy diferente para Benito Pérez Galdós. Los médicos le desaconsejaron viajar a San Quintín, lo que confirmó su amigo de confianza Gregorio Marañón. Pasaba la mayoría de los días en casa, descansando, pero su espíritu era como el de su personaje Estupiñá, al que la calle le daba la vida.

Con todos en contra insistía en salir y el 22 de agosto pidió un coche abierto para ver la ciudad. Su semblante, algo inexpresivo, cambiaba según llegaban a él los sonidos que le perturbaban. A veces las risas de los chavales le contagiaban y curvaba los labios en un gesto amable. Bajaba la cabeza buscando un punto donde evocar a todos los niños que pasaron por su vida. Y si al pasar con el coche el afilador hacía sonar su chiflo, Galdós se erguía atento a la estridente llamada.

Al llegar al Parque del Oeste, que hacía pocos años habían inaugurado, percibió el entrechocar de las hojas de los árboles, agitándose con la brisa veraniega. Suspiraba. ¿Le recordaría eso a su querida Santander?

Todo esto me lo contó Pablo Nougués, porque en esas fechas yo aún no estaba en Madrid. Eso sí, todo lo que le sucedía a Galdós era para mí prioridad absoluta y diariamente trataba de conocer su estado, bien por medio de la prensa o llamando a su casa, pues ya contaban con teléfono propio.

Así supe que al día siguiente don Benito se encontró indispuesto. Se metió en cama y allí se quedó, muy quieto, sin tener ganas de hablar. De tal guisa estuvo varios meses hasta que, finalmente, recibí un telegrama muy preocupante en el que me advertían de que el enfermo había empeorado a causa de un grave ataque de uremia.

Era finales de año, pero no me importó hacer un nuevo viaje, aunque fuera con carácter de urgencia. Tuve un grave presentimiento, así que se me ocurrió una idea descabellada.

El día 30 de diciembre de 1919 nos trasladamos a Madrid las tres mujeres de la casa. Nos alojamos en un modesto hotel del centro, muy próximo a la Puerta del Sol.

Dejé a Delmira y a Manuela con intenciones de hacer turismo y corrí a la casa de don Benito, y en ella entré con temores más que fundados.

La impresión de ver a Galdós ausente de actividad, inerte, colocado como un muñeco sin hilos en medio de la cama y arropado hasta el cuello, fue difícil de superar. Me lo advirtieron antes de entrar en su alcoba y, con todo, me causó espanto. No me reconoció ni abrió los ojos cuando le acaricié el pelo, que tenía algo enmarañado por la imposibilidad de asearlo. Salí llorando al pasillo y sonó el teléfono. Era el secretario particular del rey Alfonso XIII que llamaba, como cada día, para interesarse por la salud del escritor.

Los temores se aceleraron amaneciendo el día 31 de diciembre. Uno de los amigos que le velaba, viéndome compungida, me llevó a un rincón del salón donde se congregaban los demás y me dijo:

–No sé si usted está al corriente, pero se lo digo para que no le haga mención del caso a don Benito. Quizás aún nos entienda y no queremos acelerarle el inevitable estado. Nos ha llegado una noticia muy triste. La señora Teodosia, ya sabe, su íntima amiga, ha muerto hoy.

Imaginen la desazón que me entró.

* * *

La muerte había entrado ya para no irse de la casa de Galdós. Tres días después del fallecimiento de su amada Teo, de madrugada, rodeado de su hija María, de su yerno José Verde, de su sobrino José Hurtado de Mendoza y de su ahijada Rafaela González, halló el escritor finalmente la paz, tras una agonía de varios meses.

Era, oficialmente, el día 4 de enero de 1920.

La noticia corrió como la pólvora entre sus muchos amigos, algunos ya esperábamos resignados el final. Alguien, no recuerdo quién, salió a la puerta del hotelito donde residía en la calle Hilarión Eslava y a la gente que aguardaba, entre los que se encontraban lectores incondicionales, prensa y vecinos, anunció el desenlace.

El lunes, el Gobierno decretó luto nacional y manifestó el deseo de cubrir los gastos económicos del sepelio. Se hizo público que en el entierro se rendirían honores a Galdós como personaje público nacional.

La familia ordenó el embalsamamiento del cuerpo. Un escultor, que yo no conocía, se ocupó de realizarle la mascarilla mortuoria a Galdós y también un vaciado de la mano derecha, con la que escribió todos y cada uno de sus *Episodios Nacionales.*

Como era común entre los fallecidos que han tenido una vida célebre, permitieron que fuera despedido públicamente, por lo que fue exhibido su cadáver en el Ayuntamiento. El teniente de alcalde del distrito fue a buscarlo en furgón fúnebre y lo escoltó con ayuda de guardias municipales a caballo, hasta la plaza de la Villa, donde se colocó como capilla ardiente en el *hall*, que algunos llamaban «de cristales».

A pesar de ser muy de madrugada, pasados pocos minutos de las siete, la gente se agolpaba ya para ver llegar el coche mortuorio y ponerse, finalmente, a esperar su turno para ofrecer los merecidos respetos.

Como las fiestas de la Navidad no habían concluido, algún despistado preguntó por lo que se celebraba al ver a tanta gente en la calzada. Otros se alertaban creyendo que la guerra que se libró fuera de nuestras fronteras y que terminara un año y pico atrás se declaraba ahora en las calles madrileñas.

Riadas de gente, agolpadas algunas y otras formando respetuosa fila, ocupaban la plaza de la Villa, la cercana calle Mayor y las estrechas que llevaban a los lugares más populares de la ciudad.

Guardias a caballo procuraban ordenar a toda esa muchedumbre afligida que esperaba calmosa, aunque desorientada, por no saber lo que irían a encontrar dentro del Ayuntamiento. Y fue sobre las diez de la mañana cuando les dejaron entrar al *hall* de cristales, donde hallaron –hallé– a don Benito reposando dentro de un ataúd que estaba abierto hasta la mitad del cuello, dejando bien visible su gesto sosegado, ausente de dolor, cuyos ojos cerrados me sobrecogieron. ¿Dónde se habían ido sus ojos? ¿Qué vería, a partir de ahora, en el cielo que dicen de los escritores, el Parnaso donde solo se lee y se narran historias que nunca sucedieron?

La sala donde reposaba el féretro estaba cubierta de telas atezadas, del color del azabache, brillantes en sus muchos pliegues, pero profundamente enojosas, negras como ala de cuervo. Con ellas de fondo resaltaban coronas de flores con bandas recordatorias de quienes las enviaron. Una de la Pardo Bazán, otra del Ateneo de Madrid, algunas más de los periódicos en donde colaboró Galdós, la última con la dedicatoria de la actriz Margarita Xirgu.

Fue esta uno de los asistentes más llamativos, acudiendo a ver a Galdós con lágrimas en los ojos, muy afectada, quizá demasiado, y abrazándose al féretro prorrumpió en un llanto amargo que a todos nos heló la sangre. Yo intentaba mantenerme entera, pero me fue imposible. Cuando llegó el famoso torero Machaquito, que llegaba desde Córdoba con la urgencia del momento, ninguno podía ya contener las lágrimas. El hombre acostumbrado a verse en peligros propios de su oficio se derrumbó ante el ataúd transmitiéndonos su amargura.

No fueron los únicos, incluso la gente del pueblo pasaba frente a Galdós y le arrojaban flores. Una mujer con mantón de Manila se santiguó, se arrancó el clavel que llevaba adornando su cabello y se lo ofreció con gesto de Fortunata. ¿Sería ella, engendrada en planchadora de Lavapiés? Tampoco se libró Galdós de las lágrimas de las damas de alcurnia y de otras menos altivas, pero igual de agradecidas por dejarlas plasmadas en sus novelas. Quizá pasó de largo Jacinta Arnaiz y yo no la vi.

Todos los personajes a los que dio vida don Benito, aquel periodista impetuoso que llegó de Canarias, pasaron a ofrecerle sus respetos. Mozos de cuerda, botilleros, amas de cría, barberos, memorialistas, cigarreras o pobres de solemnidad. Todos conocían a Galdós sin haberlo leído.

* * *

La plaza de la Villa y las calles aledañas, algunas muy estrechas, contenían el dolor de miles de personas. Expresaban estas un silencio respetuoso y conmovedor, solo alterado por el grito plañidero de alguna cigarrera o chulapa de clavel, que recordaban a don Benito de su juventud, cuando paseaba por los mercados, quizás el cercano de San Miguel, o las verbenas.

Cuando salió el féretro, un aplauso atronó las calles, rompiendo el vacío del silencio anterior. Era tanta la muchedumbre que no hubiera podido moverme ni un palmo de mi lugar, así que derrotada por la demostración de cariño decidí no acudir al cementerio de la Almudena.

Fue una decisión precipitada que respondía más al amor que sentía por el viejo y bondadoso Galdós, negándome a recordarlo para siempre bajo una losa. Ya había enterrado a un padre y no quería enterrar a otro.

Comencé a llorar sin vergüenza alguna, viendo cómo el río de gente fluctuaba, serpenteando hacia la calle Mayor, dejando libre la entrada al Ayuntamiento. Algunos que me reconocieron me abrazaron, otros me saludaban tocándose el sombrero, y allí quedé esperando que el final de la última novela de Galdós describiera un guiño a la Historia, que se irguiera de dentro de su ataúd y nos dijera a todos: «Esto es una broma, una ironía de las muchas mías». Pero no, que no ocurrió.

Resignada, me calé el sombrero y al hacerlo, despeinada seguramente por el rabioso impulso, noté que me tocaban en el hombro.

–Señora, un hombre preguntó por usted en la capilla ardiente y ahora que la veo vengo a decírselo.

Era el ordenanza del Ayuntamiento, que había colocado las flores en la capilla, y con él conseguí hablar unos minutos.

–¿Y dónde está ese señor?

–No lo sé, creo que se marchó.

–¿No dejó su nombre?

El bedel sacudió los hombros. Eran muchas las personas que habían pasado por allí en las últimas horas.

–No, pero a poco que se esfuerce lo reconocerá, tenía el pelo más rojo que una antorcha.

El corazón me dio un vuelo, si es que eso es posible. Latió tan fuerte que me hizo daño en el pecho.

Salí corriendo en dirección imprecisa, empujando a un buen número de viandantes, entre los que me abrí paso pegando codazos. Me creyeron histérica por la aflicción del entierro y por esa razón me dejaban espacio por el que pasar. Cuanto más corría más sensación tenía de introducirme en un laberinto del que era imposible salir, y después de dar varias vueltas me encontré en la misma plaza, solo que al otro lado.

Aterrada por haberme perdido la oportunidad que me brindaba el destino, me escondí tras una farola y me senté en el suelo. Flexioné las piernas y me tapé la cara, conteniendo un ligero mareo. Comenzaba a acusar las consecuencias de la falta de sueño, que no me dejaba pensar. «¡Qué día tan funesto!», pensé.

Así pasó un tiempo imposible de cuantificar, pues apoyada sobre mis rodillas me pareció que perdía el sentido. Tomé conciencia cuando de nuevo me tocaron en el hombro y al levantar la cabeza di por segunda vez con el amigo bedel.

–Ahí está, señora. Resulta que no se había marchado, estaba esperando dentro de la capilla –me decía gozoso–. Ahí está el señor con pelo de antorcha.

Me señaló hacia el final de la plaza y allí vi a un hombre vestido de gris.

Me levanté temblona y con temor me aproximé a él. No me apresuré, me di cuenta de que Eduardo no se movía, esperándome con las manos metidas en los bolsillos de su abrigo y ocultando la cara bajo un gorro de fieltro.

Llegué y paré muy cerca. Solo se me ocurrió decirle:

–¿Ahora gastas sombrero?

–Es que soy médico de pueblo, pero muy respetable. Hay que guardar las formas.

Lo dijo sonriendo, con su habitual sarcasmo que a mí tanto me divertía. Era el mismo, algo más viejo, algo más atractivo y mucho más pelirrojo.

–Te busqué, pero no di contigo –aseguré.

Eduardo se quitó el sombrero y jugueteó con él unos minutos.

–Pues yo he tenido más suerte. Sabía que hoy te encontraría aquí.

Callé. Su comentario me hacía volver a la realidad que era la muerte de Galdós.

–Lo siento mucho –manifestó Eduardo–. Sé lo que significaba para ti.

El viento frío de enero nos hizo perder la estabilidad. Me levanté el cuello del abrigo y Eduardo hizo lo mismo. Me tomó del brazo y me llevó a un rincón, donde nos resguardamos.

–¿Puedo invitarte a un café? Creo que tenemos que decirnos algunas cosas.

Sonreí. Lo cierto es que me hacía mucha falta ese café.

–¿Te has casado? No, no me lo digas. No me concierne. Te aceptaría ese café, pero no hoy. ¿Qué tal si mañana quedamos en el Retiro? –propuse.

Eduardo aceptó con un gesto de asentimiento.

–El Retiro es muy grande. ¿En qué parte y a qué hora?

–A las doce, en la estatua de Galdós. Quiero que sea testigo de una cosa que tengo que decirte.

Allí quedamos emplazados.

* * *

Era el día 6 de enero de 1920, por tanto, día de Reyes y festividad muy esperada por los niños. Quizá por eso, Manuela protestó mucho por tener que salir a la calle, poniendo como excusa que en el hotel jugaría mejor con sus muñecas nuevas. Tardé mucho en convencerla, pero sobornándola con comprarle golosinas y barquillos consintió finalmente en ir al Retiro, y eso que hacía frío de veras. Me aproximé sola a la estatua de Galdós, dejando a Delmira con Manuela en libertad condicional hasta que un gesto mío les obligara a entrar en escena. Quería tenerlo todo controlado para causar el efecto merecido, pues había esperado demasiado tiempo para representar la comedia.

La improvisación me frustró el cumplimiento de un deseo que esperaba conseguir nada más llegar al Retiro. Iba yo con un gran ramo para dejar de recuerdo en la estatua de don Benito y encontré que ya otros ciudadanos habían tenido la misma idea. La obra de Victorio Macho estaba casi enterrada entre claveles y margaritas, alguna corona extraviada del sepelio y muchas notas que avisaban de mensajes íntimos y muy cariñosos.

Dejé mis flores a los pies de la estatua y alcé la mirada para ver el rostro pétreo del que fuera mi amigo.

–¿Imaginabas que los demás madrileños no iban a acordarse?

Eduardo estaba tras de mí, había llegado sin hacer apenas ruido.

–Sí, tengo que confesarlo. Pensé que nadie se acordaría de este monumento ni de Galdós el día después de su entierro.

–Le has dado lo mejor de tu vida, pero quizás ahora debas plantearte que con su muerte ya no es solo tuyo, ahora es de todos.

Suspiré, tenía toda la razón. Sus palabras dolían, pero eran ciertas.

–¿Fue eso lo que te separó de mí? ¿Se interpuso él entre nosotros?

Creo que le resultó difícil contestar, quizá porque pensaba que su sinceridad abría de nuevo una brecha en nuestro encuentro.

–No deberíamos reprocharnos nada cuando ya es imposible cambiar lo que nos hizo daño. Yo estoy aquí y eso es lo importante.

–Claro que lo es.

Acallamos nuestras palabras y fuimos conscientes de que no estábamos solos. La gente paseaba por el parque del Retiro, los niños jugaban con sus aros nuevos y correteaban alrededor de la estatua, ignorantes muchos de ellos de la identidad de ese anciano sentado sobre un trono de piedra.

–Te escribí a la casa de la calle Areneros, pero no respondiste.

–Oh, vaya. No vivimos mucho tiempo allí. Al poco de irte una circunstancia me hizo volver a Granada y desde entonces he vivido en mi casa, la de los Cid, ayudando a Galdós desde la lejanía. Creo que sus memorias no quedaron mal del todo y me alegro de haber contribuido un poco a ello. Incluso hasta me propuse escribir una novela de corte histórico, pero luego..., no sé, me pareció demasiado complicado.

–No todos los escritores podéis ser Galdós.

Me reí de su ocurrencia.

–Desde luego que no.

–¿Vamos a tomar ese café?

Mostré indecisión y él se dio cuenta.

–Es que... verás. Espero que venga Delmira con una persona. No he sido del todo sincera contigo. Ahora hay alguien en mi vida.

Eduardo contrajo los músculos de la cara. Su contención me hizo muy feliz, aunque reconozco que fui malvada al ocultarle mis planes de confesión.

–Claro, era de esperar –añadía Eduardo algo turbado–. Han pasado muchos años y has rehecho tu vida.

–Es una persona a la que quiero mucho, más que a mí misma.

–Me alegro, me alegro.

No paraba de dar vueltas a su sombrero, que acababa de quitarse, y como sudaba se pasaba la mano por la frente para secarse la humedad. Yo quería mantener la pantomima todo lo que pudiera.

–Si te esperas podrás conocerla.

–Creo que es mejor dejar ese café para otro momento. –Eduardo se rindió, perdiendo la compostura que hasta ahora tenía.

–No, no… –le interrumpí yo–. ¡Por ahí viene!

Con un gesto, que me fue complicado realizar, advertí a Delmira. Manuela correteaba cerca de un árbol centenario y recogía sus pocas y secas hojas que caían al suelo.

Mientras caminaban hacia nosotros yo no paré de observar a Eduardo. Cambiaba su expresión continuamente, pero con cautela muy elegante. El fruncido de sus cejas le delataba, continuaba nervioso y muy intrigado.

Delmira llegó hasta nosotros y Manuela de su mano.

Los viejos amigos se reconocieron. No se atrevieron a besarse como lo hubieran hecho en otro tiempo.

–Me alegra volverte a ver, Delmira. Ya he comprobado que has cuidado muy bien de Carmela.

–Se me da bien cuidar de mi gente –confirmó mi madrastra muy orgullosa.

–Y… esta preciosidad, ¿quién es?

Se agachó para mirar a la niña mucho más cerca. Vestía con un abriguito de color azul y un gorro de tela, anudado bajo la barbilla. Sorbía la nariz con mucha gracia porque el frío de enero le hacía moquear. Me pareció una imagen muy simpática.

–Soy Manuela. ¿Y tú? ¿Eres otro escritor?

Eduardo sonrió y se puso en cuclillas, viendo que la conversación podía alargarse.

–No, soy médico. Quizá pueda curar a tus muñecas si están malitas.

Manuela miró a sus dos muñecas de tela, las que agarraba con mucha fuerza con uno de sus brazos.

–Fortunata y Jacinta están muy bien, gracias. Pero tengo que cuidarlas bien, porque mamá dice que quizá sean las últimas. Ya soy una niña mayor y no debo jugar con muñecas. Ya tengo ocho años.

Eduardo se puso de pie, como un resorte. Acababa de contar el tiempo transcurrido desde que no nos veíamos.

–¿Ocho años?

–Sí, Manuela es ya toda una mujer –confirmé con la desenvoltura de una actriz de teatro. En el fondo, eso era lo que estaba representando–. ¿Qué tal si te quitas el gorro y enseñas a Eduardo tu maravillosa melena? Así, así, muy bien, no vayas a coger frío, espera que te coloque las trenzas.

Yo hacía como que no me daba cuenta de la sorpresa de Eduardo, no quería mirarlo ni sorprenderle en su arrobamiento, pero sabía que estaba embobado mirando la cabellera rojiza de Manuela.

–Ah, ya veo que reconoces este pelo, ¿verdad, Eduardo? No te pongas tan pálido. Anda, ven, quizás ahora nos venga bien tomar ese café.

Nos fuimos en busca de una cafetería, atravesando el césped del Retiro humedecido por el relente invernal. Al pasar junto a la estatua de Galdós comprobé que su amigo, el gorrión, ya se había posado sobre su cabeza.

NOTA DE LA AUTORA

Siguiendo el género al que nos acostumbró Galdós, que era el de una novela con base fielmente histórica, introduciendo personajes paralelos de ficción, he realizado esta y es, por lo tanto, conveniente que aclare algunas situaciones y la naturaleza de algunos de sus protagonistas.

Carmela Cid, la muchacha que será «los ojos de Galdós», es totalmente ficticia, también los personajes de la granadina familia Cid y los que a ellas rodean (Darío Alcázar, Eduardo Santaella) corresponden a una creación mía siguiendo la saga que comencé con mi novela *Guardianes de la Alhambra.* Las situaciones que dan pie a explicar hechos históricos (inauguración de hoteles, monumentos, atentados reales, etc.) son ficciones que describen hechos verídicos y que pueden contrastarse en cualquier libro de historia.

Así mismo, la vida de Galdós, la mayoría de sus diálogos y situaciones personales han sido extraídos de sus biografías y memorias. Nada hay dicho al azar. No son muchas las biografías que de Galdós existen debido a ser persona prudente y muy celosa de su intimidad. Sin embargo, el abundante epistolario que de él se conserva dirigido a otros escritores y a Teodosia Gandarias en los últimos años de su vida me han servido para interpretar su personalidad. ¿Era Galdós tal y como reflejo en estas páginas? Lo único que puede excusarme es que una novela es una creación personal y como tal ha de entenderse.

Acercarme al gran escritor, al que comencé a leer con dieciséis años en los veranos madrileños, ha sido un verdadero placer que me ha proporcionado experiencia literaria y personal. Me gustaría que *Los ojos de Galdós* fuera mi participación en el próximo centenario del escritor, que se producirá para más señas en 2020, a los cien años de su fallecimiento. Vaya por delante mi pequeña ofrenda al año galdosiano.

ALGUNOS AUTORES UTILIZADOS

Eduardo Valero, Pedro Ortiz-Armengol, Emilia Pardo Bazán, Carmen Bravo-Villasante, Ricardo Gullón, Federico Carlos Sainz de Robles, Vicente Marrero, Miguel García-Posada, María Zambrano, Julio Rodríguez Puértolas, Carlos Pla, Pilar Benito, Mercedes Casado, Juan Carlos Poyán, Carmen Menéndez Onrubia, Sebastián de la Nuez Caballero, Manuel Herrera Hernández, Ana María Pérez López, Adelina Batllés Garrido, Phoebe Porter, Gonzalo Sobejano, María de los Ángeles Rodríguez Sánchez, Maria Ascensión Andrades Ruiz y… Benito Pérez Galdós.

También es de reseñar la aportación a la novela del catálogo realizado para la exposición «Madrid en Galdós, Galdós en Madrid» en 1988, que contiene una excelente reunión de artículos.

Es imposible citar a todos los autores, blogs y webs consultados. Estos son solo algunos de ellos.

DRAMATIS PERSONAE

Los siguientes personajes que aparecen en estas páginas son figuras históricas.

Alfonso XIII, antiguo rey de España.
Benito Pérez Galdós, escritor y periodista.
Carmen de Burgos, «Colombine», escritora.
Carmen Pérez Galdós, hermana de Galdós.
Catalina Bárcena, actriz.
Chorrojumo, personaje célebre granadino.
Concha Morell, actriz y amante de Galdós.
Duque de San Pedro de Galatino, personaje influyente de Granada.
Emilia Pardo Bazán, escritora.
Gregorio Marañón, médico y humanista.
Isabel II, reina de España.
José Isbert, actor.
José Martínez Ruiz, «Azorín», escritor.
Lorenza Cobián, modelo de pintores y amante de Galdós.
Luis Seco de Lucena, escritor y periodista.
Machaquito, torero.
Manuel Gómez-Moreno González, arqueólogo y pintor.
Margarita Xirgu, actriz.
Pablo Nougués, secretario de Galdós.
Pío Baroja, escritor.
Rafaelita, ahijada de Galdós.
Ramiro de Maeztu, escritor.
Ramón del Valle-Inclán, escritor.
Rubín, jardinero de Galdós.
Teodosia Gandarias, amante de Galdós.
Victorio Macho, escultor.

La ciudad de Madrid se volcó en el último adiós
a don Benito Pérez Galdós, el 5 de enero de 1920.

En 1919 se inauguraba el monumento a Galdós en el Retiro.
El autor estaba allí, en silla de ruedas. Así lo recogía
el periódico *Nuevo Mundo*.

MADRID, DIA 6 DE ENERO DE 1920. NUMERO SUELTO 5 CENTS.

ABC

DIARIO ILUSTRADO. AÑO DECIMOSEXTO. N.º 5.300 5 CENTS.

MADRID: UN MES, 1,50 PESETAS. PROVINCIAS: TRES MESES, 5. EXTRANJERO: SEIS MESES, 20 PESETAS
REDACCION Y ADMINISTRACION, SERRANO, 55, MADRID. APARTADO NUM. 43

MADRID. FALLECIMIENTO DE PEREZ GALDOS

EL PRESIDENTE DEL CONSEJO (x) CONTEMPLANDO LOS RESTOS MORTALES DEL INSIGNE NOVELISTA EN LA CAPILLA ARDIENTE, INSTALADA EN EL AYUNTAMIENTO. (FOTO DUQUE)

Portada del *ABC* dando cuenta del entierro del novelista canario.

«No puedo dejar de pensar ahora en Galdós, igualmente soltero, por probable influencia de la emoción materna, hombre superviril y mujeriego, aunque tímido con las mujeres y de inagotable ternura para los niños».

Gregorio Marañón

Esta novela se comenzó a escribir en julio de 2015 en Madrid y se terminó tres años después en Motril (Granada).

AGRADECIMIENTOS

Son muchas las personas que me han acompañado en los tres años largos que he necesitado para escribir esta novela. No cuento en este proceso el tiempo de documentación y lectura de las obras de Galdós, por eso es imposible agradecer sin dejar a alguien en el camino. Para evitar que esto suceda, prefiero acudir al agradecimiento general, tanto a amigos como a familiares.

Solo hago dos excepciones, y es para Eduardo Valero, creador del blog Historia Urbana de Madrid, del cual obtuve una importante información para esta novela. Así mismo, le agradezco a Eduardo sus rápidas y completísimas respuestas a todas mis dudas de ese Madrid galdosiano que, siendo parte de mi niñez, se presentaba inquietantemente desconocido para mí. La pasión que nos une por Benito Pérez Galdós desembocó en una grata amistad y un objetivo común: las Jornadas Madrileñas de Novela Histórica.

También agradezco a Penélope Acero su amabilidad y compromiso con esta novela, así como sus magníficas ideas para mejorarla, convirtiendo esta historia en lo que finalmente es. Espero que haya quedado a gusto del lector.

Esta edición de *Los ojos de Galdós,*
de Carolina Molina,
se terminó de imprimir en Encuadernaciones Huertas,
el 27 de septiembre de 2019